HEYNE
BÜCHER

STEPHEN KING

STARK
»THE DARK HALF«

Roman

Aus dem Amerikanischen von
Christel Wiemken

WILHELM HEYNE VERLAG
MÜNCHEN

HEYNE ALLGEMEINE REIHE
Nr. 01/9475

Titel der Originalausgabe
THE DARK HALF

Dieser Band erschien bereits
in der Allgemeinen Reihe mit der Band-Nr. 01/8269

15. Auflage
1. Auflage dieser Ausgabe

Die Originalausgabe erschien 1989
im Verlag Viking, New York

Die Hardcover-Ausgabe ist im
Verlag Hoffmann und Campe, Hamburg, erschienen
Printed in Germany 1995
Umschlaggestaltung: Atelier Ingrid Schütz, München
Gesamtherstellung: Elsnerdruck, Berlin

ISBN: 3-453-08406-3

Dieses Buch ist Shirley Sonderegger,
die mir hilft, mich um meinen Job zu kümmern,
und ihrem Mann Pete zugeeignet.

Vorbemerkung des Verfassers

Für seine Mithilfe und Anregung bin ich dem verstorbenen Richard Bachman Dank schuldig. Ohne ihn hätte dieser Roman nicht geschrieben werden können.

S. K.

Prolog

»Schneide ihn«, sagte Machine. »Schneide ihn, solange ich hier stehe und zusehe. Ich will Blut fließen sehen. Laß es nicht dazu kommen, daß ich es zweimal sagen muß.«

Machine's Way
von George Stark

Das Leben der Menschen – ihr wirkliches Leben im Gegensatz zu ihrer simplen physischen Existenz – beginnt zu unterschiedlichen Zeiten. Das wirkliche Leben von Thad Beaumont, einem Jungen, der in Bergenfield, New Jersey, geboren wurde und dort aufgewachsen war, begann im Jahre 1960. In diesem Jahr widerfuhren ihm zwei Dinge. Das erste formte sein Leben; das zweite hätte es beinahe beendet. 1960 war Thad Beaumont elf Jahre alt.

Im Januar nahm er mit einer Kurzgeschichte an einem von der Zeitschrift *American Teen* ausgeschriebenen Wettbewerb teil. Im Juni erhielt er einen Brief vom Chefredakteur der Zeitschrift, in dem es hieß, ihm sei in der Kategorie Belletristik des Wettbewerbs eine Ehrenvolle Erwähnung zuteil geworden. Weiterhin hieß es in dem Brief, die Juroren hätten ihm den zweiten Preis zuerkannt, wenn aus seinem Begleitschreiben nicht hervorgegangen wäre, daß er zwei Jahre zu jung war, um tatsächlich ein »American Teen« zu sein. Dennoch sei seine Kurzgeschichte »Outside Marty's House« ein außerordentlich reifes Werk, zu dem man ihm gratulieren müsse.

Zwei Wochen später traf eine Urkunde von *American Teen* ein. Per Einschreiben. Auf der Urkunde stand sein Name in Buchstaben, die so verschnörkelt waren, daß er sie kaum lesen konnte: am unteren Ende befand sich ein goldenes Siegel mit dem eingeprägten Symbol von *American Teen* – den Silhouetten eines kurzhaarigen Jungen und eines Mädchens mit Pferdeschwanz, die Jitterbug tanzten.

Seine Mutter nahm Thad, einen stillen, ernsten Jungen, der anscheinend nie etwas in der Hand behalten konnte und oft über die eigenen Füße stolperte, in die Arme und erstickte ihn beinahe mit Küssen.

Sein Vater war unbeeindruckt.

»Wenn die Geschichte tatsächlich so gut war, warum haben sie ihm dann nicht ein bißchen Geld gegeben?« knurrte er aus der Tiefe seines Sessels heraus.

»Glen . . .«

»Aber lassen wir das. Vielleicht kann mir unser Ernest Hemingway ein Bier holen, wenn du damit fertig bist, ihn abzuknutschen.«

Seine Mutter sagte nichts weiter – aber sie ließ den Brief und die Urkunde rahmen, bezahlte dafür mit ihrem Taschengeld, und hängte sie in seinem Zimmer über dem Bett auf. Wenn Verwandte oder andere Besucher kamen, führte sie sie hinauf und zeigte sie ihnen. Thad, erklärte sie ihren Gästen, würde einmal ein großer Schriftsteller werden. Sie hatte immer gespürt, daß er zu Großem bestimmt war, und hier war der erste Beweis dafür. Das machte Thad verlegen, aber er liebte seine Mutter zu sehr, um es ihr zu sagen.

Doch ungeachtet seiner Verlegenheit kam Thad zu dem Schluß, daß seine Mutter zumindest teilweise recht hatte. Er wußte nicht, ob er so begabt war, daß er ein *großer* Schriftsteller werden konnte, aber Schriftsteller würde er auf jeden Fall werden. Schließlich konnte er schreiben. Und was noch wichtiger war – er hatte Spaß daran, zumal, wenn sich die richtigen Worte einstellten. Und man würde ihm nicht immer aus einem formellen Grund sein Geld vorenthalten können. Er würde nicht ewig elf Jahre alt sein.

Die zweite wichtige Sache, die ihm 1960 widerfuhr, begann im August. Das war die Zeit, in der seine Kopfschmerzen anfingen. Anfangs waren sie nicht schlimm, aber als Anfang September die Schule wieder losging, hatten sich die leisen, lauernden Schmerzen in seinen Schläfen und hinter seiner Stirn zu einem monströsen Marathon von Qualen weiterentwickelt. Wenn ihn diese Kopfschmerzen überfielen, konnte er nichts tun, als in seinem abgedunkelten Zimmer zu liegen und darauf zu warten, daß er sterben würde. Ende September hoffte er, daß er sterben würde. Und Mitte Oktober waren die Schmerzen so unerträglich geworden, daß er Angst davor hatte, am Leben zu bleiben.

Das Herannahen der entsetzlichen Kopfschmerzen kündigte sich gewöhnlich durch ein Phantomgeräusch an, das nur er hören konnte – es klang wie das ferne Tschilpen von Tausenden kleiner Vögel. Manchmal bildete er sich ein, diese Vögel, vermutlich Sperlinge, sehen zu können; sie hockten, wie sie es im Frühjahr und im Herbst oft taten, auf Telefonleitungen und Dachfirsten.

Seine Mutter brachte ihn zu Dr. Seward.

Dr. Seward untersuchte seine Augen mit einem Ophthalmoskop und schüttelte den Kopf. Dann zog er die Vorhänge zu, schaltete die Dekkenbeleuchtung aus und forderte Thad auf, den Blick auf eine weiße Wandfläche im Sprechzimmer zu richten. Er nahm eine Taschenlampe und ließ in rascher Folge helle Lichtkreise aufleuchten und wieder verlöschen.

»Bewirkt das, daß dir irgendwie komisch zumute ist, Junge?«

Thad schüttelte den Kopf.

»Dir wird nicht schwindlig? Als ob du ohnmächtig werden würdest?«

Thad schüttelte abermals den Kopf.

»Riechst du etwas? Faules Obst zum Beispiel oder brennende Lumpen?«

»Nein.«

»Was ist mit deinen Vögeln? Hast du sie gehört, während du das Licht beobachtet hast?«

»Nein«, sagte Thad ratlos.

»Es sind die Nerven«, sagte sein Vater später, nachdem Thad ins Wartezimmer geschickt worden war. »Der Junge ist das reinste Nervenbündel.«

»Ich nehme an, es ist Migräne«, teilte Dr. Seward ihnen mit. »Ungewöhnlich bei einem so jungen Menschen, aber es hat schon solche Fälle gegeben. Und ich habe den Eindruck, daß er – sehr empfindsam ist.«

»Das ist er«, sagte Shayla Beaumont nicht ohne eine gewisse Genugtuung.

»Vielleicht kann man eines Tages etwas dagegen tun. Aber ich fürchte, fürs erste wird er es durchstehen müssen.«

»Ja«, sagte Glen Beaumont, »und wir auch.«

Aber es waren nicht die Nerven, und es war keine Migräne, und er konnte es nicht durchstehen.

Vier Tage vor Halloween hörte Shayla Beaumont, wie eines der Kinder, die zusammen mit Thad auf den Schulbus warteten, plötzlich aufschrie. Sie schaute aus dem Küchenfenster und sah ihren Sohn in Krämpfen auf dem Gehsteig liegen. Neben ihm lag seine Frühstücksdose; ihr Inhalt aus Obst und Sandwiches war auf den Asphalt der Straße geflogen. Sie rannte hinaus, scheuchte die anderen Kinder beiseite und stand dann hilflos da und wagte nicht, ihn anzurühren.

Wenn der große gelbe Bus mit Mr. Reed am Steuer nur etwas später gekommen wäre, wäre Thad möglicherweise auf dem Gehsteig gestorben. Aber Mr. Reed war in Korea Sanitäter gewesen. Er schaffte es, den Kopf des Jungen zurückzubiegen und ihm Luft zu verschaffen, bevor er an seiner eigenen Zunge erstickte. Thad wurde mit einem Krankenwagen ins Bergenfield County Hospital gefahren, und als er in die Notaufnahme gebracht wurde, hielt sich dort zufällig ein Arzt namens Hugh Pritchard auf, um mit einem Freund eine Tasse Kaffee zu trinken und Golflügen auszutauschen. Und außerdem war Hugh Pritchard zufällig der beste Neurologe im Staat New Jersey.

Pritchard ließ Röntgenaufnahmen machen und betrachtete sie eingehend. Er zeigte sie den Eltern und forderte sie auf, ihre Aufmerksamkeit auf einen undeutlichen Schatten zu richten, den er mit einem gelben Wachsstift eingekreist hatte.

»Das hier«, sagte er. »Was ist das?«

»Woher zum Teufel sollen wir das wissen?« fragte Glen Beaumont. »Schließlich sind Sie der Arzt.«

»So ist es«, sagte Pritchard trocken.

»Meine Frau sagt, es hätte ausgesehen wie ein epileptischer Anfall«, sagte Glen.

Dr. Pritchard sagte: »Es war ein Anfall, ja, aber ich bin ziemlich sicher, daß es sich nicht um Epilepsie handelt. Bei einem so schweren Anfall denkt man natürlich immer zuerst an Epilepsie, aber auf den Litton-Lichttest hat Thad überhaupt nicht reagiert. Wenn Thad tatsächlich Epilepsie hätte, würden Sie keinen Arzt brauchen, der Sie darauf hinweist. Er würde sich jedesmal, wenn das Bild auf dem Fernsehschirm flackert, in Krämpfen auf dem Wohnzimmerteppich winden.«

»Aber was ist es dann?« fragte Shayla Beaumont schüchtern.

Pritchard wendete sich wieder den im Lichtkasten aufgehängten Röntgenaufnahmen zu. »Was ist das?« wiederholte er und tippte abermals auf die eingekreiste Stelle. »Das plötzliche Aufkommen der Kopfschmerzen in Verbindung mit dem völligen Fehlen früherer Krampfanfälle deutet darauf hin, daß Ihr Sohn einen Gehirntumor hat, wahrscheinlich noch klein und hoffentlich gutartig.«

Glen Beaumont starrte den Arzt wie versteinert an, während seine Frau neben ihm stand und in ihr Taschentuch weinte. Sie weinte lautlos, und dieses lautlose Weinen war ein Ergebnis vieler Jahre ehelicher Erziehung. Glens Fäuste waren schnell und schmerzhaft, auch wenn sie fast nie Spuren hinterließen, und nach zwölf Jahren lautlosen Kummers hätte sie vermutlich gar nicht laut weinen können, selbst wenn sie es gewollt hätte.

»Bedeutet das, daß Sie ihm das Gehirn aufschneiden müssen?« fragte Glen mit dem für ihn typischen Mangel an Takt und Feingefühl.

»Ganz so würde ich es nicht ausdrücken, Mr. Beaumont, aber eine Untersuchungsoperation ist erforderlich.« Und er dachte: *Wenn es wirklich einen Gott gibt, und wenn er uns wirklich nach Seinem Bilde geschaffen hat, dann möchte ich wissen, warum es so verdammt viele Männer gibt wie diesen hier, die herumlaufen und das Schicksal so vieler anderer in ihren Händen halten.*

Glen schwieg eine ganze Weile mit gesenktem Kopf und gerunzelter Stirn. Endlich hob er den Kopf und stellte die Frage, die ihm am meisten zu schaffen machte.

»Sagen Sie mir die Wahrheit – was wird das alles kosten?«

Die Schwester, die bei der Operation assistierte, sah es zuerst.

Ihr Aufschrei war schrill und zerriß die Stille des Operationssaals, in dem in den letzten fünfzehn Minuten die einzigen Laute die gemurmelten Anweisungen Dr. Pritchards gewesen waren, das Zischen der Kontrollapparaturen und das kurze, hohe Heulen der Neglisäge.

Sie taumelte zurück, prallte gegen einen Wagen, auf dem fast zwei Dutzend Instrumente säuberlich bereitgelegt worden waren, und kippte ihn um. Er landete mit nachhallendem Scheppern auf dem gekachelten Boden; dem Scheppern folgte eine Reihe leiserer, klirrender Geräusche.

»Hilary!« schrie die Oberschwester. Ihre Stimme verriet Entsetzen und Überraschung. Sie vergaß sich so sehr, daß sie tatsächlich einen halben Schritt in Richtung der Schwester tat, die mit wehendem grünem Kittel die Flucht ergriffen hatte.

Dr. Albertson, der bei der Operation assistierte, versetzte ihr einen Tritt gegen das Schienbein. »Vergessen Sie nicht, wo Sie sich befinden.«

»Ja, Doktor.« Sie drehte sich sofort wieder um und warf nicht einmal einen Blick auf die Tür, durch die Hilary, noch immer kreischend, von der Bühne abging.

»Stecken Sie das Zeug in den Sterilisator«, sagte Albertson. »Und zwar sofort. Dalli, dalli.«

»Ja, Doktor.«

Sie machte sich daran, die Instrumente aufzusammeln, schwer atmend, offensichtlich nervös, aber trotzdem beherrscht.

Dr. Pritchard schien das alles nicht zur Kenntnis genommen zu haben. Er blickte hingerissen in das Fenster, das er in Thad Beaumonts Schädel geöffnet hatte.

»Unglaublich«, murmelte er. »Einfach unglaublich. Das ist ein Fall für die Literatur. Wenn ich es nicht mit eigenen Augen sähe ...«

Das Zischen des Sterilisators schien ihn aufzuwecken, und er wendete sich an Dr. Albertson.

»Wir müssen absaugen«, sagte er scharf. Er warf einen Blick auf die Oberschwester. »Und was zum Teufel machen Sie da? Lösen Sie Kreuzworträtsel? Setzen Sie Ihren müden Arsch in Bewegung!«

Sie kam und brachte die Instrumente in einer frischen Schale mit.

»Ich brauche die Pumpe, Lester«, sagte Pritchard zu Albertson. »Wir müssen absaugen. Und dann werde ich Ihnen etwas zeigen, was Sie – außer vielleicht in einem Raritätenkabinett – noch nie gesehen haben.«

Albertson rollte die Saugpumpe heran, ohne Rücksicht auf die Oberschwester, die beiseite sprang, die Schale mit den Instrumenten aber trotzdem nicht fallen ließ.

Pritchard wendete sich an den Anästhesisten: »Wie ist der Blutdruck? Ein guter Blutdruck ist alles, was ich verlange.«

»Eins-null-fünf über achtundsechzig, Doktor. Stabil wie ein Felsen.«

»Seine Mutter hat gesagt, wir hätten den nächsten William Shakespeare hier auf dem Tisch, also sorgen Sie dafür, daß es so bleibt. Saugen Sie, Al – Sie sollen ihn mit dem verdammten Ding nicht nur kitzeln.«

Albertson saugte, beseitigte das Blut. Im Hintergrund piepte stetig, monoton, beruhigend die Überwachungsmaschinerie. Dann hielt er plötzlich den Atem an. Ihm war, als hätte ihm jemand einen Schlag in die Magengrube versetzt.

»Großer Gott. Großer Gott.« Er fuhr kurz zurück – dann beugte er sich vor. Seine Augen über der Maske und hinter den horngefaßten Brillengläsern waren vor Neugier und Faszination geweitet. »Was ist das?«

»Ich nehme an, Sie sehen, was es ist«, sagte Pritchard. »Man braucht ein paar Sekunden, um sich daran zu gewöhnen. Ich habe darüber gelesen, aber nie erwartet, dergleichen je zu Gesicht zu bekommen.«

Thad Beaumonts Gehirn hatte die gleiche Farbe wie der äußere Rand einer Schneckenmuschel – mittelgrau mit einem ganz leichten Anflug von Rosa.

Aus der glatten Oberfläche der *Dura* ragte ein einzelnes, blindes und mißgebildetes Auge heraus. Das Gehirn pulsierte leicht. Das Auge pulsierte mit ihm. Es sah aus, als versuchte es, ihnen zuzublinzeln. Dieses Blinzeln war es gewesen, das die assistierende Schwester zu ihrer Flucht aus dem OP veranlaßt hatte.

»Großer Gott, was ist das?« fragte Albertson noch einmal.

»Es ist nichts«, sagte Pritchard. »Früher einmal war es vielleicht ein Teil eines lebenden, atmenden Menschenwesens. Jetzt ist es nichts. Außer einem Problem. Und zwar einem Problem, mit dem wir fertig werden.«

Dr. Loring, der Anästhesist, sagte: »Darf ich auch einen Blick darauf werfen, Dr. Pritchard?«

»Ist er immer noch stabil?«

»Ja.«

»Dann kommen Sie. Das ist etwas, was Sie Ihren Enkelkindern erzählen können. Aber machen Sie schnell.«

Während Loring seinen Blick darauf warf, wendete sich Pritchard an Albertson. »Ich brauche die Negli«, sagte er. »Ich muß ihn noch etwas weiter aufmachen. Dann sondieren wir. Ich weiß nicht, ob ich alles herausholen kann, aber ich will so viel wie möglich herausholen.«

Albertson, der jetzt die assistierende Schwester vertrat, gab Pritchard die frisch sterilisierte Sonde in die Hand, als dieser danach verlangte. Pritchard, der nun leise die Titelmelodie von *Bonanza* vor sich hinsummte, untersuchte schnell und fast mühelos die Wunde und warf nur hin und wieder einen Blick auf den am Ende der Sonde sitzenden Spiegel. Die meiste Zeit verließ er sich auf seinen Tastsinn. Später erklärte Albertson, er hätte in seinem ganzen Leben noch keine derart faszinierende und souveräne Operation gesehen.

Außer dem Auge fanden sie noch einen Teil eines Nasenflügels, drei Fingernägel und zwei Zähne. In einem der Zähne war ein kleines Loch. Das Auge pulsierte weiter und versuchte weiter zu blinzeln, bis Dr. Pritchard das Nadelskalpell ansetzte und es erst durchstach und dann herausschnitt. Die gesamte Operation, vom ersten Sondieren bis zur endgültigen Exzision, dauerte nur siebenundzwanzig Minuten. Fünf Fleischbröckchen landeten in der Edelstahlschale hinter Thads kahlrasiertem Kopf.

»Ich glaube, wir haben alles«, sagte Pritchard schließlich. »Das ganze Fremdgewebe war offenbar durch rudimentäre Ganglien miteinander verbunden. Selbst wenn tatsächlich noch etwas da sein sollte, sind die Aussichten, daß wir es abgetötet haben, recht gut.«

»Aber – wie ist das möglich, daß das Kind trotzdem noch am Leben ist? Ich meine, das sind doch Teile von *ihm*?« fragte Loring verblüfft.

Pritchard deutete auf die Schale. »Wir finden im Kopf dieses Jungen ein Auge, Zähne und ein paar Fingernägel, und Sie glauben, es wären Teile von ihm gewesen? Haben Sie festgestellt, daß ihm Fingernägel fehlen? Wollen Sie nachsehen?«

»Aber selbst Krebs ist nichts anderes als ein Teil eines Patienten ...«

»Dies war kein Krebs«, erklärte Pritchard ihm geduldig. Seine Hände setzten ihre Arbeit fort, während er redete. »Bei vielen Entbindungen, bei denen die Mutter ein Kind zur Welt bringt, hat das Kind seine Existenz als Zwilling begonnen – möglicherweise sogar in zwei von zehn Fällen. Was passiert mit dem anderen Fetus? Der stärkere absorbiert den schwächeren.«

»Er absorbiert ihn? Sie meinen, er *verzehrt* ihn?« fragte Loring. Er sah ein wenig grünlich aus. »Reden wir hier von Kannibalismus *in utero?*«

»Nennen Sie es, wie Sie wollen; es kommt ziemlich oft vor. Wenn es eines Tages so weit ist, daß wir tatsächlich über dieses Sonargrammgerät verfügen, von dem bei Tagungen immer die Rede ist, werden wir vielleicht sogar herausfinden, *wie* oft es vorkommt. Aber so oft es auch vorkommen mag – das, was wir heute gesehen haben, ist viel seltener. Ein Teil des Zwillings dieses Jungen ist nicht absorbiert worden und zufällig in seinen Stirnlappen gewandert. Es hätte ebensogut in seine Därme, seine Milz oder sein Rückgrat wandern können. Normalerweise sind die einzigen Ärzte, die so etwas zu sehen bekommen, die Pathologen – es stellt sich bei Autopsien heraus, und ich habe nie von einem Fall gehört, in dem das fremde Gewebe die Todesursache gewesen ist.«

»Und was ist hier passiert?« fragte Albertson.

»Irgend etwas hat diese Gewebsmasse, die vermutlich vor einem Jahr nur unter dem Mikroskop zu erkennen gewesen wäre, wieder in Bewegung versetzt. Die Wachstumsuhr des absorbierten Zwillings, die zumindest einen Monat vor Mrs. Beaumonts Entbindung ein für allemal hätte stehenbleiben müssen, wurde irgendwie von neuem aufgezogen – und das verdammte Ding begann tatsächlich zu laufen. An dem, was dann passierte, ist nichts absonderlich. Schon der Schädelinnendruck reichte aus, die Kopfschmerzen und den Anfall auszulösen, der ihn hergebracht hat.«

»Ja«, sagte Loring leise, »aber *warum* ist das passiert?«

Pritchard schüttelte den Kopf. »Wenn ich in dreißig Jahren noch mit anspruchsvolleren Dingen beschäftigt bin als mit meinen Golfschlägern, können Sie mir diese Frage nochmals stellen. Vielleicht weiß ich dann eine Antwort. Im Augenblick weiß ich nur, daß ich eine sehr spezielle, sehr seltene Art von Tumor entfernt habe. Einen *gutartigen* Tumor. Und solange es keine Komplikationen gibt, brauchen die Eltern meiner Meinung nach nicht mehr zu wissen als eben das. Wenn ich den Vater des Jungen vor mir sehe, muß ich immer an einen Neandertaler denken. Ich kann mir einfach nicht vorstellen, ihm erklären zu müssen, daß ich bei seinem elfjährigen Sohn eine Abtreibung vorgenommen habe. Und nun wollen wir ihn wieder zumachen, Al.«

Dann setzte er, an die Oberschwester gewandt, liebenswürdig hinzu: »Ich möchte, daß diese dämliche Ziege, die hinausgerannt ist, entlassen wird. Bitte notieren Sie das.«

»Ja, Doktor.«

Dreiundzwanzig Tage nach der Operation verließ Thad Beaumont das Krankenhaus. Noch fast sechs Monate danach war seine linke Körperhälfte beängstigend schwach, und gelegentlich, wenn er sehr erschöpft war, sah er merkwürdige, nicht ganz willkürliche Muster aus Lichtblitzen vor seinen Augen.

Seine Mutter hatte ihm als Genesungsgeschenk eine alte Remington-32-Schreibmaschine gekauft, und die Lichtblitze kamen zumeist dann, wenn er in der Stunde vor dem Zubettgehen darübergebeugt dasaß, sich abmühte, die richtigen Worte zu finden, oder sich vorzustellen, was in der Geschichte, die er schrieb, als nächstes passieren sollte. Aber allmählich verschwanden auch die Lichtblitze.

Das unheimliche Phantomgeräusch – das Tschilpen und Zwitschern von ganzen Schwadronen von Sperlingen – hörte er nach der Operation überhaupt nicht mehr.

Er schrieb weiter, gewann Selbstvertrauen, entwickelte mit der Zeit seinen eigenen Stil und verkaufte seine erste Geschichte – an *American Teen* – sechs Jahre nach Beginn seines wirklichen Lebens. Danach schaute er einfach nicht mehr zurück.

Soweit seinen Eltern und ihm selbst bekannt war, war im Herbst seines zwölften Lebensjahrs ein kleiner, gutartiger Tumor aus dem Stirnlappen seines Gehirns entfernt worden. Wenn er überhaupt darüber nachdachte (was er um so seltener tat, je mehr Zeit darüber vergangen war), dann dachte er nur, daß er geradezu unverschämtes Glück gehabt hatte.

Er hatte die Operation überlebt – im Gegensatz zu vielen anderen Patienten, die sich in jenen noch relativ primitiven Zeiten einer Gehirnoperation unterziehen mußten.

Erster Teil

Metzgerfüllsel

Langsam und bedächtig bog Machine die Büroklammer mit seinen langen, kraftvollen Fingern auf. »Halt seinen Kopf fest, Jack«, sagte er zu dem Mann hinter Halstead. »Halt ihn gut fest.«

Hulstead begriff, was Machine vorhatte, und als Jack Rangely seinen Kopf zwischen seine beiden großen Hände nahm und ihn unverrückbar festhielt, begann er zu schreien. Die Schreie widerhallten in dem verlassenen Lagerhaus. Der riesige leere Raum wirkte wie ein natürlicher Verstärker. Halstead hörte sich an wie ein Opernsänger, der sich für eine Premiere einsingt.

»Ich bin zurückgekommen«, sagte Machine. Halstead kniff die Augen zu, aber es half ihm nichts. Das Stück Stahldraht durchdrang mühelos das linke Augenlid und bohrte sich in den darunterliegenden Augapfel. Klebrige, gallertartige Flüssigkeit begann herauszusickern. »Ich bin von den Toten zurückgekehrt, und du undankbarer Hurensohn scheinst dich überhaupt nicht darüber zu freuen.«

Riding to Babylon
VON GEORGE STARK

Erstes Kapitel

People berichtet

1

Die Ausgabe der Zeitschrift *People* vom 20. Mai war typisch für dieses Blatt.

Den Einband schmückte die tote Berühmtheit der Woche, ein Rock'n'Roll-Star, der sich in seiner Zelle erhängt hatte, nachdem er wegen des Besitzes von Kokain und diverser anderer Drogen verhaftet worden war. Drinnen fand sich der übliche Gaumenkitzel: neun unaufgeklärte Sexualmorde im öden Westen von Nebraska; ein Guru für gesunde Ernährung, der aufgeflogen war, als er Kinderpornos verkaufte; eine Hausfrau in Maryland, die einen Kürbis geerntet hatte, der einer Büste von Jesus Christus ähnelte – allerdings nur, wenn man ihn in einem düsteren Zimmer mit halbgeschlossenen Augen ansah; ein tapferes, querschnittgelähmtes Mädchen, das für das Big Apple-Rollstuhl-Marathon trainierte; eine Hollywood-Scheidung; eine Hochzeit in den besseren New Yorker Kreisen; ein Ringer, der sich von einer Herzattacke erholte; ein Komiker, der sich gegen eine Anzeige wegen übler Nachrede zur Wehr setzte.

Außerdem eine Geschichte über einen Unternehmer in Utah, der eine tolle neue Puppe unter dem Namen *Yo Mamma!* auf den Markt gebracht hatte. *Yo Mamma!* sah angeblich aus wie »jedermanns geliebte (?) Schwiegermutter«. In die Puppe war ein Tonband eingebaut, das Sätze von sich gab wie »In *meinem* Haus ist ihm nie kaltes Essen vorgesetzt worden, meine Liebe« oder »Dein *Bruder* behandelt mich nie wie den letzten Dreck, wenn ich für ein paar Wochen zu Besuch komme«. Der eigentliche Heuler war jedoch, daß man, um *Yo Mamma!* zum Reden zu bringen, nicht an einer Schnur in ihrem Rükken zog, sondern dem Ding mit aller Kraft einen *Tritt* versetzte. »*Yo Mamma!* ist gut gepolstert und garantiert unzerbrechlich; außerdem garantieren wir, daß sie weder Wände noch Möbel beschädigt«, erklärte ihr stolzer Erfinder, Mr. Gaspard Wilmot (der, wie in dem Artikel beiläufig erwähnt wurde, einmal wegen Steuerhinterziehung vor Gericht gestanden hatte – die Anklage wurde fallengelassen).

Und die Seite dreiunddreißig dieser amüsanten und informativen Ausgabe von Amerikas führender amüsanter und informativer Zeitschrift trug eine der typischen *People*-Kopfzeilen: kurz, knapp und prägnant. Sie lautete BIO.

»*People*«, erklärte Thad Beaumont seiner Frau Liz, als sie nebeneinander am Küchentisch saßen und den Artikel zum zweiten Mal lasen, »kommt gern direkt zur Sache. BIO. Punktum. Wer kein BIO will, blättert weiter zu *In Nöten* und liest die Geschichte von den Mädchen, die tief im Herzen von Nebraska um die Ecke gebracht wurden.«

»Wenn man es recht bedenkt, ist das eigentlich nicht so lustig«, sagte Liz Beaumont und verdarb dann die Wirkung ihrer Worte, indem sie unwillkürlich in eine geballte Faust hineinkicherte.

»Nicht gerade zum Hellauflachen, aber gewiß absonderlich«, sagte Thad und begann, sich wieder mit dem Artikel zu beschäftigen. Dabei rieb er, ohne sich dessen bewußt zu sein, über die kleine weiße Narbe auf seiner Stirn.

Wie die meisten BIOs von *People* war dies der einzige Artikel in der Zeitschrift, bei dem der Text mehr Raum einnahm als die Fotos.

»Bereust du, daß du es getan hast?« fragte Liz. Mit einem Ohr horchte sie auf die Zwillinge, aber bisher verhielten sie sich ganz brav und schliefen wie die Lämmchen.

»Zuerst einmal«, sagte Thad, »habe nicht ich es getan. *Wir* haben es getan. Einer für beide und beide für einen, wie du dich vielleicht erinnerst.« Er tippte auf ein Foto auf der zweiten Seite des Artikels, das seine Frau zeigte, die ihm einen Teller voll Schokoladenkekse anbot; er saß vor seiner Schreibmaschine, in die ein Blatt Papier eingespannt war. Was auf dem Papier stand – und ob überhaupt etwas darauf stand –, war nicht zu erkennen, was vermutlich nur gut war; höchstwahrscheinlich war es nur blanker Unsinn. Schreiben war für ihn immer Schwerarbeit gewesen, und es war keinesfalls etwas, das er vor Publikum tun konnte – schon gar nicht, wenn zu diesem Publikum eine Fotografin von *People* gehörte. George war es wesentlich leichter gefallen, aber Thad Beaumont fiel es verdammt schwer. Liz störte ihn nicht, wenn er es versuchte – und es ihm manchmal tatsächlich gelang. Sie brachte ihm nicht einmal Telegramme, geschweige denn Schokoladenkekse.

»Ja, aber ...«

»Und zweitens ...«

Er betrachtete das Foto von Liz mit den Keksen. Er sah zu ihr auf, und sie grinsten beide. Dieses Grinsen nahm sich einigermaßen merkwürdig aus auf den Gesichtern von Leuten, die, obwohl umgänglich, selbst beim Austeilen so gewöhnlicher Dinge wie einem Lächeln recht zurückhaltend waren. Er erinnerte sich an die Zeit, in der er in Maine, New Hampshire und Vermont als Führer auf dem Appalachian Trail gearbeitet hatte. In dieser fernen Vergangenheit hatte er einen zahmen Waschbären namens John Wesley Harding gehabt. Nicht, daß er irgendwelche Versuche unternommen hätte, John zu zähmen; der Waschbär hatte sich ihm einfach angeschlossen. Der alte J. W. liebte es, an kalten Abenden ein Schlückchen zu trinken, und wenn er etwas zu tief in die Flasche geschaut hatte, dann pflegte er genau so zu grinsen.

»Und zweitens, was?«

Und zweitens finde ich es höchst komisch, daß ein Mann, der vor langer Zeit einmal für den National Book Award nominiert worden ist, und seine Frau einander angrinsen wie zwei betrunkene Waschbären, dachte er und konnte sein Gelächter nicht mehr unterdrücken; es wallte einfach aus ihm heraus.

»Thad, du weckst die Zwillinge auf!«

Er versuchte, ohne viel Erfolg, die Lautstärke zu dämpfen.

»Und zweitens sehen wir aus wie zwei Idioten, und das stört mich überhaupt nicht«, sagte er, zog sie an sich und küßte ihre Kehlgrube.

Im Nebenzimmer begannen erst William und dann Wendy zu weinen.

Liz versuchte, ihn vorwurfsvoll anzusehen, brachte es aber nicht fertig. Es tat zu gut, ihn lachen zu hören. Vielleicht deshalb, weil er es nicht in ausreichendem Maße tat. Das Geräusch seines Lachens hatte für sie einen fremdartigen, exotischen Reiz. Thad Beaumont war nie ein Mann des Lachens gewesen.

»Meine Schuld«, sagte er. »Ich hole sie.«

Er wollte aufstehen, stieß gegen den Tisch und hätte ihn beinahe umgekippt. Er war ein sanfter Mann, aber seltsam tolpatschig – ein Überbleibsel von dem Jungen, der er einst gewesen war.

Liz konnte den Krug mit Blumen, der auf dem Tisch stand, gerade noch festhalten, bevor er über den Rand rutschen und auf dem Boden zerschellen konnte.

»Aber Thad!« sagte sie vorwurfsvoll, doch dann begann sie gleichfalls zu lachen.

Er setzte sich für einen Moment wieder hin und streichelte ihre Hand sanft zwischen seinen Händen. »Sag, Baby, stört es dich?«

»Nein«, sagte sie. Eine Sekunde lang dachte sie daran, zu sagen: *Aber es flößt mir ein unbehagliches Gefühl ein. Nicht, weil wir ziemlich blöd aussehen, sondern weil – nun, eigentlich kenne ich den Grund nicht. Ich habe nur ein unbehagliches Gefühl dabei.*

Sie dachte daran, aber sie sagte es nicht. Es tat einfach zu gut, ihn lachen zu hören. Sie ergriff eine der sie sanft streichelnden Hände und drückte sie kurz. »Nein«, sagte sie, »es stört mich nicht. Ich finde es spaßig. Und um so besser, wenn es *The Golden Dog* hilft, falls du dich endlich dazu entschließen kannst, dich ernsthaft an die Arbeit zu machen.«

Sie erhob sich, faßte ihn bei den Schultern und drückte ihn nieder, als er versuchte, ihrem Beispiel zu folgen.

»Du holst sie das nächste Mal«, sagte sie. »Du bleibst hier sitzen, bis du deinen unbewußten Drang, meinen Krug zu zerschmeißen, wieder losgeworden bist.«

»Okay«, sagte er und lächelte. »Ich liebe dich, Liz.«

»Ich dich auch.« Sie ging, um die Zwillinge zu holen, und Thad Beaumont begann, sich wieder seinem BIO zuzuwenden.

Anders als bei den meisten *People*-Artikeln nahm das Aufmacherfoto in dem Thaddeus Beaumont-BIO nicht die ganze Seite ein, sondern weniger als ein Viertel. Dennoch lenkte es die Aufmerksamkeit auf sich, weil ein Layouter mit einem Blick für das Ungewöhnliche das Foto, das Thad und Liz auf einem Friedhof zeigte, schwarz umrahmt hatte. Der Text darunter bildete einen fast brutalen Kontrast dazu.

Auf dem Foto hatte Thad einen Spaten und Liz eine Spitzhacke. Seitlich stand eine Schubkarre mit weiterem Totengräber-Werkzeug. Auf dem Grab selbst waren mehrere Blumensträuße arrangiert worden, aber die Aufschrift auf dem Grabstein war trotzdem gut zu lesen.

GEORGE STARK
1975–1988
Kein angenehmer Zeitgenosse

In auffallendem Kontrast zu dem Ort und dem offenkundigen Akt (der gerade erfolgten Beisetzung von etwas, das, zumindest den Daten zufolge, der Leichnam eines dreizehnjährigen Jungen gewesen sein mußte) schüttelten die beiden falschen Totengräber einander über den gerade wieder aufgelegten Grassoden die Hand – und lachten vergnügt.

Das Ganze war natürlich gestellt. Sämtliche Fotos, mit denen der Artikel illustriert war – das Leichenbegängnis, die Darbietung der Schokoladenkekse und Thad selber, wie er einsam wie eine Wolke auf einem menschenleeren Waldweg bei Ludlow entlangwanderte und vermutlich »eine Inspiration« hatte –, waren gestellt. Es war komisch. Liz hatte in den letzten fünf Jahren *People* im Supermarkt gekauft, und sie hatten sich darüber lustig gemacht, aber sie hatten es beide beim Abendessen durchgeblättert oder auf der Toilette, wenn gerade kein vernünftiges Buch zur Hand war. Thad hatte sich von Zeit zu Zeit über den Erfolg der Zeitschrift gewundert und sich gefragt, ob es die eingehende Beschäftigung mit Prominenten war, der sie ihre Faszination verdankte, oder nur die Art, wie sie aufgemacht war, mit all diesen großen Schwarzweißfotos und dem fettgedruckten Text, der überwiegend aus simplen Aussagesätzen bestand. Aber auf die Idee, daß die Fotos womöglich gestellt waren, war er nie gekommen.

Die Fotos hatte eine Frau namens Phyllis Myers gemacht. Sie hatte Thad und Liz erzählt, sie hätte zahlreiche Aufnahmen von Teddybären in Kindersärgen gemacht, wobei alle Teddies Kinderkleidung trugen. Sie hoffte, die Serie an einen der großen New Yorker Verlage verkaufen zu können. Erst am zweiten Tag der Foto-und-Interview-Sitzung hatte Thad begriffen, daß die Frau sondierte, ob er den Text dazu schreiben würde. *Der Tod der Teddybären* würde, so sagte sie, »der endgültige, vollkommene Kommentar zum Sterben in Amerika« sein, »finden Sie nicht, Thad?«

Angesichts ihrer makabren Interessen war es wohl nicht verwunderlich, daß diese Frau Georges Grabstein bestellt und aus New York mitgebracht hatte. Er bestand aus Pappmaché.

»Es macht Ihnen doch nichts aus, sich vor diesem Grabstein die Hände zu schütteln«, hatte sie mit einem Lächeln gefragt, das schmeichlerisch und zuvorkommend zugleich gewesen war. »Das gibt eine *wundervolle* Aufnahme.«

Liz hatte ihn angesehen, fragend und ein wenig entsetzt. Dann hatten sie den imitierten Grabstein, der aus New York City (wo die Zeitschrift *People* ganzjährig zu Hause war) nach Castle Rock in Maine (wo die Beaumonts im Sommer zu Hause waren) gereist war, beide mit einer Mischung aus Verwunderung und nachdenklichem Staunen betrachtet. Es war die Inschrift, die Thads Blick immer wieder auf sich lenkte.

Kein angenehmer Zeitgenosse.

Allen schmückenden Beiwerks beraubt, war die Geschichte, die *People* den hingerissenen Lesern von Prominentenklatsch erzählen wollte, ganz simpel. Thad Beaumont war ein angesehener Schriftsteller, dessen erster Roman, *The Sudden Dancers*, 1972 für den National Book Award nominiert worden war. Dergleichen hatte zwar bei den Literaturkritikern einiges Gewicht, aber für die hingerissenen Leser von Prominentenklatsch war das völlig belanglos. Der Mann, für den sie sich interessierten, war überhaupt kein wirklicher Mann. Thad hatte einen Bestseller, der ein Riesenerfolg gewesen war, und drei weitere, gleichfalls überaus erfolgreiche Romane, unter einem anderen Namen geschrieben. Und dieser Name war George Stark gewesen.

Jerry Harkavay, aus dem das gesamte Büro von Associated Press in Waterville bestand, hatte die George Stark-Story als erster aufgegriffen, nachdem Rick Cowley, Thads Agent, mit Thads Erlaubnis Louise Booker von *Publisher's Weekly* angerufen hatte. Allerdings hatten weder Harkavay noch Louise Booker die vollständige Story bekommen – schon deshalb nicht, weil es Thad widerstrebte, Frederick Clawson, diesen schleimigen kleinen Widerling, auch nur zu erwähnen –, aber sie war trotzdem gut genug gewesen, um eine weitere Verbreitung zu verdienen, als die Agenturdienste von AP oder das Fachblatt der Buchindustrie ihr bieten konnten. Clawson, hatte Thad Liz und Rick erklärt, war nicht die Story – er war lediglich das Arschloch, das ihn zwang, sie an die große Glocke zu hängen.

Im Verlauf dieses ersten Interviews hatte Jerry ihn gefragt, was für ein Typ George Stark war. »George«, hatte Thad erwidert, »ist kein angenehmer Zeitgenosse.« Dieses Zitat hatte Jerry die Schlagzeile für seinen Bericht geliefert, und es hatte die Fotografin auf die Idee gebracht, einen Grabstein aus Pappmaché zu bestellen, auf dem diese Worte standen. Die Welt war schon komisch. Wirklich komisch.

Ganz plötzlich mußte er wieder lachen.

2

Auf dem schwarzen Feld unter dem Foto, das Thad und Liz auf einem der Friedhöfe von Castle Rock zeigte, standen in weißer Schrift zwei Zeilen Text.

DER TEURE VERBLICHENE STAND DIESEM MANN UND DIESER FRAU SEHR NAHE, lautete die erste.

WARUM ALSO LACHEN DIESE BEIDEN? lautete die zweite.

»Weil es in der Welt total verrückt zugeht«, sagte Thad und brach wieder in Gelächter aus.

Liz Beaumont war nicht die einzige, die angesichts dieser seltsamen Art von Publicity Unbehagen empfand. Auch er verspürte einen Anflug von Unbehagen. Dennoch fiel es ihm schwer, mit dem Lachen aufzuhören. Er schaffte es ein paar Sekunden lang, und dann brach ein frischer Schwall von Gelächter aus ihm heraus, als sein Blick wieder auf die Zeile *Kein angenehmer Zeitgenosse* fiel. Der Versuch, aufzuhören, glich dem, die Löcher in einem schlecht gebauten Damm zu verschließen; sobald man ein Leck zugestopft hatte, entdeckte man an einer anderen Stelle ein neues.

Thad argwöhnte, daß bei einem solchen Lachanfall irgendetwas nicht in Ordnung war – er war eine Form von Hysterie. Er wußte, daß solchen Anfällen nur selten, wenn überhaupt jemals, etwas Komisches zugrunde lag. Man konnte sogar davon ausgehen, daß es sich dabei um das genaue Gegenteil von etwas Komischem handelte.

Vielleicht um etwas, wovor man Angst hatte.

Angst wegen eines blöden Artikels in People? *Ist es das? Unsinn. Angst, dich lächerlich zu machen, zu denken, daß deine Kollegen in der Englischen Fakultät diese Fotos sehen und glauben, du hättest auch noch das letzte bißchen Verstand verloren?*

Nein, von seinen Kollegen hatte er nichts zu fürchten, nicht einmal von denen, die schon dagewesen waren, als die Dinosaurier noch auf der Erde herumwanderten. Er hatte es zu einem Haus gebracht und auch zu genügend Vermögen, um ein Leben als – Trompetenstoß bitte! – freier Schriftsteller führen zu können, wenn ihn danach verlangte (und er war nicht sicher, ob er das wollte; die administrativen Aspekte seines Jobs waren zwar verdammt langweilig, aber das Unterrichten machte ihm Spaß). Und außerdem nein, weil es ihm schon seit etlichen Jahren ziemlich gleichgültig war, was seine Kollegen von ihm dachten. Nicht gleichgültig war ihm allerdings, was seine *Freunde* dachten, und in einigen Fällen waren seine Freunde, Liz' Freunde und ihre gemeinsamen Freunde zugleich Kollegen, aber wie er glaubte, konnten auch diese Leute sich vorstellen, daß das Ganze eine Art Spaß war.

Wenn ihn irgendetwas ängstigte, dann war das ...

Schluß damit, kommandierte sein Verstand in dem trockenen, strengen Ton, der geeignet war, selbst die aufmüpfigsten seiner Schüler verstummen zu lassen. *Schluß mit diesem Unsinn, und zwar sofort.*

So wirksam das bei seinen Schülern auch sein mochte – auf Thad selbst übte es keinerlei Wirkung aus.

Er blickte wieder auf das Foto, und diesmal war es nicht das Gesicht seiner Frau und sein eigenes – Gesichter, die einander frech angrinsten wie Kinder, die eine Mutprobe ablegen.

GEORGE STARK
1975–1988
Kein angenehmer Zeitgenosse

Das war es, was ihm Unbehagen einflößte.

Dieser Grabstein. Dieser Name. Diese Daten. Vor allem dieser bittere Zusatz, der ihn laut herauslachen ließ, aber aus irgendeinem Grunde jenseits allen Gelächters ganz und gar nicht komisch war.

Dieser Name.

Dieser Zusatz.

»Macht nichts«, murmelte Thad. »Der Scheißkerl ist jetzt tot.«

Aber das Unbehagen blieb.

Als Liz zurückkam, auf jedem Arm einen frisch gewickelten und umgezogenen Zwilling, hatte sich Thad wieder in den Artikel vertieft.

»Ob ich ihn ermordet habe?«

Thaddeus Beaumont, einst als einer der vielversprechendsten amerikanischen Romanciers gefeiert und 1972 mit *The Sudden Dancers* für den National Book Award nominiert, wiederholt nachdenklich die Frage des Interviewers. Er blickt ein wenig erstaunt drein. »Ermordet«, sagt er leise, als wäre er nie auf dieses Wort gekommen – obwohl seine »dunkle Hälfte«, wie Beaumont George Stark nennt, kaum jemals an etwas anderes als an Mord gedacht hat.

Aus dem Steinzeugtopf neben seiner altmodischen Remington-32-Schreibmaschine holt er einen Berol-Black-Beauty-Bleistift (Beaumont zufolge das einzige Instrument, mit dem Stark schreiben wollte) und beginnt daran zu knabbern, allem Anschein nach, ohne sich dessen bewußt zu sein. Dem Aussehen des runden Dutzend von Bleistiften in dem Topf nach zu urteilen, ist das Knabbern eine Gewohnheit.

»Nein«, sagt er schließlich und steckt den Stift wieder in den Topf, »ich habe ihn nicht ermordet.« Er schaut auf und lächelt. Beaumont ist neununddreißig, aber wenn er auf diese offene Art lächelt, könnte man ihn für einen seiner eigenen Studenten halten. »George ist eines natürlichen Todes gestorben.«

Beaumont sagt, auf die Idee mit George Stark wäre seine Frau gekommen. Elizabeth Stevens Beaumont, eine kühle und reizende Blondine, lehnt es ab, dieses Verdienst für sich in Anspruch zu nehmen. »Ich habe«, sagt sie, »lediglich vorgeschlagen, daß er einmal einen Roman unter einem anderen Namen schreibt und zusieht, was dabei herauskommt. Thad litt unter einer schweren Schreibblockierung, und er brauchte etwas, das ihn wieder in Gang brachte. Und im Grunde war George Stark bereits vorhanden. Schon in einigen der unvollendeten Sachen, die Thad hin und wieder geschrieben hatte, habe ich Hinweise auf ihn entdeckt. Im Grunde ging es nur darum, ihn dazu zu bringen, daß er aus dem Schrank herauskam.«

Viele Leute sind jedoch der Ansicht, daß Beaumonts Probleme über eine bloße Schreibblockierung ein wenig hinausgingen. Zumindest zwei wohlbekannte Autoren (die nicht zitiert werden wollten) erklärten, sie hätten sich in dieser kritischen Zeit zwischen seinem ersten und seinem zweiten Buch große Sorgen um seine geistige Gesundheit gemacht. Der eine meinte, Beaumont hätte in dem Jahr nach der Veröffentlichung von *The Sudden Dancers*, das ihm mehr lobende Worte als Tantiemen einbrachte, sogar einen Selbstmordversuch unternommen.

Gefragt, ob er an Selbstmord gedacht hätte, schüttelt Beaumont nur den Kopf und sagt: »Das ist absurd. Öffentliche Anerkennung war nicht das eigentliche Problem; es war die Schreibblockierung. Und ein toter Autor kann dieses Problem nicht mehr aus der Welt schaffen.«

Indessen kam Liz Beaumont immer wieder auf die Idee eines Pseudonyms zurück. »Sie sagte, ich könnte mich zusammenreißen und es tun, wenn ich nur wollte. Irgendetwas schreiben, wozu ich gerade Lust hatte, ohne das Gefühl, daß mir die *New York Times Book Review* beim Schreiben ständig über die Schulter schaute. Sie sagte, ich könnte einen Western schreiben, eine Gespenstergeschichte, einen Science Fiction-Roman. Oder einen Krimi.«

Thad Beaumont lächelt.

»Ich glaube, den hat sie ganz absichtlich als letztes genannt. Sie wußte, daß ich mit dem Gedanken an einen Kriminalroman gespielt hatte; allerdings war es mir nicht gelungen, die Sache in den Griff zu bekommen.

Irgendwie *faszinierte* mich der Gedanke an ein Pseudonym. Es bedeutete so etwas wie *Freiheit* – eine Art geheimer Notausgang, wenn Sie verstehen, was ich damit meine.

Aber da war noch etwas anderes – und das ist sehr schwer zu erklären.«

Beaumont streckt eine Hand in Richtung auf die säuberlich gespitzten Berols in dem Steinzeugtopf aus und zieht sie dann zurück. Dann blickt er durch das große Fenster seines Arbeitszimmers auf die Frühlingspracht der Bäume in ihrem frischen Grün.

»Die Vorstellung, ein Pseudonym zu benutzen, war fast so, als stellte man sich vor, man wäre unsichtbar«, sagt er schließlich fast zögerlich. »Je mehr ich mich mit dem Gedanken an ein Pseudonym befaßte, desto stärker hatte ich das Gefühl, mich – ja – neu erfinden zu können.«

Seine Hand geht wieder auf Wanderschaft, und diesmal gelingt es ihr, einen der Bleistifte aus dem Steinzeugtopf zu stibitzen, während er mit seinen Gedanken ganz woanders ist.

Thad schlug die nächste Seite auf und schaute dann zu den Zwillingen in ihrem hohen doppelten Kinderstuhl. Bruder-und-Schwester-Zwillinge waren immer zweieiig, doch Wendy und William waren einander so ähnlich, wie zwei Kinder es überhaupt sein können, ohne tatsächlich eineiige Zwillinge zu sein.

William lächelte Thad mit der Flasche im Mund an.

Wendy lächelte gleichfalls mit *ihrer* Flasche im Mund, aber sie besaß etwas, das ihrem Bruder fehlte – einen einzigen Zahn, der völlig schmerzlos erschienen war und die Oberfläche des Zahnfleischs so lautlos durchbrochen hatte wie das Periskop eines Unterseeboots die Wasseroberfläche.

Wendy löste ein Patschhändchen von ihrer Plastikflasche. Öffnete es. Ballte es. Öffnete es. Ein Wendy-Winken.

Ohne sie anzusehen, löste William eines *seiner* Händchen von *seiner* Flasche, öffnete es, ballte es, öffnete es. Ein William-Winken.

Thad hob eine seiner eigenen Hände vom Tisch, öffnete sie, ballte sie, öffnete sie.

Die Zwillinge lächelten mit den Flaschen im Mund.

Er richtete den Blick wieder auf die Zeitschrift. Oh, *People*, dachte er, wo wären wir ohne dich, was würden wir ohne dich anfangen? Die neuesten Nachrichten über sämtliche Stars in Amerika, Leute.

Der Interviewer hatte die gesamte schmutzige Wäsche ans Licht gezogen, die sich herausziehen ließ – in erster Linie die vier schlimmen Jahre, nachdem er für *The Sudden Dancers* den National Book Award nicht bekommen hatte – aber das war zu erwarten gewesen, und er stellte fest, daß ihn die Zurschaustellung nicht sonderlich störte. Erstens einmal war die Wäsche nicht übermäßig schmutzig, und zweitens war er immer der Ansicht gewesen, daß es sich mit der Wahrheit besser leben ließ als mit einer Lüge. Zumindest auf lange Sicht.

Wobei sich natürlich die Frage ergab, ob die Zeitschrift *People* und die »lange Sicht« irgendetwas gemeinsam hatten.

Und wenn schon. Jetzt war es ohnehin zu spät.

Der Bursche, der den Artikel geschrieben hatte, hieß Mike – daran erinnerte er sich, aber Mike wie? Wenn man nicht gerade ein Earl war, der über Fürstenhäuser plauderte, oder ein Filmstar, der sich über andere Filmstars ausließ, dann stand in *People* der Name des Verfassers am Ende des Artikels. Thad mußte vier Seiten weiterblättern (zwei davon waren ganzseitige Anzeigen), um den Namen zu finden. Mike Donaldson. Er und Mike hatten bis in die Nacht hinein zusammengesessen und geredet, und als Thad gefragt hatte, ob die Tatsache, daß er ein paar Bücher unter Pseudonym geschrieben hatte, überhaupt jemanden interessierte, hatte Mike etwas gesagt, das Thad hell auflachen ließ. »Umfragen haben ergeben, daß die meisten Leser von *People* extrem enge Nasen haben. In ihnen läßt sich schwer bohren, und deshalb bohren sie in den Nasen so vieler anderer Leute, wie sie nur können. Sie möchten alles über Ihren Freund George wissen.«

»Er ist nicht mein Freund«, hatte Thad lachend erwidert.

Nun fragte er Liz, die jetzt am Herd stand: »Kommst du zurecht, Baby? Oder brauchst du Hilfe?«

»Alles bestens«, sagte sie. »Ich mache gerade ein bißchen Brei für die Kinder. Du bist nach wie vor mit dir selbst beschäftigt?«

»Das bin ich«, sagte Thad, ohne sich zu schämen, und wendete sich wieder dem Artikel zu.

»Das schwierigste an der ganzen Sache war, einen Namen zu finden«, fährt Beaumont fort und knabbert dabei am Bleistift. »Aber es war sehr wichtig. Ich *wußte*, daß es funktionieren konnte. Ich wußte, daß es die Schreibblockierung lösen würde, mit der ich mich herumschlug. Wenn ich eine Identität hatte. Die *richtige* Identität, eine von meiner eigenen getrennte Identität.«

Und wie ist er auf George Stark gekommen?

»Es gibt da einen Kriminalschriftsteller namens Donald E. Westlake«, erläutert Beaumont. »Wenn er unter seinem eigenen Namen schreibt, benutzt Westlake die Form des Kriminalromans zum Schreiben amüsanter Gesellschaftskomödien über das amerikanische Leben und die amerikanischen Sitten.

Aber von Anfang der sechziger bis um die Mitte der siebziger Jahre schrieb er eine Reihe von Romanen unter dem Namen Richard Stark, und diese Bücher sind völlig anders. Sie handeln von einem Mann namens Parker, der ein Berufsverbrecher ist. Er hat keine Vergangenheit, keine Zukunft und – in den besten Büchern – keine Interessen außer Rauben und Stehlen.

Wie dem auch sei – aus Gründen, nach denen Sie Westlake selbst fragen müssen, hörte er um 1975 herum auf, über Parker zu schreiben, aber ich habe nie vergessen, was er sagte, nachdem er das Pseudonym gelüftet hatte. Er erklärte, er hätte seine Bücher an sonnigen Tagen geschrieben, und an Regentagen hätte Stark das Schreiben übernommen. Das gefiel mir, denn die Zeit damals, von 1973 bis Anfang 1975, bestand für mich nur aus Regentagen.

In den besten dieser Bücher hat Parker mehr Ähnlichkeit mit einem mordenden Roboter als mit einem Menschen. Der seiner Beute beraubte Räuber ist ein immer wiederkehrendes Thema. Und Parker bewegt sich durch die bösen Buben – die *anderen* bösen Buben, meine ich – haargenau wie ein Roboter, der nur auf ein einziges Ziel programmiert ist. ›Ich will mein Geld‹, sagt er und sonst gar nichts. ›Ich will mein Geld. Ich will mein Geld.‹ Erinnert Sie das an etwas?«

Der Interviewer nickt. Beaumont beschreibt Alexis Machine, die Hauptperson des ersten und des letzten George Stark-Romans.

»Wenn *Machine's Way* so geendet hätte, wie es begann, dann hätte ich es in die Schublade gesteckt und nie wieder herausgeholt«, sagt Beaumont. »Wenn ich es veröffentlicht hätte, wäre es ein Plagiat gewesen. Aber als ich ungefähr ein Viertel geschrieben hatte, hatte es seinen eigenen Rhythmus gefunden, und alles weitere ergab sich von selbst.«

Der Interviewer fragt, ob Beaumont damit sagen will, daß, nachdem er eine Zeitlang an dem Buch gearbeitet hatte, George Stark erwachte und zu reden begann.

»Ja«, sagt Beaumont. »Das kommt der Sache ziemlich nahe.«

Thad schaute auf und hätte beinahe wieder unwillkürlich gelacht. Die Zwillinge bemerkten sein Lächeln und erwiderten es durch das Erbsenpüree hindurch, mit dem Liz sie gerade fütterte. Soweit er sich erinnerte, hatte er in Wirklichkeit gesagt: »Himmel, wie melodramatisch. Das hört sich an wie eine Stelle in *Frankenstein*, wo der Blitz schließlich in den Blitzableiter auf der höchsten Zinne der Burg einschlägt und das Ungeheuer zum Leben erweckt!«

»Es ist unmöglich, sie zu füttern, wenn du nicht damit aufhörst«, bemerkte Liz. Sie hatte einen kleinen Spritzer Erbsenpüree auf der Nasenspitze, und Thad verspürte den absurden Drang, ihn wegzuküssen.

»Womit soll ich aufhören?«

»Wenn du grinst, grinsen sie auch. Und ein grinsendes Baby kann man nicht füttern.«

»Entschuldigung«, sagte er demütig und blinzelte den Zwillingen zu. Einen Augenblick lang wurde ihr grünumrandetes Lächeln breiter.

Dann senkte er den Blick und las weiter.

»Nachdem ich den Namen hatte, fing ich noch am selben Abend mit der Arbeit an *Machine's Way* an; aber da war noch etwas. Ich spannte ein Blatt Papier in meine Schreibmaschine, wie immer, wenn ich schreiben will – und dann zog ich es wieder heraus. Ich habe all meine Bücher mit der Maschine geschrieben, aber George Stark hielt offenbar nichts von Schreibmaschinen.«

Für einen Moment erscheint wieder das Lächeln auf seinem Gesicht.

»Vielleicht deshalb, weil es in den staatlichen Hotels, in denen er seine Strafen absaß, keine Schreibmaschinenkurse gab.«

Beaumont spielt auf George Starks »Schutzumschlag-Biographie« an, in der es heißt, der Autor wäre neununddreißig Jahre alt und hätte dreimal im Gefängnis gesessen: wegen Brandstiftung, wegen Bedrohung mit einer tödlichen Waffe und wegen Überfalls mit mörderischer Absicht. Der Text auf dem Schutzumschlag ist jedoch nur ein Teil der Geschichte; Beaumont holt eine Autoreninformation der Darwin Press aus der Schublade; dort ist der Lebenslauf von George Stark bis ins kleinste Detail wiedergegeben – nur ein guter Romancier kann einen Charakter auf diese Art quasi aus dem Nichts erschaffen. Von seiner Geburt in Manchester, New Hampshire, bis zu seinem letzten Wohnsitz in Oxford, Mississippi, ist alles vorhanden, ausgenommen George Starks Beisetzung in Castle Rock, Maine.

»In einer meiner Schreibtischschubladen fand ich ein altes Notizbuch, und ich benutzte die hier.« Er deutet auf den Steinzeugtopf mit den Bleistiften und scheint etwas überrascht, als er feststellen muß, daß er einen davon in der Hand hält. »Ich fing an zu schreiben, und auf einmal stand Liz an der Tür, sagte, es wäre Mitternacht, und fragte, ob ich überhaupt nicht ins Bett wollte.«

Liz Beaumont hat ihre eigenen Erinnerungen an diesen Abend. Sie sagt: »Ich wachte um viertel vor zwölf auf und sah, daß er nicht im Bett war, und ich dachte, nun ja, er schreibt. Aber ich hörte die Schreibmaschine nicht, und da bekam ich es ein wenig mit der Angst zu tun.«

Ihr Ausdruck läßt vermuten, daß es mehr als nur ein wenig war.

»Als ich hinaufkam und ihn in dieses alte Notizbuch schreiben sah, war ich sprachlos.« Sie lacht. »Seine Nase berührte fast das Papier.«

Der Interviewer fragt, ob sie erleichtert gewesen war.

Mit leiser, gemessener Stimme sagt Liz Beaumont: »Ich war *sehr* erleichtert.«

»Ich blätterte in dem Notizbuch zurück und stellte fest, daß ich sechzehn Seiten geschrieben hatte, ohne etwas durchgestrichen zu haben«, sagt Beaumont, »und ich hatte drei Viertel eines brandneuen Bleistifts im Anspitzer in Späne verwandelt.« Er mustert den Steinzeugtopf mit einem Ausdruck, bei dem es sich ebenso gut um Melancholie wie um hintergründigen Humor handeln kann. »Vielleicht sollte ich jetzt, wo George tot ist, diese Bleistifte in den Müll werfen. Ich selbst brauche sie nicht. Ich habe es versucht. Es funktioniert einfach nicht. Ich bin auf die Schreibmaschine angewiesen. Sonst werden meine Hände lahm und dumm. Bei George war das nie der Fall.«

Er schaut auf und bedenkt den Interviewer mit einem mysteriösen Zwinkern.

»Liebling?« Er richtete den Blick auf seine Frau, die sich gerade bemühte, den Rest Erbspüree in William hineinzubekommen. Ein beträchtlicher Teil davon schien auf seinem Lätzchen gelandet zu sein.

»Ja?«

»Sieh mich einen Moment an.«

Sie tat es.

Thad zwinkerte.

»War das mysteriös?«

»Durchaus nicht.«

»Es kam mir auch nicht so vor.«

Der Rest der Story ist ein ironisches Kapitel in der größeren Geschichte dessen, was Thad Beaumont als »das, was die Spinner den Roman nennen« bezeichnet.

Machine's Way wurde im Juni 1976 von der relativ kleinen Darwin Press herausgebracht (Beaumonts »eigene« Bücher werden von Dutton verlegt), wurde zum Überraschungserfolg des Jahres, kletterte auf den ersten Platz sämtlicher Bestsellerlisten von Küste zu Küste und lieferte das Drehbuch für einen Film, der ein Kassenschlager wurde.

»Lange Zeit habe ich darauf gewartet, daß jemand herausfand, daß ich George war und George ich«, sagt Beaumont. »Das Copyright lautete auf George Stark, aber mein Agent wußte es, seine Frau – sie sind geschieden, aber sie ist trotzdem noch seine Geschäftspartnerin – und natürlich die Leute in der Geschäftsleitung von Darwin Press und der Rechnungsprüfer. Er *mußte* es wissen, denn George konnte zwar Romane mit der Hand schreiben, aber beim Indossieren von Schecks hatte er gewisse Schwierigkeiten. Und natürlich die Steuerbehörde. Also rechneten Liz und ich ungefähr anderthalb Jahre täglich damit, daß jemand die Katze aus dem Sack ließ. Aber es ist nie herausgekommen. Was nur beweist, daß alle den Mund halten, wenn man glaubt, es könnte gar nicht ausbleiben, daß sich jemand verplappert.«

Und es kam auch die nächsten zehn Jahre nicht heraus, in denen der unauffindbare Mr. Stark, ein weitaus produktiverer Autor als seine andere Hälfte, drei weitere Romane veröffentlichte. Keiner von ihnen war so ein Riesenerfolg wie *Machine's Way*, aber alle drei erschienen auf den Bestsellerlisten.

Nach einer langen, nachdenklichen Pause beginnt Beaumont über die Gründe zu sprechen, die ihn dazu veranlaßten, diese einträgliche Fiktion aus der Welt zu schaffen. »Sie müssen bedenken, daß George Stark letzten Endes nur ein Mann auf dem Papier war. Ich habe mich seiner lange Zeit erfreut – und er brachte Geld ins Haus. Schon der Gedanke, daß ich, wenn ich wollte, mit dem Unterrichten aufhören und trotzdem weiterhin meine Hypothek abzahlen konnte, übte eine unvorstellbar befreiende Wirkung auf mich aus.

Aber ich wollte wieder meine eigenen Bücher schreiben, und Stark ging allmählich der Stoff aus. So einfach war das. Ich wußte es, Liz wußte es, mein Agent wußte es, und ich glaube, sogar Georges Lektor bei Darwin Press wußte es. Aber wenn ich das Geheimnis gewahrt hätte, wäre die Versuchung, einen weiteren George Stark-Roman zu schreiben, einfach zu groß gewesen. Der Sirenengesang des Geldes ist für mich ebenso verlockend wie für jeden anderen Menschen. Die einzige Lösung bestand darin, ihm ein für allemal einen Pflock ins Herz zu schlagen.

Mit anderen Worten, die Sache publik zu machen. Was ich, wie die Dinge liegen, hiermit tue.«

Thad blickte mit einem kleinen Lächeln von dem Artikel auf. Plötzlich kam ihm seine Verwunderung über die gestellten Fotos in dem Artikel ein bißchen heuchlerisch vor. Weil Zeitschriften-Fotografen nicht die einzigen Leute waren, die die Dinge manchmal so hinstellten, daß sie so aussahen, wie die Leser es wünschten und erwarteten. Er nahm an, daß die meisten Leute, die interviewt wurden, mehr oder minder dasselbe taten. Aber er vermutete, daß er dabei Besseres geleistet hatte als andere. Schließlich war er Schriftsteller, und ein Schriftsteller ist ein Mann, der dafür bezahlt wird, daß er lügt. Je besser die Lügen, desto höher das Honorar.

Stark ging allmählich der Stoff aus. So einfach war das.

Wie direkt.

Wie überzeugend.

Und eine Lüge, wie sie im Buche stand.

»Liebling?«

»Ja?« Sie versuchte, Wendy das Gesicht abzuwischen. Wendy legte keinen besonderen Wert darauf. Sie drehte immer wieder den kleinen Kopf zur Seite, plapperte entrüstet, und Liz versuchte, ihr mit dem Waschlappen zu folgen. Thad glaubte zwar, daß es seiner Frau schließlich gelingen würde, sie zu erwischen, obwohl durchaus damit zu rechnen war, daß Liz als erste aufgab. Es hatte den Anschein, als rechnete auch Wendy damit.

»War es falsch, über Clawsons Anteil an der ganzen Sache zu lügen?«

»Wir haben nicht gelogen. Wir haben ihn nur aus der Geschichte herausgehalten.«

»Und er ist ein Spinner, nicht wahr?«

»Nein.«

»Er ist kein Spinner?«

»Nein«, sagte Liz gelassen. Jetzt beschäftigte sie sich damit, William das Gesicht abzuwischen. »Er ist ein schmutziger kleiner Kriechozoide.«

Thad kicherte. »Ein Kriechozoide?«

»So ist es. Ein Kriechozoide.«

»Ich glaube, dieses Wort ist mir noch nie begegnet.«

»Ich las es neulich, als ich in der Videothek nach einem Film zum Ausleihen suchte. Ein Horrorfilm mit dem Titel *Die Kriechozoiden*. Und ich dachte: Grandios. Jemand hat über Frederick Clawson und seine Angehörigen einen Film gedreht. Das muß ich Thad erzählen. Aber dann habe ich es wieder vergessen.«

»Also hast du in dieser Beziehung keinerlei Gewissensbisse?«

»Keine Spur«, sagte sie. Sie deutete mit der Hand, in der sie den Waschlappen hielt, zuerst auf Thad und dann auf die aufgeschlagene Zeitschrift. »Du hast aus dieser Sache dein Pfund Fleisch herausgeholt, Thad. Und *People* hat sein Pfund Fleisch herausgeholt. Und Frederick Clawson hat nichts bekommen als einen Scheißdreck, und das geschieht ihm recht.«

»Danke«, sagte er.

Sie zuckte die Achseln. »Manchmal hast du einfach ein zu dünnes Fell, Thad.«

»Ist *das* das Problem?«

»Ja – das *ganze* Problem ... William! Laß das! Thad, kannst du nicht mal mit anfassen?«

Thad klappte die Zeitschrift zu und folgte Liz, die Wendy trug, mit William auf dem Arm ins Kinderzimmer. William war warm und angenehm schwer, hatte die Arme um Thads Hals geschlungen und beäugte alles mit seinem üblichen Interesse. Liz legte Wendy auf einen Wickeltisch; Thad legte Will auf den anderen. Sie vertauschten schmutzige Windeln gegen saubere, womit Liz etwas früher fertig war als Thad.

»Nun ja«, sagte Thad, »*People* hat über uns geschrieben, und damit hat es sich. Richtig?«

»Ja«, sagte sie und lächelte. Irgendetwas an diesem Lächeln kam Thad nicht ganz echt vor, aber er erinnerte sich an den merkwürdigen Lachanfall, den er selbst gehabt hatte, und beschloß, nicht nachzuhaken. Manchmal war er sich seiner Sache nicht recht sicher – es war eine Art geistiger Analogie zu seiner körperlichen Tolpatschigkeit, und dann ließ er es an Liz aus. Sie fuhr ihn deshalb nur selten an, aber manchmal, wenn er es zu weit getrieben hatte, bemerkte er eine gewisse Verdrossenheit in ihren Augen. *Manchmal hast du einfach ein zu dünnes Fell.* Wahrscheinlich hatte sie recht damit.

Er machte Wills Windel mit einer Sicherheitsnadel fest und versuchte, ständig mit einer Hand auf den Bauch des vergnügten Säuglings zu drücken, damit Will nicht vom Tisch herunterrollte und sich umbrachte, wozu er entschlossen zu sein schien.

»Baggariah!« krähte Will.

»Ja«, pflichtete Thad ihm bei.

»Divvit!« krähte Wendy.

Thad nickte. »Auch das.«

»Es ist gut, daß er tot ist«, sagte Liz plötzlich.

Thad schaute auf, dachte einen Moment nach, dann nickte er. »Ja.«

»Ich konnte ihn nie recht leiden, Thad.«

Wie kann man so etwas über seinen Ehemann sagen, hätte er fast erwidert, aber er tat es nicht. Es war nicht erforderlich; sie meinte ja nicht ihn. George Starks Art zu schreiben war nicht der einzige grundlegende Unterschied zwischen ihnen gewesen.

»Ich auch nicht«, sagte er. »Was gibt's zum Abendessen?«

Zweites Kapitel

Haushaltsauflösung

1

In dieser Nacht hatte Thad einen Alptraum, aus dem er den Tränen nahe und zitternd wie ein junger Hund im Gewitter erwachte. In dem Traum war er mit George Stark zusammen gewesen, aber George war kein Autor, sondern ein Grundstücksmakler, und er hatte immer so dicht hinter Thad gestanden, daß er nicht mehr war als eine Stimme und ein Schatten.

2

In der Autoreninformation von Darwin Press – die Thad kurz vor Beginn der Arbeit an *Oxford Blues*, dem zweiten George Stark-Roman, geschrieben hatte – hieß es, daß Stark »einen 1967er Pickup« fuhr, der »nur von Gebeten und Rostschutzfarbe zusammengehalten wurde«. Im Traum dagegen waren sie in einem kohlschwarzen Toronado gefahren, und Thad wußte, daß er sich, was den Pickup betraf, geirrt hatte. *Das* war das Auto, das Stark fuhr. Ein Leichenwagen mit Düsenantrieb.

Der Toronado war hinten hochgelagert und sah ganz und gar nicht aus wie der Wagen eines Grundstücksmaklers. Er sah aus wie etwas, an dem ein Gangster der dritten Garnitur seine Freude gehabt hätte. Thad warf einen Blick über die Schulter, während sie auf das Haus zugingen, das Stark ihm aus irgendeinem Grund zeigen wollte. Er glaubte, er würde Stark sehen, und Furcht drang ihm wie ein scharfer Eiszapfen ins Herz. Aber jetzt stand Stark hinter seiner anderen Schulter (obwohl Thad sich nicht vorstellen konnte, wie er so schnell und lautlos seine Position geändert haben konnte), und er sah nichts außer dem Wagen, der im Sonnenlicht funkelte wie eine stählerne Tarantel. Auf der hochgelagerten hinteren Stoßstange war ein Aufkleber. GRANDIOSER HURENSOHN stand darauf. Ein Totenkopf und gekreuzte Knochen flankierten rechts und links die Worte.

Das Haus, zu dem Stark ihn gefahren hatte, war *sein* Haus – nicht das Winterhaus in Ludlow, vom dem aus er es nicht weit zur Universität hatte, sondern das Sommerhaus in Castle Rock. Hinter dem Haus erstreckte sich die Nordbucht des Castle Lake, und Thad konnte das leise Plätschern der Wellen ans Ufer hören. Auf der kleinen Rasenfläche neben der Zufahrt stand ein Schild: ZU VERKAUFEN.

Hübsches Haus, nicht wahr? sagte Stark fast flüsternd hinter seiner Schulter. Seine Stimme war rauh und dennoch zärtlich, wie das Lecken einer Katzenzunge.

Es ist *mein* Haus, erwiderte Thad.

Da irren Sie sich. Der Besitzer dieses Hauses ist tot. Er hat zuerst seine Frau und seine Kinder umgebracht und dann sich selbst. Er hat Schluß gemacht. Einfach peng! und gehabt euch wohl. Er hatte so eine Ader in sich. Man brauchte gar nicht genau hinzusehen, um das zu erkennen. Es war ganz deutlich zu sehen.

Sollte das komisch sein? wollte er fragen – es erschien ihm sehr wichtig, Stark zu zeigen, daß er keine Angst vor ihm hatte. In Wirklichkeit war es wichtig, weil er sich entsetzlich fürchtete. Aber bevor er die Worte formen konnte, langte eine große Hand, die überhaupt keine Linien zu haben schien (was sich kaum mit Gewißheit sagen ließ, weil die Finger Schatten auf fast die gesamte Handfläche warfen), über seine Schulter und ließ ein Schlüsselbund vor seinem Gesicht baumeln.

Nein – nicht baumeln. Wenn es nur das gewesen wäre, hätte er vielleicht trotzdem gesprochen, hätte die Schlüssel beiseitegeschoben, um diesem furchteinflößenden Mann, der immer hinter ihm stand, zu beweisen, wie wenig er ihn fürchtete. Aber die Hand beförderte die Schlüssel auf sein Gesicht zu, und Thad mußte sie ergreifen, um zu verhindern, daß sie gegen seine Nase prallten.

Er steckte einen davon ins Schloß der Haustür. Sie bestand aus massiver Eiche, und der Klopfer war aus Messing und hatte die Form eines kleinen Vogels. Der Schlüssel drehte sich ganz leicht, und das war seltsam, denn es war überhaupt kein Türschlüssel, sondern eine Schreibmaschinentaste am Ende einer stählernen Stange. Bei allen anderen Schlüsseln an dem Bund schien es sich um Dietriche zu handeln, von der Art, wie Einbrecher sie benutzen.

Er ergriff den Türknopf und drehte ihn. Als er es tat, schrumpfte das eisenbeschlagene Holz der Tür und zog sich mit einer Reihe von explosionsartigen Geräuschen, so laut wie Knallfrösche, in sich zusammen. Licht fiel durch die frischen Risse zwischen den Brettern. Staub puffte heraus. Es gab ein sprödes Knacken, und einer der dekorativen Eisenbeschläge löste sich und klirrte vor Thads Füßen auf die Stufen.

Er trat ein.

Er wollte es nicht; er wollte auf dem Vorplatz stehenbleiben und mit Stark reden. Mehr! *Protestieren,* ihn fragen, warum in Gottes Namen er das tat, denn das Betreten des Hauses war noch beängstigender als Stark selbst. Aber dies war ein Traum, ein böser Traum, und das Wesen eines bösen Traums bestand darin, daß man die Kontrolle verloren hatte. Es war, als säße man in einer Berg-und-Talbahn, die gleich eine Kuppe erreichen würde und einen dann hinabrasen und gegen eine Mauer prallen ließ, wo man sterben würde wie ein Insekt, das mit der Fliegenklatsche erschlagen wurde.

Die vertraute Diele war zu etwas Unvertrautem, fast Feindseligem geworden – und zwar nur durch das Fehlen des verblichenen, türkisch gemusterten Läufers, den Liz seit längerer Zeit durch einen neuen ersetzen wollte –, und obwohl ihm dies im Traum als Kleinigkeit erschien, kehrten seine Gedanken später immer wieder zu dieser Kleinigkeit zurück, vielleicht deshalb, weil es tatsächlich beängstigend war, das heißt, beängstigend auch außerhalb des Traums. Wie sicher konnte man sich im Leben fühlen, wenn schon eine derartige Belanglosigkeit wie das Verschwinden eines Dielenläufers ein so starkes Gefühl von Isolierung und Desorientierung, von Angst und Trauer auslösen konnte?

Es gefiel ihm nicht, wie seine Schritte auf den nackten Dielen widerhallten, nicht nur, weil sie den Anschein erweckten, als hätte der Dreckskerl hinter ihm die Wahrheit gesagt – daß das Haus unbewohnt war, erfüllt vom stillen Schmerz der Leere. Das Geräusch gefiel ihm nicht, weil sich seine eigenen Schritte verloren und entsetzlich unglücklich anhörten.

Er wollte kehrtmachen und gehen, aber er konnte es nicht, weil Stark hinter ihm war. Irgendwie wußte er, daß Stark Alexis Machines Rasiermesser mit dem Perlmuttgriff in der Hand hielt, das Rasiermesser, das seine Geliebte am Ende von *Machine's Way* dazu benutzt hatte, dem Bastard das Gesicht zu zerschlitzen.

Wenn er kehrtmachte, würde George Stark seinerseits ein bißchen Schlitzarbeit verrichten.

Die Bewohner mochten das Haus verlassen haben, aber abgesehen von den Teppichen (auch der lachsfarbene Teppichboden im Wohnzimmer war verschwunden) war die gesamte Einrichtung noch vorhanden. Eine Vase mit Blumen stand auf dem kleinen Kiefernholztisch am Ende der Diele, wo man entweder geradeaus in das hohe Wohnzimmer mit Ausblick auf den See gehen konnte oder nach rechts in die Küche. Thad berührte die Vase, und sie zersprang in Scherben und eine Wolke aus ätzend riechendem Keramikpulver. Abgestandenes Wasser strömte heraus, und das halbe Dutzend Gartenrosen, eben noch blühend, war tot und grauschwarz, bevor es in der Lache aus stinkendem Wasser auf dem Tisch landete. Dann berührte er den Tisch selbst. Das Holz gab ein hohles, ausgedörrtes Ächzen von sich, und der Tisch spaltete sich und landete dann, eher hinsinkend als fallend, in zwei Teilen auf den nackten Dielen.

Was haben Sie mit meinem Haus gemacht? schrie er den Mann hinter sich an – aber ohne sich umzudrehen. Er *brauchte* sich nicht umzudrehen, er wußte auch ohne das, das Rasiermesser war da, das Machine selbst dazu benutzt hatte, seinen »Geschäftsrivalen« die Nasen aufzuschlitzen, bevor Nonie Griffith es bei ihm angesetzt und dafür gesorgt hatte, daß seine Wangen nur noch aus roten und weißen Fleischfetzen bestanden und ein Auge aus seiner Höhle heraushing.

Nichts, sagte Stark, und auch um sich von dem Lächeln zu überzeugen, das er in der Stimme des Mannes hörte, brauchte Thad sich nicht umzudrehen. Du machst es, alter Freund.

Und dann waren sie in der Küche.

Thad berührte den Herd, und er zerbarst mit einem dumpfen, mahlenden Geräusch, das sich anhörte wie das Läuten einer großen, mit Erde gefüllten Glocke. Die Heizschlangen sprangen hoch und hingen dann schief da wie im Sturm verrutschte Hüte. Aus dem dunklen Loch in der Mitte des Herdes drang ein widerwärtiger Gestank, und als er hineinschaute, sah er einen verwesenden Truthahn. Eine schwarze Brühe, in der nicht identifizierbare Fleischbrocken schwammen, sikkerte aus der Bauchhöhle des Truthahns.

Hier unten nennen wir das Metzgerfüllsel, bemerkte Stark hinter ihm.

Wie meinen Sie das? fragte Thad. Was meinen Sie mit hier unten?

Endsville, sagte Stark gelassen. Der Ort, an dem alle Züge enden.

Er fügte noch etwas hinzu, aber Thad entging es. Liz' Handtasche lag auf dem Boden, und Thad stolperte darüber. Als er am Küchentisch Halt suchte, um nicht zu fallen, sank der Tisch in Form von Splittern und Sägemehl auf das Linoleum. Ein funkelnder Nagel flog mit einem kleinen, metallisch zirpenden Geräusch in eine Ecke.

Schluß damit, und zwar sofort! schrie Thad. Ich will aufwachen! Ich *hasse* es, Sachen kaputtzumachen!

Du bist schon immer ein Tolpatsch gewesen, sagte Stark in einem Ton, als hätte Thad einen ganzen Haufen Geschwister, die sich alle so anmutig bewegten wie die Gazellen.

Aber ich bin nicht immer tolpatschig, erklärte Thad mit nervöser, fast quengelnder Stimme. Ich mache nicht ständig etwas kaputt. Wenn ich vorsichtig bin, passiert nichts.

Ja – nur hast du leider aufgehört, vorsichtig zu sein, sagte Stark im gleichen Ich-sag-ja-nur-wie-die-Dinge-liegen-Ton. Und sie waren im hinteren Flur.

Hier saß Liz mit gespreizten Beinen in der Ecke neben der Tür zum Schuppen, einen Schuh an, einen aus. Auf ihrem Schoß lag ein toter Sperling. Sie trug Nylonstrümpfe, und Thad konnte in einem von ihnen eine Laufmasche sehen. Ihr Kopf war gesenkt, das etwas grobe honigblonde Haar verdeckte das Gesicht. Er wollte das Gesicht nicht sehen. Genau so, wie er weder das Rasiermesser noch Starks Rasiermesserlächeln hatte sehen müssen, um zu wissen, daß sie vorhanden waren, so brauchte er auch Liz' Gesicht nicht zu sehen, um zu wissen, daß sie nicht schlief oder bewußtlos war, sondern tot.

Mach Licht, dann siehst du besser, sagte Stark in dem gleichen Ich-sag-dir-ja-nur-guten-Tag-mein-Freund-Ton. Seine Hand erschien über Thads Schulter und deutete auf die Beleuchtung, die Thad selbst installiert hatte. Sie war natürlich elektrisch, sah aber genau so aus wie zwei auf eine hölzerne Spindel montierte Sturmlaternen. Sie wurden über einen Dimmerschalter an der Wand bedient.

Ich will es nicht sehen!

Er versuchte, seine Stimme hart, selbstsicher klingen zu lassen, aber das fing an, ihm zuzusetzen, und er hörte ein Stocken und Schwanken heraus, was bedeutete, daß er nahe daran war, zu schluchzen. Und was er sagte, schien auch nichts zu ändern, denn er griff nach dem runden Regler an der Wand. Als er ihn berührte, schoß schmerzloses, blaues elektrisches Feuer zwischen seinen Fingern hervor, so dick, daß es mehr Ähnlichkeit mit Gelee als mit Licht hatte. Der runde, elfenbeinfarbene Knopf des Reglers wurde schwarz, flog von der Wand und sauste durch den Raum. Er zerschlug das kleine Fenster am anderen Ende des Flurs und verschwand in einem Tag, der jetzt in ein gespenstisches grünes Licht von der Farbe oxidierten Kupfers getaucht war.

Die elektrischen Sturmlaternen leuchteten übernatürlich hell auf, und die Spindel begann sich zu drehen und wickelte die Kette auf, an der die Fassungen hingen. Die Zylinder der Lampen zerbarsten, erst der eine, dann der andere, und überschütteten Thad mit Scherben.

Ohne nachzudenken, sprang er vor und packte seine hingesunkene Frau, um sie wegzuziehen, bevor die Kette reißen und die schwere Spindel auf sie herabstürzen konnte. Der Impuls war so stark, daß er alles andere verdrängte, eingeschlossen sein eindeutiges Wissen, daß sie tot war, daß Stark das Empire State Building hätte hochreißen und auf sie niederstürzen lassen können, ohne daß es etwas ausgemacht hätte. Ihr jedenfalls hätte es nicht das mindeste ausgemacht.

Als er seine Arme unter die ihren schob und die Hände hinter ihren Schulterblättern verschränkte, rutschte ihr Körper vorwärts, und ihr Kopf kippte zurück. Die Haut ihres Gesichts zerriß wie die Oberfläche einer Ming-Vase. Ihre blicklosen Augen explodierten plötzlich. Eine widerlich grüne, widerlich warme Gallerte spritzte ihm ins Gesicht. Ihr Mund fiel auseinander, und ihre Zähne flogen in einem weißen Sturm heraus. Er konnte spüren, wie die kleinen, harten, weißen Dinger seine Wangen und seine Stirn trafen. Aus ihrem löchrigen Zahnfleisch schoß halbgeronnenes Blut. Ihre Zunge kam zum Vorschein und riß ab, fiel in ihren Schoß wie ein blutiges Stück Schlange.

Thad begann zu schreien – im Traum, Gott sei Dank nicht in Wirklichkeit, sonst hätte er Liz einen gewaltigen Schrecken eingejagt.

Wir sind noch nicht fertig miteinander, alter Freund, sagte George Stark hinter ihm leise. In seiner Stimme schwang kein Lächeln mehr mit. Seine Stimme war so kalt wie der Castle Lake im November. Denk daran. Komm nicht auf die Idee, dich mit mir anzulegen, denn wenn du dich mit mir anlegst . . .

3

Thad erwachte ruckartig; sein Gesicht war naß, das Kissen, das er umkrampft und an sein Gesicht gedrückt hatte, gleichfalls.

»... dann legst du dich mit dem Besten an«, beendete er den Satz in sein Kissen, und dann lag er mit zur Brust hochgezogenen Knien da und zitterte krampfhaft.

»Thad?« murmelte Liz verschlafen aus den Tiefen eines eigenen Traums. »Zwillinge okay?«

»Okay«, brachte er heraus. »Ich – nichts. Schlaf weiter.«

»Ja, es ist alles ...« Sie sagte noch etwas, aber Thad bekam es ebensowenig mit, wie er das mitbekommen hatte, was Stark gesagt hatte, nachdem er ihm erklärt hatte, das Haus in Castle Rock wäre Endsville, der Ort, an dem alle Züge enden.

Thad lag schweißgebadet da, ließ langsam sein Kissen los, wischte mit dem nackten Arm über sein Gesicht, wartete darauf, daß der Traum ihn losließ, wartete darauf, daß das Zittern ihn losließ. Es geschah, aber sehr, sehr langsam. Zumindest war es ihm gelungen, Liz nicht aufzuwecken.

Er starrte gedankenlos in die Dunkelheit, versuchte nicht, den Traum zu deuten oder zu analysieren, sondern wünschte sich nur, daß er verblassen würde, und eine endlose Weile später wachte Wendy im Nebenzimmer auf und weinte, weil sie eine frische Windel wollte. Natürlich wachte William nur Augenblicke später gleichfalls auf und kam zu dem Schluß, daß er auch eine frische Windel brauchte (obwohl seine völlig trocken war, wie Thad feststellte, als er sie abnahm).

Liz erwachte sofort und wanderte im Halbschlaf ins Kinderzimmer. Thad ging mit, wesentlicher wacher und ausnahmsweise einmal dankbar dafür, daß sie sich um die Zwillinge kümmern mußten, auch wenn es mitten in der Nacht war. Zumal mitten in *dieser* Nacht. Er wickelte Will, während Liz Wendy wickelte, wobei keiner von ihnen viel sprach, und als sie ins Bett zurückgekehrt waren, war Thad dankbar dafür, daß er wieder dem Schlaf entgegendriftete. Ihm war zumute, als würde er in dieser Nacht nicht mehr schlafen können, aber auch das war schon ein Fortschritt gewesen, denn als er aufgewacht war und das Bild von Liz' explosiver Zersetzung ihm noch frisch vor Augen stand, hatte er geglaubt, er würde nie wieder schlafen können.

Am Morgen wird er fort sein, wie alle Träume.

Das war sein letzter Gedanke in dieser Nacht, aber als er am nächsten Morgen aufwachte, erinnerte er sich an alle Einzelheiten des Traums (und besonders deutlich an das verlorene und einsame Widerhallen seiner Schritte auf den nackten Dielen), und er verblich auch nicht im Laufe der nächsten Tage, wie Träume es normalerweise tun.

Es war einer der seltenen Träume, die ihn nicht losließen, so real wie eine Erinnerung. Der Schlüssel, der eine Schreibmaschinentaste war, die linienlose Handfläche und die trockene, fast unmodulierte Stimme von George Stark, der ihm über die Schulter hinweg erklärte, sie seien noch nicht fertig miteinander, und wenn man sich mit diesem grandiosen Hurensohn anlegte, dann legte man sich mit dem Besten an.

Drittes Kapitel

Friedhofs-Blues

1

Der Chef der dreiköpfigen Mannschaft, die für die Instandhaltung der öffentlichen Anlagen in Castle Rock verantwortlich war, hieß Steven Holt, aber natürlich wurde er von jedermann nur Digger genannt. Das ist ein Spitzname, den Tausende von Anlagenwärtern in Tausenden von neuenglischen Kleinstädten gemeinsam haben. Wie die meisten von ihnen hatte auch Holt alle Hände voll zu tun, schon weil er nur zwei Mitarbeiter hatte. Die Stadt besaß zwei Sportplätze, die in Ordnung gehalten werden mußten, einen in der Nähe der Eisenbahnbrücke zwischen Castle Rock und Harlow, den anderen in Castle View; es gab eine Gemeindewiese, die im Frühjahr nachgesät, im Sommer gemäht und im Herbst saubergeharkt werden mußte (ganz zu schweigen von den Bäumen, die beschnitten und gelegentlich gefällt werden mußten, und der Instandhaltung des Orchesterpodiums und der dazugehörigen Sitze); es gab zwei städtische Parks, einen am Castle Stream in der Nähe der alten Sägemühle, den anderen bei Castle Falls, wo Mädchen aus dem Ort seit Urzeiten zahllose Kinder der Liebe empfangen hatten.

Dies alles hätte zu seinem Aufgabenbereich gehören können, und er wäre trotzdem bis ans Ende seiner Tage einfach der alte Steve Holt geblieben. Aber Castle Rock hatte außerdem drei Friedhöfe, und auch für sie waren er und seine Leute zuständig. Das Begraben der Toten war ein kleiner Job im Vergleich zum Instandhalten der Anlagen, dem Pflanzen und Harken, dem Beseitigen von Abfällen, dem Wegräumen der verwelkten Blumen und der ausgeblichenen Fähnchen nach den Feiertagen – die Hauptmenge fiel nach dem Memorial Day an, aber auch der vierte Juli und der Mutter- und der Vatertag hinterließen ihre Spuren. Außerdem mußte er die respektlosen Kommentare beseitigen, die Kinder hin und wieder auf die Grüfte und Grabsteine kritzelten.

All das spielte für die Leute in der Stadt natürlich nicht die geringste Rolle. Was Leuten wie Holt ihren Spitznamen eingetragen hatte, war das Begraben der Toten. Seine Mutter hatte ihn auf den Namen Steven taufen lassen, aber er war Digger Holt, seit er 1964 den Job bekommen hatte, er würde bis zum Tag seines Todes Digger Holt bleiben, selbst wenn er den Beruf wechseln würde – was er, einundsechzig Jahre alt, nicht vorhatte.

Am 1. Juni, einem sonnigen Mittwoch, kam Digger um sieben Uhr morgens mit seinem Lastwagen am Homeland-Friedhof an und stieg aus, um die Eisentore zu öffnen. Es war ein Schloß daran, aber das wurde nur in der Nacht der Schulabschlußfeier und zu Halloween benutzt. Sobald die Tore offenstanden, fuhr er langsam den Mittelweg entlang.

An diesem Morgen wollte er lediglich Bestandsaufnahme machen. Er hatte ein Clipboard bei sich, auf dem er notieren wollte, wo auf dem Friedhof bis zum Vatertag noch etwas getan werden mußte. Wenn er mit Homeland fertig war, würde er quer durch die Stadt zum Grace-Friedhof fahren und dann hinaus zum Stackpole-Friedhof an der Kreuzung der Stackpole Road und der Town Road Nr. 3. Am Nachmittag würden er und seine Leute dann damit anfangen, das zu tun, was getan werden mußte. Es sollte eigentlich nicht sonderlich viel sein; die Hauptarbeit hatten sie bereits Ende April erledigt, das, was Digger den Frühjahrsputz nannte.

In diesen zwei Wochen hatten er und Dave Philipps und Deke Bradford Zehn-Stunden-Tage eingelegt, wie in jedem Frühjahr; sie hatten verstopfte Abflußkanäle gesäubert, neue Soden verlegt, wo Frühlingsregen den alten Rasen weggespült hatte, und Grabsteine aufgerichtet, die der Frost aus dem Boden gehoben hatte. Im Frühjahr gab es tausend Dinge zu tun, größere und kleinere, und wenn Digger abends nach Hause kam, war er kaum noch imstande, die Augen lange genug offen zu halten, um sich eine kleine Mahlzeit zuzubereiten und ein oder zwei Dosen Bier zu trinken, bevor er ins Bett fiel. Der Frühjahrsputz endete immer am gleichen Tag: dem Tag, an dem er das Gefühl hatte, daß seine ständigen Rückenschmerzen ihn um den Verstand bringen würden.

Die Juni-Überholung war bei weitem nicht so schlimm, aber sie war wichtig. Ende Juni würden die Sommergäste wie üblich in Massen eintreffen, und mit ihnen frühere Einwohner (und ihre Kinder), die in wärmere oder einträglichere Gegenden gezogen waren, aber immer noch Grundbesitz in der Stadt hatten. Das waren die Leute, die Digger am meisten auf die Nerven gingen, diejenigen, die ihm die Hölle heiß machten, wenn an dem alten Schöpfrad unten an der Sägemühle eine Schaufel fehlte oder wenn Onkel Reginalds Grabstein umgekippt war.

Nun, es wird auch wieder Winter, dachte er – damit tröstete er sich das ganze Jahr hindurch, und so auch jetzt, wo der Winter so fern schien wie ein Traum.

Homeland war der größte und hübscheste der städtischen Friedhöfe. Den breiten Mittelweg kreuzten vier schmalere Wege, kaum mehr als Fahrspuren, zwischen denen säuberlich gemähtes Gras wuchs. Digger fuhr den Mittelweg entlang, erreichte die erste Kreuzung, die zweite, die dritte – und trat auf die Bremse.

»Oh, verdammt!« sagte er, schaltete den Motor ab und stieg aus. Er ging den Weg entlang auf das ausgefetzte Loch im Rasen zu, ungefähr fünfzehn Meter entfernt und rechts vom Querweg. Braune Klumpen und Erdhaufen lagen um das Loch herum wie das Schrapnell nach der Explosion einer Granate. »Verdammte Bande!«

Er stand vor dem Loch, die großen schwieligen Hände auf die mit einer ausgeblichenen grünen Arbeitshose bekleideten Hüften gestemmt. Das war eine schöne Schweinerei. Er und seine Mitarbeiter hatten mehr als einmal Ordnung schaffen müssen, nachdem ein paar Jungen am Werk gewesen waren, die sich nach ausgiebigem Reden oder Trinken zu ein bißchen mitternächtlicher Buddelei entschlossen hatten – es war gewöhnlich eine Mutprobe oder das Werk von etwas älteren Schwachköpfen, die sich, geil vom Mondlicht, die Hörner abstoßen wollten. Soweit Holt sich erinnerte, hatte keiner von ihnen je einen Sarg ausgegraben oder, was Gott verhüten möge, einen der teuren Dahingeschiedenen aus der Erde geholt – aber so betrunken oder geil diese glücklichen Idioten auch sein mochten, gruben sie doch gewöhnlich schlimmstenfalls ein halbmetertiefes Loch, bevor sie des Spiels überdrüssig wurden und wieder abzogen. Und obwohl das Buddeln von Löchern auf einem der städtischen Friedhöfe eine Ungehörigkeit war (das heißt, sofern man nicht ein Mann wie Digger war, der dafür bezahlt wurde, daß er die Toten unter die Erde brachte), war der angerichtete Schaden zumeist nicht sonderlich groß. Gewöhnlich.

Dies jedoch war alles andere als gewöhnlich.

Das Loch hatte keine festen Umrisse. Es sah ganz und gar nicht aus wie ein *Grab* mit säuberlich begradigten Ecken und von rechteckiger Form. Es war tiefer als das, was die Trunkenbolde und die Jungen von der High School gewöhnlich schafften, aber die Tiefe war uneinheitlich. Das Loch hatte eher die Form eines Kegels, und als Digger klar wurde, wie das Loch in Wirklichkeit aussah, überlief ihn von den Hoden bis zum Kopf ein kalter Schauer.

Es sah aus, wie ein Grab aussehen würde, in dem jemand begraben wurde, bevor er tot war, und der dann wieder zu sich gekommen war und sich mit bloßen Händen aus der Erde herausgebuddelt hatte.

»Blödsinn«, murmelte Digger. »Scheißstreich. Scheißbande.«

Mußte so sein. Es gab keinen Sarg da unten und keinen umgestürzten Grabstein, und das war nur logisch, weil es hier überhaupt kein *Grab* gab. Er brauchte nicht erst in den Werkzeugschuppen zu gehen, wo ein detaillierter Friedhofsplan an der Wand hing, um das zu wissen. Diese Stelle war ein Teil der Sechser-Grabstelle, die Danforth »Buster« Keeton gehörte, dem Vorsitzenden des Stadtrats, und bisher waren nur Busters Vater und Onkel hier begraben worden, ein Stück weiter rechts. Ihre Grabsteine standen aufrecht und unversehrt da.

Digger erinnerte sich noch aus einem anderen Grund an diese Stelle. Hier hatten diese Leute aus New York für ihren Artikel über Thad Beaumont ihren imitierten Grabstein aufgestellt. Beaumont und seine Frau hatten hier ein Sommerhaus, am Castle Lake. Dave Philipps hielt es in Ordnung, und letzten Herbst hatte Digger selbst Dave geholfen, die Zufahrt neu zu teeren, bevor das Laub fiel und er wieder alle Hände voll zu tun hatte. Und im Frühjahr hatte Beaumont ihn etwas verlegen gefragt, ob er etwas dagegen hätte, wenn ein Fotograf für etwas, was er »eine Trickaufnahme« nannte, einen imitierten Grabstein aufstellen würde.

»Wenn es Ihnen nicht recht ist, dann sagen Sie es«, hatte Beaumont erklärt, und die Verlegenheit war nicht zu überhören gewesen. »So wichtig ist die Sache nicht.«

»Von mir aus gern«, hatte Digger freundlich erklärt. »Die Zeitschrift *People*, sagten Sie?«

Thad nickte.

»Na so was! Das ist ja ein tolles Ding. Jemand von hier in *People*! Die Nummer muß ich mir unbedingt kaufen!«

»Ich bin nicht sicher, ob *ich* das tun werde«, hatte Beaumont gesagt. »Danke, Mr. Holt.«

Digger mochte Beaumont, obwohl er Schriftsteller war. Digger hatte es in der Schule gerade bis zur achten Klasse gebracht, und nicht jeder in der Stadt nannte ihn »Mister«.

»Diese Zeitschriftenleute würden Sie am liebsten splitterfasernackt fotografieren, wie Sie einem Schäferhund Ihren Fummel hinten reinstecken, stimmt's?«

Beaumont brach in brüllendes Gelächter aus. »Ja, ich glaube, das täten sie nur zu gern«, hatte er gesagt und Digger auf die Schulter geklopft.

Wie sich herausstellte, war der Fotograf eine Frau, obendrein eine von der Sorte, die Digger als Edelnutten aus der Großstadt bezeichnete. Und in diesem Fall war die Großstadt natürlich New York. Sie ging, als hätte sie eine Achse im Hintern und eine weitere in der Möse, die sich beide munter drehten. Sie fuhr einen Kombi, den sie am Portland Jetport gemietet hatte und der mit Kameras und Zubehör dermaßen vollgestopft war, daß man sich wundern mußte, daß sie und ihr Assistent überhaupt noch hineinpaßten. Wenn der Wagen zu voll geworden wäre und sie sich zwischen ihrem Assistenten und einem Teil ihrer Ausrüstung hätte entscheiden müssen, dann hätte, vermutete Digger, der tuntige junge Mann zusehen müssen, wie er per Anhalter zum Jetport zurückkam.

Die Beaumonts, die in ihrem eigenen Wagen folgten und hinter dem Kombi parkten, wirkten verlegen und amüsiert zugleich, aber da sie die Edelnutte aus der Großstadt offenbar aus freien Stücken begleitet hatten, nahm Digger an, daß das Amüsiertsein noch die Oberhand hatte. Dennoch steckte er den Kopf in den Wagen und fragte: »Alles in Ordnung, Mr. Beaumont?«

»Keine Spur, aber es wird schon gehen«, hatte er entgegnet und Digger zugeblinzelt. Digger hatte das Blinzeln erwidert.

Nachdem er zu dem eindeutigen Schluß gekommen war, daß die Beaumonts die Sache durchstehen wollten, hatte Digger sich gemütlich hingesetzt, um zuzuschauen – gegen eine kostenlose Vorstellung hatte er nichts einzuwenden. Zusammen mit all dem anderen Zeug hatte die Frau einen großen Grabstein aus Pappmaché im Wagen, einen runden, der mit denen, die Charles Addams in seinen Cartoons zeichnete, wesentlich mehr Ähnlichkeit hatte als mit denen, die Digger in letzter Zeit aufgestellt hatte. Sie ließ ihn von ihrem Assistenten immer wieder anders hinstellen. Digger war einmal herangekommen und hatte gefragt, ob er helfen könnte, aber sie hatte auf ihre hochnäsige New Yorker Art »Nein, danke« gesagt, und daraufhin hatte sich Digger wieder zurückgezogen.

Schließlich war er da gewesen, wo sie ihn haben wollte, und dann mußte der Assistent die Beleuchtung arrangieren. Darüber verging eine weitere halbe Stunde. Und die ganze Zeit hatte Mr. Beaumont dagestanden und zugesehen und hin und wieder auf die ihm eigentümliche Art über die kleine weiße Narbe auf seiner Stirn gerieben. Seine Augen faszinierten Digger.

Dieser Mann macht seine eigenen Fotos, dachte er. *Und vermutlich welche, die besser sind als ihre und außerdem dauerhafter. Er verleibt sie sich ein, um sie eines Tages in einem Buch zu verwenden, und sie hat keine Ahnung davon.*

Endlich war die Frau bereit gewesen, ein paar Aufnahmen zu machen. Sie verlangte, daß sich die Beaumonts ein dutzendmal über dem Grabstein die Hände reichten, und es war ein verdammt ungemütlicher Tag gewesen. Kommandierte sie ebenso herum wie diesen affigen, geschniegelten Jüngling, den sie mitgebracht hatte. Zwischen dieser schrillen New Yorker Stimme und den ständigen Anweisungen, es noch einmal zu machen, weil das Licht gerade nicht stimmte oder ihre Gesichter nicht stimmten oder vielleicht ihr eigenes verdammtes Arschloch nicht stimmte, hatte Digger die ganze Zeit darauf gewartet, daß Mr. Beaumont, der nach allem, was er gehört hatte, nicht gerade der allergeduldigste Mensch war, in die Luft ging. Aber Mr. Beaumont – und auch seine Frau – machten den Eindruck, als seien sie eher vergnügt als angekotzt, und sie taten genau das, was die Edelnutte aus der Großstadt von ihnen verlangte, obwohl es ein verdammt ungemütlicher Tag gewesen war. Digger war überzeugt, wenn *er* es gewesen wäre, dann hätte er nach einer gewissen Zeit von der Dame die Nase voll gehabt. Nach etwa fünfzehn Sekunden.

Und sie hatten den Pappmaché-Grabstein genau hier aufgestellt, genau hier, wo jetzt das gottverdammte Loch war. Wenn er einen weiteren Beweis gebraucht hätte – da waren noch immer runde Löcher im Rasen, Löcher, die die Absätze dieser Edelnutte hinterlassen hatten. Kein Wunder, sie war eine New Yorkerin gewesen, und nur eine New Yorkerin war imstande, gegen Ende der Matschzeit in Schuhen mit hohen Absätzen aufzukreuzen, um Fotos zu machen. Wenn das nicht . . .

Seine Gedanken brachen ab, und wieder überlief ihn dieser kalte

Schauder. Er hatte die sich verwischenden Löcher, die die hohen Absätze der Fotografin hinterlassen hatten, betrachtet, und erst dann fiel sein Blick auf andere, frischere Spuren.

2

Fußabdrücke? Waren das *Fußabdrücke?*

Natürlich sind es keine, der Blödmann, der dieses Loch gebuddelt hat, hat nur ein paar Klumpen etwas weiter geworfen als die restliche Erde. Das ist alles.

Aber es war nicht alles, und Digger Holt *wußte,* daß es nicht alles war. Noch bevor er sich dem ersten Klumpen auf dem grünen Gras nähern konnte, entdeckte er in der gleich neben dem Grab aufgehäuften Erde den Abdruck eines Schuhs.

Na schön, da sind Fußabdrücke. Hast du etwa geglaubt, derjenige, der das getan hat, wäre mit einer Schaufel in der Hand in der Luft herumgeschwebt?

Es gibt Menschen, die sind Meister darin, sich etwas vorzulügen, aber Digger gehörte nicht zu ihnen. Die nervöse, höhnende Stimme in seinem Kopf vermochte gegen das, was seine Augen sahen, kaum etwas auszurichten. Er war in seinem Leben oft auf die Jagd gegangen und den Fährten von Tieren gefolgt, und diese Zeichen waren nur allzu leicht zu deuten. Er wünschte bei Gott, es wäre anders.

Hier in diesem Erdhaufen dicht beim Grab war nicht nur ein Fußabdruck, sondern außerdem links davon eine runde Vertiefung von der Größe eines Suppentellers. Und beiderseits der runden Vertiefung und des Fußabdrucks, aber etwas weiter hinten, waren Kratzspuren – Rinnen in der Erde, die ganz offensichtlich von Fingern stammten, Fingern, die abgeglitten waren, bevor sie Halt gefunden hatten.

Er blickte über den Fußabdruck hinweg und sah einen weiteren. Dahinter, auf dem Rasen, die Hälfte eines dritten, entstanden, als sich von dem Schuh, der dort auftrat, ein Klumpen Erde löste. Er war abgefallen, aber so feucht geblieben, daß sich der Abdruck gehalten hatte – und genau das war auch bei den drei oder vier anderen Spuren, die er zuerst bemerkt hatte, der Fall. Wenn er nicht so früh am Morgen gekommen wäre, solange das Gras noch feucht war, dann hätte die Sonne diese Klumpen in nichtssagende lockere Krümel zerfallen lassen.

Er wünschte sich, er wäre später gekommen, wäre zuerst zum Grace-Friedhof gefahren, wie er es eigentlich vorgehabt hatte.

Aber das hatte er nicht getan, und damit hatte es sich.

Etwa drei Meter von dem

(Grab)

Loch in der Erde verloren sich die unvollständigen Fußabdrücke, weil bis dahin von den Schuhen des Mannes, der sie hinterlassen hatte, alle Erde abgefallen war. Digger nahm an, daß auch in dem taufeuchten Gras noch Abdrücke zu erkennen sein würden, und wahrscheinlich würde er das überprüfen, obwohl er keinerlei Lust dazu verspürte. Fürs erste jedoch richtete er seinen Blick wieder auf die deutlichsten Spuren, die in dem kleinen Erdhaufen direkt neben dem Loch.

Kratzspuren; runde Vertiefung etwas weiter vorn; Fußabdruck neben der Vertiefung. Was für eine Geschichte erzählte das?

Diese Frage brauchte sich Digger kaum erst zu stellen. Er sah es so deutlich, als wäre er dabeigewesen, und genau das war der Grund, weshalb er mit der ganzen Sache nichts zu tun haben wollte. Verdammt unheimlich, das Ganze.

Denn schau her: da steht ein Mann in einem frisch ausgehobenen Loch in der Erde.

Ja, aber wie ist er hineingekommen?

Ja, aber hat er das Loch gegraben, oder hat jemand anders es getan?

Ja, aber wie kommt es, daß die Würzelchen an den Rändern alle zerfetzt und zerrissen sind, als wären die Soden nicht säuberlich mit einem Spaten abgestochen, sondern mit den bloßen Händen auseinandergezerrt worden?

Unmöglich, Antworten auf diese Fragen zu finden. Und vielleicht besser, sie gar nicht erst zu stellen. Sich lieber auf den Mann beschränken, der da in dem Loch steht, ein bißchen zu tief, als daß er einfach herausspringen könnte. Also was tut er? Er legt die Handflächen auf den nächstgelegenen Erdhaufen und *stemmt* sich heraus. Kein großes Kunststück, das heißt, wenn es ein Erwachsener war und kein Kind. Digger betrachtete die paar deutlichen und vollständigen Fußabdrücke, die er sehen konnte, und dachte: *Wenn das ein Kind war, dann hatte es verdammt große Füße. Das ist mindestens Größe fünfundvierzig.*

Hände raus. Den Körper hochstemmen. Während des Stemmens geraten die Hände auf der lockeren Erde ein wenig ins Rutschen, also gräbst du die Finger ein und hinterläßt diese kurzen Kratzspuren. Dann bist du draußen, und du balancierst dich auf einem Knie aus, wobei die runde Vertiefung entsteht. Du setzt einen Fuß neben das Knie, auf dem du dich ausbalanciert hast, verlagerst dein Gewicht vom Knie auf den Fuß, stehst auf und gehst davon. So simpel wie Kirschenessen.

Also hat sich irgendein Bursche aus seinem Grab herausgebuddelt und ist einfach davonmarschiert, ja? Hat da unten vielleicht ein bißchen Hunger bekommen und beschlossen, sich im Schnellimbiß einen Cheeseburger und ein Bier einzuverleiben?

»Verdammt noch mal, das ist kein *Grab*, das ist nur ein Scheiß*loch* im Boden«, sagte er laut und fuhr dann ein wenig zusammen, als ein Sperling ihn beschimpfte.

Ja, nichts als ein Loch im Boden – hatte er das nicht selbst gesagt? Aber wieso sah er dann keine Spuren von der Sorte, die ein Spaten hinterläßt? Und wieso gab es nur die paar Fußabdrücke, die von dem Loch wegführten, und keine nach innen zeigenden in seiner Umgebung, wie es sie geben müßte, wenn jemand da gegraben hätte und hin und wieder auf die von ihm ausgeworfene Erde getreten wäre, was beim Graben von Löchern kaum zu vermeiden war?

Dann begann er sich zu fragen, was er in dieser Sache unternehmen sollte; er hatte keinen blassen Schimmer. Er nahm an, daß, rein technisch gesehen, eine kriminelle Handlung vorlag, aber keine Leichenschändung, da hier nie jemand in der Erde gelegen hatte. Schlimmstenfalls konnte man die Sache als Vandalismus bezeichnen, und wenn mehr dahintersteckte, dann wollte Digger Holt nicht derjenige sein, der das ans Licht zerrte.

Vielleicht war es am besten, das Loch einfach wieder zuzuschaufeln, die heilen Soden, die er finden konnte, wieder zu verlegen, die erforderliche Menge neue zu holen, den Platz wieder in Ordnung zu bringen und das Ganze dann zu vergessen.

Schließlich, erklärte er sich zum dritten Mal, *ist es ja nicht so, daß hier tatsächlich jemand begraben worden ist.*

Vor seinem inneren Auge erschien kurz das Bild des regnerischen Frühlingstages. Dieser Grabstein hatte wahrhaftig echt ausgesehen! Wenn man sah, wie dieser schmächtige Assistent ihn herumtrug, dann wußte man, daß es nur eine Attrappe war, aber als sie ihn aufgestellt hatten, mit all diesen künstlichen Blumen davor, da hätte man schwören können, daß er echt war und daß tatsächlich jemand . . .

Er hatte eine Gänsehaut auf den Armen.

»Jetzt aber Schluß damit«, befahl er sich streng, und als der Sperling wieder schimpfte, war Digger dieses wenig schöne, aber vollkommen reale und vollkommen normale Geräusch willkommen. »Kreisch nur weiter, wenn es dir Spaß macht«, sagte er und ging auf den letzten, bruchstückhaften Fußabdruck zu.

Dahinter konnte er, wie er mehr oder minder geargwöhnt hatte, weitere Abdrücke im Gras erkennen. Die Abstände zwischen ihnen waren groß. Als er sie betrachtete, kam Digger zu dem Schluß, daß der Bursche nicht gerade gerannt war, aber auch keine Zeit vergeudet hatte. Vierzig Meter weiter entdeckte er noch einen Hinweis auf den Weg, den der Mann eingeschlagen hatte. Ein großer Kübel mit Blumen war umgestürzt. Obwohl er auf diese Entfernung keine Fußabdrücke erkennen konnte, befand sich der umgestürzte Kübel doch genau in der Verlängerung der Abdrücke, die er sehen *konnte*. Der Mann hätte dem Kübel ausweichen können, aber er hatte es nicht getan. Er hatte ihn einfach mit einem Tritt aus dem Weg befördert und war weitergegangen.

Männer, die dergleichen taten, gehörten nach Diggers Erfahrung nicht zu der Sorte, mit denen man sich anlegte. Es sei denn, man hätte einen verdammt guten Grund dazu.

Der Mann hatte sich schräg über den Friedhof bewegt, auf die niedrige Mauer zu, die das Gelände von der Hauptstraße trennte. Hatte sich bewegt wie ein Mann, der bestimmte Ziele erreichen und bestimmte Dinge erledigen will.

Obwohl Digger ebensowenig dazu neigte, sich etwas einzubilden, wie sich selbst zum Narren zu halten (beides geht schließlich oft Hand in Hand), sah er doch einen Augenblick lang diesen Mann, *sah* ihn buchstäblich: einen großen Burschen mit großen Füßen, der im Dunkeln durch diese stille Stadt der Toten schritt, sich auf seinen großen Füßen zuversichtlich und zielstrebig bewegte, mit einem Tritt den Blumenkübel aus dem Weg räumte, ohne auch nur einen Moment innezuhalten. Und dieser Bursche hatte keine Spur von Angst, denn wenn es hier Dinge gab, in denen noch Leben steckte, dann würden sie *vor ihm* Angst haben. Er bewegte sich, ging, *schritt aus* – und Gott steh den Leuten bei, die sich ihm in den Weg stellten.

Der Sperling schimpfte.

»Vergiß es, Alter«, befahl er sich noch einmal. »Schaufle das verdammte Loch einfach wieder zu, und laß dir deswegen keine grauen Haare wachsen!«

Er schaufelte es wieder zu, und er hatte auch die Absicht, es zu vergessen, aber am späten Nachmittag fand Deke Bradford ihn auf dem Friedhof an der Stackpole Road und erzählte ihm die Sache mit Homer Gamache, den man am Vormittag kaum eine Meile von Homeland entfernt an der Route 35 gefunden hatte. Die ganze Stadt schwirrte von Gerüchten und Spekulationen.

Daraufhin hatte Digger widerstrebend Sheriff Pangborn aufgesucht. Er wußte nicht, ob das Loch und die Spuren irgendetwas mit dem Mord an Homer Gamache zu tun hatten, aber er hielt es für das beste, alles zu erzählen, was er wußte. Dann sollten diejenigen, die dafür bezahlt wurden, zusehen, was sie daraus machten.

Viertes Kapitel

Tod in einer kleinen Stadt

1

Castle Rock war, zumindest in den letzten Jahren, ein vom Unglück verfolgter Ort.

Wie um zu beweisen, daß die alte Redensart, der Blitz schlüge nicht mehrmals hintereinander an derselben Stelle ein, nicht immer stimmt, hatten sich im Verlauf der letzten acht oder zehn Jahre in Castle Rock wiederholt schlimme Dinge ereignet – Dinge, die so schlimm waren, daß sie im ganzen Land Schlagzeilen machten. Als sich diese Dinge ereigneten, war George Bannerman Sheriff von Castle Rock. Aber Big George, wie er liebevoll genannt wurde, hatte mit dem Mord an Homer Gamache nichts zu tun, denn Big George war tot. Er hatte das erste der schlimmen Dinge überlebt, eine Reihe von Sexualmorden, begangen von einem seiner eigenen Leute, aber zwei Jahre später war er draußen an der Town Road Nr. 3 von einem tollwütigen Hund getötet worden – nicht einfach getötet, sondern buchstäblich in Stücke gerissen. Beide Fälle waren überaus seltsam gewesen, aber die Welt ist ein seltsamer Ort. Und ein harter.

Der neue Sheriff Alan Pangborn (er war seit fast sieben Jahren im Amt, aber er hatte inzwischen begriffen, daß er mindestens bis zum Jahre 2000 »der neue Sheriff« bleiben würde – vorausgesetzt, wie er zu seiner Frau sagte, daß er so lange immer wiedergewählt wurde) war damals nicht in Castle Rock gewesen; bis 1980 war er Chef der Verkehrspolizei in einer knapp mittelgroßen Stadt in der Nähe von Syracuse im Staate New York gewesen.

Jetzt blickte er auf Homer Gamaches zerschmetterten Körper herunter, der in einem Graben am Rand der Route 35 lag, und wünschte sich, er hätte Syracuse nie verlassen. Es hatte den Anschein, als wäre das Unglück von Castle Rock nicht mit Sheriff Bannerman gestorben.

Blödsinn. Du möchtest nirgendwo anders auf Gottes grüner Erde sein. Also behaupte nicht, du wärest lieber nicht hier, denn dann bricht das Unglück wirklich herein und schaut dir über die Schulter. Dies ist ein verdammt guter Ort für Annie und die Jungen, und auch für dich ist es ein verdammt guter Ort. Also hör auf, dich zu bemitleiden.

Ein guter Rat. Der Kopf, hatte Pangborn festgestellt, erteilte den Nerven *immer* gute Ratschläge. Sie sagten *Ja, jetzt, wo du es sagst, sehen wir ein, daß du völlig recht hast.* Und dann zuckten und zischten sie einfach weiter.

Dennoch – irgendetwas von dieser Art war fällig gewesen, oder etwa nicht? Im Laufe seiner Amtszeit als Sheriff von Castle Rock hatte er die Überreste von fast vierzig Leuten von den Straßen geschabt, in unzählige Schlägereien eingegriffen und es mit vielleicht hundert Fällen von Frauen- und Kindesmißhandlung zu tun gehabt – und das waren nur die, die zur Anzeige gebracht wurden. Doch irgendwie hatten die Dinge einen Hang zum Ausgleich; für eine Stadt, die vor nicht allzulanger Zeit einen Massenmörder hervorgebracht hatte, war es, was Morde anging, eine ausgesprochen friedliche Zeit gewesen. Nur vier, und nur einer der Täter war geflüchtet – Joe Rodway, nachdem er seiner Frau das Gehirn herausgepustet hatte. Da der Sheriff die Dame gekannt hatte, tat es ihm fast leid, als er von der Polizei in Kingston, Rhode Island, ein Fernschreiben erhielt, in dem stand, daß man Rodway in Gewahrsam hatte.

Einer der anderen war fahrlässige Tötung gewesen, die restlichen beiden Morde zweiten Grades, einer mit einem Messer und einer mit der bloßen Faust – der letztere war ein Fall von Ehegattenmißhandlung, der einfach zu weit gegangen war, wenn auch mit einer ungewöhnlichen Variante: die Frau hatte den Mann erschlagen, während er stockbetrunken war, und ihm auf diese Weise heimgezahlt, was er ihr im Verlauf von fast zwanzig Jahren angetan hatte. Die Spuren der letzten Prügel, die sie bezogen hatte, waren noch leuchtend gelb, als sie verhaftet wurde. Pangborn war vollauf einverstanden gewesen, als der Richter sie lediglich zu sechs Monaten in einer Besserungsanstalt für Frauen und anschließend sechs Jahren Bewährung verurteilte. Richter Pender hatte das vermutlich nur getan, weil es unklug gewesen wäre, der Frau das zu geben, was sie in Wirklichkeit verdient hatte, nämlich eine Medaille.

Kleinstadtmorde im wirklichen Leben, hatte er festgestellt, hatten nur selten Ähnlichkeit mit den Kleinstadtmorden in Agatha Christies Romanen, wo sieben Menschen nacheinander auf den bösen alten Colonel Storping-Goiter in seinem Landsitz in Puddleby-on-the-Marsh einstachen, während draußen ein Wintergewitter tobte. Pangborn wußte, daß man im wirklichen Leben fast immer den Täter noch an Ort und Stelle vorfand, der auf sein Opfer herabschaute und sich fragte, wie das alles mit so tödlicher Schnelligkeit hatte passieren können. Selbst wenn sich der Täter verzogen hatte, war er gewöhnlich nicht weit fort, und es gab zwei oder drei Augenzeugen, die genau berichten konnten, was passiert war, wer es getan hatte und wohin er verschwunden war. Und das war gewöhnlich die nächste Kneipe. In der Regel waren Kleinstadtmorde im wirklichen Leben simpel, brutal und zweckbezogen.

In der Regel.

Aber Regeln sind dazu da, gebrochen zu werden. Manchmal schlägt der Blitz tatsächlich zweimal an derselben Stelle ein, und von Zeit zu Zeit werden in kleinen Städten Morde begangen, die nicht sofort aufgeklärt werden können – Morde wie dieser.

Pangborn hätte gern noch länger auf einen solchen Mord gewartet.

2

Officer Norris Ridgewick kam von seinem Streifenwagen zurück, der hinter dem von Pangborn parkte. Aus den Funkgeräten der beiden Wagen knisterten Meldungen in die warme Spätfrühlingsluft.

»Kommt Ray?« fragte Pangborn. Ray war Ray van Allen, Amtsarzt und Coroner von Castle Rock.

»Ja«, sagte Norris.

»Was ist mit Homers Frau? Hat es schon jemand seiner Frau gesagt?«

Pangborn verscheuchte die Fliegen von Homers Gesicht. Es war nicht viel mehr davon übrig als die große Hakennase; wäre da nicht die Armprothese gewesen und die Goldzähne, die jetzt zersplittert auf seinem faltigen Hals und auf seinem Hemd lagen, hätte ihn, wie Pangborn vermutete, nicht einmal seine eigene Frau wiedererkannt.

Ridgewick scharrte mit den Füßen und richtete den Blick dann auf seine Schuhe, als wären sie für ihn plötzlich überaus interessant geworden. »Also – John fährt oben in Castle View Streife, und Andy Clutterbuck ist in Auburn, beim Bezirksgericht . . .«

Pangborn seufzte und erhob sich. Gamache war siebenundsechzig Jahre alt gewesen. Er hatte mit seiner Frau in einem kleinen, ordentlichen Haus beim alten Eisenbahndepot gelebt, keine zwei Meilen von hier entfernt. Ihre Kinder waren erwachsen und fortgezogen. Es war Mrs. Gamache gewesen, die früh an diesem Morgen im Büro des Sheriffs angerufen hatte, nicht tatsächlich weinend, aber fast; sie sagte, sie wäre um sieben aufgewacht und hätte festgestellt, daß Homer, der, weil sie schnarchte, gelegentlich in einem der früheren Kinderzimmer schlief, nicht nach Hause gekommen war. Er war am Abend zuvor gegen sieben zum Kegeln gefahren, ganz wie immer, und hätte um Mitternacht, spätestens halb eins, wieder zu Hause sein müssen, aber alle Betten waren leer, und sein Pickup stand weder auf dem Hof noch in der Garage.

Sheila Brigham, die im Revier Telefondienst tat, hatte Pangborn über den Anruf informiert, und er hatte vom Münztelefon in Sonny Jacketts Garage, wo er gerade zum Auftanken Station gemacht hatte, zurückgerufen.

Mrs. Gamache konnte ihm alles sagen, was er über den Wagen wissen mußte – Chevrolet Pickup, Baujahr 1971, weiß, stellenweise mit rotbrauner Rostschutzfarbe übermalt und einem Gewehrständer auf der Ladefläche. Maine-Zulassungsnummer 96529 Q. Er hatte die Beschreibung über Funk an seine Leute weitergegeben (nur drei von ihnen, weil Clut in Auburn vor Gericht aussagte) und Mrs. Gamache gesagt, er würde sich melden, sobald er etwas wüßte. Er war nicht sonderlich beunruhigt gewesen. Gamache schmeckte das Bier, besonders an seinen Kegelabenden, aber er war kein Idiot. Wenn er so viel getrunken hatte, daß er das Gefühl hatte, nicht mehr sicher fahren zu können, dann hätte er auf der Couch im Wohnzimmer eines seiner Kegelbrüder schlafen können. Er hätte seinen künstlichen Arm vermutlich abgelegt und unter der Couch deponiert, um sicher zu sein, daß die Kinder des Kegelbruders, wenn sie vor Homer aufwachten, ihn nicht mit nach draußen nahmen und als Baseballschläger benutzten.

Doch wenn er das getan hatte, warum hatte er dann seine Frau nicht angerufen? Wußte er nicht, daß sie sich Sorgen machte? Nun, es war spät, und vielleicht wollte er sie nicht stören. Das war eine Möglichkeit. Eine bessere, dachte Pangborn, war die, daß er angerufen hatte und sie tief und fest schlafend im Bett lag, eine geschlossene Tür zwischen sich und dem einzigen Apparat im Haus, unten im Wohnzimmer am Ende der Diele. Und außerdem mußte man die Möglichkeit bedenken, daß sie so laut schnarchte, daß sich die Balken bogen.

Pangborn verabschiedete sich von der besorgten Frau und legte den Hörer auf; er war überzeugt, daß ihr Mann spätestens gegen elf auftauchen würde, beschämt und mehr als nur ein bißchen verkatert. Und wenn er auftauchte, würde Ellen dem alten Tunichtgut gründlich den Marsch blasen. Pangborn dagegen würde es sich angelegen sein lassen, Homer – unter vier Augen – zu belobigen, weil er so vernünftig gewesen war, in betrunkenem Zustand die dreißig Meilen zwischen South Paris und Castle Rock nicht zu fahren.

Ungefähr eine Stunde nach Ellen Gamaches Anruf kam ihm der Gedanke, daß an seiner ersten Beurteilung der Situation etwas nicht stimmte. Wenn Gamache im Haus eines Kegelbruders übernachtet hatte, so mußte es, wie Pangborn vermutete, das allererste Mal gewesen sein; andernfalls wäre seine Frau selbst auf diese Idee gekommen und hätte erst einmal abgewartet, bevor sie beim Sheriff anrief. Außerdem kam Pangborn der Gedanke, daß Homer Gamache ein bißchen zu alt war, um von seinen Gewohnheiten abzugehen. Wenn er die letzte Nacht in irgendeinem Haus verbracht hatte, konnte man davon ausgehen, daß er das schon öfter getan hatte, aber seine Frau hatte nichts dergleichen erwähnt. Wenn er schon früher nach Hause gefahren war, obwohl er einen über den Durst getrunken hatte, dann hätte er das auch gestern abend getan. Aber er war nicht nach Hause gekommen.

Also hat der alte Hund trotz alledem noch ein neues Kunststück gelernt, dachte er. *Das kommt vor. Vielleicht hat er auch mehr als gewöhnlich getrunken. Es kann natürlich auch sein, daß er ungefähr so viel getrunken hat wie sonst auch, aber stärker betrunken war. Es heißt, der Alkohol könnte einen einholen.*

Er versuchte, Homer Gamache zu vergessen, zumindest fürs erste. Er hatte einen Haufen Papierkram zu erledigen, und nun saß er an seinem Schreibtisch, rollte einen Bleistift hin und her und dachte über den komischen alten Kauz nach, der mit seinem Pickup irgendwo stecken mußte, den alten Kauz mit dem weißen, kurzgeschnittenen Haar und dem künstlichen Arm. Seinen eigenen hatte er an einem Ort namens Pusan verloren, in einem unerklärten Krieg, der stattgefunden hatte, als der größte Teil der heutigen Vietnam-Veteranen noch in die Windeln schiß. Aber all das bewegte nicht das Papier auf seinem Schreibtisch, und Gamache fand er damit auch nicht.

Trotzdem war er in Sheila Brighams kleines Büro gegangen, um sie zu bitten, mit Norris Ridgewick Verbindung aufzunehmen, damit er Norris fragen konnte, ob er etwas erfahren hatte. In diesem Moment hatte Ridgewick sich selbst gemeldet. Was Norris zu berichten hatte, ließ Pangborns Rinnsal von Unbehagen zu einem kalten, stetigen Strom anschwellen. Er lief durch seine Eingeweide und bewirkte, daß er sich leicht benommen fühlte.

Er spottete über die Leute, die in den Hörerprogrammen der Rundfunkanstalten über Telepathie und Vorahnungen redeten, spottete wie jemand, bei dem eine Art sechster Sinn so sehr Teil seines Lebens geworden ist, daß er sich dessen kaum noch bewußt ist. Aber wenn man ihn gefragt hätte, wovon er *in diesem Augenblick* überzeugt war, dann hätte er erwidert: *Als Norris sich meldete – ja, da wußte ich, daß der alte Mann schwer verletzt oder tot war. Vermutlich letzteres.*

3

Ridgewick hatte zufällig bei der Farm der Arsenaults an der Route 35 angehalten, ungefähr eine Meile südlich des Homeland-Friedhofs. Er hatte nicht einmal an Homer Gamache gedacht, obwohl die Arsenault-Farm und Homers Haus weniger als drei Meilen voneinander entfernt lagen und Homer, wenn er am Abend zuvor die übliche Strecke von South Paris nach Hause gefahren war, am Anwesen der Arsenaults hätte vorbeikommen müssen. Ridgewick hielt es für unwahrscheinlich, daß einer der Arsenaults Homer gesehen hatte; wenn das der Fall gewesen wäre, hätte Homer zehn Minuten später zu Hause eintreffen müssen.

Ridgewick hatte bei der Farm der Arsenaults nur deshalb angehalten, weil sie den besten Straßenverkaufsstand in den drei Ortsteilen hatten. Er war einer der seltenen Junggesellen, die gerne kochten, und hatte großen Appetit auf frische Zuckererbsen. Er wollte sich erkundigen, wann er bei den Arsenaults welche kaufen konnte. Erst als er bereits im Begriff war, wieder in seinen Streifenwagen zu steigen, kam er auf die Idee, Dolly Arsenault zu fragen, ob sie am Vorabend zufällig Homer Gamaches Wagen gesehen hätte.

»Also wissen Sie«, hatte Mrs. Arsenault gesagt, »ich finde es merkwürdig, daß Sie darauf kommen. Ich habe ihn tatsächlich gesehen. Gestern am späten Abend. Nein, wenn ich es recht bedenke, es war nach Mitternacht, denn Johnny Carson war noch auf dem Bildschirm, aber er war fast fertig. Ich wollte mir noch eine Portion Eis holen, mir noch eine Weile die David-Letterman-Show ansehen und dann zu Bett gehen. Ich schlafe in letzter Zeit nicht gut, und dieser Mann auf der anderen Straßenseite hat mich irgendwie nervös gemacht.«

»Was war das für ein Mann, Mrs. Arsenault?« fragte Norris interessiert.

»Ich weiß es nicht. Irgendein Mann. Er gefiel mir nicht. Konnte ihn kaum sehen, und trotzdem gefiel er mir nicht, wie finden Sie das? Hört sich blöd an, aber die Klapsmühle in Juniper Hill ist gar nicht so weit weg, und wenn man um ein Uhr nachts einen Mann allein auf einer Landstraße stehen sieht, dann reicht das aus, einen nervös zu machen, auch wenn er einen Anzug trägt.«

»Was war das für ein Anzug, den er getragen hat?« fragte Ridgewick, aber es war sinnlos. Mrs. Arsenault war eine der Frauen, die sich gerne reden hören, und sie überfuhr Ridgewick mit einem unerbittlichen Wortschwall. Er beschloß, sie ausreden zu lassen und nur festzuhalten, was von Belang war. Er zog sein Notizbuch aus der Tasche.

»Irgendwie«, fuhr sie fort, »machte mich der Anzug noch nervöser. Es kam mir nicht *richtig* vor, daß ein Mann um diese Zeit einen Anzug trägt, wenn Sie verstehen, was ich meine. Wahrscheinlich verstehen Sie es nicht, wahrscheinlich glauben Sie, ich wäre nur ein dummes altes Weib, und das bin ich wohl auch, aber bevor Homer auftauchte, hatte ich ein oder zwei Minuten lang das Gefühl, daß der Mann vielleicht zum Haus herüberkommen würde, und ich stand auf und sah erstmal nach, ob die Tür abgeschlossen war. Er schaute in diese Richtung, weil er sehen konnte, daß bei uns noch Licht brannte. Wahrscheinlich konnte er auch *mich* sehen, weil wir nur ganz dünne Gardinen haben. Sein Gesicht konnte ich nicht erkennen – der Mond hat nicht geschienen, und ich glaube nicht, daß wir hier draußen jemals Straßenlaternen bekommen werden, vom Kabelfernsehen ganz zu schweigen –, aber ich konnte sehen, wie er den Kopf drehte. Dann sah es aus, als wollte er tatsächlich die Straße überqueren – zumindest *glaube* ich, daß er es tat oder tun wollte, wenn Sie verstehen, was ich meine –, und ich dachte, er würde herüberkommen und an die Tür klopfen und sagen, sein Wagen hätte eine Panne und ob er das Telefon benutzen dürfte, und ich überlegte, was ich tun sollte, wenn er das tat, und ob ich überhaupt an die Tür gehen sollte. Wahrscheinlich bin ich ein dummes altes Weib, aber ich mußte an all die *Alfred Hitchcock Presents*-Sendungen denken, in denen ein Irrer vorkommt, der zuerst ganz reizend ist, dann aber zur Axt greift und jemanden in Stücke haut und die Stücke in den Kofferraum packt und nur erwischt wird, weil eines seiner Rücklichter nicht brennt oder so etwas – aber andererseits ...«

»Mrs. Arsenault, können Sie mir sagen ...«

»... wollte ich auch nicht so sein wie der Philister oder Sarazene oder der Mann aus Gomorra oder wer immer das war, der in der Geschichte vom Barmherzigen Samariter einfach auf der anderen Straßenseite vorüberging«, fuhr Mrs. Arsenault fort. »Irgendwie wußte ich nicht recht, wie ich mich verhalten sollte. Aber ich sagte mir ...«

Jetzt dachte Ridgewick nicht mehr an die Zuckererbsen. Endlich gelang es ihm, Mrs. Arsenaults Wortschwall zu stoppen, indem er ihr erklärte, der Mann, den sie gesehen hatte, könnte »in einer gegenwärtig laufenden Untersuchung« eine Rolle spielen. Er brachte sie wieder zum Anfang zurück und bat sie, ihm alles zu erzählen, was sie gesehen hatte, und dabei nach Möglichkeit auf *Alfred Hitchcock Presents* und die Geschichte vom Barmherzigen Samariter zu verzichten.

Die Geschichte, die er über Funk an Sheriff Alan Pangborn weitergab, war diese: Mrs. Arsenault hatte sich *The Tonight Show* allein angesehen; ihr Mann und ihre Söhne waren schon im Bett gewesen. Ihr Stuhl stand an dem Fenster, das auf die Route 35 hinausging. Die Jalousie war nicht heruntergelassen. Um 0.30 oder 0.40 Uhr hatte sie aufgeschaut und gesehen, daß auf der anderen Straßenseite ein Mann stand – das heißt, auf der Seite des Homeland-Friedhofs.

War der Mann aus dieser oder aus der entgegengesetzten Richtung gekommen?

Sie wußte es nicht. Sie vermutete zwar, daß er vielleicht aus der Homelandrichtung gekommen sein könnte, was hieß, daß er auf dem Weg aus der Stadt heraus war, aber sie konnte nicht mit Gewißheit sagen, wie sie auf diesen Gedanken gekommen war, weil sie einmal aus dem Fenster geschaut und nur die Straße gesehen hatte, und dann hatte sie noch einmal hinausgeschaut, bevor sie sich ihr Eis holte, und da war er dagewesen. Hatte einfach dagestanden und das erleuchtete Fenster beobachtet – und *sie* vermutlich. Sie glaubte, er würde die Straße überqueren oder war im Begriff, sie zu überqueren (vermutlich hat er nur dagestanden, dachte Pangborn; der Rest war nichts als Nervosität), als auf der Hügelkuppe Lichter erschienen. Als die Lichter auftauchten, hatte der Mann in dem Anzug in der zeitlosen, weltweit üblichen Geste des Anhalters den Daumen hochgereckt.

»Es war Homers Wagen, und Homer saß am Steuer«, berichtete Mrs. Arsenault. »Zuerst dachte ich, er würde einfach weiterfahren, wie es jeder vernünftige Mensch getan hätte, der mitten in der Nacht einen Anhalter sieht, aber dann leuchteten seine Bremslichter auf, und der Mann lief zur Beifahrerseite der Kabine und stieg ein.«

Mrs. Arsenault, die sechsundvierzig war und zwanzig Jahre älter aussah, schüttelte den Kopf.

»Homer muß voll gewesen sein«, erklärte sie Ridgewick. »Voll oder schwachsinnig. Aber ich kenne Homer seit fast fünfunddreißig Jahren. Schwachsinnig ist er nicht.«

Sie hielt einen Moment nachdenklich inne.

»Jedenfalls im allgemeinen nicht.«

Ridgewick versuchte, von Mrs. Arsenault nähere Angaben über den Anzug zu erhalten, den der Mann getragen hatte, aber er hatte damit kein Glück. Zu dumm, daß die Straßenbeleuchtung am Homeland-Friedhof endete, aber die finanziellen Möglichkeiten von Kleinstädten wie Castle Rock waren beschränkt.

Es war ein Straßenanzug gewesen, dessen war sie sich sicher, kein Sportjackett oder irgendeine andere Jacke, und er war nicht schwarz gewesen, aber das ließ ein ganzes Spektrum von anderen Farben offen. Mrs. Arsenault glaubte nicht, daß der Anzug weiß gewesen war, sie war lediglich bereit zu schwören, daß er nicht schwarz gewesen war.

»Kein Mensch verlangt von Ihnen, daß Sie schwören, Mrs. A.«, sagte Ridgewick.

»Wenn man mit einem Polizeibeamten in einer offiziellen Angelegenheit spricht«, erwiderte Mrs. A., wobei sie die Arme verschränkte und die Hände unter die Ärmel ihres Pullovers schob, »dann läuft es auf dasselbe hinaus.«

Was sie wußte, war im Grunde nur, daß sie gesehen hatte, wie Homer Gamache um Viertel vor eins einen Anhalter mitgenommen hatte. Nichts, um dessentwillen man das FBI anrufen mußte, hätte man meinen sollen. Ominös wurde die Sache erst, wenn man die Tatsache hinzunahm, daß Homer seinen Passagier kaum drei Meilen von seiner eigenen Haustür entfernt hatte einsteigen lassen – und nicht zu Hause angekommen war.

Auch was den Anzug betraf, hatte Mrs. Arsenault recht. Das Auftauchen eines Anhalters mitten in der Nacht und so weit draußen war an sich schon merkwürdig genug – um Viertel vor eins hätte jeder gewöhnliche Landstreicher in einer verlassenen Scheune oder im Schuppen irgendeines Farmers geschlafen –, aber wenn man die Tatsache hinzunahm, daß er außerdem einen Anzug und eine Krawatte getragen hatte (»Irgendeine dunkle Farbe«, hatte Mrs. A. gesagt, »aber verlangen Sie nicht von mir, daß ich schwöre, *welche* dunkle Farbe sie hatte, denn das kann ich nicht und das will ich nicht«), dann wurde die Sache immer ominöser.

»Was soll ich nun tun?« hatte Ridgewick über Funk gefragt, nachdem er seinen Bericht durchgegeben hatte.

»Bleiben Sie dort«, sagte Pangborn, »und lassen Sie sich von Mrs. Arsenault *Alfred Hitchcock Presents*-Geschichten erzählen. Die meisten sind ziemlich spannend.«

Doch noch bevor er eine halbe Meile zurückgelegt hatte, hatte der Ort seines Zusammentreffens mit Ridgewick von der Arsenault-Farm zu einer etwa eine Meile westlich davon gelegenen Stelle gewechselt. Ein Junge namens Frank Gavineaux, der unten am Strimmer's Brook geangelt hatte, hatte zwei Beine entdeckt, die an der Südseite der Route 35 aus dem hohen Unkraut herausragten. Er war nach Hause gerannt und hatte es seiner Mutter erzählt. Sie hatte das Büro des Sheriffs angerufen. Sheila Brigham hatte die Nachricht an Alan Pangborn und Norris Ridgewick weitergegeben. Sheila hielt sich an die Vorschriften und nannte keinen Namen – es gab zu viele Neugierige mit großen Cobras und Bearcats, die ständig den Polizeifunk abhörten –, aber der betroffene Ton ihrer Stimme verriet Pangborn, daß sie sich gut vorstellen konnte, wem diese Beine gehörten.

So ziemlich das einzig Gute, das an diesem Morgen passierte, war, daß Ridgewick mit dem Entleeren seines Magens fertig war, bevor Pangborn ankam, und daß er noch soviel Verstand besessen hatte, sich an der Nordseite der Straße zu übergeben, weit weg von der Leiche und von allen Spuren, die vielleicht in ihrer näheren Umgebung zu finden waren.

»Was jetzt?« fragte Ridgewick und unterbrach damit den Lauf seiner Gedanken.

Pangborn seufzte schwer und hörte auf, die Fliegen von dem zu verscheuchen, was von Homer übriggeblieben war. Er kam nicht gegen sie an. »Jetzt gehe ich die Straße hinunter und bringe Ellen Gamache bei, daß letzte Nacht der Witwenmacher ihren Mann besucht hat. Sie bleiben hier bei der Leiche. Versuchen Sie, die Fliegen von ihm fernzuhalten.«

»Es sind verdammt viele, Sheriff. Und außerdem ist er...«

»Tot, ja, da haben Sie verdammt recht. Ich *weiß* nicht, warum. Aber ich habe das Gefühl, wir müßten es tun. Den Arm können wir ihm nicht wieder anschnallen, aber wir können zumindest verhindern, daß die Fliegen auf das scheißen, was von seiner Nase noch übrig ist.«

»Okay«, sagte Ridgewick demütig. »Okay, Sheriff.«

»Norris, glauben Sie, daß Sie mich ›Alan‹ nennen könnten, wenn Sie sich sehr anstrengten? Wenn Sie üben würden?«

»Natürlich, Sheriff, ich denke schon.«

Pangborn stöhnte leise und warf noch einen letzten Blick auf das Stück Straßengraben, das, wenn er zurückkam, höchstwahrscheinlich mit leuchtendgelben, an Vermessungsstangen befestigten Warnbändern abgesperrt sein würde. Der County Coroner würde da sein. Henry Payton von der Kriminalabteilung der Staatspolizei würde da sein. Die Fotografen und die Techniker von der Abteilung Kapitalverbrechen der Staatsanwaltschaft vermutlich noch nicht – es sei denn, ein paar von ihnen wären eines anderen Falles wegen bereits irgendwo in der Nähe–, aber sie würden wenig später eintreffen. Gegen dreizehn Uhr würde auch das fahrbare Labor der Staatspolizei da sein und mit ihm eine Horde von Sachverständigen einschließlich eines Typs, der die Aufgabe hatte, Gips anzurühren und Abgüsse von den Reifenabdrükken herzustellen, über die Ridgewick intelligenter- oder glücklicherweise nicht mit seinem Streifenwagen hinweggefahren war (Pangborn entschied sich, etwas zögernd, für glücklicherweise).

Und worauf würde alles hinauslaufen? Auf nicht mehr als das: Ein halbbetrunkener alter Mann hatte angehalten, um einem Fremden einen Gefallen zu tun. (*Springen Sie rein, mein Junge,* konnte Pangborn ihn sagen hören. *Ich fahre zwar nur ein paar Meilen, aber damit kommen Sie wenigstens ein Stückchen weiter*), und der Fremde hatte es ihm gedankt, indem er den alten Mann erschlug und den Wagen stahl.

Er vermutete, daß der Mann in dem Straßenanzug Homer gebeten hatte, an den Straßenrand zu fahren – der wahrscheinlichste Vorwand war, daß er sagte, er müßte pinkeln. Und dann, als der Wagen stand, hatte er den alten Mann k.o. geschlagen, ihn herausgezerrt und...

Ja, und da war es schlimm geworden. Verdammt schlimm.

Pangborn warf noch einen letzten Blick in den Straßengraben, dorthin, wo Ridgewick neben dem blutüberströmten Stück Fleisch hockte, das einmal ein Mensch gewesen war, und von dem, was Homers Gesicht gewesen war, mit seinem Clipboard geduldig die Fliegen verscheuchte – und dabei spürte, wie sich ihm wieder der Magen umdrehte.

Er war nur ein alter Mann, du Dreckskerl – ein alter Mann, der einen über den Durst getrunken hatte und überdies nur noch einen richtigen Arm hatte, ein alter Mann, dessen einziges Vergnügen sein allwöchentlicher Kegelabend war. Also warum hast du ihn nicht einfach in der Kabine seines Wagens k.o. geschlagen und es dabei belassen? Es war eine warme Nacht, und selbst wenn es ein bißchen kühl gewesen wäre, so hätte ihm das wahrscheinlich nicht viel ausgemacht. Ich wette meine Uhr darauf, daß wir eine Menge alkoholischer Frostschutzmittel in seinem Körper finden werden. Und die Zulassungsnummer seines Pickup geht ohnehin in die Fahndung. Also warum dies? Mann, ich hoffe, ich bekomme Gelegenheit, dich das zu fragen.

Aber spielte der Grund eine Rolle? Das einzige, was Pangborn wußte, war, daß es für Homer Gamache keine Rolle mehr spielte. Für Homer Gamache würde nie mehr etwas eine Rolle spielen. Denn nachdem er ihm diesen ersten Schlag versetzt hatte, hatte der Anhalter ihn aus der Kabine und in den Graben gezerrt, wahrscheinlich, indem er ihn unter den Achselhöhlen packte. Um die Spuren deuten zu können, war Pangborn nicht auf die Leute vom Dezernat für Kapitalverbrechen angewiesen. Irgendwann hatte der Anhalter Homers Behinderung entdeckt. Und auf dem Grund des Grabens hatte er dem alten Mann die Armprothese vom Körper gerissen und ihn damit zu Tode geknüppelt.

Fünftes Kapitel

96529 Q

»Moment. Moment mal«, sagte Connecticut State Trooper Warren Hamilton laut, obwohl er ganz allein in seinem Streifenwagen saß. Es war der Abend des 2. Juni, rund dreißig Stunden nach der Entdeckung von Homer Gamaches Leiche in einer kleinen Stadt in Maine, deren Namen Hamilton noch nie gehört hatte.

Er befand sich auf dem Parkplatz von MacDonald's an der südwärts führenden Spur der I-95 in Westport. Er hatte es sich zur Gewohnheit gemacht, die Imbiß- und Tankstellenparkplätze zu kontrollieren, wenn er auf der Interstate Streife fuhr; wenn man nachts an der letzten Reihe der geparkten Fahrzeuge entlangkroch, machte man manchmal einen guten Fang. Besser als gut. Beeindruckend. Wenn er das Gefühl hatte, auf etwas gestoßen zu sein, führte er oft Selbstgespräche. Sie begannen häufig mit *Moment. Moment mal*, und dann kam so etwas wie *Das sollten wir uns doch ein bißchen genauer ansehen* oder *Frag Mama, ob so was möglich ist*.

»Was haben wir denn hier?« murmelte er in diesem Fall und wendete den Streifenwagen. An einem Camaro vorbei. An einem Toyota vorbei, der im Licht der starken Natriumdampflampen aussah wie ein betagtes Stück Scheiße. Und – jawohl! Ein alter GMC Pickup, der im gleißenden Licht orangefarben aussah, was bedeutete, daß er weiß oder hellgrau war.

Er griff nach seiner Taschenlampe und richtete ihren Strahl auf das Nummernschild. Die Nummernschilder wurden, nach Trooper Hamiltons bescheidener Ansicht, allmählich besser. Ein Staat nach dem anderen setzte ein kleines Bild darauf. Dadurch ließen sie sich nachts besser identifizieren, wenn die tatsächlichen Farben je nach Beleuchtung die unmöglichsten Töne annahmen. Und die schlimmste Beleuchtung, die man sich zum Identifizieren von Nummernschildern überhaupt vorstellen konnte, waren diese verdammten Natriumdampflampen mit ihrem orangegelben Licht. Er wußte nicht, ob sie Vergewaltigungen und Überfälle vereitelten, wozu sie eigentlich installiert worden waren, aber er war sich ganz sicher, daß sie schuld daran waren, daß sich schwer arbeitende Cops wie er bei der Identifizierung gestohlener oder flüchtiger Wagen unzählige Male geirrt hatten.

Die kleinen Bilder trugen sehr viel dazu bei, daß derartige Irrtümer seltener wurden. Eine Freiheitsstatue war sowohl in hellem Sonnenlicht als auch im orangegelben Gleißen dieser verdammten Lampen eine Freiheitsstatue. Und das bedeutete New York.

Genau so, wie dieses blöde Krabbeltier, auf das er jetzt den Strahl seiner Taschenlampe gerichtet hatte, Maine bedeutete. Man brauchte sich nicht mehr die Augen zu verderben, um VACATIONLAND zu entziffern oder zu überlegen, ob das, was rosa oder orange oder stahlblau zu sein schien, in Wirklichkeit weiß war. Man hielt einfach Ausschau nach dem blöden Krabbeltier. Es handelte sich um einen Hummer, das wußte Hamilton, aber ein blödes Krabbeltier blieb auch unter einem anderen Namen ein blödes Krabbeltier. Er hätte eher Scheiße gefressen, als eines dieser blöden Krabbeltiere in den Mund zu stecken, aber er war trotzdem heilfroh, daß es sie gab.

Zumal wenn er nach einem Wagen mit einem Krabbeltiernummernschild fahndete, wie es heute abend der Fall war.

»Frag Mama, ob so was möglich ist«, murmelte er und schaltete seinen Streifenwagen auf Parken. Er löste sein Clipboard aus der Halterung, die es unmittelbar über dem Tunnel der Antriebswelle in der Mitte des Armaturenbretts festhielt, schlug das leere Vorladungsformular zurück, das alle Polizisten zum Abdecken ihrer Fahndungslisten benutzten (damit nicht Krethi und Plethi Gelegenheit hatten, auf die Liste der Nummernschilder zu gaffen, für die die Cops sich interessierten, während der Cop, dem die Liste gehörte, sich einen Hamburger einverleibte oder einen schnellen Abstecher zur Toilette einer gerade am Wege liegenden Tankstelle machte), und ließ den Daumennagel über die Liste gleiten.

Da war es. 96529 Q, Staat Maine, Heimat der blöden Krabbeltiere.

Im Vorbeifahren hatte Trooper Hamilton festgestellt, daß niemand in der Fahrerkabine saß. Er hatte einen Gewehrständer gesehen, aber der war leer. Es war möglich – nicht wahrscheinlich, aber immerhin möglich –, daß sich auf der *Ladefläche* des Pickup jemand aufhielt. Es war sogar möglich, daß dieser Jemand das Gewehr in der Hand hielt, das in den Ständer gehörte. Wahrscheinlicher war, daß der Fahrer entweder längst fort war oder im Restaurant einen Hamburger aß. Trotzdem . . .

»Es gibt *alte* Cops und *kühne* Cops, aber keine *alten* kühnen Cops«, sagte Trooper Hamilton leise. Er schaltete die Taschenlampe aus und fuhr langsam an den geparkten Fahrzeugen entlang. Er machte noch zweimal halt, ließ die Taschenlampe noch zweimal aufblinken, machte sich aber gar nicht erst die Mühe, die Wagen, die er anleuchtete, genauer zu betrachten. Es bestand immerhin die Möglichkeit, daß Mr. 96529 Q gerade auf dem Rückweg aus dem Restaurant oder von der Toilette gewesen war und gesehen hatte, wie Hamilton seine Taschenlampe auf den gestohlenen Wagen richtete, und wenn er nun sah, daß der Streifenwagen weitergefahren war und andere Wagen aufs Korn nahm, dann würde er vielleicht nicht nervös werden.

»Sicher ist sicher«, stellte Trooper Hamilton fest. Auch das war eine Redewendung, die er liebte; er gebrauchte sie nicht ganz so oft wie *Frag Mama, ob so was möglich ist*, aber viel fehlte daran nicht.

Er lenkte den Streifenwagen in eine Parklücke, von der aus er den Pickup im Auge behalten konnte. Er meldete sich bei seiner Basis, die keine vier Meilen entfernt war, und berichtete, daß er den GMC Pickup gefunden hätte, den Maine in einem Mordfall suchte. Er forderte Verstärkung an und wurde informiert, daß sie bald eintreffen würde.

Hamilton bemerkte niemanden, der auf den Pickup zuging, und gelangte zu dem Schluß, daß es nicht übermäßig kühn wäre, wenn er sich dem Wagen vorsichtig näherte. Im Gegenteil – seine Kollegen würden ihn für einen Waschlappen halten, wenn sie ankamen und er immer noch in sicherer Entfernung im Dunkeln saß.

Er stieg aus, öffnete das Holster, in dem sein Revolver steckte, zog ihn aber nicht heraus. Er hatte die Waffe bisher nur zweimal gezogen und noch nie abgefeuert, und er hatte auch jetzt nicht die Absicht, sie zu ziehen. Er näherte sich dem Pickup in einem Winkel, der es ihm erlaubte, sowohl den Wagen – insbesondere die Ladefläche des Wagens – als auch den Zugang von MacDonald's her im Auge zu behalten. Er blieb stehen, als ein Mann und eine Frau herauskamen und auf eine drei Reihen näher zum Restaurant hin geparkte Ford-Limousine zugingen, und setzte sich wieder in Bewegung, als sie eingestiegen waren und auf die Ausfahrt zusteuerten.

Hamiltons rechte Hand lag auf dem Kolben seines Dienstrevolvers, die linke ließ er auf die Hüfte fallen. Auch die Dienstgürtel wurden, nach Hamiltons bescheidener Ansicht, allmählich besser. Seit seiner Kindheit war er ein begeisterter Fan von Batman gewesen – er argwöhnte sogar, daß Batman zu seinem Entschluß beigetragen hatte, zur Polizei zu gehen (ein Umstand, den er natürlich bei seiner Bewerbung unerwähnt gelassen hatte). Batmans tollstes Ausrüstungsstück war für ihn jedoch nicht der Batpole oder der Batarang gewesen, nicht einmal das Batmobile, sondern der Vielzweckgürtel. Dieses wunderbare Ding hatte etwas von einem guten Laden für Geschenkartikel an sich, denn es enthielt für alle Gelegenheiten etwas, sei es ein Seil, eine Nachtsichtbrille oder ein paar Kapseln Betäubungsgas. Sein Dienstgürtel reichte da bei weitem nicht heran, aber an seiner linken Seite waren drei Schlaufen angebracht, in denen drei sehr nützliche Dinge steckten. Eines davon war ein batteriebetriebener Zylinder mit der Markenbezeichnung *Nieder, Hund!* Wenn man auf den roten Knopf an der Oberseite des Gerätes drückte, gab *Nieder, Hund!* einen Ultraschallpfiff von sich, der selbst wildgewordene Stiere in schlaffe Spaghetti verwandelte. Daneben hingen eine Sprühdose mit Mace (dem Äquivalent der Staatspolizei von Connecticut zu Batmans Betäubungsgas) sowie eine starke, von vier Batterien gespeiste Handlampe.

Hamilton zog die Lampe aus der Schlaufe, schaltete sie ein und schirmte einen Teil des Lichtstrahls mit der linken Hand ab. Die rechte Hand lag nach wie vor auf dem Kolben seines Revolvers. Alte Cops, kühne Cops, aber keine *alten* kühnen Cops.

Er ließ den Lichtstrahl über die Ladefläche des Pickup wandern. Ein Stück Segeltuch lag darauf, sonst nichts. Die Ladefläche war so leer wie die Fahrerkabine.

Die ganze Zeit hatte Hamilton sicheren Abstand von dem GMC mit den Krabbeltiernummernschildern gehalten – das war ihm so in Fleisch und Blut übergegangen, daß er es ganz unbewußt getan hatte. Jetzt bückte er sich und leuchtete *unter* den Wagen. Das war für jemanden, der ihm Böses wollte, das unwahrscheinlichste Versteck, aber er wollte nicht riskieren, daß der Geistliche beim übernächsten Gottesdienst seine Predigt mit den Worten begann: »Liebe Freunde, wir sind heute hier zusammengekommen, um das unerwartete Hinscheiden von Trooper Hamilton zu betrauern.« Das wäre einfach zu blöd.

Er ließ den Lichtstrahl schnell von links nach rechts wandern und entdeckte nichts außer einem rostigen Auspufftopf, der vermutlich demnächst abfallen würde – aber wenn er es tat, würde der Fahrer kaum einen Unterschied bemerken.

»Ich glaube, wir sind unter uns«, sagte Trooper Hamilton. Er untersuchte ein letztes Mal die Umgebung des Wagens und achtete abermals besonders auf den Zugang vom Restaurant. Er bemerkte niemanden, der *ihn* beobachtete, und so trat er ans Fenster der Fahrerkabine und leuchtete hinein.

»Heiliger Strohsack!« murmelte Hamilton. Er war plötzlich sehr dankbar für die Natriumdampflampen, die ihr orangegelbes Licht über den Parkplatz und in die Fahrerkabine ergossen, denn sie gaben dem, wovon er wußte, daß es rotbraun war, einen fast schwarzen Farbton, wodurch das Blut eher aussah wie Tusche. »Er ist so damit gefahren! Großer Gott, ist er etwa die ganze Strecke von Maine bis hierher so damit gefahren? Frag Mama ...«

Er lenkte den Lichtstrahl abwärts. Der Sitz und der Boden des GMC waren ein Saustall. Er sah Bierdosen, Coladosen, leere oder fast leere Tüten von Kartoffelchips und Knusperschwarten, Schachteln, die Big Macs und Whoppers enthalten hatten. Ein Klumpen von etwas, das aussah wie Kaugummi, klebte auf dem metallenen Armaturenbrett oberhalb des Loches, in dem einst ein Radio gesessen hatte. Im Aschenbecher lagen zahlreiche Stummel von filterlosen Zigaretten.

Aber vor allem war Blut da.

Es waren Blutflecke auf dem Sitz. Blut war ins Lenkrad eingerieben. Ein angetrockneter Blutfleck klebte auf dem Hupenring und verdeckte das Chevrolet-Emblem fast vollständig. Blut war auf dem Türgriff an der Fahrerseite und Blut war auf dem Rückspiegel – dieser Fleck war ein kleiner Kreis, der ein Oval sein wollte, und Hamilton dachte, daß Mr. 96529 Q möglicherweise einen fast perfekten Daumenabdruck im Blut seines Opfers hinterlassen hatte, als er den Spiegel zurechtrückte. Auch auf einer der Big-Mac-Schachteln war ein großer Blutfleck; außerdem schienen ein paar Haare darauf zu kleben.

»Was hat er der Bedienung im Drive-In erzählt?« murmelte Hamilton. »Daß er sich beim Rasieren geschnitten hat?«

Hinter sich hörte Hamilton ein scharrendes Geräusch. Er wirbelte herum, hatte das Gefühl, zu langsam zu sein, hatte das Gefühl, daß er trotz all seiner routinemäßigen Vorsichtsmaßnahmen zu kühn gewesen war, um jemals alt zu werden, denn hieran war nichts routinemäßig, ganz und gar nicht, der Kerl war hinter ihm, und bald würde noch mehr Blut in der Kabine des alten Chevrolet-Pickup sein, *sein* Blut, weil ein Kerl, der es fertigbrachte, in einem derartigen Schlachthaus den ganzen Weg von Maine bis fast an die Grenze des Staates New York zu fahren, ein Psychopath war, die Art von Mann, die einen State Trooper umbringen und sich so wenig dabei denken wie beim Kauf einer Tüte Milch.

Zum dritten Mal während seiner gesamten Dienstzeit zog Hamilton seinen Revolver, spannte den Hahn und hätte fast einen Schuß (oder zwei oder drei) auf nichts als die Dunkelheit abgegeben; seine Nerven waren bis zum Zerreißen gespannt. Aber es war niemand da.

Hamilton stand da, ließ langsam den Revolver sinken, und das Blut hämmerte in seinen Schläfen.

Ein leichter Windstoß fegte durch die Dunkelheit. Wieder das scharrende Geräusch. Auf dem Gehweg sah er eine Hamburger-Schachtel – aus *diesem* MacDonald's, kein Zweifel, wie schlau Sie sind, Holmes, nicht der Rede wert, Dr. Watson, es war wirklich ganz simpel –, die einen oder anderthalb Meter weit rutschte und dann wieder still dalag.

Hamilton ließ langsam und zittrig den angehaltenen Atem entweichen und sicherte seinen Revolver wieder. »Da hätten Sie sich fast ein Ding geleistet, Mr. Holmes«, sagte er mit einer Stimme, die nicht ganz stetig war. »Hätten sich beinahe ein CR-14 aufgehalst.« CR-14 war ein »Schuß/Schüsse abgegeben«-Formular.

Er dachte daran, seinen Revolver wieder ins Holster zu stecken, da jetzt feststand, daß es nichts zu erschießen gab außer einer leeren Hamburger-Schachtel, doch dann beschloß er, ihn in der Hand zu behalten, bis die anderen Streifenwagen eingetroffen waren. Er fühlte sich gut an in seiner Hand. Beruhigend. Weil es nicht nur das Blut war oder die Tatsache, daß der Mann, den irgendein Cop in Maine wegen Mordes suchte, in dieser Schweinerei in aller Gemütsruhe an die vierhundert Meilen gefahren war. Von dem Wagen ging ein Geruch aus, der eine gewisse Ähnlichkeit mit dem hatte, der eine Stelle umgab, an der ein Auto einen Skunk überfahren und zermalmt hatte. Er wußte nicht, ob seine Kollegen, wenn sie ankamen, diesen Geruch auch wahrnehmen würden oder ob nur er es tat, aber das kümmerte ihn wenig. Es war nicht der Geruch nach Blut oder verdorbenem Essen oder Körperausdünstungen. Es war, dachte er, der Geruch von etwas Bösem. Etwas sehr, sehr Bösem. Etwas so Bösem, daß er seinen Revolver nicht wegstecken mochte, obwohl er fast sicher war, daß der Mann, von dem dieser Geruch ausging, verschwunden war, vermutlich schon vor Stunden – von dem tickenden Geräusch eines noch warmen Motors war nichts zu hören. Aber das spielte keine Rolle. Es änderte nichts an dem, was er wußte. Eine Zeitlang hatte ein schreckliches Tier in dem Pickup gehaust, und er wollte nicht das geringste Risiko eingehen, daß das Tier womöglich zurückkam und ihn unvorbereitet antraf. Worauf Mama sich verlassen konnte.

Er stand da, den Revolver in der Hand und ein Kribbeln im Nacken, und es schien eine Ewigkeit zu dauern, bis die Verstärkung endlich eintraf.

Sechstes Kapitel

Tod in einer großen Stadt

Dodie Eberhart war stocksauer, und wenn Dodie Eberhart stocksauer war, dann gab es in der Stadt Washington D.C. eine Frau, mit der man sich besser nicht anlegte. Sie stieg die Treppe in dem Mietshaus an der L Street mit der Schwerfälligkeit (und fast der Masse) eines Nashorns hinauf, das eine offene Savanne durchquert. Ihr marineblaues Kleid spannte und entspannte sich über einem Busen, der fast zu groß war, als daß man ihn einfach als üppig hätte bezeichnen können. Ihre fleischigen Arme schwangen wie Pendel.

Vor einer ganzen Reihe von Jahren war diese Frau eines der tollsten Callgirls von Washington gewesen. Damals hatten ihre Größe – einsfünfundachtzig – und ihr gutes Aussehen sie zu mehr gemacht als einer gewöhnlichen Hure; sie war so gefragt, daß eine Nacht mit ihr fast den gleichen Wert hatte wie eine Trophäe im Zimmer eines jagdliebenden Gentleman, und wenn sich jemand die Mühe machte, die Fotos von den zahlreichen *fêtes* und *soirées* zu betrachten, die während der zweiten Johnson-Administration und der ersten Nixon-Administration aufgenommen wurden, dann würde er auf vielen von ihnen Dodie Eberhart entdecken, gewöhnlich am Arm eines Mannes, dessen Name häufig in politischen Berichten und Artikeln erschien. Schon ihre Größe verhinderte, daß man sie übersah.

Dodie war eine Hure mit dem Herzen eines Bankangestellten und der Seele einer räuberischen Küchenschabe. Zwei ihrer Stammkunden, der eine ein Senator von den Demokraten, der andere ein Abgeordneter der Republikaner, beide erheblich älter als sie, hatten ihr so viel Geld vermacht, daß sie sich aus dem Geschäft zurückziehen konnte. Beide hatten es nicht ganz aus freien Stücken getan, aber Dodie war sich klar darüber, daß das Krankheitsrisiko nicht gerade geringer wurde (und hohe Regierungsbeamte waren für AIDS und Geschlechtskrankheiten ebenso anfällig wie gewöhnliche Sterbliche); außerdem wurde sie nicht jünger. Sie hatte sich nicht darauf verlassen, daß die beiden Herren sie in ihrem Testament bedachten, was beide versprochen hatten. Tut mir leid, hatte sie zu ihnen gesagt, aber ich glaube nicht mehr an den Weihnachtsmann. Little Dodie muß zusehen, wie sie zurechtkommt.

Mit dem Geld hatte Little Dodie drei Mietshäuser gekauft. Die Jahre waren vergangen. Aus den fünfundachtzig Kilo, die starke Männer auf die Knie gezwungen hatte (wobei sie gewöhnlich nackt vor ihnen stand), waren fast hundertfünfzig geworden. Investitionen, die in den siebziger Jahren einträglich gewesen waren, waren in den achtzigern verfallen, obwohl es schien, als ob alle anderen Leute, die ihr Geld in Aktien gesteckt hatten, gut zurechtkämen. Zu ihren Kunden hatten zwei hervorragende Börsenmakler gehört; es gab Zeiten, in denen sie sich wünschte, sie hätte auch nach ihrem Rückzug ins Privatleben mit ihnen Verbindung gehalten.

Ein Haus war sie 1984 losgeworden, das zweite 1986 nach einer verheerenden Buchprüfung durch die Steuerbehörde. An diesem in der L Street hatte sie festgehalten, weil sie überzeugt war, daß es in einer Gegend lag, in der sich etwas tun würde. Aber bisher hatte sich noch nichts getan, und sie glaubte auch nicht, daß sich in absehbarer Zeit etwas tun würde. Wenn es doch geschah, würde sie ihre Koffer packen und nach Aruba ziehen. Bis dahin würde sie zusehen müssen, wie sie zurechtkam.

Was sie seit jeher getan hatte.

Was sie auch weiterhin tun würde.

Und Gott helfe jedem, der sich ihr in den Weg stellte.

Wie zum Beispiel Mr. Frederick »Großmaul« Clawson.

Sie erreichte den Treppenabsatz im zweiten Stock. Aus der Wohnung der Shulmans dröhnte *Guns 'n' Roses*.

»DREHT DAS SCHEISSDING LEISE!« brüllte sie aus voller Lunge – und wenn Dodie Eberhart ihre Stimme auf höchste Lautstärke erhob, dann zerbarsten Fensterscheiben, platzte kleinen Kindern das Trommelfell, und Hunde fielen tot um.

Sofort verwandelte sich das Kreischen der Musik in ein Flüstern. Sie konnte direkt spüren, wie sich die Shulmans zitternd aneinanderdrückten wie zwei verängstigte junge Hunde im Gewitter und beteten, daß nicht sie es waren, denen die böse Hexe einen Besuch abstatten wollte.

Sie hatten Angst vor ihr, und sie taten gut daran. Shulman war Anwalt und arbeitete bei einer einflußreichen Firma, aber er war noch zwei Magengeschwüre weit davon entfernt, selbst so einflußreich zu sein, daß Dodie sich vorsehen mußte. Wenn er ihr in diesem Stadium seines jungen Lebens in die Quere kam, würde sie Kleinholz aus ihm machen; er wußte es, und das war sehr befriedigend.

Wenn sowohl die Bankkonten als auch die Börsenkonten in die roten Zahlen rutschten, dann mußte man zusehen, wo man seine Befriedigung herbekam.

Ohne innezuhalten, bog Dodie um die Ecke und begann, die Treppe zum dritten Stock emporzusteigen, wo Mr. Frederick »Großmaul« Clawson in einsamer Höhe residierte. Sie bewegte sich nach wie vor wie ein Nashorn in der Savanne, mit hoch erhobenem Kopf, nicht im mindesten außer Atem trotz ihres Gewichts, das die solide gebaute Treppe leicht erbeben ließ.

Sie freute sich auf die Begegnung mit ihm.

Clawson stand noch nicht einmal auf einer der unteren Stufen einer Firmenleiter. Bisher stand er noch auf überhaupt keiner Stufe. Wie alle Jurastudenten, die sie je kennengelernt hatte (zumeist als Mieter; zu ihrem Kundenkreis in dem, was sie jetzt ihr »anderes Leben« nannte, hatte ganz bestimmt keiner gehört), bestand auch er überwiegend aus hochgesteckten Zielen und leerem Portemonnaie, die beide auf einem reichlichen Quantum heißer Luft schwebten. In der Regel wußte Dodie durchaus, was sie von diesen Elementen zu halten hatte. Auf das Geschwätz eines Jurastudenten hereinzufallen, war ihrer Ansicht nach ebenso blöd, wie einen Kunden umsonst ranzulassen. Wenn man erst einmal damit anfing, konnte man sich gleich aufhängen.

Aber Mr. Frederick »Großmaul« Clawson war es gelungen, eine Bresche in ihre Verteidigungsanlagen zu schlagen. Er war viermal nacheinander mit der Miete im Rückstand gewesen, und sie hatte es ihm durchgehen lassen, weil sie überzeugt war, daß in seinem Fall die abgedroschene alte Masche tatsächlich der Wahrheit entsprach (oder entsprechen würde): er würde zu Geld kommen.

Er hätte das nicht bei ihr geschafft, wenn er bewiesen hätte, daß Sidney Sheldon in Wirklichkeit Robert Ludlum oder Victoria Holt in Wirklichkeit Rosemary Rogers war, denn diese Leute und ihre Milliarden von Kollegen waren ihr scheißegal. Sie stand auf Kriminalromane, besonders solche, in denen es wirklich hart auf hart ging. Sie nahm an, daß es massenhaft Leute gab, die das romantische Geschwätz und das Spionagegeschwätz lasen, wenn man den Bestsellerlisten der *Post* glauben durfte; Elmore Leonard dagegen hatte sie schon Jahre vor seinem Auftauchen auf den Listen gelesen, und auch für Jim Thompson, David Goodis, Horace McCoy, Charles Willeford und die anderen dieser Männer hatte sie sehr viel übrig. Kurzum, Dodie Eberhart liebte Romane, in denen Männer Banken ausraubten, sich gegenseitig erschossen und Zuneigung bewiesen, indem sie ihre Frauen windelweich prügelten.

George Stark war, wie sie meinte, der beste von ihnen – oder war es gewesen. Sie hatte all seine Bücher verschlungen. Von *Machine's Way* und *Oxford Blues* bis hin zu *Riding to Babylon*, das nun offenbar das letzte gewesen war.

Das Großmaul im dritten Stock war von Notizen und Büchern umgeben gewesen, als sie zum ersten Mal erschien, um die Miete einzufordern (die erst seit drei Tagen überfällig war, aber wenn man den Kerlen den kleinen Finger reichte, nahmen sie gleich die ganze Hand), und nachdem sie sich um ihr Geschäft gekümmert und er versprochen hatte, bis Mittag des folgenden Tages zu bezahlen, hatte sie ihn gefragt, ob die gesammelten Werke von George Stark neuerdings zur Pflichtlektüre für Jurastudenten gehörten.

»Nein«, hatte Clawson mit einem strahlenden, fröhlichen und ausgesprochen räuberischen Lächeln geantwortet, »aber vielleicht werden sie einen *finanzieren.*«

Mehr als alles andere war es dieses Lächeln gewesen, das sie in seinen Bann geschlagen und sie veranlaßt hatte, in diesem Fall die Leine länger zu lassen, die sie in allen anderen Fällen brutal straffgezogen hatte. Sie hatte es schon viele Male gesehen – in ihrem Spiegel. Damals hatte sie geglaubt, daß man ein derartiges Lächeln nicht vortäuschen konnte, und sie glaubte es nach wie vor. Clawson hatte Thaddeus Beaumont tatsächlich die Daumenschrauben angelegt; sein Fehler war nur gewesen, daß er so zuversichtlich geglaubt hatte, Beaumont würde mitspielen. Und das war auch ihr Fehler gewesen.

Nachdem Clawson ihr von seiner Entdeckung erzählt hatte, hatte sie einen der beiden Beaumont-Romane – *Purple Haze* – gelesen und war zu dem Schluß gekommen, daß es ein ausgesprochen dämliches Buch war. Ungeachtet der Briefe und Fotokopien, die das Großmaul ihr gezeigt hatte, wäre es ihr schwergefallen oder sogar unmöglich gewesen, zu glauben, daß beide Autoren ein und dieselbe Person waren. Nur –

als sie ungefähr drei Viertel des Buches gelesen hatte und nahe daran war, dieses langweilige Stück Scheiße in die Ecke zu werfen und zu vergessen, war sie auf eine Szene gestoßen, in der ein Farmer ein Pferd erschoß. Das Pferd hatte zwei Beine gebrochen und mußte erschossen werden, aber der Punkt war, daß der alte Farmer John es *genossen* hatte. Er hatte dem Pferd den Gewehrlauf an den Kopf gesetzt und dann onaniert und in dem Moment auf den Abzug gedrückt, indem er zum Orgasmus gelangte.

Es war, dachte sie, als wäre Beaumont hinausgegangen, um sich eine Tasse Kaffee zu holen, als er an dieser Stelle angekommen war – und George Stark hätte übernommen und diese Szene geschrieben wie ein literarisches Rumpelstilzchen. Jedenfalls war sie das einzige bißchen Gold in diesem speziellen Strohhaufen.

Aber das spielte jetzt keine Rolle mehr. Es bewies nur, daß jeder einmal aufs Kreuz gelegt werden konnte. Das Großmaul hatte sie vor seinen Karren gespannt, aber es war eine kurze Fahrt gewesen. Und jetzt war sie vorüber.

Dodie Eberhart erreichte den Absatz im dritten Stock, und ihre Hand ballte sich schon zu der harten Faust, die sie immer machte, wenn nicht höfliches Anklopfen, sondern Hämmern angesagt war, und dann sah sie, daß Hämmern nicht erforderlich war. Die Tür des Großmauls stand offen.

»Auch das noch«, murmelte Dodie wütend. Dies war nicht gerade die Gegend, in der es von Junkies wimmelte, aber wenn sich Gelegenheit bot, die Wohnung eines Idioten auseinanderzunehmen, waren die Junkies gern bereit, Grenzen zu überschreiten. Dieser Kerl war noch dämlicher, als sie gedacht hatte.

Sie klopfte mit den Knöcheln an die Tür, und sie schwang auf. »Clawson!« rief sie mit einer Stimme, die Unheil und Verderben verhieß.

Es kam keine Antwort. Sie warf einen Blick in den kurzen Korridor und sah, daß im Wohnzimmer die Jalousien geschlossen waren und die Deckenlampe brannte. Aus einem Radio kam leise Musik.

»Clawson, ich muß mit Ihnen reden!«

Sie betrat den kurzen Korridor – und blieb stehen.

Eines der Sofakissen lag auf dem Boden.

Das war alles. Keinerlei Anzeichen dafür, daß ein hungriger Junkie die Wohnung durchwühlt hatte, aber ihre Instinkte waren immer noch scharf, und sie hatte ein ungutes Gefühl. Sie roch etwas. Der Geruch war sehr schwach, aber er war vorhanden. Ungefähr so wie Essen, das verdorben, aber noch nicht verrottet ist. Nicht ganz so, aber näher heran kam sie nicht. Hatte sie das schon früher gerochen? Ihr war so.

Und dann war da noch ein anderer Geruch, aber sie hatte nicht den Eindruck, daß es ihre Nase war, die sie auf ihn aufmerksam machte. Diesen Geruch kannte sie recht gut. Sie und Trooper Hamilton in Connecticut wären sich sofort einig gewesen, was für ein Geruch das war: der Geruch des Bösen.

Sie stand vor dem Wohnzimmer, betrachtete das auf dem Boden liegende Kissen, lauschte dem Radio. Was das Hinaufsteigen der drei Treppen nicht bewirkt hatte, war diesem einen, unschuldig aussehenden Kissen gelungen – ihr Herz hämmerte wie wild unter ihrer massigen linken Brust, und aus ihrem Mund kamen flache Atemstöße. Irgend etwas stimmte hier nicht. Stimmte ganz und gar nicht. Die Frage war, ob sie hineingezogen werden würde oder nicht, wenn sie hierblieb.

Der gesunde Menschenverstand wies sie an, zu verschwinden, solange es noch möglich war, und er war sehr stark. Die Neugier wies sie an zu bleiben und sich umzusehen – und sie war stärker.

Sie schob den Kopf so weit vor, daß sie ins Wohnzimmer hineinblikken konnte, und schaute erst nach rechts, wo sich ein imitierter Kamin befand, zwei auf die L Street hinausgehende Fenster und sonst nichts. Sie schaute nach links, und ihr Kopf kam schließlich zum Stillstand. Er schien regelrecht einzurasten. Ihre Augen weiteten sich.

Dieser eingerastete Blick dauerte nicht länger als drei Sekunden, aber die Zeit kam ihr wesentlich länger vor. Und sie sah alles, bis hin zur kleinsten Kleinigkeit; ihr Verstand machte sein eigenes Foto von dem, was sie sah, so klar und scharf wie die Fotos, die die Polizeifotografen bald machen würden.

Sie sah die zwei Flaschen Amstel-Bier auf dem Couchtisch, eine leer, die andere halbvoll, noch mit einem Schaumkragen im Flaschenhals. Sie sah den Aschenbecher, auf dessen gerundeter Oberfläche CHICAGOLAND! stand. Sie sah zwei Zigarettenstummel ohne Filter, auf der vorher makellos weißen Fläche des Aschenbechers ausgedrückt. Das Großmaul rauchte nicht – jedenfalls keine Zigaretten. Sie sah, daß die kleine Plastikdose, die einst voll Reißzwecken gewesen war und noch einige wenige enthielt, umgekippt zwischen dem Aschenbecher und den Bierflaschen lag. Der größte Teil der Reißzwecken, die das Großmaul dazu benutzt hatte, Gegenstände an seine Merktafel in der Küche zu heften, war auf der Glasplatte des Couchtisches verstreut. Sie sah, daß ein paar davon auf einem aufgeschlagenen Exemplar der Zeitschrift *People* lagen, der Nummer, in der die Thad Beaumont/George Stark-Story erschienen war. Sie sah Mr. und Mrs. Beaumont, wie sie sich über Starks Grabstein die Hände reichten, obwohl sie, von hier aus gesehen, auf dem Kopf standen. Es war die Geschichte, die, wie Frederick Clawson behauptet hatte, nie gedruckt werden, sondern ihn zu einem wohlhabenden Mann machen würde. Darin hatte er sich geirrt. Offenbar hatte er sich in jeder Beziehung geirrt.

Sie sah Frederick Clawson, der nun kein Großmaul mehr war, in einem seiner beiden Wohnzimmersessel sitzen. Er war darauf festgebunden. Er war nackt, seine Kleider lagen in einem unordentlichen Haufen unter dem Couchtisch. Sie sah das blutige Loch in seinen Lenden. Die Hoden waren noch da, wo sie hingehörten, aber sein Penis war amputiert und ihm in den Mund gestopft worden. Dort war reichlich Platz, denn der Mörder hatte ihm auch die Zunge herausgeschnitten. Sie war an die Wand geheftet. Die Reißzwecke war so tief in das rosa Fleisch hineingetrieben worden, daß sie nur noch als grinsender Halbmond aus leuchtendem Gelb zu sehen war, und ihr Verstand fotografierte erbarmungslos dieses Detail. Blut war an der Tapete heruntergesickert, als hätte der grausige Fleischlappen geweint.

Der Mörder hatte noch eine weitere Reißzwecke benutzt, in diesem Fall eine mit einer leuchtendgrünen Oberfläche, um die zweite Seite des *People*-Artikels auf die nackte Brust des Ex-Großmauls zu heften. Sie konnte das Gesicht von Liz Beaumont nicht erkennen – es war von Clawsons Blut verschmiert –, wohl aber die Hände der Frau, die Beaumont einen Teller mit Schokoladenkeksen hinhielt. Sie erinnerte sich, daß sich Clawson über dieses Foto ganz besonders geärgert hatte. *So ein Blödsinn,* hatte er gesagt. *Sie haßt das Kochen und Backen – das hat sie in einem Interview gesagt, nachdem Beaumonts erster Roman erschienen war.*

Über der an die Wand gehefteten Zunge standen, mit in Blut getauchten Fingern geschrieben, vier Worte:

DIE SPERLINGE FLIEGEN WIEDER

Großer Gott, dachte ein entlegener Teil ihres Verstandes, *das ist fast so wie in einem George Stark-Roman – so etwas hätte Alexis Machine tun können.*

Hinter sich hörte sie ein leise klappendes Geräusch.

Dodie Eberhart schrie auf und fuhr herum. Machine kam mit seinem fürchterlichen Rasiermesser auf sie zu, dessen stählernes Glitzern jetzt von Frederick Clawsons Blut getrübt war. Sein Gesicht war die verzerrte Maske aus Narben, das, was Nonie Griffith davon übriggelassen hatte, als sie am Schluß von *Machine's Way* darüber hergefallen war, und...

Und es war überhaupt niemand da.

Die Tür war ins Schloß gefallen, das war alles, wie Türen es gelegentlich tun.

Wirklich? fragte der entlegene Teil ihres Verstandes – doch jetzt war er näher gekommen, erhob seine Stimme, eindringlich vor Angst. *Sie stand eindeutig offen, als du die Treppe heraufkamst. Nicht weit offen, aber doch so weit, daß man sehen konnte, daß sie nicht geschlossen war.*

Jetzt kehrten ihre Augen zu den Bierflaschen auf dem Couchtisch zurück. Eine leer. Eine halbvoll, noch mit einem Schaumkragen an der Innenseite des Halses.

Der Mörder hatte hinter der Tür gestanden, als sie hereinkam. Wenn sie den Kopf gedreht hätte, dann hätte sie ihn höchstwahrscheinlich gesehen und wäre jetzt gleichfalls tot.

Und während sie dagestanden und die Überreste von Mr. Frederick »Großmaul« Clawson betrachtet hatte, war er einfach hinausgegangen und hatte die Tür hinter sich zugemacht.

Die Kraft wich aus ihren Beinen, und sie sank mit einer Art seltsamer Anmut auf die Knie, fast wie ein Mädchen, das im Begriff ist, das heilige Abendmahl zu nehmen. Durch ihren Kopf rannte immer wieder der gleiche Gedanke wie ein Hamster in seinem Laufrad: *Oh, ich hätte nicht schreien dürfen, er wird zurückkommen, oh, ich hätte nicht schreien dürfen, er wird zurückkommen, oh, ich hätte nicht schreien dürfen...*

Und dann hörte sie ihn, das gemessene Stampfen seiner großen Füße auf dem Flurteppich. Später war sie davon überzeugt, daß die verdammten Shulmans ihre Stereoanlage wieder aufgedreht hatten und daß sie das Stampfen der Bässe für Fußtritte gehalten hatte, aber in diesem Augenblick war sie ganz sicher, daß es Alexis Machine war und daß er zurückkam – ein Mann, so zielstrebig und mordgierig, daß nicht einmal der Tod ihn aufhalten würde.

Zum ersten Mal in ihrem Leben fiel Dodie Eberhart in Ohnmacht.

Kaum drei Minuten später kam sie wieder zu sich. Da ihre Beine sie immer noch nicht tragen wollten, kroch sie auf den Korridor hinaus. Die Haare hingen ihr ins Gesicht. Sie dachte daran, die Tür zu öffnen und hinauszuschauen, aber sie brachte es nicht fertig. Statt dessen drehte sie das Drückerschloß, schob den Riegel vor, legte die Sperrstange in ihre Halterung. Als sie das geschafft hatte, lehnte sie sich gegen die Tür und rang nach Atem; alles um sie herum war grau verschwommen. Sie war sich vage der Tatsache bewußt, daß sie sich zusammen mit einem verstümmelten Leichnam eingeschlossen hatte, aber das war nicht so schlimm. Ganz und gar nicht so schlimm, wenn man die Alternativen betrachtete.

Ganz allmählich kehrte ihre Kraft zurück, und sie war imstande, wieder auf die Füße zu kommen. Sie bog um die Ecke am Ende des Korridors und betrat die Küche, in der das Telefon stand. Sie hielt die Augen von dem abgewendet, was von Mr. Großmaul noch übrig war, aber das nützte nicht das mindeste; das Foto, das ihr Verstand aufgenommen hatte, würde sie noch lange in seiner grauenhaften Deutlichkeit vor sich sehen.

Sie rief die Polizei an, und als sie kam, wollte sie sie nicht einlassen, bis einer der Beamten seine Dienstmarke unter der Tür hindurchgeschoben hatte.

»Wie heißt Ihre Frau?« fragte sie den Polizisten, dessen Dienstmarke ihn als Charles F. Toomey jr. auswies. Ihre Stimme war hoch und zittrig, ihrer normalen völlig unähnlich. Gute Freunde (wenn sie welche gehabt hätte) hätten sie nicht erkannt.

»Stephanie, Madam«, erwiderte die Stimme auf der anderen Seite der Tür geduldig.

»Ich kann das Revier anrufen und das nachprüfen, das wissen Sie doch!« kreischte sie fast.

»Ich weiß, daß Sie das können, Mrs. Eberhart«, entgegnete die Stimme, »aber Sie werden sich schneller sicher fühlen, wenn Sie uns einlassen, meinen Sie nicht?«

Und weil sie immer noch fähig war, eine Polizistenstimme so mühelos zu identifizieren, wie sie den Geruch des Bösen identifiziert hatte, schloß sie die Tür auf und ließ Toomey und seinen Kollegen ein. Sobald sie drinnen waren, tat sie etwas, was sie in ihrem ganzen Leben noch nie getan hatte: sie bekam einen hysterischen Anfall.

Siebentes Kapitel

Polizeiangelegenheiten

1

Als die Polizei kam, saß Thad in seinem Arbeitszimmer und schrieb.

Liz war im Wohnzimmer und las, während sich Wendy und William in ihrem großen Laufstall miteinander vergnügten. Sie ging zur Tür und schaute durch eines der schmalen Seitenfenster hinaus, bevor sie öffnete. Das war eine Gewohnheit, die sie seit Thads »Debüt in *People*«, wie sie es scherzhaft nannten, angenommen hatte. Alle möglichen Leute – zum größten Teil flüchtige Bekannte, dazu eine gute Portion neugieriger Ortsansässiger und sogar ein paar völlig Fremde (übrigens ausschließlich Stark-Fans) – waren an ihrer Haustür aufgetaucht. Thad hatte es das »Besichtigungs-Syndrom des lebendigen Krokodils« genannt und vorausgesagt, daß es sich in ein bis zwei Wochen wieder geben würde. Liz hoffte, daß er recht hatte. Dennoch fürchtete sie, könnte es sich bei einem der fremden Besucher um einen irren Krokodiljäger handeln, einen von der Sorte des Mörders von John Lennon, und deshalb schaute sie zuerst durch das Seitenfenster hinaus. Sie wußte nicht, ob sie einen echten Irren erkennen würde, wenn sie ihn vor sich sah, aber sie konnte zumindest dafür sorgen, daß Thads Gedanken während der zwei Stunden, die er jeden Vormittag am Schreibtisch verbrachte, nicht abschweiften. Danach ging er selbst zur Tür, wobei er ihr immer einen Blick zuwarf, der sie an einen schuldbewußten kleinen Jungen erinnerte und bei dem sie nicht recht wußte, wie sie reagieren sollte.

Bei den drei Männern, die an diesem Samstagvormittag vor der Tür standen, handelte es sich allem Anschein nach weder um Fans von Beaumont oder Stark noch um Irre – es sei denn, sie wären neuerdings dazu übergegangen, Streifenwagen der Staatspolizei zu benutzen. Sie öffnete die Tür und verspürte das leise Unbehagen, das die meisten unbescholtenen Bürger empfinden, wenn die Polizei erscheint, ohne gerufen worden zu sein. Wenn sie Kinder gehabt hätte, die bereits so groß waren, daß sie an diesem regnerischen Samstagvormittag draußen herumtollten, hätte sie sich vermutlich schon jetzt gefragt, ob ihnen vielleicht etwas passiert war.

»Ja?«

»Sind Sie Mrs. Elizabeth Beaumont?« fragte einer von ihnen.

»Ja, die bin ich. Kann ich Ihnen helfen?«

»Ist Ihr Mann zu Hause, Mrs. Beaumont?« fragte ein zweiter. Diese beiden trugen identische graue Regenmäntel und Polizeimützen.

Nein, das ist der Geist von Ernest Hemingway, den Sie da oben auf der Schreibmaschine hämmern hören. Diese Antwort kam ihr in den Sinn, aber natürlich sprach sie sie nicht aus. Zuerst kam die Angst, ob jemand einen Unfall gehabt hatte, denn das Phantom-Schuldbewußtsein, das einen drängte, etwas Grobes oder Sarkastisches zu sagen, etwas, das ungeachtet der tatsächlich ausgesprochenen Worte besagte: *Verschwinden Sie. Sie sind hier unerwünscht. Wir haben nichts verbrochen. Verschwinden Sie und suchen Sie sich jemanden, der es getan hat.*

»Darf ich fragen, warum Sie ihn sprechen möchten?«

Der dritte Polizist war Alan Pangborn.

»Polizeiangelegenheiten, Mrs. Beaumont«, sagte er. »Können wir ihn bitte sprechen?«

2

Thad Beaumont führte nicht regelmäßig Tagebuch, aber manchmal notierte er Ereignisse in seinem Leben, die ihn interessierten, belustigten oder ängstigten. Er hielt derartige Dinge in einer gebundenen Kladde fest, und seiner Frau war, obwohl sie es nie ausgesprochen hatte, beim Gedanken an diese Notizen immer etwas unbehaglich zumute. Die meisten von ihnen waren seltsam leidenschaftslos und erweckten fast den Eindruck, als stünde ein Teil von ihm abseits und kommentierte sein Leben so, wie es sich seinem eigenen, fast gleichgültigen Blick darbot. Nach dem Besuch der Polizei am Vormittag des 4. Juni schrieb er eine längere Passage mit einer starken und recht ungewöhnlichen Unterströmung von Gefühlen.

»Jetzt verstehe ich Kafkas *Prozeß* und Orwells *1984* ein wenig besser. Es ist ein grober Fehler, sie ausschließlich als politische Romane zu verstehen. Ich vermute, die Depression, in die ich verfallen bin, nachdem ich *The Sudden Dancers* beendet und festgestellt hatte, daß ich nichts mehr schreiben konnte, war – von Liz' Fehlgeburt abgesehen – die schwerwiegendste emotionelle Erfahrung, die ich in meinem Leben durchmachen mußte; aber das, was heute passiert ist, kommt mir schlimmer vor. Vielleicht, rede ich mir ein, liegt es daran, daß die Erinnerung noch ganz frisch ist, aber es steckt doch wesentlich mehr dahinter. Ich glaube, wenn diese dunkle Zeit und der Verlust meiner ersten Zwillinge im vierten Schwangerschaftsmonat verheilte Wunden sind, von denen nur Narben zurückblieben, dann kann ich davon ausgehen, daß auch diese Wunde verheilen wird, aber ich glaube nicht, daß die Zeit imstande ist, sie wieder vollständig zu glätten. Auch dies wird eine Narbe hinterlassen, die zwar kürzer, aber auch tiefer ist – wie die Hinterlassenschaft eines plötzlichen Messerhiebs.

Ich bin sicher, daß sich die Polizisten so benahmen, wie es ihr Eid verlangt (wenn sie überhaupt einen ablegen müssen, was vermutlich der Fall ist). Dennoch hatte ich das Gefühl und habe es noch, daß ich Gefahr lief, in eine gesichtslose bürokratische Maschine hineingezerrt zu werden, eine Maschine, die ganz methodisch zu Werke gehen und mich in Fetzen reißen würde, weil diese Maschine dazu da ist, Menschen in Fetzen zu reißen. Mein Aufschrei würde die Reaktion der Maschine weder beschleunigen noch verlangsamen.

Ich spürte, daß Liz nervös war, als sie nach oben kam und mir sagte, die Polizei wollte mich wegen irgend etwas sprechen, sich aber weigerte zu sagen, um was es sich handelte. Sie sagte, einer der Polizisten wäre Alan Pangborn, der Sheriff von Castle County. Ich bin ihm vielleicht ein- oder zweimal begegnet, aber wiedererkannt habe ich ihn nur, weil der *Castle Rock Call* von Zeit zu Zeit sein Foto gebracht hat.

Ich war neugierig und dankbar, eine Pause einlegen und meine Schreibmaschine verlassen zu können, wo meine Romanhelden die ganze letzte Woche darauf bestanden haben, Dinge zu tun, die sie nicht tun sollten. Wenn ich überhaupt etwas dachte, dann vielleicht, daß es sich um Frederick Clawson handeln könnte oder um irgend etwas anderes im Zusammenhang mit dem *People*-Artikel. Und so war es auch, allerdings nicht so, wie ich es mir vorgestellt hatte.

Ich weiß nicht, ob es mir gelingt, die Atmosphäre der Begegnung, die dann erfolgte, richtig darzustellen. Ich weiß nicht einmal, ob es eine Rolle spielt, aber es erscheint mir wichtig, daß ich es versuche. Sie standen in der Diele, nicht weit von der Treppe entfernt, drei große Männer (kein Wunder, daß manche Leute sie Bullen nennen), und von ihren Regenmänteln tropfte das Wasser auf den Teppich.

›Sind Sie Thaddeus Beaumont?‹ fragte einer von ihnen – es war Sheriff Pangborn, und das war der Augenblick, in dem der emotionale Umschwung einsetzte, den ich zu beschreiben (oder zumindest anzudeuten) versuche. In die Neugier und die Freude, von der Schreibmaschine erlöst zu sein, und sei es auch nur für kurze Zeit, mischte sich Verwunderung. Und ein bißchen Unbehagen. Mein voller Name, aber kein ›Mister‹. Wie ein Richter, der einem Angeklagten sein Urteil verkünden will.

›Ja, der bin ich‹, sagte ich, ›und Sie sind Sheriff Pangborn. Das weiß ich, weil wir ein Haus am Castle Lake haben.‹ Dann streckte ich, wie jeder wohlerzogene Amerikaner es getan hätte, die Hand aus.

Er sah sie nur an, und auf seinem Gesicht erschien ein Ausdruck, als hätte er gerade die Tür seines Kühlschranks geöffnet und festgestellt, daß der Fisch, den er fürs Abendessen eingekauft hatte, verdorben war. ›Ich habe nicht die Absicht, Ihnen die Hand zu geben‹, sagte er. ›Sie können sie also zurückziehen und uns beiden die Peinlichkeit ersparen.‹ Das war eine überaus seltsame Bemerkung, eine regelrechte Grobheit, aber es störte mich weniger als die Art, auf die er es sagte. Es hörte sich an, als glaubte er, ich hätte den Verstand verloren.

Und das bewirkte, daß ich es mit der Angst zu tun bekam. Noch jetzt fällt es mir schwer zu glauben, wie rapide, wie unvorstellbar rapide meine Gefühle das ganze Spektrum von gewöhnlicher Neugier und einer gewissen Freude über die Unterbrechung der gewohnten Routine zu nackter Angst durchliefen. In diesem Moment wußte ich, daß sie nicht gekommen waren, um mit mir über irgend etwas zu sprechen, sondern weil sie glaubten, daß ich etwas *verbrochen* hatte, und im ersten Augenblick des Entsetzens – ›Ich habe nicht die Absicht, Ihnen die Hand zu geben‹ – war ich sicher, daß das der Fall war.

Das war es, was ich festhalten muß. In dem Augenblick der Totenstille, die auf Pangborns Weigerung, mir die Hand zu geben, folgte, dachte ich tatsächlich, daß ich *alles* verbrochen hatte – und mir nichts übrigblieb, als meine Schuld einzugestehen.«

3

Thad ließ seine Hand langsam sinken. Aus dem Augenwinkel heraus sah er Liz, deren zusammengekrampfte Hände wie ein harter weißer Ball zwischen ihren Brüsten lagen, und plötzlich wäre er gern wütend gewesen auf diesen Cop, der anstandslos in sein Haus eingelassen worden war und sich dann weigerte, ihm die Hand zu geben. Den Cop, dessen Gehalt, zumindest zu einem kleinen Teil, aus den Steuern bezahlt wurde, die die Beaumonts auf ihr Haus in Castle Rock zahlten. Den Cop, der Liz ängstigte. Den Cop, der *ihn* ängstigte.

»Wie Sie wollen«, sagte Thad gelassen. »Wenn Sie mir schon nicht die Hand geben wollen, dann erklären Sie mir vielleicht wenigstens, warum Sie hier sind.«

Im Gegensatz zu den Staatspolizisten trug Alan Pangborn keinen Regenmantel, sondern eine wasserdichte Jacke, die ihm nur bis zur Hüfte reichte. Er griff in die Innentasche, zog eine Karte heraus und begann, sie abzulesen. Es dauerte einen Moment, bis Thad begriffen hatte, daß er eine Version der vom Gesetz vorgeschriebenen Warnung hörte.

»Wie Sie sagten, ist mein Name Alan Pangborn, Mr. Beaumont. Ich bin Sheriff von Castle County, Maine. Ich bin hier, weil ich Sie im Zusammenhang mit einem Kapitalverbrechen verhören muß. Das Verhör wird auf dem Revier der Staatspolizei in Orono geführt. Sie haben das Recht, die Aussage zu verweigern . . .«

»Großer Gott«, sagte Liz, und praktisch gleichzeitig hörte Thad sich sagen: »Moment mal. Einen Moment.« Er beabsichtigte, die Worte *herauszubrüllen*, aber obwohl sein Gehirn seine Lungen aufforderte, die Lautstärke auf das Gedröhn zu steigern, mit dem er im Hörsaal für Ruhe sorgte, brachte er nicht mehr hervor als einen sanften Einwand, den Pangborn mühelos beiseite wischte.

». . . und Sie haben das Recht auf juristischen Beistand. Wenn Ihre Mittel das nicht erlauben, wird Ihnen ein Anwalt gestellt.«

Er steckte die Karte wieder in die Tasche.

»Thad?« Liz drängte sich an ihn wie ein kleines Kind, das Angst vor einem Gewitter hat. Ihre weit aufgerissenen Augen starrten Pangborn an. Zwischendurch wanderte ihr Blick immer wieder zu den Staatspolizisten, die ihr so groß vorkamen, daß sie als Verteidiger in einer Profi-Football-Mannschaft hätten spielen können, aber die meiste Zeit ruhte er auf Pangborn.

»Ich gehe mit Ihnen nirgendwo hin«, sagte Thad. Seine Stimme bebte, zitterte auf und ab, schlug um wie die eines Jungen im Stimmbruch. Er versuchte immer noch, wütend zu sein. »Ich glaube nicht, daß Sie mich dazu zwingen können.«

Einer der Staatspolizisten räusperte sich. »Die Alternative, Mr. Beaumont«, sagte er, »besteht darin, daß wir zurückfahren und uns einen Haftbefehl holen. In Anbetracht der Informationen, über die wir verfügen, wäre das eine Kleinigkeit.«

Er warf einen Blick auf Pangborn.

»Vielleicht ist es nur fair zu sagen, daß Sheriff Pangborn von uns verlangt hat, daß wir den Haftbefehl gleich mitbringen. Er hatte gute Argumente dafür, und wahrscheinlich hätte er seinen Willen durchgesetzt, wenn Sie nicht – eine so bekannte Persönlichkeit wären.«

Pangborn blickte angewidert drein, vielleicht wegen dieses Umstands, vielleicht deswegen, weil der Staatspolizist Thad über diesen Umstand informierte, wahrscheinlich wegen beidem.

Der Staatspolizist bemerkte den Blick, scharrte mit den nassen Füßen, als wäre er verlegen, sprach aber trotzdem weiter. »Wie die Dinge liegen, macht es mir nichts aus, Sie das wissen zu lassen.« Er schaute fragend zu seinem Partner, der nickte. Pangborn blickte weiter angewidert drein. Und wütend. *Er sieht aus,* dachte Thad, *als würde er mir am liebsten mit den Fingernägeln den Bauch aufreißen und mir die Därme um den Kopf wickeln.*

»Das *klingt* sehr professionell«, sagte Thad. Die Feststellung, daß er aber zumindest einen Teil seiner Fassung zurückgewonnen hatte, erleichterte ihn. Er wollte wütend sein, weil Wut die Angst gemildert hätte, aber er kam über den Zustand der Bestürzung nicht hinaus. »Aber es läßt die Tatsache, daß ich keine Ahnung habe, welche Dinge wie liegen, völlig außer acht.«

»Wenn wir glaubten, daß das der Fall ist, wären wir nicht hier, Mr. Beaumont«, sagte Pangborn. Der Ausdruck des Abscheus auf seinem Gesicht schaffte, was Thad von sich aus nicht gelungen war. Jetzt war Thad plötzlich wütend.

»Was Sie glauben, ist mir völlig egal!« sagte Thad. »Ich habe Ihnen gesagt, daß ich weiß, wer Sie sind, Sheriff Pangborn – meine Frau und ich haben ein Sommerhaus in Castle Rock, seit 1973 – also seit lange vor der Zeit, zu der Sie zum ersten Mal von diesem Ort gehört haben. Ich weiß nicht, was Sie hier wollen, an die hundertsechzig Meilen von

Ihrem Bezirk entfernt, oder weshalb Sie mich mustern, als wäre ich ein Spritzer Vogeldreck auf einem neuen Wagen, aber eines kann ich Ihnen sagen – solange ich das nicht weiß, begleite ich Sie nirgendwo hin. Wenn Sie meinen, einen Haftbefehl zu brauchen, dann ziehen Sie los und besorgen Sie einen. Aber dann werden Sie feststellen, daß Sie bis zum Hals in einem Kessel mit heißer Scheiße sitzen, und ich sitze darunter und schüre das Feuer. Weil ich nämlich nichts verbrochen habe. Das ist unerhört. Das ist – verdammt – *unerhört*!«

Jetzt hatte seine Stimme die volle Lautstärke erreicht, und die beiden Staatspolizisten schauten ein wenig verschüchtert drein. Pangborn nicht. Er fuhr nur fort, Thad auf diese beunruhigende Art zu mustern.

Im Nebenzimmer begann eines der Kinder zu weinen.

»Großer Gott«, stöhnte Liz. »Was soll das alles? Sagen Sie es uns!«

»Kümmere dich um die Kinder, Baby«, sagte Thad, ohne den Blick von Pangborn abzuwenden.

»Aber ...«

»Bitte«, sagte er, und nun weinten beide Kinder. »Das kommt schon in Ordnung.«

Sie bedachte ihn mit einem letzten unsicheren Blick, ihre Augen sagten *Versprichst du mir das?*, dann ging sie ins Wohnzimmer.

»Wir müssen Sie im Zusammenhang mit dem Mord an Homer Gamache verhören«, sagte der zweite Staatspolizist.

Thad hörte auf, Pangborn anzustarren, und wendete seinen Blick dem Staatspolizisten zu. *»An wem?«*

»Homer Gamache«, wiederholte Pangborn. »Wollen Sie etwa behaupten, der Name sagt Ihnen nichts, Mr. Beaumont?«

»Natürlich nicht«, sagte Thad verblüfft. »Homer bringt unseren Müll auf den Schuttabladeplatz, wenn wir in Castle Rock sind. Macht kleine Reparaturen an unserem Haus. Er hat in Korea einen Arm verloren und dafür den Silver Star bekommen.«

»Den Bronze Star«, sagte Pangborn eisig.

»Homer ist tot? Wer hat ihn umgebracht?«

Jetzt sahen sich die beiden Staatspolizisten überrascht an. Nach Kummer ist Verblüffung vielleicht das Gefühl, das sich am schwersten vortäuschen läßt.

Der erste Staatspolizist erwiderte mit seltsam sanfter Stimme: »Wir haben allen Grund zu der Annahme, daß *Sie* es getan haben, Mr. Beaumont. Deshalb sind wir hier.«

4

Thad sah ihn einen Augenblick lang völlig fassungslos an, dann lachte er. »Himmel. Herr im Himmel. Das ist ja Wahnsinn.«

»Wollen Sie sich einen Mantel holen, Mr. Beaumont?« fragte der andere Staatspolizist. »Draußen regnet es ziemlich stark.«

»Ich gehe nirgendwo mit hin«, wiederholte Thad geistesabwesend, ohne den Ausdruck von Wut und Erbitterung, der plötzlich auf Pangborns Gesicht erschienen war, zur Kenntnis zu nehmen. Er dachte nach.

»Das werden Sie leider müssen«, sagte Pangborn. »Auf diese oder auf die andere Art.«

»Dann muß es eben die andere sein«, sagte er, und dann löste er sich aus seiner Gedankenversunkenheit. »Wann ist das passiert?«

»Mr. Beaumont«, sagte Pangborn. Er sprach langsam und sorgfältig formulierend, als wendete er sich an einen Vierjährigen, und zwar einen nicht sonderlich intelligenten. »Wir sind nicht hier, um *Ihnen* Informationen zu geben.«

Liz kehrte mit den Zwillingen zurück. Aus ihrem Gesicht war alle Farbe gewichen; ihre Stirn leuchtete grellweiß. »Das ist Irrsinn«, sagte sie. Sie ließ den Blick von Pangborn zu den Staatspolizisten und wieder zurück zu Pangborn wandern.

»Totaler Irrsinn. Wissen Sie das nicht?«

»Hören Sie«, sagte Thad, trat zu Liz und legte einen Arm um sie, »ich habe Homer nicht umgebracht, Sheriff Pangborn, aber ich verstehe jetzt, warum Sie so wütend sind. Kommen Sie mit in mein Arbeitszimmer. Dort können wir uns hinsetzen und zusehen, ob wir etwas Licht in diese Angelegenheit bringen ...«

»Holen Sie Ihren Mantel«, sagte Pangborn. Dann wendete er sich an Liz. »Entschuldigen Sie die harten Worte, aber inzwischen habe ich so ziemlich allen Scheiß gehört, den ich an einem regnerischen Samstagvormittag verkraften kann. Mr. Beaumont, Sie kommen mit.«

Thad schaute zu dem älteren der beiden Staatspolizisten. »Können Sie diesen Mann nicht zur Vernunft bringen? Ihm sagen, daß er sich eine Menge Ärger und Peinlichkeit ersparen kann, nur indem er mir mitteilt, wann Homer ermordet wurde. Und wo. Wenn es in Castle Rock war – und ich kann mir nicht vorstellen, was Homer hier zu suchen gehabt hätte –, so kann ich nur sagen: ich bin die letzten zweieinhalb Monate nicht aus Ludlow herausgekommen, ausgenommen meine Fahrten zur Universität.« Er sah zu Liz hinüber, die nickte.

Der Staatspolizist dachte kurz nach, dann sagte er: »Entschuldigen Sie uns ein paar Minuten.«

Die drei Männer durchquerten die Diele. Es hatte fast den Anschein, als würde Pangborn von den beiden Staatspolizisten geführt. Sie gingen durch die Vordertür hinaus. Sobald sie ins Schloß gefallen war, überschüttete ihn Liz mit einer Fülle fassungsloser Fragen. Thad kannte sie gut genug, um zu wissen, daß ihre Bestürzung die Form von Empörung über die Cops – sogar Wut auf sie – angenommen hatte, wenn sie nicht erfahren hätte, daß Homer Gamache ermordet worden war. Sie war den Tränen nahe.

»Das kommt schon wieder ins Lot«, sagte er und küßte sie auf die Wange. Dann küßte er auch William und Wendy, die aussahen, als fühlten sie sich nicht wohl in ihrer Haut. »Ich glaube, die Staatspolizisten wissen bereits, daß ich die Wahrheit sage, oder sind zumindest halbwegs davon überzeugt. Pangborn – nun ja, er kannte Homer. Du hast ihn auch gekannt. Er hat einfach eine Mordswut.« *Und seinem Verhalten nach zu urteilen, muß er irgendwelche unumstößlichen Beweise haben, die mich mit dem Mord in Verbindung bringen*, dachte er, sprach es aber nicht aus.

Er durchquerte die Diele und blickte wie zuvor Liz durch das kleine Seitenfenster hinaus. Unter anderen Umständen wäre das, was er da sah, komisch gewesen. Die drei Männer standen auf dem Vorplatz, fast, aber nicht ganz vor dem Regen geschützt, und diskutierten hitzig. Thad konnte zwar ihre Stimmen hören, aber nicht verstehen, was gesprochen wurde. Die beiden Staatspolizisten redeten auf Pangborn ein, der den Kopf schüttelte und eine wütende Erwiderung von sich gab.

Thad kehrte zu Liz zurück.

»Was machen sie?« fragte sie.

»Ich weiß es nicht«, sagte Thad, »aber ich glaube, die beiden Staatspolizisten versuchen, Pangborn dazu zu bringen, daß er mir sagt, warum sie so sicher sind, daß ich Homer Gamache ermordet habe. Oder zumindest einen Teil des Warum.«

»Armer Homer«, sagte sie. »Das Ganze kommt mir vor wie ein böser Traum.«

Er nahm ihr William ab und sagte ihr noch einmal, sie solle sich keine Sorgen machen.

5

Ungefähr zwei Minuten später kamen die Polizisten wieder herein. Pangborns Gesicht war eine Gewitterwolke. Thad vermutete, daß die Cops Pangborn gesagt hatten, was er bereits wußte, aber nicht zugeben wollte: der Schriftsteller zeigte keine Spur jener Nervosität, die auf Schuld hindeutete.

»Also gut«, sagte Pangborn. Er versucht, Schroffheit zu vermeiden, dachte Thad, und es gelingt ihm halbwegs. Nicht ganz, aber immerhin halbwegs. Eine gute Leistung in Anbetracht der Tatsache, daß er seinen Hauptverdächtigen für den Mord an einem einarmigen alten Mann vor sich hat. »Diese Herren wünschen, daß ich Ihnen hier wenigstens eine Frage stelle, Mr. Beaumont, und das werde ich tun. Können Sie mir sagen, wo Sie sich in der Zeit vom 31. Mai, 23 Uhr, bis zum 1. Juni, 4 Uhr morgens, aufgehalten haben?«

Thad und Liz wechselten einen Blick, und Thad spürte, wie sich ein großes Gewicht auf seinem Herzen lockerte. Es fiel nicht ganz ab, noch nicht, aber ihm war, als wären alle Riemen, die dieses Gewicht hielten, gelöst worden. Jetzt fehlte nur noch ein kräftiger Stoß.

»War es der Tag?« fragte er seine Frau. Er glaubte, daß er es war, aber er hatte das Gefühl, daß es einfach zu gut war, um wahr zu sein.

»Ich bin ganz sicher«, erwiderte Liz. »Der einunddreißigste, sagten Sie, Sheriff?« Sie sah Pangborn mit hoffnungsvollem Lächeln an.

Pangborn erwiderte ihren Blick voller Argwohn. »Ja, Madam. Aber ich fürchte, Ihre unbewiesene Aussage wird nichts . . .«

Sie achtete nicht auf seine Worte, sondern zählte an den Fingern rückwärts. Plötzlich grinste sie. »Dienstag! Dienstag war der einunddreißigste!« rief sie. »Er war es, Gott sei Dank!«

Pangborn blickte verwirrter und wütender drein als je zuvor; die Staatspolizisten waren nur verwirrt. »Wollen Sie uns sagen, was Sie meinen, Mrs. Beaumont?«

»Am Abend des einunddreißigsten hatten wir hier eine Party!« erwiderte sie und bedachte Pangborn mit einem Blick, der Triumph und heftige Abneigung verriet. »Wir hatten *das ganze Haus* voller Gäste. War es nicht so, Thad?«

»Es war so.«

»In einem Fall wie diesem ist ein gutes Alibi eher eine Veranlassung zum Argwohn«, sagte Pangborn, aber er blickte noch verwirrter drein.

»Was sind Sie doch für ein törichter, arroganter Mann!« rief Liz. Ihre Wangen waren jetzt lebhaft gerötet. Die Angst war gewichen, Zorn trat an ihre Stelle. Sie wendete sich an die Staatspolizisten. »Wenn mein Mann kein Alibi für die Tat hat, die er begangen haben soll, nehmen Sie ihn mit aufs Revier! Wenn er eines hat, dann sagt dieser Mann, das bedeutete wahrscheinlich nur, daß er es trotzdem getan hat! Was ist los – fürchten Sie sich vor ein bißchen ehrlicher Arbeit? Weshalb sind Sie überhaupt *hier?*«

»Laß das, Liz«, sagte Thad ruhig. »Sie haben gute Gründe für ihr Hiersein. Wenn Sheriff Pangborn sich seiner Sache nicht so sicher wäre und nur auf blauen Dunst hin handelte, wäre er allein gekommen.«

Pangborn bedachte ihn mit einem verdrossenen Blick, dann seufzte er. »Erzählen Sie uns von der Party, Mr. Beaumont.«

»Wir haben sie für Tom Carroll gegeben«, sagte er. »Tom hat neunzehn Jahre lang der Englischen Fakultät der Universität angehört und war in den letzten fünf Jahren ihr Chairman. Am 27. Mai, an dem das akademische Jahr offiziell endete, ist er in Pension gegangen. Deshalb haben wir für ihn und seine Frau eine Abschiedsparty gegeben.«

»Wie lange hat die Party gedauert?«

Thad grinste. »Nun, sie war vor vier Uhr morgens zu Ende, aber nicht viel früher. Wenn sie einen Haufen Englischprofessoren mit einem fast unerschöpflichen Vorrat an Getränken zusammenbringen, können Sie ein ganzes Wochenende auf den Kopf hauen. Die ersten Gäste trafen gegen acht ein, und wer waren die letzten, Liebling?«

»Rawlie DeLesseps und diese junge Geschichtsprofessorin, mit der er liiert ist«, sagte sie. »Die, die allen Leuten verkündet ›Nennen Sie mich einfach Billy, das tut jeder‹.«

»Stimmt«, sagte Thad. »Widerliche Person.«

Er lügt, und wir wissen es beide, besagte Pangborns Blick ganz deutlich. »Und wann sind diese Freunde gegangen?«

Thad schauderte ein wenig. »Freunde? Rawlie, ja. Aber diese Person ganz bestimmt nicht.«

»Gegen zwei«, sagte Liz.

Thad nickte. »Es muß mindestens zwei Uhr gewesen sein, als wir sie zur Tür brachten. Es fehlte nicht viel, daß wir sie *hinauswarfen*. Wie ich bereits andeutete – ich werde dem Wilhelmina-Burks-Fanclub erst beitreten, wenn es in der Hölle schneit, aber ich hätte trotzdem darauf bestanden, daß die beiden bei uns übernachteten, wenn sie mehr als drei Meilen zu fahren gehabt hätten oder es früher gewesen wäre. Aber um diese Zeit sind an einem Dienstagabend – Entschuldigung, Mittwochmorgen – die Straßen völlig leer. Abgesehen vielleicht von ein paar Rehen, die über die Gärten herfallen.« Er machte abrupt den Mund zu. Vor Erleichterung wäre er fast ins Schwatzen geraten.

Es folgte ein Moment der Stille. Die beiden Staatspolizisten betrachteten den Fußboden. Auf Pangborns Gesicht lag ein Ausdruck, den Thad nicht recht deuten konnte – er glaubte nicht, ihn je zuvor wahrgenommen zu haben. Nicht Enttäuschung, obwohl Enttäuschung ein Teil davon war.

Was zum Teufel geht hier vor sich?

»Nun, das ist recht überzeugend, Mr. Beaumont«, sagte Pangborn schließlich, »aber noch lange nicht hieb- und stichfest. Was die Zeit angeht, zu der Sie dieses letzte Paar zur Tür brachten, haben wir Ihre Behauptung und die Ihrer Frau – beziehungsweise Ihre Schätzung. Wenn Ihre letzten Gäste so voll waren, wie Sie zu glauben scheinen, dürften sie kaum in der Lage sein, Ihre Aussage zu bestätigen. Und wenn dieser DeLesseps wirklich ein guter Freund von Ihnen ist, dann erklärt er vielleicht . . . wer weiß?«

Dennoch verlor Pangborn den Wind aus den Segeln. Thad sah es und glaubte – nein, *wußte* – es, und den Staatspolizisten erging es nicht anders. Dennoch war der Mann nicht bereit aufzugeben. Die Angst, die Thad zuerst gefühlt hatte, und die Wut, die darauf gefolgt war, verwandelten sich in Faszination und Neugierde. Ihm war, als hätte er noch nie erlebt, wie Unsicherheit, Verwirrung und felsenfeste Überzeugung dermaßen miteinander im Kampf lagen. Die Tatsache der Party – und er mußte sie als leicht zu überprüfende Tatsache akzeptieren – hatte ihn erschüttert, aber nicht überzeugt. Auch die Staatspolizisten waren nicht voll und ganz überzeugt. Der Unterschied bestand nur darin, daß sie der Angelegenheit gelassener gegenüberstanden. Sie hatten Homer Gamache nicht gekannt und nahmen deshalb nicht persönlich Anteil. Pangborn hatte ihn gekannt und war unmittelbar betroffen.

Ich habe ihn auch gekannt, dachte Thad. *Also bin ich vielleicht auch unmittelbar betroffen. Abgesehen davon natürlich, daß es um meine Haut geht.*

»Sehen Sie«, sagte er geduldig. Er sah Pangborn unverwandt in die Augen und versuchte, dessen Feindseligkeit nicht mit gleicher Münze heimzuzahlen. »Machen wir Nägel mit Köpfen, wie meine Studenten zu sagen pflegen. Sie haben gefragt, ob wir eindeutig beweisen können, wo wir uns in der Nacht vom einunddreißigsten Mai auf den ersten Juni aufgehalten haben ...«

»Wo *Sie* sich aufgehalten haben, Mr. Beaumont«, sagte Pangborn.

»Okay, wo *ich* mich aufgehalten habe. Fünf ziemlich problematische Stunden, in denen die meisten Leute im Bett liegen. Durch nichts als pures Glück sind wir – bin *ich*, wenn Ihnen das lieber ist – in der Lage, über mindestens drei dieser fünf Stunden Rechenschaft abzulegen. Vielleicht sind Rawlie und seine widerliche Freundin um zwei gegangen, vielleicht auch halb zwei oder Viertel nach zwei. Auf jeden Fall war es sehr spät. *Das* werden sie bestätigen, und die Burks würde mir bestimmt kein Alibi zurechtlügen. Ich glaube, wenn Billie Burks mich halb ertrunken am Strand liegen sähe, würde sie mir noch einen Eimer Wasser über den Kopf gießen.«

Liz bedachte ihn mit einem eigentümlich verschmitzten Lächeln, als sie ihm William abnahm, der unruhig zu werden begann. Anfangs verstand er nicht, was dieses Lächeln zu bedeuten hatte, doch dann fiel es ihm ein. Es waren natürlich die Worte *ein Alibi zurechtlügen*, eine Redewendung, deren sich Alexis Machine, der Erzschurke der George Stark-Romane, gelegentlich bediente. Das war wirklich merkwürdig; er konnte sich nicht erinnern, jemals eine der für Stark typischen Formulierungen in einem Gespräch verwendet zu haben. Aber andererseits war er ja auch nie des Mordes beschuldigt worden, und Mord war nun einmal George Starks Domäne.

»Selbst wenn wir annehmen, daß wir uns um eine Stunde geirrt haben und sie schon um eins gegangen sind, und wenn wir weiter annehmen, daß ich eine Minute – eine *Sekunde*, nachdem sie um die Ecke gebogen waren, in meinen Wagen gesprungen und wie ein Wahnsinniger nach Castle Rock gerast wäre, hätte ich keinesfalls vor halb fünf oder fünf dort eintreffen können. In Richtung Westen gibt es keine Schnellstraße, wie Sie wissen.«

Einer der Staatspolizisten sagte: »Und diese Mrs. Arsenault sagte, es wäre Viertel vor eins gewesen, als sie ...«

»Das tut hier nichts zur Sache«, unterbrach ihn Pangborn schnell.

Liz gab einen erbitterten Laut von sich, und Wendy horchte interessiert auf. William auf ihrem anderen Arm war in die Betrachtung seiner Finger versunken. Zu Thad sagte sie: »Um eins war noch ein ganzer Haufen Leute da.«

Dann holte sie zum Schlag gegen Pangborn aus.

»Was ist eigentlich los mit Ihnen, Sheriff? Warum sind Sie so finster entschlossen, meinem Mann diesen Mord anzuhängen? Sind Sie beschränkt? Oder faul? Oder boshaft? Sie machen nicht den Eindruck, als wären sie etwas von alledem, aber Ihr Verhalten ist mir schleierhaft. Vielleicht war es eine Lotterie. War es das? Haben Sie seinen Namen aus irgendeinem Zylinder gezogen?«

Pangborn fuhr ein wenig zusammen, von ihrer wütenden Attacke offensichtlich überrascht und bestürzt. »Mrs. Beaumont...«

»Ich fürchte, ich befinde mich im Vorteil, Sheriff«, sagte Thad. »Sie *glauben*, ich hätte Homer Gamache ermordet...«

»Mr. Beaumont, wir haben keine Anklage erhoben...«

»Nein. Aber Sie glauben es, nicht wahr?«

Massive Ziegelröte – nicht von Verlegenheit, sondern von Enttäuschung hervorgebracht – war langsam auf Pangborns Wangen hochgestiegen, wie die Quecksilbersäule in einem Thermometer.

»Ja«, sagte er, »das glaube ich. Trotz allem, was Sie und Ihre Frau gesagt haben.«

Diese Antwort verblüffte Thad. Was mochte vorgefallen sein, daß sich dieser Mann (der, wie Liz gesagt hatte, ganz und gar keinen beschränkten Eindruck machte) seiner Sache so sicher war? So verdammt sicher?

Thad spürte, wie ihn ein Schauder überlief – und dann geschah etwas Seltsames. Einen Augenblick lang erfüllte ein Phantomgeräusch sein Denken – nicht seinen Kopf, sondern sein *Denken*. Es war ein Geräusch, mit dem sich ein fast schmerzhaftes Empfinden von *déjà vu* verband, denn es war fast dreißig Jahre her, seit er es zum letztenmal gehört hatte. Es war das gespenstische Tschilpen von Hunderten, vielleicht Tausenden von kleinen Vögeln.

Er hob eine Hand zur Stirn und berührte die kleine Narbe, die sich dort befand, und wieder überkam ihn das Schaudern, diesmal stärker, wie ein Draht, der durch sein Fleisch fuhr. *Lüg mir ein Alibi zurecht, George*, dachte er. *Ich stecke in der Klemme, also lüg mir ein Alibi zurecht.*

»Thad?« fragte Liz. »Fehlt dir etwas?«

»Wie bitte?« Er drehte sich zu ihr um.

»Du bist so blaß.«

»Es ist alles in Ordnung«, sagte er, und so war es. Das Geräusch war verschwunden. Wenn es überhaupt dagewesen war.

Er wendete sich wieder an Pangborn.

»Wie ich schon sagte, befinde ich mich in dieser Sache in einem gewissen Vorteil. Sie glauben, ich hätte Homer ermordet. Aber ich *weiß*, daß ich es nicht getan habe. Außer in Büchern habe ich noch nie einen Menschen umgebracht.«

»Mr. Beaumont ...«

»Ich verstehe Ihre Empörung. Er war ein netter alter Mann unter dem Pantoffel seiner Frau, mit einem trockenen Sinn für Humor und nur einem Arm. Auch ich bin empört. Ich werde Ihnen helfen, wo ich nur kann, aber dazu müssen Sie auf diese Polizei-Heimlichtuerei verzichten und mir sagen, warum Sie hier sind – und wie Sie ausgerechnet auf mich gekommen sind. Das verstehe ich einfach nicht.«

Pangborn musterte ihn lange Zeit schweigend und sagte dann: »Meine sämtlichen Instinkte erklären mir, daß Sie die Wahrheit sagen.«

»Gott sei Dank«, sagte Liz. »Der Mann kommt zur Vernunft.«

»Und wenn das der Fall ist«, fuhr Pangborn fort und sah dabei nur Thad an, »dann knöpfe ich mir den Kerl bei A.S.R. and I., der diesen Mist gebaut hat, persönlich vor und ziehe ihm das Fell über die Ohren.«

»Was ist das?« fragte Liz.

»Armed Services Records and Identification«, sagte einer der Staatspolizisten. »In Washington.«

»Ich habe noch nie erlebt, daß dort jemand Mist gebaut hat«, fuhr Pangborn fort, ebenso nachdenklich wie zuvor. »Es heißt, für alles gäbe es ein erstes Mal, aber ... wenn diese Leute *keinen* Mist gebaut haben und wenn bei Ihnen tatsächlich eine Party stattgefunden hat, dann verstehe ich überhaupt nichts mehr.«

»Können Sie uns nicht sagen, um was es eigentlich geht?«

Pangborn seufzte. »Warum nicht, nachdem wir nun schon so weit sind? Wann Ihre letzten Gäste gegangen sind, spielt keine große Rolle. Wenn Sie um Mitternacht hier waren, wenn es Zeugen gibt, die das beschwören können ...«

»Mindestens fünfundzwanzig«, sagte Liz.

»... dann sind Sie aus der Sache heraus. Anhand des Augenzeugenberichts der Dame, die mein Kollege erwähnte, und der Autopsie des Gerichtsmediziners können wir ziemlich sicher sein, daß Homer zwischen ein und drei Uhr nachts ermordet wurde. Er wurde mit seiner eigenen Armprothese zu Tode geprügelt.«

»Großer Gott«, murmelte Liz, »und Sie haben geglaubt, daß Thad ...«

»Homers Wagen wurde vorgestern abend auf dem Parkplatz einer Raststätte an der I-95 in Connecticut gefunden, nicht weit von der Grenze des Staates New York entfernt.« Er hielt einen Moment inne. »Er war voller Fingerabdrücke. Einige davon stammten von Homer. Und eine ganze Menge von dem Täter. Etliche seiner Fingerabdrücke waren hervorragend. Einer hatte fast die Qualität eines Gipsabdrucks und befand sich auf einem Klumpen Kaugummi, den der Kerl aus dem Mund genommen und mit dem Daumen aufs Armaturenbrett gedrückt hat, wo er hart wurde. Der beste von allen befand sich auf dem Rückspiegel. Er stand einem auf dem Revier abgenommenen Fingerabdruck in nichts nach. Nur daß der auf dem Rückspiegel mit Blut gemacht wurde statt mit Tinte.«

»Aber wieso Thad?« fragte Liz entrüstet. »Party oder nicht Party – wie sind Sie auf den Gedanken gekommen, daß *Thad* ...«

Pangborn sah sie an und sagte: »Als die Leute von A.S.R. and I. die Fingerabdrücke in ihren Computer eingaben, kamen die Militärdienstunterlagen Ihres Mannes heraus. Um ganz genau zu sein – die *Fingerabdrücke* Ihres Mannes kamen heraus.«

Einen Moment lang konnten Thad und Liz sich nur sprachlos anstarren. Dann sagte Liz: »Das muß ein Irrtum sein. Die Leute, die diese Dinge überprüfen, machen doch gewiß hin und wieder Fehler.«

»Ja, aber kaum Fehler dieser Größenordnung. Gewiß, bei der Identifizierung von Fingerabdrücken gibt es Grauzonen. Die Leute, die sich im Fernsehen *Kojak* und *Barnaby Jones* ansehen, halten die Identifizierung von Fingerabdrücken für eine exakte Wissenschaft; das ist sie nicht. Aber die Computer haben einen großen Teil der Grauzonen beseitigt, und in diesem Fall hatten wir besonders gute Abdrücke. Wenn ich sage, daß es die Abdrücke Ihres Mannes waren, dann weiß ich, was ich sage. Ich habe die Computer-Ausdrucke gesehen, und auch die Vergleichsbilder. Sie sind sich nicht nur ähnlich.«

Jetzt richtete er den Blick auf Thad und fixierte ihn mit seinen unerbittlichen blauen Augen.

»Sie stimmen *genau* überein.«

Liz starrte ihn mit offenem Mund an, und auf ihren Armen begannen zuerst William und dann auch Wendy zu weinen.

Achtes Kapitel

Pangborn kommt zu Besuch

1

Als noch am selben Abend gegen Viertel nach sieben die Türglocke anschlug, war es wieder Liz, die zur Tür ging, weil sie mit William fertig war und Thad mit Wendy noch nicht. In allen Büchern hieß es, Kinderpflege wäre eine erlernbare Fähigkeit, die nichts mit dem Geschlecht der Eltern zu tun hätte, aber Liz hatte ihre Zweifel. Thad war guten Willens und stets bemüht, seinen Teil zu tun, aber er war *langsam*. Er konnte an einem Samstagnachmittag zum Supermarkt fahren und im Handumdrehen wieder zurücksein, aber wenn es darum ging, die Zwillinge zum Schlafengehen fertig zu machen ... William war gebadet und frisch gewickelt; er saß in seinem grünen Schlafanzug im Laufstall, während sich Thad noch immer mit Wendys Windeln abmühte (und er hatte es auch nicht geschafft, ihr die Seife aus dem Haar zu spülen, aber in Anbetracht des Tages, den sie hinter sich hatten, beschloß sie, nichts zu sagen und sie später selbst mit einem Waschlappen zu entfernen).

Liz ging durch das Wohnzimmer zur Haustür, schaute durch das Seitenfenster und sah Sheriff Pangborn draußen stehen. Diesmal war er allein, aber dieser Umstand trug nicht viel zu ihrer Beruhigung bei.

Sie drehte den Kopf und rief quer durchs Wohnzimmer in das untere Badezimmer, das gleichzeitig Kinderpflegestation war: »Er ist wieder da!« Die Bestürzung in ihrer Stimme war nicht zu überhören.

Es folgte eine lange Pause, und dann erschien Thad in der Tür am anderen Ende des Wohnzimmers. Er war barfuß und trug Jeans und ein weißes T-Shirt. »Wer?« fragte er mit gepreßter Stimme.

»Pangborn«, sagte sie. »Thad, fehlt dir etwas?« Wendy saß auf seinem Arm, nur mit ihrer Windel bekleidet, und ihre Hände waren überall in seinem Gesicht – aber das wenige, was sie davon sehen konnte, sah irgendwie aus, als wäre etwas nicht in Ordnung.

»Nicht das geringste. Laß ihn herein. Ich stecke Wendy in ihren Schlafanzug.« Und bevor Liz etwas sagen konnte, hatte er abrupt kehrtgemacht und war wieder verschwunden.

Pangborn stand geduldig auf dem Vorplatz. Er hatte gesehen, wie Liz herausgeschaut hatte, und nicht noch einmal geläutet. Er sah aus wie ein Mann, der sich wünschte, er hätte einen Hut, den er in der Hand halten und vielleicht sogar ein wenig wringen konnte.

Langsam und ohne die Spur eines Willkommenslächelns öffnete Liz die Tür und ließ ihn ein.

2

Wendy war zappelig und übermütig. Thad schaffte es, ihre Füße in den Schlafanzug zu stecken, dann ihre Arme: schließlich gelang es ihm, ihre Hände durch die Bündchen herauszuziehen. Sofort streckte sie eine davon aus und packte seine Nase. Er fuhr zusammen, anstatt wie sonst zu lachen, und Wendy blickte vom Wickeltisch etwas verwundert zu ihm auf. Er griff nach dem Reißverschluß, der vom linken Bein bis zum Hals des Schlafanzugs verlief, hielt dann inne und streckte die Hände aus. Sie zitterten. Es war ein ganz leichtes Zittern, aber es war deutlich zu sehen.

Wovor zum Teufel hast du Angst? Hast du wieder Schuldgefühle?

Nein, keine Schuldgefühle. Er wünschte sich fast, es wäre so. Tatsache war, daß er Angst hatte. Wieder Angst an einem Tag, der angefüllt gewesen war mit Ängsten.

Zuerst waren die Polizisten gekommen mit ihren verrückten Anschuldigungen und ihrer noch verrückteren Gewißheit. Dann dieses unheimliche, tschilpende Geräusch. Er hatte nicht gewußt, was für ein Geräusch es war – nicht genau; aber es war ein vertrautes Geräusch gewesen.

Nach dem Essen war es wieder da gewesen.

Er war in sein Arbeitszimmer hinaufgegangen, um noch einmal zu überlesen, was er an diesem Tag an dem neuen Buch, *The Golden Dog*, geschrieben hatte, und plötzlich, als er sich über das Manuskript beugte, um eine kleine Korrektur vorzunehmen, erfüllte das Geräusch seinen Kopf. Tausende von Vögeln, die alle gleichzeitig tschilpten und zwitscherten, und diesmal kam mit dem Geräusch ein Bild.

Sperlinge.

Tausende und Abertausende, aufgereiht auf Dachfirsten, auf Telefondrähten miteinander um Plätze kämpfend, wie sie es im zeitigen Frühjahr taten, wenn der letzte Märzschnee noch in schmutzigen Haufen auf der Erde lag.

Jetzt kommen die Kopfschmerzen, dachte er bestürzt, und die Stimme, mit der dieser Gedanke sprach – die Stimme eines verängstigten Jungen –, stellte eine Verbindung her zwischen Vertrautheit und Erinnerung.

Ist es der Tumor? Ist er wiedergekommen? Ist er jetzt bösartig?

Das Phantomgeräusch – die Vogelstimmen – wurde plötzlich lauter, fast ohrenbetäubend. Hinzu kam ein rauschendes Flügelschlagen. Jetzt konnte er sehen, wie sie sich in die Luft schwangen, alle auf einmal – Tausende von Vögeln, die einen weißen Frühlingshimmel verdunkelten.

»Müssen uns auf den Weg nach Norden machen, alter Freund«, hörte er sich selbst mit leise, gutturaler Stimme sagen, einer Stimme, die nicht seine eigene war.

Und dann waren die Vögel und ihre Geräusche plötzlich verschwunden. Es war 1987, nicht 1960, und er saß in seinem Arbeitszimmer. Er war ein Erwachsener, mit einer Frau, zwei Kindern und einer Remington-Schreibmaschine.

Er hatte tief und keuchend Atem geholt. Er hatte keine Kopfschmerzen bekommen. Weder vorhin noch jetzt. Er fühlte sich wohl. Aber . . .

Aber als er den Blick wieder auf das Manuskript richtete, sah er, daß er etwas geschrieben hatte. Mit Großbuchstaben quer über die säuberlich getippte Seite.

DIE SPERLINGE FLIEGEN WIEDER, hatte er geschrieben.

Offenbar hatte er den Kugelschreiber beiseite gelegt und mit einem der Berol-Black-Beauty-Bleistifte geschrieben; aber er konnte sich nicht erinnern, den einen Stift gegen den anderen ausgetauscht zu haben. Er benutzte die Bleistifte überhaupt nicht mehr. Sie gehörten einem vergangenen Zeitalter an – einem dunklen Zeitalter. Er hatte den Bleistift, mit dem er geschrieben hatte, wieder in den Steinzeugtopf gesteckt und diesen dann in einer Schublade verstaut. Die Hand, mit der er das getan hatte, war nicht ganz sicher gewesen.

Dann hatte Liz gerufen und ihn gebeten, ihr zu helfen, die Zwillinge bettfertig zu machen, und er war hinuntergegangen. Er hatte ihr erzählen wollen, was passiert war, mußte aber feststellen, daß ihm Angst –

die Angst, daß der Tumor aus seiner Kinderzeit wieder da war, die Angst, daß er jetzt bösartig war – die Lippen versiegelte. Vielleicht hätte er es ihr trotzdem erzählt – aber dann hatte es geläutet, Liz war zur Tür gegangen, und dann hatte sie die falschen Worte im falschen Ton gesprochen.

Er ist wieder da! hatte Liz in völlig verständlicher Erregung und Bestürzung gerufen, und das Entsetzen war durch ihn hindurchgefahren wie eine klare, kalte Bö. Entsetzen und ein Wort: *Stark*. In der einen Sekunde, bevor die Wirklichkeit wieder durchdrang, war er fest davon überzeugt, daß er es war. George Stark. Die Sperlinge flogen, und Stark war wiedergekommen. Er war tot und offiziell begraben. Er hatte überhaupt nie existiert, aber das spielte keine Rolle; ob real oder nicht – er war wieder da.

Schluß damit, befahl er sich. *Du bist kein Nervenbündel, und es besteht keine Veranlassung, daß du dich von dieser bizarren Situation ernsthaft irritieren läßt. Das Geräusch, das du gehört hast – das Vogelgeräusch – ist lediglich ein psychisches Phänomen, das man als »Erinnerungsbarriere« bezeichnet. Es wird durch Streß und seelischen Druck ausgelöst. Also nimm dich zusammen.*

Dennoch verließ ihn das Entsetzen nicht vollständig. Mit dem Vogelgeräusch war nicht nur ein *déjà vu* gekommen, diese Empfindung, etwas schon einmal erlebt zu haben, sondern auch ein *presque vu*.

Presque vu: ein Gefühl, etwas zu erleben, das noch nicht passiert ist, aber passieren wird. Nicht eigentlich eine Vorahnung, sondern eher eine verschüttete Erinnerung.

Verschütteter Unsinn, nichts anderes.

Er hielt die Hände ausgestreckt und richtete seinen Blick fest darauf. Das Zittern ließ immer mehr nach, dann hörte es ganz auf. Als er sicher war, daß er Wendys baderosa Haut nicht in den Reißverschluß einklemmen würde, zog er ihn zu, trug sie ins Wohnzimmer, setzte sie neben ihren Bruder in den Laufstall. Dann trat er in die Diele, wo Liz mit Pangborn stand. Davon abgesehen, daß er allein gekommen war, hätte die Situation dieselbe sein können wie am Vormittag.

Jetzt haben wir die rechte Zeit und den rechten Ort für ein kleines vu *der einen oder anderen Art*, dachte er, aber der Gedanke hatte nichts Belustigendes. Dazu war dieses andere Gefühl in ihm noch zu stark – und das Geräusch, das die Sperlinge gemacht hatten. »Was kann ich für Sie tun, Sheriff?« fragte er, ohne zu lächeln.

Oh, noch etwas, das jetzt anders war. Pangborn hielt einen Sechserpack in der Hand. Jetzt hob er ihn hoch. »Ich dachte, wir könnten vielleicht ein kaltes Bier zusammen trinken«, sagte er, »und die Sache durchsprechen.«

3

Liz und Pangborn tranken Bier; Thad hatte sich eine Cola aus dem Kühlschrank geholt. Während sie sich unterhielten, sahen sie zu, wie die Zwillinge auf ihre seltsam ernsthafte Art miteinander spielten.

»Eigentlich dürfte ich gar nicht hier sein«, sagte Alan Pangborn. »Ich sitze hier mit einem Mann zusammen, der jetzt nicht nur Verdächtiger in einem Mordfall ist, sondern in zweien.«

»Zwei?« rief Liz.

»Darauf komme ich noch. Ich komme auf alles. Ich habe vor, die ganze Geschichte auszubreiten, zum einen, weil ich sicher bin, daß Ihr Mann auch für diesen zweiten Mord ein Alibi hat. Den Leuten von der Staatspolizei geht es nicht anders. Sie rennen stillschweigend im Kreis herum.«

»Wer ist ermordet worden?« fragte Thad.

»Ein junger Mann namens Frederick Clawson in Washington D. C.« Er beobachtete Liz, die auf ihrem Stuhl zusammenfuhr und dabei etwas Bier auf ihren Handrücken verspritzte. Ohne jede Ironie setzte er hinzu: »Ich sehe, der Name ist Ihnen bekannt, Mrs. Beaumont.«

»Was geht da vor?« fragte sie kraftlos flüsternd.

»Ich habe nicht die geringste Ahnung, was da vorgeht. Schon der Versuch, das herauszufinden, macht mich wahnsinnig. Ich bin nicht hier, um Sie zu verhaften oder in die Enge zu treiben, Mr. Beaumont, aber es will mir nicht in den Kopf, wie jemand anders diese beiden Morde begangen haben soll. Ich bin hier, um Sie um Hilfe zu bitten.«

»Warum nennen Sie mich nicht Thad?«

Alan rutschte eine wenig verlegen auf seinem Stuhl. »Ich glaube, es wäre mir angenehmer, wenn ich vorerst bei Mr. Beaumont bleibe.«

Thad nickte. »Wie Sie möchten. Also Clawson ist tot.« Er schaute ein paar Sekunden nachdenklich auf den Fußboden, dann richtete er den Blick wieder auf Pangborn. »Waren auch im Fall Clawson meine Fingerabdrücke vorhanden?«

»Ja – und in mehr als einer Hinsicht. Kürzlich ist ein Artikel über Sie in der Zeitschrift *People* erschienen, nicht wahr?«

»Vor gut zwei Wochen«, präzisierte Thad.

»Das Heft wurde in Clawsons Wohnung gefunden. Eine Seite aus dem Artikel wurde bei einem auf höchst rituelle Weise begangenen Mord offenbar als eine Art Symbol benutzt.«

»Großer Gott«, sagte Liz. Ihre Stimme klang erschöpft und entsetzt zugleich.

»Wollen Sie mir erzählen, in welchem Verhältnis Sie zu diesem Mann standen?« fragte Alan.

Thad nickte. »Es gibt nichts, was dagegen spräche. Haben Sie den Artikel zufällig gelesen, Sheriff?«

»Meine Frau bringt die Zeitschrift immer aus dem Supermarkt mit«, sagte er, »aber ich sage Ihnen lieber die Wahrheit – ich habe mir nur die Bilder angesehen. Wenn ich wieder daheim bin, werde ich ihn schleunigst lesen.«

»Sie haben nicht viel versäumt – aber Frederick Clawson hat den Anstoß dafür gegeben, daß dieser Artikel geschrieben wurde. Sehen Sie ...«

Alan hob die Hand. »Später. Lassen Sie uns vorher noch einmal auf Homer Gamache zurückkommen. Wir haben A.S.R. and I. um nochmalige Überprüfung gebeten. Die Abdrücke in Gamaches Wagen – und auch die in Clawsons Wohnung, die allerdings nicht so musterhaft sind wie der Kaugummi-Abdruck und der auf dem Rückspiegel – stimmen mit den Ihren genau überein. Was bedeutet, wenn Sie es nicht getan haben, dann haben wir hier etwas völlig Neues in den Annalen der Kriminologie: zwei Menschen mit genau den gleichen Fingerabdrücken. Das gehört ins Guinness-Buch der Rekorde.«

Er warf einen Blick auf William und Wendy, die versuchten, in ihrem Laufstall Backe-backe-Kuchen zu spielen, wobei sie gegenseitig ihre Augen in Gefahr brachten. »Sind sie eineiig?« fragte er.

»Nein«, sagte Liz. »Sie sehen sich zwar sehr ähnlich, aber sie sind Junge und Mädchen. Zwillinge verschiedenen Geschlechts sind immer zweieiig.«

Alan nickte. »Nicht einmal eineiige Zwillinge haben identische Fingerabdrücke«, sagte er. Er hielt einen Moment inne und fragte dann mit einer Beiläufigkeit, die Thad für gespielt hielt: »*Sie* haben nicht zufällig einen Zwillingsbruder, Mr. Beaumont?«

Thad schüttelte langsam den Kopf. »Nein«, sagte er. »Ich habe überhaupt keine Geschwister, und meine Eltern sind tot. William und Wendy sind meine einzigen lebenden Blutsverwandten.« Er lächelte die Kinder an, dann richtete er den Blick wieder auf Pangborn. »Liz hatte 1974 eine Fehlgeburt«, sagte er. »Diese – diese ersten waren gleichfalls Zwillinge, aber bei einer Fehlgeburt im vierten Monat gibt es keine Möglichkeit herauszufinden, ob es eineiige Zwillinge gewesen sind. Und selbst wenn es sie gäbe – was hätte das geändert?«

Alan zuckte die Achseln. Er wirkte ein wenig verlegen.

»Es geschah beim Einkaufen. Bei Filene's in Boston. Jemand hat sie gestoßen. Sie stürzte die Rolltreppe hinunter. Sie hat sich den Arm aufgerissen – wenn der Hausdetektiv nicht dagewesen wäre und den Arm sofort abgebunden hätte, dann hätte auch ihr Leben auf Messers Schneide gestanden. Und sie hat die Zwillinge verloren.«

»Steht das in dem *People*-Artikel?« fragte Alan.

Liz lächelte humorlos und schüttelte den Kopf. »Als wir uns zu dem Interview bereiterklärten, haben wir uns das Recht vorbehalten, unser Leben so darzustellen, wie wir es für richtig hielten. Natürlich haben wir das Mike Donaldson, dem Mann, der uns interviewt hat, nicht ausdrücklich gesagt, aber wir haben es getan.«

»Hat sie jemand absichtlich gestoßen?«

»Es gab keine Möglichkeit, das festzustellen«, sagte Liz. Ihre Augen ruhten auf William und Wendy, musterten sie nachdenklich. »Es kann sein, daß ich zufällig angestoßen wurde, aber es war ein verdammt harter Stoß. Ich flog durch die Luft und kam erst ein ganzes Stück tiefer wieder mit der Rolltreppe in Berührung. Trotzdem habe ich mir einzureden versucht, daß es unabsichtlich geschehen ist. Auf diese Weise wird man leichter damit fertig. Der Gedanke, daß jemand auf die Idee kommt, eine Frau eine steile Rolltreppe hinabzustoßen, nur um zu sehen, was dann passiert – das ist ein Gedanke, der einem schlaflose Nächte bereiten kann.«

Alan nickte.

»Die Ärzte, die wir konsultiert haben, sagten, Liz würde wahrscheinlich nie wieder Kinder bekommen können«, sagte Thad. »Als sie dann mit William und Wendy schwanger wurde, meinten sie, sie würde sie wahrscheinlich nicht austragen können. Aber sie hat es geschafft. Und ich habe nach zehn Jahren endlich mit der Arbeit an einem neuen Roman unter meinem eigenen Namen angefangen. Es wird mein dritter.«

»Der andere Name, unter dem Sie geschrieben haben, war George Stark?«

Thad nickte: »Aber das ist jetzt vorbei. Es ging aufs Ende zu, als Liz im achten Monat war, immer noch heil und gesund. Ich kam zu dem Schluß, wenn ich noch einmal Vater werden sollte, dann müßte ich auch wieder damit anfangen, ich selbst zu sein.«

4

Die Unterhaltung stockte einen Moment – es war nicht ganz eine Pause. Dann sagte Thad: »Gestehen Sie, Sheriff Pangborn.«

Alan hob die Brauen. »Wie bitte?«

Um Thads Mundwinkel spielte ein kleines Lächeln. »Ich will nicht behaupten, daß Sie das Szenario schon fertig ausgearbeitet hatten, aber es war zumindest in breiten Strichen angelegt. Wenn ich einen eineiigen Zwillingsbruder hätte, dann hätte vielleicht *er* bei der Party den Gastgeber gespielt. Auf diese Weise hätte ich in Castle Rock sein und Homer Gamache ermorden und meine Fingerabdrücke in seinem Wagen hinterlassen können. Aber damit hätte es nicht sein Bewenden gehabt, nicht wahr? Mein Zwilling schläft mit meiner Frau und hält meine Vorlesungen, während ich Homers Wagen zu dieser Raststätte in Connecticut fahre, einen anderen Wagen stehle, nach New York fahre, den heißen Wagen stehenlasse und den Zug oder das Flugzeug nach Washington besteige. Sobald ich dort bin, bringe ich Clawson um die Ecke und kehre eilends heim nach Ludlow, schicke meinen Zwillingsbruder dorthin zurück, wo er hergekommen ist, und wir beide nehmen unser gewohntes Leben wieder auf. Oder wir alle drei, wenn Liz in der Sache mit drinsteckt.«

Liz starrte ihn einen Moment an, dann begann sie zu lachen. Sie lachte nicht lange, aber solange das Lachen dauerte, war es heftig. Es hatte nichts Gezwungenes an sich, doch es war ein widerstrebendes Lachen – der Ausdruck der Belustigung bei einer Frau, die verblüfft worden ist.

Alan musterte ihn mit unverhohlener Überraschung. Die Zwillinge lachten einen Moment lang ihre Mutter an – vielleicht lachten sie auch mit ihr –, dann beschäftigten sie sich erneut damit, einen großen gelben Ball im Laufstall hin und her zu rollen.

»Thad, das ist ja *fürchterlich*«, sagte Liz, als sie sich wieder in den Griff bekommen hatte.

»Mag sein«, sagte er. »Wenn du es so empfindest, dann bitte ich um Entschuldigung.«

»Es ist – ziemlich weit hergeholt«, sagte Alan.

Thad lachte. »Anscheinend gehören Sie nicht zu den begeisterten Anhängern des verstorbenen George Stark.«

»Offen gesagt, nein. Aber ich habe einen Deputy, Norris Ridgewick, der ein Stark-Fan ist. Er mußte mir erst erklären, was diesen ganzen Wirbel ausgelöst hat.«

»Nun, Stark hat sich auch ein bißchen mit den Konventionen des Kriminalromans herumgeschlagen. Nichts, was sich wie das Bild, das ich eben gezeichnet habe, mit Agatha Christie vergleichen ließe, aber das bedeutet nicht, daß ich nicht auf diese Weise denken kann, wenn ich mich ein bißchen anstrenge. Also, Sheriff – ist Ihnen diese Idee durch den Kopf gegangen?«

Alan schwieg einen Moment, lächelte und dachte offensichtlich nach. Endlich sagte er: »Vielleicht habe ich tatsächlich einige Überlegungen in dieser Richtung angestellt. Nicht ernstlich und auch nicht ganz so, aber doch so ungefähr. Aber Sie brauchen Ihre Frau nicht um Entschuldigung zu bitten. Seit heute morgen bin auch ich willens, selbst die absurdesten Möglichkeiten in Erwägung zu ziehen.«

»Wie die Dinge liegen.«

»So ist es – wie die Dinge liegen.«

Thad sagte, gleichfalls lächelnd: »Ich wurde in Bergenfield, New Jersey geboren, Sheriff. Sie brauchen sich nicht auf mein Wort zu verlassen – Sie können jederzeit das Geburtsregister auf etwaige Zwillingsbrüder hin überprüfen, die ich vielleicht vergessen habe.«

Alan schüttelte den Kopf und trank einen Schluck Bier. »Es war eine verrückte Idee, und ich komme mir ein wenig wie ein Idiot vor, aber das ist kein ganz neues Gefühl. Ich habe es, seit Sie uns heute morgen mit der Party kamen. Wir haben uns übrigens bei Ihren Gästen erkundigt. Sie bestätigen Ihre Aussage.«

»Natürlich tun sie das«, sagte Liz mit einem Anflug von Schroffheit.

»Und da Sie ohnehin keinen Zwillingsbruder haben, dürfte das Thema erledigt sein.«

»Nehmen wir einen Augenblick lang an«, sagte Thad, »nur um der Erörterung willen, daß es sich tatsächlich so verhalten hat, wie ich sagte. Es gäbe eine hübsche Story – von einem Punkt abgesehen.«

»Und welcher Punkt wäre das?« fragte Alan.

»Die Fingerabdrücke. Weshalb sollte ich mir die Mühe machen, mir *hier* mit einem Mann, der genauso aussieht wie ich, ein Alibi zu verschaffen, während ich *dort* war – und dann alles zu verderben, indem ich an beiden Tatorten meine Fingerabdrücke hinterlasse?«

»Ich wette, Sie werden das Geburtsregister tatsächlich überprüfen, Sheriff«, sagte Liz.

Alan sagte unerschüttert: »Die Grundlage jeder Polizeiarbeit besteht darin, daß man einer Sache nachgeht, bis sie nichts mehr hergibt. Aber ich weiß schon jetzt, was ich finden werde.« Er zögerte, dann setzte er hinzu: »Es war nicht nur die Party. Sie benahmen sich wie ein Mann, der die Wahrheit sagt. Ich habe einige Erfahrung auf diesem Gebiet. Soweit ich in meiner Zeit als Polizeibeamter feststellen konnte, gibt es auf der Welt nur sehr wenige gute Lügner. Vielleicht kreuzen sie von Zeit zu Zeit in den Kriminalromanen auf, von denen Sie gesprochen haben, aber im wirklichen Leben sind sie ziemlich rar.«

»Also weshalb dann überhaupt die Fingerabdrücke?« fragte Thad. »Das ist es, was mich interessiert. Ist derjenige, den Sie suchen, einfach ein Amateur mit meinen Abdrücken? Ich bezweifle es. Ist Ihnen schon der Gedanke gekommen, daß allein die *Qualität* der Abdrücke verdächtig ist? Bei den paar Recherchen, die ich für die Stark-Romane angestellt habe, habe ich einiges über Fingerabdrücke gelernt, aber in dieser Beziehung bin ich ziemlich faul – es ist viel einfacher, sich an die Schreibmaschine zu setzen und sich Lügen auszudenken. Aber müssen Fingerabdrücke nicht eine bestimmte Zahl von Vergleichsmerkmalen aufweisen?«

»In Maine sind es sechs«, sagte Alan. »Sechs vollkommene Übereinstimmungen müssen vorliegen, bevor ein Fingerabdruck vor Gericht als Beweis zugelassen wird.«

»Und trifft es nicht zu, daß in den meisten Fällen die Fingerabdrücke unvollständig sind – oder nur verwischte Spuren mit ein paar Schleifen und Windungen?«

»So ist es. Tatsächlich werden Verbrecher nur selten auf der Basis von Fingerabdrücken verurteilt.«

»Aber hier haben Sie einen Abdruck auf dem Rückspiegel, von dem Sie sagten, er wäre so gut wie einer, der auf dem Polizeirevier abgenommen wurde, und einen weiteren, der in ein Stück Kaugummi regelrecht eingeprägt wurde. Irgendwie ist es dieser Abdruck, der mir zu schaffen macht. Es ist fast so, als wäre er absichtlich hinterlassen worden, damit Sie ihn finden.«

»Der Gedanke ist uns auch schon gekommen.« In Wahrheit hatte dieses Problem sie sehr eingehend beschäftigt. Es war einer der seltsamsten Aspekte des Falles. Der Mord an Clawson sah aus wie die klassische Bandenrache an jemandem, der gesungen hatte: Zunge herausgeschnitten, Penis im Mund des Opfers, massenhaft Schmerzen, massenhaft Blut, aber niemand im Hause hatte etwas gehört. Aber wenn es Profi-Arbeit gewesen war – weshalb war dann die Wohnung mit Beaumonts Fingerabdrücken übersät? Konnte etwas, das so sehr wie eine Verdachtsfalle aussah, keine Verdachtsfalle sein? Unmöglich, sofern nicht jemand eine brandneue Masche erfunden hatte. Vorerst blieb Alan Pangborn nichts anderes übrig, als sich an die bewährte Maxime zu halten: wenn etwas watschelt wie eine Ente, quakt wie eine Ente und schwimmt wie eine Ente, dann ist es auch höchstwahrscheinlich eine Ente.

»Können Fingerabdrücke manipuliert werden?« fragte Thad.

»Können Sie ebensogut Gedanken lesen wie Bücher schreiben, Mr. Beaumont?«

»Gedanken lesen und Bücher schreiben, ja. Aber Fenster putzen kann ich nicht.«

Alan hatte den Mund voll Bier, und das Lachen attackierte ihn so unvermutet, daß er es beinahe auf den Teppich gespritzt hätte. Es gelang ihm, es hinunterzuschlucken, aber etwas davon geriet ihm in die Luftröhre, und er begann zu husten. Liz sprang auf und klopfte ihm mehrere Male kräftig auf den Rücken. Das war vielleicht eine seltsame Handlung, aber ihr kam sie nicht seltsam vor – das Leben mit zwei kleinen Kindern hatte sie daran gewöhnt. William und Wendy starrten aus dem Laufstall herüber, der gelbe Ball kam zum Stillstand und lag vergessen zwischen ihnen. William begann zu lachen. Wendy folgte seinem Beispiel.

Aus irgendeinem Grund mußte Alan daraufhin noch heftiger lachen.

Thad stimmte in das Lachen ein, und auch Liz, die ihm immer noch den Rücken klopfte, begann zu lachen.

»Geht schon wieder«, sagte Alan, immer noch hustend und lachend. »Wirklich.«

Liz klopfte ihm ein letztes Mal auf den Rücken. Bier schoß aus dem Hals von Alans Flasche heraus wie ein Dampf ablassender Geysir und ergoß sich über den Schritt seiner Hose.

»Kein Problem«, sagte Thad. »Windeln haben wir genug.«

Und dann brachen sie alle wieder in Gelächter aus, und irgendwann zwischen dem Augenblick, in dem Alan zu husten begann, und dem, in dem er endlich aufhören konnte zu lachen, waren die drei zumindest zeitweise Freunde geworden.

5

»Soweit ich weiß oder feststellen konnte, kann man Fingerabdrücke nicht manipulieren«, sagte Alan einige Zeit später – inzwischen waren sie bei der zweiten Lage angekommen, und der peinliche Fleck im Schritt seiner Hose begann zu trocknen. Die Zwillinge schliefen.

»Natürlich sind die Ermittlungen noch im Gang; bis heute morgen hatten wir keine Veranlassung zu argwöhnen, daß in diesem Fall etwas derartiges versucht worden wäre. Ich weiß, daß es einmal versucht wurde: vor etlichen Jahren nahm ein Entführer seinem Opfer die Fingerabdrücke ab, bevor er es umbrachte, machte von ihnen Matrizen – so nennt man das wohl – und prägte sie auf dünnes Plastik. Dann zog er diese Plastikkuppen über seine eigenen Fingerspitzen und versuchte, die Abdrücke überall in der Berghütte des Opfers zu hinterlassen, damit die Polizei denken sollte, die ganze Entführung wäre nur vorgetäuscht gewesen, und der Mörder hätte nichts damit zu tun gehabt.«

»Es hat nicht funktioniert?«

»Die Cops bekamen einige wundervolle Abdrücke«, sagte Alan. »Vom Täter. Die natürlichen Fette in seiner Haut flachten die aufgesetzten Fingerabdrücke ab, und da das Plastik sehr dünn und so beschaffen war, daß es selbst die zartesten Formen abzeichnen konnte, prägten sich die eigenen Abdrücke des Täters ein.«

»Vielleicht ein anderes Material ...«

»Sicher, kann sein. Dies ist um die Mitte der fünfziger Jahre passiert, und wahrscheinlich sind seither Hunderte von neuen Materialien erfunden worden. Vorerst können wir nur sagen, daß kein Kriminalexperte je von einem Fall gehört hat, in dem Fingerabdrücke manipuliert wurden, und dabei wird es wohl auch bleiben. Aber daneben gibt es noch andere Dinge, die zu berücksichtigen sind, Thad.«

Thad und Liz warfen sich die Andeutung eines Blickes zu, so schnell, daß Alan es nicht bemerkte. Er hatte Thad zum ersten Mal beim Vornamen genannt. Nun zog er ein mitgenommen aussehendes Notizbuch aus der Gesäßtasche und schlug es auf.

»Rauchen Sie?« fragte er.

»Nein.«

»Er hat vor sieben Jahren damit aufgehört«, sagte Liz. »Es ist ihm sehr schwer gefallen, aber er hat durchgehalten.«

»Es gibt Kritiker, die behaupten, die Welt wäre ein besserer Ort, wenn ich einfach abkratzen würde, aber da bin ich anderer Ansicht«, sagte Thad. »Warum?«

»Aber Sie haben früher geraucht?«

»Ja.«

»Pall Mall?«

Thad hatte gerade nach seiner Coladose gegriffen. Sie kam fünfzehn Zentimeter von seinem Mund entfernt zum Stillstand. »Woher wissen Sie das?«

»Ihre Blutgruppe ist A Rhesus-negativ?«

»Allmählich verstehe ich, warum Sie heute morgen fest entschlossen waren, mich zu verhaften«, sagte Thad. »Wenn ich kein so eindeutiges Alibi gehabt hätte, säße ich jetzt im Gefängnis, nicht wahr?«

»Höchstwahrscheinlich.«

»Sie hätten seine Blutgruppe aus seinen Militärpapieren bekommen können«, sagte Liz. »Wie Sie auch seine Fingerabdrücke bekommen haben.«

»Aber nicht, daß ich an die zwanzig Jahre lang Pall Mall geraucht habe«, sagte Thad. »Soweit ich weiß, gehört das nicht zu den Dingen, die in den Unterlagen festgehalten werden.«

»Das ist Material, das seit heute vormittag hereingekommen ist«, teilte Alan ihnen mit. »Der Aschenbecher in Homer Gamaches Wagen war voll von Pall-Mall-Stummeln, obwohl der alte Mann nur gelegentlich eine Pfeife rauchte. Auch im Aschenbecher in Frederick Clawsons Wohnung lagen zwei Stummel. Dicht neben dem Ermordeten. Er hat überhaupt nicht geraucht, außer hin und wieder einen Joint. Das jedenfalls hat seine Wirtin ausgesagt. Die Blutgruppe des Täters haben wir aus dem Speichel an den Zigarettenstummeln. Der Serologe hat eine Menge Fakten festgestellt, die besser und zuverlässiger sind als die Fingerabdrücke.«

Jetzt lächelte Thad nicht mehr. »Ich verstehe das nicht. Ich kann das alles einfach nicht verstehen.«

»Nur eines ist merkwürdig«, sagte Alan. »Blonde Haare. Wir haben ein halbes Dutzend in Homers Wagen gefunden und ein weiteres auf der Lehne des Sessels, in dem der Mörder in Clawsons Wohnung gesessen hat. Ihr Haar ist dunkel, und ich habe nicht den Eindruck, daß Sie eine Perücke tragen.«

»Nein, Thad nicht – aber vielleicht hat der Mörder eine getragen«, sagte Liz tonlos.

»Vielleicht«, sagte Alan. »Aber wenn, dann war sie aus Menschenhaar gemacht. Und weshalb sollten Sie sich die Mühe machen, Ihre Haarfarbe zu ändern, wenn Sie ohnehin überall Fingerabdrücke und Zigarettenstummel hinterlassen wollen? Entweder wollte der Kerl Sie in die Sache hineinreißen, oder er ist saublöd. Das blonde Haar paßt so oder so nicht ins Bild.«

»Vielleicht wollte er einfach nicht erkannt werden«, meinte Liz. »Schließlich ist es noch keine zwei Wochen her, daß *People* Fotos von Thad gebracht hat.«

»Ja, das wäre eine Möglichkeit. Aber wenn dieser Kerl außerdem *aussieht* wie Ihr Mann, Mrs. Beaumont ...«

»Liz.«

»Okay, Liz. Wenn er aussieht wie Ihr Mann, dann würde er aussehen wie Thad Beaumont mit blondem Haar, nicht wahr?«

Liz musterte Thad einen Moment und begann dann zu kichern.

»Was ist denn so lustig?«

»Ich versuche mir vorzustellen, wie du in Blond aussehen würdest«, sagte sie noch immer kichernd. »Ich glaube, du würdest aussehen wie ein sehr verkommener David Bowie.«

»Ist das lustig?« fragte Thad Alan. »Ich finde das gar nicht lustig.«

»Nun ...« sagte Alan lächelnd.

»Aber das spielt keine Rolle. Nach allem, was wir wissen, könnte er außer einer blonden Perücke auch eine Sonnenbrille getragen und sich mit einem Tuch maskiert haben.«

»Nicht, wenn der Mörder der gleiche Mann ist, den Mrs. Arsenault am ersten Juni um Viertel vor eins in Homers Wagen einsteigen sah«, sagte Alan.

Thad beugte sich vor. »Sah er tatsächlich so aus wie ich?« fragte er.

»Sie konnte nicht viel mehr über ihn sagen, als daß er einen Anzug trug. Ich habe einen meiner Männer, Norris Ridgewick, heute mittag mit Ihrem Foto zu ihr geschickt. Sie sagte, der Mann, der in Homers

Wagen einstieg, wäre ihr größer vorgekommen.« Dann setzte er trokken hinzu: »Sie gehört zu der Sorte Frauen, die nicht vorsichtig genug sein können.«

»Sie konnte den Größenunterschied anhand eines Fotos beurteilen?« fragte Liz zweifelnd.

»Sie hat Thad öfter gesehen, wenn er den Sommer über in der Stadt war«, sagte Alan. »Außerdem sagte sie, sie wäre sich nicht sicher.«

Liz nickte. »Natürlich kannte sie ihn. Uns beide. Wir haben oft genug an ihrem Gemüsestand eingekauft. Dumm von mir. Entschuldigung.«

»Das ist nichts, wofür Sie sich entschuldigen müßten«, sagte Alan und warf einen Blick auf den Schritt seiner Hose. Trocken. Gut. Nur ein leichter Fleck war zurückgeblieben, der außer seiner Frau niemandem auffallen würde. »Aber das bringt mich auf den letzten Punkt – oder Aspekt oder wie immer Sie es nennen wollen. Ich bezweifle, ob es überhaupt zur Sache gehört, aber Nachfragen hat noch nie geschadet. Welche Schuhgröße haben Sie, Mr. Beaumont?«

Thad warf einen Blick auf Liz, die die Achseln zuckte. »Für jemanden, der knapp einsachtzig groß ist, habe ich wohl ziemlich kleine Füße. Ich trage Größe neununddreißig, aber eine halbe Nummer größer oder kleiner...«

»Die Abdrücke, die wir haben, sind mindestens Größe fünfundvierzig«, sagte Alan. »Aber ich glaube ohnehin nicht, daß die Fußabdrücke etwas mit der Sache zu tun haben. Übrigens lassen sich Fußabdrücke leicht fälschen. Man braucht nur ein bißchen Papier in die Kappen von Schuhen zu stopfen, die einem zwei oder drei Nummern zu groß sind, und schon ist die Sache gelaufen.«

»Um was für Fußabdrücke handelt es sich?« fragte Thad.

»Das ist nicht von Belang«, sagte Alan und schüttelte den Kopf. »Ich denke, jetzt liegt alles auf dem Tisch, was drauf gehört, Thad. Ihre Fingerabdrücke, Ihre Blutgruppe, Ihre Zigarettenmarke...«

»Er hat das Rauchen...«, setzte Liz ein.

Alan hob beschwichtigend die Hand. »Ihre *frühere* Zigarettenmarke. Vielleicht ist es Wahnsinn, Sie das alles wissen zu lassen – und in mir wispert eine leise Stimme, daß es tatsächlich Wahnsinn ist –, aber nachdem wir nun einmal so weit gekommen sind, wäre es sinnlos, den Wald außer acht zu lassen, wenn wir ein paar Bäume betrachten. Außerdem stehen Sie auch in anderer Hinsicht mit dem Fall in Verbindung. Castle Rock ist Ihr legaler Wohnsitz, ebenso wie Ludlow, da Sie an beiden Orten Steuern zahlen. Homer Gamache war mehr als ein flüchtiger Bekannter von Ihnen; er arbeitete hin und wieder für Sie – könnte man es so ausdrücken?«

»Ja«, sagte Liz. »In dem Jahr, in dem wir das Haus kauften, hörte er auf, regulär als Hausmeister zu arbeiten – das tun jetzt Dave Philipps und Charlie Fortin –, aber er legte auch weiterhin gern Hand an.«

»Wenn wir davon ausgehen, daß der Anhalter, den Mrs. Arsenault beobachtet hat, Homer umgebracht hat – und davon gehen wir aus –, dann erhebt sich die eine Frage. Hat der Anhalter Homer umgebracht, weil er zufällig der erste Mensch war, der dämlich – oder betrunken – genug war, um ihn mitzunehmen, oder hat er ihn umgebracht, weil er Homer Gamache, ein Bekannter von Thad Beaumont war?«

»Woher konnte er wissen, daß Homer vorbeikommen würde?« fragte Liz.

»Weil es Homers Kegelabend war. Und Homer ist – war – ein Gewohnheitstier. Er war wie eine alter Gaul, Liz; er kehrte immer auf dem gleichen Weg in den Stall zurück.«

»Sie halten es also für denkbar«, sagte Thad, »daß Homer nicht anhielt, weil er betrunken war, sondern deshalb, weil er den Anhalter erkannte. Ein Fremder, der Homer umbringen wollte, hätte es nicht mit der Anhaltermasche versucht. Er hätte sich gesagt, daß dabei zu viel vom Zufall abhängen würde, oder es von vornherein für aussichtslos gehalten.«

»Ja.«

»Thad«, sagte Liz mit einer Stimme, die nicht recht stetig klingen wollte, »hat die Polizei gedacht, er hätte nur angehalten, weil er glaubte, *dich* zu sehen – stimmt das?«

»Ja«, sagte Thad. Er streckte den Arm aus und ergriff ihre Hand. »Außerdem hat sie gedacht, daß nur jemand wie ich – jemand, der ihn kannte – es auf diese Weise versuchen würde. Ich nehme an, sogar der Straßenanzug paßt ins Bild. Was trägt der modebewußte Schriftsteller, wenn er vorhat, um ein Uhr nachts auf dem Lande einen Mord zu begehen? Den guten Tweedanzug natürlich – den mit den Lederflecken an den Ellenbogen des Jacketts. Alle englischen Krimis sind sich darin einig, daß dies unbedingt *de rigeur* ist.«

Er richtete den Blick auf Alan.

»Das ist verdammt merkwürdig, nicht wahr? Diese ganze Geschichte.«

Alan Pangborn nickte. »Sie haben recht, es ist merkwürdig. Mrs. Arsenault meinte, der Mann hätte begonnen, die Straße zu überqueren, oder wäre zumindest im Begriff gewesen, es zu tun, als Homer mit seinem Pickup herankam. Aber die Tatsache, daß Sie auch diesen Clawson in Washington kannten, macht es immer wahrscheinlicher, daß Homer ermordet wurde, weil er Homer Gamache war, und nicht nur, weil er betrunken genug war, um anzuhalten. Also reden wir über Frederick Clawson, Thad. Erzählen Sie mir von ihm.«

Thad und Liz wechselten einen Blick.

»Ich glaube«, sagte Thad, »meine Frau ist imstande, das schneller und präziser zu tun, als ich es könnte. Außerdem wird sie wahrscheinlich weniger fluchen.«

»Bist du ganz sicher, daß ich die Geschichte erzählen soll?« fragte Liz ihren Mann.

Thad nickte. Liz begann zu sprechen, anfangs langsam, dann flüssiger. Zu Beginn setzte Thad ein- oder zweimal zu einer Unterbrechung an, lehnte sich dann aber zurück und begnügte sich damit, ihr zuzuhören. In der nächsten halben Stunde sprach er kaum ein Wort. Alan Pangborn zog sein Notizbuch heraus und machte sich Notizen, aber nach ein paar anfänglichen Fragen unterbrach auch er Liz nicht mehr.

Neuntes Kapitel

Die Invasion des Kriechozoiden

1

»Ich nenne ihn einen Kriechozoiden«, begann Liz. »Es tut mir leid, daß er tot ist – aber ein Kriechozoide war er trotzdem. Ich weiß nicht, ob die echten Kriechozoiden als solche geboren werden oder sich erst später entwickeln, aber da sie in jedem Fall irgendwann ihre schleimige Position im Leben einnehmen, spielt das wohl keine Rolle. Frederick Clawson nahm diese Position zufällig in Washington D. C. ein. Er hatte sich in die größte juristische Schlangengrube der Welt begeben, um Jura zu studieren.

Thad – die Kinder werden unruhig. Machst du ihnen ihr Nachtfläschchen zurecht? Und ich möchte bitte noch ein Bier.«

Er brachte ihr das Bier und ging dann in die Küche, um die Flaschen zu wärmen. Er schob einen Keil unter die Küchentür, damit sie offenblieb und er besser zuhören konnte – und stieß sich dabei die Kniescheibe. Das war ihm schon so oft passiert, daß er es kaum mehr zur Kenntnis nahm.

Die Sperlinge fliegen wieder, dachte er und rieb über die Narbe auf seiner Stirn, während er zuerst eine Kasserolle mit warmem Wasser füllte und sie dann auf den Herd setzte. *Wenn ich nur wüßte, was zum Teufel das zu bedeuten hat.*

»Den größten Teil der Geschichte haben wir von Clawson selbst erfahren«, fuhr Liz fort, »aber seine Perspektive war naturgemäß ein wenig schief. Thad sagt immer, wir alle wären die Helden unseres eigenen Lebens, und Clawson hielt sich eher für einen Boswell als für einen Kriechozoiden – aber mit Hilfe der Informationen, die wir von Darwin Press erhielten, dem Verlag, der die Romane herausgebracht hat, die Thad unter Starks Namen schrieb, und anderen, die wir von Rick Cowley erhielten, konnten wir uns ein etwas objektiveres Bild machen.«

»Wer ist Rick Cowley?« fragte Alan.

»Der literarische Agent, der Thad unter beiden Namen betreut hat.«

»Und was wollte Clawson – Ihr Kriechozoide?«

»Geld«, sagte Liz trocken.

In der Küche holte Thad die Nachtfläschchen (nur halb voll, um das lästige Trockenlegen mitten in der Nacht auf ein Minimum zu reduzieren) aus dem Kühlschrank und setzte sie in die Kasserolle. Was Liz sagte, war richtig und falsch zugleich. Clawson hatte viel mehr gewollt als nur Geld.

Es war, als hätte Liz seine Gedanken gelesen.

»Nicht, daß Geld alles gewesen wäre, was er wollte. Ich bin nicht einmal sicher, ob es die größte Rolle spielte. Er wollte als der Mann gelten, der George Starks wahre Identität herausgefunden hatte.«

»Also so etwas wie der strahlende Held, der es endlich geschafft hat, den Incredible Spider-Man zu demaskieren?«

»So ist es.«

Thad steckte einen Finger in die Kasserolle, um die Wassertemperatur zu prüfen, dann lehnte er sich gegen den Herd und hörte zu. Ihm wurde bewußt, daß ihn nach einer Zigarette verlangte – zum ersten Mal seit Jahren verlangte ihn wieder nach einer Zigarette.

2

»Clawson war zu oft zur rechten Zeit am rechten Ort«, sagte Liz. »Er war nicht nur Jurastudent, er war auch Teilzeitangestellter in einer Buchhandlung. Er war nicht nur Angestellter in einer Buchhandlung, er war auch ein begeisterter Fan von George Stark. Und möglicherweise war er der einzige George Stark-Fan im ganzen Land, der auch die beiden Romane von Thad Beaumont gelesen hatte.«

In der Küche lächelte Thad etwas säuerlich und prüfte abermals die Temperatur des Wassers in der Kasserolle.

»Ich glaube, er wollte aus seinen Vermutungen eine Art großes Drama machen«, fuhr Liz fort. »Wie sich die Dinge entwickelten, mußte er sich schon gewaltig anstrengen, um überhaupt aus der Masse herauszuragen. Nachdem er zu dem Schluß gekommen war, daß Stark tatsächlich Beaumont war und umgekehrt, rief er bei Darwin Press an.«

»Starks Verlag.«

»Richtig. Er schaffte es, bis zu Ellie Golden, Starks Lektorin, vorzudringen. Clawson erkundigte sich nach dem Autorenfoto auf der Rückseite des Schutzumschlags. Er wollte die Adresse des Mannes, der dort abgebildet war. Ellie erklärte ihm, sie sei nicht befugt, die Adressen von Autoren des Verlages bekanntzugeben.«

Clawson sagte: ›Ich will nicht *Starks* Adresse, sondern die des Mannes auf dem Foto. Des Mannes, der als Stark *posiert.*‹ Ellie erklärte, er sollte sich nicht lächerlich machen – der Mann auf dem Foto *wäre* George Stark.«

»Und der Verlag hat nie verlauten lassen, daß Stark nur ein Pseudonym war?« fragte Alan, offensichtlich interessiert. »Er hat Stark all die Jahre als wirkliche Person hingestellt.«

»Ja. Thad hat darauf bestanden.«

Ja, dachte Thad. Er holte die Flaschen aus der Kasserolle und hielt sie an die Schläfe, um die Temperatur der Milch zu überprüfen. *Thad hat darauf bestanden. Im nachhinein weiß Thad nicht recht, weshalb er darauf bestanden hat. Er hat nicht einmal eine Ahnung, warum er das getan hat. Aber er hat darauf bestanden.*

Er kehrte mit den Flaschen ins Wohnzimmer zurück und vermied dabei nur knapp eine Kollision mit dem Küchentisch. Er gab jedem der Kinder eine Flasche. Sie hoben sie verschlafen an und begannen zu saugen. Thad ließ sich wieder nieder. Er hörte Liz zu und redete sich ein, daß ihm nichts ferner lag als das Verlangen nach einer Zigarette.

»Auf jeden Fall«, fuhrt Liz fort, »wollte Clawson noch mehr Fragen stellen – eine ganze Wagenladung voll Fragen, nehme ich an –, aber Ellie spielte nicht mit. Sie sagte, er solle doch Rick Cowley anrufen. Dann legte sie auf. Daraufhin rief Clawson Ricks Büro an und bekam Miriam an den Apparat. Sie ist Ricks geschiedene Frau und gleichzeitig seine Geschäftspartnerin. Ein etwas merkwürdiges Arrangement, aber die beiden kommen gut miteinander aus.

Clawson stellte ihr dieselbe Frage – ob George Stark in Wirklichkeit Thad Beaumont wäre. Wie Miriam uns erzählte, hat sie gesagt, so wäre es. Und sie wäre Dolly Madison. ›Ich habe mich von James scheiden lassen, Thad hat sich von Liz scheiden lassen, und im Frühjahr heiraten wir!‹ Worauf sie auflegte. Dann stürzte sie in Ricks Büro und informierte ihn, daß irgendein Typ aus Washington die Nase in Thads geheime Identität zu stecken versuchte. Dann wurde, wenn Clawson bei Cowley Associates anrief, immer sofort der Hörer aufgelegt.«

Liz nahm einen großen Schluck von ihrem Bier.

»Aber er hat nicht aufgegeben. Echte Kriechozoiden geben niemals auf. Er hatte nur begriffen, daß er auf die höfliche Tour nicht weiterkam.«

»Und er hat nicht bei Thad angerufen?« fragte Alan.

»Nein. Kein einziges Mal.«

»Ich nehme an, Ihre Nummer steht nicht im Telefonbuch.«

Thad lieferte einen seiner wenigen eigenen Beiträge zu der Geschichte. »Sie steht nicht im öffentlichen Telefonbuch, Alan, aber unser Anschluß hier in Ludlow ist im Fakultätsverzeichnis aufgeführt. Das ist unvermeidlich. Ich bin Lehrer und muß für meine Kollegen und Studenten erreichbar sein.«

»Aber in die Höhle des Löwen hat sich der Kerl nicht gewagt«, meinte Alan.

»Er hat sich mit uns in Verbindung gesetzt – brieflich«, sagte Liz. »Aber so weit sind wir noch nicht. Soll ich weiter erzählen?«

»Ja, bitte«, sagte Alan. »Es ist eine spannende Geschichte.«

»Also«, fuhr Liz fort, »es kostete unseren Kriechozoiden genau drei Wochen und vermutlich nicht einmal fünfhundert Dollar, um das herauszubekommen, wovon er ohnehin überzeugt war – daß Thad und George Stark ein und dieselbe Person waren.

Er fing mit dem *Literary Market Place* an, einem Verzeichnis der Namen, Adressen und Telefonnummern aller im Verlagswesen tätigen Leute – Schriftsteller, Lektoren, Verleger, Agenten. Damit und mit Hilfe der Personalnachrichten in *Publisher's Weekly* ist es ihm gelungen, rund ein halbes Dutzend Angestellter von Darwin Press ausfindig zu machen, die die Firma zwischen dem Sommer 1986 und dem Sommer 1987 verlassen hatten. Eine von ihnen verfügte über die Information und war bereit, mit der Sprache herauszurücken. Ellie Golden war sich ziemlich sicher, daß es das Mädchen war, das 1985 und 1986 acht Monate als Sekretärin des Rechnungsprüfers gearbeitet hatte. Ellie beschrieb das Mädchen als ›eine Kokain schnupfende Tussie aus Vassar‹.«

Alan lachte.

»Thad glaubt auch, daß sie es war«, fuhr Liz fort, »weil sich herausstellte, daß es sich bei der rauchenden Kanone um Fotokopien von Tantiemeabrechnungen für George Stark handelte. Sie kamen aus dem Büro von Roland Burrets.«

»Dem Rechnungsprüfer von Darwin Press«, sagte Thad. Er hörte zu, behielt aber gleichzeitig die Zwillinge im Auge. Sie lagen jetzt mit erhobenen Fläschchen auf dem Rücken und drückten ihre mit den Schlafanzügen bekleideten Füße gegeneinander. Ihre Augen waren leicht glasig. Er wußte, bald würden sie endgültig einschlafen – und wenn sie es taten, würden sie es gemeinsam tun. *Sie tun alles gemeinsam,* dachte Thad. *Die Kinder sind schläfrig, und die Sperlinge fliegen.*

»Thads Name stand nicht auf den Fotokopien«, sagte Liz. »Tantiemeabrechnungen führen manchmal zu Schecks, aber sie *sind* keine Schecks, also brauchte der Name nicht daraufzustehen. Das ist Ihnen klar, nicht wahr?«

Alan nickte.

»Dennoch verriet ihm die Adresse das meiste von dem, was er wissen wollte. Sie lautete Mr. George Stark, P. O. Box 1642, Brewer, Maine 04412. Ein Blick auf die Karte von Maine hätte ihm verraten, daß der Ort, der unmittelbar südlich von Brewer liegt, Ludlow heißt, und er wußte, welcher angesehene, wenn auch nicht gerade berühmte Autor in Ludlow lebt. Thaddeus Beaumont. Welch ein Zufall!

Weder Thad noch ich haben ihn je persönlich kennengelernt, aber er hat *Thad* gesehen. Aus den Fotokopien, die er in die Hand bekommen hatte, wußte er, wann Darwin Press die vierteljährlichen Tantiemeschecks an seine Autoren abschickte. Normalerweise gehen diese Tantiemeschecks zuerst an den Agenten des Autors. Dann stellt der Agent einen neuen Scheck über die ursprüngliche Summe abzüglich seiner Kommission aus. Aber in Starks Fall schickte der Rechnungsprüfer diese Schecks direkt an das Postfach in Brewer.«

»Und wie erhielt der Agent seine Kommission?« fragte Alan.

»Der Anteil des Agenten wurde vorher abgezogen und ihm direkt überwiesen«, sagte Liz. »Auch das wäre für Clawson ein deutlicher Hinweis gewesen, daß George Stark nicht das war, was er zu sein vorgab – aber an weiteren Hinweisen hatte Clawson keinen Bedarf. Er wollte unumstößliche Beweise und machte sich auf, sie zu beschaffen.

Um die Zeit, zu der die Tantiemeschecks verschickt wurden, setzte sich Clawson ins Flugzeug und kam hierher. Die Nächte verbrachte er im Holiday Inn, die Tage damit, das Postamt von Brewer ›abzustecken‹. Genau diesen Ausdruck gebrauchte er in dem Brief, den Thad später von ihm erhielt. Er legte sich auf die Lauer. Ganz wie in einem *film noir.* Allerdings mußte er seine Nachforschungen mit äußerst beschränkten Mitteln anstellen. Wenn ›Stark‹ nicht am vierten Tag im

Postamt von Brewer aufgetaucht wäre, um seinen Tantiemescheck abzuholen, dann wäre Clawson nichts anderes übriggeblieben, als seine Zelte abzubrechen und wieder in der Nacht zu verschwinden. Aber das wäre wahrscheinlich nicht das Ende gewesen. Wenn ein echter Kriechozoide einmal seine Zähne in etwas geschlagen hat, dann läßt er erst los, wenn er einen großen Brocken herausgebissen hat.«

»Oder wenn man ihm die Zähne herausschlägt«, knurrte Thad. Er sah, daß Alan mit gehobenen Brauen in seine Richtung schaute, und grinste. Schlecht gewählte Worte. Irgendjemand hatte mit Liz' Kriechozoiden offenbar genau das getan – oder Schlimmeres.

»Das ist ohnehin eine müßige Frage«, setzte Liz ihren Bericht fort, und Alan wendete sich wieder ihr zu. »So lange hat es nicht gedauert. Am dritten Tag, als er auf einer Parkbank gegenüber dem Postamt saß, sah er, wie Thads Suburban auf einen der Kurzzeitparkplätze vor dem Postamt einbog.«

Liz trank abermals einen Schluck Bier und wischte sich den Schaum von der Oberlippe. Als sie die Hand wieder senkte, lächelte sie.

»Und jetzt kommt der Teil, der mir am meisten Spaß macht«, sagte sie. »Ich finde ihn einfach köstlich. Clawson hatte eine Kamera, eine winzige, die man in der hohlen Hand verbergen kann. Wenn man eine Aufnahme machen wollte, spreizte man einfach die Finger so weit, daß die Linse freilag, und schwupp!, schon war es passiert.«

Sie kicherte leise.

»In seinem Brief erklärte er, er hätte die Kamera von einer Versandfirma, die Ausrüstung für Spione verkauft – Wanzen für Telefone, eine Tinktur, die man auf Briefumschläge aufträgt, um sie zehn oder fünfzehn Minuten lang durchsichtig zu machen, Aktentaschen, die sich selbst vernichten, andere Dinge dieser Art. Geheimagent X-9 Clawson meldete sich zum Dienst. Ich wette, er hätte sich auch einen hohlen, mit Zyanid gefüllten Zahn beschafft, wenn er ihn auf legalem Wege hätte bekommen können. Er ging in seiner Rolle auf.

Auf jeden Fall bekam er ein halbes Dutzend passable Fotos. Keine Kunstwerke, aber man konnte erkennen, wen er aufgenommen hatte – und was der tat. Da war ein Foto von Thad, wie er sich in der Halle des Postamtes den Postfächern nähert, eines, wie er seinen Schlüssel in das Postfach mit der Nummer 1642 steckt, und eines, wie er einen Umschlag herausholt.«

»Er hat Ihnen Abzüge von diesen Fotos geschickt?« fragte Alan. Sie hatte gesagt, daß er Geld gewollt hatte, und Alan war sich ziemlich sicher, daß Liz wußte, wovon sie redete. Das Ganze roch nicht nur nach Erpressung; es stank danach.

»O ja. Und eine Vergrößerung des letzten. Man kann einen Teil des Absenders lesen – die Buchstaben DARW – und das Signet von Darwin Press darüber deutlich erkennen.«

»X-9 schlägt wieder zu«, sagte Alan.

»So ist es. X-9 schlägt wieder zu. Er hat die Vergrößerung sogar ›die rauchende Pistole‹ genannt. Er ließ die Fotos entwickeln, dann flog er zurück nach Washington. Wenige Tage später bekamen wir seinen Brief mit den Fotos. Der Brief war wirklich ein Meisterwerk. Er bewegte sich haarscharf am Rande einer Drohung, ging aber nie über den Rand hinaus.«

»Schließlich war er Jurastudent«, sagte Thad.

»So ist es«, pflichtete Liz ihm bei. »Er wußte offensichtlich ganz genau, wie weit er gehen durfte. Thad könnte den Brief holen, aber ich kann Ihnen auch erzählen, was darin stand. Er fing damit an, daß er erklärte, wie sehr er beide Hälften dessen bewunderte, was er Thads ›gespaltenes Bewußtsein‹ nannte. Er berichtete, was er herausgefunden und wie er es angestellt hatte. Dann kam er zur Sache. Er hat uns den Haken sehr vorsichtig gezeigt, aber der Haken war da. Er erklärte, er wäre selbst ein angehender Schriftsteller, hätte aber wenig Zeit zum Schreiben – sein Studium verschlänge einen großen Teil seiner Zeit, aber das allein wäre nicht das Problem, da er darauf angewiesen sei, in einer Buchhandlung zu arbeiten, um seine Studiengebühren und andere Rechnungen bezahlen zu können. Er sagte, er würde Thad gern einiges von seinen Arbeiten zeigen, und wenn Thad sie für vielversprechend hielte, würde er sich vielleicht veranlaßt sehen, einen Unterstützungsvertrag auszuarbeiten, der ihm weiterhülfe.«

»Einen Unterstützungsvertrag«, sagte Alan nachdenklich. »Ist *das* der Ausdruck, der heutzutage üblich ist?«

Thad warf den Kopf zurück und lachte.

»Er ist zumindest der, den Clawson gebraucht hat. Ich glaube, den Schluß kann ich wörtlich zitieren. ›Ich weiß, daß Ihnen dies auf den ersten Blick ziemlich dreist vorkommen muß, aber ich bin sicher, wenn Sie meine Arbeiten gelesen haben, werden Sie begreifen, daß ein derartiges Arrangement uns beiden zugute kommt.‹

Thad und ich waren eine Weile wütend, dann haben wir darüber gelacht, und ich glaube, danach waren wir wieder wütend.«

»Ja«, sagte Thad. »An das Lachen erinnere ich mich nicht mehr, aber wütend waren wir auf alle Fälle.«

»Schließlich waren wir so weit, daß wir darüber reden konnten. Wir haben fast bis Mitternacht darüber gesprochen. Wir hatten beide begriffen, was es mit Clawsons Brief und den Fotos auf sich hatte, und nachdem Thad über seine Wut hinweg war . . .«

»Der Kerl ist zwar tot«, warf Thad ein, »aber über meine Wut bin ich immer noch nicht hinweg.«

»Also gut, nachdem Thad mit dem Brüllen aufgehört hatte, war er fast erleichtert. Er hatte bereits seit einiger Zeit vorgehabt, Stark über Bord zu werfen und mit der Arbeit an einem langen, eigenen Roman angefangen. An diesem Roman arbeitet er jetzt. Er heißt *The Golden Dog*. Ich habe die ersten zweihundert Seiten gelesen, und ich finde ihn großartig. Viel besser als die letzten beiden Romane, die er als George Stark zu Papier gebracht hat. Also kam Thad zu dem Schluß . . .«

»*Wir* kamen zu dem Schluß«, sagte Thad.

»Okay, *wir* kamen zu dem Schluß, daß Clawsons Brief im Grunde ein verkappter Segen war und uns die Möglichkeit bot, etwas zu beschleunigen, was ohnehin bevorstand. Thads einzige Befürchtung war, daß Rick Cowley diese Idee nicht zusagen würde, weil George Stark der Agentur wesentlich mehr Geld einbrachte als Thad Beaumont. Aber er hatte nicht die geringsten Einwände. Er sagte sogar, daß es genügend Aufsehen erregen könnte, um sich vorteilhaft auszuwirken: auf Starks Backlist, auf Thads eigene Backlist . . .«

»Die nur zwei Titel enthält«, warf Thad mit einem Lächeln ein.

». . . und auf das neue Buch, wenn es herauskommt.«

»Entschuldigen Sie – was ist eine Backlist?« fragte Alan.

Jetzt grinste Thad breit und sagte: »Die alten Bücher, die in keiner Buchhandlung im Schaufenster stehen.«

»Also machten Sie die Sache publik.«

»So ist es«, sagte Liz. »Zuerst bei Associated Press hier in Maine und dann bei *Publisher's Weekly*, aber die Geschichte ging über die Fernschreiber – schließlich war Stark ein Bestsellerautor, und die Tatsache, daß es ihn nie gegeben hatte, lieferte interessantes Füllmaterial für die letzten Seiten. Und dann setzte sich *People* mit uns in Verbindung.«

»Wir bekamen noch einen Brief von Frederick Clawson, in dem er wütete und zeterte, wie gemein und widerwärtig und undankbar wir doch wären. Er schien zu meinen, daß wir kein Recht hätten, ihn auf diese Weise auszumanövrieren, denn schließlich wäre er es gewesen, der sich die ganze Arbeit gemacht hatte, wohingegen Thad lediglich die Bücher geschrieben hatte. Danach hat er abgeschaltet.«

»Und jetzt hat er ein für allemal abgeschaltet«, sagte Thad.

»Nein«, sagte Alan. »Er ist abgeschaltet worden – und das ist ein großer Unterschied.«

Schweigen breitete sich aus. Es hielt nicht lange an, aber es lastete schwer, sehr schwer.

3

Alan Pangborn dachte ein paar Minuten lang nach. Thad und Liz störten ihn nicht. Schließlich blickte er auf und sagte: »Okay. Warum? Warum fühlt sich jemand veranlaßt, ihn zu ermorden? Zumal nachdem das Geheimnis kein Geheimnis mehr war?«

Thad schüttelte den Kopf. »Wenn es mit mir zu tun hat oder den Büchern, die ich als George Stark geschrieben habe, dann weiß ich weder das Wer noch das Warum.«

»Und das alles wegen eines Pseudonyms?« fragte Alan nachdenklich. »Ich meine – nehmen Sie es mir nicht übel, Thad –, aber das war doch keine geheime Verschlußsache oder ein großes militärisches Geheimnis.«

»Ich nehme es Ihnen nicht übel«, sagte Thad. »Im Gegenteil – ich bin ganz Ihrer Meinung.«

»Stark hatte eine Menge Fans«, sagte Liz. »Einige von ihnen waren wütend, als sie erfuhren, daß Thad keine Stark-Romane mehr schreiben würde. *People* hat etliche Leserbriefe bekommen und Thad einen ganzen Waschkorb voll. Eine Dame ist sogar so weit gegangen zu wünschen, Alexis Machine würde aus der Versenkung auftauchen und es Thad heimzahlen.«

»Wer ist Alexis Machine?« Alan hatte sein Notizbuch wieder hervorgezogen.

Thad grinste. »Schwach, schwach, mein lieber Inspektor. Machine ist nur eine Romanfigur in zweien der Bücher, die George geschrieben hat. Dem ersten und dem letzten.«

»Eine Fiktion von einer Fiktion«, sagte Alan und steckte das Notizbuch wieder weg. »Großartig.«

Thad blickte ein wenig verblüfft drein. »Eine Fiktion von einer Fiktion«, sagte er. »Das ist gar nicht schlecht. Ganz und gar nicht schlecht.«

»Wie wäre es damit?« sagte Liz. »Vielleicht hat Clawson einen Freund – immer vorausgesetzt, daß Kriechozoiden überhaupt Freunde haben –, der ein fanatischer Stark-Fan war. Vielleicht wußte er, daß es im Grunde Clawsons Schuld war, daß das Geheimnis gelüftet wurde, und war dermaßen wütend darüber, daß es nun keine Stark-Romane mehr geben würde, daß er ...«

Sie seufzte, betrachtete einen Moment ihre Bierflasche, dann hob sie den Kopf wieder.

»Aber das ist ziemlich dürftig, nicht wahr?«

»Ich fürchte, ja«, sagte Alan, dann sah er Thad an. »Sie sollten jetzt auf den Knien liegen und Gott für Ihr Alibi danken, selbst wenn Sie es vorher noch nicht für nötig hielten. Ihnen ist doch klar, daß Sie damit erst recht verdächtig sind?«

»Ja, ich glaube, in gewisser Hinsicht schon«, pflichtete Thad ihm bei. »Thad Beaumont hat zwei Bücher geschrieben, die kaum jemand liest. Das zweite, das vor elf Jahren erschienen ist, hat nicht einmal bei den Kritikern Anklang gefunden. Sie brachten nicht einmal soviel ein, daß die höchst bescheidenen Vorschüsse abgedeckt wurden; und es ist fraglich, ob sein nächstes Buch gedruckt werden wird, so wie die Dinge in der Branche liegen. Stark dagegen scheffelt Geld. In bescheidenen Ausmaßen, aber immerhin ungefähr viermal so viel, wie ich im Jahr als Professor verdiene. Da kommt dieser Clawson mit seiner sorgfältig formulierten Erpressungsdrohung. Ich mache ihm einen Strich durch die Rechnung, aber mir bleibt nichts anderes übrig, als die Sache selbst publik zu machen. Kurze Zeit später wird Clawson ermordet. Es sieht aus wie ein großartiges Motiv, aber es ist keins. Es hat wenig Sinn, einen Erpresser umzubringen, nachdem man das Geheimnis selbst aufgedeckt hat.«

»Ja, aber Rache wäre denkbar.«

»Kann sein – aber nur, wenn Sie den Rest der Geschichte außer acht lassen. Was Liz Ihnen erzählt hat, trifft voll und ganz zu. Stark ging ohnehin der Sprit aus. Vielleicht hätte es noch ein weiteres Buch gegeben, aber nur *eines*. Und einer der Gründe dafür, daß Rick keinerlei Einwände hatte, war der, daß er es wußte. Und er hatte recht, was die Publicity anging. Der Artikel in *People*, so schwachsinnig er war, hat

Wunder gewirkt. Rick sagte mir, daß *Riding to Babylon* nahe daran ist, wieder auf der Bestsellerliste zu erscheinen, und daß *alle* Stark-Romane gut verkauft werden. Dutton erwägt sogar, *The Sudden Dancers* und *Purple Haze* neu aufzulegen. Wenn Sie es unter diesem Blickwinkel betrachten, hat Clawson mir einen Gefallen getan.«

»Und wo stehen wir damit?« fragte Alan.

»Der Teufel soll mich holen, wenn ich das weiß«, erwiderte Thad.

In das darauffolgende Schweigen hinein sagte Liz mit leiser Stimme: »Es ist ein Krokodiljäger. Ich mußte gerade heute morgen an diese Leute denken. Es ist ein Krokodiljäger, und er ist total übergeschnappt.«

»Ein Krokodiljäger?« fragte Alan verwundert.

Liz erläuterte Thads »Besichtigungs-Syndrom des lebendigen Krokodils«. »Es ist möglich, daß es ein verrückter Fan war. Das ist nicht völlig abwegig, wenn man an den Mann denkt, der John Lennon ermordet hat, und an den, der versuchte, Ronald Reagan zu erschießen. Es gibt viele solche Leute. Und wenn Clawson so viel über Thad herausfinden konnte, hätte auch jemand anders eine Menge über Clawson herausfinden können.«

»Aber warum sollte ein solcher Mensch mich zum Schuldigen stempeln wollen, wenn er von meinen Büchern so angetan ist?« fragte Thad.

»Nicht von deinen Büchern«, erklärte Liz mit Nachdruck. »Stark ist derjenige, den der Kerl liebt. Dich haßt er vermutlich ebenso, wie er Clawson gehaßt hat. Du hast gesagt, du wärest froh, daß Stark tot ist. Das könnte für einen Wahnsinnigen Grund genug sein, dich zum Mörder zu stempeln.«

»Die Geschichte will mir trotzdem nicht in den Kopf«, sagte Alan. »Die Fingerabdrücke ...«

»Sie sagen, Fingerabdrücke wären noch nie kopiert oder manipuliert worden, Alan, aber da sie sich an beiden Tatorten fanden, *muß* es eine Methode geben. Es ist die einzige Erklärung.«

Thad hörte sich selbst sagen: »Nein, du irrst dich, Liz. Wenn es einen solchen Kerl gibt, dann muß es nicht nur so sein, daß er Stark liebt.« Er blickte auf seine Arme herab und sah, daß sie mit einer Gänsehaut bedeckt waren.

»Nein?« fragte Alan.

Thad schaute sie beide an.

»Ist euch schon der Gedanke gekommen, daß derjenige, der Homer Gamache und Frederick Clawson umbrachte, glaubt, daß er George Stark *ist?*«

4

Auf den Stufen vor der Haustür sagte Alan: »Ich halte Sie auf dem laufenden, Thad.« In der Hand hielt er Fotokopien von Frederick Clawsons beiden Briefen, die Thad auf dem Kopierer in seinem Arbeitszimmer gemacht hatte. Thad kam der Gedanke, daß die Tatsache, daß Alan Fotokopien akzeptiert hatte, anstatt auf der Herausgabe der Originale zu bestehen, das deutlichste Anzeichen dafür war, daß er seinen Verdacht vollständig oder zum größten Teil über Bord geworfen hatte.

»Und kommen zurück, um mich zu verhaften, wenn Sie das Hintertürchen in meinem Alibi gefunden haben?« fragte Thad lächelnd.

»Ich glaube nicht, daß es dazu kommen wird. Ich bitte Sie lediglich darum, daß Sie mich auf dem laufenden halten.«

»Sie meinen, falls sich irgend etwas tut?«

»Ja, das meine ich.«

»Es tut mir leid, daß wir Ihnen nicht mehr helfen konnten«, sagte Liz.

Alan lächelte. »Sie haben mir sehr geholfen. Ich konnte mich nicht entscheiden, ob ich noch einen Tag bleiben sollte, was eine weitere Nacht in einem Zimmer des Ramada Inn bedeutet hätte, oder ob ich nach Castle Rock zurückfahre. Ich fahre zurück, und zwar noch heute abend. Meine Frau fühlt sich in letzter Zeit nicht recht wohl.«

»Nichts Ernstes, hoffe ich«, sagte Liz.

»Migräne«, erklärte Alan knapp. Er setzte sich in Bewegung, dann drehte er sich noch einmal um. »Da ist noch etwas.«

Thad warf Liz einen gespielt verzweifelten Blick zu. »Jetzt kommt es«, sagte er. »Der Zeigefinger des alten Columbo im verknautschten Regenmantel.«

»Nichts dergleichen«, sagte Alan, »aber die Polizei in Washington hat im Clawson-Mord etwas zurückgehalten. Das ist allgemein üblich; es hilft, die Spinner auszusondern, die gern Verbrechen gestehen, die sie nicht begangen haben. An der Wand in Clawsons Wohnung stand etwas geschrieben.« Alan zögerte und setzte dann fast entschuldigend hinzu: »Zum Schreiben wurde das Blut des Opfers benutzt. Wenn ich Ihnen sage, was dort stand – geben Sie mir Ihr Wort drauf, daß Sie es für sich behalten werden?«

Sie nickten.

»An der Wand stand ›Die Sperlinge fliegen wieder‹. Sagt das einem von Ihnen etwas?«

»Nein«, sagte Liz.

»Nein«, sagte Thad nach ganz kurzem Zögern mit unbeteiligt klingender Stimme.

Einen Augenblick lang ruhte Alans Blick auf Thads Gesicht. »Sind Sie ganz sicher?«

»Ganz sicher.«

Alan seufzte. »Ich hatte mir keine große Hoffnungen gemacht, aber es schien mir einen Versuch wert. In dieser Sache gibt es so viele verrückte Querverbindungen, und das hätte gleichfalls eine sein können. Gute Nacht, Thad, Liz. Denken Sie daran, sich zu melden, wenn sich irgend etwas tut.«

»Wird gemacht«, sagte Liz.

»Sie können sich darauf verlassen«, pflichtete Thad ihr bei.

Einen Moment später waren sie wieder im Haus und hatten die Tür zugemacht, womit sie Alan Pangborn ebenso ausgeschlossen hatten wie die Dunkelheit, in der er seine lange Heimfahrt antreten würde.

Zehntes Kapitel

Später am gleichen Abend

1

Sie trugen die schlafenden Zwillinge nach oben, dann machten sie sich selbst zum Schlafengehen fertig. Thad zog sich aus bis auf Shorts und Unterhemd – seine Form von Pyjama – und ging ins Badezimmer. Er putzte sich gerade die Zähne, als ihn das Zittern überkam. Er ließ die Zahnbürste fallen, spie einen Mundvoll weißen Schaum ins Waschbekken und taumelte dann auf Beinen, in denen nicht mehr Gefühl war als in zwei Stelzen, zur Toilette.

Er würgte einmal – es war ein elendigliches, trockenes Geräusch –, aber es kam nichts. Sein Magen beruhigte sich wieder – zumindest fürs erste.

Als er sich umdrehte, stand Liz an der Tür. Sie trug ein blaues Nylonnachthemd, dessen Saum sich etliche Zentimeter nördlich ihrer Knie befand. Sie musterte ihn eindringlich.

»Du verschweigst etwas, Thad. Das solltest du nicht tun. Es bringt nichts.«

Er seufzte rauh und streckte mit gespreizten Fingern die Hände aus. Sie zitterten noch immer. »Seit wann weißt du das?«

»Irgend etwas hat mit dir nicht gestimmt, seit der Sheriff heute abend wiedergekommen ist. Und als er uns diese letzte Frage stellte – wegen der Worte, die an Clawsons Wand geschrieben worden waren – da war es, als leuchtete an deiner Stirn eine Neonlampe auf.«

»Pangborn hat kein Neon gesehen.«

»Sheriff Pangborn kennt dich nicht so gut, wie ich dich kenne – aber du hast nicht bemerkt, daß er stutzte – du hast nicht hingeschaut. Sogar er hat gemerkt, daß irgendetwas nicht ganz koscher war.«

Ihre Mundwinkel verzogen sich leicht nach unten. Dadurch traten die alten Linien in ihrem Gesicht deutlicher hervor, die Linien, die er zum ersten Mal nach dem Sturz in Boston und der Fehlgeburt gesehen hatte, die Linien, die sich vertieften, als sie erleben mußte, wie er sich immer mehr anstrengte, Wasser aus einem Brunnen zu schöpfen, der allem Anschein nach versiegt war.

Um diese Zeit war es geschehen, daß er die Kontrolle über seinen Alkoholkonsum zu verlieren begann. All das – Liz' Sturz, die Fehlgeburt, seine Unfähigkeit, mit einem neuen Buch anzufangen, die Trinkerei – war zusammengekommen und hatte ihn in einen Zustand tiefer Depression versetzt. Er hatte erkannt, daß es ein selbstsüchtiger, introvertierter Zustand war, aber die Erkenntnis hatte ihm nicht weitergeholfen. Schließlich hatte er mit einer halben Flasche Jack Daniels eine Handvoll Schlaftabletten hinuntergespült. Es war ein halbherziger Selbstmordversuch gewesen – aber eben doch ein Selbstmordversuch. All das war im Verlauf von drei Jahren passiert. Damals war ihm die Zeit viel länger vorgekommen. Damals hatte er das Gefühl gehabt, als ginge sie nie zu Ende.

Und natürlich hatte nichts oder nur wenig von alledem in dem *People*-Artikel gestanden.

Jetzt sah er, wie Liz ihn auf die gleiche Weise anschaute, wie sie ihn damals angeschaut hatte. Die Besorgnis war schlimm; das Mißtrauen war schlimmer. Er dachte, daß unverhohlener Haß leichter zu ertragen sein würde als dieser eigentümlich gequälte Blick.

»Ich kann es nicht ertragen, wenn du mich anlügst«, sagte sie schlicht.

»Ich habe dich nicht angelogen, Liz! Wirklich nicht.«

»Manchmal lügen Leute einfach, indem sie etwas verschweigen.«

»Ich wollte es dir ohnehin erzählen«, sagte er. »Ich habe nur versucht, den richtigen Anfang zu finden.«

Aber stimmte das? War es wirklich so? Er wußte es nicht. Es war gespenstisch, es war irrsinnig, aber das war nicht eigentlich der Grund dafür, daß er vielleicht durch Schweigen gelogen hatte. Es hatte ihn gedrängt, nichts verlauten zu lassen, ebenso wie ein Mann sich gedrängt fühlt, nichts verlauten zu lassen, der Blut in seinem Stuhl entdeckt hat oder eine Geschwulst in seinen Lenden. In solchen Fällen ist Schweigen irrational – aber Angst ist gleichfalls irrational.

Und außerdem war da noch etwas: er war Schriftsteller, ein Mann mit Phantasie. Ihm war noch nie jemand begegnet – sich selbst eingeschlossen –, der mehr als nur eine ganz vage Vorstellung davon hatte, warum er irgendetwas tat. Manchmal glaubte er sogar, daß der Drang, Bücher zu schreiben, nicht mehr war als ein Bollwerk gegen Konfusion oder sogar Wahnsinn. Es war der verzweifelte Versuch, Ordnung zu schaffen, den Menschen unternahmen, die dieses kostbare Gut nur in ihrem Verstand zu finden vermochten – niemals in ihrem Herzen.

In ihm flüsterte zum ersten Mal eine Stimme: *Wer bist du, wenn du schreibst, Thad? Wer bist du dann?*

Und für diese Stimme hatte er keine Antwort parat.

»Nun?« fragte Liz. Ihr Ton war scharf, lag dicht an der Grenze des Zorns.

Er blickte überrascht auf, aus seinen Gedanken herausgerissen. »Wie bitte?«

»Hast du ihn gefunden? Den richtigen Anfang?«

»Ich verstehe nicht, warum du so *sauer* bist.«

»Weil ich *Angst* habe!« rief sie erbost – aber jetzt sah er Tränen in ihren Augenwinkeln. »Weil du dem Sheriff etwas vorenthalten hast und ich mich immer noch frage, ob du nicht auch mir etwas vorenthalten willst. Wenn ich nicht diesen Ausdruck auf deinem Gesicht gesehen hätte . . .«

»Ach?« Jetzt spürte er, wie er selbst wütend wurde. »Und was für ein Ausdruck soll das gewesen sein?«

»Du hast schuldbewußt ausgesehen«, fauchte sie. »Du hast so ausgesehen wie früher, wenn du den Leuten erzählt hast, du hättest mit dem Trinken aufgehört, obwohl du es nicht getan hattest. Wenn du . . .« Sie brach ab. Er wußte nicht, was sie in seinem Gesicht sah – war sich nicht sicher, ob er es wissen *wollte* –, aber es wischte ihren Zorn beiseite, und an seine Stelle trat ein gequälter Ausdruck. »Es tut mir leid. Das war unfair.«

»Warum?« fragte er düster. »So ist es doch gewesen. Eine Zeitlang.«

Er kehrte ans Waschbecken zurück und benutzte das Mundwasser, um den Rest der Zahnpasta fortzuspülen. Das Mundwasser war alkoholfrei. Wie der Hustensaft. Wie der Vanilleersatz im Küchenschrank. Er hatte keinen Alkohol mehr getrunken, seit er den letzten Stark-Roman beendet hatte.

Ihre Hand legte sich leicht auf seine Schulter. »Thad – wir sind wütend. Dabei tun wir uns gegenseitig weh, und es hilft uns nicht weiter. Du hast gesagt, dort draußen könnte ein Mann sein – ein Psychopath –, der glaubt, er wäre George Stark. Er hat zwei Menschen ermordet, die wir kannten. Einer von ihnen war weitgehend dafür verantwortlich, daß das Stark-Pseudonym gelüftet wurde. Da muß dir doch der Gedanke gekommen sein, daß du selbst hoch oben auf der Liste der Feinde dieses Mannes stehen könntest. Trotzdem hast du etwas verschwiegen. Wie lautete dieser Satz?«

»Die Sperlinge fliegen wieder«, sagte Thad. Er betrachtete sein Gesicht in dem grellen Licht, das die Leuchtstoffröhre auf den Badezimmerspiegel warf. Dasselbe alte Gesicht. Vielleicht ein paar Schatten unter den Augen, aber trotzdem noch dasselbe alte Gesicht. Darüber war er froh. Es war nicht das Gesicht eines Filmstars, aber es war seines.

»Ja. Und für dich hatte es eine Bedeutung. Welche?«

Er schaltete das Licht aus und legte ihr den Arm um die Schultern. Sie gingen zum Bett und legten sich hin.

»Als ich elf Jahre alt war«, sagte er, »hatte ich eine Operation. Sie diente dazu, einen kleinen Tumor aus dem Stirnlappen – ich glaube, es *war* der Stirnlappen – meines Gehirns zu entfernen. Das ist dir bekannt.«

»Ja.« Sie schaute ihn verblüfft an.

»Ich habe dir auch erzählt, daß ich Kopfschmerzen hatte, bevor der Tumor erkannt wurde, richtig?«

»Richtig.«

Er begann, gedankenverloren ihre Oberschenkel zu streicheln. Sie hatte herrliche lange Beine, und ihr Nachthemd war wirklich sehr kurz.

»Habe ich dir auch von den Geräuschen erzählt?«

»Von Geräuschen?« Ihre Verblüffung wuchs.

»Ich glaube nicht – aber, siehst du, ich habe sie nie für wichtig gehalten. All das ist schon vor so langer Zeit passiert. Menschen mit Gehirntumoren haben oft Kopfschmerzen, manchmal haben sie Krampfanfälle, manchmal beides. Und diese Symptome haben relativ oft ihre eigenen Symptome. Man nennt sie sensorische Vorboten. In den meisten Fällen sind es Gerüche – Bleistiftspäne, frisch geschnittene Zwiebeln, faules Obst. Mein sensorischer Vorbote war ein Geräusch. Es waren Vögel.«

Er schaute ihr ins Gesicht. Ihre Nasen berührten sich fast, und er spürte, wie ihn eine verirrte Strähne ihres Haares an der Stirn kitzelte.

»Sperlinge, um genau zu sein.«

Er setzte sich auf, weil er den schockierten Ausdruck, der plötzlich auf ihrem Gesicht erschienen war, nicht sehen wollte.

»Komm mit.«

»Wohin?«

»In mein Arbeitszimmer«, sagte er. »Ich will dir etwas zeigen.«

2

Thads Arbeitszimmer wurde von einem riesigen Eichenschreibtisch beherrscht. Er war weder modisch antik noch modisch modern, sondern einfach ein überaus großes, überaus praktisches Möbelstück, das wie ein Dinosaurier unter drei Kugelleuchten stand. Das Licht, das sie auf die Arbeitsplatte warfen, war fast grell. Von der Arbeitsplatte war nur sehr wenig zu sehen; Manuskripte, Briefe, Bücher und Korrekturfahnen bedeckten sie fast völlig. An der weißen Wand hinter dem Schreibtisch hing ein Poster. Es zeigte das Gebäude, das Thad von allen in der Welt am besten gefiel: das Flatiron Building in New York, dessen Form ihn immer wieder entzückte.

Neben der Schreibmaschine lag das Manuskript seines neuen Romans, *The Golden Dog*, und auf der Schreibmaschine das, was er an diesem Tag geschrieben hatte. Sechs Seiten. Das war sein übliches Pensum – wenn er unter eigenem Namen schrieb. Als Stark hatte er gewöhnlich acht geschafft, manchmal sogar zehn.

»Damit war ich beschäftigt, bevor Pangborn auftauchte«, sagte er, nahm die Seiten von der Schreibmaschine und gab sie ihr. »Dann kam das Geräusch – das Geräusch der Sperlinge. Zum zweiten Mal an diesem Tag, nur daß es diesmal viel intensiver war. Siehst du, was auf dem obersten Blatt steht?«

Sie betrachtete es eine ganze Weile, und er konnte nur ihr Haar und die Oberseite ihres Kopfes sehen. Als sie den Blick wieder auf ihn richtete, war aus ihrem Gesicht alle Farbe gewichen, und ihre Lippen waren zu einer schmalen grauen Linie zusammengepreßt.

»Es sind dieselben Worte«, flüsterte sie. »*Genau dieselben.* Oh, Thad, was hat das zu bedeuten? Was ...«

Sie schwankte, und er trat einen Schritt vor, weil er fürchtete, sie könnte ohnmächtig werden. Er faßte sie bei den Schultern, sein Fuß verhakte sich im x-förmigen Fuß seines Schreibtischstuhls, und fast wäre er mit ihr zusammen auf den Schreibtisch gestürzt.

»Bist du okay?«

»Nein«, sagte sie mit dünner Stimme. »Und du?«

»So halbwegs«, sagte er. »Entschuldige bitte. Der tolpatschige alte Thad Beaumont. Als Ritter in funkelnder Rüstung gäbe ich einen erstklassigen Türstopper ab.«

»Du hast das geschrieben, *bevor* Pangborn kam«, sagte sie. Es schien ihr fast unmöglich zu sein, diese Tatsache zu begreifen. »*Bevor* er kam.«

»So ist es.«

»Was hat das zu bedeuten?« Sie schaute ihn fast flehend an; trotz des grellen Lichts waren die Pupillen ihrer Augen groß und dunkel.

»Ich weiß es nicht«, sagte er. »Ich dachte, du hättest vielleicht eine Idee.«

Sie schüttelte den Kopf und legte das Manuskript wieder auf den Schreibtisch. Dann rieb sie mit der Hand über das Nylon ihres kurzen Nachthemdes, als hätte sie etwas Widerwärtiges angefaßt. Thad glaubte nicht, daß sie sich dessen bewußt war, und sagte nichts.

»Begreifst du jetzt, warum ich das verschwiegen habe?« fragte er.

»Ja – ich denke schon.«

»Was hätte er gesagt, unser praktisch denkender Sheriff aus Maines kleinstem Polizeibezirk mit seinem unerschütterlichen Glauben an Computer-Ausdrucke von A.S.R. and I. und Augenzeugenberichte? Unser Sheriff, dem der Gedanke, daß ich irgendwo einen Zwillingsbruder versteckt halte, plausibler erschien als der, daß jemand eine Möglichkeit gefunden hat, Fingerabdrücke zu fälschen? Was hätte er *hierzu* gesagt?«

»Ich – ich weiß es nicht.« Sie versuchte, wieder zu sich zu kommen, sich aus der Schockwelle herauszukämpfen. Dergleichen hatte er schon früher beobachtet, aber das änderte nichts an der Bewunderung, die er dabei empfand. »Ich weiß nicht, was er gesagt hätte, Thad.«

»Ich auch nicht. Ich vermute, im schlimmsten Fall hätte er angenommen, daß ich Mitwisser des Mordes gewesen bin. Wahrscheinlicher ist jedoch, daß er geglaubt hätte, ich wäre hier heraufgerannt und hätte diese Worte geschrieben, nachdem er uns verlassen hatte.«

»Aber weshalb hättest du das tun sollen?«

»Ich denke, eine geistige Störung wäre das Naheliegendste«, erklärte Thad trocken. »Ich nehme an, ein Cop wie Pangborn denkt eher an Geistesstörungen, als daß er einen Vorfall akzeptiert, für den es außerhalb des Paranormalen keine Erklärung zu geben scheint. Aber wenn du meinst, es wäre falsch, mit dieser Sache hinter dem Berge zu halten, bis es mir gelungen ist, sie selbst zu begreifen – und ich halte es für denkbar, daß mir das gelingt –, dann sage es. Wir können das Büro des Sheriffs in Castle Rock anrufen und eine Nachricht für ihn hinterlassen.«

Sie schüttelte den Kopf. »Ich weiß es nicht. Ich habe – in irgendeiner Talkshow, glaube ich – etwas über psychische Konnektionen gehört...«

»Glaubst du, daß es so etwas gibt?«

»Ich hatte nie Veranlassung, viel darüber nachzudenken«, sagte sie. »Aber jetzt glaube ich allmählich an ihre Existenz.« Sie streckte die Hand aus und ergriff das Blatt mit den darübergeschriebenen Worten. »Du hast das mit einem von Georges Bleistiften geschrieben«, sagte sie.

»Er war einfach das erste, das mir in die Hand geriet«, sagte er gereizt. Er dachte kurz an den Kugelschreiber, dann verdrängte er den Gedanken. »Und außerdem sind das nicht Georges Bleistifte, sind es nie gewesen. Es sind meine. Und ich habe es allmählich satt, daß von ihm immer als von einer eigenständigen Persönlichkeit die Rede ist. Das hat jedes bißchen Reiz verloren, den es vielleicht einmal gehabt hat.«

»Dennoch hast du heute eine seiner Redewendungen gebraucht – ›*lüg mir ein Alibi zurecht*‹. Das hast du noch nie getan – außer in deinen Büchern. War das auch nur Zufall?«

Er wollte ihr sagen, daß es *natürlich* Zufall gewesen war, doch dann schwieg er. *Vermutlich* war es Zufall gewesen, aber konnte er angesichts der Worte, die er auf dieses Blatt Papier geschrieben hatte, ganz sicher sein?

»Ich weiß es nicht.«

»Warst du in Trance, Thad? Warst du in Trance, als du das geschrieben hast?«

Langsam, widerstrebend erwiderte er: »Ja. Ich glaube, ich war es.«

»Und ist das alles, was passiert ist? Oder war da noch mehr?«

»Ich kann mich nicht erinnern«, sagte er, und dann setzte er zögernd hinzu: »Es kann sein, daß ich etwas gesagt habe, aber ich kann mich wirklich nicht erinnern.«

Sie musterte ihn lange und eindringlich, dann sagte sie: »Laß uns ins Bett gehen.«

»Glaubst du, daß wir schlafen können, Liz?«

Sie lachte verzweifelt.

3

Aber zwanzig Minuten später driftete er tatsächlich dem Schlaf entgegen, als Liz' Stimme ihn wieder zurückriß. »Du mußt zum Arzt«, sagte sie. »Montag.«

»Diesmal habe ich keine Kopfschmerzen gehabt«, protestierte er. »Es waren nur die Vogelgeräusche. Und dieser seltsame Satz, den ich geschrieben habe.« Er hielt inne, dann setzte er hoffnungsvoll hinzu: »Du glaubst nicht, daß es nur ein Zufall war?«

»Ich weiß nicht, was es war«, sagte Liz, »aber eines muß ich dir sagen, Thad – Zufall steht auf meiner Liste *ganz* weit unten.«

Aus irgendeinem Grund kam ihnen das sehr komisch vor, und sie lagen im Bett, kicherten, so leise sie konnten, um die Kinder nicht aufzuwecken, und hielten einander in den Armen. Zwischen ihnen war alles wieder in Ordnung – es gab nicht viel, dessen sich Thad gegenwärtig sicher sein konnte, aber daran gab es überhaupt keinen Zweifel. Alles war in bester Ordnung. Das Gewitter hatte sich verzogen. Das Kriegsbeil war wieder begraben, jedenfalls fürs erste.

»Ich mache einen Termin für dich aus«, sagte sie, als das Kichern abgeklungen war.

»Nein«, sagte er. »Ich mache es selber.«

»Und du wirst dich nicht wieder deiner kreativen Vergeßlichkeit ausliefern?«

»Nein, ich mache es gleich Montag früh. Ehrenwort.«

»Gut«, sagte sie. Dann seufzte sie. »Ich glaube nicht, daß ich schlafen kann, wenn nicht ein Wunder geschieht.« Aber fünf Minuten später atmete sie leise und regelmäßig, und keine weiteren fünf Minuten später schlief Thad ebenfalls.

4

Er hatte wieder den Traum.

Es war genau der gleiche Traum (so kam es ihm jedenfalls vor), bis auf das Ende: Stark führte ihn durch das leerstehende Haus, stand ständig hinter ihm, erklärte Thad, er irre sich, wenn Thad mit zitternder, bestürzter Stimme darauf beharrte, daß dies sein Haus war. Du irrst dich ganz gewaltig, sagte Stark hinter seiner rechten Schulter (oder war es die linke, und spielte das eine Rolle?). Der Besitzer des Hauses, erklärte er Thad abermals, war tot. Der Besitzer des Hauses befand sich an diesem sagenhaften Ort, an dem alle Züge endeten, dem Ort, den jedermann hier unten (wo immer das sein mochte) Endsville nannte. Alles war genau wie beim ersten Mal. Bis sie in den hinteren Flur kamen, wo Liz nicht mehr allein war. Frederick Clawson hatte sich zu ihr gesellt. Er war nackt bis auf einen langen Ledermantel. Und er war genau so tot wie Liz.

Über seine Schulter hinweg sagte Stark bedächtig: Das ist das, was hier unten mit Singvögeln passiert. Aus ihnen wird Metzgerfüllsel gemacht. Um *ihn* habe ich mich gekümmert. Um die anderen werde ich mich auch kümmern, um einen nach dem anderen. Sieh zu, daß ich mich nicht auch um *dich* kümmern muß. Die Sperlinge fliegen wieder, Thad – vergiß das nicht. Die Sperlinge fliegen.

Und dann *hörte* Thad sie, draußen vor dem Haus, nicht nur Tausende, sondern Millionen, vielleicht sogar Milliarden, und der Tag verdunkelte sich, als der riesige Vogelschwarm zuerst auf die Sonne zuflog und sie schließlich vollständig auslöschte.

Ich kann nichts sehen! schrie er, und hinter ihm flüsterte George Stark: Sie fliegen wieder, alter Freund. Vergiß das nicht. *Und komm mir nicht in die Quere!*

Er erwachte, am ganzen Körper zitternd und fröstelnd, und diesmal dauerte es lange, bis er wieder einschlafen konnte. Er lag im Dunkeln da und dachte darüber nach, wie absurd der Gedanke war, den der Traum mit sich gebracht hatte – vielleicht war das schon beim ersten Mal der Fall gewesen, aber jetzt war er weitaus klarer. Wie total absurd. Die Tatsache, daß er sich immer vorgestellt hatte, Stark und Alexis Machine müßten einander sehr ähnlich sehen (und warum nicht, da beide in einem sehr realen Sinn gleichzeitig geboren worden waren, der eine mit *Machine's Way* und der andere darin): beide hochgewachsen, beide breitschultrig – Männer, die nicht aussahen, als wären sie herangewachsen, sondern eher, als wären sie aus massiven Materialblöcken entstanden – und beide blond; diese Tatsache änderte nichts an der Absurdität. Pseudonyme erwachten nicht zum Leben und brachten Leute um. Er würde es Liz beim Frühstück erzählen, und sie würden darüber lachen – das heißt, in Anbetracht der Umstände würden sie vielleicht nicht regelrecht lachen, aber doch beide ein klägliches Lächeln zustandebringen.

Ich werde es meinen William Wilson-Komplex nennen, dachte er, als er endlich wieder in den Schlaf hinüberdriftete. Aber als der Morgen gekommen war, hatte er das Gefühl, daß der Traum es doch nicht wert war, darüber zu reden. Also tat er es nicht – und im Laufe des Tages mußte er feststellen, daß sein Verstand immer wieder zu ihm zurückkehrte und ihn drehte und wendete wie einen dunklen Edelstein.

Elftes Kapitel

Endsville

1

Ganz früh am Montagmorgen, bevor Liz Gelegenheit hatte, ihn daran zu erinnern, meldete er sich bei Dr. Hume an. Die Entfernung des Tumors im Jahre 1960 war Teil seiner Krankengeschichte. Er berichtete Dr. Hume, daß er in den letzten Tagen zweimal die Vogelgeräusche gehört hatte, die seinerzeit Vorboten der Kopfschmerzen gewesen waren, bevor die Diagnose gestellt und der Tumor herausoperiert worden war. Dr. Hume wollte wissen, ob auch die Kopfschmerzen wieder aufgetreten wären. Thad teilte ihm mit, daß das nicht der Fall war.

Den Trancezustand und das, was er in ihm geschrieben hatte, erwähnte er ebenso wenig wie das, was in der Wohnung eines Mordopfers in Washington D.C. an der Wand gestanden hatte. Das schien bereits so fern zu liegen wie der Traum der vergangenen Nacht. Er mußte feststellen, daß er sich alle Mühe gab, die ganze Sache herunterzuspielen.

Aber Dr. Hume nahm sie ernst. *Sehr* ernst. Er forderte Thad auf, noch am gleichen Nachmittag ins Eastern Maine Medical Center zu fahren. Dort sollten Röntgenaufnahmen des Schadels und eine Computertomographie gemacht werden.

Thad tat es. Er ließ sich röntgen und steckte dann den Kopf in eine Maschine, die aussah wie ein überdimensionierter Wäschetrockner. Sie klickte und klackte eine Viertelstunde, dann wurde er aus der Gefangenschaft entlassen – jedenfalls fürs erste. Er rief Liz an, teilte ihr mit, daß sie gegen Ende der Woche mit den Untersuchungsergebnissen rechnen könnten, und sagte, daß er noch einiges in seinem Büro in der Universität zu erledigen hätte.

»Hast du darüber nachgedacht, ob du Sheriff Pangborn anrufen willst?« fragte sie.

»Warten wir die Untersuchungsergebnisse ab«, sagte er. »Vielleicht fällt uns die Entscheidung leichter, wenn wir wissen, was los ist.«

2

Er war in seinem Büro und gerade dabei, alles, was sich im Laufe des Semesters angesammelt hatte und nicht mehr von Belang war, aus seinem Schreibtisch und von den Regalen zu holen, als er in seinem Kopf abermals die Vögel zu hören begann. Anfangs tschilpten nur ein paar vereinzelte Tiere, weitere kamen hinzu, und dann schwollen die Stimmen sehr schnell zu einem ohrenbetäubenden Chor an.

Weißer Himmel – er sah einen weißen Himmel, unterbrochen von den Silhouetten von Häusern und Telegrafenmasten. Und überall waren Sperlinge. Sie drängten sich auf sämtlichen Dachfirsten, auf jedem Mast, sie warteten auf das Kommando der Gruppenseele. Dann würden sie sich in den Himmel schwingen, mit einem Geräusch, das sich anhörte wie Tausende von Laken, die in einem stürmischen Wind flattern.

Thad taumelte blindlings zu seinem Schreibtisch, tastete nach seinem Stuhl, fand ihn, sank darauf.

Sperlinge.

Sperlinge und der weiße Frühlingshimmel.

Das Geräusch füllte seinen ganzen Kopf, eine verworrene Kakophonie, und als er ein Blatt Papier heranzog und zu schreiben begann, war er sich dessen nicht bewußt. Sein Kopf kippte nach hinten, seine Augen starrten blicklos zur Decke. Der Stift flog über das Papier, und er schien es aus eigenem Antrieb zu tun.

In seinem Kopf schwangen sich die Vögel in einer dunklen Wolke in die Luft, die den weißen Märzhimmel in Bergenfield, New Jersey, auslöschte.

3

Ungefähr fünf Minuten, nachdem er die ersten vereinzelten Vogelstimmen gehört hatte, kam er wieder zu sich. Er schwitzte heftig, und in seinem linken Handgelenk pochte es, aber er hatte keine Kopfschmerzen. Er schaute herunter, sah das Blatt Papier auf seinem Schreibtisch –

es war die Rückseite eines Bestellformulars für eine kurzgefaßte Geschichte der amerikanischen Literatur – und starrte verständnislos auf das, was er da geschrieben hatte.

MIR SCHNEIDEN CATS FLIEGEN
MIR WIEDER
MÄDCHEN IMMER IMMER JETZT
TELEFON ENDSVILLE MIR MIRIAM
CATS ENDEN
DIE MIRIAM
SPERLINGE RASIERMESSER
ENDSVILLE METZGER MIR
FÜLLSEL MIRIAM TELEFON
FLIEGEN WIEDER SPERLINGE MIR
JETZT UND IMMER MIR CATS

»Das hat nichts zu bedeuten«, flüsterte er. Er rieb sich mit den Fingerspitzen die Schläfen, wartete darauf, daß die Kopfschmerzen einsetzten, oder darauf, daß sich die auf das Blatt gekritzelten Worte irgendwie verbanden und einen Sinn ergaben.

Er wünschte sich, daß keines von beidem einträte – und es trat keines von beidem ein. Die Worte waren einfach Worte, ständig wiederholt. Einige stammten ganz offensichtlich aus seinem Traum, die anderen waren zusammenhangloses Gefasel.

Und mit seinem Kopf war alles in bester Ordnung.

Hiervon werde ich Liz nichts erzählen, dachte er. *Auf gar keinen Fall. Und das nicht nur, weil ich Angst habe – ich habe Angst. Es ist ganz einfach – nicht alle Geheimnisse sind schlimme Geheimnisse. Einige sind gute Geheimnisse. Andere sind notwendige Geheimnisse. Und dies ist beides.*

Er wußte nicht, ob das tatsächlich der Fall war, kam aber zu einem Schluß, der ungeheuer befreiend auf ihn wirkte: es war ihm gleichgültig. Er hatte es satt, immer nur nachzudenken und trotzdem nichts zu wissen. Er hatte es auch satt, Angst zu haben wie ein Mann, der frohen Mutes in eine Höhle eingedrungen ist und nun zu argwöhnen beginnt, daß er sich verirrt hat.

Dann hör auf, darüber nachzudenken, Thad. Das ist die beste Lösung.

Er nahm an, daß *das* den Tatsachen entsprach. Er wußte nicht, ob er es fertigbringen würde oder nicht – aber er hatte vor, es zumindest zu versuchen. Ganz langsam streckte er die Hände aus, ergriff das Bestellformular und begann es zu zerreißen. Das Durcheinander der darauf gekritzelten Worte löste sich auf. Er riß die Streifen mehrmals quer durch und warf die Schnitzel in den Papierkorb, wo sie wie Konfetti auf all dem Zeug lagen, das er aussortiert hatte. Fast zwei Minuten lang saß er da und starrte die Schnitzel an, fast erwartend, daß sie sich wieder vereinigten und auf seinen Schreibtisch zurückkehrten wie die Bilder einer Filmspule, die man rückwärts laufen läßt.

Schließlich nahm er den Papierkorb und trug ihn hinaus auf den Flur zu einer neben dem Fahrstuhl in die Wand eingelassenen Platte aus rostfreiem Stahl. Auf dem Schild darunter stand: VERBRENNUNGSOFEN.

Er schob die Platte beiseite und kippte seinen Müll in den schwarzen Schacht.

»So«, sagte er in die ungewohnte Sommerstille des Fakultätsgebäudes hinein. »Alles weg.«

Hier unten nennen wir das Metzgerfüllsel.

»Hier oben nennen wir das Hundescheiße«, murmelte er und kehrte mit dem leeren Papierkorb in sein Büro zurück.

Es war fort. Den Schacht hinuntergerutscht ins Vergessen. Und bis das Hospital die Untersuchungsergebnisse geliefert hatte – oder bis er wieder ein Blackout, eine Trance, eine Fugue oder was immer es gewesen war, gehabt hatte –, würde er nichts sagen. Überhaupt nichts. Höchstwahrscheinlich waren die Worte, die er auf das Blatt Papier geschrieben hatte, aus seinem eigenen Kopf gekommen, wie der Traum von Stark und dem leeren Haus, und hatten weder mit dem Mord an Homer Gamache noch mit dem an Frederick Clawson etwas zu tun.

Hier unten in Endsville, wo alle Züge enden.

»Es hat nichts zu bedeuten«, sagte Thad mit gewollt nachdrücklicher Stimme – aber als er an jenem Tag die Universität verließ, war es fast eine Flucht.

Zwölftes Kapitel

Miriam

Daß etwas nicht stimmte, wußte sie in dem Augenblick, in dem sie ihren Schlüssel in das große Kreig-Schloß an ihrer Wohnungstür schob. Statt daß der Schlüssel mit der vertrauten und beruhigenden Reihe von Klicklauten den Mechanismus bewegte, ging die Tür von selbst auf. Es gab keinen Augenblick, in dem sie dachte, wie töricht sie gewesen war, zur Arbeit zu gehen und die Wohnungstür unverschlossen zu lassen, na hör mal, Miriam, warum legst du nicht gleich einen Abtreter vor die Tür, auf dem nicht WILLKOMMEN steht, sondern HALLO EINBRECHER, GELD IST IM BRÄTER AUF DEM OBERSTEN BORD IN DER KÜCHE?

Es gab keinen solchen Moment, denn wenn man sechs oder auch nur vier Monate in New York gelebt hatte, vergißt man es nicht. Wenn man irgendwo auf dem flachen Lande lebte, schloß man vielleicht nur ab, wenn man in Urlaub fuhr, und vielleicht vergaß man das Abschließen hin und wieder, wenn man in einem kleinen Nest wie Fargo, North Dakota, oder Ames, Iowa, zur Arbeit ging, aber nachdem man eine Weile in dem wurmstichigen alten Big Apple gelebt hatte, schloß man sogar dann ab, wenn man nur ins Treppenhaus ging, um Abfälle in den Müllschlucker zu werfen. Wenn man es vergaß, dann war das so, als vergäße man den nächsten Atemzug zu tun. Die Stadt war voll von Museen und Galerien, aber sie war auch voll von Junkies und Psychopathen, und man ging kein Risiko ein. Nicht, wenn man nicht als Blödian auf die Welt gekommen war, und das war bei Miriam nicht der Fall. Sie war vielleicht ein bißchen töricht, aber blöd war sie nicht.

Also wußte sie, daß etwas nicht stimmte, und die Diebe, die, wie Miriam glaubte, in ihre Wohnung eingedrungen waren, hatten sie wahrscheinlich schon vor drei oder vier Stunden wieder verlassen, nachdem sie alles eingesackt hatten, was sich zu Geld machen ließ (ganz zu schweigen von den achtzig oder neunzig Dollar in dem Bräter – und war nicht auch der Bräter selbst etwas, das sich zu Geld machen ließ?). Aber es *konnte* auch sein, daß sie noch da waren. Das war jedenfalls die Annahme, von der man ausging – genau wie den Jungen, die ihr erstes richtiges Gewehr bekommen haben, vor allem anderen beigebracht wird, daß sie immer von der Annahme auszugehen haben, daß das Gewehr geladen ist; selbst wenn man es fabrikneu aus der Verpackung holt, ist das Gewehr geladen.

Sie begann, von der Tür zurückzuweichen. Sie tat es fast sofort, noch bevor das kurze Einwärtsschwingen der Tür aufgehört hatte, aber es war zu spät. Eine Hand kam aus der Dunkelheit, schoß durch den fünf Zentimeter breiten Spalt zwischen Tür und Pfosten hindurch wie eine Kugel. Sie umklammerte ihre Hand. Ihre Schlüssel fielen auf den Flurteppich.

Miriam Cowley öffnete den Mund, um zu schreien. Der große blonde Mann hatte direkt hinter der Tür gestanden, wo er inzwischen mehr als vier Stunden geduldig gewartet hatte, ohne Kaffee zu trinken, ohne Zigaretten zu rauchen. Ihn verlangte nach einer, und er würde sie rauchen, sobald erledigt war, was er vorhatte, aber vorher hätte der Rauch sie warnen können – New Yorker waren wie ganz kleine Tiere, die im Gestrüpp hockten, die Sinne ständig auf Gefahr eingestellt, selbst wenn sie glaubten, daß sie sich vergnügten.

Er hatte ihr rechtes Handgelenk in seiner rechten Hand, bevor sie überhaupt etwas denken konnte. Jetzt legte er die Fläche seiner linken Hand gegen die Tür, stemmte sie ab und riß die Frau mit seiner ganzen Kraft heran. Die Tür sah aus, als wäre sie aus Holz, aber sie bestand natürlich wie alle guten Wohnungstüren in dem wurmstichigen alten Big Apple aus Metall. Sie flog vorwärts, und die Seite ihres Gesichts prallte gegen die Türkante. Zwei ihrer Zähne brachen dicht über dem Zahnfleisch ab und zerschnitten ihren Mund. Ihre Lippen, die sich zusammengepreßt hatten, entspannten sich durch den Schock, und über die untere ergoß sich Blut. Tropfen landeten an der Tür. Ihr Wangenknochen brach wie ein Zweig.

Sie sackte zusammen, halb bewußtlos. Der blonde Mann ließ sie los. Sie brach auf dem Flurteppich zusammen. Jetzt mußte es sehr schnell gehen. Der landläufigen Ansicht zufolge kümmerte sich niemand um etwas, das in dem wurmstichigen alten Big Apple vorging, solange er nicht selbst betroffen war. Der landläufigen Ansicht zufolge konnte ein

Psychopath auf der Seventh Avenue vor einem Barbierladen mit zwanzig Stühlen dreißig- oder vierzigmal auf eine Frau einstechen, und niemand würde ein Wort sagen, außer vielleicht *Könnten Sie das Haar über den Ohren etwas kürzer schneiden* oder *Ich glaube, ich verzichte heute auf das Kölnischwasser, Joe.* Der blonde Mann wußte, daß diese landläufige Ansicht falsch war. Bei kleinen, gehetzten Tieren gehörte Neugierde zu den Überlebensmechanismen. Die eigene Haut retten, ja, darauf kam es an, aber ein Tier, das nicht neugierig war, riskierte, sehr bald ein totes Tier zu sein. Deshalb mußte es schnell gehen.

Er öffnete die Tür, packte Miriam bei den Haaren und zerrte sie hinein.

Eine knappe Stunde später hörte er, wie ein Stück weiter den Flur hinab ein Sicherheitsriegel zurückgeschoben wurde, und dann das Klikken einer sich öffnenden Tür. Er brauchte nicht hinzuschauen, um das Gesicht zu sehen, das aus der anderen Wohnung herauslugte, ein kleines, haarloses Kaninchengesicht mit zuckender Nase.

»Hast du es zerbrochen, Miriam?« fragte er mit lauter Stimme. Er wechselte in eine höhere Tonlage, nicht ganz ein Falsett, wölbte beide Hände etwa fünf Zentimeter von seinem Mund entfernt, damit sie als Schallwand fungierten, und antwortete selbst: »Ich glaube nicht. Hilfst du mir beim Aufsammeln?« Nahm seine Hände herunter, verfiel wieder in seine normale Stimmlage. »Natürlich. Mach ich gleich.«

Er schloß die Tür und schaute durch den Spion. Es war eine Fischaugenlinse, die einen verzerrten Weitwinkelblick über den Flur ermöglichte, und in ihr sah er deutlich, was er zu sehen erwartet hatte: ein weißes Gesicht, das um die Kante einer Tür auf der anderen Flurseite herumlugte, herauslugte wie ein Kaninchen aus seinem Bau.

Das Gesicht zog sich zurück.

Die Tür wurde geschlossen.

Sie wurde nicht *zugeschlagen*, sie wurde einfach *zugezogen*. Die dämliche Miriam hatte etwas fallen lassen. Der Mann, der bei ihr war – vielleicht ein Freund, vielleicht ihr Exgatte – half ihr beim Aufsammeln. Kein Grund zur Beunruhigung. Alles nur kleine Kaninchen, wie man selbst.

Miriam stöhnte, begann zu sich zu kommen.

Der blonde Mann griff in die Tasche, zog ein Rasiermesser heraus und klappte es auf. Die Schneide funkelte im Schein des einzigen Lichtes, das er eingeschaltet hatte, einer Stehlampe im Wohnzimmer.

Ihre Augen öffneten sich. Sie schaute zu ihm auf, sah sein Gesicht, als er sich über sie beugte. Ihr Mund war rot verschmiert, als hätte sie Erdbeeren gegessen.

Er zeigte ihr das Rasiermesser. Ihre Augen, die verschleiert und benommen gewesen waren, wurden hellwach und groß. Ihr nasser roter Mund öffnete sich.

»Ein Ton, und du spürst mein Messer, Mädchen«, sagte er, und ihr Mund schloß sich wieder.

Er griff abermals mit einer Hand in ihr Haar und zerrte sie ins Wohnzimmer. Ihr Rock wisperte auf den gebohnerten Dielen. Unter ihr faltete sich ein Läufer auf, glitt vor ihr her wie vor einem Schneepflug. Sie stöhnte vor Schmerzen.

»Laß das«, sagte er. »Ich habe dich gewarnt.«

Sie waren im Wohnzimmer. Es war klein, aber hübsch. Gemütlich. Drucke von französischen Impressionisten an den Wänden. Ein gerahmtes Reklameplakat für *Cats*. JETZT UND IMMER stand darauf. Trokkenblumen. Eine kleine, mehrteilige Couch, mit einem weizenfarbenen Noppenstoff bezogen. Ein Bücherschrank. Er sah, daß in dem Bücherschrank die beiden Bücher von Beaumont auf einem Bord standen und die vier von Stark auf einem anderen. Die von Beaumont standen auf einem höheren Bord. Das war falsch, aber er mußte davon ausgehen, daß das Weibsbild es nicht besser wußte.

Er ließ ihr Haar los. »Setz dich auf die Couch, Mädchen. An das Ende.« Er deutete auf die Seite neben dem kleinen Beistelltisch, auf dem das Telefon und der Anrufbeantworter standen.

»Bitte«, flüsterte sie. Sie machte keine Anstalten, aufzustehen. Ihr Mund und ihre Wange begannen jetzt anzuschwellen, und das Wort kam breiig heraus. »Nehmen Sie alles. Geld ist im Bräter.« *Gell ischim Bäter.*

»Setz dich auf die Couch. An das Ende.« Diesmal hielt er ihr das Rasiermesser vors Gesicht, während er mit der anderen Hand auf die Couch deutete.

Sie mühte sich auf die Couch und drückte sich so tief wie möglich in die Kissen; ihre dunklen Augen waren weit aufgerissen. Sie wischte sich mit dem Handrücken über den Mund und betrachtete einen Moment lang ungläubig das Blut, bevor sie ihn wieder ansah.

»Was wollen Sie?« *Waw wonn schie.* Es hörte sich an, als spräche jemand mit vollem Mund.

»Ich möchte, daß du ein Telefongespräch führst, Mädchen. Das ist alles.« Er nahm den Apparat und benutzte die Hand, die das Rasiermesser hielt, um auf den Ansageknopf des Anrufbeantworters zu drücken. Dann streckte er ihr den Hörer hin. Es war einer von der altmodischen Sorte, auf einer Gabel ruhend, die aussieht wie eine leicht verbogene Hantel. Viel schwerer als der Hörer eines Princess-Telefons. Er wußte es und erkannte an der leichten Versteifung ihres Körpers, als er ihn ihr reichte, daß sie es gleichfalls wußte. Der Anflug eines Lächelns erschien auf den Lippen des blonden Mannes. Sonst erschien es nirgendwo; nur auf seinen Lippen. Es lag nichts Erfreuliches in diesem Lächeln.

»Du denkst, du könntest mir dieses Ding über den Schädel ziehen, stimmt's, Mädchen?« fragte er. »Laß dir eines gesagt sein – das ist kein glücklicher Gedanke. Und du weißt doch, was mit Leuten passiert, die ihre glücklichen Gedanken verlieren, oder?« Als sie nicht antwortete, sagte er: »Sie fallen vom Himmel herunter. Es ist wahr. Ich habe es in einem Zeichentrickfilm gesehen. Also hältst du den Telefonhörer auf deinem Schoß und konzentrierst dich darauf, deine glücklichen Gedanken zurückzuholen.«

Sie starrte ihn an, nichts als Augen. Blut rann langsam über ihr Kinn. Ein Tropfen fiel herunter und landete auf dem Mieder ihres Kleides. Das kriegst du nie wieder heraus, Mädchen, dachte der blonde Mann. Man sagt, man kriegte es heraus, wenn man den Fleck schnell mit kaltem Wasser ausspült, aber das stimmt nicht. Sie haben Geräte. Spektroskope, Gaschromatographen. Ultraviolett. Lady Macbeth hatte recht.

»Wenn dieser böse Gedanke wiederkommt, sehe ich es in deinen Augen. So große, dunkle Augen. Du willst doch nicht, daß eines dieser großen, dunklen Augen über deine Backe herunterläuft, oder?«

Sie schüttelte den Kopf so schnell und heftig, daß ihr das Haar ums Gesicht wirbelte. Und die ganze Zeit, während sie den Kopf schüttelte, ließen diese herrlichen dunklen Augen nie sein Gesicht los, und der blonde Mann spürte, wie sich an seinem Bein etwas regte. Sir, haben Sie einen Zollstock in der Tasche, oder sind Sie nur glücklich, mich zu sehen?

Diesmal berührte das Lächeln außer seinem Mund auch seine Augen, und er hatte den Eindruck, daß sie sich ein ganz klein wenig entspannte.

»Ich will, daß du dich vorbeugst und Thad Beaumonts Nummer wählst.«

Sie starrte ihn nur an, mit vor Schock geweiteten Augen.

»Beaumont«, sagte er geduldig. »Der Schriftsteller. Tu es, Mädchen. Die Zeit enteilt mit den geflügelten Füßen Merkurs.«

»Mein Buch«, sagte sie. Ihr Mund war jetzt so geschwollen, daß sie ihn kaum noch schließen konnte, und es wurde schwerer, sie zu verstehen. Es klang wie *ei uch*.

»Was?« fragte er. »Rede vernünftig, Mädchen.«

Sorgfältig, unter Schmerzen, formulierte sie: »Mein Buch. Mein Adreßbuch. Ich weiß seine Nummer nicht.«

Das Rasiermesser glitt durch die Luft auf sie zu. Es schien ein Geräusch zu machen wie das Flüstern eines Menschen. Vermutlich war das nur Einbildung, aber sie hörten es beide. Sie drückte sich noch tiefer in die weizenfarbenen Kissen; die geschwollenen Lippen verzogen sich zu einer Grimasse. Er drehte die Klinge so, daß sie das schwache, sanfte Licht der Stehlampe einfing. Er neigte sie, ließ das Licht darauf entlanglaufen wie Wasser, dann sah er sie an, als wären sie beide verrückt, wenn sie so etwas Herrliches nicht bewunderten.

»Scheiß mich nicht an, Mädchen. Das ist etwas, das du auf gar keinen Fall tun solltest. Und nun wähl seine Nummer.« Vielleicht hatte sie *Beaumonts* Nummer nicht im Kopf, mit ihm waren keine großen Geschäfte zu machen, aber sie mußte *Starks* Nummer kennen. In der Branche war Stark der Mann, der den Rubel rollen ließ, und zufällig hatten beide Männer die gleiche Nummer.

Aus ihren Augen begannen Tränen zu rinnen. »Ich weiß sie nicht«, stöhnte sie. *I weischi nich.*

Der blonde Mann hob das Rasiermesser – nicht, weil er wütend auf sie war, sondern nur deshalb, weil es immer zu weiteren Lügen führte, wenn man jemandem die erste Lüge durchgehen ließ. Doch dann änderte er seine Ansicht. Es war durchaus möglich, daß sie so belanglose Dinge wie Telefonnummern, selbst die von so wichtigen Klienten wie Beaumont/Stark, einfach vergessen hatte. Sie stand unter Schock. Wenn er sie aufgefordert hätte, die Nummer der Agentur ihres eigenen Exgatten zu wählen, in der sie arbeitete, wäre ihr Gedächtnis vermutlich ebenso leer gewesen.

Aber da es sich um Thad Beaumont handelte und nicht um Rick Cowley, konnte er helfen.

»Okay«, sagte er. »Okay, Mädchen. Du bist nervös. Das verstehe ich. Ich weiß nicht, ob du es glaubst oder nicht, aber ich habe sogar ein bißchen Mitleid mit dir. Außerdem hast du Glück, weil ich die Nummer zufällig selber weiß. Ich kenne sie so gut wie meine eigene, könnte man sagen. Und weißt du, was? Du brauchst nicht einmal selbst zu wählen – nicht nur, weil ich keine Lust habe, hier herumzusitzen und zu warten, bis es in der Hölle schneit, sondern auch deshalb, weil ich Mitleid mit dir habe. Ich beuge mich vor und wähle die Nummer. Weißt du, was das bedeutet?«

Miriam Cowley schüttelte den Kopf. Ihre dunklen Augen schienen fast ihr ganzes Gesicht aufgezehrt zu haben.

»Es bedeutet, daß ich dir vertraue. Aber nur so weit und nicht weiter, Mädchen. Hörst du mir zu? Hast du verstanden?«

Miriam nickte abermals so heftig, daß ihr die Haare um den Kopf flogen. Gott, er liebte Frauen mit einer Menge Haar.

»Gut. Das ist gut. Und während ich es tue, wendest du den Blick nicht von dieser Klinge ab. Das wird dir helfen, in deinen glücklichen Gedanken Ordnung zu halten.«

Er beugte sich vor und ließ die altmodische Wählscheibe rotieren. Aus dem Anrufbeantworter neben dem Apparat kamen verstärkte Pieptöne. Miriam Cowley saß da, hielt den Telefonhörer auf dem Schoß und schaute wie gebannt auf das Rasiermesser.

»Sprich mit ihm«, sagte der blonde Mann. »Wenn sich seine Frau meldet, sag ihr, daß du Miriam in New York bist und ihren Mann sprechen möchtest. Ich weiß, daß dein Mund geschwollen ist, aber sieh zu, daß du verstanden wirst. Streng dich an, Mädchen. Wenn du nicht willst, daß dein Gesicht aussieht wie ein Porträt von Picasso, dann streng dich an.«

»Was soll ich sagen?«

Der blonde Mann lächelte. Sie war schon ein Prachtstück. Äußerst schmackhaft. All das Haar. Weitere Regungen unterhalb seiner Gürtellinie. Jetzt nicht mehr an seinem Bein.

»Dir wird schon das Richtige einfallen.«

Es gab ein Klicken, als der Hörer abgenommen wurde, und der blonde Mann wartete, bis Beaumont »Hallo?« gesagt hatte, und dann beugte er sich mit der Schnelligkeit einer Schlange vor und zog das Rasiermesser über Miriam Cowleys linke Wange. Ein Fetzen Haut klaffte auf, ein Schwall Blut schoß heraus. Miriam schrie.

»Hallo?« bellte Beaumonts Stimme. »Hallo, wer ist da? Verdammt nochmal, bist du es?«

Jawohl, ich bin es, du Mistkerl, dachte der blonde Mann. Ich bin es, und du *weißt* genau, daß ich es bin, stimmt's?

»Sag ihm, wer du bist und was hier passiert!« fuhr er Miriam an. »Tu es, sonst schneide ich dich wieder!«

»Wer ist dort?« rief Beaumont. *»Was geht da vor? Wer ist dort?«*

Miriam schrie. Blut spritzte auf die weizenfarbenen Couchkissen. Jetzt war nicht nur ein einzelner Blutstropfen auf dem Mieder ihres Kleides; es war mit Blut getränkt.

»Tu es, oder ich schneide dir die Rübe ab!«

»Thad, hier ist ein Mann«, kreischte sie ins Telefon. Ihre Angst und ihre Schmerzen waren so groß, daß sie wieder deutlich sprach. *»Hier ist ein böser Mann! Thad,* HIER IST EIN BÖSER MANN UND ...«

»SAG DEINEN NAMEN!« brüllte er sie an und zerschnitt mit der Klinge die Luft ganz dicht vor ihren Augen. Sie fuhr zusammen, schrie auf.

»Wer ist dort? Wer ...«

»MIRIAM!« kreischte sie. »OH, THAD, ER SOLL MICH NICHT WIEDER SCHNEIDEN! DER BÖSE MANN SOLL MICH NICHT WIEDER SCHNEIDEN, ER SOLL ...«

George Stark fuhr mit dem Rasiermesser durch das Telefonkabel. Der Anrufbeantworter gab noch ein kurzes Geräusch von sich und verstummte.

Es war gut. Es hätte besser sein können; er hätte sie gern gehabt, wünschte sich wirklich, es mit ihr treiben zu können. Es war lange her, daß er sich gewünscht hatte, es mit einer Frau zu treiben, und er wollte diese hier haben, aber er würde sie nicht bekommen. Es hatte zu viel Geschrei gegeben. Die Kaninchen würden wieder die Köpfe aus ihren Löchern herausstrecken und nach dem großen Raubtier schnüffeln, das irgendwo in der Nähe durch den Dschungel streifte.

Sie kreischte immer noch.

Ganz offensichtlich hatte sie all ihre glücklichen Gedanken verloren.

Also packte Stark sie wieder bei den Haaren, bog ihren Kopf zurück, bis sie an die Decke starrte, und schnitt ihr die Kehle durch.

Es wurde still im Zimmer.

»So, Mädchen«, sagte er sanft. Er klappte das Rasiermesser zusammen und steckte es in die Tasche. Dann streckte er die blutige linke Hand aus und schloß ihr die Augen. Sofort war die Manschette seines

Hemdes von warmem Blut durchtränkt, weil ihre Halsschlagader noch immer den Saft auspumpte; aber was sich gehörte, gehörte sich nun einmal. Wenn es eine Frau war, schloß man ihr die Augen. Es spielte keine Rolle, wie schlecht sie gewesen war, es spielte keine Rolle – auch süchtigen Huren, die ihre eigenen Kinder verkauften, um an Stoff zu kommen, schloß man die Augen.

Und sie war nur ein kleines Teilchen. Rick Cowley war etwas ganz anderes.

Und der Mann, der den Zeitschriftenartikel geschrieben hatte.

Und das Miststück, das die Fotos gemacht hatte, vor allem das mit dem Grabstein. Ein Miststück, ein ausgemachtes Miststück, aber er würde auch ihr die Augen schließen.

Und wenn das alles erledigt war, war es an der Zeit, mit Thad selbst zu reden. Keine Unterhändler; *mano a mano*. An der Zeit, Thad zur Vernunft zu bringen. Er war sich ziemlich sicher, wenn er mit allen anderen abgerechnet hatte, würde Thad zur Vernunft kommen. Wenn nicht, gab es Mittel und Wege, ihn dazu zu bringen.

Schließlich war er ein Mann, der eine Frau hatte – eine sehr schöne Frau, eine wahre Königin der Luft und der Dunkelheit.

Und er hatte Kinder.

Er hielt den Zeigefinger in den warmen Strom von Miriams Blut und schrieb damit auf die Wand. Er mußte zweimal zu ihr zurückkehren, um genug Blut zu bekommen, aber dann stand die Botschaft da, über dem zurückgesackten Kopf der Frau. Sie hätte sie lesen können, wenn ihre Augen offen gewesen wären.

Und natürlich nur, wenn sie noch gelebt hätte.

Er beugte sich vor und küßte Miriam auf die Wange. »Gute Nacht, Mädchen«, sagte er und verließ die Wohnung.

Der Mann auf der anderen Seite des Flurs lugte wieder zur Tür heraus.

Als er den hochgewachsenen, blutbesudelten blonden Mann aus Miriams Wohnung kommen sah, schlug er sie zu und verschloß sie.

Vernünftig, dachte Stark, während er den Flur entlang auf den Fahrstuhl zuging. Sehr vernünftig.

Er mußte zusehen, daß er weiterkam. Er durfte seine Zeit nicht vertrödeln.

Es war an diesem Abend noch mehr zu erledigen.

Dreizehntes Kapitel

Panik

1

Ein paar Sekunden – er hatte keine Ahnung, wie viele es waren – steckte Thad im Klammergriff einer so überwältigenden und grenzenlosen Panik, daß er buchstäblich außerstande war, auf irgendeine Art zu reagieren. Es war erstaunlich, daß er überhaupt noch atmen konnte. Später fiel ihm ein, daß er nur ein einziges Mal in seinem Leben etwas empfunden hatte, das diesem Erlebnis entfernt ähnlich war. Das war, als er zehn Jahre alt war und mit zweien seiner Freunde beschlossen hatte, Mitte Mai baden zu gehen. Es war mindestens drei Wochen früher, als einer von ihnen je baden gegangen war, aber es schien ihnen trotzdem eine gute Idee zu sein; der Tag war klar und für einen Maitag in New Jersey sehr warm, um die achtundzwanzig Grad. Sie waren alle drei zum Lake Davis hinuntergewandert, ihr Spottname für einen kleinen Teich, etwa eine Meile von Thads Elternhaus in Bergenfield entfernt. Er hatte als erster seine Kleider aus- und seine Badehose angezogen und war somit auch als erster im Wasser gewesen. Er war einfach vom Ufer aus hineingehechtet, und er glaubte noch heute, daß er damals dem Tode sehr nahe gewesen war – *wie* nahe, wollte er lieber nicht wissen. Es war durchaus möglich, daß sich die *Luft* an jenem Tag anfühlte wie im Hochsommer, aber das *Wasser* fühlte sich an wie an einem Tag im Frühwinter, bevor Eis die Oberfläche überzieht. In seinem Nervensystem hatte es fast einen Kurzschluß gegeben. In seinen Lungen war die Luft zum Stocken gekommen, sein Herz hatte mitten im Schlagen ausgesetzt, und als er auftauchte, glich er einem Wagen mit leerer Batterie, und er brauchte einen Blitzstart, brauchte ihn schnell, und wußte nicht, wie er es bewerkstelligen sollte. Er wußte noch, wie hell die Sonne geschienen hatte, wie sie zehntausend Goldfunken aus der blauschwarzen Wasseroberfläche herausschlug, er erinnerte sich an

Harry Black und Randy Wister, die am Ufer standen, wie Harry die verblichene Turnhose über sein massiges Hinterteil zog, wie Randy nackt dastand, nackt mit der Badehose in der Hand, und rief: *Wie ist das Wasser, Thad?*, als er auftauchte, und er hatte nur denken können: *Ich sterbe. Ich bin hier in der Sonne mit meinen beiden besten Freunden und die Schule ist aus und ich habe keine Hausaufgaben und im Fernsehen gibt es heute abend* Mr. Blandings Builds His Dream House *und Mom hat gesagt ich dürfte vor dem Fernseher essen, aber ich werde es nicht sehen, weil ich dann tot bin.* Was nur Sekunden zuvor müheloses, unkompliziertes Atmen gewesen war, war eine verklumpte Turnsocke in seiner Kehle, etwas, das er weder herausstoßen noch einsaugen konnte. Sein Herz lag wie ein kleiner, kalter Stein in seiner Brust. Dann war er durch, er holte tief und keuchend Luft, seinen ganzen Körper überlief eine Gänsehaut, und er hatte Randy mit der gedankenlosen, boshaften Schadenfreude, zu der nur kleine Jungen imstande sind, zugerufen: *Das Wasser ist prima! Spring rein!* Erst Jahre später ging ihm auf, daß er damit einen von ihnen oder beide hätte umbringen können, so, wie er sich selbst beinahe umgebracht hatte.

So fühlte er sich jetzt; er befand sich in genau demselben Zustand völligen körperlichen Stillstands. Bei der Armee hatte es eine Bezeichnung für etwas dergleichen gegeben – was war es noch gewesen? Ein Komplettscheiß. Ja. Gute Bezeichnung. Wenn es um das Erfinden solcher Ausdrücke ging, war die Armee nicht zu schlagen. Nun saß er hier mitten in einem ganz großen Komplettscheiß. Er saß auf dem Stuhl, vorgebeugt, den Hörer noch in der Hand, und starrte auf den leeren Fernsehschirm. Er war sich vage bewußt, daß Liz an der Schwelle erschienen war, daß sie ihn zuerst fragte, wer das gewesen war, und dann, was passiert war, und es war genau so wie an jenem Tag am Lake Davis, der Atem eine schmutzige Baumwollsocke in seiner Kehle, alle Kommunikationslinien zwischen Herz und Gehirn gerissen, wir bitten, die unvorhergesehene Unterbrechung zu entschuldigen, die Fahrt wird so schnell wie möglich fortgesetzt, bitte genießen Sie inzwischen Ihren Aufenthalt im hübschen Endsville, dem Ort, an dem alle Züge enden.

Dann war er plötzlich durch, so wie er damals durchgekommen war, und er holte tief Atem. Sein Herz machte zwei wilde Sprünge in seiner Brust und nahm dann seinen regulären Rhythmus wieder auf – aber es schlug nach wie vor schnell, viel zu schnell.

Dieses Kreischen. Großer Gott im Himmel, dieses *Kreischen*.

Jetzt lief Liz durch das Zimmer, und er begriff erst, daß sie ihm den Telefonhörer aus der Hand genommen hatte, als er hörte, wie sie immer wieder *Hallo* und *Wer ist dort?* hineinrief. Dann hörte sie den Summton der unterbrochenen Verbindung und legte den Hörer auf.

»Miriam«, brachte er schließlich heraus, als Liz sich zu ihm umdrehte. »Es war Miriam, und sie hat geschrien.«

Außer in Büchern habe ich noch nie jemanden umgebracht.

Die Sperlinge fliegen wieder.

Hier unten nennen wir das Metzgerfüllsel.

Müssen uns auf den Weg nach Norden machen, alter Freund. Du mußt mir ein Alibi zurechtlügen, weil ich mich auf den Weg nach Norden machen muß. Muß mir eine Scheibe Fleisch abschneiden.

»Miriam? Sie hat geschrien? Miriam *Cowley*? Thad, was geht da vor?«

»Er war es«, sagte Thad. »Ich wußte, daß er es war. Ich glaube, ich wußte es vom ersten Augenblick an, und heute – heute nachmittag – hatte ich wieder eine.«

»*Was* hattest du?« Ihre Finger wanderten zu den Seiten ihres Halses und rieben ihn. »Wieder ein Blackout? Eine Trance?«

»Ja«, sagte er. »Zuerst waren wieder die Sperlinge da. Ich habe eine Menge verrücktes Zeug auf ein Blatt Papier geschrieben, während ich nicht bei mir war. Ich habe es weggeworfen, aber *ihr* Name stand auf dem Blatt, Liz, *Miriam* gehörte zu dem, was ich geschrieben habe, als ich abwesend war – und ...«

Er brach ab. Seine Augen wurden immer größer.

»Thad, was ist?« Sie ergriff einen seiner Arme, schüttelte ihn. »*Was ist los?*«

»In ihrem Wohnzimmer hängt ein Poster«, sagte er. Er hörte seine Stimme, als gehörte sie einem anderen – eine Stimme, die sich anhörte, als käme sie aus großer Entfernung. Vielleicht über eine Gegensprechanlage. »Ein Poster von einem Broadway-Musical. *Cats*. Ich habe es gesehen, als ich das letzte Mal bei ihr war. *Cats*. JETZT UND IMMER. Auch das habe ich geschrieben. Ich habe es geschrieben, weil er dort war, und *ich* war gleichfalls dort, ein Teil von mir war dort, ein Teil von mir hat mit seinen Augen gesehen ...«

Er sah sie an. Sah sie mit weit aufgerissenen Augen an.

»Das ist kein Tumor, Liz. Jedenfalls keiner, der in meinem Körper steckt.«

»Ich weiß wirklich nicht, wovon du redest!« Liz schrie die Worte fast heraus.

»Ich muß Rick anrufen«, murmelte er. Ein Teil seines Verstandes schien abzuheben, brillant durch die Luft zu segeln und in Bildern und krassen Symbolen mit sich selbst Zwiesprache zu halten. Das geschah manchmal, wenn er schrieb, aber er konnte sich nicht erinnern, daß es ihm schon einmal im wirklichen Leben passiert war. Oder war Schreiben etwa das wirkliche Leben? fragte er sich plötzlich. Er glaubte es nicht. Eher eine Art Zwischenzeit.

»Thad, *bitte*!«

»Ich muß Rick anrufen. Er ist vielleicht in Gefahr.«

»Thad, du redest ungereimtes Zeug.«

Ja, natürlich war es ungereimt. Und wenn er sich um eine Erklärung bemühte, würde es noch ungereimter werden. Während er sich damit aufhielt, seiner Frau seine Ängste anzuvertrauen, was vermutlich nur zu der Überlegung führen würde, wie lange es dauern mochte, die erforderlichen Einweisungspapiere zu beschaffen, konnte Stark die neun Häuserblocks in Manhattan hinter sich bringen, die Ricks Wohnung von der Miriams trennten. Auf dem Rücksitz eines Taxis oder am Steuer eines gestohlenen Wagens, vielleicht sogar am Steuer des schwarzen Toronado, den er im Traum gesehen hatte – wenn man auf dem Weg in den Wahnsinn schon so weit gekommen war, warum dann nicht gleich die ganze Strecke? Saß da, rauchte, bereitete sich darauf vor, Rick umzubringen, wie er Miriam ...

Hatte er sie umgebracht?

Vielleicht hatte er sie nur eingeschüchtert, sie schluchzend und im Schock zurückgelassen. Oder vielleicht hatte er sie verletzt – nicht vielleicht, wahrscheinlich. Was hatte sie gesagt? Er soll mich nicht wieder schneiden, der böse Mann soll mich nicht wieder schneiden. Und hatte auf dem Zettel nicht auch *enden* gestanden?

Ja, es hatte darauf gestanden. Aber das hatte mit dem Traum zu tun, oder? Das hatte mit Endsville zu tun, dem Ort, an dem alle Züge enden – oder etwa nicht?

Er betete darum, daß es so wäre.

Er mußte zusehen, daß ihr geholfen wurde, und er mußte Rick warnen. Aber wenn er Rick anrief, so aus heiterem Himmel, und ihm sagte, er solle sich vorsehen, dann würde Rick den Grund wissen wollen.

Was ist los, Thad? Was ist passiert?

Und wenn er Miriams Namen auch nur erwähnte, würde Rick auf dem schnellsten Wege zu ihr fahren, weil er sie immer noch liebte. Und er würde sie finden – vielleicht in Stücke gehauen (ein Teil von ihm versuchte, vor diesem Gedanken zurückzuscheuen, diesem *Bild,* aber der Rest seines Verstandes war unerbittlich, zwang ihn, sich vorzustellen, wie die hübsche Miriam aussehen würde, zerhackt wie Fleisch auf dem Tresen eines Schlachters).

Und vielleicht war es gerade das, worauf Stark spekulierte. Der dämliche Thad, der Rick in eine Falle schickte. Der dämliche Thad, der seine Arbeit erledigte.

Aber habe ich denn nicht schon immer seine Arbeit erledigt? Darum ging es doch im Grunde bei dem Pseudonym, oder etwa nicht?

Sein Verstand begann wieder zu blockieren, sich zu verkrampfen wie ein überanstrengter Muskel, zu einem Komplettscheiß, und das konnte er sich nicht leisten, das konnte er sich auf gar keinen Fall leisten.

»Thad – *bitte*! Sag mir, was passiert ist!«

Er holte tief Luft und ergriff ihre kalten Arme mit seinen kalten Händen.

»Es war der Mann, der Homer Gamache und Clawson umgebracht hat. Er war bei Miriam. Er hat – sie bedroht. Ich hoffe jedenfalls, daß er nur das getan hat. Ich weiß es nicht. Sie hat geschrien. Dann riß die Verbindung ab.«

»Oh, Thad! Großer Gott!«

»Wir können es uns nicht leisten, in Hysterie zu verfallen«, sagte er – *auch wenn ein Teil von mir das liebend gern täte.* »Lauf hinauf. Hol dein Adreßbuch. In meinem stehen Miriams Telefonnummer und Adresse nicht, aber ich glaube, in deinem.«

»Was meintest du, als du sagtest, du hättest es von Anfang an gewußt?«

»Dafür haben wir jetzt keine Zeit. Hol dein Adreßbuch, und zwar schnell. Okay?«

Sie zögerte noch einen Moment.

»Sie kann verletzt sein! Mach zu!«

Sie machte kehrt und lief aus dem Zimmer. Er hörte das schnelle, leichte Tappen ihrer Füße auf der Treppe und versuchte, sein Denkvermögen wieder in Gang zu bringen.

Nicht Rick anrufen. Das wäre ein Fehler – es konnte eine Falle sein.

Okay, so weit zumindest sind wir gekommen. Wenigstens ein Anfang. Wen dann?

Die New Yorker Polizei? Nein; die würde nur einen Haufen zeitraubender Fragen stellen – wie es käme, daß ein Mann aus Maine ein Verbrechen in New York meldete, und so weiter. Nicht die New Yorker Polizei. Auch das wäre ein Fehler.

Pangborn.

Sein Verstand hielt den Gedanken fest. Zuerst würde er Pangborn anrufen. Er würde sehr darauf achten müssen, was er sagte, jedenfalls jetzt. Was er ihm später erzählte oder verschwieg – über die Trancezustände, über die Sperlinge, über *Stark* –, würde sich finden. Im Augenblick ging es nur um Miriam. Wenn Miriam verletzt, aber noch am Leben war, dann half er ihr nicht, indem er Dinge zur Sprache brachte, die Pangborn am schnellen Handeln hindern würden. Er war es, der die Polizei in New York anrufen mußte. Sie würde schneller reagieren, wenn der Anruf von einem Kollegen kam, selbst wenn dieser Kollege im fernen Maine amtierte.

Aber zuerst Miriam. Gott gebe, daß sie sich am Telefon meldete.

Liz hastete mit ihrem Adreßbuch ins Zimmer. Ihr Gesicht war jetzt fast ebenso blaß wie damals, als es ihr endlich gelungen war, William und Wendy in die Welt zu befördern. »Hier ist es«, sagte sie, schwer atmend, fast keuchend.

Kein Grund zur Aufregung, hätte er ihr gern erklärt, aber er tat es nicht. Er wollte nichts sagen, was sich ohne weiteres als Lüge erweisen konnte – und Miriams Kreischen ließ vermuten, daß eine Menge Grund zur Aufregung bestand und daß Miriam möglicherweise ein für allemal über das Stadium der Aufregung hinaus war.

Hier ist ein Mann, hier ist ein böser Mann.

Thad dachte an George Stark und schauderte ein wenig. Er war in der Tat ein sehr böser Mann. Niemand wußte das besser als Thad. Schließlich war er es gewesen, der George Stark von Anfang an aufgebaut hatte, oder etwa nicht?

»Wir sind okay«, sagte er zu Liz – das zumindest entsprach der Wahrheit. Sein Verstand verlangte, daß er flüsternd hinzusetzte: *Vorerst.* »Nimm dich zusammen, wenn du kannst, Baby. Du hilfst Miriam nicht, wenn du ohnmächtig wirst.«

Sie setzte sich hin, mit stocksteifem Rücken, starrte ihn an und benagte rastlos ihre Unterlippe. Er begann, Miriams Nummer einzutippen. Seine zitternden Finger stolperten bei der zweiten Ziffer, drückten die Taste zweimal. *Du bist genau der Richtige, anderen zu sagen, sie sollten sich zusammennehmen.* Er holte tief Atem, hielt die Luft an, drückte die Unterbrechertaste und begann von neuem, zwang sich zu langsamerem Vorgehen. Er drückte die letzte Taste und hörte das mehrmalige Klicken, mit dem die Verbindung zustande kam.

Lieber Gott, laß sie heil und gesund sein, und wenn sie nicht ganz heil ist, und wenn Du das nicht bewerkstelligen kannst, dann laß sie wenigstens in einem Zustand sein, in dem sie den Hörer abnehmen kann. Bitte.

Aber das Telefon läutete nicht. Es kam nur das monotone Besetztzeichen. Vielleicht war die Leitung tatsächlich besetzt; vielleicht rief sie Rick an oder das Krankenhaus. Vielleicht lag der Hörer neben dem Apparat.

Es gab noch eine andere Möglichkeit, dachte er, als er wieder auf die Unterbrechertaste drückte. Vielleicht hatte Stark das Kabel aus der Wand gerissen. Oder vielleicht

(der böse Mann soll mich nicht wieder schneiden)

hatte er es zerschnitten.

Wie er Miriam zerschnitten hatte.

Rasiermesser, dachte Thad, und ein Schauder überlief ihn. Auch dieses Wort hatte er auf den Zettel geschrieben. *Rasiermesser.*

2

Die nächste halbe Stunde war eine Rückkehr zu dem seltsamen Gefühl der Unwirklichkeit, das ihn befallen hatte, als Pangborn und die beiden Staatspolizistsen in seinem Haus erschienen waren, um ihn wegen eines Mordes zu verhaften, von dem er nicht einmal wußte. Es fehlte das Empfinden persönlichen Bedrohtseins – zumindest *unmittelbaren* Bedrohtseins –, aber er hatte nach wie vor das Gefühl, als ginge er durch einen dunklen Raum voller zarter Spinnwebfäden, die ihm übers Gesicht wischten, ihn zuerst kitzelten und schließlich wahnsinnig machten, Fäden, die nicht hafteten, sondern davonwisperten, bevor er sie ergreifen konnte.

Er wählte Miriams Nummer noch einmal, und weil die Leitung immer noch besetzt war, drückte er abermals die Unterbrechertaste und zögerte einen Augenblick, unentschlossen, ob er Pangborn oder eine Vermittlung in New York anrufen sollte, damit sie Miriams Anschluß überprüften. Gab es eine Möglichkeit, zu unterscheiden, ob gerade ein Gespräch geführt wurde, ob der Hörer neben der Gabel lag oder ob der Apparat sonst irgendwie unbrauchbar gemacht worden war? Er war sich ziemlich sicher, daß dies der Fall war, aber das entscheidende war, daß die Verbindung zwischen Miriam und ihm plötzlich abgebrochen und sie nicht mehr erreichbar war. Immerhin konnten sie feststellen – *Liz* konnte es feststellen –, ob sie zwei Anschlüsse hatte und nicht nur einen. Warum hatte sie keine zwei Anschlüsse? Es war *töricht*, keine zwei Anschlüsse zu haben.

Obwohl ihm diese Gedanken im Laufe von vielleicht zwei Sekunden durch den Kopf schossen, kam ihm die Zeit viel länger vor, und er warf sich vor, den Hamlet zu spielen, während Miriam Cowley womöglich in ihrer Wohnung verblutete. Figuren in Büchern – zumindest in *Starks* Büchern – vergeudeten nie ihre Zeit damit, über irgendwelchen Unsinn nachzudenken, zum Beispiel darüber, warum sie für einen Fall wie den, daß eine Frau in einem anderen Staat vielleicht verblutete, keinen zweiten Telefonanschluß hatten einrichten lassen. Leute in Büchern mußten nie im unpassenden Moment die Toilette aufsuchen; in solche Verlegenheiten gerieten sie einfach nicht.

In der Welt ginge es wesentlich reibungsloser zu, wenn alle Menschen Figuren aus Unterhaltungsromanen wären, dachte er. Figuren in Unterhaltungsromanen schaffen es immer, die Spur ihrer Gedanken einzuhalten und sich reibungslos von Kapitel zu Kapitel zu bewegen.

Er wählte die Auskunft von Maine, und als das diensttuende Mädchen fragte: »Welche Stadt bitte?«, geriet er einen Moment lang ins Schwimmen, weil Castle Rock keine richtige Stadt war, sondern nur ein relativ kleines Nest, und dachte *Das ist Panik, Thad, totale Panik. Du mußt dich in den Griff bekommen. Du darfst Miriam nicht sterben lassen, nur weil du in Panik geraten bist*. Und wie es schien, hatte er sogar genügend Zeit, um sich zu fragen, *warum* er das nicht zulassen durfte: er war die einzige *wirkliche* Person, die er in den Griff bekommen konnte, und Panik paßte einfach nicht in das Bild, das er sich von dieser Person machte.

Hier unten nennen wir das ausgemachten Blödsinn, Thad. Hier unten nennen wir das Metzger ...

»Sir?« drängte das Mädchen. »Welche Stadt bitte?«

Okay. Nimm dich zusammen.

Er holte tief Luft, rappelte sich zusammen und sagte: »Castle City.« *Herr im Himmel.* Er schloß die Augen. Und mit geschlossenen Augen sagte er langsam und deutlich: »Entschuldigen Sie. Castle Rock. Ich hätte gern die Nummer vom Büro des Sheriffs.«

Es folgte eine kurze Pause, und dann begann ein Roboter die Nummer zu rezitieren. Thad wurde bewußt, daß er keinen Stift zur Hand hatte. Der Roboter wiederholte die Nummer. Thad versuchte angestrengt, sich die Nummer zu merken, doch die Zahlen fegten durch seinen Verstand und verschwanden wieder im Dunkeln, ohne auch nur eine Spur von Nachleuchten zu hinterlassen.

»Wenn Sie weitere Auskünfte benötigen«, fuhr die Roboterstimme fort, »bleiben Sie in der Leitung, und die Vermittlung ...«

»Liz«, flehte er. »Etwas zum Schreiben.«

An ihrem Adreßbuch steckte ein kleiner Kugelschreiber. Er nahm ihn, und als sich das Mädchen wieder meldete, erklärte Thad ihr, er hätte die Nummer noch nicht notiert. Das Mädchen schaltete wieder den Roboter ein, der abermals mit seiner abgehackten, irgendwie weiblich klingenden Stimme rezitierte. Thad notierte die Nummer auf dem Umschlag eines Buches, hätte fast aufgelegt, beschloß dann, sie noch einmal zu überprüfen. Bei der Wiederholung stellte er fest, daß er zwei Ziffern vertauscht hatte. Oh ja, er bekam seine Panik bestens in den Griff, das war klar wie Kristall.

Er drückte die Unterbrechertaste. An seinem ganzen Körper war ein leichter Schweiß ausgebrochen.

»Immer mit der Ruhe, Thad.«

»Du hast sie nicht gehört«, sagte er und wählte die Nummer.

Es läutete viermal, bevor sich eine gelangweilte Stimme meldete: »Büro des Sheriffs von Castle County, Deputy Ridgewick am Apparat, was kann ich für Sie tun?«

»Hier spricht Thad Beaumont. Ich rufe von Ludlow aus an.«

»Ja?« Der Name sagte ihm nichts. Überhaupt nichts. Und das bedeutete weitere Erklärungen. Weitere Spinnwebfäden. Der Name Ridgewick ließ eine leise Glocke ertönen. Natürlich – der Beamte, der mit Mrs. Arsenault gesprochen und Homer Gamaches Leiche gefunden hatte. Herr im Himmel, wie war es möglich, daß er den alten Mann gefunden hatte, den Thad ermordet haben sollte, und trotzdem nicht wußte, wer er war?

»Sheriff Pangborn war hier, um – um mit mir über den Mord an Homer Gamache zu sprechen, Deputy Ridgewick. Ich habe neue Informationen, und ich muß ihn unbedingt sprechen.«

»Der Sheriff ist nicht da«, sagte Ridgewick, offenbar völlig unbeeindruckt von der Dringlichkeit in Thads Stimme.

»Und wo ist er?«

»Zu Hause.«

»Dann geben Sie mir bitte seine Nummer.«

Und, kaum zu glauben: »Oh, ich weiß nicht, ob ihm das recht wäre, Mr. Bowman. Der Sheriff – Alan, meine ich – hatte in letzter Zeit sehr viel um die Ohren, und seine Frau fühlt sich nicht recht wohl. Sie hat oft Kopfschmerzen.«

»Ich *muß* mit ihm sprechen!«

»Nun«, erklärte Ridgewick gemütlich, »immerhin scheinen *Sie* zu glauben, daß Sie es müßten. Vielleicht müssen Sie es sogar wirklich. Wie wäre es, wenn Sie mir sagten, um was es sich handelt, Mr. Bowman, und dann die Entscheidung mir . . .«

»Er war hier, um mich wegen des Mordes an Homer Gamache zu *verhaften*, Deputy, und jetzt ist noch etwas passiert, und wenn Sie mir nicht *auf der Stelle* seine Nummer geben . . .«

»Heiliger Strohsack!« rief Ridgewick. Thad hörte ein leises Plumpsen und konnte sich vorstellen, wie Ridgewicks Füße von seinem Schreibtisch – oder, wahrscheinlicher, Pangborns Schreibtisch – herunterkamen und auf dem Boden landeten, während er auf dem Stuhl hochfuhr. »Beaumont, nicht Bowman!«

»Ja, und . . .«

»Himmel! Herr im Himmel! Der Sheriff – Alan – hat gesagt, wenn Sie anrufen, soll ich zusehen, daß Sie sofort mit ihm sprechen können.«

»Gut. Und nun . . .«

»Herr im Himmel, was bin ich doch für ein Riesenroß!«

Thad, der voll und ganz derselben Ansicht war, sagte: »Bitte, geben Sie mir seine Nummer.« Indem er auf Reserven zurückgriff, von denen er nicht wußte, daß er sie besaß, gelang es ihm irgendwie, nicht zu schreien.

»Natürlich. Einen Moment . . .« Es folgte eine nervenaufreibende Pause. Natürlich dauerte sie nur Sekunden, aber Thad kam es vor, als hätten in ihr die Pyramiden erbaut werden können. Erbaut und wieder abgerissen. Und in der Zwischenzeit konnte Miriam fünfhundert Meilen entfernt auf dem Teppich in ihrem Wohnzimmer verbluten. Vielleicht habe ich sie auf dem Gewissen, dachte er, nur indem ich mich entschloß, Pangborn anzurufen, und an diesen Schwachkopf geraten bin, anstatt mich gleich an die New Yorker Polizei zu wenden. Oder 911 zu wählen. Genau das hätte er vermutlich tun sollen: 911 wählen und ihnen alles weitere überlassen.

Aber das war im Grunde keine echte Alternative gewesen. Es war die Trance, nahm er an, und die Worte, die er in dieser Trance geschrieben hatte. Er hatte nicht das Gefühl, als hätte er den Überfall auf Miriam vorhergesehen, aber auf irgendeine unklare Art war er Zeuge von Starks *Vorbereitungen* auf den Überfall gewesen. Die unheimlichen Geräusche von Tausenden von Vögeln schienen diese ganze irre Affäre zu seiner ureigensten Angelegenheit zu machen.

Aber wenn Miriam verblutete, nur weil er zu sehr in Panik geraten war, um 911 zu wählen – wie würde er Rick jemals wieder ins Gesicht sehen können?

Scheiß drauf; wie würde er *sich selbst* je wieder im Spiegel ansehen können?

Der Schwachkopf Ridgewick war wieder da. Er gab Thad die Nummer des Sheriffs, sprach jede einzelne der Ziffern so langsam, daß selbst ein zurückgebliebenes Kind sie hätte niederschreiben können; trotzdem bat ihn Thad, sie zu wiederholen, obwohl alles in ihm zur Eile drängte. Er war noch immer erschüttert von der Leichtigkeit, mit der er die Nummer des Sheriffbüros durcheinandergebracht hatte. Und was einmal passiert war, konnte wieder passieren. »Okay«, sagte er. »Danke.«

»Mr. Beaumont? Ich wäre Ihnen dankbar, wenn Sie dem Sheriff gegenüber nicht erwähnen würden, wie ich ...«

Thad legte ohne eine Spur von Mitgefühl auf und wählte die Nummer, die Ridgewick ihm gegeben hatte. Pangborn würde natürlich nicht an den Apparat kommen; das paßte einfach nicht zur Nacht der Spinnwebfäden. Und wer immer den Hörer abnahm, würde ihm mitteilen (das heißt, nach den unvermeidlichen Minuten des Auf-den-Busch-Klopfens), daß der Sheriff losgefahren war, um einen Laib Brot und einen Liter Milch zu besorgen. Vermutlich nach Laconia, New Hampshire; auch Phoenix, Arizona, lag im Bereich des Möglichen.

Ein unkontrolliertes Lachen entfuhr ihm, und Liz sah ihn erschrokken an. »Thad? Bist du okay?«

Er setzte zu einer Antwort an, doch dann schwenkte er die Hand, um ihr zu bedeuten, daß der Hörer abgenommen wurde. Es war nicht Pangborn; zumindest in dieser Hinsicht hatte er richtig vermutet. Es war ein schätzungsweise zehnjähriger Junge.

»Hallo, hier bei Pangborn«, flötete er. »Todd Pangborn am Apparat.«

»Hi«, sagte Thad. Er war sich vage bewußt, daß er den Hörer viel zu fest umkrampft hielt, und versuchte, seine Finger zu lockern. Sie knackten, rührten sich aber nicht. »Mein Name ist Thad ...« – *Pangborn* hätte er beinahe gesagt, o Gott, das wäre grandios gewesen, du hast die Sache wirklich im Griff, Thad, du hast deinen Beruf verfehlt, du hättest Fluglotse werden sollen – »... Beaumont«, endete er nach der kurzen Kurskorrektur. »Ist der Sheriff da?«

Nein, er ist nach Lodi, Kalifornien, gefahren, um Bier und Zigaretten zu holen.

Statt dessen entfernte sich die Stimme des Jungen von der Sprechmuschel und trompetete: »DAD! TELEFON!« Darauf folgte ein schweres Poltern, bei dem Thad die Ohren wehtaten.

Einen Augenblick später – Gott und all seinen Heiligen sei Dank! – sagte die Stimme von Alan Pangborn: »Hallo?«

Beim Klang dieser Stimme schmolz etwas von Thads nervöser Übererregung dahin.

»Hier ist Thad Beaumont, Sheriff. In New York ist eine Dame, die möglicherweise dringend Hilfe braucht. Es hängt mit dem zusammen, worüber wir uns Samstagabend unterhalten haben.«

»Schießen Sie los«, sagte Alan, nur das. Junge, was für eine Erleichterung. Thad war, als würde ein verschwommenes Bild wieder klar.

»Die Frau ist Miriam Cowley, die Exfrau meines Agenten.« Thad schoß der Gedanke durch den Kopf, daß er Miriam noch eine Minute zuvor wahrscheinlich als »den Agenten meiner Exfrau« bezeichnet hätte.

»Sie hat hier angerufen. Sie weinte, war völlig fassungslos. Zuerst wußte ich nicht einmal, von wem der Anruf kam. Dann hörte ich die Stimme eines Mannes im Hintergrund. Er befahl ihr, mir zu sagen, wer sie wäre und was vor sich ginge. Sie sagte, es wäre ein Mann in ihrer Wohnung, er drohte, ihr etwas anzutun. Sie ...« Thad schluckte »... sie zu schneiden. Inzwischen hatte ich ihre Stimme erkannt, aber der Mann schrie sie an, erklärte ihr, wenn sie nicht sofort ihren Namen sagte, würde er ihr die Rübe abschneiden. Genau das hat er gesagt. ›Tu es, oder ich schneide dir die Rübe ab.‹ Dann sagte sie, sie wäre Miriam, und flehte ...« Er schluckte wieder. »Sie flehte, ich sollte nicht zulassen, daß der böse Mann das täte. Sie wieder schnitte.«

Liz, die ihm gegenüber saß, wurde zusehends blasser. *Laß sie nicht ohnmächtig werden,* wünschte oder betete Thad. *Bitte, laß sie jetzt nicht ohnmächtig werden.*

»Sie hat geschrien. Dann war die Leitung tot. Ich nehme an, er hat das Kabel durchgeschnitten oder aus der Wand gerissen.« Aber das war Unfug. Er nahm überhaupt nichts an. Er *wußte* es. Das Kabel war durchgeschnitten worden. Mit einem Rasiermesser. »Ich habe versucht, zurückzurufen, aber ...«

»Wie ist ihre Adresse?«

Pangborns Stimme war nach wie vor gelassen, nach wie vor umgänglich. Wäre da nicht der Unterton von befehlsgewohnter Sicherheit gewesen, der in ihr mitschwang, hätte er einfach ein Schwätzchen mit einem guten Freund halten können. Es war richtig, ihn anzurufen, dachte Thad. Gott sei Dank, daß es Leute gibt, die wissen, was sie zu tun haben, oder sich zumindest so verhalten, als wüßten sie es. Gott sei Dank für Leute, die sich verhalten wie Personen in Unterhaltungsromanen. Wenn ich es mit jemandem aus einem Roman von Saul Bellow zu tun hätte, würde ich wahnsinnig werden.

Thad warf einen Blick auf die Zeile unter Miriams Namen in Liz' Buch. »Ist das eine Drei oder eine Acht?«

»Eine Acht«, sagte sie mit abwesender Stimme.

»Gut. Setz dich wieder hin. Leg den Kopf in den Schoß.«

»Mr. Beaumont? Thad?«

»Entschuldigung. Meine Frau ist sehr mitgenommen.«

»Das überrascht mich nicht. Sie sind beide sehr mitgenommen, und das ist schließlich kein Wunder. Aber Sie halten sich gut. Machen Sie weiter, Thad.«

»Ja.« Ihm kam der bestürzende Gedanke, daß er Liz, wenn sie ohnmächtig würde, einfach liegenlassen und weiterreden mußte, bis Pangborn genügend Informationen besaß, um etwas unternehmen zu können. *Bitte, werde nicht ohnmächtig,* dachte er abermals und richtete den Blick wieder auf Liz' Buch. Die Adresse ist 109 West 84. Straße.«

»Telefonnummer?«

»Ich sagte Ihnen doch – ihr Telefon ist außer ...«

»Ich brauche die Nummer trotzdem, Thad.«

»Ja. Natürlich brauchen Sie die.« Obwohl er nicht die leiseste Ahnung hatte, wozu. »Entschuldigung.« Er las die Nummer ab.

»Wie lange liegt dieser Anruf zurück?«

Stunden, dachte er und warf einen Blick auf die Uhr über dem Kaminsims. Sein erster Gedanke war, daß sie stehengeblieben war. Sie *mußte* stehengeblieben sein.

»Thad?«

»Ich bin noch da«, sagte er mit einer Stimme, die einem anderen zu gehören schien. »Es ist ungefähr sechs Minuten her, seit das Gespräch unterbrochen wurde.«

»Okay, dann haben wir nicht viel Zeit verloren. Wenn Sie die New Yorker Polizei angerufen hätten, hätte es vielleicht dreimal so lange gedauert. Ich melde mich wieder bei Ihnen, so schnell ich kann, Thad.«

»Rick«, sagte er. »Wenn Sie mit den Leuten in New York reden, sagen Sie ihnen, daß Rick es noch nicht wissen kann. Wenn er – wenn er Miriam etwas angetan hat, dann ist Rick der nächste auf seiner Liste.«

»Sie sind sich ziemlich sicher, daß es derselbe Kerl ist, der Homer und Clawson ermordet hat?«

»Ganz sicher.« Und die Worte waren heraus und flogen durch den Draht, bevor er recht wußte, ob er sie überhaupt hatte sprechen wollen: »Ich glaube, ich weiß, wer es ist.«

Pangborn zögerte einen ganz kurzen Moment, dann sagte er: »Okay. Bleiben Sie in der Nähe des Telefons. Wir müssen darüber sprechen, sobald wir Zeit dazu haben.« Er hatte aufgelegt.

Thad schaute hinüber zu Liz und sah, daß sie in ihrem Sessel zur Seite gesackt war. Ihre Augen waren groß und glasig. Er stand auf, ging schnell zu ihr, richtete sie auf und klopfte ihr leicht auf die Wangen.

»Wer von ihnen ist es?« fragte sie mit schwerer Zunge aus der grauen Welt halber Bewußtlosigkeit heraus. »Ist es Stark oder Alexis Machine? Welcher von ihnen, Thad?«

Und eine ganze Weile später sagte er: »Ich glaube nicht, daß da ein Unterschied besteht. Ich mache uns Tee, Liz.«

3

Er war sicher, daß sie darüber sprechen würden. Wie wäre es möglich gewesen, nicht darüber zu sprechen?

Aber sie taten es nicht. Sie saßen nur da, sahen einander über den Rand ihrer Teebecher hinweg an und warteten darauf, daß Alan zurückrief. Und während sich die Minuten dahinschleppten, begriff Thad, daß es richtig war, nicht miteinander zu reden – nicht bevor Alan zurückgerufen und ihnen berichtet hatte, ob Miriam tot oder am Leben war.

Angenommen, dachte er, während er zusah, wie sie ihren Teebecher mit beiden Händen zum Munde führte, angenommen, wir beide säßen eines Abends hier, jeder mit einem Buch in der Hand (für einen Außenstehenden würde es aussehen, als läsen wir, und vielleicht tun wir es, ein wenig, aber in Wirklichkeit genießen wir die Stille wie einen ganz besonders guten Wein, auf die Art, wie nur die Eltern von Kleinkindern sie genießen können, weil sie so rar ist), und *weiterhin* angenommen, daß, während wir das tun, ein Meteorit durch das Dach schlüge und rauchend und glühend auf unserem Wohnzimmerteppich landete. Würde einer von uns in die Küche laufen, den Scheuereimer füllen und Wasser daraufgießen, bevor er den Teppich in Brand setzen kann, und dann einfach weiterlesen? Nein – wir würden darüber sprechen. Wir *müßten* es tun. Genau so, wie wir über diese Sache sprechen müßten.

Vielleicht würden sie darüber sprechen, nachdem Alan angerufen hatte. Vielleicht würden sie sogar mit seiner Hilfe sprechen, indem Liz Alans Fragen und Thads Antworten aufmerksam verfolgte. Ja, auf diese Weise konnten sie miteinander ins Gespräch kommen. Irgendwie hatte Thad das unheimliche Gefühl, daß Alan derjenige war, der die Sache ins Rollen gebracht hatte, obwohl der Sheriff lediglich auf das reagierte, was Stark zuvor getan hatte.

Und so saßen sie da und warteten.

Es drängte ihn, es noch einmal mit Miriams Nummer zu versuchen, aber er wagte es nicht – Alan konnte gerade in diesem Augenblick anrufen, und dann würde die Leitung besetzt sein. Er ertappte sich wieder dabei, daß er sich auf eine ziellose Art wünschte, Miriam hätte zwei Anschlüsse. Aber was nicht ist, ist eben nicht, dachte er.

Sein Verstand erklärte ihm, daß Stark nicht irgendwo da draußen sein, Unheil anrichten wie ein Krebs in Menschengestalt und Leute umbringen konnte. Es war einfach undenkbar. Aber er tat es. Thad wußte, daß er es tat, und Liz wußte es auch. Er fragte sich, ob Alan es auch wissen würde, wenn er es ihm sagte. Vermutlich nicht; es war damit zu rechnen, daß der Sheriff lediglich ein paar von den tüchtigen jungen Männern in den sauberen weißen Kitteln kommen ließ. George Stark war nicht real, und Alexis Machine, die Fiktion von einer Fiktion, auch nicht. Keiner von beiden hatte je gelebt, ebensowenig wie George Eliot je gelebt hatte oder Mark Twain, Lewis Carroll, Tucker Coe oder Edgar Box. Pseudonyme waren nur eine höhere Form eines fiktiven Charakters.

Dennoch fiel es ihm schwer zu glauben, daß Alan es *nicht* akzeptieren würde, auch wenn es ihm widerstrebte. Thad selbst wollte es nicht, aber er fühlte sich außerstande, anders zu reagieren. Es war auf eine unerbittliche Art plausibel.

»Warum ruft er denn nicht an?« fragte Liz ruhelos.

»Wir warten ja erst fünf Minuten.«

»Beinahe zehn.«

Er widerstand dem Drang, sie anzufahren – dies war nicht die Schlußrunde einer Spielshow im Fernsehen. Alan würde keine zusätzlichen Punkte und wertvollen Preise erhalten, wenn er es schaffte, vor neun Uhr zurückzurufen.

Es *gibt* keinen Stark, erklärte ein Teil seines Verstandes beharrlich. Das war die Stimme der Vernunft. Aber sie war auf seltsame Weise machtlos, sie schien diese Behauptung nicht aus einer echten Überzeugung heraus aufzustellen, sondern nur wie auswendig gelernt aufzusagen, wie ein Papagei, dem man *Hübscher Junge!* oder *Polly will einen Keks!* zu sagen beigebracht hat. Dennoch stimmte es, oder etwa nicht? War Stark aus dem Grab auferstanden wie ein Monster in einem Horrorfilm? Das wäre ein herrlicher Trick, da der Mann – oder Un-Mann – nie begraben worden war, da sie lediglich einen Grabstein aus Pappmaché auf ein unbenutztes Stück Friedhof . . .

Das bringt mich auf den letzten Punkt oder Aspekt oder wie immer Sie es nennen wollen . . . Welche Schuhgröße haben Sie, Mr. Beaumont?

Thad war in seinem Sessel zusammengesackt, trotz allem, was passiert war, leicht dösend. Jetzt fuhr er so plötzlich hoch, daß er fast seinen Tee verschüttet hätte. Fußabdrücke. Pangborn hatte so etwas gesagt . . .

Um was für Fußabdrücke handelte es sich?

Das ist nicht von Belang. Jetzt liegt alles auf dem Tisch ...

»Thad? Was ist?« fragte Liz.

Hatte wirklich alles auf dem Tisch gelegen? Was für Fußabdrücke? Wo? In Castle Rock natürlich, sonst hätte Alan nichts davon gewußt. Waren sie vielleicht auf dem Homeland-Friedhof entdeckt worden, wo die neurasthenische Fotografin die Aufnahme gemacht hatte, die er und Liz so amüsant gefunden hatten?

»Kein angenehmer Zeitgenosse«, murmelte er.

Dann läutete das Telefon, und beide verschütteten ihren Tee.

4

Thads Hand schoß auf den Hörer zu – und hielt dann, unmittelbar darüber schwebend, einen Moment inne.

Was ist, wenn er es ist?

Wir sind noch nicht fertig miteinander, Thad. Komm nicht auf die Idee, dich mit mir anzulegen, denn wenn du dich mit mir anlegst, legst du dich mit dem Besten an.

Er zwang seine Hand, den Hörer zu ergreifen und an sein Ohr zu heben. »Hallo?« sagte er durch Lippen, die sich anfühlten, als wären sie mit Novocain vollgepumpt.

»Thad?« Alan Pangborns Stimme. Plötzlich fühlte er sich so schlaff, als wäre sein Körper von steifen Drähten zusammengehalten gewesen, die gerade entfernt worden waren.

»Ja«, sagte er. Das Wort kam fast wie ein Seufzer heraus. Er holte Atem. »Was ist mit Miriam?«

»Ich weiß es noch nicht«, sagte Alan. »Ich habe der New Yorker Polizei ihre Adresse gegeben. Wir sollten eigentlich bald von ihr hören. Aber ich fürchte, Ihnen und Ihrer Frau werden eine Viertel- oder halbe Stunde heute abend sehr lang vorkommen.«

»So ist es.«

»Ist ihr etwas passiert?« fragte Liz, und Thad deckte die Sprechmuschel ab und sagte ihr, daß Pangborn es noch nicht wüßte. Sie nickte und lehnte sich zurück, immer noch zu blaß, aber offensichtlich ruhiger und beherrschter als zuvor. Zumindest wurde jetzt etwas unternommen, und die Verantwortung lag nicht mehr nur bei ihnen.

»Sie haben sich außerdem von der Telefongesellschaft die Adresse von Rick Cowley beschafft...«

»Sie werden doch nicht etwa...«

»Sie unternehmen nichts, bevor sie wissen, was mit Mrs. Cowley passiert ist. Ich habe ihnen gesagt, es handelte sich um einen Fall, in dem ein Geistesgestörter es möglicherweise auf eine oder mehrere Personen abgesehen hat, die in dem *People*-Artikel über das Stark-Pseudonym erwähnt wurden, und ihnen erklärt, in welcher Beziehung die Cowleys zu Ihnen stehen. Ich hoffe, ich habe alles richtig hingekriegt. Ich weiß nicht viel über Schriftsteller und noch weniger über ihre Agenten. Aber den Leuten ist klar, daß Cowley auf keinen Fall vor der Polizei bei seiner geschiedenen Frau ankommen darf.«

»Danke. Danke für alles, Alan.«

»Die Polizei in New York ist zu sehr damit beschäftigt, der Sache nachzugehen, um im Augenblick weitere Erklärungen zu verlangen oder zu brauchen, aber irgendwann *wird* sie sie verlangen, Thad. Und ich auch. Was glauben Sie – wer ist dieser Mann?«

»Das ist etwas, das ich Ihnen am Telefon nicht sagen möchte. Ich würde zu Ihnen kommen, Alan, aber ich kann meine Frau und meine Kinder jetzt nicht allein lassen. Ich denke, Sie verstehen das. Sie müssen schon hierher kommen.«

»Das kann ich nicht«, sagte Alan geduldig. »Ich habe eine Menge um die Ohren...«

»Ist Ihre Frau krank?«

»Heute abend geht es ihr halbwegs gut. Aber einer meiner Deputies hat sich krank gemeldet, und ich muß für ihn einspringen. Das ist in Kleinstädten so üblich. Aber ich möchte Ihnen ganz offen sagen, Thad – dies ist nicht der rechte Zeitpunkt, den Zurückhaltenden zu spielen.«

Thad dachte darüber nach. Er war sich ziemlich sicher, daß Pangborn die Geschichte akzeptieren würde, wenn er sie ihm erzählte. Aber nicht am Telefon.

»Können Sie morgen herkommen?«

»Morgen müssen wir uns auf alle Fälle zusammensetzen«, sagte Alan. Seine Stimme war gelassen und eindringlich zugleich. »Aber das, was Sie wissen, brauche ich *heute abend*, Thad. Die Tatsache, daß die Kollegen in New York eine Erklärung verlangen werden, ist, soweit es mich betrifft, zweitrangig. Aber ich muß vor meiner eigenen Tür kehren. Hier gibt es eine Menge Leute, die wollen, daß Homer Gamaches

Mörder gefaßt wird, und zwar schnell. Ich gehöre zu ihnen. Also lassen Sie sich nicht noch einmal bitten. So spät ist es noch nicht, daß ich nicht den Staatsanwalt von Penobscot County anrufen und ihn veranlassen könnte, Sie als wichtigen Zeugen in einem Mordfall in Castle County festzunehmen. Er ist bereits von der Staatspolizei informiert worden, daß Sie der Tat verdächtig sind, Alibi oder nicht Alibi.«

»Würden Sie das tun?« fragte Thad verwundert.

»Ich würde es tun, wenn Sie mich dazu zwingen, aber ich denke, dazu lassen Sie es nicht kommen.«

Thad hatte jetzt einen klareren Kopf; außerdem hatte er das Gefühl, daß seine Gedanken in eine bestimmte Richtung gingen. Im Grunde spielte es keine Rolle, weder für Pangborn noch für die New Yorker Polizei, ob der Mann, hinter dem sie her waren, ein Psychopath war, der sich für Stark hielt, oder Stark selbst – oder? Er glaubte es nicht, und ebensowenig glaubte er, daß sie seiner habhaft werden würden.

»Ich bin ziemlich sicher, daß es sich um einen Psychopathen handelt, wie meine Frau meinte«, erklärte er Alan schließlich. Er sah Liz an, versuchte, ihr mit den Augen eine Botschaft zu übermitteln, und offenbar gelang es ihm, denn sie nickte leicht. »Auf eine verrückte Art ergibt es einen Sinn. Erinnern Sie sich, daß Sie Fußabdrücke erwähnten?«

»Ja...«

»Sie waren auf dem Homeland-Friedhof, nicht wahr?« Liz' Augen weiteten sich.

»Woher wissen Sie das?« Zum ersten Mal schien Alan verblüfft zu sein. »Das habe ich Ihnen nicht erzählt.«

»Haben Sie den Artikel in *People* inzwischen gelesen?«

»Ja.«

»Dort hat die Fotografin den Grabstein aus Pappmaché aufgestellt. Dort ist George Stark beigesetzt worden.«

Stille am anderen Ende der Leitung. Dann: »Scheiße.«

»Sie haben begriffen?«

»Ich denke schon«, sagte Alan. »Wenn dieser Kerl sich einbildet, er wäre Stark, dann könnte er von Starks Grab aus losgezogen sein. – Wohnt diese Fotografin in New York?«

Thad fuhr zusammen. »Ja.«

»Dann könnte sie gleichfalls in Gefahr sein?«

»Der Gedanke ist mir noch nicht gekommen – aber ja, das wäre durchaus möglich.«

»Name? Adresse?«

»Ihre Adresse weiß ich nicht.« Sie hatte ihm ihre Karte gegeben, wahrscheinlich, weil sie hoffte, daß er an ihrem Buch mitarbeiten würde, aber er hatte sie weggeworfen. Doch an ihren Namen erinnerte er sich. »Phyllis Myers.«

»Und wer hat die Geschichte geschrieben?«

»Mike Donaldson.«

»Auch in New York?«

Thad wurde plötzlich klar, daß er auch das nicht wußte, und er machte einen kleinen Rückzieher. »Es ist nur eine Vermutung, daß sie beide ...«

»Eine recht naheliegende Vermutung. Wenn die Redaktion der Zeitschrift in New York sitzt, kann man davon ausgehen, daß sie in der Nähe wohnt, oder?«

»Ja, ich denke schon. Aber es kann natürlich auch sein, daß einer oder beide freie Mitarbeiter sind ...«

»Kommen wir noch einmal auf dieses gestellte Foto zurück Der Name des Friedhofs wurde nicht erwähnt, weder in der Bildunterschrift noch in dem Artikel. Da bin ich ganz sicher. Ich hätte ihn anhand des Hintergrunds erkennen müssen, aber ich habe mich auf die Details konzentriert.«

»Nein«, sagte Thad. »Der Name wurde nicht erwähnt.«

»Dan Keeton, der Vorsitzende des Stadtrats, hätte vermutlich darauf bestanden, daß der Name Homeland nirgendwo auftaucht. Er ist ein intelligenter, vorausschauender Mann. Er hätte zwar das Fotografieren erlaubt, aber die Namensnennung verboten, um Vandalismus vorzubeugen – um zu verhindern, daß Leute hingehen und den Grabstein sehen wollen und dergleichen.«

Thad nickte. Das leuchtete ihm ein.

»Also gibt es zwei Möglichkeiten. Entweder kennt unser Psychopath Sie – oder er kommt von hier«, sagte Alan.

Thad war von einem Vorurteil ausgegangen, dessen er sich jetzt schämte: daß der Sheriff eines kleinen Bezirks in Maine, wo es mehr Bäume als Einwohner gab, ein Trottel sein mußte. Pangborn war kein Trottel; er kreiste den berühmten Thaddeus Beaumont immer mehr ein.

»Davon müssen wir ausgehen, jedenfalls fürs erste. Es sieht aus, als ob er über Informationen aus erster Hand verfügt.«

»Also waren die Fußabdrücke, die Sie erwähnten, tatsächlich auf dem Friedhof?«

»Natürlich waren sie dort«, sagte Alan fast geistesabwesend. »Womit halten Sie hinter dem Berg, Thad?«

»Was meinen Sie damit?«

»Lassen Sie uns keine Spielchen spielen. Ich muß diese anderen beiden Namen nach New York weitergeben, und Sie müssen Ihre Denkmütze aufsetzen und überlegen, ob es noch weitere Namen gibt, die ich erfahren sollte. Verleger – Lektoren – ich weiß es nicht. Sie haben gesagt, der Bursche, den wir schnappen wollen, bildete sich ein, er wäre George Stark. Gestern abend haben wir darüber theoretisiert, einfach auf blauen Dunst hin, und heute abend servieren Sie mir das als unumstößliche Tatsache. Und untermauern es, indem Sie mir die Fußabdrücke an den Kopf werfen. Entweder sind Sie anhand der Tatsachen, die wir beide kennen, zu einer verblüffenden Schlußfolgerung gelangt, oder Sie wissen etwas, das ich nicht weiß. Natürlich gefällt mir die zweite Möglichkeit besser. Also reden Sie.«

Aber was hatte er überhaupt? Trancezustände, denen die von Tausenden von Sperlingen verursachten Geräusche vorausgingen? Worte, die er ohne weiteres auf eine Manuskriptseite geschrieben haben konnte, *nachdem* Alan Pangborn ihm mitgeteilt hatte, daß dieselben Worte an die Wand von Clawsons Wohnung geschrieben worden waren? Weitere Worte auf einem Blatt Papier, das er in Fetzen gerissen und im Gebäude der Englischen Fakultät in den Verbrennungsofen geworfen hatte? Träume, in denen ein fürchterlicher Mann ihn durch sein Haus in Castle Rock führte und in denen alles, was er berührte, seine eigene Frau eingeschlossen, sich auflöste? Ob er nun, was er glaubte, eine Wahrheit des Herzens nannte oder eine Intuition des Verstandes – Beweise hatte er trotzdem nicht. Die Fingerabdrücke und der Speichel deuteten darauf hin, daß hier etwas sehr seltsam war, gewiß – aber *dermaßen* seltsam?

»Alan«, sagte er langsam, »Sie würden mich auslachen. Nein – das nehme ich zurück. Dazu kenne ich Sie inzwischen gut genug. Sie würden mich nicht auslachen – aber Sie würden mir auch nicht glauben. Ich habe mir die Sache durch den Kopf gehen lassen, aber es ist nur eines dabei herausgekommen: Sie würden mir nicht glauben.«

Sofort war Alans Stimme wieder da, eindringlich, befehlend, fast unwiderstehlich. »Lassen Sie's darauf ankommen.«

Thad zögerte, warf einen Blick auf Liz und schüttelte dann den Kopf. »Morgen. Wenn wir uns gegenseitig ins Gesicht sehen können. Heute abend müssen Sie sich mit meinem Wort begnügen, daß ich Ihnen alles gesagt habe, was für Sie von praktischem Nutzen ist – alles, was ich Ihnen sagen *kann.*«

»Thad, ich habe Sie darauf hingewiesen, daß ich Sie als wichtigen Zeugen ...«

»Wenn Sie meinen, Sie müßten das tun, dann tun Sie es. Ich würde es Ihnen nicht verübeln. Aber mehr kann ich Ihnen erst sagen, wenn wir uns wiedersehen.«

Alan schwieg ein paar Sekunden. Dann sagte er: »Okay.«

»Ich gebe Ihnen jetzt eine Beschreibung des Mannes. Ich bin nicht ganz sicher, ob sie zutrifft, aber ich glaube, sie kommt ihm ziemlich nahe. Auf jeden Fall so nahe, daß Sie sie an die Cops in New York weitergeben können. Haben Sie einen Stift zur Hand?«

»Ja. Legen Sie los.«

Thad schloß die Augen, die Gott ihm ins Gesicht gesetzt hatte, und öffnete dasjenige, das Gott in seinen Verstand gesetzt hatte, das Auge, das beharrlich auch Dinge wahrnahm, die er nicht sehen wollte. Wenn Leute, die seine Bücher gelesen hatten, ihm zum ersten Mal begegneten, waren sie unfehlbar enttäuscht. Sie versuchten zwar, es sich nicht anmerken zu lassen, aber es gelang ihnen nicht. Er machte ihnen keinen Vorwurf daraus, weil er ihre Gefühle verstand. Wenn sie seine Bücher mochten (und manche behaupteten sogar, sie zu lieben), dann stellten sie sich unter ihm so etwas vor wie einen Gott. Anstelle eines Gottes sahen sie einen Mann, der gut einsachtzig groß war, eine Brille trug, anfing, kahl zu werden, und die Angewohnheit hatte, über alle möglichen und unmöglichen Gegenstände zu stolpern. Sie sahen einen Mann, dessen Kopfhaut leicht schuppig war und dessen Nase zwei Löcher hatte, genau wie ihre eigene.

Was sie nicht sehen konnten, war das dritte Auge, das in seinem Kopf saß. Dieses Auge, das in der dunklen Hälfte von ihm strahlte, der Hälfte, die immer im Schatten lag – *das* war etwas Göttliches, und er war froh, daß sie es nicht sehen konnten. Wenn sie es könnten, dann würden vermutlich viele versuchen, es zu stehlen. Selbst wenn sie es mit einem stumpfen Messer aus seinem Fleisch herausbohren mußten.

Er schaute ins Dunkel und beschwor sein privates Bild von George Stark herauf – dem *wirklichen* George Stark, der mit dem Mann, der für das Foto auf dem Schutzumschlag posiert hatte, keinerlei Ähnlichkeit hatte. Er hielt Ausschau nach dem Mann im Dunkeln, der im Laufe der Jahre lautlos herangewachsen war, und ging daran, Alan Pangborn diesen Mann zu zeigen.

»Er ist ziemlich groß«, sagte er. »Größer als ich. Ungefähr einsfünfundachtzig, in Schuhen vielleicht sogar einsachtundachtzig. Er hat blondes Haar, kurz und sauber geschnitten, und blaue Augen. Auf größere Entfernung kann er ausgezeichnet sehen. Seit ungefähr fünf Jahren hat er eine Brille, die er zum Lesen und Schreiben aufsetzt.

Das Auffallende an ihm ist weniger seine Größe als seine *Breite*. Er ist nicht dick, aber extrem breit gebaut. Kragenweite vierundvierzig, vielleicht auch fünfundvierzig. Er ist in meinem Alter, aber er wird noch nicht grau und hat kein Fett angesetzt. Er ist *kräftig*. So, wie Schwarzenegger heute aussieht, nachdem er ein bißchen nachgelassen hat. Er trainiert mit Hanteln. Er kann seinen Bizeps so anspannen, daß eine Naht an seinem Hemdsärmel aufplatzt, aber er ist kein Muskelpaket.

Er ist in New Hampshire geboren. Nach der Scheidung seiner Eltern zog seine Mutter mit ihm nach Oxford, Mississippi, wo er aufgewachsen ist. Dort hat er den größten Teil seines Lebens verbracht. Als er jünger war, hatte er einen knüppeldicken Südstaatenakzent. Auf dem College haben viele Leute Witze darüber gemacht – allerdings nicht in seiner Gegenwart, man macht keine Witze in Gegenwart eines Mannes, wie er einer ist. Und er hat sich sehr bemüht, den Akzent loszuwerden. Jetzt hört man ihm seine Herkunft nur an, wenn er wütend ist, und ich glaube, die Leute, die ihn wütend gemacht haben, stehen später in der Regel nicht mehr als Zeugen zur Verfügung. Seine Sicherungen brennen sehr schnell durch. Er ist gewalttätig. Er ist gefährlich.«

»Was ...« setzte Alan an, aber Thad redete weiter.

»Er ist ziemlich braungebrannt, und da blonde Männer im allgemeinen nur schlecht bräunen, könnte das ein guter Anhaltspunkt für eine Identifizierung sein. Große Füße, große Hände, massiger Hals, breite Schultern. Sein Gesicht sieht aus, als hätte es jemand, der zwar begabt, aber in Zeitnot war, aus einem harten Felsblock herausgeschlagen.

Und schließlich: er fährt vielleicht einen schwarzen Toronado. Ich weiß nicht, welches Baujahr. Auf jeden Fall einen von den alten, die eine Menge Kraft unter der Haube haben. Einfarbig schwarz. Wahrscheinlich Kennzeichen von Mississippi, aber er könnte sich auch andere beschafft haben.« Er hielt einen Moment inne, dann setzte er hinzu: »Ach ja, auf der hinteren Stoßstange des Toronado ist ein Aufkleber. GRANDIOSER HURENSOHN steht darauf.«

Er öffnete die Augen.

Liz starrte ihn an. Ihr Gesicht war wieder sehr blaß.

Am anderen Ende der Leitung herrschte eine ganze Weile Stille.

»Alan? Sind Sie ...«

»Moment. Ich schreibe.« Eine weitere, kürzere Pause. »Okay«, sagte er schließlich. »Ich habe es. Sie können mir all das sagen, aber nicht, wer der Kerl ist oder in welcher Beziehung Sie zu ihm stehen oder woher Sie ihn kennen?«

»Ich *kann* Ihnen das alles sagen, und ich werde es tun. Morgen. Sein Name würde Ihnen heute abend ohnehin nicht weiterhelfen, weil er einen anderen benutzt.«

»George Stark.«

»Es könnte auch sein, daß er so irre ist, sich Alexis Machine zu nennen, aber ich bezweifle es. Ja, ich glaube, er nennt sich George Stark.« Er versuchte, Liz zuzublinzeln, vielleicht weil er in seiner Verzweiflung glaubte, die düstere Stimmung damit etwas lockern zu können. Es gelang ihm nur, die Lider zu bewegen wie eine verschlafene Eule.

»Und ich kann Sie nicht dazu bringen, mir heute abend mehr zu erzählen?«

»Nein. Es tut mir leid, aber es geht nicht.«

»Also gut. Ich rufe so bald wie möglich zurück.« Und dann hatte er aufgelegt. Einfach so, kein Dankeschön, kein Auf Wiederhören. Als er noch einmal über ihr Gespräch nachdachte, fand Thad, daß er im Grunde auch kein Dankeschön verdient hatte.

Er legte den Hörer auf und ging zu seiner Frau, die ihn ansah, als wäre sie in eine Statue verwandelt worden. Er ergriff ihre Hände – sie waren sehr kalt – und sagte: »Es kommt alles wieder ins Lot, Liz. Ganz bestimmt.«

»Hast du vor, ihm von den Trancezuständen zu erzählen, wenn er morgen kommt? Von den Vogelgeräuschen? Daß du sie als Kind gehört hast und was damals dahintersteckte? Von den Dingen, die du geschrieben hast?«

»Ich werde ihm alles erzählen«, sagte Thad. »Was er dann an die anderen Behörden weitergibt ...« Er zuckte die Achseln. »Das ist seine Sache.«

»So viel«, sagte sie mit kraftloser, leiser Stimme. Ihre Augen fixierten ihn – schienen außerstande, ihn zu verlassen. »Du weißt *so viel* über ihn, Thad – *woher?*«

Er konnte nur vor ihr niederknien und ihre kalten Hände halten. Woher konnte er so viel über ihn wissen? Das wurde er immer wieder gefragt. Die Leute benutzten unterschiedliche Formulierungen – wie sind Sie darauf gekommen? wie konnten Sie das schreiben? wieso erinnern Sie sich daran? wie haben Sie das erkannt? –, aber es lief immer auf dasselbe hinaus: woher wissen Sie das? Und er konnte die Frage nicht beantworten. Er wußte nicht, woher er es wußte.

Er wußte es eben.

»So viel«, wiederholte sie, und sie sprach wie jemand, der schlief und einen quälenden Alptraum hatte. Dann schwiegen sie beide. Er rechnete ständig damit, daß die Zwillinge den Kummer ihrer Eltern spürten, daß sie aufwachten und weinten, aber es war nichts zu hören außer dem stetigen Ticken der Uhr. Er nahm auf dem Fußboden neben ihrem Sessel eine bequemere Stellung ein und hielt weiter ihre Hände, hoffte, sie aufwärmen zu können. Als fünfzehn Minuten später das Telefon läutete, waren sie immer noch kalt.

5

Pangborn war kühl und sachlich. Rick Cowley befand sich in seiner Wohnung und stand unter Polizeischutz. Er würde sich bald zu seiner geschiedenen Frau begeben. Aber die Aussöhnung, das Wiederzusammenfinden, von dem beide des öfteren gesprochen hatten, würde nicht mehr stattfinden können. Miriam war tot. Rick würde sie im Leichenschauhaus von Manhattan formell identifizieren. Thad sollte nicht damit rechnen, heute abend noch von Rick zu hören, und ihn auch nicht selbst anrufen; daß zwischen Thad und Miriams Mörder eine Beziehung bestand, war Rick »bis auf weiteres« vorenthalten worden. Phyllis Myers war ausfindig gemacht und gleichfalls unter Polizeischutz gestellt worden. Mike Donaldson hatte sich als härtere Nuß erwiesen, aber sie hofften, seinen Aufenthalt bis Mitternacht ermittelt zu haben, um ihn gleichfalls schützen zu können.

»Wie wurde sie getötet?« fragte Thad. Er kannte die Antwort, aber manchmal mußte man trotzdem fragen, Gott weiß, warum.

»Er hat ihr die Kehle durchgeschnitten«, sagte Alan mit, wie Thad glaubte, beabsichtigter Brutalität. Und eine Sekunde später fragte er: »Sind Sie immer noch sicher, daß es nichts gibt, was Sie mir mitteilen wollen?«

»Morgen früh. Wenn wir einander ansehen können.«

»Okay. Ich dachte nur, fragen schadet nichts.«

»Nein. Das tut es nicht.«

»Die New Yorker Polizei fahndet nach einem Mann namens George Stark, Ihre Beschreibung.«

»Gut.« Und das war es wohl auch, obwohl es gleichzeitig zwecklos war. Sie würden ihn nicht finden, wenn er nicht gefunden werden wollte, und wenn jemand ihn fand, so würde er es, wie Thad glaubte, zu bereuen haben.

»Um neun«, sagte Alan. »Sehen Sie zu, daß Sie dann da sind, Thad.«

»Ich werde da sein.«

6

Liz nahm ein Beruhigungsmittel und schlief schließlich ein, Thad driftete in einen leichten Halbschlaf und wieder heraus, und um Viertel nach drei stand er auf, um ins Badezimmer zu gehen. Als er dastand und urinierte, glaubte er die Sperlinge zu hören. Er erstarrte, lauschte, und der Fluß seines Wassers geriet ins Stocken. Das Geräusch wurde weder stärker noch schwächer, und nach ein paar Augenblicken begriff er, daß es nur Grillen waren.

Er schaute aus dem Fenster und sah, daß auf der anderen Straßenseite ein Streifenwagen der Staatspolizei parkte, dunkel und schweigend. Er hätte sich einbilden können, daß der Wagen leer war, wenn er nicht das Aufglühen einer Zigarette gesehen hätte. Es sah so aus, als stünden er, Liz und die Zwillinge gleichfalls unter Polizeischutz.

Oder unter Bewachung, dachte er und kehrte ins Bett zurück.

Was es auch sein mochte – es schien ihm etwas Seelenfrieden zu verschaffen. Er schlief ein und wachte um acht auf, ohne die Erinnerung an schlimme Träume. Aber der schlimme Traum war natürlich da draußen. Irgendwo.

Vierzehntes Kapitel

Metzgerfüllsel

1

Der Typ mit dem affigen kleinen Schnurrbart war wesentlich behender, als Stark vermutet hatte.

Stark hatte auf dem Flur im neunten Stock des Hauses gewartet, in dem Michael Donaldson wohnte, in der Ecke neben Donaldsons Wohnungstür. Es wäre besser gegangen, wenn er in seine Wohnung hätte eindringen können, wie er es bei der Frau getan hatte, aber ein einziger Blick hatte genügt, um ihm klarzumachen, daß diese Schlösser, im Gegensatz zu den ihren, nicht vom Heiligen Geist eingesetzt worden waren. Dennoch hätte alles gut laufen müssen. Es war spät, alle Kaninchen würden tief und fest in ihrem Bau schlafen und von saftigem Klee träumen, Donaldson selbst würde langsam und angesäuselt sein – wenn einer nachts um dreiviertel eins nach Hause kommt, dann kommt er nicht aus der Stadtbibliothek.

Donaldson schien tatsächlich ein bißchen angesäuselt zu sein – aber langsam war er nicht.

Als Stark das Klirren seiner Schlüssel hörte, aus der Ecke heraustrat und mit dem Rasiermesser auf ihn zufuhr, hatte er vor, den Mann schnell und gründlich zu blenden. Und dann würde er Donaldson die Kehle durchschneiden, bevor er auch nur daran denken konnte zu schreien, und seine Stimmbänder im gleichen Augenblick durchtrennen, in dem er seine Rohrleitungen aufschnitt.

Stark gab sich keine Mühe, leise zu sein. Er wollte, daß Donaldson ihn hörte, sich in seine Richtung drehte. Das würde die Sache vereinfachen.

Anfangs verhielt Donaldson sich wie erwartet. Stark schwang das Rasiermesser in einem kurzen, kraftvollen Bogen auf sein Gesicht zu. Aber Donaldson gelang es, sich zu ducken, nicht tief, aber für Starks

Absichten tief genug, und anstatt seine Augen zu zerschneiden, schlitzte ihm das Rasiermesser die Stirn bis auf den Knochen auf. Ein Fleischfetzen klappte auf seine Augenbrauen herunter wie ein abgelöstes Stück Tapete.

»Hilfe!« schrie Donaldson mit halberstickter Stimme. Aus der Traum von schneller, lautloser Arbeit. Scheiße.

Stark ging erneut zum Angriff über, hielt das Rasiermesser in Höhe seiner eigenen Augen mit leicht aufwärts gerichteter Klinge wie ein Matador, der zu Beginn der *corrida* dem Stier salutiert. Okay, es ging eben nicht immer ganz nach Plan. Er hatte den Singvogel nicht geblendet, aber aus der Wunde an seiner Stirn strömte Blut, literweise, und das wenige, das Donaldson noch sehen konnte, sah er durch einen klebrigen roten Schleier.

Er hieb nach Donaldsons Kehle, und der Mistkerl zog den Kopf fast so schnell zurück wie eine Klapperschlange, mit geradezu *verblüffender* Schnelligkeit, und Stark stellte fest, daß er den Mann ein wenig bewunderte, trotz seines affigen Schnurrbarts.

Die Klinge durchschnitt nur ein paar Millimeter von der Kehle des Mannes entfernt die Luft, und er schrie wieder um Hilfe. Die Kaninchen, die in dieser Stadt, diesem wurmstichigen alten Big Apple, nie tief und fest schliefen, würden aufwachen. Stark änderte seine Position und hob die Klinge wieder, wobei er sich auf die Zehenspitzen stellte und seinen Körper vorwärtsschob. Es war eine anmutige, tänzerische Bewegung, und sie hätte das Ende bedeuten können. Aber Donaldson gelang es irgendwie, eine Hand vor die Kehle zu bringen, und anstatt ihn zu töten, brachte ihm Stark nur eine Reihe von Wunden bei, die von den Polizeipathologen als »Abwehrverletzungen« bezeichnet werden. Donaldson hob die Hand mit nach außen gerichteter Fläche, und das Rasiermesser fuhr durch die Basis aller vier Finger. Der Ringfinger, an dem er einen schweren Siegelring trug, blieb unverletzt. Es gab ein kurzes, scharfes Geräusch, als die Klinge darüberfuhr. Sie hinterließ eine kleine Schramme in der Goldlegierung. In die anderen Finger schnitt das Rasiermesser tief ein, fuhr so mühelos durch das Fleisch hindurch wie ein warmes Messer durch Butter. Sobald die Sehnen durchgetrennt waren, kippten sie um wie schläfrige Marionetten, und nur der Ringfinger blieb aufrecht stehen, als hätte Donaldson in seiner Verwirrung und seinem Entsetzen vergessen, welchen Finger man benutzt, wenn man jemandem den Vogel zeigt.

Er öffnete den Mund, und diesmal *heulte* er regelrecht, und was das Davonkommen betraf, ohne gehört oder gesehen zu werden – etwas, worauf Stark gehofft und womit er fest gerechnet hatte, weil er diesen Typ nicht am Leben zu lassen brauchte, bis er irgendjemanden angerufen hatte – das konnte er jetzt vergessen. Aber er hatte auch nicht vor, Donaldson davonkommen zu lassen. Wenn man einmal mit der Arbeit angefangen hatte, dann hörte man nicht auf, bis der andere erledigt war oder man selbst.

Stark griff wieder an. Sie hatten sich inzwischen ein Stück den Flur entlang auf die nächste Wohnung zubewegt. Er schnippte das Rasiermesser beiläufig seitwärts, um die Klinge zu säubern. Ein feiner Regen besprühte die cremefarbene Wand.

Ein Stück weiter den Flur hinunter wurde eine Tür geöffnet, und ein Mann in einer blauen Pyjamajacke und mit schlafwirrem Haar streckte Kopf und Schultern heraus.

»Was geht hier vor?« rief er mit einer verdrießlichen Stimme, die besagte, von ihm aus könnte sogar der Papst da draußen sein, Hauptsache, die Party wäre *zu Ende*.

»Mord«, sagte Stark im Plauderton, und für einen kurzen Augenblick wanderten seine Augen von dem blutüberströmten, heulenden Mann vor ihm zu dem Mann an der Tür. Später würde dieser Mann vor der Polizei aussagen, daß die Augen des Eindringlings blau waren. Strahlend blau. Und total verrückt. »Wollen Sie auch eine Portion?«

Die Tür wurde fast so schnell geschlossen, als wäre sie nie geöffnet worden.

So entsetzt er sein mußte, so verletzt, wie er eindeutig war, erkannte Donaldson doch die Gelegenheit, als Stark den Blick abwendete, wenn auch nur für Sekunden. Er ergriff sie. Der kleine Mistkerl war wirklich schnell. Stark mußte ihn ein wenig bewundern. Seine Schnelligkeit und sein Selbsterhaltungstrieb machten fast den verdammten Ärger wett, den er ihm bereitete.

Wäre er vorgesprungen, hätte er Stark attackiert, dann hätte er vielleicht den Schritt von einem Ärgernis zu einem echten Problem für ihn tun können. Statt dessen versuchte Donaldson zu flüchten.

Völlig verständlich, aber ein Fehler.

Stark rannte ihm nach, große Schuhe wisperten auf dem Teppich, und hieb auf das Genick des Mannes ein, ganz sicher, daß ihm das den Garaus machen würde.

Aber in dem Bruchteil eines Moments, bevor das Rasiermesser in Donaldsons Genick fahren sollte, ruckte der Mann seinen Kopf vor und zog ihn ein, wie eine Schildkröte ihren Kopf in den Panzer zieht. Stark begann zu glauben, daß Donaldson telepathische Kräfte besaß. Diesmal schlitzte das, was ein Todesstoß sein sollte, lediglich den Skalp über dem schützenden Knochenwulst im Genick auf. Das war blutig – aber nicht tödlich.

Das war aufreizend, konnte einen wütend machen – und war an der Grenze zum Absurden.

Donaldson torkelte den Flur entlang, schwankte von einer Seite zur anderen, prallte manchmal sogar von den Wänden ab wie eine Kugel, die in einem Spielautomaten gegen einen dieser beleuchteten Pfosten prallt und dem Spieler damit 10 000 Punkte oder ein Freispiel einträgt. Er schrie, während er den Flur entlangtorkelte. Er vergoß Ströme von Blut, während er den Flur entlangtorkelte. Er hinterließ blutige Handabdrücke, während er den Flur entlangtorkelte. Aber er starb noch nicht, während er den Flur entlangtorkelte.

Es wurden keine weiteren Türen geöffnet, aber Stark wußte, daß jetzt in mindestens einem halben Dutzend Wohnungen ein halbes Dutzend die Nummer 911 an einem halben Dutzend Telefonen eingaben (oder bereits eingegeben hatten).

Donaldson torkelte und stolperte auf die Fahrstühle zu.

Nicht wütend oder verängstigt, nur fürchterlich erbittert, lief Stark hinter ihm her. Plötzlich donnerte er: »*Bleib endlich stehen und* BENIMM DICH!«

Donaldsons neuerlicher Hilfeschrei verwandelte sich in ein erschrokkenes Quieken. Er versuchte, sich umzusehen. Seine Füße verhakten sich, und er stürzte, drei Meter von der Stelle entfernt, an der sich der Flur zu einem kleinen Fahrstuhl-Vorplatz erweiterte. Selbst die behendesten Burschen, hatte Stark herausgefunden, verloren schließlich ihre glücklichen Gedanken, wenn man sie nur genug schnitt.

Donaldson hatte offensichtlich vor, zu den Fahrstühlen zu kriechen, nachdem seine Beine ihn im Stich gelassen hatten. Er drehte sein blutiges Un-Gesicht, um zu sehen, wo sich sein Angreifer befand, und Stark landete einen Tritt auf seinem blutüberströmten Nasenrücken. Er trug braune Mokassins, und er trat zu, so hart er konnte, mit herabhängenden Händen und des Gleichgewichts wegen etwas zurückgebogenem Körper; der linke Fuß traf und schwang dann in einem Bogen bis in

Stirnhöhe. Jeder, der einmal ein Football-Spiel gesehen hat, hätte dabei unfehlbar an einen sehr guten, sehr kraftvollen Fallstoß gedacht.

Donaldsons Kopf flog zurück, knallte so hart gegen die Wand, daß dort eine flache, schüsselförmige Vertiefung entstand, und prallte zurück.

»Hab' ich dir endlich den Saft abgeschaltet?« murmelte Stark. Er hörte, wie hinter ihm eine Tür geöffnet wurde. Er drehte sich um und sah eine Frau mit zerzaustem schwarzem Haar und riesigen dunklen Augen aus einer Wohnung fast am hinteren Ende des Flures herausschauen. »VERSCHWINDE, DU HURE!« schrie er, und die Tür knallte zu, als wäre sie auf eine Feder montiert.

Er bückte sich, packte Donaldsons blutklebrige Haare, zerrte seinen Kopf zurück und schnitt ihm die Kehle durch. Vermutlich wahr Donaldson schon tot gewesen, bevor sein Kopf an die Wand prallte, und bestimmt danach, aber sicher war sicher. Und außerdem: wenn man einmal mit dem Schneiden angefangen hatte, dann hörte man auch mit dem Schneiden auf.

Er trat schnell zurück, aber im Gegensatz zu der Frau verspritzte Donaldson kein Blut. Demnach hatte sein Pumpmechanismus bereits ausgesetzt, oder er lag in den letzten Zügen. Er klappte sein Rasiermesser zusammen, steckte es in die Tasche und ging rasch auf die Fahrstühle zu.

Ein ankommender Fahrstuhl klingelte leise.

Es konnte einer der Mieter sein – kurz vor eins war nicht sehr spät in der großen Stadt, selbst an einem Donnerstagabend. Dennoch ging Stark blitzschnell hinter einer großen Topfpflanze in der Ecke in Dekkung – neben einem völlig nutzlosen, gegenstandslosen Gemälde bildete sie den einzigen Schmuck des Fahrstuhl-Vorplatzes. Sein inneres Radar schrillte. Es *konnte* jemand sein, der aus einer Disco oder vom feucht-fröhlichen Nachspiel eines Geschäftsessens zurückkehrte, aber er glaubte es nicht. Er nahm an, daß es die Polizei war. Er wußte, daß es die Polizei war.

Ein Streifenwagen, der zufällig in der Nähe war, als einer der Mieter in diesem Teil des Gebäudes anrief und meldete, daß auf dem Flur ein Mord begangen wurde? Möglich, aber er bezweifelte es. Wahrscheinlich war, daß Beaumont Alarm geschlagen hatte, und was da ankam, war Donaldsons Polizeischutz – besser zu spät, als überhaupt nicht.

Er glitt langsam mit dem Rücken an der Wand entlang, und das blutbefleckte Sportjackett, das er trug, erzeugte ein leises, wisperndes Geräusch. Er verbarg sich nicht eigentlich, sondern tauchte wie ein Unterseeboot, das auf Periskoptiefe geht, und die Deckung, die ihm die Topfpflanze bot, war im Grunde minimal. Aber Stark zweifelte nicht daran, daß sich ihre gesamte Aufmerksamkeit auf Beweisstück A richten würde, ein Stück weiter den Flur hinunter. Zumindest für ein paar Augenblicke – und das würde ausreichen.

Die breiten Blätter der Topfpflanze malten sägerandige Schatten auf sein Gesicht. Stark starrte zwischen ihnen hindurch wie ein blauäugiger Tiger.

Die Fahrstuhltür wurde geöffnet. Er hörte einen unterdrückten Ausruf, heiliger Sonstwas, und zwei uniformierte Polizisten stürzten heraus. Ihnen folgte ein Schwarzer in Röhrenjeans und weißen Turnschuhen mit Klettverschluß. Er trug ein T-Shirt mit abgeschnittenen Ärmeln und der Aufschrift PROPERTY OF THE N. J. YANKEES und eine teure Sonnenbrille, und wenn Stark je einen Detektiv gesehen hatte, dann war dies einer. Wenn sie im geheimen operierten, gingen sie *immer* zu weit. Dies war Donaldsons Polizeischutz – oder hätte es zumindest sein sollen. In einem vorbeifahrenden Streifenwagen hätte kein Detektiv gesessen. Das wäre ein bißchen zuviel des Zufalls. Dieser Bursche war mit den Türwächtern gekommen, um Donaldson zu verhören.

Viel Glück, dachte Stark, aber ich glaube, Donaldson wird euch nichts mehr erzählen können.

Er stieß sich von der Wand ab und ging um die Topfpflanze herum. Kein einziges Blatt bewegte sich. Seine Füße glitten lautlos über den Teppich. Er passierte den Detektiv, der sich niederbeugte und einen .32er aus einem Knöchelholster zog, in kaum einem Meter Abstand. Stark hätte ihm, wenn er es gewollt hätte, einen kräftigen Tritt in den Hintern versetzen können.

In der letzten Sekunde, bevor die Tür wieder zuglitt, schlüpfte Stark in den offenen Fahrstuhl. Einer der uniformierten Polizisten hatte aus dem Augenwinkel heraus die Spur einer Bewegung wahrgenommen – vielleicht die Tür, vielleicht Stark selbst – und hob den über Donaldsons Leiche gebeugten Kopf.

»Hey . . .«

Stark hob die Hand und winkte grüßend mit den Fingern. Das, was der Cop vielleicht noch sagte, wurde von der Tür abgeschnitten.

Die Eingangshalle war leer – bis auf den Pförtner, der besinnungslos am Boden lag. Stark trat auf die Straße, bog um die Ecke, stieg in den gestohlenen Wagen und fuhr davon.

2

Phyllis Myers wohnte in einem der neuen Apartmenthäuser im Westen von Manhattan. Ihr Polizeischutz (begleitet von einem Detektiv mit einer Nike-Jogginghose, einem New-York-Islanders-Sweatshirt mit abgetrennten Ärmeln und – natürlich – einer teuren Sonnenbrille) war am Abend des 5. Juni gegen halb elf eingetroffen und hatte sie in Rage über eine geplatzte Verabredung angetroffen. Anfangs war sie mürrisch, aber ihre Laune besserte sich ganz erheblich, als sie hörte, daß jemand, der sich für George Stark hielt, vielleicht darauf aus war, sie zu ermorden. Sie beantwortete die Fragen des Detektivs über das Thad Beaumont-Interview und legte währenddessen in drei Kameras neue Filme ein und hantierte mit rund zwei Dutzend verschiedenen Objektiven. Als der Detektiv fragte, was sie da täte, zwinkerte sie ihm zu und sagte: »Wie die Pfadfinder – immer bereit. Wer weiß – vielleicht tut sich wirklich etwas.«

Nach dem Interview, vor ihrer Wohnungstür, fragte einer der Uniformierten den Detektiv: »Hat die noch alle Tassen im Schrank?«

»Hat sie«, sagte der Detektiv. »Ihr Problem ist nur, daß die Welt für sie nur ein Foto ist und sie sich einbildet, sie wäre immer auf der richtigen Seite der Linse.«

Jetzt, um halb vier am Morgen des 6. Juni, war der Detektiv schon lange wieder fort. Gut zwei Stunden zuvor hatten die beiden zum Schutz von Phyllis Myers abgestellten Männer über die Funkgeräte, die sie an den Gürteln trugen, die Nachricht von Donaldsons Tod erhalten. Ihnen war empfohlen worden, extrem wachsam und extrem vorsichtig zu sein, da vor dem Morgen keine Verstärkung geschickt werden konnte und der Psychopath, mit dem sie es zu tun hatten, extrem blutdürstig und extrem gerissen war.

»Vorsichtig ist mein zweiter Vorname«, sagte der erste Cop.

»So ein Zufall«, sagte der zweite. »Meiner ist Extrem.«

Sie waren seit über einem Jahr Partner, und sie kamen gut miteinander aus. Jetzt grinsten sie sich an, und warum auch nicht? Sie waren zwei bewaffnete, uniformierte Angehörige der Elitetruppe des wurmstichigen alten Big Apple, die auf einem gut beleuchteten Flur mit Klimaanlage im sechsundzwanzigsten Stockwerk eines hübschen neuen Apartmenthauses standen, und niemand würde sich an sie heranschleichen oder von der Decke über ihnen herabspringen oder sie mit einer phantastischen Uzi niedermähen, die nie klemmte oder nachgeladen werden mußte. Dies war das wirkliche Leben, kein Roman über das 87. Polizeirevier und auch kein Rambo-Film, und das wirkliche Leben bestand in dieser Nacht aus einem Sondereinsatz, der wesentlich angenehmer war als das Herumfahren in einem Streifenwagen und das Beenden von Schlägereien – zuerst in den Bars, bis sie geschlossen würden, und dann in schäbigen alten Mietshäusern, in denen betrunkene Ehemänner und Ehefrauen sich darauf geeinigt hatten, uneins zu sein. Das wirkliche Leben sollte immer so aussehen, daß Extrem und Vorsichtig heiße Nächte auf Fluren mit Klimaanlage verbrachten. Davon waren sie jedenfalls überzeugt.

Als sie mit ihren Überlegungen ungefähr so weit gekommen waren, ging die Fahrstuhltür auf, und der verletzte Blinde tappte heraus und kam auf den Flur.

Er war hochgewachsen, mit sehr breiten Schultern. Er sah aus wie ungefähr Vierzig. Er trug ein zerrissenes Sportjackett und eine Hose, die zwar andersfarbig war, aber dazu paßte. Der eine Cop, Vorsichtig, hatte Zeit zu der Feststellung, daß die Kleidung des Blinden mit recht gutem Geschmack ausgesucht worden war. Der Blinde trug außerdem eine große Brille mit dunklen Gläsern, die ihm schief auf der Nase saß, weil einer der Bügel abgebrochen war. Man konnte sie beim besten Willen nicht als eine dieser affigen Sonnenbrillen bezeichnen. Sie sah eher aus wie die Brille, die Claude Rains in dem Film *Der Unsichtbare* getragen hatte.

Der Blinde hatte beide Hände ausgestreckt. Die linke war leer, wurde nur ziellos geschwenkt. Die rechte umklammerte einen schmutzigen weißen Stock, auf dem der Lenkergriff eines Fahrrads steckte. Beide Hände waren mit getrocknetem Blut bedeckt. Auf dem Sportjackett und dem Hemd des Blinden trockneten bräunliche Blutflecken. Wenn die beiden zur Bewachung von Phyllis Myers abgestellten Cops tatsächlich extrem vorsichtig gewesen wären, hätte ihnen die ganze Sache höchst merkwürdig vorkommen müssen. Der Blinde faselte von etwas, das anscheinend gerade erst passiert war, und seinem Aussehen nach zu urteilen, war mit ihm tatsächlich etwas passiert, und etwas sehr Unschönes obendrein, aber das Blut auf seiner Haut und seiner Kleidung war bereits bräunlich verfärbt. Das deutete darauf hin, daß schon einige Zeit vergangen sein mußte, seit es vergossen wurde – auch dies eine Tatsache, die Polizisten, die wirklich extrem vorsichtig waren, etwas seltsam hätte vorkommen müssen. Vielleicht hätte im Kopf solcher Polizisten sogar eine Alarmglocke geschrillt.

Aber es war unwahrscheinlich. Alles geschah zu schnell, und wenn etwas zu schnell geschieht, spielt es keine Rolle mehr, ob man extrem vorsichtig oder extrem leichtsinnig ist – man wird einfach mitgerissen.

In dem einen Moment standen sie noch vor der Tür dieser Myers, glücklich wie Kinder, die schulfrei bekommen haben, weil der Heizungskessel seinen Geist aufgegeben hat; im nächsten war ihnen der Blinde ins Gesicht gesprungen. Sie hatten keine Zeit, nachzudenken, geschweige denn Schlüsse zu ziehen.

»Polizei!« schrie der Blinde, noch bevor die Fahrstuhltür ganz aufgeglitten war. »Der Pförtner hat gesagt, im sechsundzwanzigsten Stock ist Polizei! Ist welche da?«

Jetzt ertastete er sich seinen Weg den Flur entlang, der weiße Stock schwang von einer Seite zur anderen, schlug *wock*! an die Wand links von ihm, fuhr *swisch*! zurück, schlug *wock*! an die Wand rechts von ihm, und wenn da noch nicht jedermann in dem ganzen Stockwerk aufgewacht war, würde es bald der Fall sein.

Extrem und Vorsichtig bewegten sich vorwärts, ohne auch nur einen Blick zu wechseln.

»Polizei! Pol . . .«

»Sir!« rief Extrem. »Passen Sie auf, sonst fallen . . .«

Der Blinde drehte ruckartig den Kopf in Extrems Richtung, hielt aber nicht inne. Er tappte weiter voran, schwenkte die leere Hand und den weißen Stock und hatte dabei eine gewisse Ähnlichkeit mit einem Leonard Bernstein, der versucht, im Drogenrausch die New Yorker Philharmoniker zu dirigieren. »Polizei! Sie haben meinen Hund totgeschlagen! Sie haben Daisy totgeschlagen! POLIZEI!«

»Sir . . .«

Vorsichtig streckte dem taumelnden Blinden die Hand entgegen. Der taumelnde Blinde steckte die linke Hand in die Tasche seines Sportjacketts und zog nicht zwei Eintrittskarten für den Blindenball heraus, sondern einen .45er Revolver. Er richtete ihn auf Vorsichtig und drückte zweimal auf den Abzug. Auf dem engen Flur war das Knallen ohrenbetäubend. Blauer Rauch breitete sich aus. Vorsichtig empfing die Kugeln aus allernächster Nähe. Als er fiel, war seine Brust wie eine flache Schüssel eingeschlagen. Seine Uniformjacke war versengt und schwelte.

Extrem starrte den Blinden an, als dieser den .45er auf ihn richtete.

»Bitte, nicht«, sagte Extrem. Es hörte sich an, als bekäme er keine Luft mehr, und der Blinde gab zwei weitere Schüsse ab. Noch mehr blauer Rauch breitete sich aus. Für einen Blinden schoß er hervorragend. Extrem flog rückwärts, prallte mit den Schulterblättern auf den Flurteppich, zuckte noch einmal krampfhaft zusammen und lag dann still.

In Ludlow, fünfhundert Meilen entfernt, drehte sich Thad Beaumont rastlos von einer Seite auf die andere. »Blauer Rauch«, murmelte er. »Blauer Rauch.«

Draußen, vor dem Schlafzimmerfenster, saßen neun Sperlinge auf einer Telefonleitung. Ein halbes Dutzend weitere kamen dazu. Die Vögel saßen, lautlos und ungesehen, über den Männern, die neben dem Streifenwagen der Staatspolizei Wache hielten.

»Die brauche ich nicht mehr«, murmelte Thad im Schlaf. Mit einer Hand machte er eine unbeholfen tappende Geste in Richtung seines Gesichts, mit der anderen eine wegwerfende.

»Thad?« fragte Liz und setzte sich im Bett auf. »Thad, fehlt dir etwas?«

Thad gab eine unverständliche Antwort.

Liz warf einen Blick auf ihre Arme. Sie hatte eine Gänsehaut.

»Thad? Sind es wieder die Vögel? Hörst du die Vögel?«

Thad gab keine Antwort. Draußen vor dem Fenster breiteten die Vögel die Flügel aus und schwangen sich in die Dunkelheit, obwohl es nicht die Zeit war, zu der sie gewöhnlich flogen.

Weder Liz noch die beiden Polizisten bemerkten es.

4

Stark warf die dunkle Brille und den Stock beiseite; er brauchte sie nicht mehr. Der Flur war von blauem, beißendem Korditrauch erfüllt. Er hatte vier Colt-Hi-Point-Patronen abgefeuert, von deren Geschossen er die Spitzen abgefeilt hatte. Zwei von ihnen waren durch die Cops hindurchgegangen und hatten tellergroße Löcher in die Wand geschlagen. Er ging hinüber zu Phyllis Myers' Tür. Er war bereit, sie zum Herauskommen zu bewegen, wenn es sein mußte, aber sie war schon da und sparte ihm die Mühe.

»Was ist los?« kreischte sie. »Was ist passiert?«

»Wir haben ihn, Mrs. Myers«, sagte er fröhlich. »Wenn Sie eine Aufnahme machen wollen, dann beeilen Sie sich. Aber denken Sie daran – von mir haben Sie die Erlaubnis nicht bekommen.«

Sie ließ die Kette vorgelegt, als sie die Tür öffnete, aber das machte nichts. Als sie mit einem weit geöffneten braunen Auge durch den Spalt herauslugte, feuerte er einen Schuß hinein.

Da er keine Möglichkeit hatte, ihr die Augen zu schließen – beziehungsweise das eine, das sie noch hatte –, machte er kehrt und ging auf die Fahrstühle zu, nicht langsam, aber auch nicht gerade rennend. Eine Wohnungstür wurde geöffnet – heute nacht schienen alle Leute ihre Türen zu öffnen –, und Stark richtete die Waffe auf das großäugige Kaninchengesicht, das herausschaute. Die Tür wurde sofort zugeschlagen.

Er drückte auf den Fahrstuhlknopf. Die Tür der Kabine, mit der er heraufgekommen war, nachdem er auch diesmal den Portier niedergeschlagen hatte (mit dem Stock, den er dem Blinden an der 60. Straße gestohlen hatte), ging sofort auf. Er hatte nichts anderes erwartet – um diese Nachtstunde herrschte kein großer Bedarf an Fahrstühlen. Er warf den Revolver über die Schulter, und er landete mit einem dumpfen Geräusch auf dem Teppich.

»*Das* ist gut gelaufen«, sagte er, trat in die Fahrstuhlkabine und fuhr in die Eingangshalle hinunter.

5

Vor Rick Cowleys Wohnzimmerfenster ging die Sonne auf, als das Telefon läutete. Rick war fünfzig, rotäugig, verhärmt, halb betrunken. Die Hand, mit der er den Hörer ergriff, zitterte. Er wußte kaum, wo er war, und sein erschöpfter, schmerzender Verstand beharrte darauf, daß dies alles nur ein Traum war. War er vor nicht einmal drei Stunden im Leichenschauhaus an der First Avenue gewesen und hatte den verstümmelten Leichnam seiner geschiedenen Frau identifiziert, nur einen Häuserblock von dem eleganten kleinen französischen Restaurant entfernt, in das er nur die Klienten führte, die zugleich seine Freunde waren? Standen Polizisten vor seiner Tür, weil der Mann, der Miriam getötet hatte, vielleicht auch ihn umbringen wollte? Konnte das Wirklichkeit sein? Unmöglich. Es mußte ein Traum sein – und vielleicht war es gar nicht das Telefon, das läutete, sondern der Wecker. Normalerweise haßte er das Mistding, und er hatte es schon mehr als einmal an die Wand geworfen. Aber an diesem Morgen war er bereit, den Wecker zu küssen. Aber es war nicht der Wecker, es war das Telefon. Er nahm den Hörer ab und sagte: »Hallo?«

»Hier ist der Mann, der Ihrer Frau die Kehle durchgeschnitten hat«, sagte die Stimme an seinem Ohr, und plötzlich war Rick hellwach und überhaupt nicht mehr betrunken. Jede Spur von Hoffnung, daß dies ein Traum sein könnte, war wie weggeblasen. Es war die Art von Stimme, die man eigentlich nur in Träumen hören sollte – aber gerade dort hört man sie niemals.

»Wer sind Sie?« hörte er sich mit kraftloser Stimme fragen.

»Fragen Sie Thad Beaumont, wer ich bin«, sagte der Mann. »Er weiß Bescheid. Sagen Sie ihm, daß Sie schon so gut wie tot sind. Und sagen Sie ihm auch, daß es noch mehr Metzgerfüllsel geben wird.«

Ein Klicken im Apparat drang an sein Ohr, gefolgt von einem Augenblick der Stille; dann kam das Leerzeichen.

Rick ließ den Hörer in seinen Schoß sinken, betrachtete ihn und begann plötzlich zu weinen.

6

Gegen neun rief Rick in seinem Büro an und teilte Frieda mit, daß sie und John nach Hause gehen könnten – heute würde nicht mehr gearbeitet, den ganzen Rest der Woche nicht. Frieda wollte wissen, weshalb, und Rick stellte zu seiner Verwunderung fest, daß er nahe daran war, sie anzulügen, gerade als wäre er eines widerwärtigen Verbrechens – unsittlichen Verhaltens gegenüber Kindern zum Beispiel – bezichtigt worden und könnte sich nicht überwinden, es zuzugeben, bevor der Schock ein wenig nachgelassen hatte.

»Miriam ist tot«, teilte er Frieda mit. »Sie wurde gestern abend in ihrer Wohnung ermordet.«

Frieda zog bestürzt den Atem ein. »Großer Gott, Rick! Über so etwas macht man doch keine Witze! Wenn man über so etwas Witze macht, dann wird es wahr!«

»Es *ist* wahr, Frieda«, sagte er und spürte, daß er wieder den Tränen nahe war. Und diese Tränen – die er im Leichenschauhaus vergossen hatte, die er auf der Heimfahrt vergossen hatte, die er nach dem Anruf des Wahnsinnigen vergossen hatte, die nicht zu vergießen er jetzt versuchte – waren nur die ersten. Wenn er an all die künftigen Tränen dachte, fühlte er sich völlig am Rande seiner Kräfte. Miriam war ein Biest gewesen, aber auf ihre Art ein *reizendes* Biest, und er hatte sie geliebt. Rick schloß die Augen. Als er sie wieder öffnete, schaute ein Mann zum Fenster herein, obwohl das Fenster im vierzehnten Stock lag. Rick fuhr zusammen, dann sah er die Uniform. Ein Fensterputzer. Der Fensterputzer winkte ihm von seiner Plattform aus zu. Rick hob die Hand und tat, als erwiderte er den Gruß. Die Hand schien an die vierhundert Kilo zu wiegen, und er ließ sie fast im gleichen Moment, in dem er sie erhoben hatte, wieder auf seinen Oberschenkel fallen.

Frieda sagte abermals, er solle keine Witze machen, und er fühlte sich erschöpfter als je zuvor. Tränen, erkannte er, waren nur der Anfang. Er sagte: »Einen Moment, Frieda«, und legte den Hörer hin. Er ging zum Fenster, um die Vorhänge zuzuziehen. Zu weinen, während Frieda am anderen Ende der Leitung zuhörte, war schon schlimm genug. Der verdammte Fensterputzer brauchte es nicht auch noch zu sehen.

Als er das Fenster erreicht hatte, griff der Mann auf der Plattform in die Tasche seine Overalls, um etwas herauszuziehen. Rick war plötzlich sehr unbehaglich zumute. *Sagen Sie ihm, daß Sie schon so gut wie tot sind.*

Großer Gott . . .

Der Fensterputzer zog eine kleine Karte heraus. Sie war gelb mit schwarzen Lettern, die von schafsdämlich grinsenden Gesichtern flankiert wurden. SCHÖNEN TAG NOCH stand auf der Karte.

Rick nickte erschöpft. Ein schöner Tag, weiß Gott. Er zog die Vorhänge zu und kehrte ans Telefon zurück.

7

Als er Frieda endlich davon überzeugt hatte, daß er keine Witze machte, brach sie in lautes und völlig echtes Schluchzen aus – jedermann im Büro und alle Klienten, sogar dieser Widerling Olinger, der die miserablen Science-fiction-Romane schrieb und offensichtlich entschlossen war, keinen Büstenhalter in der gesamten westlichen Hemisphäre unaufgehakt zu lassen, hatte Miriam gemocht –, und Rick weinte eine Weile mit ihr, bis er es schließlich schaffte, das Gespräch zu beenden. Gut, daß ich die Vorhänge zugezogen habe, dachte er.

Fünfzehn Minuten später, als er sich einen Kaffee machte, mußte er plötzlich wieder an den Anruf des Wahnsinnigen denken. Vor seiner Tür standen zwei Polizisten, und er hatte ihnen nichts davon gesagt. Was zum Teufel war los mit ihm?

Nun ja, dachte er, Miriam ist tot, und als ich sie im Leichenschauhaus betrachtete, sah es aus, als wäre ihr fünf Zentimeter unter dem Kinn ein zweiter Mund gewachsen. Das könnte etwas damit zu tun haben.

Fragen Sie Thad Beaumont, wer ich bin. Er weiß Bescheid.

Natürlich hatte er vorgehabt, Thad anzurufen. Aber sein Verstand befand sich nach wie vor im freien Fall – die Dinge hatten neue Proportionen angenommen, die er, zumindest vorerst, einfach nicht in den Griff bekam. Er würde Thad anrufen. Würde es tun, sobald er die Polizisten über den Anruf informiert hatte.

Er informierte sie, und sie waren überaus interessiert. Einer von ihnen gab die Information über sein Funksprechgerät ans Präsidium durch. Anschließend teilte er Rick mit, der Oberinspektor wünsche, daß Rick sie zu One Police Plaza begleitete. Währenddessen sollten Techniker in seiner Wohnung ein Tonbandgerät installieren und am Telefon eine Fangschaltung anbringen – für den Fall, daß er weitere Anrufe erhalten sollte.

»Womit zu rechnen ist«, erklärte der zweite Polizist Rick. »Diese Psychopathen sind gewöhnlich in ihre eigene Stimme verliebt.«

»Vorher müßte ich Thad anrufen«, sagte Rick. »Möglicherweise ist er auch in Gefahr. Jedenfalls hörte es sich so an.«

»Mr. Beaumont steht bereits unter Polizeischutz, Mr. Cowley. Kommen Sie, gehen wir ...«

»Ich müßte wirklich vorher ...«

»Vielleicht können Sie ihn vom Präsidium aus anrufen. Das sollte ohne weiteres möglich sein.«

Und Rick, verwirrt und immer noch nicht sicher, ob irgendetwas von alledem Wirklichkeit war, ließ zu, daß sie ihn mitnahmen.

8

Als sie zwei Stunden später zurückkehrten, runzelte einer von seinen Begleitern an der Wohnungstür die Stirn und sagte. »Es ist niemand da.«

»Na und?« fragte Rick fahl. Er *fühlte* sich fahl, kam sich vor wie eine Milchglasscheibe, durch die man fast hindurchsehen kann. Man hatte ihm eine Unmenge Fragen gestellt, und er hatte sie beantwortet, so gut er konnte. Das war sehr schwer gewesen – nur die wenigsten von ihnen schienen einen Sinn gehabt zu haben.

»Die Techniker sollten warten, bis wir zurück sind.«

»Wahrscheinlich sind sie in der Wohnung«, sagte Rick.

»Einer vielleicht. Aber der andere müßte hier draußen sein. Das ist Vorschrift.«

Rick zog seine Schlüssel aus der Tasche, suchte den richtigen heraus und schob ihn ins Schlüsselloch. Die Probleme, die diese Männer mit ihren Kollegen und deren Dienstvorschriften hatten, gingen ihn nichts an. Er selbst hatte ohnehin mehr Probleme, als er verkraften konnte. »Als erstes muß ich Thad anrufen«, sagte er. Er seufzte und lächelte müde. »Es ist noch nicht einmal Mittag, und ich habe schon jetzt das Gefühl, als würde dieser Tag nie zu Ende . . .«

»Nicht!« schrie einer der Polizisten plötzlich und machte einen Satz vorwärts.

»Was . . .« setzte Rick an, drehte den Schlüssel, und die Tür explodierte mit einem Aufblitzen von Licht und Rauch und Getöse. Der Polizist, dessen Instinkte um den Bruchteil einer Sekunde zu spät reagiert hatten, konnte von seinen Angehörigen noch identifiziert werden; von Rick Cowley war praktisch nichts mehr übrig. Der andere Polizist, der ein Stückchen weiter entfernt gestanden und instinktiv sein Gesicht abgeschirmt hatte, als sein Partner aufschrie, kam mit Verbrennungen, einer Gehirnerschütterung und inneren Verletzungen ins Krankenhaus. Glücklicherweise – und wie durch ein Wunder – war das Schrapnell von der Tür und den Wänden zwar wie eine Wolke um ihn herumgeflogen, hatte ihn aber nicht getroffen. Allerdings würde er nie wieder als Polizist arbeiten können; die Detonation hatte ihn taub gemacht.

Die beiden Techniker, die erschienen waren, um das Telefon anzuzapfen, lagen tot auf dem Wohnzimmerteppich. An die Stirn des einen war mit einer Reißzwecke eine Notiz geheftet:

DIE SPERLINGE FLIEGEN WIEDER

Und an der Stirn des anderen hing eine zweite Botschaft:

MEHR METZGERFÜLLSEL. SAGT ES THAD

Zweiter Teil

Stark wird aktiv

»Jeder Idiot mit schnellen Händen kann einen Tiger bei den Eiern packen«, erklärte Machine Jack Halstead. »Hast du das schon gewußt?«

Jack begann zu lachen. Der Blick, den Machine ihm zuwarf, bewirkte, daß er ganz schnell wieder aufhörte.

»Wisch dieses dämliche Grinsen aus deinem Gesicht und paß gefälligst auf«, sagte Machine. »Ich versuche, dir etwas beizubringen. Paßt du auf?«

»Ja, Sir – Mr. Machine.«

»Dann hör gut zu und vergiß es nie wieder. Jeder Idiot mit schnellen Händen kann einen Tiger bei den Eiern packen, aber nur ein Held ist imstande, auch festzuhalten und zuzudrücken. Und da ich einmal dabei bin, will ich dir noch etwas sagen, Jack: nur Helden und Aufgeber kommen davon. Sonst niemand. Und ich bin kein Aufgeber.«

Machine's Way
VON GEORGE STARK

Fünfzehntes Kapitel

Ungläubigkeit

1

Thad und Liz saßen da, von einem Schock überwältigt, so tief und blau, daß er sich anfühlte wie Eis. Alan Pangborn berichtete, was sich in den frühen Morgenstunden in New York abgespielt hatte. Mike Donaldson zerfetzt und erschlagen auf dem Flur vor seiner Wohnung; Phyllis Myers und zwei Polizisten niedergeschossen. Der Nachtportier im Myers-Haus war mit einem schweren Gegenstand niedergeschlagen worden und hatte einen Schädelbruch. Die Ärzte hielten die Chancen, daß er durchkommen würde, für ziemlich gering. Der Portier in Donaldsons Haus war tot. Alle Morde waren auf echte Gangsterart begangen worden – der Killer war einfach auf seine Opfer zugegangen und hatte sie umgelegt.

Während Alan Bericht erstattete, nannte er den Mörder mehrfach Stark.

Ohne viel zu überlegen, nennt er ihn bei seinem richtigen Namen, dachte Thad. Dann schüttelte er den Kopf, ein wenig ungeduldig mit sich selbst. Schließlich mußte man ihn ja irgendwie nennen, und Stark war vielleicht um ein Geringes besser als »der Täter« oder »Mr. X«. Es wäre ein Irrtum, jetzt schon davon auszugehen, daß Pangborn den Namen als irgendetwas anderes benutzte als ein bequemes Etikett.

»Was ist mit Rick?« fragte er, als Alan geendet hatte und er endlich imstande war, seine Zunge zu lockern.

»Mr. Cowley ist gesund und am Leben und steht unter Polizeischutz.« Es war Viertel vor zehn am Vormittag; bis zu der Explosion, die Rick und einen seiner Beschützer töten sollte, würden noch fast zwei Stunden vergehen.

»Phyllis Myers stand auch unter Polizeischutz«, sagte Liz. In dem großen Laufstall lag Wendy in tiefem Schlaf, und William war am Einnicken. Der Kopf sank ihm langsam auf die Brust, die Augen fielen ihm zu – und dann fuhr der Kopf wieder hoch. Der Anblick erinnerte Alan an einen Wachtposten, der versucht, im Dienst nicht einzuschlafen. Aber jedes Hochfahren des Kopfes war eine Spur schwächer. Alan beobachtete die Zwillinge und registrierte ein interessantes Phänomen: Jedesmal, wenn William bei dem Versuch, wachzubleiben, den Kopf hochriß, zuckte Wendy im Schlaf.

Ist das den Eltern aufgefallen? fragte er sich und dachte dann: *Natürlich ist es ihnen aufgefallen.*

»Das stimmt, Mrs. – Liz, wollte ich sagen. Er hat sie überrascht. Polizisten sind gegen Überraschungen so wenig gefeit wie andere Leute, müssen Sie wissen; man erwartet von ihnen nur, daß sie besser darauf reagieren. Obwohl niemand die eigentlichen Morde mit angesehen hat, öffneten doch mehrere Leute ihre Türen und schauten heraus, nachdem die Schüsse gefallen waren, und anhand ihrer Aussagen und dem, was die Polizei am Tatort fand, können wir uns ein recht gutes Bild von dem machen, was dort vor sich gegangen ist. Stark spielte den Blinden. Er hatte seine Kleidung nach den Morden an Miriam Cowley und Michael Donaldson nicht gewechselt; sie war – bitte entschuldigen Sie – blutbesudelt. Er kommt aus dem Fahrstuhl, mit einer dunklen Brille, die er vermutlich auf dem Times Square oder von einem Straßenhändler gekauft hat, und einem blutbefleckten weißen Stock. Gott weiß, wo er den Stock her hatte, aber die New Yorker Polizei vermutet, daß er mit ihm den Portier niedergeschlagen hat.«

»Er hat ihn natürlich einem echten Blinden gestohlen«, sagte Thad gelassen. »Dieser Kerl ist kein edler Ritter, Alan.«

»Den Eindruck habe ich auch. Vermutlich hat er behauptet, er wäre überfallen oder von Einbrechern in seiner Wohnung attackiert worden. Auf jeden Fall hat er sie so schnell erwischt, daß sie kaum Zeit zum Reagieren hatten. Schließlich waren sie nur zwei Streifenbeamte, die von ihrem normalen Dienst abgezogen und ohne viel Vorwarnung vor der Tür dieser Frau postiert worden waren.«

»Aber sie haben doch bestimmt gewußt, daß Donaldson ermordet worden war«, widersprach Liz. »Wenn das nicht ausreichte, ihnen klarzumachen, daß der Mann gefährlich ist . . .«

»Sie wußten aber auch, daß Donaldsons Polizeischutz erst eingetroffen war, als Donaldson schon tot war«, sagte Thad. »Sie waren zu selbstsicher.«

»Das ist durchaus möglich«, gab Alan zu. »Beurteilen kann ich das nicht. Aber die Leute, die Mr. Cowley schützen, wissen, daß dieser Mann ebenso tollkühn und gerissen wie mordlustig ist. Die halten die Augen offen. Nein, Thad – Ihrem Freund kann nichts passieren. Darauf können Sie sich verlassen.«

»Sie sagten, es gäbe Augenzeugen?« sagte Thad.

»So ist es. Eine Menge Augenzeugen. Im Haus von Miriam Cowley, in dem von Donaldson, in dem der Myers. Es ist fast, als *wollte* er gesehen werden.«

»Die Beschreibung, die ich Ihnen gab...«

»... trifft voll und ganz zu«, sagte Alan. »Er ist groß, blond, sonnengebräunt. Also sagen Sie mir endlich, wer er ist, Thad. Ich habe jetzt wesentlich mehr um die Ohren als nur den Mord an Homer Gamache. Der Police Commissioner von New York rückt mir auf den Pelz, aber mir geht es nach wie vor in erster Linie um Homer. Sein Tod geht mir sogar noch näher als der der beiden Polizisten, die versucht haben, Phyllis Myers zu beschützen. Also geben Sie mir einen Namen.«

»Das habe ich schon getan«, sagte Thad.

Es trat eine lange Pause ein – sie dauerte vielleicht zehn Sekunden. Dann sagte Alan sehr leise: »Und welchen?«

»Sein Name ist George Stark.« Thad war überrascht, wie gelassen sich das anhörte, und noch überraschter von der Feststellung, daß er das Gefühl hatte, gelassen zu sein – es sei denn, tiefer Schock fühlte sich genau so an wie Gelassenheit. Aber die Erleichterung, tatsächlich sagen zu können: *Ich habe Ihnen seinen Namen gegeben, sein Name ist George Stark* –, unbeschreiblich.

»Ich glaube, ich verstehe Sie nicht«, sagte Alan kaum hörbar.

»Natürlich verstehen Sie, Alan«, sagte Liz. Thad sah sie an, überrascht von dem entschiedenen, sachlichen Ton ihrer Stimme. »Was Thad sagen will, läuft darauf hinaus, daß sein Pseudonym irgendwie lebendig geworden ist. Der Grabstein auf dem Foto – auf ihm steht dort, wo sich normalerweise ein Bibelvers befindet, eine Bemerkung, die Thad dem Reporter der Presseagentur gegenüber machte, der die Story als erster aufgegriffen hat. *Kein angenehmer Zeitgenosse.* Erinnern Sie sich daran?«

»Ja, Liz, aber...« Er sah sie beide mit einer Art hilfloser Überraschung an, als wäre ihm erst jetzt klargeworden, daß er ein Gespräch mit Leuten führte, die schlechthin verrückt geworden waren.

»Sparen Sie sich Ihr Aber«, sagte sie in dem gleichen entschiedenen Ton wie zuvor. »Für Einwände und Widerreden werden Sie später noch massenhaft Zeit haben. Sie und alle anderen Leute. Fürs erste hören Sie mir einfach zu. Thad hat nicht gespaßt, als er sagte, Stark wäre kein angenehmer Zeitgenosse. Er hat vielleicht geglaubt zu spaßen, aber er hat es nicht getan. Das war mir klar, auch wenn es ihm vielleicht nicht bewußt war. George Stark ist nicht nur kein angenehmer, er ist ein *böser* Zeitgenosse. Mit jedem der vier Bücher, die er geschrieben hat, machte er mich nervöser, und als Thad endlich beschlossen hatte, ihn umzubringen, bin ich in unser Schlafzimmer hinaufgegangen und habe vor Erleichterung geweint.« Sie schaute zu Thad, der sie fassungslos anstarrte. Sie taxierte ihn mit ihrem Blick, dann nickte sie. »Ja, ich habe geweint, wirklich geweint. Dieser Mr. Clawson war ein widerlicher Kriechozoide, aber er hat uns einen Gefallen getan, vielleicht den größten Gefallen, den uns je jemand getan hat, seit wir verheiratet sind, und schon aus diesem Grunde tut es mir leid, daß er tot ist.«

»Liz, ich kann mir nicht vorstellen, daß du wirklich meinst ...«

»Versuch nicht, mir zu erklären, was ich meine!« sagte sie.

Alan blinzelte. Ihre Stimme blieb moduliert, wurde nicht laut genug, um Wendy aufzuwecken oder William zu mehr zu veranlassen, als noch ein letztes Mal den Kopf zu heben, bevor er sich hinlegte und neben seiner Schwester einschlief. Alan hatte allerdings den Eindruck, daß er, wenn die Kinder nicht gewesen wären, eine lautere Stimme gehört hätte. Vielleicht sogar eine auf höchster Lautstärke.

»Thad wird Ihnen jetzt einiges mitteilen, und Sie müssen ihm sehr aufmerksam zuhören, Alan. Und Sie müssen versuchen, ihm zu glauben. Denn wenn Sie das nicht tun, wird dieser Mann – oder was immer er sonst ist – weitermorden, bis er am unteren Ende seiner Metzgerrechnung angekommen ist. Ich habe sehr persönliche Gründe dafür, mir zu wünschen, daß er nicht so weit kommt.«

»Also gut.« Alans Stimme war sanft, aber die Gedanken schossen ihm mit Höchstgeschwindigkeit durch den Kopf. Er versuchte ganz bewußt, Frustration, Verärgerung und sogar Verblüffung beiseitezuschieben und diese Wahnsinnsidee so vernünftig wie möglich zu erwägen. Die Frage war nicht, ob sie wahr oder unwahr war – es war natürlich unmöglich, sie auch nur eine Sekunde lang für wahr zu halten; die Frage war vielmehr, warum die beiden überhaupt versuchten, ihm eine derartige Geschichte aufzutischen. Hatten sie sie erfunden, um eine eingebildete Komplizenschaft an den Morden zu verbergen? Oder eine tatsächliche? War es möglich, daß sie sogar selbst daran glaubten? Es erschien ihm undenkbar, daß zwei derart gebildete und – zumindest bisher – vernünftige Menschen so etwas glauben *konnten*, aber es erging ihm ebenso wie an dem Tag, an dem er gekommen war, um Thad wegen des Mordes an Homer zu verhaften: von ihnen ging einfach nicht die schwache, aber unmißverständliche Aura von Leuten aus, die lügen. *Bewußt* lügen, korrigierte er sich. »Also gut. Schießen Sie los, Thad.«

»Ja«, sagte Thad. Er räusperte sich nervös und stand auf. Seine Hand wanderte zu seiner Jackentasche, und er registrierte mit einer Art bitterer Belustigung, was er tat: er wollte nach den Zigaretten greifen, die seit Jahren nicht mehr in der Tasche gesteckt hatten. Er schob die Hände in die Hosentasche und musterte Alan Pangborn wie einen bekümmerten Studenten, den irgendeine Flut an die zumeist mitfühlenden Ufer von Thads Büro geschwemmt hatte.

»Etwas überaus Seltsames geht hier vor. Nein – es ist mehr als seltsam. Es ist grauenhaft und es ist unerklärlich, aber *es geht vor*. Und ich glaube, es hat angefangen, als ich elf Jahre alt war.«

2

Thad erzählte ihm alles: die Kopfschmerzen in seiner Kindheit, das schrille Tschilpen und die unklaren Visionen der Sperlinge, die dem Auftreten der Kopfschmerzen voraufgegangen waren, die Wiederkehr der Sperlinge. Er zeigte Alan die Manuskriptseite, auf der mit großen Bleistiftbuchstaben DIE SPERLINGE FLIEGEN WIEDER geschrieben stand. Er erzählte ihm von der Trance, in die er am Vortag in seinem Büro verfallen war, und – soweit er sich erinnern konnte – von dem, was er auf die Rückseite des Bestellformulars geschrieben hatte. Er erklärte, was mit dem Formular passiert war, und versuchte, die Angst und Bestürzung in Worte zu fassen, die ihn gezwungen hatten, es zu vernichten.

Alans Gesicht blieb ausdruckslos.

»Und außerdem«, endete Thad, »*weiß* ich, daß es Stark ist. Hier drinnen.« Er ballte die Hand zur Faust und schlug damit leicht gegen seine Brust.

Fürs erste sagte Alan überhaupt nichts. Er hatte angefangen, den Ehering am Ringfinger seiner linken Hand zu drehen, und diese Tätigkeit schien seine ganze Aufmerksamkeit in Anspruch zu nehmen.

»Sie haben abgenommen, seit Sie geheiratet haben«, sagte Liz leise. »Wenn Sie diesen Ring nicht enger machen lassen, werden Sie ihn eines Tages verlieren.«

»Das ist gut möglich.« Er hob die Hand und sah sie an. Als er wieder sprach, war es fast, als hätte Thad das Zimmer aus irgendeinem Grund verlassen und nur sie beide wären noch anwesend. »Ihr Mann nahm Sie mit nach oben in sein Arbeitszimmer und zeigte Ihnen diese erste Botschaft aus der Welt der Geister, nachdem ich Sie verlassen hatte – ist das richtig?«

»Ich habe keine Ahnung, ob sie aus der Welt der Geister kam«, sagte Liz gelassen, »aber er zeigte mir die Botschaft, nachdem Sie gegangen waren, ja.«

»*Gleich* hinterher?«

»Nein – wir brachten die Kinder ins Bett, und als wir uns dann selbst zum Schlafengehen fertig machten, fragte ich Thad, was er verschwiege.«

»Zwischen meinem Fortgang und der Zeit, als er Ihnen von den Trancezuständen und den Vogelgeräuschen erzählte – gab es da Zeiträume, in denen er außerhalb Ihrer Sichtweite war? Minuten, in denen er hätte hinaufgehen und den fraglichen Satz schreiben können?«

»Ich kann mich nicht genau erinnern«, sagte sie. »Ich *glaube*, wir waren die ganze Zeit zusammen, aber ganz sicher bin ich nicht. Und es würde auch nichts ändern, wenn ich Ihnen erklärte, daß er keine Sekunde von meiner Seite gewichen ist, nicht wahr?«

»Wie meinen Sie das, Liz?«

»Ich meine, dann würden Sie davon ausgehen, daß ich gleichfalls lüge.«

Alan seufzte tief. Es war die einzige Antwort, die Thad und Liz brauchten.

»Thad hat Sie nicht angelogen«, sagte Liz gelassen.

Alan nickte. »Ich weiß, daß Sie aufrichtig sind – aber da Sie nicht beschwören können, daß er Sie zu keiner Zeit für ein paar Minuten verlassen hat, brauche ich Sie nicht der Lüge zu bezichtigen. Darüber bin ich sehr froh. Sie geben zu, daß er Gelegenheit dazu gehabt haben könnte, und ich glaube, Sie geben auch zu, daß die Alternative ziemlich absurd ist.«

Thad lehnte am Kamin, und seine Augen wanderten hin und her wie die eines Mannes, der ein Tennismatch verfolgt. Sheriff Pangborn sagte nichts, was Thad nicht vorhergesehen hatte, und verwies auf die Löcher in seiner Geschichte mit Worten, die erheblich unfreundlicher hätten sein können; dennoch mußte Thad feststellen, daß er bitter enttäuscht war – beinahe verzweifelt. Die Voraussetzung, daß Alan ihm glauben würde – einfach aus einem Instinkt heraus –, hatte sich als Schwindel erwiesen, wie eine Flasche Patentmedizin.

»Ja, das gebe ich alles zu«, sagte Liz gelassen.

»Und was das betrifft, was Thad in seinem Büro geschrieben haben will – es gibt weder Zeugen für die Trance noch für das, was er angeblich geschrieben hat. Es stimmt doch, daß er diese Sache erst nach dem Anruf von Mrs. Cowley erwähnt hat, oder?«

»Ja. Das stimmt.«

»Und deshalb ...« Er zuckte die Achseln.

»Ich habe eine Frage, Alan.«

»Ich höre.«

»Weshalb sollte Thad lügen? Welchen Zweck könnte das haben?«

»Ich weiß es nicht.« Alan sah sie offen und aufrichtig an. »Vielleicht weiß er es selbst nicht.« Er warf einen kurzen Blick auf Thad, dann wendete er sich wieder an Liz. »Vielleicht weiß er nicht einmal, daß er lügt. Was ich sage, versteht sich eigentlich von selbst: dies gehört zu der Art von Dingen, die ein Polizeibeamter ohne eindeutige Beweise nicht akzeptieren kann. Und solche Beweise gibt es nicht.«

»Thad hat Ihnen die Wahrheit gesagt. Ich verstehe alles, was Sie gesagt haben, aber mir liegt sehr viel daran, daß auch Sie davon überzeugt sind. Ich kann Ihnen gar nicht sagen, wie viel mir daran liegt. Sehen Sie, ich habe mit George Stark gelebt. Und ich weiß, wie Thad zu ihm stand. Ich kann Ihnen etwas sagen, das nicht in dem *People*-Artikel stand. Thad dachte schon zwei Bücher vor dem letzten daran, sich Starks zu entledigen.«

»Drei«, sagte Thad leise. Sein Verlangen nach einer Zigarette war wie ein trockenes Fieber. »Schon nach dem ersten habe ich daran gedacht.«

»Okay, drei. In dem Artikel hörte es sich so an, als hätte er sich vor relativ kurzer Zeit dazu entschlossen, aber das stimmt nicht. Das ist es, worauf ich hinauswill. Ich glaube, wenn Clawson nicht auf der Bildfläche erschienen wäre, dann würde Thad noch heute davon reden, daß er ihn loswerden will. Ungefähr auf die Art, auf die ein Trinker oder ein Drogensüchtiger seinen Angehörigen und seinen Freunden erklärt, er würde morgen aufhören – oder übermorgen – oder nächste Woche.«

»Nein«, sagte Thad. »Ganz so war es nicht. Die richtige Kirche, aber der falsche Stuhl.«

Er hielt inne, runzelte die Stirn, dachte nicht nur nach. Er *konzentrierte* sich. Alan verabschiedete sich widerstrebend von dem Gedanken, daß sie logen oder ihn aus irgendeinem Grund etwas vormachten. Dafür strengten sie sich eine Spur zu sehr an. Legten eine Spur zu viel ungekünstelter Ernsthaftigkeit an den Tag. Und sie strengten sich nicht an, um ihn oder auch nur sich selbst zu überzeugen, sondern nur, um in Worte zu fassen, wie es gewesen war – ähnlich wie ein Mann, der versucht, eine Schießerei zu beschreiben, in die er vor langer Zeit geraten ist.

»Also«, sagte Thad schließlich, »lassen wir die Trancezustände und die Sperlinge und visionären Vorahnungen – wenn es sich um solche gehandelt hat – eine Minute lang außer acht. Wenn Sie das Gefühl haben, es tun zu müssen, können Sie sich über die körperlichen Symptome mit meinem Arzt George Hume unterhalten. Vielleicht stellt sich heraus, daß irgendetwas nicht stimmt, wenn die Ergebnisse der Untersuchungen vorliegen, denen ich mich unterzogen habe, aber selbst wenn das der Fall sein sollte, besteht die Möglichkeit, daß der Arzt, der mich als Kind operierte, noch am Leben und imstande ist, sich mit Ihnen über den Fall zu unterhalten. Vielleicht weiß er etwas, das Licht in diese Angelegenheit bringen kann. Mir fällt sein Name im Augenblick nicht ein, aber ich bin sicher, daß Dr. Hume ihn in seinen Unterlagen hat. Aber im Augenblick ist dieser ganze psychische Mist nur ein Nebengleis.«

Diese Worte Thads empfand Alan als überaus erstaunlich – zumindest für den Fall, daß er die eine präkognitive Niederschrift gefälscht und hinsichtlich der anderen gelogen hätte. Jemand, der verrückt genug war, etwas dergleichen zu tun – und verrückt genug, zu vergessen, daß er es getan hatte, jemand, der überzeugt war, daß es sich bei diesen Niederschriften um ein psychisches Phänomen handelte –, ein solcher Mensch würde über nichts anderes reden wollen. Oder etwa nicht? Sein Kopf begann zu schmerzen.

»Also gut«, sagte er. »Wenn das, was Sie ›psychischen Mist‹ nennen, nur ein Nebengleis ist – was ist dann die Hauptstrecke?«

»George Stark ist die Hauptstrecke«, sagte Thad und dachte: *Die Strecke, die nach Endsville führt, dem Ort, an dem alle Züge enden.* »Stellen Sie sich vor, ein fremder Mann wäre in Ihr Haus eingezogen. Jemand, vor dem Sie sich immer ein bißchen gefürchtet haben – auf die Art, wie sich Jim Hawkins auf der *Admiral Benbow* immer ein bißchen vor dem alten Seebären fürchtet – Sie kennen die *Schatzinsel*, Alan?«

Er nickte.

»Gut, dann kennen Sie auch die Art von Gefühl, die ich zu beschreiben versuche. Sie haben Angst vor diesem Mann, Sie mögen ihn nicht, aber Sie lassen zu, daß er bleibt, weil Sie glauben, er wäre ein entfernter Verwandter Ihrer Frau oder etwas dergleichen. Und eines Tages, nachdem er irgendetwas getan hat, zum Beispiel einen verstopften Salzstreuer an die Wand geworfen, sagen Sie schließlich zu Ihrer Frau: ›Wie lange gedenkt dein verdammter Vetter zweiten Grades noch bei uns zu bleiben?‹ Und sie schaut Sie an und sagt: ›*Mein* Vetter zweiten Grades? Ich dachte, er wäre *dein* Vetter!«

Alan mußte wider Willen hellauf lachen. Der Mann war tatsächlich ein Geschichtenerzähler. Ungeachtet dessen, was er vielleicht sonst noch sein mochte.

»Aber werfen Sie den Mann hinaus?« fuhr Thad fort. »Nein. Einmal hält er sich schon seit geraumer Zeit in Ihrem Haus auf und hat, so grotesk es sich für jemanden anhören mag, der sich nicht in der gleichen Situation befindet, so etwas wie ein Wohnrecht oder dergleichen erworben. Aber das ist nicht das eigentlich Wichtige.«

Liz hatte genickt. In ihren Augen lag der erregte, dankbare Ausdruck einer Frau, die gerade das Wort gehört hat, das ihr schon den ganzen Tag auf der Zunge lag.

»Das eigentlich Wichtige ist, wieviel Angst Sie vor ihm haben«, sagte sie. »Angst davor, was er tun könnte, wenn Sie ihm tatsächlich sagten, er solle seine Koffer packen und verschwinden.«

»So ist es«, sagte Thad. »Sie wollen tapfer sein und ihm sagen, er soll sich verziehen, und das nicht nur, weil Sie fürchten, daß er gefährlich werden könnte. Es wird zu einer Frage der Selbstachtung. Aber Sie schieben es immer wieder auf. Sie finden *Gründe* dafür, es aufzuschieben. Wie etwa den, daß es draußen regnet und er vielleicht weniger Stunk machen wird, wenn Sie ihn an einem sonnigen Tag vor die Tür setzen. Oder vielleicht erst, wenn alle eine gute Nacht hinter sich haben. Sie ersinnen tausend Gründe, es aufzuschieben. Sie stellen fest, wenn die Gründe Ihnen selbst einigermaßen einleuchtend erscheinen, dann können Sie sich zumindest einen Teil ihrer Selbstachtung bewahren, und ein Teil ist besser als nichts. Ein Teil ist auch besser als die ganze Selbstachtung, wenn es darauf hinauslaufen könnte, daß man verwundet oder tot aus der Sache hervorgeht.«

»Und andere Leute vielleicht auch.«

Liz hatte wieder das Wort ergriffen, und sie sprach mit der überlegten und umgänglichen Stimme einer Frau, die einen Vortrag vor einem Club von Hobbygärtnerinnen hält – vielleicht über das Thema, wann man Mais aussät oder woran man erkennt, ob die Zuckererbsen erntereif sind. »Er war ein widerwärtiger, gefährlicher Mann. Die Tatsachen deuten darauf hin, daß er, wenn überhaupt etwas mit ihm vorgegangen ist, jetzt noch viel bösartiger ist. Er ist natürlich wahnsinnig, aber aus seiner Sicht ist das, was er tut, völlig logisch: er spürt die Leute auf, die sich verschworen haben, ihn zu beseitigen, und bringt sie der Reihe nach um.«

»Sind Sie fertig?«

Sie sah Alan an, so verblüfft, als hätten seine Worte sie aus einem tiefen Traum gerissen. »Wie bitte?«

»Ich habe gefragt, ob Sie fertig sind. Sie wollten sagen, was Sie zu sagen haben, und ich möchte sichergehen, daß Sie das getan haben.«

Ihre Gelassenheit zerbrach. Sie seufzte tief und fuhr sich verzweifelt mit den Händen durchs Haar. »Sie glauben es nicht, oder? Sie glauben kein einziges Wort.«

»Liz«, sagte Alan, »das ist einfach – Unsinn. Es tut mir leid, ein solches Wort gebrauchen zu müssen, aber in Anbetracht der Umstände würde ich sagen, es ist das harmloseste, das mir zur Verfügung steht. Es wird nicht lange dauern, bis andere Cops hier auftauchen – vom FBI vermutlich; dieser Mann kann jetzt in mehreren Staaten als Flüchtiger gelten, und das bringt die Bundespolizei ins Bild. Wenn Sie denen diese Geschichte mit den Trancezuständen und dem Schreibspuk auftischen, werden Sie weniger harmlose Worte zu hören bekommen. Wenn Sie behauptet hätten, all diese Leute wären von einem Gespenst ermordet worden, würde ich Ihnen auch nicht glauben.« Thad regte sich, aber Alan hob eine Hand, und so schwieg er, jedenfalls fürs erste. »Aber es wäre mir leichter gefallen, eine Gespenstergeschichte zu glauben als dies. Wir reden nicht nur über ein Gespenst – wir reden über einen Mann, den es nie gegeben hat.«

»Wie erklären Sie sich dann meine Beschreibung?« fragte ihn Thad. »Was ich Ihnen gab, war das Bild, das ich mir davon gemacht habe, wie George Stark aussah – *aussieht*. Einiges davon steht in der Autoreninformation, die Darwin Press in ihren Akten hat. Anderes waren Dinge, die ich im Kopf hatte. Ich habe mich nie hingesetzt und mir den Mann ganz bewußt vorgestellt. Ich habe mir einfach im Verlauf etlicher Jahre ein geistiges Bild von ihm gemacht – so, wie man sich ein geistiges Bild von dem Discjockey macht, dem man jeden Morgen auf dem Weg zur Arbeit zuhört. Aber wenn man diesen Discjockey zufällig kennenlernt, stellt sich in den meisten Fällen heraus, daß das Bild völlig falsch war. Mein Bild dagegen scheint ziemlich richtig gewesen zu sein. Wie erklären Sie sich das?«

»Ich kann es nicht«, sagte Alan. »Es sei denn, Sie haben gelogen, was die Herkunft der Beschreibung betrifft.«

»Sie wissen, daß das nicht der Fall ist.«

»Davon können Sie nicht ausgehen«, sagte Alan. Er stand auf, trat an den Kamin und stocherte ruhelos mit dem Schürhaken in den dort aufgestapelten Birkenscheiten herum. »Nicht jede Lüge beruht auf einer bewußten Entscheidung. Wenn ein Mann sich selbst eingeredet hat, daß er die Wahrheit sagt, dann kann er sogar einen Test mit dem Lügendetektor mit Bravour bestehen. Das war bei Ted Bundy der Fall.«

»Hören Sie auf, sich mit Händen und Füßen zu sträuben«, sagte Thad. »Das ist genau so, als wären wir wieder bei den Fingerabdrücken angelangt. Der einzige Unterschied besteht darin, daß ich in diesem Fall nicht eine Reihe von Zeugen aufmarschieren lassen kann. Wie steht es übrigens mit den Fingerabdrücken? Lassen die Sie nicht zumindest vermuten, daß wir die Wahrheit sagen?«

Alan drehte sich um. Er war plötzlich wütend auf Thad – auf alle beide. Ihm war klar, er wurde erbarmungslos in eine Ecke gedrängt, und sie hatten nicht das Recht, ihm dieses Gefühl einzuflößen. Es war ein Gefühl, als wäre er in einer Versammlung von Leuten, die die Erde für eine Scheibe halten, der einzige Mensch, der überzeugt ist, daß sie die Form einer Kugel hat.

»Ich kann nichts von alledem erklären – noch nicht«, sagte er. »Aber fürs erste sind Sie vielleicht so freundlich, mir genau zu berichten, wo dieser Kerl hergekommen ist. Haben Sie ihn einfach eines Nachts irgendwie zur Welt gebracht? Ist er aus einem Sperlingsei geschlüpft? Haben Sie ausgesehen wie er, während Sie die Bücher schrieben, die dann unter seinem Namen erschienen sind? Wie genau ist es gelaufen?«

»Ich weiß nicht, wie er entstanden ist«, sagte Thad mißmutig. »Glauben Sie, daß ich es Ihnen nicht erzählen würde, wenn ich könnte? Soweit ich weiß oder mich entsinnen kann, war ich mir selbst ziemlich ähnlich, als ich *Machine's Way, Oxford Blues, Sharkmeat Pie* und *Riding to Babylon* schrieb. Ich habe nicht die leiseste Ahnung, wann er eine – eine eigenständige Person wurde. Er kam mir wirklich vor, während ich unter seinem Namen schrieb, aber nur auf die Art, wie mir all meine Gedanken wirklich vorkommen, während ich schreibe. Damit meine ich, ich nehme sie ernst, aber ich bin nicht von ihnen überzeugt – außer beim Schreiben.«

Er hielt inne und lachte etwas verlegen auf.

»Wie oft habe ich nicht über das Schreiben geredet«, sagte er. »In Hunderten von Vorlesungen, vor Tausenden von Studenten; und ich glaube, ich habe nie auch nur ein Wort darüber verloren, wie ein Schriftsteller die doppelte Realität in den Griff bekommt, mit der er fertig werden muß – die in der Welt um ihn herum und die in seinem Manuskript. Ich glaube, ich habe nicht einmal darüber nachgedacht. Und jetzt muß ich feststellen, daß ich – daß ich nicht einmal weiß, wie ich es anstellen soll, darüber nachzudenken.«

»Das spielt im Grunde auch keine Rolle«, sagte Liz. »Bis Thad versuchte, sich seiner zu entledigen, *brauchte* er gar keine eigenständige Person zu sein.«

Alan wendete sich zu ihr um. »Sie kennen Thad besser als irgendjemand sonst, Liz. Hat er sich von Dr. Beaumont in Mr. Stark verwandelt, wenn er einen dieser Kriminalromane schrieb? Hat er Sie geschlagen? Leute bei Parties mit dem Rasiermesser bedroht?«

»Mit Sarkasmus kommen wir nicht weiter«, sagte sie und sah ihn unverwandt an.

Er warf erbittert die Hände hoch – obwohl er nicht wußte, ob sie es waren, er selbst oder alle drei, über die er erbittert war. »Ich bin nicht sarkastisch. Ich versuche nur, Ihnen mit Hilfe einer Art verbaler Schocktherapie klarzumachen, wie verrückt sich das alles anhört. *Sie reden von einem Pseudonym, das lebendig geworden ist!* Wenn Sie den Leuten vom FBI auch nur die *Hälfte* von alledem erzählen, dann fragen die sich, welche Vorschriften in Maine für die Zwangseinweisung in eine Irrenanstalt gelten.«

»Die Antwort auf Ihre Frage lautet nein«, sagte Liz. »Er hat mich nicht geschlagen oder bei Cocktailparties ein Rasiermesser geschwenkt. Aber wenn er als George Stark schrieb, und ganz besonders, wenn er Passagen schrieb, in denen Alexis Machine auftrat, war er nicht derselbe Mensch. Wenn Thad – die Tür öffnete, könnte man vielleicht sagen –, wenn er das tat und Stark einließ, dann wurde er unzugänglich. Nicht kalt, nicht einmal kühl, einfach unzugänglich. Er war weniger daran interessiert, auszugehen, Leute zu sehen. Manchmal versäumte er Fakultätssitzungen und sogar Verabredungen mit Studenten – aber das kam ziemlich selten vor. Er ging später schlafen, und manchmal wälzte er sich noch eine Stunde unruhig herum. Wenn er dann eingeschlafen war, zuckte und murmelte er, als hätte er einen bösen Traum. Ein paarmal habe ich ihn gefragt, und dann sagte er gewöhnlich, er hätte einen dumpfen Kopf und fühlte sich unausgeschlafen. Und wenn er böse Träume gehabt hätte, könnte er sich nicht mehr an sie erinnern. Nein, es gab keinen tiefgreifenden Persönlichkeitswandel, aber er war anders als gewöhnlich. Mein Mann hat vor etlichen Jahren mit dem Trinken aufgehört, aber es gab Ausnahmen. Wenn er einen der Stark-Romane beendet hatte, betrank er sich. Dann war es, als stieße er alles von sich, sagte zu sich selbst ›Der Dreckskerl ist wieder fort. Zumindest für eine Weile ist er wieder fort. George ist auf seine Farm in Mississippi zurückgekehrt. Hurra!‹«

»Sie hat recht«, sagte Thad. »Das ist genau das Gefühl, das ich immer hatte. Aber fassen wir doch noch einmal zusammen, was wir haben, wenn wir die Trancezustände und das automatische Schreiben außer acht lassen. Der Mann, den Sie suchen, bringt Leute um, die ich kenne, Leute, die für die ›Hinrichtung‹ von George Stark verantwortlich waren – zusammen mit mir natürlich. Er hat dieselbe Blutgruppe wie ich, die zwar nicht extrem selten ist, aber doch eine, die von hundert Menschen nur sechs haben. Er entspricht der Beschreibung, die ich Ihnen gab und die die Quintessenz meiner eigenen Vorstellung davon war, wie Stark aussehen würde, wenn es ihn gäbe. Er raucht die Sorte Zigaretten, die ich früher selbst geraucht habe. Schließlich, und das ist das Interessanteste, hat dieser Mann offenbar Fingerabdrücke, die mit meinen identisch sind. Vielleicht haben von hundert Menschen sechs die Blutgruppe A Rhesus-negativ, aber soweit Ihnen bekannt ist, hat auf diesem ganzen blauen Planeten niemand die gleichen Fingerabdrücke wie ich. Ungeachtet all dessen weigern Sie sich, meine Versicherung, daß Stark irgendwie lebendig geworden ist, überhaupt in Erwägung zu ziehen. Und jetzt, Sheriff Alan Pangborn, müssen Sie mir eines sagen – wer ist derjenige, der sozusagen im Nebel operiert?«

Alan hatte das Gefühl, daß der Fels, den er für sicher und unerschütterlich gehalten hatte, ein winziges bißchen schwankte. Es war einfach undenkbar. Auf jeden Fall mußte er Thads Arzt aufsuchen und Einsicht in seine Unterlagen nehmen. Der Gedanke schoß ihm durch den Kopf, daß es einfach herrlich wäre, wenn sich herausstellte, daß es nie einen Gehirntumor gegeben hatte, daß Thad entweder gelogen oder sich das alles nur eingebildet hatte. Wenn er beweisen könnte, daß der Mann ein Spinner war, dann wäre alles viel einfacher. Vielleicht ...

Vielleicht? *Unsinn.* Es gab keinen George Stark, es hatte nie einen George Stark gegeben. Er war kein Superhirn vom FBI, aber das bedeutete noch lange nicht, daß er dämlich genug war, um auf eine solche Geschichte hereinzufallen. Sie würden den verrückten Killer in New York schnappen, wenn er versuchte, Cowley umzubringen, höchstwahrscheinlich jedenfalls; aber wenn nicht, dann konnte dieser Irre auf den Gedanken kommen, seine Sommerferien in Maine zu verbringen. Und wenn er das tat, dann würde Alan ihn fassen. Er glaubte nicht, daß ihm all diese Hirngespinste von Nutzen sein konnten, wenn sich die Gelegenheit dazu bieten sollte. Und er hatte nicht die Absicht, jetzt noch mehr Zeit damit zu vergeuden, über sie zu reden.

»Das findet sich mit der Zeit, nehme ich an«, sagte er vage. »Fürs erste rate ich Ihnen beiden, sich an die Version zu halten, die Sie mir gestern serviert haben – da ist ein Mann, der sich *einbildet*, er wäre George Stark, und er ist dermaßen wahnsinnig, daß er vom logischen Ort aufgebrochen ist – das heißt, logisch für einen Wahnsinnigen – dem Ort, an dem Stark offiziell beigesetzt wurde.«

»Wenn Sie den Gedanken nicht einmal in Erwägung ziehen, kann es passieren, daß Sie bis zu den Achselhöhlen in der Scheiße sitzen«, sagte Thad. »Dieser Mann, Alan – dem können Sie nicht mit Vernunftgründen kommen. Sie können nicht mit ihm rechten. Sie können ihn um Gnade bitten – falls er Ihnen die Zeit dazu läßt –, aber es würde nichts nützen. Wenn Sie jemals in seine Nähe kommen und nicht auf der Hut sind, dann finden Sie sich im Leichenschauhaus wieder.«

»Ich erkundige mich bei Ihrem Arzt«, sagte Alan, »und bei dem, der Sie als Kind operiert hat. Ich weiß nicht, ob mich das weiterbringt, aber ich werde es tun. Im übrigen muß ich das Risiko eben eingehen.«

Thad lächelte ohne eine Spur von Humor. »Aus meiner Sicht hat das nur einen Haken. Meine Frau, meine Kinder und ich müssen dieses Risiko ebenfalls eingehen.«

3

Fünfzehn Minuten später rollte ein blauweiß gestrichener Kastenwagen auf Thads Auffahrt und parkte hinter Alans Auto. Er sah aus wie ein Telefonwagen, und genau das war er auch, obwohl er in diskreten Kleinbuchstaben an der Seite die Aufschrift *maine state police* trug.

Die Techniker kamen an die Tür, stellten sich vor und entschuldigten sich, weil sie so spät gekommen wären (eine Entschuldigung, die Thad für überflüssig hielt: weder er noch Liz hatten geahnt, daß sie überhaupt kommen wollten). Sie fragten Thad, ob er etwas dagegen hätte, das Formular zu unterschreiben, das ihm einer von ihnen auf einem Clipboard präsentierte. Er überflog es und stellte fest, daß es sie ermächtigte, sein Telefon mit einem Bandgerät und einer Fangschaltung auszurüsten. Es war keine Blankoermächtigung für die Verwendung etwaiger Aufzeichnungen in einem Gerichtsverfahren.

Er kritzelte seine Unterschrift an die dafür vorgesehene Stelle, und Alan Pangborn und einer der Techniker (Thad stellte belustigt fest, daß an einer Seite seines Gürtels ein Prüfhörer hing und an der anderen ein .45er) beglaubigten sie.

»Und diese Fangschaltung funktioniert tatsächlich?« fragte Thad. Er hatte das Gefühl, etwas sagen zu müssen, nachdem Alan sich auf dem Weg zum Revier der Staatspolizei in Orono gemacht hatte. Nachdem die Techniker ihr unterschriebenes Dokument hatten, waren sie verstummt.

»Ja«, erwiderte einer von ihnen. Er hatte den Hörer des Apparats im Wohnzimmer von der Gabel genommen und hebelte die Mikrofonkapsel aus der Muschel. »Wir können jeden Anruf bis zu seinem Ausgangsort überall auf der Welt zurückverfolgen. Das ist nicht so wie bei den alten Geräten, die man im Film sieht, wo der Anrufer am Apparat bleiben muß, bis sein Gesprächspartner geortet worden ist. Solange niemand diesen Hörer auflegt ...« Er wies auf den Hörer, der jetzt eine gewisse Ähnlichkeit mit einem Androiden hatte, der in einem Sciencefiction-Film vom Feuer einer Strahlenkanone leicht demoliert wurde.

»... können wir den Ausgangsort feststellen. In den meisten Fällen ist es ein Münzfernsprecher in einem Einkaufszentrum.«

»So ist es«, sagte sein Partner und öffnete die Dose an der Fußleiste. »Haben Sie oben noch einen Apparat?«

»Zwei«, sagte Thad. Er kam sich vor wie jemand, der mit dem Kopf voran in einen Kaninchenbau gestopft wird. »Eins in meinem Arbeitszimmer, eins im Schlafzimmer.«

»Sie hängen an verschiedenen Anschlüssen?«

»Nein. Wir haben nur den einen. Wo wollen Sie das Tonbandgerät aufstellen?«

»Ich denke, im Keller«, sagte der erste Techniker abwesend. Er war damit beschäftigt, Drähte vom Telefon in einen Kunstharzblock voller Federklemmen zu stecken, und in seiner Stimme lag ein Unterton, der zu besagen schien: Lassen Sie uns jetzt endlich unsere Arbeit tun.

Thad legte den Arm um Liz' Taille und führte sie hinaus, wobei er sich fragte, ob es auf der Welt irgendwo jemandem gab, der verstehen konnte oder wollte, daß alle Tonbandgeräte und hochtechnisierten Kunstharzblöcke der Welt nicht imstande waren, George Stark Einhalt zu gebieten. Stark war irgendwo da draußen, legte vielleicht eine Ruhepause ein, war vielleicht schon unterwegs.

Und wenn ihm niemand glauben wollte – was zum Teufel konnte er unternehmen? Wie zum Teufel sollte er seine Familie schützen? Gab es überhaupt eine Möglichkeit? Er dachte angestrengt nach, und als das Nachdenken nichts brachte, lauschte er einfach in sich selbst hinein. Manchmal – aber nicht immer – kam auf diese Weise eine Antwort, die er sonst nicht finden konnte.

Diesmal jedoch nicht. Und zu seiner Überraschung stellte er fest, daß er plötzlich ganz fürchterlich geil war. Er dachte daran, Liz zu überreden, mit nach oben zu kommen – und dann fiel ihm ein, daß die Techniker von der Staatspolizei bald heraufkommen und noch mehr geheimnisvolle Manipulationen an seinen an nur einem Anschluß hängenden Telefonapparaten vornehmen würden.

Ich kann nicht einmal mit meiner Frau ins Bett, dachte er. Also, *was* unternehmen wir?

Die Antwort war simpel genug. Sie warteten ab, das war es, was sie unternahmen.

Und sie brauchten nicht lange zu warten, bis die nächste Schreckensbotschaft eintraf: Stark hatte Rick Cowley schließlich doch erwischt, er hatte irgendwie eine Sprengladung an seiner Tür angebracht, nachdem er die Techniker ausgeschaltet hatte, die mit Ricks Telefon dasselbe getan hatten, was die Männer im Wohnzimmer jetzt mit dem der Beaumonts taten. Als Rick den Schlüssel im Schloß gedreht hatte, war die Ladung hochgegangen.

Es war Alan, der ihnen die Nachricht brachte. Er hatte noch keine drei Meilen in Richtung Orono zurückgelegt, als die Meldung von der Explosion über Funk durchkam. Er war sofort zurückgefahren.

»Sie haben behauptet, Rick könnte nichts passieren«, sagte Liz. Ihre Stimme und ihre Augen waren matt. »Sie haben gesagt, wir könnten uns darauf verlassen.«

»Das war ein Irrtum. Es tut mir leid.«

Alan fühlte sich ebenso geschockt, wie Liz Beaumont aussah und sich anhörte, aber er tat, was er konnte, sich nichts anmerken zu lassen. Er warf einen Blick auf Thad, der ihn mit einer Art helläugiger Reglosigkeit musterte. Ein humorloses kleines Lächeln spielte um Thads Mundwinkel.

Er weiß genau, was ich denke. Das stimmte wahrscheinlich nicht, aber dieses Gefühl hatte Alan. *Vielleicht nicht alles, aber einiges. Vielleicht sogar eine ganze Menge. Kann sein, daß es mir nicht gelingt, meine Gefühle zu verbergen, aber ich glaube es nicht. Dieser Mann sieht einfach zu viel.*

»Sie sind von einer Voraussetzung ausgegangen, die sich als falsch erwiesen hat, das ist alles«, sagte Thad. »Das kann jedem passieren. Vielleicht sollten Sie heimfahren und ein bißchen eingehender über George Stark nachdenken. Was meinen Sie dazu, Alan?«

»Daß Sie recht haben könnten«, sagte Alan Pangborn und redete sich ein, daß er das nur sagte, um die beiden zu beruhigen. Aber das Gesicht von George Stark, das er bisher nur aus Thad Beaumonts Beschreibung kannte, hatte angefangen, ihm über die Schulter zu schauen. Er konnte es noch nicht sehen, aber er spürte, daß es da war.

»Ich werde mit diesem Dr. Hurd sprechen ...«

»Hume«, sagte Thad. »George Hume.«

»Danke. Ich werde mit ihm sprechen, bleibe also vorerst hier in der Gegend. Möchten Sie, daß ich wieder herkomme, wenn die Leute vom FBI auftauchen sollten?«

»Ich weiß nicht, was Thad dazu meint, aber *mir* wäre es sehr lieb, wenn Sie kämen.«

Thad nickte.

Alan sagte: »Diese ganze Geschichte tut mir sehr leid, aber am meisten leid tut es mir, daß ich Ihnen versichert habe, es könnte nichts passieren, und nun ist es doch passiert.«

»In einer solchen Situation besteht vermutlich immer die Gefahr der Unterschätzung«, sagte Thad. »Ich habe Ihnen aus einem ganz simplen Grund die Wahrheit gesagt – zumindest das, was meiner Meinung nach die Wahrheit ist. Wenn der Mann Stark *ist*, dann werden ihn vermutlich noch eine Menge Leute unterschätzen, bevor das alles vorbei ist.«

Alan ließ den Blick von Thad zu Liz und wieder zurück zu Thad wandern. Nach einer langen Pause, in der nichts zu hören war außer der Unterhaltung der beiden Polizisten vor der Haustür (zwei weitere Männer bewachten die Hintertür), sagte Alan: »Das Fatale an der Sache ist, daß Sie beide wirklich glauben, daß er es ist, nicht wahr?«

Thad nickte. »Ich jedenfalls glaube es.«

»Ich nicht«, sagte Liz, und sie sahen sie beide fassunglos an. »Ich glaube es nicht. Ich *weiß* es.«

Alan seufzte und schob die Hände tief in die Hosentaschen. »Da ist etwas, das *ich* gern wüßte«, sagte er. »Wenn es so ist, wie Sie sagen – ich glaube es nicht, *kann* es nicht glauben, wie Sie vermutlich sagen würden –, aber *wenn* es so ist –, was in aller Welt will dieser Kerl? Sich rächen?«

»Keineswegs«, sagte Thad. »Er will das gleiche, was Sie oder ich auch wollten, wenn wir uns in seiner Lage befänden. Nicht mehr tot sein. Das ist alles, was er will. Nicht mehr tot sein. Und ich bin der einzige Mensch, der vielleicht imstande ist, das zu bewerkstelligen. Und wenn ich es nicht kann oder nicht will – ja, dann kann er zumindest dafür sorgen, daß er Gesellschaft bekommt.«

Sechzehntes Kapitel

Stark ruft an

1

Alan war losgefahren, um Dr. Hume aufzusuchen, und die FBI-Agenten brachten gerade ihr Verhör zum Abschluß – wenn Verhör das richtige Wort war für etwas, das ausgesprochen matt und zusammenhanglos wirkte –, als George Stark anrief. Der Anruf kam kaum fünf Minuten, nachdem die Techniker der Staatspolizei (die sich selbst »Verdrahter« nannten) erklärt hatten, mit den Apparaturen, die sie an den Telefonen der Beaumonts installiert hatten, zufrieden zu sein.

Sie waren entrüstet, aber offensichtlich nicht sonderlich überrascht gewesen, als sie feststellen mußten, daß zwar die Merlin-Telefone der Beaumonts dem neuesten Stand der Technik entsprachen, in der örtlichen Vermittlung aber noch das vorsintflutliche elektromechanische Wählsystem in Gebrauch war.

»Also, das ist doch kaum zu glauben«, sagte der Verdrahter, der auf den Namen Wes hörte (aus seiner Stimme war deutlich herauszuhören, daß man in derart dörflicher Umgebung nichts anderes erwarten konnte).

Der andere Verdrahter, Dave, wanderte zum Wagen hinaus, um die passenden Adapter und die anderen Geräte zu holen, die sie brauchen mochten, um die Telefone der Beaumonts mit den Errungenschaften der Technik gegen Ende des zwanzigsten Jahrhunderts in Übereinstimmung zu bringen. Wes verdrehte die Augen und sah Thad dann an, als hätte Thad ihn sofort darauf hinweisen müssen, daß er noch immer in der Pionierzeit des Telefons lebte.

Den FBI-Leuten, die von ihrem Büro in Boston aus nach Bangor geflogen und dann todesmutig durch die von Wölfen und Bären wimmelnde Wildnis von Bangor nach Ludlow gefahren waren, gönnte Wes keinen Blick. Es war fast, als existierten die FBI-Leute in einem völlig anderen Lichtspektrum, das Techniker der Staatspolizei ebensowenig wahrnehmen konnten wie Infrarot- oder Röntgenstrahlen.

»Alle Telefone im Ort sind an diese Vermittlung angeschlossen«, sagte Thad demütig. Er bekam heftiges Sodbrennen. Unter normalen Umständen hätte es ihn mißmutig und ziemlich unerträglich gemacht. Heute dagegen fühlte er sich lediglich erschöpft, verletzlich und ungeheuer traurig.

Seine Gedanken wanderten immer wieder zu Ricks Vater, der in Tucson lebte, und zu Miriams Eltern in San Luis Obispo. Was mochte der alte Mr. Cowley jetzt denken? Oder die Penningtons? Wie wurden diese Leute, von denen in Gesprächen oft die Rede gewesen war, die er aber nie kennengelernt hatte, damit fertig? Wie wurde man mit dem Tod eines Kindes fertig, mit dem völlig unvermuteten Tod eines *erwachsenen* Kindes? Wie wurde man fertig mit der simplen, irrationalen Tatsache seiner Ermordung?

Thad begriff, daß er aus einem ganz einfachen Grund nicht an die Opfer, sondern an die Hinterbliebenen dachte: Er fühlte sich *für alles* verantwortlich. Warum nicht? Wenn er nicht an der Existenz von George Stark schuld war, wer war es dann? Richard Nixon? Alexander Haig? Selbst dafür, daß das antiquierte elektromechanische Wählsystem in Ludlow den Technikern unvorhergesehene Schwierigkeiten bereitete, fühlte er sich verantwortlich.

»Ich glaube, das war alles, Mr. Beaumont«, sagte einer der FBI-Agenten. Er hatte seine Notizen noch einmal überflogen, wobei er von den Technikern Wes und Dave ebensowenig Notiz zu nehmen schien wie diese von ihm. Jetzt klappte der Agent – er hieß Malone – sein Notizbuch zu. Es war in Leder gebunden, und in der linken unteren Ecke waren seine Intitialen in Silber eingeprägt. Er trug einen grauen Straßenanzug und einen wie mit dem Lineal gezogenen Scheitel. »Hast du noch Fragen, Bill?«

Bill, alias Agent Prebble, klappte sein eigenes Notizbuch zu – gleichfalls in Leder gebunden, aber ohne Initialen – und schüttelte den Kopf. »Nein, ich glaube, das war alles.« Agent Prebble trug einen braunen Straßenanzug und gleichfalls einen wie mit dem Lineal gezogenen Scheitel. »Vielleicht ergeben sich im weiteren Verlauf der Untersuchung noch ein paar Fragen, aber fürs erste haben wir alles, was wir brauchen. Wir danken Ihnen für Ihre Hilfsbereitschaft.« Er bedachte sie mit einem breiten Lächeln und entblößte dabei Zähne, die entweder überkront waren oder so makellos, daß es fast unheimlich wirkte, und Thad dachte: *Wenn wir fünf Jahre alt wären, würde er uns beiden eine* HEUTE-WAR-EIN-GUTER-TAG-BESCHEINIGUNG *ausstellen, damit wir sie mit nach Hause nehmen und unserer Mutter zeigen können.*

»Schon gut«, sagte Liz mit matter, schleppender Stimme. Sie massierte mit den Fingerspitzen ihre linke Schläfe.

Offensichtlich hatte sie das Gefühl, daß ihr heftige Kopfschmerzen bevorstanden.

Thad warf einen Blick auf die Uhr über dem Kaminsims und stellte fest, daß es erst kurz nach halb drei war. War dies der längste Nachmittag seines Lebens? Er gelangte nicht gern zu derart voreiligen Schlüssen, argwöhnte aber, daß es so war.

Liz stand auf. »Ich glaube, ich lege mich eine Weile hin, wenn niemand etwas dagegen hat. Mir ist nicht besonders.«

»Das ist eine gute ...« *Idee*, hatte er natürlich sagen wollen, aber bevor er es konnte, läutete das Telefon.

Alle Anwesenden schauten darauf, und Thad spürte, daß in seinem Hals ein Puls wie ein Schmiedehammer zu schlagen begann. Er mußte aufstoßen, und heiße Magensäure bahnte sich ihren Weg in seinen Schlund.

»Grandios«, sagte Wes erfreut. »Jetzt können wir uns die Mühe sparen, jemanden mit einem Testanruf zu beauftragen.«

Thad hatte plötzlich das Gefühl, in einen Mantel aus eiskalter Luft eingehüllt zu sein. Er bewegte sich mit ihm, als er auf den Apparat zuging, der seinen Tisch jetzt mit einem Instrument teilte, das aussah wie ein Ziegelstein aus Chrom, in dessen Seite bunte Lichter eingebettet waren. Jetzt flackerte eines dieser Lichter bei jedem Läuten auf.

Wo sind die Vögel? Eigentlich müßte ich jetzt die Vögel hören. Aber es waren keine da. Das einzige, was er hörte, war das fordernde Läuten des Telefons.

Wes kniete vor dem Kamin und verstaute sein Werkzeug in einem schwarzen Behälter mit Chromverschlüssen, der eine gewisse Ähnlichkeit mit einem Picknickkoffer hatte. Dave stand an der Schwelle zwischen Wohnzimmer und Eßzimmer. Er hatte Liz gefragt, ob er sich aus der Schale auf dem Tisch eine Banane nehmen dürfte; jetzt schälte er sie gedankenverloren und hielt zwischendurch immer wieder inne, um sein Werk mit dem kritischen Auge eines Künstlers im Schöpfungsrausch zu bewundern.

»Willst du nicht das Prüfgerät herausholen?« fragte er Wes. »Wenn irgendwo noch eine Macke steckt, können wir sie beseitigen, solange wir noch hier sind. Spart uns vielleicht das Wiederkommen.«

»Gute Idee«, sagte Wes und zog etwas mit einem Pistolengriff aus seinem überdimensionierten Picknickkoffer.

Die beiden Techniker schauten erwartungsvoll drein. Die Agenten Malone und Prebble standen da, steckten ihre Notizbücher weg, schüttelten die messerscharfen Bügelfalten in ihren Anzughosen aus und bestätigten ganz allgemein die Ansicht, die Thad von Anfang an über sie gehegt hatte: diese Männer sahen eher wie Steuerberater aus als wie revolverschwenkende G-men. Malone und Prebble schienen das Läuten des Telefons überhaupt nicht zur Kenntnis zu nehmen.

Aber Liz wußte Bescheid. Sie hatte aufgehört, ihre Schläfe zu reiben, und schaute Thad mit den weit aufgerissenen, verängstigten Augen eines Tieres an, das gestellt worden ist. Prebble dankte ihr für den Kaffee und die Kopenhagener, die sie ihnen gebracht hatte, und schien die Tatsache, daß sie nicht antwortete, ebensowenig zu registrieren wie das Läuten des Telefons.

Was ist eigentlich mit euch los? hätte Thad am liebsten geschrien. *Warum zum Teufel habt ihr überhaupt diese ganzen Apparate hier installiert?*

Das war natürlich unfair. Daß der Mann, hinter dem sie her waren, der erste war, der bei den Beaumonts anrief, ganze fünf Minuten, nachdem die Fangschaltung installiert worden war – das war einfach zu unwahrscheinlich; das zumindest hätten sie gesagt, wenn sich jemand die Mühe gemacht hätte, sie zu fragen. So laufen die Dinge nicht einmal in der wundervollen Welt der Durchführungsverordnungen gegen Ende des zwanzigsten Jahrhunderts, hätten sie gesagt. Es ist ein anderer Schriftsteller, der Sie fragen will, ob Sie eine gute Idee für eine Story haben, Thad, oder vielleicht auch eine Nachbarin, die fragen will, ob Liz ihr eine Tasse Zucker leihen kann. Aber der Kerl, der sich einbildet, Ihr *alter ego* zu sein? Ausgeschlossen. Zu früh, zuviel des Glücks.

Aber es *war* Stark. Thad wußte es, konnte es regelrecht *riechen*. Und ein Blick auf seine Frau sagte ihm, daß Liz es auch wußte.

Jetzt sah Wes ihn an; offensichtlich fragte er sich, weshalb Thad nicht den Hörer seines frisch angezapften Telefons abnahm.

Keine Sorge, dachte Thad. *Keine Sorge, er wird warten. Er weiß, daß wir zu Hause sind.*

»Also, dann werden wir Sie jetzt nicht länger belästigen, Mrs. Beau ...« setzte Prebble an, und Liz antwortete mit ruhiger, aber gepreßter Stimme: »Nein, bitte warten Sie noch einen Augenblick.«

Thad nahm den Hörer ab und brüllte: *»Was willst du, du Dreckskerl?«*

Wes fuhr zusammen. Dave, der gerade die Banane zum Mund führte, erstarrte. Die Köpfe der FBI-Agenten wirbelten herum. Thad wünschte sich sehnlichst, Alan Pangborn wäre da, anstatt sich in Orono mit Dr. Hume zu unterhalten. Alan glaubte zwar auch nicht an Starks Existenz, aber er war wenigstens *menschlich*. Er hielt es zwar für möglich, daß die anderen hier es gleichfalls waren, aber er hatte ernsthafte Zweifel, ob sie Liz und ihn für Menschen hielten.

»Das ist er! Das ist er!« sagte Liz zu Prebble.

»Großer Gott«, sagte Prebble. Er und der andere furchtlose Gesetzeshüter tauschten einen völlig fassungslosen Blick: *Was zum Teufel tun wir jetzt?*

Thad sah und hörte dies alles innerhalb eines Mantels aus eiskalter Luft. Er hörte und sah sie, war aber von ihnen isoliert. Sogar von Liz. Jetzt gab es nur noch Stark und ihn, zum ersten Mal miteinander allein, wie es in sentimentalen Geschichten so schön hieß.

»Immer mit der Ruhe, Thad«, sagte Stark. Seine Stimme klang belustigt. »Kein Grund, mit dem falschen Bein in die Hose zu steigen.« Es war die Stimme, die er erwartet hatte. Ganz genau. Mit jeder Nuance, bis hin zu dem kaum wahrnehmbaren Südstaatenakzent.

Die beiden Techniker steckten kurz die Köpfe zusammen, und dann stürzte Dave mit der Banane in der Hand zum Wagen und zu den dort installierten Apparaten hinaus, während Wes die Kellertreppe hinabeilte, um das in Betrieb versetzte Tonbandgerät zu überprüfen.

Die furchtlosen Gesetzeshüter standen im Raum und starrten sich an. Sie sahen aus, als hätten sie am liebsten trostsuchend die Arme umeinander gelegt – wie Kinder, die sich im Wald verirrt haben.

»Was willst du?« wiederholte Thad etwas leiser.

»Dir nur mitteilen, daß alles vorbei ist«, sagte Stark. »Die letzte habe ich heute mittag erwischt – dieses Mädchen, das früher in der Buchhaltung von Darwin Press gearbeitet hat. Sie hat Clawson erzählt, was er wissen wollte. Die Bullen werden sie finden; ihre Wohnung liegt an der Second Avenue, ziemlich weit unten. Ein Teil von ihr liegt auf dem Fußboden; den Rest habe ich auf den Küchentisch gepackt.« Er lachte.

»In den letzten Tagen war ich ziemlich beschäftigt, Thad. Jetzt rufe ich nur an, um dich zu beruhigen.«

»Sonderlich beruhigend ist dein Anruf gerade nicht«, sagte Thad.

»Das kommt noch, alter Freund. Ich denke, ich werde mich auf den Weg nach Süden machen, ein bißchen angeln. Das Leben in der Stadt ist mir zu anstrengend.« Er lachte, ein Geräusch, das auf so monströse Art vergnügt war, daß Thad ein Schauder überlief.

Er log.

Thad wußte das so sicher, wie er wußte, daß Stark mit seinem Anruf gewartet hatte, bis sämtliche Aufnahme- und Fanggeräte installiert worden waren. *Konnte* er davon wissen? Die Antwort lautete ja. Stark mochte von irgendwo in New York aus anrufen, aber sie beide waren mit den gleichen unsichtbaren, aber nicht wegzuleugnenden Banden verknüpft, die zwischen Zwillingen bestehen. Sie *waren* Zwillinge, Hälften ein und desselben Ganzen, und Thad stellte mit Entsetzen fest, daß er aus seinem Körper herausdriftete, an der Telefonleitung entlangdriftete, nicht den ganzen Weg bis nach New York, nein, aber den halben; er begegnete dem Monster in der Mitte der Nabelschnur, vielleicht im Westen von Massachusetts, die beiden begegneten sich und verschmolzen wieder miteinander, so, wie sie einander jedesmal begegnet und miteinander verschmolzen waren, wenn er die Haube über seine Schreibmaschine gestülpt und nach einem dieser verdammten Berol-Black-Beauty-Bleistifte gegriffen hatte.

»Du verlogenes Schwein!« schrie er.

Die FBI-Agenten fuhren zusammen, als hätte man sie mit einer Nadel in den Hintern gestochen.

»Na, Thad, das ist aber nicht sehr nett«, sagte Stark. Es hörte sich an, als wäre er beleidigt. »Hast du etwa gedacht, ich wollte *dir* etwas antun? Keine Spur. Ich habe mich nur *für dich* gerächt. Ich wußte, daß ich derjenige war, der es tun mußte. Ich weiß, daß du nicht den Mumm dazu hast, aber das soll kein Vorwurf sein, schließlich muß es in einer Welt wie dieser Leute von jeder Sorte geben. Warum zum Teufel sollte ich mir die Mühe machen, für dich Rache zu üben, und dann dafür sorgen, daß du dich nicht darüber freuen kannst?«

Thads Finger waren zu der kleinen weißen Narbe auf seiner Stirn gewandert und rieben darüber, rieben so heftig, daß sich die Haut rötete. Er versuchte verzweifelt, an sich selbst festzuhalten – an seiner eigenen *Realität* festzuhalten.

Er lügt, und ich weiß, warum, und er weiß, daß ich es weiß, und er weiß auch, daß es keine Rolle spielt, weil niemand mir glauben wird. Er weiß, wie verrückt ihnen diese ganze Sache vorkommt, und er weiß, daß sie zuhören, er weiß, was sie denken, und deshalb fühlt er sich sicher. Sie glauben, er wäre ein Psychopath, der sich nur EINBILDET, *George Stark zu sein. Irgendetwas anderes zu glauben, liefe allem zuwider, was sie gelernt haben, was sie* SIND. *Und daran ändern auch alle Fingerabdrücke in der Welt nichts. Er weiß, wenn er sagt, er wäre nicht George Stark, er hätte das schließlich begriffen, dann werden sie den Polizeischutz zwar nicht auf der Stelle abziehen – aber in absehbarer Zeit.*

»Du weißt, wessen Idee es war, dich zu begraben. Es war meine Idee.«

»Nein, nein!« sagte Stark gemütlich. »Du bist dazu verführt worden. Diese schleimige Rotznase Clawson wollte dich aufs Kreuz legen – so war es doch. Und dann hast du diesen dressierten Affen angerufen, der sich selbst als literarischen Agenten bezeichnet hat, und er gab dir einen ganz schlechten Rat. Es war ungefähr so, als hätte jemand auf deinen Eßzimmertisch geschissen und du hättest jemanden angerufen, zu dem du volles Vertrauen hast, und ihm davon erzählt, und der hätte gesagt: ›Gieß einfach etwas Bratensoße darüber. Scheiße mit Bratensoße schmeckt wunderbar an einem kühlen Abend.‹ Von dir aus hättest du nie getan, was du getan hast. Da bin ich ganz sicher, alter Freund.«

»Das ist eine gottverdammte Lüge, und das weißt du!«

Und plötzlich begriff er, wie gekonnt das war und wie gut Stark die Leute verstand, mit denen er es zu tun hatte. *Gleich wird er damit herausrücken. Er wird behaupten, er wäre nicht George Stark. Und wenn er das tut, werden sie ihm glauben. Sie werden das Tonband abhören, das sich jetzt im Keller abspult, und sie werden glauben, was er sagt, Alan ebenso wie alle anderen. Weil es nicht nur das ist, was sie glauben* MÖCHTEN, *es ist etwas, wovon sie ohnehin überzeugt sind.*

»Ich weiß nichts dergleichen«, sagte Stark gelassen, fast liebenswürdig. »Ich werde dich nicht weiter belästigen, Thad, aber bevor ich verschwinde, will ich dir wenigstens noch einen Rat geben. Könnte dir vielleicht von Nutzen sein. Komm *du* jetzt nicht auf die Idee, dir einzubilden, ich wäre George Stark. Das ist der Fehler, den ich gemacht habe. Ich mußte losgehen und einen Haufen Leute umbringen, nur um wieder klar im Kopf zu werden.«

Thad hörte sich das an wie vom Donner gerührt. Es gab Dinge, die er sagen mußte, aber anscheinend schaffte er es nicht, über dieses unheimliche Gefühl der Loslösung von seinem Körper und seiner Verblüffung über Starks Unverfrorenheit hinwegzukommen.

Er dachte an sein Gespräch mit Alan Pangborn, das zu nichts geführt hatte, und fragte sich abermals, wer er gewesen war, als er Stark erdachte, der für ihn schließlich nicht mehr gewesen war als eine weitere Story. Wo lag die Grenze der Einbildung? Hatte er dieses Ungeheuer geschaffen, indem er diese Grenze überschritt? Oder gab es irgendeinen anderen Faktor, einen Faktor X, den er nicht sehen, sondern nur im Tschilpen dieser Phantomvögel hören konnte?

»Ich weiß es nicht genau«, sagte Stark mit leichtem Auflachen, »aber vielleicht bin ich wirklich so verrückt, wie sie behaupteten, als ich in dieser Anstalt war.«

Oh, das ist gut, das ist wirklich gut, sollen sie sich doch in allen Irrenhäusern des Südens nach einem hochgewachsenen, breitschultrigen blonden Mann erkundigen. Damit werden zwar nicht alle von der Spur abgelenkt, aber für den Anfang reicht es.

Er umklammerte den Hörer, und jetzt dröhnte sein Kopf vor hilfloser Wut.

»Aber was ich getan habe, tut mir kein bißchen leid, Thad. Ich hatte diese Bücher wirklich gern. Ich glaube, als ich dort war, in der Klapsmühle, da waren sie das einzige, das mich bei Verstand hielt. Und weißt du was? Ich fühle mich jetzt wesentlich wohler. Ich weiß jetzt ganz sicher, wer ich bin, und das ist schon etwas. Ich glaube, man könnte das, was ich getan habe, als Therapie bezeichnen, aber ich glaube nicht, daß sie eine große Zukunft hat, oder was meinst du?«

»Hör auf zu lügen, verdammt nochmal!« schrie Thad.

»Wir könnten uns darüber unterhalten«, sagte Stark, »aber das würde eine Weile dauern. Ich nehme an, man hat dir gesagt, du sollst dafür sorgen, daß ich am Apparat bleibe.«

Nein. Das ist nicht erforderlich. Und auch das weißt du.

»Grüß deine reizende Frau von mir«, sagte Stark, und aus seiner Stimme klang etwas heraus, das fast Ehrerbietung war. »Gib acht auf deine Kinder. Und laß dir keine grauen Haare wachsen, Thad. Ich werde dich nicht mehr belästigen. Jetzt ist . . .«

»Und was ist mit den Vögeln?« fragte Thad plötzlich. »Hörst du die Vögel, George?«

Plötzlich herrschte Schweigen in der Leitung, ein Schweigen, in dem Thad Überraschung zu spüren glaubte – als wäre zum ersten Mal während dieses Gesprächs etwas nicht nach George Starks sorgfältig ausgearbeitetem Plan gelaufen. Er wußte nicht genau, wie es dazu gekommen war. Es war fast so, als verfügten seine Nervenenden über irgendeine geheime Möglichkeit des Verstehens, die dem Rest seines Körpers abging. Er durchlebte einen Moment des Triumphes von der Art, wie ihn ein Amateurboxer empfinden mag, dem es gelungen ist, Mike Tyson zu überrumpeln und den Champion einen Augenblick lang in die Seile zu treiben.

»George – hörst du die Vögel?«

Das einzige Geräusch im Raum war das Ticken der Uhr auf dem Kaminsims. Die FBI-Agenten starrten ihn an. Sie blickten fassungslos und verängstigt drein wie Kinder, die gerade begriffen haben, daß sie am Rande eines verzauberten Waldes leben, und daß der Zauber nicht ausschließlich gut ist.

»Ich weiß nicht, wovon du redest, alter Freund«, sagte Stark langsam. »Könnte sein, daß du . . .«

»Nein«, sagte Thad und lachte auf. Seine Finger rieben weiter über die kleine weiße Narbe auf seiner Stirn, die ungefähr die Form eines Kommas hatte. »Nein, du weißt nicht, wovon ich rede, nicht wahr? Gut, dann hör mir jetzt eine Minute zu, George. Ich höre die Vögel. Ich weiß noch nicht, was es mit ihnen auf sich hat – aber ich werde es wissen. Und wenn ich es weiß . . .«

Doch dann fehlten ihm die Worte. Wenn er es wußte – was würde er dann tun? Er hatte keine Ahnung.

Die Stimme am anderen Ende der Leitung sagte langsam, sehr entschlossen und nachdrücklich: »Was immer es sein mag, worüber du redest, Thad – es spielt keine Rolle. *Weil jetzt alles vorbei ist.*«

Ein Klicken. Stark hatte aufgelegt. Thad konnte fast spüren, wie er von diesem mythischen Ort der Begegnung im Westen von Massachusetts zurückgerissen wurde – nicht mit der Geschwindigkeit von Licht oder Schall, sondern mit der des Gedankens – und wie er unvermittelt zurückfiel in seinen nun wieder von Stark befreiten Körper.

Himmel.

Der Hörer, den er fallen ließ, landete schief auf der Gabel. Er drehte sich um auf Beinen, die sich anfühlten wie Stelzen, und machte sich nicht die Mühe, ihn richtig aufzulegen.

Aus einer Richtung kam Dave ins Zimmer gestürmt, aus einer anderen Wes.

»*Es hat einwandfrei funktioniert!*« rief Wes. Die FBI-Agenten fuhren wieder zusammen. Malone gab einen Laut von sich, der sich wie »Iiik!« anhörte und dem ähnelte, der in Comic strips Frauen in den Mund gelegt wird, die gerade eine Maus entdeckt haben. Thad versuchte sich vorzustellen, wie sich diese beiden angesichts einer Bande von Terroristen oder wild um sich schießender Bankräuber verhalten würden. Er konnte es nicht. Vielleicht bin ich einfach zu kaputt, dachte er.

Die beiden Techniker vollführten einen unbeholfenen kleinen Freudentanz, klopften sich gegenseitig auf die Schulter und stürmten dann gemeinsam hinaus zu ihrem Gerätewagen.

»Er war es«, sagte Thad zu Liz. »Er behauptete, er wäre es nicht, aber er war es. *Er.*«

Sie trat zu ihm und nahm ihn fest in die Arme, und das brauchte er – wie sehr, hatte er nicht gewußt, bevor sie es tat.

»Ich weiß«, flüsterte sie ihm ins Ohr, und er drückte sein Gesicht in ihr Haar und schloß die Augen.

2

Das Schreien hatte die Zwillinge aufgeweckt; beide weinten heftig. Liz ging hinauf, um sie zu holen. Thad wollte ihr folgen und helfen, aber vorher legte er den Hörer des Telefons wieder richtig auf die Gabel, und sofort begann es zu läuten. Es war Alan Pangborn. Er hatte im Revier in Orono haltgemacht, um vor seinem Besuch bei Dr. Hume eine Tasse Kaffee zu trinken. Wes hatte ihn über Funk über den Anruf und die ersten Ortungsergebnisse informiert. Alans Stimme klang aufgeregt.

»Wir haben ihn noch nicht genau lokalisiert, aber wir wissen, der Anruf kam aus New York City, Bezirk 212«, sagte er. »In fünf Minuten wissen wir genau, von wo aus er angerufen hat.«

»Er war es«, wiederholte Thad. »Es war Stark. Er hat zwar behauptet, er wäre es nicht, aber er war es trotzdem. Jemand muß sich um das Mädchen kümmern, das er erwähnt hat. Soviel ich weiß, heißt es Darla Gates.«

»Die Kokain schnüffelnde Tussie aus Vassar?«

»Genau die«, sagte Thad. Aber er bezweifelte, daß sie jemals wieder an Kokain interessiert sein würde. Er fühlte sich völlig erschöpft.

»Ich gebe den Namen nach New York durch. Wie geht es Ihnen, Thad?«

»So halbwegs.«

»Und Liz?«

»Jetzt ist nicht die rechte Zeit für höfliche Erkundigungen nach unserem Befinden. Haben Sie gehört, was ich gesagt habe? Er war es. Was immer er behauptet hat – *er* war es trotzdem.«

»Nun – wäre es nicht richtiger, wenn wir erst einmal abwarteten, was die Nachforschung ergibt?«

In Alans Stimme lag etwas, das Thad zuvor nicht gehört hatte. Nicht die Art vorsichtiger Ungläubigkeit, die er an den Tag gelegt hatte, als er begriffen hatte, daß die Beaumonts über Stark als reale Person redeten – nein, es war regelrechte Verlegenheit. Auf diese Erkenntnis hätte Thad nur zu gern verzichtet, aber sie war in der Stimme des Sheriffs völlig unverkennbar. Verlegenheit, und zwar von einer ganz speziellen Sorte – die Art von Verlegenheit, die man für jemanden empfindet, der zu erschöpft oder zu stupide oder vielleicht auch nur zu sehr mit sich beschäftigt ist, um sie selbst zu empfinden. Thad registrierte einen Anflug bitterer Belustigung.

»Gut, warten wir ab«, stimmte er zu. »Und während wir abwarten, machen Sie vielleicht weiter und halten Ihren Termin bei Dr. Hume ein. Vielleicht können Sie mir dann wenigstens mitteilen, was die Untersuchung meines Kopfes ergeben hat.«

Alan erwiderte etwas, aber plötzlich war Thad alles egal. Wieder kam ihm die Magensäure hoch, und diesmal war es ein regelrechter Vulkan. Gerissener George, dachte er. Sie glauben, ihn zu durchschauen. Er *will,* daß sie das glauben. Er *beobachtet,* wie sie ihn zu durchschauen glauben, und wenn sie sich zurückziehen, weit genug zurückziehen, dann kommt der gerissene alte George in seinem schwarzen Toronado. Und was kann ich dagegen tun?

Er wußte es nicht.

Er legte den Hörer auf, schnitt Alan Pangborns Stimme ab und ging nach oben, um Liz zu helfen, die Zwillinge trockenzulegen und für den Nachmittag anzuziehen.

Und mußte dabei immer wieder daran denken, was für ein Gefühl es gewesen war, irgendwo in einer Telefonleitung zu stecken, die unter der

Erde im Westen von Massachusetts verlief, dort unten im Dunkeln zu stecken, zusammen mit dem gerissenen alten George. Es war ein Gefühl wie Endsville.

3

Knapp zehn Minuten später läutete das Telefon abermals. Beim zweiten Läuten wurde der Hörer abgenommen, und der Techniker Wes rief nach Thad. Er ging hinunter, um den Anruf entgegenzunehmen.

»Wo sind die Leute vom FBI?« fragte er Wes.

Eine Sekunde lang erwartete er tatsächlich, Wes sagen zu hören: *Leute vom FBI? Ich habe keine Leute vom FBI gesehen.*

»Die? Die sind abgefahren.« Wes zuckte die Achseln, als wollte er Thad fragen, ob er irgend etwas anderes erwartet hätte. »Die haben eine Menge Computer, und wenn nicht jemand da ist, der damit spielt, dann wundert sich vermutlich jemand anders, was sie mit ihrer Zeit anfangen, und dann wird ihnen vielleicht das Budget gekürzt.«

»Tun sie überhaupt etwas?«

»Nein«, sagte Wes ganz einfach. »Nicht in Fällen wie diesem. Und wenn sie doch etwas tun, dann habe ich davon noch nichts mitgekriegt. Sie schreiben sich alles mögliche auf; das tun sie. Und dann füttern sie einen Computer damit. Wie ich bereits sagte.«

»Ich verstehe.«

Wes sah auf die Uhr. »Dave und ich verschwinden jetzt auch. Was wir eingebaut haben, läuft von alleine. Sie bekommen nicht einmal eine Rechnung.«

»Gut«, sagte Thad auf dem Weg zum Telefon. »Und besten Dank.«

»Nichts zu danken. – Mr. Beaumont?«

Thad drehte sich um.

»Wenn ich eines Ihrer Bücher lesen möchte – sollte ich dann eines von denen nehmen, die Sie unter Ihrem eigenen Namen geschrieben haben, oder eines unter dem Namen dieses anderen Burschen?«

»Versuchen Sie es mit dem anderen Burschen«, sagte Thad und griff nach dem Hörer. »Mehr Action.«

Wes nickte, hob grüßend die Hand und ging hinaus.

»Hallo?« sagte Thad. Ihm war zumute, als sollte er sich einen Telefonhörer an den Kopf pfropfen lassen. Das würde Zeit und Mühe sparen. Natürlich komplett mit Tonbandgerät und Fangschaltung. Die würde er in einem Rucksack tragen.

»Hi, Thad. Hier ist Alan. Ich rufe von der Praxis Ihres Arztes aus an. Keine gute Nachricht. Er hat von einem Münzfernsprecher in der Penn Station aus angerufen.«

Thad erinnerte sich, was der andere Techniker, Dave, gesagt hatte – daß sie all die teuren, hochtechnisierten Apparate nur einbauten, um einen Anruf bis zu einer Telefonzelle in irgendeinem Einkaufszentrum zurückverfolgen zu können.

»Überrascht Sie das?«

»Nein. Ich bin nur enttäuscht. Wir hoffen auf einen Hinweis, und ob Sie es glauben oder nicht – früher oder später bekommen wir in der Regel einen. Ich würde heute abend gern zu Ihnen kommen. Ist Ihnen das recht?«

»Haben Sie etwas über die Untersuchungsergebnisse erfahren?«

»Noch nicht. Ich lasse Sie wissen, was Hume mir mitteilt, aber wahrscheinlich wird er Ihnen das Ganze schriftlich geben wollen«, sagte Alan geduldig.

»Okay«, sagte Thad. »Und weshalb wollen Sie heute abend kommen? Spannen Sie mich nicht auf die Folter.«

»Wir rechnen damit, bis heute abend die Stimmanalysen zu haben.«

»Sie bekommen also seine Stimmanalyse. Na und?«

»Nicht Analyse, sondern *Analysen*.«

»Ich verstehe nicht.«

»Eine Stimmanalyse ist eine von einem Computer angefertigte Graphik, die die Stimmeigenarten einer Person genau wiedergibt«, sagte Pangborn. »Das hat nicht das mindeste mit *Sprechen* zu tun – Akzente, Behinderungen, Aussprache und dergleichen interessieren uns dabei überhaupt nicht. Was der Computer analysiert, sind Stimmhöhe, Tonfall, Timbre und Resonanz. Es sind gewissermaßen akustische Fingerabdrücke, und wie bei gewöhnlichen Fingerabdrücken hat man noch nie zwei gefunden, die einander völlig gleichen. Man hat mir gesagt, daß die Unterschiede bei den Stimmanalysen eineiiger Zwillinge wesentlich größer sind als die Unterschiede bei den Fingerabdrücken.«

Er hielt einen Moment inne.

»Wir haben eine hochaufgelöste Kopie der Bandaufnahme des Telefongesprächs an FOLE in Washington geschickt. Was wir bekommen werden, ist ein Vergleich zwischen Ihrer Stimmanalyse und seiner. Die

Kollegen hier im Revier hätten mir am liebsten gesagt, ich wäre verrückt. Es war ihnen deutlich anzusehen, aber nach den Fingerabdrükken und Ihrem Alibi getraute sich keiner, mit der Sprache herauszurükken und es zu sagen.« Thad öffnete den Mund, versuchte zu sprechen, konnte es nicht, befeuchtete seine Lippen, versuchte es abermals, und konnte es immer noch nicht.

»Thad? Wollen Sie wieder auflegen?«

»Nein«, sagte er und hatte plötzlich das Gefühl, mit der Stimme einer Grille zu sprechen. »Danke, Alan.«

»Nein, sagen Sie das nicht. Ich weiß, wofür Sie mir danken, und ich will Sie nicht hinters Licht führen. Ich versuche lediglich, mich an die bei solchen Untersuchungen übliche Standardprozedur zu halten. Zugegeben, in diesem Fall ist die Prozedur ein wenig absonderlich, weil die Umstände ein wenig absonderlich sind. Das bedeutet nur, daß Sie keine voreiligen Schlüsse ziehen sollten. Ist das klar?«

»Ja. Was ist FOLE?«

»FOLE? Oh. Federal Office of Law Enforcement. Vielleicht das einzig Gute, das Nixon während der ganzen Zeit, in der er im Weißen Haus saß, zustande gebracht hat. Es ist ein Amt, das fast ausschließlich aus Computern besteht, die der Polizei im ganzen Land als Informationszentrale dienen – und den Programmierern natürlich, die sie bedienen. Mit seiner Hilfe kommen wir an die Fingerabdrücke von fast jedem Menschen in den Vereinigten Staaten heran, der seit etwa 1969 wegen irgendeines Verbrechens verurteilt wurde. Außerdem liefert FOLE ballistische Gutachten zu Vergleichszwecken, gibt, wenn verfügbar, die Blutgruppe von Straftätern an und erstellt Stimmanalysen und Computerzeichnungen von Verdächtigen.«

»Also werden wir sehen können, ob seine Stimme und meine ...«

»Ja. Wir sollten die Analysen gegen sieben haben. Gegen acht, wenn die Leute dort unten viel zu tun haben.«

Thad schüttelte den Kopf. »Unsere Stimmen hörten sich völlig unterschiedlich an.«

»Ich habe das Tonband abgehört und weiß das«, sagte Alan. »Aber ich wiederhole: eine Stimmanalyse hat mit *Sprechen* nicht das mindeste zu tun.«

»Aber ...«

»Eine Frage, Thad. Klingt die Stimme von Elmer Fudd für Sie genauso wie die von Daffy Duck?«

Thad blinzelte. »Also – nein.«

»Für mich auch nicht«, sagte Alan, »aber sie stammen beide von einem Mann namens Mel Blanc – ganz zu schweigen von den Stimmen von Bugs Bunny, Tweetie Bird, Foghorn Leghorn und Gott weiß wie vielen anderen. Und jetzt muß ich Schluß machen. Also bis heute abend, okay?«

»Ja.«

»Zwischen halb acht und neun.«

»Wir erwarten Sie.«

»Okay. Und was auch herauskommen mag – ich fahre morgen nach Castle Rock zurück, und dort bleibe ich, sofern sich nicht etwas Unvorhergesehenes ereignet.«

»Die Welt dreht sich weiter, nicht wahr?« sagte Thad und dachte: *Das ist jedenfalls das, wovon* er *ausgeht.*

»Ja, und ich habe andere Hühnchen zu rupfen. Nicht so große wie dieses, aber die Leute von Castle County bezahlen mich dafür, daß ich sie rupfe. Können Sie das verstehen?« Das kam Thad vor wie eine ernsthafte Frage, nicht lediglich eine Floskel in einem Gespräch.

»Ja, das verstehe ich.« *Wir verstehen es beide – ich und der gerissene George.*

»Ich muß nach Hause, aber Sie werden vierundzwanzig Stunden am Tag einen Streifenwagen der Staatspolizei vor Ihrem Haus parken sehen, bis diese Sache ausgestanden ist. Diese Burschen sind zäh, Thad. Und wenn die Cops in New York ein bißchen unvorsichtig waren – bei den Männern, die auf Sie aufpassen, ist das anders. Niemand wird diesen Kerl noch einmal unterschätzen. Niemand wird Sie vergessen oder Sie und Ihre Familie sich selbst überlassen. Es gibt Leute, die an diesem Fall weiterarbeiten werden, und andere, die auf Sie und Ihre Familie aufpassen. Das ist Ihnen doch klar?«

»Ja. Das ist mir klar.« Und dachte: *Heute. Morgen. Nächste Woche. Vielleicht nächsten Monat. Aber nächstes Jahr? Nicht daran zu denken. Ich weiß es. Und er weiß es auch. Fürs erste schenken sie dem, was er gesagt hat – daß er zur Vernunft gekommen ist und verschwindet –, keinen Glauben. Aber später werden sie es tun. Wenn die Wochen vergehen und nichts passiert, dann sind sie gezwungen, es zu glauben, nicht nur aus taktischen Gründen, sondern auch aus ökonomischen. George und ich wissen, daß die Welt sich auch weiterhin auf ihrer gewohnten Bahn um die Sonne dreht, und wir wissen auch, daß George, sobald jedermann vollauf damit beschäftigt ist, andere Hühnchen zu rupfen, hier auftauchen und mich rupfen wird.* UNS *rupfen wird.*

4

Fünfzehn Minuten später befand sich Alan wieder im Revier der Staatspolizei in Orono, wieder am Telefon, wieder wartend. Ein Klicken in der Leitung. Eine junge Frau sagte mit um Entschuldigung bittender Stimme: »Könnten Sie noch ein paar Minuten warten, Chief Pangborn? Unser Computer hat einen von seinen faulen Tagen.«

Alan dachte daran, ihr zu sagen, daß er Sheriff war, nicht Chief, und ließ es dann. Es war ein Fehler, den viele Leute machten. »Natürlich«, sagte er.

Klick.

Er wartete weiter, in einem engen kleinen Büro am hinteren Ende des Reviers; wenn er noch ein Stückchen nach hinten rückte, würde er seine Geschäfte auf dem Parkplatz erledigen müssen. Der Raum war vollgestopft mit staubigen Akten. Der einzige Tisch war ein ausrangiertes Schulpult mit geneigter, aufklappbarer Platte und einem eingelassenen Tintenfaß. Auf der Platte lag ein Zettel, den er immer wieder drehte und wendete. Darauf standen, in Alans säuberlicher Handschrift, zwei Informationen: *Hugh Pritchard* und *Bergenfield County Hospital, Bergenfield, New Jersey.*

Er dachte an sein letztes Gespräch mit Thad vor gut einer halben Stunde. Das Gespräch, in dem er ihm versichert hatte, daß die tapferen Staatspolizisten ihn und seine Frau vor dem bösartigen Irren beschützen würden, der sich für George Stark hielt, falls der bösartige Irre auftauchen sollte. Alan fragte sich, ob Thad das geglaubt hatte. Er bezweifelte es; ein Mann, der vom Geschichtenerzählen lebte, hatte wahrscheinlich einen sechsten Sinn für Märchen. Gut, sie würden *versuchen,* Thad zu beschützen; das sei ihnen zugestanden. Aber Alan mußte immer wieder an etwas denken, daß sich 1985, zwei Jahre zuvor, in Bangor zugetragen hatte.

Eine Frau hatte um Polizeischutz gebeten und ihn auch erhalten, nachdem ihr Ehemann sie zusammengeschlagen und gedroht hatte, wiederzukommen und sie umzubringen, falls sie an ihrer Absicht festhielt, sich von ihm scheiden zu lassen. Zwei Wochen lang hatte der

Mann nichts unternommen. Die Polizei von Bangor war nahe daran gewesen, den Polizeischutz abzuziehen, als der Mann auftauchte, mit einem Wäschereiwagen und in einem grünen Overall mit dem Namen der Wäscherei auf dem Rücken. Er war mit einem Bündel Wäsche in der Hand zur Haustür marschiert. Die Polizei hätte den Mann vielleicht erkannt, selbst in seinem Overall, wenn er früher gekommen wäre, als der Überwachungsbefehl noch frisch war. Aber das war eine müßige Überlegung; als er aufkreuzte, hatten sie ihn einfach nicht erkannt. Er hatte geläutet, und als die Frau an die Tür kam, hatte er einen Revolver aus der Tasche gezogen und sie erschossen. Noch bevor die zu ihrem Schutz abgestellten Cops recht begriffen hatten, was passierte, geschweige denn aus ihrem Wagen herausgesprungen waren, hatte der Mann mit erhobenen Händen auf dem Vorplatz gestanden. Den rauchenden Revolver hatte er in die Rosensträucher geworfen. »Erschießt mich nicht«, hatte er ruhig gesagt. »Ich bin fertig.«

Wagen und Overall hatte er, wie sich herausstellte, von einem Freund geliehen, der nicht einmal wußte, daß er mit seiner Frau im Streit lag.

Die Pointe war simpel genug. Wenn jemand wirklich daran gelegen war, jemanden zu erwischen, und wenn derjenige dazu noch ein bißchen Glück hatte, dann erwischte er ihn. Man denke an Oswald; man denke an Hinckley; man denke an das, was dieser Stark mit den Leuten in New York angestellt hatte.

Klick.

»Sind Sie noch da, Chief?« fragte die weibliche Stimme aus dem Bergenfield County Hospital.

»Ja«, sagte er. »Nach wie vor.«

»Ich habe die Information, um die Sie gebeten haben«, sagte sie. »Hugh Pritchard lebt seit 1978 in Fort Laramie, Wyoming, im Ruhestand. Ich habe seine Adresse und Telefonnummer.«

»Sind Sie so gut, sie mir zu geben?«

Sie tat es. Alan dankte ihr, legte auf, hob dann wieder ab und wählte die Nummer. Das Telefon gab ein Läuten von sich, dann übernahm ein Anrufbeantworter. Eine aufgezeichnete Nachricht drang an Alans Ohr.

»Hallo, hier spricht Hugh Pritchard«, sagte eine kiesige Stimme. *Gut*, dachte Alan, *wenigstens krächzt er nicht – das ist schon ein positives Zeichen.* »Helga und ich sind zur Zeit nicht zu Hause. Ich spiele wahrscheinlich Golf; was mit Helga ist, weiß der Himmel.« Es folgte das rostige Kichern eines alten Mannes. »Wenn Sie eine Nachricht hinterlassen wollen, tun Sie es bitte nach dem Pfeifton. Sie haben dreißig Sekunden Zeit.«

Piiiiep!

»Dr. Pritchard, hier spricht Sheriff Alan Pangborn«, sagte er. »Ich amtiere in Castle County, Maine. Ich muß Sie wegen eines Mannes namens Thad Beaumont sprechen. Sie haben 1960, als er elf war, bei ihm eine Gehirnoperation vorgenommen. Bitte melden Sie sich per R-Gespräch beim Revier der Staatspolizei in Orono. Die Nummer ist 207-866-2121. Danke.«

Er legte auf, leicht schweißgebadet. Beim Sprechen in einen Anrufbeantworter fühlte er sich immer irgendwie unter Druck gesetzt.

Warum tat er das alles überhaupt?

Die Antwort, die er Thad auf diese Frage gegeben hatte, war simpel gewesen: eine Standardprozedur. Sich selbst konnte er nicht mit einer derartigen Antwort abspeisen, denn er wußte, daß dies keineswegs eine Standardprozedur war. Es hätte vielleicht eine sein können, wenn dieser Pritchard den Mann operiert hätte, der sich selbst *Stark* nannte, *(aber er ist es nicht, er hat gesagt, er weiß jetzt, wer er in Wirklichkeit ist)*, aber das hatte er nicht getan. Er hatte *Beaumont* operiert, und zwar vor siebenundzwanzig langen Jahren.

Also warum?

Weil nichts stimmte, deshalb. Die Fingerabdrücke stimmten ebensowenig wie die anhand der Zigarettenstummel ermittelte Blutgruppe, die Kombination von Gerissenheit und Mordgier, die dieser Mann an den Tag gelegt hatte, stimmte nicht, und auch nicht Thads und Liz' Beharren darauf, daß das Pseudonym ein realer Mensch war. Das vor allem. Das war eine Behauptung, die nur Wahnsinnige aufstellen konnten. Und nun gab es noch etwas, das nicht stimmte. Die Kollegen von der Staatspolizei akzeptierten die Behauptung des Mannes, er wüßte nun, wer er wirklich wäre, anstandslos. Für Alan dagegen besaß sie die Echtheit einer Drei-Dollar-Note. Sie stank geradezu nach List, faulem Zauber, Ausflucht.

Alan glaubte, daß der Mann vielleicht doch kommen würde.

Aber all das beantwortet die Frage nicht, flüsterte sein Verstand. *Wozu der ganze Aufwand? Warum machst du dir die Mühe, in Fort Laramie anzurufen und einen alten Doktor ausfindig zu machen, der wahrscheinlich längst vergessen hat, daß er einmal einen Jungen namens Thad Beaumont operiert hat?*

Weil ich nichts Besseres zu tun habe, antwortete er sich selbst gereizt. *Weil ich von hier aus anrufen kann, ohne daß mir der Stadtrat wegen zu hoher Telefonkosten die Hölle heiß macht. Und weil* SIE *es glauben – Thad und Liz. Es ist verrückt, keine Frage – aber ansonsten machen sie den Eindruck überaus vernünftiger Leute, und – verdammt,* SIE *glauben es. Was nicht bedeutet, daß ich es auch tue.*

Und er glaubte es nicht.

Wirklich nicht?

Der Tag verging langsam. Dr. Pritchard rief nicht zurück. Aber die Stimmanalysen kamen kurz nach acht, und sie waren erstaunlich.

5

Sie waren ganz und gar nicht das, was Thad erwartet hatte.

Er hatte ein Blatt Millimeterpapier mit spitzen Bergen und Tälern erwartet, die zu erklären Alan versuchen würde. Liz und er würden weise nicken, wie Leute es gewöhnlich taten, wenn jemand etwas erklärte, das viel zu kompliziert war, als daß man es verstehen konnte; überdies wußten sie, wenn sie Fragen stellten, würden die darauffolgenden Erklärungen noch unverständlicher sein.

Statt dessen zeigte Alan ihnen zwei Blatt gewöhnliches weißes Papier. Quer über die Mitte jedes Blattes verlief eine einzige Linie. Es gab ein paar Gruppen von Spitzen, immer zwei oder drei, aber zum größten Teil bestanden die Linien aus friedlichen (wenn auch etwas unregelmäßigen) Sinuswellen. Und man brauchte nur mit dem bloßen Auge von dem einen Blatt auf das andere zu schauen, um zu sehen, daß sie entweder identisch oder einander sehr ähnlich waren.

»Und das ist es?« fragte Liz.

»Nicht ganz«, sagte Alan. »Passen Sie auf.« Er legte das eine Blatt auf das andere. Er tat es mit dem Air eines Zauberers, der einen besonders guten Trick vorführt. Er hielt die beiden Blätter gegen das Licht. Thad und Liz starrten auf die aufeinandergelegten Blätter.

»Wahrhaftig«, sagte Liz mit leiser, beeindruckter Stimme. »Sie sind wahrhaftig identisch.«

»Nun – nicht ganz«, sagte Alan und deutete auf drei Stellen, an denen die Linie auf dem unteren Blatt ein winziges bißchen durchschien. Eine dieser Abweichungen befand sich oberhalb der Linie auf dem oberen Blatt, die anderen beiden darunter. In allen drei Fällen lagen die Abweichungen an Stellen, an denen die Linie Spitzen bildete. Die Sinuswellen schienen gänzlich übereinzustimmen. »Die Abweichungen befinden sich auf Thads Blatt, und zwar nur an Streßpunkten.« Alan tippte auf eine der Abweichungen nach der anderen. »Hier: ›Was willst du, du Dreckskerl?‹ Und hier: ›Das ist eine gottverdammte Lüge, und das weißt du.‹ Und schließlich hier: ›Hör auf zu lügen, verdammt nochmal!‹ Im Augenblick klammern sich alle an diese drei winzigen Abweichungen, weil sie an ihrer Annahme festhalten wollen, daß es keine zwei Stimmanalysen gibt, die sich gleichen. Tatsache ist vielmehr, daß es in dem, was Stark sagte, keine Streßpunkte gab. Der Kerl war die ganze Zeit völlig cool, gelassen und beherrscht.«

»Ja«, sagte Thad. »Es klang, als tränke er Limonade.«

Alan legte die Stimmanalysen auf einen Beistelltisch. »Bei der Staatspolizei gibt es niemanden, der wirklich glaubt, dies wären zwei verschiedene Stimmanalysen, trotz der winzigen Unterschiede«, sagte er. »Washington hat uns die Analysen sehr schnell geliefert. Der Grund dafür, daß ich so spät gekommen bin, ist der, daß der Experte in Augusta, nachdem er sie gesehen hatte, noch eine Kopie des Tonbandes haben wollte. Wir schickten es von Bangor aus mit einer Maschine der Eastern Airlines los, und sie ließen es auf einem sogenannten Audioverstärker laufen. Damit können sie feststellen, ob jemand die betreffenden Worte tatsächlich gesprochen hat oder ob sie eine Stimme von einem Tonband hören.«

»Ob es eine Livesendung ist oder eine Aufzeichnung«, sagte Thad. Er saß beim Kamin und trank eine Cola.

Nachdem Liz die Stimmanalysen betrachtet hatte, war sie zum Laufstall zurückgekehrt. Sie saß mit untergeschlagenen Beinen auf dem Fußboden und versuchte, William und Wendy daran zu hindern, mit den Köpfen zusammenzustoßen, während sie gegenseitig ihre Zehen untersuchten. »Warum haben sie das getan?«

Alan deutete mit dem Daumen auf Thad, der grinste. »Ihr Mann weiß es.«

Thad fragte Alan: »Angesichts der kleinen Unterschiede in den Analysen können sie sich zumindest *einreden*, es wären zwei verschiedene Stimmen gewesen, obwohl sie es besser wissen – darauf wollten Sie doch hinaus, nicht wahr?«

»So ist es. Wenn ich auch noch nie von zwei Stimmanalysen gehört habe, die einander auch nur entfernt so ähnlich waren wie diese beiden.« Er zuckte die Achseln. »Zugegeben, ich habe nicht so viel Erfahrung damit wie die Männer bei FOLE, die mit diesen Dingen ihren Lebensunterhalt verdienen, nicht einmal so viel wie die Burschen in Augusta, die mehr oder weniger Allround-Leute sind – Stimmanalysen, Fingerabdrücke, Reifenabgüsse und so weiter. Aber ich lese die einschlägige Literatur, und ich war dabei, als das Ergebnis der Untersuchung Ihres Telefongesprächs mit dem Kerl eintraf. Sie reden sich tatsächlich etwas ein, aber sehr viel Mühe geben sie sich damit nicht.«

»Da haben sie also drei kleine Abweichungen, aber das genügt nicht. Das Problem ist, daß meine Stimme angespannt war und die von Stark nicht. Also nehmen sie diesen Verstärker zu Hilfe, weil sie sich davon eine Rückzugsposition erhoffen – weil sie hoffen, daß sich herausstellt, daß es sich bei dem, was Stark sagte, um eine Tonbandaufnahme gehandelt hat. Von mir hergestellt.« Er sah Alan an und hob eine Braue. »Gewinne ich das Suppenhuhn?«

»Nicht nur das, Sie gewinnen auch sechs Gläser und einen kostenlosen Ausflug nach Kittery.«

»Das ist das Verrückteste, das ich je gehört habe«, erklärte Liz.

Thad lachte humorlos. »Die ganze Geschichte ist verrückt. Sie haben gedacht, ich hätte meine Stimme verändert, wie Rich Little – oder Mel Blanc. Sie hielten es für denkbar, daß ich ein Tonband mit meiner George Stark-Stimme besprochen und dabei Pausen eingebaut habe, in denen ich mit meiner eigenen Stimme antworten konnte, und zwar vor Zeugen. Natürlich mußte ich dazu eine Vorrichtung kaufen, mit der ich einen Kassettenrecorder mit einem Münztelefon verbinden konnte. Aber so etwas gibt es, nicht wahr, Alan?«

»Ja. Erhältlich in guten Elektronikfachgeschaften, oder wählen Sie Tafel 800 an Ihrem Fernsehgerät, dort erhalten Sie nähere Auskünfte.«

»Richtig. Das einzige, was ich sonst noch brauche, ist ein Komplize – jemand, dem ich vertraue, der zur Penn Station geht, den Kassettenrecorder an den Münzfernsprecher anschließt, an dem am wenigsten los zu sein scheint, und zur richtigen Zeit meine Nummer wählt. Dann ...« Er brach ab. »Wie wurde das Gespräch bezahlt? Daran habe ich nicht gedacht. Es war kein R-Gespräch.«

»Die Nummer Ihrer Telefon-Kreditkarte wurde benutzt«, sagte Alan. »Offenbar haben Sie sie Ihrem Komplizen gegeben.«

»Ja, offenbar. Sobald ich dieses hübsche Spielchen in die Wege geleitet hatte, brauchte ich nur zweierlei zu tun. Einmal mußte ich zusehen, daß ich das Gespräch selbst entgegennahm. Und zum anderen mußte ich meinen Text im Kopf haben und ihn an den richtigen Stellen einfügen. Das habe ich doch recht gut gemacht, finden Sie nicht, Alan?«

»Ja. Phantastisch.«

»Mein Komplize legt den Hörer auf, sobald der Text es von ihm verlangt. Er hakt den Kassettenrecorder vom Telefon ab, klemmt ihn unter den Arm ...«

»Nein, er steckt ihn in die Tasche«, sagte Alan. »Das Zeug, das es heute in dieser Richtung gibt, ist so klein und handlich, daß sogar die CIA es über den Tresen kauft.«

»Also gut, er steckt ihn in die Tasche und macht sich davon. Das Ergebnis ist ein Gespräch, bei dem man mich sowohl sieht als auch hört, mit einem Mann, der fünfhundert Meilen weit weg ist, einem Mann, der sich zwar anders anhört, dessen Stimmanalyse aber mit meiner übereinstimmt. Wir haben wieder genau dasselbe Phänomen wie bei den Fingerabdrücken, nur noch besser.« Er sah Alan nach Bestätigung heischend an.

»Wenn ich es mir recht überlege«, sagte Alan, »haben Sie sogar eine Reise nach Portsmouth mit beachtlichem Taschengeld gewonnen.«

»Danke.«

»Nichts zu danken.«

»Das ist nicht nur verrückt«, sagte Liz, »das ist einfach unglaublich. Ich finde, diese Leute sollten ihren Verstand ...«

Während ihre Aufmerksamkeit abgelenkt war, schafften die Zwillinge es schließlich doch, mit den Köpfen zusammenzustoßen. Sie begannen lautstark zu weinen. Liz nahm William auf den Arm, Thad nahm Wendy.

Als die Krise vorüber war, sagte Alan: »Es ist wirklich unglaublich. Sie wissen es, ich weiß es, und meine Kollegen wissen es auch. Aber Conan Doyle hat Sherlock Holmes zumindest eines sagen lassen, das noch heute bei der Aufklärung von Verbrechen Gültigkeit hat: wenn man alle wahrscheinlichen Erklärungen eliminiert, dann ist das, was übrigbleibt, die Antwort auf die Frage – so unglaublich es auch scheinen mag.«

»Ich glaube, im Original klingt es ein bißchen eleganter«, sagte Thad.

Alan grinste. »Angeber.«

»Euch beiden kommt das vielleicht lustig vor, aber mir nicht«, sagte Liz. »Thad hätte doch verrückt sein müssen, so etwas zu versuchen. Aber natürlich hält uns die Polizei ohnehin für verrückt.«

»Die Leute halten niemanden von Ihnen für verrückt«, erwiderte Alan ernst. »Zumindest bisher nicht, und sie werden es nicht tun, solange Sie die absurderen Teile Ihrer Geschichte für sich behalten.«

»Und wie steht es mit *Ihnen*, Alan?« fragte Thad. »Ihnen haben wir die absurderen Teile der Geschichte erzählt – was denken *Sie*?«

»Nicht, daß Sie verrückt sind. All das wäre wesentlich einfacher, wenn ich Ihnen glauben könnte. Ich weiß einfach nicht, *was* vorgeht.«

»Was haben Sie von Dr. Hume erfahren?« wollte Liz wissen.

»Den Namen des Arztes, der Thad als Kind operiert hat«, sagte Alan. »Er heißt Hugh Pritchard – sagt Ihnen der Name etwas, Thad?«

Thad runzelte die Stirn und dachte nach. Schließlich sagte er: »Ich glaube ja – aber es kann sein, daß ich mir das nur einbilde. Schließlich ist es schon sehr lange her.«

Liz beugte sich interessiert vor; William, sicher auf dem Schoß seiner Mutter sitzend, beäugte Alan. »Was hat Pritchard Ihnen gesagt?« fragte sie.

»Nichts. Ich geriet an seinen Anrufbeantworter – woraus zu schließen ist, daß der Mann noch lebt. Ich habe eine Nachricht hinterlassen.«

Liz lehnte sich wieder zurück, offensichtlich enttäuscht.

»Und was ist mit den Untersuchungen, die bei mir gemacht worden sind?« fragte Thad. »Hatte Dr. Hume schon irgendwelche Ergebnisse? Oder wollte er Ihnen nichts darüber sagen?«

»Er sagte, sobald er die Ergebnisse hätte, wären Sie der erste, der sie bekäme«, sagte Alan. Er grinste. »Dr. Hume widerstrebte es ganz offensichtlich, einem Sheriff überhaupt etwas mitzuteilen.«

»Typisch George Hume«, sagte Thad und lächelte.

Alan rutschte auf seinem Stuhl herum.

»Möchten Sie etwas zu trinken, Alan?« fragte Liz. »Ein Bier oder eine Cola?«

»Nein, danke. Kehren wir zu dem zurück, was die Staatspolizei glaubt beziehungsweise nicht glaubt. Sie glaubt nicht, daß einer von Ihnen in der Sache drinsteckt, aber sie behält sich das Recht vor, zu glauben, daß dies der Fall sein könnte. Die Leute wissen, daß sie Ihnen das, was letzte Nacht und heute morgen passiert ist, nicht anhängen können. Dem Komplizen vielleicht – hypothetischerweise dem, der die

Sache mit dem Kassettenrecorder gedeichselt hat –, aber nicht Ihnen, Thad. Sie waren hier.«

»Was ist mit Darla Gates?« fragte Thad leise. »Dem Mädchen, das bei Darwin Press gearbeitet hat?«

»Tot. Ziemlich verstümmelt, wie er andeutete, aber vorher einmal durch den Kopf geschossen. Sie hat nicht gelitten.«

»Das ist nicht wahr.«

Alan blinzelte.

»So billig hätte er sie nicht davonkommen lassen. Nicht nach dem, was er mit Clawson angestellt hat. Schließlich war sie es, die als erste gesungen hat. Clawson hielt ihr ein bißchen Geld vor die Nase – viel kann es nicht gewesen sein, nach Clawsons finanziellen Verhältnissen zu urteilen –, und sie revanchierte sich dafür, indem sie die Katze aus dem Sack ließ. Also erzählen Sie mir nicht, er hätte sie einfach erschossen, bevor er sie in Stücke schnitt, und sie hätte nicht gelitten.«

»Also gut«, sagte Alan. »So war es nicht. Wollen Sie hören, wie es wirklich war?«

»Nein«, sagte Liz sofort.

Ein paar Augenblicke lang senkte sich ein schweres Schweigen über den Raum. Sogar die Zwillinge schienen es zu spüren; sie musterten einander ernst und eindringlich. Schließlich fragte Thad: »Und was glauben *Sie*?«

»Ich habe keine Theorie«, sagte Alan. »Ich weiß, daß Sie Starks Anteil an dem Gespräch nicht auf Tonband aufgenommen haben, weil der Verstärker bestätigt hat, daß es live war. Wenn man die Tonqualität entsprechend verbessert, kann man hören, wie über den Lautsprecher der Penn Station angesagt wird, daß der *Pilgrim* nach Boston auf Gleis 3 bereitsteht. Der *Pilgrim* ist heute nachmittag tatsächlich von Gleis 3 abgefahren. Er wurde um 14.36 Uhr bereitgestellt, und das stimmt zeitlich genau mit Ihrer kleinen Plauderei überein. Aber dessen hätte es gar nicht bedurft. Wenn Starks Gesprächsanteil auf Tonband aufgenommen worden wäre, dann hätte einer von Ihnen gefragt, was die Untersuchung ergeben hätte, sobald ich darauf zu sprechen kam. Sie haben beide nicht gefragt.«

»All das, und Sie glauben uns immer noch nicht«, sagte Thad. »Ich meine, Sie wissen immer noch nicht, wo vorn und hinten ist – sind so durcheinander, daß Sie sogar versuchen, Dr. Pritchard zu erreichen –, aber trotzdem schaffen Sie es nicht, bis zum Kern der Sache vorzustoßen, stimmt's?« Er hörte selbst, wie erbittert und verzweifelt seine Stimme klang.

»Der Mann hat selbst bestritten, Stark zu sein.«

»O ja. Das hat er getan, in der Tat.« Thad lachte.

»Sie tun so, als überraschte Sie das nicht.«

»Nein, das tut es nicht. Überrascht es Sie?«

»Offen gestanden, ja. Nachdem er sich so viel Mühe damit gemacht hat, uns nicht im Zweifel darüber zu lassen, daß Ihre Fingerabdrücke identisch sind, Ihre Stimmanalysen . . .«

»Einen Moment, Alan.«

Alan brach ab und sah Thad fragend an.

»Heute morgen habe ich Ihnen gesagt, daß ich überzeugt bin, daß George Stark das alles tut. Kein Komplize von mir, kein Psychopath, dem es irgendwie gelungen ist, anderer Leute Fingerabdrücke zu hinterlassen – das heißt, zwischen seinen Anfällen von Mordgier und seinen Identitätsausflüchten –, und Sie haben mir nicht geglaubt. Glauben Sie mir jetzt?«

»Nein, Thad. Ich wollte, ich könnte Ihnen eine andere Antwort geben. Ich kann Ihnen bestenfalls versichern, daß ich Ihnen glaube, daß Sie davon überzeugt sind.« Er schaute Liz an. »Sie *beide*.«

»Ich muß mich an die Wahrheit halten, sonst laufe ich Gefahr, umgebracht zu werden«, sagte Thad, »und meine Familie vermutlich auch. An diesem Punkt tut es mir im Herzen wohl, Sie sagen zu hören, daß Sie keine Theorie haben. Das ist nicht viel, aber es ist ein Schritt in die richtige Richtung. Was ich Ihnen zu erklären versuchte, ist, daß Fingerabdrücke und Stimmanalysen nichts zu besagen haben, und Stark weiß das. Da können Sie noch so viel davon reden, daß Sie das Unmögliche eliminieren müssen, um akzeptieren zu können, was übrigbleibt, so unwahrscheinlich es sich auch anhört. Aber das funktioniert nicht. Sie akzeptieren *Stark* nicht, und *er* ist das, was übrigbleibt, wenn Sie alles andere eliminiert haben. Lassen Sie es mich anders ausdrücken, Alan: wenn Sie so viele Beweise für einen Gehirntumor hätten, dann würden Sie ins Krankenhaus gehen und sich operieren lassen, selbst wenn zu befürchten steht, daß Sie nicht lebend wieder herauskommen.« Alan öffnete den Mund, schüttelte den Kopf und machte den Mund wieder zu. Abgesehen vom Ticken der Uhr und dem leisen Plappern und Krähen der Zwillinge war es still in dem Wohnzimmer, in dem Thad immer stärker das Gefühl hatte, er hätte sein ganzes Erwachsenenleben darin verbracht.

»Auf der einen Seite haben Sie genug Beweise, um damit vor Gericht einen Indizienprozeß führen zu können«, faßte Thad leise zusammen. »Auf der anderen Seite haben Sie die unbewiesene Behauptung einer Stimme am Telefon, die sagt, daß er ›zur Vernunft gekommen‹ ist, daß er ›jetzt weiß, wer er ist‹. Dennoch sind Sie drauf und dran, der Behauptung mehr Gewicht beizumessen als dem Beweismaterial.«

»Nein, Thad, das stimmt nicht. Ich akzeptiere *keine einzige* Behauptung, nicht Ihre, nicht die Ihrer Frau und schon gar nicht die, die der Mann am Telefon aufgestellt hat. Ich habe mich bisher in keiner Weise festgelegt.«

Thad deutete mit dem Daumen über seine Schulter hinweg zum Fenster. Hinter den sanft wehenden Gardinen konnten sie den Streifenwagen der Polizisten sehen, die das Haus der Beaumonts bewachten.

»Und was ist mit denen? Haben die sich auch noch nicht festgelegt? Ich wünschte bei Gott, Sie könnten hierbleiben, Alan – ich hätte lieber Sie hier als eine ganze Armee von Staatspolizisten, weil Sie zumindest ein Auge halb offenhalten, während bei denen beide Augen fest zugekniffen sind.«

»Thad ...«

»Es ist so«, sagte Thad. »Sie wissen es, und er weiß es auch. Er wird abwarten. Und wenn jedermann überzeugt ist, daß es vorüber ist und den Beaumonts nichts passieren wird, wenn sämtliche Polizisten ihre Zelte abgebrochen haben und abgezogen sind, dann wird George Stark hier auftauchen.«

Er hielt inne, und auf seinem Gesicht lag ein dunkler, vielschichtiger Ausdruck. Alan sah, wie Bedauern, Entschlossenheit und Angst in diesem Gesicht miteinander kämpften.

»Ich muß Ihnen etwas sagen – Ihnen und Liz. Ich weiß ganz genau, was er will. Er will, daß ich einen weiteren Roman unter Starks Namen schreibe – wahrscheinlich einen über Alexis Machine. Ich weiß nicht, ob ich das könnte, aber wenn ich glaubte, es käme etwas Gutes dabei heraus, würde ich es tun. Ich würde noch heute abend *The Golden Dog* in die Schublade packen und damit anfangen.«

»Thad, nein!« rief Liz.

»Ich werde es nicht tun«, sagte er, »denn es würde mich umbringen. Fragt mich nicht, woher ich das weiß; ich weiß es einfach. Und ich würde es vielleicht trotzdem versuchen, wenn mein Tod allem ein Ende machen würde. Aber ich glaube nicht, daß das der Fall wäre. Ich kann einen Menschen wie diesen nicht auf die Welt loslassen. Weil ich überzeugt bin, daß er im Grunde überhaupt kein Mensch ist.«

Alan schwieg.

»So stehen die Dinge!« sagte Thad mit der Aura eines Mannes, der ein wichtiges Geschäft zum Abschluß gebracht hat. »Ich kann es nicht, ich will es nicht, ich darf es nicht. Das bedeutet, daß er kommen wird. Und wenn er kommt – Gott weiß, was dann passiert.«

»Thad«, sagte Alan verlegen, »Sie brauchen ein bißchen Abstand von dieser Sache, das ist alles. Und wenn Sie den haben, dann wird das meiste davon – weggeblasen sein. Wie eine Pusteblume. Wie ein böser Traum am Morgen.«

»Was wir brauchen, ist nicht Abstand«, sagte Liz. Sie schauten zu ihr hinüber und sahen, daß sie lautlos weinte. Nicht sehr, aber die Tränen waren da. »Was wir brauchen, ist jemand, der ihn umbringt.«

6

Alan fuhr noch in der Nacht nach Castle Rock zurück und traf kurz vor zwei Uhr morgens dort ein. Er schlich sich so leise wie möglich ins Haus, wobei er feststellte, daß Annie wieder vergessen hatte, die Alarmanlage einzuschalten. Es widerstrebte ihm, ihr deshalb Vorwürfe zu machen – ihre Migräneanfälle waren in letzter Zeit immer häufiger aufgetreten –, aber früher oder später würde er es tun müssen.

Er machte sich mit den Schuhen in der Hand auf den Weg nach oben und bewegte sich mit einer Gewandtheit, die fast den Eindruck erweckte, als schwebte er. Sein Körper besaß eine Gelenkigkeit, die das genaue Gegenteil von Thad Beaumonts Tolpatschigkeit war, aber Alan nutzte sie relativ selten; es war, als verfügte er über eine geheimnisvolle Bewegungskunst, die sein Verstand als peinlich empfand. Jetzt, in der Stille der Nacht, bestand keine Veranlassung, sie zu verbergen, und er bewegte sich mit einer schattenhaften Anmut, die fast unheimlich war.

Auf halber Höhe der Treppe hielt er inne – und ging wieder hinunter. Er hatte ein kleines Arbeitszimmer, das neben dem Wohnzimmer lag und kaum mehr war als eine mit einem Schreibtisch und ein paar Bücherregalen möblierte Besenkammer, aber seinen Ansprüchen genügte es vollauf. Er versuchte, keine Arbeit mit nach Hause zu nehmen. Es gelang ihm nicht immer, aber er tat, was er konnte.

Er schloß die Tür, schaltete das Licht ein und betrachtete das Telefon.

Das ist doch wohl nicht dein Ernst? fragte er sich selbst. *In Fort Laramie ist es jetzt fast Mitternacht, und dieser Mann ist nicht nur irgendein Arzt im Ruhestand; er ist ein* NEUROCHIRURG *im Ruhestand. Wenn du ihn aufweckst, ist er imstande, Kleinholz aus dir zu machen.*

Dann dachte Alan an Liz Beaumonts Augen – ihre dunklen, verängstigten Augen – und beschloß, es trotzdem zu tun. Vielleicht würde es sogar etwas Gutes haben; ein Anruf mitten in der Nacht würde keinen Zweifel daran lassen, daß es sich um schwerwiegende Dinge handelte. Er würde Dr. Pritchard zum Nachdenken veranlassen. Dann würde Alan zu einer vernünftigeren Zeit noch einmal anrufen.

Wer weiß, dachte er ohne viel Hoffnung (aber mit einer Spur von Humor), *vielleicht* VERMISST *er es sogar, mitten in der Nacht angerufen zu werden.*

Alan zog den Zettel aus der Tasche seiner Uniformjacke und wählte Hugh Pritchards Nummer. Er tat es im Stehen, wappnete sich gegen einen Wutausbruch der kiesigen Stimme.

Aber er hätte sich keine Gedanken zu machen brauchen; wieder meldete sich nur der Anrufbeantworter, und er hinterließ dieselbe Nachricht wie zuvor.

Er legte nachdenklich den Hörer auf und ließ sich hinter seinem Schreibtisch nieder. Die Lampe mit dem schwenkbaren Arm warf einen runden Lichtkreis auf die Platte, und Alan begann, eine Reihe von Schattentieren durch diesen Lichtkreis wandern zu lassen – ein Kaninchen, einen Hund, einen Habicht, sogar ein passables Känguruh. Wenn er allein und ungestört war, verfügten seine Hände über die gleiche Anmut wie der Rest seines Körpers; unter diesen unwahrscheinlich flexiblen Fingern schienen die Tiere durch den kleinen, vom Lampenschirm eng begrenzten Lichtkreis zu paradieren und das eine in das nächste überzugehen. Mit diesem Spiel war es ihm immer gelungen, seine Kinder zu begeistern, und oft beruhigte es ihn selbst, wenn ihm etwas Sorgen machte.

Aber jetzt funktionierte selbst das nicht.

Dr. Hugh Pritchard ist tot. Stark hat ihn gleichfalls erwischt.

Das war natürlich unmöglich; er nahm an, wenn ihm jemand die Pistole auf die Brust setzte, würde er vielleicht ein Gespenst akzeptieren, nicht aber einen bösartigen Supermann, der mit einem einzigen Satz ganze Kontinente überquerte. Er konnte sich eine ganze Reihe von guten Gründen dafür vorstellen, warum jemand die Nacht über einen Anrufbeantworter einschaltete. Und nicht der fadenscheinigste war der, Störungen durch spät abends anrufende Fremde wie Sheriff Alan J. Pangborn aus Castle Rock, Maine, zu vermeiden.

Ja, aber er ist tot. Er und seine Frau gleichfalls. Wie war ihr Name? Helga. ›Ich spiele vermutlich Golf; was mit Helga ist, weiß der Himmel.‹ Nun, ich weiß, was mit Helga ist; ich weiß, was mit euch allen beiden ist. Ihr liegt blutüberströmt und mit durchgeschnittener Kehle da, und an der Wand eures Wohnzimmers steht etwas geschrieben. DIE SPERLINGE FLIEGEN WIEDER *steht dort geschrieben.*

Alan Pangborn überlief ein Schauder. Es war verrückt, aber der Schauder überlief ihn trotzdem, bohrte sich in ihn ein wie ein Draht.

Er wählte die Auskunft von Wyoming, bekam die Nummer des Sheriffbüros von Fort Laramie und machte den zweiten Anruf. Es meldete sich ein Diensthabender, der halb zu schlafen schien. Alan stellte sich vor, erklärte dem Diensthabenden, mit wem er zu sprechen versucht hatte und wo er wohnte, und fragte dann, ob sie Dr. Pritchard und seine Frau auf ihrer Urlaubsliste hätten. Wenn der Doktor und seine Frau in den Urlaub gefahren waren – die Urlaubszeit hatte gerade begonnen –, dann hatten sie wahrscheinlich die örtliche Polizeibehörde informiert und sie gebeten, ihr leerstehendes Haus im Auge zu behalten.

»Gut«, sagte der Diensthabende. »Können Sie mir Ihre Nummer geben? Ich rufe dann zurück und gebe Ihnen die gewünschte Auskunft.«

Alan seufzte. Das war eine weitere Dienstvorschrift. Weiterer Mist. Der Mann wollte nicht mit Informationen herausrücken, bevor er sicher war, daß Alan tatsächlich derjenige war, für den er sich ausgab.

»Nein«, sagte er. »Ich rufe von zu Hause aus an, und es ist mitten in der Nacht ...«

»Bei uns ist auch nicht gerade heller Vormittag, Sheriff Pangborn«, erwiderte der Diensthabende lakonisch.

Alan seufzte abermals. »Das weiß ich«, sagte er, »aber ich weiß auch, daß Ihre Frau und Ihre Kinder nicht oben schlafen. Tun Sie folgendes, mein Freund: rufen Sie im Revier der Staatspolizei in Oxford, Maine, an – ich gebe Ihnen die Nummer – und verifizieren Sie meinen Namen. Lassen Sie sich die Nummer meines Dienstausweises geben. Ich rufe in ungefähr zehn Minuten wieder an, und dann können wir die Parole austauschen.«

»Geben Sie mir die Nummer«, sagte der Diensthabende, wenn auch nicht sonderlich begeistert. Alan vermutete, daß er ihn bei der Spätshow im Fernsehen oder bei der Lektüre der neuesten Ausgabe von *Penthouse* gestört hatte.

»Um was geht es überhaupt?« fragte der Diensthabende, nachdem er die Nummer des Reviers der Staatspolizei in Oxford wiederholt hatte.

»Um Ermittlungen in einem Mordfall«, sagte Alan. »Eine heiße Sache. Ich habe nicht angerufen, um Sie über meinen Gesundheitszustand zu informieren.« Er legte auf.

Er saß hinter seinem Schreibtisch, machte Schattentiere und wartete darauf, daß der Minutenzeiger zehnmal um das Zifferblatt herumwanderte. Er hatte es erst fünfmal getan, als die Tür des Arbeitszimmers geöffnet wurde und Annie hereinkam. Sie trug ihren rosa Morgenmantel und kam ihm irgendwie gespenstisch vor; er spürte, wie sich dieser Schauder wieder in ihn hineinbohren wollte, hatte das Gefühl, einen Blick in die Zukunft geworfen und etwas gesehen zu haben, das unerfreulich war. Sogar sehr unerfreulich.

Wie wäre mir zumute, wenn er es auf mich abgesehen hätte? fragte er sich plötzlich. *Auf mich und Annie und Toby und Todd? Wie wäre mir zumute, wenn ich wüßte, wer er ist – und niemand wollte mir glauben?*

»Alan? Was machst du so spät hier unten?«

Er lächelte, stand auf und gab ihr einen Kuß. »Ich warte nur darauf, daß die Wirkung der Drogen abklingt«, sagte er.

»Nein, im Ernst – ist es diese Beaumont-Geschichte?«

»Ja. Ich habe versucht, einen Arzt ausfindig zu machen, der vielleicht etwas darüber weiß. Ich bin nur an seinen Anrufbeantworter geraten, deshalb habe ich das Büro des Sheriffs angerufen, ob er vielleicht auf der Urlaubsliste steht. Im Augenblick überprüft der Mann am anderen Ende vermutlich gerade meine Identität.« Er musterte sie besorgt. »Wie geht es dir, Liebling? Hast du wieder Kopfschmerzen?«

»Nein«, sagte sie, »aber ich hörte dich kommen.« Sie lächelte. »Es gibt zwar auf der ganzen Welt keinen Menschen, der sich so leise bewegen kann wie du, aber gegen deinen Wagen bist du machtlos.«

Er nahm sie in die Arme.

»Möchtest du eine Tasse Tee?« fragte sie.

»Lieber nicht. Ein Glas Milch, wenn es dir nichts ausmacht.«

Sie verließ ihn und kam eine Minute später mit der Milch zurück. »Was ist Mr. Beaumont für ein Mensch?« fragte sie. »Ich habe ihn hin und wieder im Ort gesehen, und seine Frau habe ich gelegentlich bei Polly getroffen, aber mit ihm habe ich noch nie gesprochen.« Polly Chalmers besaß einen Laden, in dem man alles kaufen konnte, was man zum Schneidern brauchte, und Annie hatte dort vier Jahre lang halbtags gearbeitet.

Alan dachte darüber nach. »Ich mag ihn«, sagte er schließlich. »Anfangs war es nicht so – da dachte ich, er wäre kalt wie ein Fisch. Aber dann habe ich ihn unter schwierigen Umständen erlebt. Er ist einfach – zurückhaltend. Vielleicht liegt das an seiner Arbeit.«

»Seine beiden Romane haben mir sehr gut gefallen«, sagte Annie.

Er hob die Brauen. »Ich wußte gar nicht, daß du sie gelesen hast.«

»Du hast mich nie gefragt, Alan. Und dann, als die Geschichte mit dem Pseudonym herauskam, habe ich es mit einem der *anderen* versucht.« Sie rümpfte angewidert die Nase.

»Nicht gut?«

»Widerlich. Beängstigend. Ich habe es nicht zu Ende gelesen. Ich hätte nie für möglich gehalten, daß sie von ein und demselben Mann stammten.«

Weißt du was, Baby? dachte Alan. *Er hält es selbst nicht für möglich.*

»Du solltest wieder ins Bett gehen«, sagte er, »sonst wachst du mit einer neuen Attacke auf.«

Sie schüttelte den Kopf. »Ich glaube, das Kopfschmerz-Monster hat sich verzogen, zumindest für eine Weile.« Sie senkte die Lider und warf ihm einen Blick zu. »Ich bleibe wach, bis du heraufkommst – das heißt, wenn es nicht allzu lange dauert.«

Er umfaßte eine ihrer Brüste durch den Stoff des rosa Morgenmantels hindurch und küßte ihre geöffneten Lippen. »Ich komme, so schnell ich kann.«

Sie ging, und Alan stellte fest, daß mehr als zehn Minuten vergangen waren. Er rief wieder in Wyoming an, wo sich der gleiche verschlafene Diensthabende meldete.

»Dachte schon, Sie hätten mich vergessen.«

»Keine Spur«, sagte Alan.

»Geben Sie mir bitte die Nummer Ihres Dienstausweises, Sheriff?«

»109-44-205-ME.«

»Hört sich an, als wären Sie echt. Tut mir leid, daß ich Ihnen um diese späte Stunde diesen Zirkus nicht ersparen kann, aber ich nehme an, Sie verstehen.«

»Das tue ich. Was können Sie mir über Dr. Pritchard sagen?«

»Wir haben ihn und seine Frau tatsächlich auf unserer Urlaubsliste«, sagte der Diensthabende. »Sie sind im Yellowstone Park, kampieren dort bis Ende des Monats.«

Na siehst du, dachte Alan, *du sitzt hier und läßt dich mitten in der Nacht von Schatten ins Bockshorn jagen. Keine durchgeschnittenen Kehlen. Keine Schrift an der Wand. Nur ein altes Ehepaar auf einem Campingausflug.*

Aber er mußte feststellen, daß er nicht sonderlich erleichtert war. Es würde schwer sein, Dr. Pritchard zu fassen zu bekommen, jedenfalls in den nächsten paar Wochen.

»Wenn ich dem Mann eine Nachricht zukommen lassen wollte – meinen Sie, daß er zu erreichen wäre?« fragte Alan.

»Ich denke schon«, sagte der Diensthabende. »Sie könnten Park Services in Yellowstone anrufen. Dort müßte man eigentlich wissen, wo er steckt. Es kann vielleicht eine Weile dauern, aber sie werden ihn wahrscheinlich irgendwo erreichen können. Ich bin ihm ein- oder zweimal begegnet. Scheint ein netter alter Mann zu sein.«

»Das ist gut zu wissen«, sagte Alan. »Danke für Ihre Mühe.«

»Keine Ursache – dazu sind wir schließlich da.« Alan hörte das leise Rascheln von Papier und konnte sich vorstellen, wie sich dieser gesichtslose Mann, einen halben Kontinent entfernt, wieder seinem *Penthouse* zuwendete.

»Gute Nacht«, sagte er.

»Gute Nacht, Sheriff.«

Alan legte den Hörer auf, blieb aber noch einen Moment sitzen und schaute durch das kleine Fenster seines Arbeitszimmers hinaus in die Dunkelheit.

Er ist dort draußen. Irgendwo. Unterwegs.

Alan fragte sich abermals, was er empfinden würde, wenn sein eigenes Leben – und das Leben von Annie und den Kindern – auf dem Spiel stünde. Er fragte sich, was er empfinden würde, wenn er das wüßte und niemand glauben wollte, daß er es wußte.

Du schleppst es wieder mit dir herum, hörte er Annie in Gedanken sagen.

Und so war es. Noch vor einer Viertelstunde war er – nicht im Kopf, aber in seinen Nervenenden – überzeugt gewesen, daß Hugh und Helga Pritchard in einer großen Blutlache tot dalagen. Das stimmte nicht; sie schliefen heute nacht friedlich unter den Sternen in einem Zelt im Yellowstone National Park. So viel zum Thema Intuition; sie konnte einen ganz schön zum Narren halten.

Genau das wird auch Thads Ansicht sein, wenn wir herausgefunden haben, was wirklich vor sich geht, dachte er. *Wenn sich herausgestellt hat, daß die Erklärungen, so bizarr sie auch sein mögen, letzten Endes doch mit den Naturgesetzen vereinbar sind.*

Glaubte er das wirklich?

Ja, entschied er – er glaubte es wirklich. Zumindest sein Verstand glaubte es. Seine Nervenenden waren ihrer Sache weniger sicher.

Alan trank seine Milch, schaltete die Schreibtischlampe aus und ging nach oben. Annie war noch wach, und sie war hinreißend nackt. Sie nahm ihn in die Arme, und Alan ließ glücklich zu, daß er alles andere vergaß.

7

Zwei Tage später rief Stark wieder an. Thad war in Dave's Market, als der Anruf kam.

Dave's Market war ein kleiner Kramladen, etwa anderthalb Meilen vom Haus der Beaumonts entfernt. Es war ein Laden, den man aufsuchte, wenn man ein paar Sachen brauchte, aber keine Lust hatte, deswegen zum Supermarkt nach Brewer zu fahren.

An diesem Freitagabend fuhr Thad dorthin, um eine Sechserpackung Cola, ein paar Tüten Chips und ein paar Grillsaucen zu kaufen. Mit ihm fuhr einer der Polizisten, der die Familie beschützte. Es war der 10. Juli, halb sieben Uhr abends und noch hell.

Der Polizist blieb im Wagen sitzen, während Thad im Laden war. Er hatte seine Cola und betrachtete gerade die Riesenauswahl an Grillsaucen (da war Muschelsauce, und wenn man die nicht mochte, konnte man Zwiebelsauce nehmen), als das Telefon läutete.

Er blickte sofort auf und dachte: *Oh. Okay.*

Rosalie hinter dem Tresen nahm ab, sagte hallo, lauschte und streckte ihm dann, wie er es erwartet hatte, den Hörer entgegen. Wieder überkam ihn dieses traumhafte Gefühl des *presque vu.*

»Telefon, Mr. Beaumont.«

Er fühlte sich ganz ruhig. Sein Herz war über einen Schlag gestolpert, aber nur über einen; jetzt joggte es wieder in seinem üblichen Tempo. Er schwitzte nicht.

Und es waren keine Vögel da.

Er empfand keine Spur jener Angst und Wut, die er zwei Tage zuvor empfunden hatte. Er brauchte Rosalie nicht zu fragen, ob es seine Frau war, die ihn vielleicht bitten wollte, noch ein Dutzend Eier oder zwei Tüten Milch mitzubringen. Er wußte, wer es war.

Er stand neben dem Spielautomaten, auf dessen leuchtendgrünem Bildschirm zu lesen war, daß es in der vergangenen Woche keinen Gewinner gegeben hatte und daß sich der Jackpot in dieser Woche auf vier Millionen Dollar belief. Er nahm den Hörer von Rosalie entgegen und sagte: »Hallo, George.«

»Hallo, Thad.« Der leichte Anflug von Südstaatenakzent war noch vorhanden, aber er versuchte nicht mehr, den Anschein des etwas unbedarften Bauerntölpels zu erwecken. Auf welche subtile und dennoch überzeugende Art er das beim vorigen Mal getan hatte, wurde Thad erst klar, als er jetzt das gänzliche Fehlen dieser Masche registrierte.

Aber natürlich, jetzt sind es nur die Jungs, dachte Thad. *Einfach zwei Schriftsteller, die herumstehen und sich unterhalten.*

»Was willst du?«

»Die Antwort darauf kennst du. Es besteht keine Veranlassung, irgendwelche Spielchen zu spielen. Dafür ist es ein bißchen zu spät.«

»Vielleicht möchte ich nur, daß du es laut sagst.« Dieses Gefühl war wieder da, dieses unheimliche Gefühl, aus dem eigenen Körper herausgesaugt und in der Telefonleitung entlanggezerrt zu werden bis zu einem Ort, der genau in der Mitte zwischen ihnen lag.

Rosalie hatte sich ans entgegengesetzte Ende des Tresens zurückgezogen, wo sie Zigarettenpäckchen aus einem Stapel Kartons holte und damit den Verkaufsständer auffüllte. Sie bemühte sich so ostentativ, dem Gespräch nicht zuzuhören, daß es schon fast komisch war. In Ludlow – zumindest an diesem Ende des Ortes – gab es niemanden, der nicht wußte, daß Thad unter Polizeischutz oder Polizeibewachung oder Polizei-sonstwas stand, und er brauchte die Gerüchte nicht zu hören, die über ihn in Umlauf waren. Diejenigen, die nicht glaubten, daß er demnächst wegen des Handels mit Drogen verhaftet werden würde, waren fraglos überzeugt, daß er seine Kinder oder seine Frau mißhandelt hatte. Die arme alte Rosalie stand und versuchte, ein guter Mensch zu sein, und Thad überkam ein absurdes Gefühl der Dankbarkeit. Außerdem überkam ihn das Gefühl, als betrachtete er sie durch das falsche Ende eines starken Teleskops.

Er steckte irgendwo in der Telefonleitung, in dem Kaninchenbau, in dem kein weißes Kaninchen hauste, sondern nur der gerissene alte George Stark, der Mann, der eigentlich nicht da sein konnte, aber es irgendwie doch war.

Gerissener alter George, und hier unten in Endsville fliegen wieder alle Sperlinge.

Er bekämpfte das Gefühl, bekämpfte es mit aller Kraft.

»Also los, George«, sagte er, ein wenig überrascht von dem rauhen Anflug von Wut in seiner Stimme. Er war benommen, steckte in einer mächtigen Grundströmung von Entfremdung und Unwirklichkeit – aber bei Gott, seine Worte klangen hellwach und selbstbewußt. »Also los, warum sagst du es nicht laut?«

»Wenn du darauf bestehst.«

»Ich bestehe darauf.«

»Es wird Zeit, daß wir mit einem neuen Buch anfangen. Einem neuen Stark-Roman.«

»Das finde ich nicht.«

»Sag das nicht!« Die Schärfe in seiner Stimme glich einer mit Schrotkugeln besetzten Peitschenschnur. »Ich habe ein Bild gezeichnet. *Für* dich, Thad. Bring mich nicht dazu, daß ich es *auf* dir zeichne.«

»Du bist tot, George. Du hast nur nicht genügend Grips, um einfach liegenzubleiben.«

Rosalies Kopf drehte sich ein wenig; Thad registrierte ein weit aufgerissenes Auge, bevor sie sich eiligst wieder dem Zigarettenständer zuwendete.

»Paß lieber auf, was du sagst!« Jetzt lag echte Wut in der Stimme. Aber war da außerdem noch etwas? War da Angst? Schmerz? Oder beides? Oder machte er sich nur etwas vor?

»Was ist los, George?« höhnte er plötzlich. »Hast du ein paar von deinen glücklichen Gedanken verloren?«

Daraufhin trat eine Pause ein. Thad hatte ihn überrascht, ihn aus der Fassung gebracht, zumindest vorübergehend. Dessen war Thad sich sicher. Aber wie? Womit hatte er das geschafft?

»Hör gut zu, alter Freund«, sagte Stark schließlich. »Ich gebe dir eine Woche, um mit der Arbeit anzufangen. Und glaube nicht, daß du mir irgendwelchen Humbug vormachen kannst. Das kannst du nicht.«

Aber der Akzent war viel deutlicher geworden. Ja, George war aufgebracht. Thad würde vielleicht einen hohen Preis bezahlen müssen, bevor dies alles vorbei war, aber im Augenblick verspürte er nur wilde Freude.

Er war durchgekommen. Offenbar war er nicht der einzige, der sich in diesen alptraumhaften Zwiegesprächen hilflos und verletzlich wie in einem Traum vorkam; er hatte Stark getroffen, und das war eine wahre Wohltat.

Thad sagte: »In einem Punkt hast du recht. Zwischen uns gibt es keinen Humbug. Was immer es sonst auch geben mag, den gibt es nicht.«

»Du hattest eine Idee«, sagte Stark. »Du hattest sie, bevor dieser verdammte Schleimer auf die Idee kam, dich zu erpressen. Die Geschichte mit dem gepanzerten Wagen.«

»Ich habe meine Notizen weggeworfen. Für mich ist der Fall erledigt.«

»Was du weggeworfen hast, waren *meine* Notizen, aber das macht nichts. Du brauchst keine Notizen. Es wird ein gutes Buch werden.«

»Du verstehst nicht. George Stark ist *tot*.«

»*Du* bist es, der nicht versteht«, erwiderte Stark. Seine Stimme war leise, nachdrücklich, tödlich. »Du hast eine Woche. Und wenn du dann nicht mindestens dreißig Seiten Manuskript hast, dann komme ich, alter Freund. Aber ich werde nicht mit dir anfangen – das wäre zu einfach. Das wäre *entschieden* zu einfach. Zuerst nehme ich mir deine Kinder vor, und sie werden langsam sterben. Dafür werde ich sorgen. Ich weiß genau, wie. Sie werden nicht wissen, was mit ihnen passiert, nur, daß sie unter Qualen sterben. Aber du wirst es wissen, und ich werde es wissen und deine Frau auch. Sie kommt als nächste an die Reihe – aber bevor ich sie mir vornehme, werde ich sie mir nehmen. Du weißt, was ich meine, alter Freund. Und wenn sie erledigt ist, dann kommst du an die Reihe, Thad, und du wirst sterben, wie noch nie ein Mensch gestorben ist.«

Er brach ab. Thad konnte hören, wie er ihm rauh ins Ohr hechelte, wie ein Hund an einem heißen Tag.

»Aber von den Vögeln weißt du nichts«, sagte Thad leise. »Das stimmt doch, nicht wahr?«

»Thad, du redest dummes Zeug. Wenn du dich nicht bald an die Arbeit machst, müssen etliche Leute darunter leiden. Ich habe dir eine Frist gesetzt.«

»Das ist mir klar«, sagte Thad. »Aber ich frage mich, wie es möglich war, daß du diese Worte in Clawsons und dann in Miriams Wohnung an die Wand schreiben konntest, *ohne etwas von den Vögeln zu wissen.*«

»Hör mit dem Unsinn auf und rede vernünftig, alter Freund«, sagte Stark, aber Thad spürte, daß unter der Oberfläche dieser Stimme Bestürzung und eine diffuse Angst mitschwangen. »An den Wänden hat überhaupt nichts gestanden.«

»O doch. Da stand etwas geschrieben. Und weißt du, was, George? Ich glaube, der Grund dafür, daß du nichts davon weißt, ist vielleicht der, daß *ich* es geschrieben habe. Ich glaube, ein Teil von mir war *dabei*, hat dich beobachtet. Ich glaube, von uns beiden bin ich der einzige, der von den Vögeln weiß, George. Ich halte es für durchaus möglich, daß *ich* es geschrieben habe. Laß dir das durch den Kopf gehen, und zwar gründlich, bevor du anfängst, mir die Pistole auf die Brust zu setzen.«

»Hör mir zu«, sagte Stark nachdrücklich. »Hör mir gut zu. Zuerst deine Kinder – dann deine Frau – dann du. Fang mit einem neuen Buch an, Thad. Das ist der beste Rat, den ich dir geben kann. Der beste Rat, den du in deinem ganzen verdammten Leben je bekommen hast. Fang mit einem neuen Buch an. Ich bin nicht tot.«

Eine lange Pause. Dann leise, sehr entschieden.

»Und ich *will* nicht tot sein. Also fährst du nach Hause und spitzt deine Bleistifte an, und wenn du eine Inspiration brauchst, dann stell dir vor, wie deine Kinder mit den Gesichtern voll Glas aussehen würden. Ich weiß nicht, was du mit diesen blöden Vögeln hast. Vergiß sie und fang an zu schreiben.«

Ein Klicken.

»Scheißkerl«, flüsterte Thad in die tote Leitung und legte langsam den Hörer auf.

Siebzehntes Kapitel

Wendy fällt

1

Die Situation wäre so oder so zum Abschluß gekommen, einerlei, was passierte oder nicht passierte – dessen war sich Thad ganz sicher. George Stark würde nicht einfach verschwinden. Aber er hatte das Gefühl, und nicht ohne eine gewisse Berechtigung, daß Wendys Sturz von der Treppe zwei Tage nach Starks Anruf in Dave's Market ein für allemal den Kurs bestimmte, auf dem sich die Situation weiterentwickeln würde.

Die wichtigste Folge davon war, daß er ihm endlich eine Möglichkeit des Handelns aufzeigte. Er hatte diese beiden Tage in einer Art atemloser Flaute verbracht. Es fiel ihm schwer, selbst den primitivsten Fernsehsendungen zu folgen, er war nicht imstande zu lesen, und die Vorstellung, zu schreiben, hatte eine gewisse Ähnlichkeit mit der Idee, schneller als mit Lichtgeschwindigkeit zu reisen. Zumeist wanderte er von einem Zimmer ins andere, setzte sich ein paar Augenblicke hin und wanderte wieder weiter. Er stand Liz im Wege und ging ihr auf die Nerven. Sie fuhr ihn nicht an, aber er vermutete, daß sie sich mehr als einmal auf die Zunge beißen mußte, um zu verhindern, daß die Schärfe zum Vorschein kam und in ihn einschnitt wie in ein Stück Papier.

Zweimal war er nahe daran, ihr von Starks zweitem Anruf zu erzählen, dem Anruf, bei dem der gerissene alte George genau gesagt hatte, was er im Sinne hatte, in dem sicheren Wissen, daß die Leitung nicht angezapft war und sie vertraulich miteinander sprachen. Beide Male hatte er sich selbst auf die Zunge gebissen, weil er wußte, daß er damit nichts erreicht hätte, als sie noch nervöser zu machen.

Und zweimal hatte er sich dabei ertappt, daß er in seinem Arbeitszimmer saß und tatsächlich einen dieser verdammten Berol-Bleistifte in der Hand hielt, obwohl er sich geschworen hatte, sie nie wieder zu benutzen, und einen Stapel frischer, noch in Zellophan verpackter Notizbücher von der Art betrachtete, in die Stark seine Romane geschrieben hatte.

Du hattest eine Idee – die mit der Hochzeit und dem gepanzerten Wagen.

Und das stimmte. Thad hatte sogar bereits einen Titel: *Steel Machine.* Und noch etwas stimmte: irgend etwas in ihm verlangte danach, das Buch zu schreiben. Es juckte ihn, wie an der Stelle auf dem Rücken, die man nicht erreichen und an der man sich deshalb nicht kratzen kann.

George würde sie für dich kratzen.

O ja, er würde sie *mit Vergnügen* für ihn kratzen. Aber irgend etwas würde mit ihm vorgehen, weil sich die Dinge jetzt geändert hatten, nicht wahr? Was genau würde es sein? Er wußte es nicht, *wollte* es vielleicht nicht wissen, aber immer wieder erschien ein beängstigendes Bild vor seinen Augen. Es stammte aus dem rassistischen, aber dennoch wundervollen alten Kinderbuch *Little Black Sambo.* Als Black Sambo auf den Baum geklettert war und die Tiger ihn nicht erreichen konnten, wurden sie so wütend, daß sie sich gegenseitig in die Schwänze bissen und immer schneller um den Baum herumrannten, bis sie zu Butter geworden waren. Sambo hatte die Butter in einen Topf gefüllt und seiner Mutter gebracht.

George der Alchimist, hatte Thad gedacht, während er in seinem Arbeitszimmer saß und mit einem unangespitzten Berol Black Beauty gegen die Schreibtischkante klopfte. *Stroh zu Gold. Tiger zu Butter. Bücher zu Bestsellern. Und Thad zu – was?*

Er wußte es nicht. Er scheute davor zurück, es zu wissen. Aber er würde verschwinden, Thad würde verschwinden, dessen war er sich sicher. Vielleicht würde jemand hier leben, der *aussah* wie er, aber hinter diesem Thad-Beaumont-Gesicht würde ein anderer Geist stecken. Ein brillanter, krankhafter Geist.

Er glaubte, daß der neue Thad Beaumont entschieden weniger tolpatschig sein würde – und entschieden gefährlicher.

Liz und die Kinder?

Würde Stark sie ungeschoren lassen, wenn er es schaffte, auf den Fahrersitz zu gelangen?

Der nicht. Thad kam ein alter Schlager in den Sinn, in dem es hieß: *»All of me – why not take all of me?«*

Er hatte auch ans Fortlaufen gedacht. Daran, Liz und die Kinder in den Suburban zu packen und einfach davonzufahren. Aber welchen Sinn hätte das? Welchen Sinn, solange der gerissene alte George keine Mühe hatte, mit den Augen des dämlichen alten Thad zu sehen? Es würde nicht das geringste ändern, selbst wenn sie bis ans Ende der Welt führen. Sie würden dort ankommen, sich umschauen und feststellen, daß George Stark, das Rasiermesser in der Hand, mit einem Team von Schlittenhunden hinter ihnen herjagte.

Den Gedanken, Alan anzurufen, schob er noch rascher und entschlossener beiseite. Alan hatte ihnen mitgeteilt, wo Dr. Pritchard sich aufhielt, und sein Entschluß, den Neurochirurgen nicht ausfindig zu machen, sondern zu warten, bis Pritchard und seine Frau aus dem Urlaub zurückgekehrt waren, sagte Thad genug über das, was Alan glaubte – und, was noch wichtiger war, nicht glaubte. Wenn er Alan von dem Anruf erzählte, den er in Dave's Market erhalten hatte, würde Alan das für schiere Erfindung halten. Selbst wenn Rosalie bestätigte, daß er in ihrem Laden von *jemandem* angerufen worden war, würde Alan zu keinem anderen Schluß kommen. Er und all die anderen Polizisten, die sich selbst zu dieser speziellen Party eingeladen hatten, waren auf diesen Schluß angewiesen.

Und so vergingen diese Tage sehr langsam; sie waren eine Art leerer Zeit. Am zweiten Tag notierte Thad kurz nach Mittag in sein Tagebuch: *Mir ist zumute, als befände ich mich in einem seelischen Äquivalent zu den Roßbreiten.* Es war die einzige Eintragung, die er im Laufe einer Woche machte, und er begann sich zu fragen, ob er je eine weitere machen würde. Sein neuer Roman, *The Golden Dog,* lag tot im Wasser. Aber das, vermutete er, verstand sich wohl von selbst. Es war überaus schwierig, sich Geschichten auszudenken, wenn man fürchtete, ein böser Mann – ein sehr böser Mann – könnte auftauchen und seine Angehörigen hinschlachten, bevor man selbst an die Reihe kam.

Er erinnerte sich nur an eine einzige Zeit, in der er sich ebenso verloren vorgekommen war, und das waren die Wochen, nachdem er mit dem Trinken aufgehört hatte – nach dem Schnapsbad, in dem er sich nach Liz' Fehlgeburt und vor Starks Auftauchen gesuhlt hatte. Damals hatte er dasselbe Gefühl gehabt wie jetzt: daß es ein Problem gab, an das er ebensowenig herankam wie an eine dieser Wasser-Fata-Morganas, die man manchmal an einem heißen Nachmittag am Ende einer ebenen Highway-Strecke sieht. Je entschlossener er auf das Problem zurannte und sich wünschte, es mit beiden Händen anzugehen, es auseinanderzunehmen, es zu vernichten, desto schneller wich es vor ihm zurück, bis er schließlich atemlos keuchend dastand und nichts hatte als das täuschende Wellengeflimmer, das am Horizont seiner spottete.

In diesen Nächten schlief er schlecht und träumte, George Stark zeigte ihm sein eigenes, leerstehendes Haus, ein Haus, in dem Dinge zerfielen, wenn er sie berührte, und in dessen letztem Zimmer die Leichen seiner Frau und Frederick Clawsons auf ihn warteten. Sobald er es betrat, begannen die Vögel zu fliegen, sich aufzuschwingen von Bäumen und Telefonleitungen und Strommasten, Tausende von Vögeln, Millionen von Vögeln – so viele, daß sie die Sonne verdunkelten.

Bis Wendy die Treppe herunterfiel, kam er sich vor wie jemand, der nur darauf wartet, daß der richtige Mordbube auftaucht, sich eine Serviette in den Kragen steckt, die Gabel zur Hand nimmt und zu essen beginnt.

2

Die Zwillinge krabbelten seit einiger Zeit, und seit ungefähr einem Monat zogen sie sich mit Hilfe des nächsten stabilen (in einigen Fällen auch instabilen) Gegenstandes zum Stehen hoch – ein Stuhlbein war gut, der Couchtisch ebenfalls; selbst ein leerer Pappkarton tat seine Dienste, zumindest so lange, bis das jeweilige Kind zu viel Gewicht darauf legte und er einknickte oder umkippte. Kleinkinder sind immer imstande, sich selbst in Schwierigkeiten zu bringen, aber im Alter von acht Monaten, wenn das Krabbeln seinen Zweck erfüllt hat und das Laufen noch nicht richtig gelernt ist, leben sie gewissermaßen im Goldenen Zeitalter der Schwierigkeiten.

Liz hatte sie gegen Viertel vor fünf auf den Fußboden gesetzt, und nach ungefähr zehn Minuten sicheren Krabbelns und unsicheren Stehens (letzteres begleitet von fröhlichem Krähen, mit dem sie den Eltern und sich selbst ihre Leistung verkündeten), zog sich William an der Kante des Couchtisches hoch, schaute sich um und machte mit dem rechten Arm ein paar gebieterische Gesten, die Thad an alte Wochenschauen erinnerten, in denen der Duce vom Balkon aus Reden an seine italienischen Landsleute hielt. Dann bekam er die Teetasse seiner Mutter zu fassen und schaffte es, das, was noch darin war, über sich selbst auszugießen, bevor er wieder auf seinem Hinterteil landete. Der Tee war glücklicherweise kalt, aber William brachte es fertig, die Tasse nicht loszulassen und sich damit kräftig genug auf den Mund zu schlagen, daß seine Unterlippe ein wenig blutete. Er begann zu weinen, und Wendy folgte prompt seinem Beispiel.

Liz hob ihn hoch, untersuchte ihn, warf Thad einen verzweifelten Blick zu und trug ihn nach oben, um ihn zu beruhigen und zu säubern. »Behalte die Prinzessin im Auge«, sagte sie, als sie ging.

»Mach ich«, sagte Thad, aber er hatte festgestellt und würde es gleich wieder feststellen, daß solche Versprechungen im Goldenen Zeitalter der Schwierigkeiten nicht viel zu besagen hatten. William hatte es geschafft, Liz' Teetasse praktisch unter ihrer Nase zu erwischen, und Thad sah einen Moment zu spät, daß Wendy im Begriff war, von der dritten Treppenstufe zu fallen.

Er hatte ein Nachrichtenmagazin betrachtet – nicht darin gelesen, sondern nur geblättert und hin und wieder einen Blick auf die Fotos geworfen. Als er damit fertig war, ging er zu dem großen Wollkorb beim Kamin, der als eine Art Zeitschriftenständer diente, um die Zeitschrift zurückzulegen und sich eine andere zu holen. Wendy krabbelte auf dem Fußboden herum, ihre Tränen waren vergessen. Sie gab das leise *ram-ram-ram* von sich, das beide beim Krabbeln hören ließen, ein Laut, bei dem sich Thad gelegentlich fragte, ob sie tatsächlich all ihre Bewegungen mit den Autos und Lastwagen in Verbindung brachten, die sie im Fernsehen sahen. Er hockte sich nieder, legte das Heft in den Korb, suchte dann in dem Zeitschriftenhaufen herum und entschied sich schließlich für ein einen Monat altes Exemplar von *Harper's*. Ihm kam der Gedanke, daß er sich verhielt wie ein Mann beim Zahnarzt, der auf eine Extraktion wartet.

Er drehte sich um, und Wendy war auf der Treppe. Sie war bis zur dritten Stufe hochgekrabbelt und erhob sich jetzt unsicher auf die Beine, wobei sie sich an einer der Docken festhielt, die den Handlauf des Treppengeländers mit dem Fußboden verbanden. Als er hinschaute, entdeckte sie ihn und reagierte mit einer schwungvollen Armbewegung und einem Lächeln. Der Schwung des Arms ließ ihren pummeligen Körper nach vorn kippen.

»O Gott«, flüsterte er, und als er mit trocken knackenden Knien hochkam, sah er, wie sie einen Schritt vorwärts tat und die Docke losließ. »*Nicht, Wendy!*«

Er sprang beinahe durchs Zimmer, und fast hätte er es geschafft. Aber er war ein tolpatschiger Mann, und einer seiner Füße verhakte sich hinter einem Stuhlbein. Der Stuhl kippte um, und Thad stürzte hin. Wendy fiel mit einem erschrockenen kleinen Quieken nach vorn. Im Fallen vollführte ihr Körper eine leichte Drehung. Thad kam auf die Knie, versuchte sie aufzufangen, und verfehlte sie um einen halben Meter. Ihr rechtes Bein prallte gegen die unterste Treppenstufe, und ihr Kopf landete mit einem dumpfen Laut auf dem teppichbelegten Fußboden des Wohnzimmers.

Sie schrie, und er hatte Zeit zu denken, wie entsetzlich sich die Schmerzensschreie eines Kindes anhören; dann hatte er sie aufgehoben und hielt sie in den Armen. Von oben rief Liz mit bestürzter Stimme: »Thad?«, und er hörte, wie sie den Flur entlangrannte.

Wendy versuchte zu weinen. Mit dem ersten Schmerzensschrei hatte sie fast die gesamte Luft aus ihren Lungen ausgestoßen, und nun kam der qualvolle, endlose Augenblick, in dem sie versuchte, ihren Brustkorb zu entkrampfen und Luft zu holen für den nächsten Aufschrei. Er würde ein Schlag gegen die Trommelfelle sein, wenn er kam.

Wenn er kam.

Er hielt sie, betrachtete angstvoll ihr verzerrtes, tief gerötetes Gesicht. Es war fast purpurn, abgesehen von einem roten Fleck von der Form eines sehr großen Kommas auf der Stirn. *Himmel, was ist, wenn sie bewußtlos ist? Was ist, wenn sie erstickt, nicht imstande ist, Luft zu holen und den Schrei auszustoßen, der in ihren flachen kleinen Lungen festsitzt?*

»Schrei, verdammt nochmal!« brüllte er sie an. Oh, dieses purpurfarbene Gesicht! Diese hervorquellenden, gequälten Augen! *»Schrei!«*

»Thad!« Liz hörte sich jetzt *sehr* verängstigt an, aber sie schien auch sehr weit fort zu sein. In diesen endlosen Sekunden zwischen Wendys erstem Schrei und ihrem Bemühen, den zweiten auszustoßen und weiterzuatmen, wurde George Stark zum ersten Mal in den letzten acht Tagen aus Thads Denken vertrieben. Wendy tat einen tiefen, krampfhaften Atemzug und begann zu brüllen. Thad, vor Erleichterung zitternd, drückte sie an seine Schulter und begann ihr sanft über den Rükken zu streichen, wobei er beruhigende Laute von sich gab.

Liz kam die Treppe heruntergestürzt, einen zappelnden William unter den Arm geklemmt wie einen kleinen Mehlsack. »Was ist passiert, Thad?«

»Sie ist von der dritten Treppenstufe gefallen. Jetzt ist alles wieder in Ordnung. Nachdem sie angefangen hat zu weinen. Zuerst war es, als wäre sie – einfach ausgerastet.« Er lachte zittrig und tauschte Wendy gegen William aus, der jetzt in teilnehmender Harmonie mit seiner Schwester brüllte.

»Hast du denn nicht aufgepaßt?« fragte Liz vorwurfsvoll. Sie schwang ihren Körper automatisch in den Hüften vor und zurück, schaukelte Wendy, versuchte sie zu beruhigen.

»Ja – nein. Ich ging hinüber, um mir eine Zeitschrift zu holen. Fast im gleichen Moment war sie auf der Treppe. Es war wie bei Will und der Teetasse. Sie sind so verdammt flink. Was meinst du – ist ihr Kopf in Ordnung? Sie ist auf den Teppich gestürzt, aber ziemlich hart.«

Liz hielt Wendy einen Moment auf Armeslänge von sich, betrachtete die rote Stelle und küßte sie dann sanft. Die Lautstärke von Wendys Geschrei begann bereits abzunehmen.

»Ich glaube schon. Sie wird ein oder zwei Tage lang eine Beule haben, das ist alles. Gott sei Dank für den Teppich. Ich wollte dich nicht anschreien, Thad. Ich weiß, wie flink sie sind. Es ist nur – mir ist irgendwie zumute wie sonst vor meiner Regel, nur daß ich dieses Gefühl jetzt ständig habe.«

Wendys Schluchzen ebbte zu einem Schnüffeln ab. Dementsprechend begann auch William zu verstummen. Er streckte einen pummeligen Arm aus und ergriff das weiße T-Shirt seiner Schwester. Sie sah sich um.

Er krähte, dann plapperte er etwas. Thad kam ihr Plappern immer etwas unheimlich vor – wie eine Fremdsprache, gerade so schnell gesprochen, daß man nicht sagen kann, um welche es sich handelt, von Verstehen ganz zu schweigen. Wendy lächelte ihren Bruder an, obwohl ihr immer noch Tränen aus den Augen kamen und ihre Wangen naß waren. Sie krähte und plapperte eine Antwort. Einen Augenblick lang war es, als hielten sie Zwiesprache in ihrer eigenen, ganz privaten Welt, der Welt von Zwillingen.

Wendy streckte die Hand aus und legte sie William auf die Schulter. Sie schauten sich ins Gesicht und plapperten weiter.

Ist alles in Ordnung, Süße?

Ja, ich habe mir wehgetan, lieber William, aber nicht schlimm.

Willst du heute abend lieber nicht zur Dinnerparty der Stadleys gehen, mein Herz?

Es wird schon gehen, aber es ist sehr rücksichtsvoll von dir, das zu fragen.

Bist du ganz sicher, liebe Wendy?

Ja, lieber William, es ist weiter nichts passiert, aber ich fürchte, ich habe meine Windel vollgemacht.

Oh, Liebling, wie LÄSTIG!

Thad lächelte ein wenig, dann betrachtete er Wendys Bein. »Das gibt einen blauen Fleck«, sagte er. »Es sieht aus, als bildete er sich bereits.«

Liz bedachte ihn mit einem kleinen Lächeln. »Der verschwindet auch wieder«, sagte sie. »Und es wird nicht der letzte sein.«

Thad beugte sich vor und küßte Wendy auf die Nasenspitze, wobei ihm der Gedanke kam, wie schnell und wie heftig diese Stürme aufkamen – keine drei Minuten zuvor hatte er gefürchtet, sie könnte an Sauerstoffmangel sterben – und wie schnell sie wieder abflauten. »Nein«, pflichtete er ihr bei. »So Gott will, wird es nicht der letzte sein.«

3

Als die Zwillinge gegen sieben aus ihrem Spätnachmittagsschläfchen aufwachten, hatte sich die Prellung an Wendys Oberschenkel dunkel purpurn verfärbt. Sie hatte eine ganz eigentümliche Form – wie ein Pilz.

»Thad?« sagte Liz, die am anderen Wickeltisch stand. »Sieh dir das an.«

Thad hatte Wendys Windel abgenommen, leicht feucht, aber nicht wirklich naß, und sie in den mit WENDY beschrifteten Windeleimer geworfen. Er trug seine nackte Tochter hinüber zum Wickeltisch seines Sohnes, um zu sehen, was Liz ihm zeigen wollte. Er blickte auf William herab, und seine Augen weiteten sich.

»Was hältst du davon?« fragte sie ruhig. »Ist das nun gespenstisch oder nicht?«

Thad blickte lange Zeit auf William herab. »Ja«, sagte er schließlich, »das ist gespenstisch.«

Sie hielt ihren zappelnden Sohn mit einer Hand auf seiner Brust auf dem Wickeltisch fest. Jetzt schaute sie auf und warf einen scharfen Blick auf Thad. »Bist du okay?«

»Ja«, sagte er. Er war überrascht, wie gelassen ihm seine Stimme vorkam. Es war, als wäre ein großes weißes Licht aufgeflammt, nicht vor seinen Augen wie ein Blitzlicht, sondern dahinter. Plötzlich glaubte er zu verstehen, was es mit den Vögeln auf sich hatte, ein wenig davon, und wie der nächste Schritt aussehen mußte. Nur indem er auf seinen Sohn herabblickte und den blauen Fleck an seinem Bein betrachtete, in Form, Farbe und Ort genau identisch mit dem auf Wendys Bein, hatte er plötzlich verstanden. Als Will Liz' Tasse ergriffen und sich mit Tee begossen hatte, war er auf dem Hinterteil gelandet. Soweit Thad wußte, war mit seinem Bein nicht das mindeste passiert. Und dennoch war er da – ein blauer Fleck auf dem rechten Oberschenkel, eine Prellung, die die Form eines Pilzes hatte.

»Bist du *wirklich* okay?«

»Sogar die blauen Flecken haben sie gemeinsam«, sagte er und blickte auf Williams Bein herab.

»Thad?«

»Alles in Ordnung«, sagte er und gab ihr einen Kuß auf die Wange. »Und jetzt sollten wir Psycho und Somatik anziehen, meinst du nicht?«

Liz brach in Gelächter aus. »Thad, du bist verrückt«, sagte sie.

Er lächelte sie an. Es war ein etwas seltsames, etwas abwesendes Lächeln. »Verrückt wie ein Fuchs.«

Er trug Wendy zu ihrem Tisch zurück und machte sich daran, sie frisch zu wickeln.

Achtzehntes Kapitel

Automatisches Schreiben

1

Er wartete, bis Liz zu Bett gegangen war, bevor er in sein Arbeitszimmer hinaufstieg; fast eine Minute blieb er vor der Schlafzimmertür stehen und lauschte ihren regelmäßigen Atemzügen, um sich zu vergewissern, daß sie schlief. Er war sich keineswegs sicher, ob das, was er vorhatte, funktionieren würde, aber wenn es funktionierte, konnte es gefährlich sein. Überaus gefährlich.

Sein Arbeitszimmer war ein einziger großer Raum – ein ausgebauter Dachboden, der in zwei Bereiche unterteilt worden war: das »Lesezimmer« mit Bücherwänden, einer Couch, einem bequemen Sessel und Lichtschienen, und am hinteren Ende des Raums das eigentliche »Arbeitszimmer«. Diesen Teil des Raums beherrschte sein Schreibtisch, ein ramponiertes, zerkratztes, ausschließlich praktischen Zwecken dienendes Möbelstück. Drei Lampen mit Glasschirmen hingen über diesem Dinosaurier, und wenn Thad, wie er es jetzt tat, nur diese Lampen einschaltete, dann erweckten die grellen, einander überlappenden Lichtkreise, die sie auf die ungeordnete Landschaft des Schreibtisches warfen, den Eindruck, als hätte er vor, eine seltsame Version von Billard zu spielen. Wie die Regeln des Spiels auf einer derart chaotischen Fläche aussehen mochten, war eine offene Frage, aber am Abend nach Wendys Unfall hätte der angespannte Ausdruck in seinem Gesicht jeden Beobachter überzeugt, daß es, wie immer die Regeln aussehen mochten, um ein Spiel mit sehr hohem Einsatz ging.

Dieser Überzeugung hätte Thad hundertprozentig beigepflichtet. Schließlich hatte er volle vierundzwanzig Stunden gebraucht, um den erforderlichen Mut dafür aufzubringen.

Er betrachtete einen Moment lang die Remington Standard, einen konturenlosen Klumpen unter der Abdeckhaube, aus der nur der Zeilenschalthebel an der linken Seite herausragte wie der Daumen eines Anhalters. Er ließ sich vor ihr nieder, trommelte ein paar Sekunden lang ruhelos mit den Fingern auf die Schreibtischplatte und öffnete dann die Schublade links neben der Schreibmaschine.

Die Schublade war breit und tief. Er entnahm ihr sein Tagebuch, dann zog er die Schublade ganz bis zum Anschlag heraus. Der Steinzeugtopf, in dem er die Berol Black Beauties aufbewahrte, war ganz nach hinten gerutscht, einige Stifte waren herausgefallen. Er holte den Topf heraus, stellte ihn auf seinen gewohnten Platz, sammelte die herausgefallenen Stifte und steckte sie hinein.

Dann schloß er die Schublade und betrachtete den Topf. Er hatte ihn in der Schublade verschwinden lassen, nachdem er in seiner ersten Trance einen der Berol Black Beauties dazu benutzt hatte, auf das Manuskript von *The Golden Dog* DIE SPERLINGE FLIEGEN WIEDER zu schreiben. Er hatte vorgehabt, sie nie wieder zu benutzen – und trotzdem hatte er ein paar Tage zuvor einen davon in der Hand gehalten, und nun standen sie wieder da, genau an der Stelle, wo sie das runde Dutzend Jahre gestanden hatten, in denen Stark mit ihm, *in* ihm gelebt hatte. Es hatte lange Zeitabschnitte gegeben, in denen Stark still und kaum vorhanden war. Dann kam ihm die Idee, und dann sprang der gerissene alte George aus seinem Kopf wie ein Schachtelmännchen. Hier bin ich, Thad! Sattle die Pferde, und auf geht's, alter Freund!

Und danach erschien Stark ungefähr drei Monate lang jeden Morgen pünktlich um zehn Uhr, werktags und sonntags. Er ergriff einen der Berol-Bleistifte und machte sich daran, seinen verrückten Blödsinn zu schreiben – den verrückten Blödsinn, der die Rechnungen bezahlte, die Thads eigene Arbeiten nicht bezahlen konnten. Und wenn das Buch dann fertig war, verschwand George wieder in der Versenkung, genau wie Rumpelstilzchen, nachdem es Stroh zu Gold gesponnen hatte.

Thad holte einen der Bleistifte aus dem Topf, betrachtete die schwachen Spuren, die seine Zähne darauf hinterlassen hatten, und ließ ihn dann wieder hineinfallen.

»Meine dunkle Hälfte«, murmelte er.

Aber war George Stark sein eigen? War er es je gewesen? Von seiner Trance oder Fugue – oder was immer es gewesen sein mochte – abgesehen, hatte er keinen dieser Bleistifte mehr benutzt, nicht einmal, um sich Notizen zu machen, seit er auf die letzte Seite des letzten Stark-Romans *Riding to Babylon* das Wort *Ende* geschrieben hatte.

Schließlich hatte er keinerlei Veranlassung gehabt, sie zu benutzen; es waren George Starks Stifte, und Stark war tot – zumindest hatte er das geglaubt. Er nahm an, daß er sie früher oder später weggeworfen hätte.

Aber jetzt schien es, als hätte er doch noch Verwendung dafür.

Er streckte die Hand nach dem Steinzeugtopf aus, dann zog er sie zurück wie von einem Ofen, von dem eine intensive, eifersüchtige Hitze ausgeht.

Noch nicht.

Er holte den Kugelschreiber aus der Brusttasche seines Hemdes, schlug sein Tagebuch auf; zog die Kappe ab, zögerte einen Moment. Dann schrieb er.

Wenn William weint, weint auch Wendy. Aber ich habe festgestellt, daß die Bande, die zwischen ihnen bestehen, noch wesentlich stärker sind und tiefer gehen. Gestern fiel Wendy von der Treppe und holte sich einen blauen Fleck, der aussah wie ein purpurfarbener Pilz. Als die Zwillinge aufwachten, hatte William auch einen blauen Fleck. An der gleichen Stelle, von der gleichen Form.

Thad verfiel in den Stil der Selbstbefragung, dessen er sich auf weiten Strecken seines Tagebuchs bediente. Dabei wurde ihm bewußt, daß schon diese Gewohnheit – diese Methode, sich einen Pfad zu dem zu ertasten, was er wirklich dachte – auf eine weitere Form der Dualität verwies; aber vielleicht war es auch nur ein weiterer Aspekt einer geistigen und seelischen Spaltung, etwas, das fundamental und mysteriös zugleich war.

Frage: Wenn ich von den blauen Flecken auf den Beinen meiner Kinder Dias anfertigte und sie aufeinanderlegte – würde es dann aussehen wie ein einziges Bild?

Antwort: Ja, ich nehme es an. Ich glaube, es ist genau so wie bei den Fingerabdrücken. Ich glaube, es ist genau so wie bei den Stimmanalysen.

Thad saß einen Moment still da, tippte mit dem Ende des Kugelschreibers auf das Tagebuch, dachte nach. Dann beugte er sich wieder vor und begann, schneller zu schreiben.

Frage: WEISS *William, daß er einen blauen Fleck hat?*

Antwort: Nein, ich glaube nicht.

Frage: Weiß ich, was die Sperlinge sind und was sie zu bedeuten haben?

Antwort: Nein.

Frage: Aber ich weiß, daß es die Sperlinge GIBT. *So viel weiß ich. Was immer Alan Pangborn oder sonst jemand glauben mag – ich weiß, daß es die Sperlinge* GIBT, *und ich weiß, daß sie wieder fliegen. Stimmt das?*

Antwort: Ja.

Jetzt flog der Stift über das Papier. Seit Monaten hatte er nicht mehr so schnell oder so selbstvergessen geschrieben.

Frage: Weiß Stark, daß es die Sperlinge gibt?

Antwort: Nein. Er behauptet, es nicht zu wissen, und ich glaube ihm.

Frage: Glaube ich ihm WIRKLICH?

Er hielt abermals einen Moment inne, dann schrieb er:

Antwort: Stark weiß, daß es IRGEND ETWAS *gibt. Aber William muß gleichfalls wissen, daß es etwas gibt – wenn er einen blauen Fleck am Bein hat, muß er ihm wehtun. Aber bekommen hat er den blauen Fleck von Wendy, als sie von der Treppe fiel. William weiß nur, daß da eine Stelle ist, die ihm wehtut.*

Frage: Weiß Stark, daß er eine Stelle hat, die ihm wehtut? Eine Stelle, an der er verletzlich ist?

Antwort: Ja, ich glaube, das weiß er.

Frage: Gehören die Vögel mir?

Antwort: Ja.

Frage: Bedeutet das, daß er nicht wußte, was er tat, als er bei Clawson und bei Miriam DIE SPERLINGE FLIEGEN WIEDER *an die Wand schrieb, und daß er keinerlei Erinnerung daran hat?*

Antwort: Ja.

Frage: Wer hat das über die Sperlinge geschrieben? Mit Blut geschrieben?

Antwort: Derjenige, der von ihnen weiß. Derjenige, dem die Sperlinge gehören.

Frage: Wer ist derjenige, der von ihnen weiß? Wer ist derjenige, dem die Sperlinge gehören?

Antwort: Ich bin es, der von ihnen weiß. Ich bin es, dem sie gehören.

Frage: War ich dabei? War ich dabei, als er sie ermordete?

Abermals hielt er einen Moment inne. *Ja,* schrieb er, und dann: *Nein. Beides. Ich war nicht in Trance, als Stark Homer Gamache und Clawson umbrachte, jedenfalls habe ich keine Erinnerung daran. Ich glaube, daß, was ich weiß – was ich* SEHE *– vielleicht im Wachsen begriffen ist.*

Frage: Kann er mich sehen?

Antwort: Ich weiß es nicht. Aber …

»Es muß so sein«, murmelte Thad.

Er schrieb: *Er muß mich kennen. Er muß mich sehen. Wenn es wirklich* ER *war, der die Romane geschrieben hat, dann muß er mich seit vielen Jahren kennen. Und auch sein Wissen, sein Sehen, ist im Wachsen begriffen. All diese Fangschaltungen und Bandgeräte haben den gerissenen alten George nicht im mindesten gestört, nicht wahr? Nein – natürlich nicht. Weil der gerissene alte George wußte, daß sie installiert sein würden. Man schreibt nicht fast zehn Jahre lang Kriminalromane, ohne über solche Vorrichtungen etwas zu erfahren. Das ist ein Grund dafür, daß sie ihn nicht gestört haben. Aber der andere Grund ist sogar noch besser, nicht wahr? Als er mit mir reden wollte, ohne abgehört zu werden, wußte er genau, wo ich mich befand und wie er mich erreichen konnte, nicht wahr?*

Ja. Stark hatte bei ihm zu Hause angerufen, als er abgehört werden wollte, und er hatte in Dave's Market angerufen, als er es nicht wollte. Warum hatte er im ersten Fall gewollt, daß man das Gespräch abhörte? Weil er eine Botschaft an die Polizei hatte, die, wie er genau wußte, mithörte – nämlich daß er nicht George Stark wäre, daß er *wüßte*, er wäre es nicht –, und daß es keine Morde mehr geben würde, er hätte es nicht auf Thad und Thads Familie abgesehen. Und dann gab es noch einen weiteren Grund: er wollte, daß Thad die Stimmanalysen sah, die gemacht werden würden. Die Polizei, das wußte er, würde diesen Beweis nicht akzeptieren, so unbestreitbar er auch sein mochte – aber Thad würde es tun.

Frage: Wie konnte er wissen, daß ich dort sein würde?

Das war wirklich eine gute Frage, nicht wahr? Sie stand in einer Reihe mit anderen, ähnlichen Fragen – wie es möglich ist, daß Fingerabdrücke und Stimmanalysen zweier Männer identisch sind, und wie zwei Kinder genau dieselben blauen Flecke haben können, obwohl nur eines der beiden Kinder sein Bein geprellt hat.

Aber er wußte, daß ähnliche Geheimnisse dokumentiert und akzeptiert worden waren, zumindest in Fällen, die Zwillinge betrafen; die Bindungen, die zwischen eineiigen Zwillingen bestanden, waren sogar noch unheimlicher. Vor ungefähr einem Jahr hatte in einem Nachrichtenmagazin ein Artikel darüber gestanden. Und weil Zwillinge in seinem eigenen Leben eine große Rolle spielten, hatte Thad den Artikel sehr genau gelesen.

Der Artikel berichtete von eineiigen Zwillingsbrüdern, die durch einen ganzen Kontinent voneinander getrennt waren – aber als einer von ihnen sich das linke Bein brach, hatte der andere heftige Schmerzen im linken Bein, obwohl er keine Ahnung davon hatte, daß seinem Bruder etwas passiert war. Dann war von eineiigen Schwestern die Rede gewesen, die ihre eigene Sprache entwickelt hatten, eine Sprache, die niemand auf der Welt verstand. Die beiden Mädchen hatten trotz ihres hohen Intelligenzquotienten nie Englisch sprechen gelernt. Welche Veranlassung hätten sie gehabt, Englisch zu lernen? Sie hatten einander, und mehr brauchten sie nicht. Und dann, hieß es in dem Artikel, waren da die Zwillinge, die, kurz nach der Geburt getrennt, als Erwachsene wieder zusammenkamen und feststellen mußten, daß sie am gleichen Tag des gleichen Jahres Frauen mit dem gleichen Vornamen geheiratet hatten, die einander unwahrscheinlich ähnlich sahen. Außerdem hatten beide Ehepaare ihren ersten Sohn Robert genannt. Beide Roberts waren im gleichen Monat des gleichen Jahres geboren worden.

Zwei Hälften eines Ganzen.

Zick und Zack.

»Gleiche Brüder, gleiche Kappen«, murmelte Thad. Er streckte die Hand aus und umrahmte die letzte Zeile, die er geschrieben hatte.

Frage: Wie konnte er wissen, daß ich dort sein würde?

Darunter schrieb er:

Antwort: Weil die Sperlinge wieder fliegen. Und weil wir Zwillinge sind.

Er schlug in seinem Tagebuch eine neue Seite auf und legte dann den Kugelschreiber beiseite. Mit heftig klopfendem Herzen, mit vor Angst eiskalter Haut streckte er eine zitternde Hand aus und holte einen der Berol-Bleistifte aus dem Topf. Er schien mit einer schwachen, unangenehmen Hitze in seiner Hand zu glühen.

Es war Zeit, ans Werk zu gehen.

Thad Beaumont beugte sich über die leere Seite, hielt einen Moment inne und schrieb dann DIE SPERLINGE FLIEGEN WIEDER in großen Versalien an den Kopf des Blattes.

2

Was genau hatte er mit dem Bleistift vor?

Auch das wußte er. Er wollte versuchen, die letzte Frage zu beantworten, eine Frage, die so sehr auf der Hand lag, daß er sich nicht einmal die Mühe gemacht hatte, sie niederzuschreiben: Konnte er den Trancezustand bewußt herbeiführen? Konnte er *bewirken*, daß die Sperlinge flogen?

Es gab eine Form psychischen Kontakts, von der er zwar gelesen, aber noch nie eine Demonstration gesehen hatte: automatisches Schreiben. Die Person, die versuchte, auf diese Weise mit einer toten (oder einer lebenden) Seele Kontakt aufzunehmen, hielt einen Stift mit der Spitze auf einem leeren Blatt Papier locker in der Hand und wartete einfach darauf, daß der Geist – in beiden Bedeutungen des Wortes – ihn bewegte. Thad hatte gelesen, daß automatisches Schreiben, das mit Hilfe eines Ouija-Brettes praktiziert werden konnte, oft als eine Art Ulk oder als Zeitvertreib bei Parties versucht wurde, und daß es überaus gefährlich sein konnte – daß der Ausübende damit sogar einer Form von Besessenheit Tür und Tor öffnete.

Als Thad das las, hatte er es weder geglaubt noch bezweifelt; es kam ihm für sein eigenes Leben so abwegig vor wie die Anbetung heidnischer Idole oder die Praxis des Kartenlegens. Jetzt schien es seine eigene, tödliche Logik zu haben. Aber dazu mußte er die Sperlinge kommen lassen.

Er dachte an sie. Er versuchte, das Bild all dieser Vögel heraufzubeschwören, all dieser *Tausende* von Vögeln, die unter einem milden Frühlingshimmel auf Dachfirsten und Telefonleitungen saßen und auf das telepathische Signal zum Aufschwingen warteten.

Und das Bild kam – aber es war flach und unwirklich, eine Art Gemälde ohne eine Spur von Leben. So war es oft, wenn er mit dem Schreiben anfing – ein trockenes und steriles Unterfangen. Nein, es war sogar noch schlimmer. Zu Anfang kam er sich immer ein bißchen obszön vor – fast so, als küßte er eine Leiche.

Aber er hatte herausgefunden, daß, wenn er dabei blieb, wenn er einfach fortfuhr, die Worte aufs Papier zu bringen, etwas anderes sich Bahn brach, etwas, das wunderbar und entsetzlich zugleich war. Die Worte als individuelle Einheiten begannen zu verschwinden. Charaktere, die gestelzt und leblos gewesen waren, begannen sich zu lockern, als hätten sie die Nacht in einem engen Schrank verbracht und müßten erst ihre Muskeln aufwärmen, bevor sie mit ihrem komplizierten Tanz anfangen konnten. Irgend etwas ging in seinem *Gehirn* vor sich; er konnte fast spüren, wie sich die Form der elektrischen Wellen veränderte, wie sie aus ihrem steifen Gänsemarsch herausfanden und übergingen in die sanften, gelassenen Deltawellen des Träumens.

Jetzt saß Thad mit dem Bleistift in der Hand über sein Tagebuch gebeugt da und versuchte, genau das geschehen zu lassen. Doch als die Minuten vergingen und nichts passierte, kam er sich in zunehmendem Maße töricht vor.

Eine Zeile aus dem alten *Rocky and Bullwinkle*-Zeichentrickfilm kam ihm in den Sinn und weigerte sich, wieder zu verschwinden: *Hokus-pokus-fidibus, gleich werden die Geister sprechen!* Was in aller Welt sollte er zu Liz sagen, wenn sie auftauchte und ihn fragte, was er hier täte – mit einem Bleistift in der Hand und einem leeren Blatt Papier vor sich, ein paar Minuten vor Mitternacht? Daß er versuchte, ein Häschen auf einen Streichholzbrief zu zeichnen, um damit ein Stipendium an der Famous Artist's School in New Haven zu gewinnen? Schließlich hatte er nicht einmal einen dieser Streichholzbriefe zur Hand.

Er war im Begriff, den Bleistift zurückzustecken; doch dann hielt er inne. Er hatte seinen Stuhl ein wenig gedreht, so daß er zu dem Fenster links neben seinem Schreibtisch hinausschauen konnte.

Da draußen war ein Vogel. Er saß auf dem Fenstersims und sah ihn mit glänzenden schwarzen Augen an.

Es war ein Sperling.

Ein weiterer kam hinzu.

Und noch einer.

»Oh, mein Gott«, sagte er mit zitternder, wäßriger Stimme. Noch nie in seinem Leben hatte er solche Angst gehabt – und plötzlich überkam ihn wieder dieses Gefühl des *Bewegtwerdens*, das er gehabt hatte, als er mit Stark telefonierte, aber jetzt war es stärker, viel stärker.

Ein weiterer Sperling landete, drängte die anderen drei beiseite, um sich Platz zu verschaffen, und hinter ihnen sah er eine ganze Reihe von Vögeln auf dem Dach der Remise, in der der Rasenmäher stand und Liz' Wagen. Auf der alten Wetterfahne auf dem Giebel der Remise saßen sie dicht an dicht, sie bewegte sich unter ihrem Gewicht.

»Oh, mein Gott«, wiederholte er und hörte seine Stimme wie aus einer Entfernung von Millionen Meilen, eine Stimme, in der Grausen lag und entsetzliche Verwunderung. »Oh, mein Gott, sie sind real – *die Sperlinge gibt es wirklich.*«

Auf die Idee, daß es so sein könnte, war er nie gekommen – aber jetzt hatte er keine Zeit, darüber nachzudenken, keinen Verstand, *mit* dem er nachdenken konnte. Plötzlich war das Bild vor dem Fenster seines Arbeitszimmers verschwunden, und an seiner Stelle sah er den Teil von Bergenfield, in dem er aufgewachsen war. Er lag so schweigend und verlassen da wie das Haus in seinen Stark-Alpträumen; er schaute in einen schweigenden Vorort in einer toten Welt.

Aber ganz tot war sie nicht: auf den Dächern sämtlicher Häuser drängten sich tschilpende Sperlinge. Alle Fernsehantennen waren voll von ihnen, und alle Bäume. Sie reihten sich auf allen Telefondrähten. Sie saßen auf den Dächern geparkter Autos, auf dem großen blauen Briefkasten, der an der Ecke von Duke Street und Marlborough Lane stand, und auf dem Fahrradständer vor dem Gemischtwarenladen in der Duke Street, in dem er als Junge oft Milch und Brot für seine Mutter gekauft hatte.

Die Welt war voll von Sperlingen, die auf den Befehl zum Auffliegen warteten.

Thad Beaumont ließ sich auf seinem Schreibtischstuhl zurücksinken, Speichel rann ihm aus den Mundwinkeln, seine Füße zuckten ziellos, und jetzt drängten sich die Sperlinge vor dem Fenster seines Arbeitszimmers wie merkwürdige geflügelte Zuschauer. Ein langes, gurgelndes Geräusch entfuhr ihm. Seine Augen verdrehten sich, das vorstehende, glitzernde Weiße kam zum Vorschein.

Der Bleistift berührte das Papier und begann zu schreiben.

MIRIAM

kritzelte er unter die oberste Zeile. Dann rutschte er zwei Zeilen tiefer, machte das L-förmige Einrückzeichen, das bei Stark den Beginn jedes neuen Absatzes markierte, und schrieb:

Die Frau begann von der Tür zurückzuweichen. Sie tat es fast sofort, noch bevor das kurze Einwärts-Schwingen der Tür aufgehört hatte, aber es war zu spät.

Meine Hand schoß durch den fünf Zentimeter breiten Spalt zwischen Tür und Pfosten und umklammerte ihre Hand.

Die Sperlinge flogen.

Ganz plötzlich schwangen sie sich alle in die Luft, die in seinem Kopf aus dem weit zurückliegenden Bergenfield und die vor seinem Haus in Ludlow – die *wirklichen* Sperlinge. Sie schwangen sich auf in zwei Himmel: einen weißen Frühlingshimmel im Jahre 1960, und einen dunklen Sommerhimmel im Jahre 1988.

Sie flogen, und dann waren sie mit gewaltigem, mächtigem Flügelrauschen verschwunden.

Thad richtete sich auf – aber seine Hand war nach wie vor an den Bleistift genagelt, wurde mitgezogen.

Der Bleistift schrieb automatisch.

Ich habe es geschafft, dachte er benommen und wischte sich mit der linken Hand den Speichel von Mund und Kinn. *Ich habe es geschafft – und ich wünschte bei Gott, ich hätte die Finger davongelassen. Was* ist *das?*

Thad starrte auf die Worte, die aus seiner Hand herausströmten, und sein Herz klopfte so heftig, daß er den Puls intensiv und rapide in der Kehle spürte. Die Sätze, die auf die blauen Linien sprudelten, zeigten seine Handschrift – aber schließlich waren *alle* Stark-Romane in seiner Handschrift geschrieben worden. *Angesichts der gleichen Fingerabdrücke, des gleichen Zigarettengeschmacks und exakt der gleichen Stimmeigenheiten wäre es schon sehr merkwürdig, wenn es die Handschrift von jemand anderem wäre,* dachte er.

Seine Handschrift war so, wie sie immer gewesen war – aber woher kamen die Worte? Nicht aus seinem eigenen Kopf, soviel war sicher; dort war im Augenblick nichts als Entsetzen, überlagert von fast unerträglicher Verwirrung. Und in der Hand hatte er kein Gefühl mehr. Sein rechter Arm schien ungefähr fünf Zentimeter über dem Handgelenk zu enden. In den Fingern empfand er keine Spur von Druck, obwohl er sehen konnte, daß er den Stift so fest umkrampft hielt, daß die Spitzen von Daumen, Zeige- und Mittelfinger weiß waren. Es war, als hätte er eine kräftige Novocainspritze bekommen. Selbst als seine Hand wieder zu schreiben begann, fühlte er nichts.

Miriam Cowley öffnete den Mund, um zu schreien. Ich hatte direkt hinter der Tür gestanden, wo ich inzwischen mehr als vier Stunden geduldig gewartet hatte, ohne Kaffee zu trinken, ohne Zigaretten zu rauchen. Mich verlangte nach einer, und ich würde eine rauchen, sobald das erledigt war, aber vorher hätte der Rauch sie warnen können.

Thad begriff mit wachsendem Entsetzen, daß er eine Beschreibung des Mordes an Miriam Cowley las – und diesmal war es kein verworrenes Durcheinander von Wörtern, sondern die brutale, detaillierte Darstellung eines Mannes, der auf seine eigene gräßliche Art ein überaus effektvoller Schriftsteller war – so effektvoll, daß Millionen von Leuten seine Romane gekauft hatten.

George Starks Sachbuch-Debut, dachte er angewidert.

Er hatte genau das getan, was er vorgehabt hatte: er hatte Kontakt aufgenommen, Starks Denken angezapft, genau so, wie Stark das seine angezapft haben mußte. Aber wer hätte ahnen können, mit was für monströsen, fremden Gewalten er auf diese Weise in Berührung kam? Die Sperlinge – und die Erkenntnis, daß die Sperlinge real waren – waren schlimm genug gewesen, aber dies war schlimmer. Hatte er geglaubt, der Bleistift und die Kladde fühlten sich warm an? Kein Wunder. Das Denken dieses Mannes war ein feuriger Ofen.

Und nun – großer Gott! Hier war es. Drang aus seiner eigenen Hand heraus! Herr im Himmel!

"Du denkst, du könntest mir mit diesem Ding den Schädel einschlagen, stimmt's, Mädchen?" fragte ich sie. "Laß dir eins gesagt sein – das ist kein glücklicher Gedanke. Und du weißt doch, was mit Leuten passiert, die ihre glücklichen Gedanken verlieren, oder?"

Was ist los mit dir, George? Hast du ein paar von deinen glücklichen Gedanken verloren?

Kein Wunder, daß der skrupellose Dreckskerl einen Moment lang aus der Fassung geraten war, als er das gesagt hatte. Wenn es wirklich so gewesen war, dann hatte Stark die gleiche Redewendung benutzt, bevor er Miriam umbrachte.

Während er den Mord beging, hatte ich SEIN *Denken angezapft. Deshalb habe ich bei dem Gespräch, das wir in Dave's Market führten, diese Worte gesprochen.*

Hier war Stark, der Miriam zwang, Thad anzurufen, und der die Nummer selbst eingab, weil sie zu verängstigt war, um sich an sie zu erinnern, obwohl es Tage gegeben hatte, an denen sie sie ein halbes Dutzendmal für Rick gewählt haben mußte. Thad empfand diese Vergeßlichkeit und das Verständnis, das Stark dafür aufbrachte, als grauenhaft und gleichzeitig überzeugend. Und jetzt benutzte Stark sein Rasiermesser, um . . .

Aber das wollte er nicht lesen. Er würde es nicht lesen. Er hob den Arm hoch, hob mit ihm die gefühllose Hand wie ein Bleigewicht. Im gleichen Augenblick, in dem der Kontakt des Bleistiftes mit der Kladde abriß, flutete das Gefühl in seine Hand zurück – die Muskeln waren verkrampft, und das oberste Glied seines Zeigefingers schmerzte dumpf; der Bleistift hatte eine Druckstelle hinterlassen, die sich jetzt rot färbte.

Er betrachtete die beschriebene Seite, erfüllt von Entsetzen und einer dumpfen Form des Staunens. Das letzte, was er sich auf Erden wünschte, war, den Bleistift wieder aufzusetzen, den obszönen Stromkreis zwischen Stark und sich selbst wieder zu schließen; er hatte sich schließlich nicht auf diese Sache eingelassen, nur um Starks Bericht über seinen Mord an Miriam Cowley zur Kenntnis zu nehmen.

Angenommen, die Vögel kämen wieder?

Nein, sie würden es nicht tun. Die Vögel hatten ihren Zweck erfüllt. Der Stromkreis, den er hergestellt hatte, war nach wie vor vorhanden und in Betrieb. Thad hatte keine Ahnung, woher er das wußte – aber er wußte es.

Wo bist du, George? dachte er. *Wie kommt es, daß ich dich nicht fühlen kann? Liegt es daran, daß du meine Gegenwart ebensowenig spürst wie ich die deine? Oder ist es etwas anderes? Wo zum Teufel bist du?*

Er hielt den Gedanken im Vordergrund seines Bewußtseins, versuchte, sich ihn als grellrotes Neonzeichen vorzustellen. Dann ergriff er den Bleistift wieder und senkte ihn auf das Tagebuch.

Sobald die Spitze das Papier berührt hatte, hob sich seine Hand wieder und schlug eine neue Seite auf. Die Handfläche fuhr glättend die Bindung entlang, dann kehrte der Bleistift aufs Papier zurück und schrieb:

"Es spielt keine Rolle", sagte Machine zu Jack Rangely. "Alle Orte sind gleich." Er hielt einen Moment inne. "Außer vielleicht zu Hause. Und das werde ich wissen, wenn ich dorthin komme."

Alle Orte sind gleich: Er erkannte zuerst diesen Satz wieder, dann das ganze Zitat. Es stammte aus dem ersten Kapitel von Starks erstem Roman, *Machine's Way.*

Diesmal hatte der Bleistift von sich aus innegehalten. Er hob ihn und betrachtete die hingekritzelten Worte, kalt und prickelnd. *Außer zu Hause. Und das werde ich wissen, wenn ich dorthin komme.*

In *Machine's Way* war zu Hause Flatbush Avenue gewesen, wo Alexis Machine seine Kindheit verbracht und den Friseurladen seines brutalen, trunksüchtigen Vaters ausgefegt hatte. Wo war zu Hause in dieser Story?

Wo ist zu Hause? dachte er und senkte den Bleistift langsam wieder auf das Papier.

Der Bleistift kritzelte rasch eine Reihe von m-ähnlichen Zeichen, hielt inne, setzte sich wieder in Bewegung.

Zu Hause ist, wo es angefangen hat

schrieb der Bleistift unter die Vögel.

Eine Floskel. Hatte sie etwas zu bedeuten? Bestand der Kontakt noch, oder machte er sich jetzt etwas vor? Was die Vögel anging, hatte er sich nichts vorgemacht, und auch nicht während des ersten hektischen Wortflusses, das wußte er – aber das Gefühl der Wärme und Zwanghaftigkeit schien nachgelassen zu haben. Seine Hand fühlte sich immer noch taub an, aber das konnte damit zu tun haben, wie fest er den Stift umkrampft hielt – und das war, der Druckstelle an seinem Finger nach zu urteilen, sehr fest. Hatte er nicht in dem Artikel über das automatische Schreiben gelesen, daß die Leute sich mit dem Ouija-Brett oft etwas vormachten – daß es in den meisten Fällen nicht von den Geistern gesteuert wurde, sondern von den unbewußten Gedanken und Wünschen desjenigen, der damit hantierte?

Zu Hause ist, wo es angefangen hat. Wenn es immer noch Stark war, und wenn die Floskel irgend etwas zu bedeuten hatte, dann meinte er hier, in diesem Haus. Weil George Stark hier geboren war.

Plötzlich fielen ihm ein paar Sätze aus dem verdammten *People*-Artikel wieder ein.

»Ich spannte ein Blatt Papier in meine Schreibmaschine, wie immer, wenn ich schreiben will – und dann zog ich es gleich wieder heraus. Ich habe all meine Bücher mit der Maschine geschrieben, aber Stark hielt offenbar nichts von Schreibmaschinen. Vielleicht deshalb, weil es in den staatlichen Hotels, in denen er seine Strafen absaß, keine Schreibmaschinenkurse gab.«

Hübsch. Wirklich hübsch. Aber es war nur ganz entfernt mit den Tatsachen verwandt, oder? Es war nicht das erste Mal gewesen, daß Thad eine Geschichte erzählt hatte, die mit der Wahrheit nicht viel zu tun hatte, und vermutlich würde es auch nicht die letzte gewesen sein – vorausgesetzt natürlich, daß er diese ganze Sache überlebte. Es war kein direktes Lügen, genaugenommen nicht einmal ein Ausschmücken der Wahrheit, sondern ein fast unbewußter Akt, das eigene Leben in eine Fiktion zu verwandeln, und Thad kannte keinen einzigen Verfasser von Romanen und Kurzgeschichten, der das nicht tat. Man tat es nicht, um in irgendeiner Situation einen besseren Eindruck zu erwecken; das kam gelegentlich vor, aber man war ebenso imstande, eine Geschichte zu erzählen, in der man in einem schlechten Licht erschien oder sich lächerlich machte. Wie hatte der Film geheißen, in dem ein Reporter sagte: »Wenn du die Wahl hast zwischen der Wahrheit und der Legende, dann druck die Legende.« Vielleicht *The Man Who Shot Liberty Valance?* Für Reporter war das vielleicht ein lausiges und unmoralisches Motto, nicht aber für gute Belletristik. Das Manipulieren des eigenen Lebens schien fast eine unvermeidliche Begleiterscheinung des Geschichtenerzählens zu sein, wie die Hornhaut an den Fingerkuppen, die man vom Gitarrespielen bekam, oder der chronische Husten, wenn man jahrelang raucht.

Die Fakten von Starks Geburt hatten mit dem *People*-Artikel nicht das mindeste gemeinsam. Es war keine mystische Entscheidung gewesen, die Stark-Romane mit der Hand zu schreiben, obwohl die Zeit daraus ein Ritual gemacht hatte. Und was Rituale betraf, waren Schriftsteller ebenso abergläubisch wie Baseballspieler. Es kam vor, daß Baseballspieler Tag für Tag die gleichen Socken trugen oder sich bekreuzigten, bevor sie ins Schlagmal traten; Schriftsteller, wenn sie erfolgreich waren, neigten dazu, ähnliche Verhaltensmuster beizubehalten, bis sie zu Ritualen geworden waren – mit keinem anderen Sinn und Zweck, als das literarische Äquivalent eines Schlagversagens, die Schreibblokkierung, abzuwenden.

Zu George Starks Gewohnheit, mit der Hand zu schreiben, war es nur deshalb gekommen, weil Thad vergessen hatte, für die Underwood in seinem kleinen Arbeitszimmer in ihrem Sommerhaus in Castle Rock ein neues Farbband mitzubringen. Er hatte kein Farbband, aber die Idee war zu drängend und zu vielversprechend gewesen, als daß er hätte warten können; also hatte er die Schubladen des kleinen Schreibtisches durchwühlt, der dort stand, bis er ein Notizbuch und ein paar Bleistifte gefunden hatte, und . . .

Damals pflegten wir wesentlich später in unser Haus am See überzusiedeln, weil ich den dreiwöchigen Kurs abzuhalten hatte – wie hieß er noch? Formen der Kreativität. Blödes Thema. In jenem Jahr war es Ende Juni, und ich erinnere mich, wie ich ins Arbeitszimmer hinaufging und feststellte, daß keine Farbbänder da waren. Ich weiß sogar noch, daß Liz sich beklagte, daß nicht einmal Kaffee da war . . .

Zu Hause ist, wo es angefangen hat.

Im Gespräch mit Mike Donaldson, dem Mann von *People*, dem er die halb fiktive Geschichte von George Starks Zustandekommen ebenso erzählt hatte wie dreidutzendmal zuvor, fast ohne darüber nachzudenken, hatte er den Schauplatz in das große Haus in Ludlow verlegt, vielleicht weil er zumeist hier schrieb und es völlig normal war, die Szenen hier anzusiedeln – insbesondere, wenn man sie tatsächlich *ansiedelte*, sie sich *ausdachte*, nicht anders als beim Schreiben eines literarischen Textes. In Wirklichkeit war George Stark nicht hier erstmals in Erscheinung getreten und hatte sich zum erstenmal des Computers in seinem Kopf bemächtigt und seine Monitore benutzt, um einen Blick in die Welt zu werfen – ungeachtet der Tatsache, daß er hier den größten Teil seiner Arbeit verrichtet hatte, sowohl als Stark wie auch als er selbst, und daß sie hier den größten Teil ihres Doppeldaseins verbracht hatten.

Zu Hause ist, wo es angefangen hat.

In diesem Fall mußte mit »zu Hause« Castle Rock gemeint sein. Castle Rock, wo sich auch der Homeland-Friedhof befand. Der Homeland-Friedhof, auf dem, wovon Thad überzeugt war, Alan Pangborn dagegen nicht, George Stark vor ungefähr zwei Wochen in seiner mordgierigen physischen Inkarnation auf die Welt gekommen war.

Und dann, als wäre es die natürlichste Folgerung von der Welt (und soweit er das beurteilen konnte, war das durchaus möglich), stellte sich eine weitere Frage, eine Frage, die so grundlegend war und sich ihm so spontan aufdrängte, daß er sie laut murmelte, fast wie ein schüchterner Fan bei einer Autorenlesung: »Warum willst du wieder schreiben?«

Er senkte die Hand, bis die Bleistiftspitze das Papier berührte. Das taube Gefühl flutete in sie zurück und über sie hinweg, und ihm war, als tauchte sie in einen Strom von sehr kaltem, sehr klarem Wasser.

Sie hob sich wieder, schlug eine neue Seite auf, senkte sich, strich die aufgeschlagene Seite flach – aber diesmal setzte das Schreiben nicht sofort ein. Thad hatte Zeit, zu denken, daß der Kontakt, wie immer er beschaffen sein mochte, ungeachtet des tauben Gefühls abgebrochen sein mußte. Doch dann zuckte der Bleistift in seiner Hand, als wäre er lebendig – lebendig, aber schwer verletzt. Er zuckte, schrieb einen unsicheren Krakel, zuckte wieder, machte einen Gedankenstrich und schrieb dann

—— George Stark George George Stark
Es gibt keine Vögel George Stark George
Stark George

bis er wie eine keuchende Maschine zum Stehen kam.

Ja. Deinen Namen kannst du schreiben. Und du kannst die Sperlinge ableugnen. Sehr gut. Aber warum willst du wieder schreiben? Warum ist das so wichtig? Wichtig genug, um deshalb Leute umzubringen?

Wenn ich nicht schreibe, muß ich sterben

schrieb der Bleistift.

»Wie meinst du das?« murmelte Thad, aber er spürte, wie eine wilde Hoffnung von ihm Besitz ergriff. Konnte es so einfach sein? Er vermutete, daß es tatsächlich der Fall sein konnte, zumal bei einem Schriftsteller, der überhaupt keine reale Daseinsberechtigung hatte. Himmel, es gab genügend *wirkliche* Schriftsteller, die nicht existieren konnten oder das Gefühl hatten, nicht existieren zu können, wenn sie nicht schrieben – und im Fall von Männern wie Ernest Hemingway lief es schließlich auf dasselbe hinaus, oder etwa nicht?

Der Bleistift zitterte und zog dann eine lange, krakelige Linie unter die letzte Botschaft. Sie hatte eine unheimliche Ähnlichkeit mit der Stimmanalyse.

»Weiter«, flüsterte Thad. »Wie zum Teufel meinst du das?«

Falle AUSEINANDER

schrieb der Bleistift. Die Buchstaben wirkten gestelzt, zittrig, widerstrebend. Der Bleistift ruckte und schwankte zwischen seinen Fingern, die wachsweiß waren. *Wenn ich zu stark drücke*, dachte Thad, *bricht er durch*.

verliere
verliere den notwendigen Zusammenhalt
es gibt keine Vögel Scheiß vögel es gibt sie nicht
oh du Dreckskerl raus raus aus
meinem Kopf

Plötzlich flog sein Arm hoch. Gleichzeitig bewegte seine taube Hand den Bleistift mit der Behendigkeit eines Zauberers, der ein Kartenkunststück vorführt, und anstatt ihn zum Schreiben zwischen den Fingern zu halten, hielt er ihn jetzt wie einen Dolch in der Faust.

Er ließ ihn niederfahren – *Stark* ließ ihn niederfahren –, und plötzlich steckte der Bleistift in dem Fleisch zwischen Daumen und Zeigefinger seiner linken Hand. Die Spitze, von Starks Schreiberei leicht abgestumpft, drang fast ganz hindurch. Der Bleistift brach ab. Hellrotes Blut füllte die Vertiefung, die der Bleistift in sein Fleisch gezerrt hatte, und plötzlich war die Macht fort, die von ihm Besitz ergriffen hatte. Rotglühender Schmerz schoß aus seiner Hand hoch, die auf seinem Schreibtisch lag und aus der der Bleistift herausragte.

Thad warf den Kopf zurück und biß die Zähne zusammen, um den Schmerzensschrei zu unterdrücken, der in seiner Kehle aufstieg.

3

Neben dem Arbeitszimmer gab es ein kleines Bad, und als Thad das Gefühl hatte, wieder aufstehen zu können, brachte er seine infernalisch schmerzende Hand dorthin und untersuchte die Wunde unter dem grellen Licht einer Leuchtstoffröhre. Sie sah aus wie eine Schußwunde – ein rundes, von einem verschmierten schwarzen Rand umgebenes Loch. Das schwarze Zeug sah aus wie Schießpulver, nicht wie Graphit. Er drehte die Hand und sah auf der Innenseite einen hellroten Punkt von der Größe eines Nadelstiches. Die Spitze des Bleistifts.

So wenig hat am völligen Durchbohren gefehlt, dachte er.

Er ließ kaltes Wasser über die Wunde laufen, bis seine Hand taub geworden war, dann holte er die Flasche mit Wasserstoffsuperoxyd aus dem Schränkchen. Er stellte fest, daß es ihm unmöglich war, die Flasche mit der linken Hand zu halten, also drückte er sie, um die Kappe abschrauben zu können, mit dem linken Arm gegen seinen Körper. Dann goß er das Desinfektionsmittel in das Loch in seiner Hand, beobachtete, wie die Flüssigkeit weiß wurde und schäumte, biß schmerzgepeinigt die Zähne zusammen.

Er stellte das Wasserstoffsuperoxyd in das Schränkchen zurück und holte dann die wenigen Packungen verschreibungspflichtiger Medikamente eine nach der anderen heraus und studierte die Etiketten. Vor zwei Jahren hatte er nach einem Sturz beim Skilaufen heftige Rückenkrämpfe gehabt, und der gute alte Dr. Hume hatte ihm Percodan verschrieben. Damals hatte er nur ein paar davon genommen; er hatte festgestellt, daß die Tabletten seinen Schlafrhythmus durcheinanderbrachten und ihm das Schreiben fast unmöglich machten.

Endlich entdeckte er das Plastikröhrchen hinter einer Tube mit Rasiercreme, die mindestens tausend Jahre alt sein mußte. Thad zog den Stöpsel des Röhrchens mit den Zähnen heraus und ließ eine der Tabletten auf den Rand des Waschbeckens fallen. Er dachte daran, eine zweite herauszuholen, entschied sich dann aber dagegen. Sie waren sehr stark.

Und vielleicht sind sie verdorben. Vielleicht kannst du diese irre

Nacht mit einigen hübschen Krämpfen und einem Ausflug ins Krankenhaus abschließen – wie wäre das?

Aber er beschloß, das Risiko einzugehen. Er hatte keine andere Wahl – die Schmerzen waren grauenhaft, unerträglich. Und was das Krankenhaus anging ... Er betrachtete wieder das Loch in seiner Hand und dachte: *Wahrscheinlich sollte ich hinfahren und die Wunde versorgen lassen, aber das kann ich mir nicht leisten. In den letzten paar Tagen haben mich ohnehin schon so viele Leute gemustert, als hätte ich den Verstand verloren, daß es mir für mein Lebtag reicht.*

Er holte vier weitere Percodan aus dem Röhrchen, steckte sie in die Hosentasche und legte das Röhrchen wieder in den Medikamentenschrank. Dann bedeckte er die Wunde mit einem Schnellverband. *Wenn man dieses kleine Pflaster sieht,* dachte er, *kann man sich gar nicht vorstellen, wie höllisch weh das verdammte Ding tut. Er hat eine Bärenfalle für mich aufgestellt. Eine Bärenfalle in seinem Denken, und ich bin hineingetappt.*

Aber war es wirklich das gewesen, was passiert war? Thad wußte es nicht; nur in einem Punkt war er ganz sicher: nach einer Wiederholung der Vorstellung verlangte ihn nicht. Als er sich wieder unter Kontrolle hatte – jedenfalls halbwegs –, legte Thad sein Tagebuch in die Schublade zurück, schaltete die Lampen in seinem Arbeitszimmer aus und ging hinunter in den ersten Stock. Auf dem Treppenabsatz blieb er einen Moment stehen und lauschte. Die Zwillinge waren still, und Liz gleichfalls.

Das Percodan, offensichtlich noch frisch genug, begann zu wirken und die Schmerzen in Thads Hand ein wenig zu lindern. Wenn er sie unwillkürlich bewegte, verwandelte sich das dumpfe Pochen in einen Aufschrei, aber solange er sich vorsah, war es erträglich.

Aber morgen früh wird es verdammt wehtun – und was willst du Liz erzählen?

Er wußte es noch nicht. Wahrscheinlich die Wahrheit – oder einen Teil davon. Wie es schien, hatte sie inzwischen sehr viel Übung darin, ihn beim Lügen zu ertappen.

Die Schmerzen hatten nachgelassen, aber die Nachwirkung des plötzlichen Schocks – *aller* plötzlichen Schocks – war noch nicht verflogen; es würde noch einige Zeit vergehen, bis er imstande war zu schlafen. Er wanderte weiter ins Erdgeschoß und schaute durch die Gardinen vor dem großen Wohnzimmerfenster hinaus auf den auf der Auffahrt geparkten Streifenwagen der Staatspolizei. Drinnen konnte er die Glühwürmchenlichter von zwei Zigaretten sehen.

Da sitzen sie in aller Gemütsruhe, dachte er. *Sie scheinen die Vögel überhaupt nicht zur Kenntnis genommen zu haben – vielleicht waren sie auch nicht wirklich da, sondern nur in meinem Kopf. Immerhin werden sie dafür bezahlt, daß sie alles zur Kenntnis nehmen.*

Es war ein verführerischer Gedanke, aber das Arbeitszimmer lag an der anderen Seite des Hauses. Seine Fenster waren von der Auffahrt her nicht zu sehen, und die Remise auch nicht. Also hatten die Cops die Vögel gar nicht zur Kenntnis nehmen können.

Aber was war, als sie aufflogen? Willst du dir einreden, daß sie das nicht gehört hätten? Du selbst hast mindestens hundert von ihnen gesehen, Thad – vielleicht zwei- oder dreihundert.

Thad ging nach draußen. Er hatte kaum die Küchentür geöffnet, als die beiden Polizisten auch schon aus ihrem Wagen sprangen, einer auf jeder Seite. Es waren große Männer, die sich so schnell und lautlos bewegten wie Ozelote.

»Hat er wieder angerufen, Mr. Beaumont?« fragte derjenige, der an der Fahrerseite ausgestiegen war. Er hieß Stevens.

»Nein – nichts dergleichen«, sagte Thad. »Ich saß oben in meinem Arbeitszimmer und habe geschrieben, und da war mir, als hörte ich einen ganzen Schwarm Vögel auffliegen. Haben Sie das auch gehört?«

Den Namen des Mannes, der an der Beifahrerseite ausgestiegen war, kannte Thad nicht. Er war jung und blond und hatte eines jener runden, offenen Gesichter, von denen Gutmütigkeit ausstrahlt. »Wir haben sie sowohl gehört als auch gesehen«, sagte er. Er deutete zum Himmel, wo der Mond, knapp über das erste Viertel hinaus, über dem Haus hing. »Sie sind genau vor dem Mond vorbeigeflogen. Sperlinge. Ein ziemlich großer Schwarm. Kommt selten vor, daß sie bei Nacht fliegen.«

»Haben Sie eine Ahnung, wo sie hergekommen sein könnten?« fragte Thad.

»Ich muß gestehen«, sagte der Polizist mit dem runden Gesicht, »ich weiß es nicht. In Vogelkunde bin ich durchgefallen.«

Er lachte, der andere Polizist dagegen lachte nicht. »Sind Sie ein bißchen nervös heute nacht, Mr. Beaumont?«

Thad sah ihn mit unbewegtem Gesicht an. »Ja«, sagte er, »in letzter Zeit bin ich *jede* Nacht ein bißchen nervös.«

»Können wir im Moment etwas für Sie tun, Sir?«

»Nein«, sagte Thad. »Ich glaube nicht. Ich wollte nur wissen, ob ich richtig gehört habe. Gute Nacht, Gentlemen.«

»Gute Nacht«, sagte der rundgesichtige Polizist.

Stevens nickte nur. Seine Augen unter dem breiten Rand seines Stetsonhutes waren hell und ausdruckslos.

Der hält mich für schuldig, dachte Thad, als er wieder auf das Haus zuging. *Schuldig woran? Er weiß es nicht. Ist ihm vermutlich auch gleich. Aber er hat das Gesicht eines Mannes, der glaubt, daß jeder Mensch in irgendeiner Beziehung schuldig ist. Wer weiß? Vielleicht hat er sogar recht.*

Er machte die Küchentür zu und schloß sie hinter sich ab, dann kehrte er ins Wohnzimmer zurück und schaute noch einmal hinaus. Der Polizist mit dem runden Gesicht hatte sich wieder in den Streifenwagen zurückgezogen, aber Stevens stand noch neben der Fahrertür, und einen Augenblick lang hatte Thad das Gefühl, als schaute er ihm direkt ins Gesicht. Das war natürlich unmöglich – schließlich waren die Gardinen zugezogen. Stevens würde nur eine undeutliche dunkle Form erkennen können – wenn er überhaupt etwas sah.

Dennoch blieb der Eindruck bestehen.

Thad zog die Vorhänge über die Gardinen und trat an die Hausbar. Er öffnete sie und holte eine Flasche Glenlivit heraus, sein früheres Lieblingsgetränk. Er betrachtete sie ein paar Sekunden, dann stellte er sie wieder zurück. Ihn verlangte heftig nach einem Drink, aber dies wäre der ungeeignetste Zeitpunkt, um wieder mit dem Trinken anzufangen.

Er ging in die Küche und goß sich ein Glas Milch ein, wobei er sehr darauf achtete, die linke Hand nicht zu bewegen. Die Wunde fühlte sich heiß und spröde an.

Er ist im Unterbewußtsein gekommen, dachte er, als er seine Milch trank. *Es hat nicht lange gedauert – er wurde geradezu unheimlich schnell wieder klar –, aber er ist im Unterbewußtsein gekommen. Ich glaube, er hat geschlafen. Kann sein, daß er von Miriam geträumt hat, aber ich glaube es nicht. Das, was ich angezapft habe, war zu greifbar, um ein Traum zu sein. Ich glaube, es war George Starks unterbewußtes Archiv, wo alles säuberlich niedergeschrieben und wohlgeordnet abgelegt wird. Ich könnte mir denken, wenn er mein Unterbewußtsein anzapft – und es ist durchaus möglich, daß er das bereits tut –, wird er auf ähnliche Dinge stoßen.*

Er trank einen weiteren Schluck Milch und richtete den Blick auf die Tür der Speisekammer.

Ich wüßte zu gern, ob ich auch sein WACHES *Denken anzapfen kann – sein bewußtes Denken.*

Er glaubte, daß die Antwort auf diese Frage ja lautete – aber er glaubte auch, daß er damit wieder verletzlich werden würde. Und das nächste Mal war es vielleicht nicht nur ein Bleistift in seiner Hand. Das nächste Mal war es vielleicht ein Brieföffner in seinem Hals.

Das kann er nicht. Er braucht mich.

Ja, aber er ist wahnsinnig. Wahnsinnige handeln oft gegen ihre eigenen Interessen.

Er betrachtete die Tür der Speisekammer und dachte daran, hineinzugehen – und von der Speisekammer aus wieder hinaus ins Freie, auf der anderen Seite des Hauses.

Kann ich ihn dazu veranlassen, etwas zu tun? So, wie er mich dazu veranlaßt hat?

Auf diese Frage wußte er keine Antwort. Jedenfalls noch nicht. Und ein gescheitertes Experiment konnte sich als tödlich erweisen.

Thad trank den Rest seiner Milch, spülte das Glas aus und stellte es auf das Ablaufbrett der Spüle. Dann ging er in die Speisekammer. Hier, zwischen Dosen mit Konserven auf der einen und Lebensmitteln in Packungen auf der anderen Seite gab es eine quergeteilte Tür; sie führte auf eine große Rasenfläche hinaus, die sie den Hintergarten nannten. Er schloß die Tür auf, stieß ihre beiden Hälften auf und sah, daß nur Picknicktisch und Grill draußen einsam Wache hielten. Er trat hinaus auf den geteerten Weg, der sich an dieser Seite des Hauses entlangzog und bis zur Auffahrt an der Vorderseite des Hauses führte.

Der Weg schimmerte im schwachen Licht des schmalen Mondes wie schwarzes Glas. In unregelmäßigen Abständen entdeckte er weiße Flecke.

Spatzenscheiße, um es vulgär auszudrücken, dachte er.

Thad wanderte langsam den geteerten Weg entlang, bis er direkt unter dem Fenster seines Arbeitszimmers stand. Ein Lastwagen tauchte am Horizont auf und rollte die Route 15 entlang auf das Haus zu; ein paar Sekunden lang erhellten seine Scheinwerfer den Rasen und den geteerten Weg. In ihrem Licht sah Thad zwei tote Sperlinge auf dem Weg liegen – kleine Federhäufchen, aus denen Füßchen mit drei Krallen herausragten. Dann war der Lastwagen vorbeigefahren. Im Mondschein wurden die toten Vögel wieder zu undeutlichen Schatten – nicht mehr als das.

Sie waren real, dachte er wieder. *Die Sperlinge waren wirklich da.* Dieses blinde, empörte Grausen war wieder da, flößte ihm irgendwie das Gefühl ein, unsauber zu sein. Er versuchte, die Hände zu Fäusten zu ballen, und die linke reagierte mit wütendem Gebell. Das bißchen Linderung, das ihm das Percodan verschafft hatte, verflog bereits wieder.

Sie waren hier. Sie waren wirklich. Wie ist das möglich?

Er wußte es nicht.

Habe ich sie gerufen, oder habe ich sie aus dem Nichts erschaffen?

Auch das wußte er nicht. Aber in einer Hinsicht war er sich ganz sicher: die Sperlinge, die heute nacht gekommen waren, die wirklichen Sperlinge, die gekommen waren, bevor die Trance ihn verschluckt hatte, waren nur ein Bruchteil aller *möglichen* Sperlinge. Vielleicht nur ein mikroskopisch kleiner Bruchteil.

Nie wieder, dachte er. *Bitte – nie wieder.*

Aber er vermutete, daß das, was er wünschte, keine Rolle spielte. Das war das wirklich Entsetzliche: er hatte eine paranormale Fähigkeit in sich entdeckt, aber er hatte keine Kontrolle über sie. Schon der Gedanke an eine Kontrolle über derartige Dinge war ein Witz.

Und er glaubte, daß die Sperlinge wiederkommen würden, bevor dies vorbei war.

Thad schauderte und kehrte ins Haus zurück. Er schlich sich wie ein Einbrecher in seine eigene Speisekammer, schloß die Tür hinter sich ab und brachte seine pochende Hand zu Bett. Bevor er hinaufging, nahm er noch eine Percodan-Tablette und spülte sie mit Wasser aus dem Hahn in der Küche hinunter.

Liz erwachte nicht, als er sich neben sie legte. Einige Zeit später entkam er in drei Stunden unruhigen, ausgefaserten Schlafs, in dem Alpträume ihn umkreisten, immer gerade außerhalb seiner Reichweite.

Neunzehntes Kapitel

Stark kauft ein

1

Das Aufwachen war nicht wie Aufwachen.

Nicht, daß er, wenn man es genau nahm, sicher gewesen wäre, *jemals* richtig wach gewesen zu sein oder geschlafen zu haben, jedenfalls nicht in dem Sinne, in dem normale Menschen diese Worte gebrauchten. In gewisser Hinsicht war es, als schliefe er ständig und bewegte sich nur aus einem Traum in den anderen. In dieser Hinsicht glich sein Leben – das bißchen Leben, an das er sich erinnerte – einer Unzahl ineinandersteckender Kästchen oder dem Blick in ein endloses Spiegelkabinett.

Dieser Traum war ein Alptraum.

Er kam langsam aus einem Schlaf, von dem er wußte, daß es im Grunde kein Schlaf gewesen war. Irgendwie war es Thad Beaumont gelungen, ihn für kurze Zeit einzufangen; er hatte es für kurze Zeit geschafft, ihn seinem Willen zu unterwerfen. Hatte er etwas gesagt, etwas *offenbart*, während Beaumont ihn beherrscht hatte? Ihm war, als könnte er das getan haben – aber er war sich auch ziemlich sicher, daß Beaumont nicht imstande war, zu interpretieren, was er gesagt haben mochte, oder das Wichtige vom Belanglosen zu unterscheiden.

Außerdem holten ihn Schmerzen aus dem Schlaf.

Er hatte im Osten von Greenwich Village, nahe der Avenue B, zwei Zimmer gemietet. Als er die Augen öffnete, saß er an dem schiefen Küchentisch, ein aufgeschlagenes Notizbuch vor sich. Ein Rinnsal von hellrotem Blut rann über die verblichene Wachstuchdecke, die auf dem Tisch lag, und daran war nichts Verwunderliches, denn in seiner rechten Hand steckte ein Kugelschreiber.

Jetzt begann der Traum zurückzukommen.

Damit hatte er es geschafft, Beaumont aus seinem Kopf zu vertreiben; es war die einzige Möglichkeit gewesen, das Band zu sprengen, das dieser feige Scheißkerl irgendwie zwischen ihnen geknüpft hatte. Feige? Ja. Aber er war auch *gerissen*, und es wäre ein Fehler, das zu vergessen. Ein sehr schwerer Fehler.

Stark konnte sich vage erinnern, geträumt zu haben, daß Thad bei ihm war, in seinem Bett – daß sie miteinander redeten, miteinander flüsterten; anfangs hatte er das als angenehm und seltsam tröstlich empfunden – wie wenn man sich abends nach dem Löschen des Lichts mit einem Bruder unterhält.

Aber sie hatten mehr getan, als sich nur unterhalten, oder?

Sie hatten *Geheimnisse ausgetauscht* – oder vielmehr, Thad hatte ihm Fragen gestellt, und Stark hatte sie beantwortet. Es war angenehm, sie zu beantworten, es war tröstlich, sie zu beantworten. Aber es war gleichzeitig beängstigend. Anfangs waren es vor allem die Vögel gewesen, die ihm Angst eingejagt hatten. Warum fragte Thad immer wieder nach irgendwelchen *Vögeln*? Es *gab* keine Vögel. Vielleicht hatte es sie früher einmal gegeben – vor langer, langer Zeit –, aber jetzt nicht mehr. Es war nur ein Gedankenspiel, ein kindischer Versuch, ihn hereinzulegen. Dann waren seine hochentwickelten Überlebensinstinkte allmählich in seine Angst eingedrungen, sie hatten an Schärfe und Deutlichkeit gewonnen, während er bemüht war, sich aus dem Schlaf herauszukämpfen. Er hatte das Gefühl, unter Wasser gehalten zu werden, zu ertrinken . . .

Daraufhin war er, noch immer in diesem Zustand halben Wachseins und halben Träumens, in die Küche gegangen, hatte das Notizbuch aufgeschlagen und den Kugelschreiber in die Hand genommen. Zu nichts von alledem hatte Thad ihn aufgefordert; weshalb sollte er auch? Schrieb Thad, fünfhundert Meilen entfernt, nicht gleichfalls? Natürlich war der Kugelschreiber falsch – er fühlte sich nicht einmal richtig an in seiner Hand –, aber es mußte gehen. Fürs erste.

Falle auseinander, hatte er sich schreiben sehen, und da war er dem Zauberspiegel, der den Schlaf vom Wachsein trennt, sehr nahe gewesen. Er hatte sich bemüht, dem Kugelschreiber seine eigenen Gedanken aufzudrängen, mit seinem eigenen Willen zu bestimmen, was auf dem leeren Blatt Papier erschien und was nicht, aber es war schwer, o Gott, o Herr im Himmel, es war verdammt *schwer*.

Er hatte den Kugelschreiber und ein halbes Dutzend Notizbücher in einem Schreibwarenladen gekauft, kurz nachdem er in New York eingetroffen war; hatte es getan, noch bevor er dieses elende Loch mietete. In dem Laden hatte es auch Berol-Bleistifte gegeben, und er hatte *sie* kaufen wollen, aber er hatte es nicht getan. Denn einerlei, wessen Verstand die Bleistifte in Bewegung gesetzt hatte – es war Thad Beaumonts Hand gewesen, die sie gehalten hatte, und er mußte wissen, ob das ein Band war, das er zerreißen konnte. Also hatte er auf die Bleistifte verzichtet und statt dessen den Kugelschreiber gekauft.

Wenn er schreiben konnte, wenn er *von sich aus* schreiben konnte, dann war alles in bester Ordnung, und er würde dieses elende, winselnde Geschöpf dort oben in Maine überhaupt nicht brauchen. Aber der Kugelschreiber hatte ihm nichts genützt. So sehr er sich auch anstrengte, so sehr er sich auch konzentrierte, hatte er doch nichts anderes schreiben können als seinen Namen. Er hatte ihn wieder und wieder geschrieben, George Stark, George Stark, George Stark, bis am unteren Rand der Seite überhaupt keine erkennbaren Worte mehr standen, sondern nur noch das bedeutungslose Gekritzel eines Vorschulkindes.

Gestern war er in eine Filiale der New York Public Library gegangen und hatte für eine Stunde eine der grauen elektrischen IBM-Schreibmaschinen gemietet. Die Stunde war ihm vorgekommen wie tausend Jahre. Er hatte mit auf den Tasten zitternden Fingern in einer an drei Seiten geschlossenen Kabine gesessen und seinen Namen getippt, diesmal in Großbuchstaben: GEORGE STARK, GEORGE STARK, GEORGE STARK.

Schluß damit! hatte er sich angeschrien. *Schreib etwas anderes, irgend etwas, aber hör damit auf!*

Also hatte er es versucht. Er hatte sich über die Tasten gebeugt, schweißgebadet, und getippt: *The quick brown fox jumped over the lazy dog.*

Doch als er auf das Blatt schaute, sah er, was er geschrieben hatte: *The george George Stark george starked over the starky stark.*

Da hätte er am liebsten die IBM aus ihrer Verankerung losgerissen und wäre mit ihr durch den Lesesaal gestürmt, hätte am liebsten die Schreibmaschine geschwungen wie ein Barbar seinen Streitkolben, Köpfe eingeschlagen und Rückgrate gebrochen: wenn er schon nicht schöpfen konnte, dann wollte er wenigstens zerstören.

Statt dessen hatte er sich (unter Aufbietung aller Willenskraft) beherrscht und die Bibliothek verlassen, hatte das nutzlose Blatt Papier zusammengeknüllt und in den nächsten Papierkorb geworfen. Jetzt, mit dem Kugelschreiber in der Hand, erinnerte er sich wieder an seine grenzenlose, blinde Wut über die Entdeckung, daß er ohne Beaumont nichts schreiben konnte als seinen Namen.

Und an die Angst.

Und an die Panik.

Aber er *hatte* Beaumont noch, oder? Beaumont bildete sich vielleicht ein, es wäre umgekehrt, aber vielleicht – vielleicht stand Beaumont eine große Überraschung bevor.

Verliere hatte er geschrieben, und *mehr* durfte er Beaumont nicht verraten – was er geschrieben hatte, war ohnehin schon schlimm genug. Er unternahm eine gewaltige Anstrengung, die Kontrolle über seine verräterische Hand zurückzugewinnen. *Aufzuwachen.*

Den notwendigen Zusammenhalt, hatte seine Hand geschrieben, wie um den vorhergehenden Gedanken zu erklären und zu unterstreichen, und plötzlich sah sich Stark mit dem Kugelschreiber auf Beaumont einstechen. Er dachte: *Und ich kann es sogar. Ich glaube nicht, daß du es könntest, Thad, denn wenn es um die Wurst geht, bist du nichts als ein Glas Milch, stimmt's? Wenn es um die Wurst geht, dann bin ich derjenige, der die Situation im Griff hat, du Mistkerl. Ich glaube, es wird Zeit, daß du das begreifst.*

Und dann kehrte, obwohl dies einem Traum in einem Traum glich, obwohl dieses gräßliche, schwindelerregende Gefühl, die Kontrolle über sich verloren zu haben, ihn immer noch nicht losließ, ein Teil seiner skrupellosen, blinden Selbstsicherheit zurück, und er war imstande, den Schild des Schlafes zu durchdringen. In diesem Augenblick des Triumphes, in dem er die Oberfläche durchbrach, bevor Beaumont ihn ertränken konnte, bekam er den Kugelschreiber in seine Gewalt – und schrieb.

Einen Augenblick lang – und es war nicht mehr als ein Augenblick – war da ein Gefühl, als hielten *zwei* Hände zwei Stifte. Das Gefühl war zu klar, zu eindeutig, um etwas anderes zu sein als eine Realität.

Es gibt keine Vögel, schrieb er – der erste richtige Satz, den er als körperliches Wesen geschrieben hatte. Es war entsetzlich schwer, ihn zu schreiben; nur ein Geschöpf mit übermenschlicher Entschlossenheit war imstande, die Anstrengung durchzusetzen. Aber sobald die Worte auf dem Papier standen, spürte er, wie seine Kraft wuchs. Der Zugriff der anderen Hand wurde schwächer, und Stark packte seinerseits zu, ohne Erbarmen oder Zögern.

Jetzt kannst du ertrinken, dachte er. *Mal sehen, wie* DIR *das gefällt.*

In einem Vorstoß, der schneller und befriedigender war als der stärkste Orgasmus, schrieb er: DIE SCHEISSVÖGEL GIBT ES NICHT*! O du Dreckskerl, raus aus meinem Kopf!*

Dann, bevor er darüber nachdenken konnte – Nachdenken hätte ein verhängnisvolles Zögern bedeutet – schwang er den Kugelschreiber in einem kurzen, flachen Bogen herum. Die Stahlspitze bohrte sich in seine rechte Hand – und er spürte, wie Thad Beaumont Hunderte von Meilen weiter nördlich, einen Berol Black Beauty-Bleistift herumschwang und in seine *linke* Hand bohrte.

Das war der Augenblick, in dem er – in dem sie *beide* – wirklich aufwachten.

2

Der Schmerz war durchdringend und kaum zu ertragen – aber er war zugleich befreiend. Stark schrie auf, drückte den schweißfeuchten Kopf gegen seinen Arm, um den Ton zu dämpfen, aber es war ebenso ein Freuden- und Begeisterungs- wie ein Schmerzensschrei.

Er konnte fühlen, wie Beaumont in seinem Arbeitszimmer dort oben in Maine seinen eigenen Schrei unterdrückte. Das Band, das er zwischen ihnen geknüpft hatte, zerriß nicht; es glich eher einem in aller Eile geschlungenen Knoten, der sich nur mit einem letzten, gewaltigen Ruck lösen läßt. Stark spürte, *sah* fast die Sonde, die ihm dieser verräterische Mistkerl in den Kopf gebohrt hatte, während er schlief, und die ihn jetzt sich windend und schlängelnd und gleitend wieder verließ.

Stark streckte die Hand aus, nicht physisch, sondern in Gedanken, und packte das entschwindende Ende von Thads geistiger Sonde – vor Starks innerem Auge glich sie einem Wurm, einer fetten weißen Made, die sich genüßlich mit Verrottetem und Aas vollgestopft hat.

Er dachte daran, Thad dazu zu bringen, daß er einen weiteren Bleistift aus dem Steinzeugtopf holte und damit noch einmal auf sich einstach – diesmal ins Auge. Vielleicht konnte er ihn auch dazu bringen, daß er sich die Bleistiftspitze ins Ohr bohrte, das Trommelfell zerriß und bis ins weiche Fleisch des dahinterliegenden Gehirns vordrang. Er konnte Thads Aufschrei fast hören. *Diesen* Schrei würde er nicht unterdrücken können.

Doch dann schob er diese Gedanken beiseite. Er wollte Beaumonts Tod nicht.

Zumindest jetzt noch nicht.

Nicht, bevor Beaumont ihn gelehrt hatte, wie er von sich aus schreiben konnte.

Langsam entspannte Stark seine Faust, und als er es tat, spürte er, daß die Faust, in der er Beaumonts innerstes Wesen hielt – die geistige Faust, die sich als ebenso schnell und gnadenlos erwiesen hatte wie die körperliche –, gleichfalls offen war. Er spürte, wie Beaumont, die fette weiße Made, stöhnend und winselnd entschwand.

»Nur für diesmal«, flüsterte er und wendete sich dann der anderen erforderlichen Sache zu. Er schloß die linke Hand um den aus seiner rechten herausragenden Kugelschreiber. Er zog ihn heraus. Dann warf er ihn in den Abfalleimer.

3

Auf dem Abflußbrett neben dem Ausguß stand eine Flasche Glenlivit. Stark nahm sie und ging ins Badezimmer. Seine rechte Hand hing herunter und ließ pfenniggroße Blutstropfen auf das rissige und verblichene Linoleum fallen. Das Loch in seiner Hand befand sich etwa anderthalb Zentimeter unterhalb der Fingerknöchel, etwas rechts vom Knöchel des Mittelfingers. Es war vollkommen rund. Die Tintenspuren an den Wundrändern und die innere Blutung ließen es wie eine Schußwunde aussehen. Er versuchte, die Hand zu beugen. Die Finger bewegten sich – aber die übelkeiterregende Welle von Schmerz, die darauf folgte, war für weitere Experimente zu heftig.

Er zog an der von der Lampenfassung über dem Spiegelschränkchen herabhängenden Kette, und die nackte Sechzig-Watt-Birne flammte auf. Er klemmte die Whiskeyflasche unter den rechten Arm, so daß er sie mit der linken Hand aufschrauben konnte, und hielt dann die verletzte Hand ausgebreitet über das Waschbecken. Tat Beaumont in Maine dasselbe? Er bezweifelte es. Beaumont hatte nicht den Mumm, dergleichen selbst zu unternehmen. Bestimmt war er schon unterwegs zum nächsten Krankenhaus.

Stark goß Whiskey über die Wunde, und ein Bolzen aus stahlhartem Schmerz schoß bis zur Schulter hinauf durch seinen Arm. Er sah, wie der Whiskey in der Wunde brodelte, sah kleine Blutfäden in der gelben Flüssigkeit und mußte das Gesicht wieder gegen den durchgeschwitzten Ärmel seines T-Shirts drücken.

Er glaubte, der Schmerz würde überhaupt nicht nachlassen, aber schließlich tat er es doch.

Er versuchte, die Whiskeyflasche auf das unter dem Spiegelschränkchen an die Fliesen geschraubte Bord zu stellen. Seine Hand zitterte so sehr, daß dieses Vorhaben kaum Aussicht auf Erfolg hatte, deshalb stellte er sie statt dessen auf den rostfleckigen Blechboden der Duschkabine. Er würde gleich einen Drink brauchen.

Er hob die Hand vors Licht und schaute in das Loch hinein. Er konnte durch sie hindurch die Glühbirne sehen, aber undeutlich – es war, als schaute man durch einen von irgendeinem Überzug getrübten Rotfilter. Also hatte er den Kugelschreiber nicht ganz durch die Hand hindurchgetrieben, aber er war verdammt nahe daran gewesen. Vielleicht war es Beaumont besser gelungen.

Er konnte es zumindest hoffen.

Er hielt die Hand unter den Kaltwasserhahn, spreizte die Finger, um das Loch so weit wie möglich zu öffnen, und wappnete sich dann gegen den Schmerz. Zuerst war er schlimm – er mußte einen weiteren Aufschrei durch die Zähne ausstoßen, die aufeinander gebissen waren, und durch zu einem schmalen weißen Strich zusammengepreßte Lippen –, aber dann wurde die Hand taub, und es wurde besser. Er zwang sich, sie volle drei Minuten unter den Wasserhahn zu halten. Dann drehte er den Hahn zu und hielt die Hand wieder vors Licht.

Die Glühbirne leuchtete noch durch das Loch, aber jetzt trüber und schwächer. Die Wunde schloß sich. Sein Körper schien über erstaunliche Regenerationskräfte zu verfügen, und das war merkwürdig, denn gleichzeitig zerfiel er. Verliere den Zusammenhalt, hatte er geschrieben. Und das kam der Sache ziemlich nahe.

Ungefähr dreißig Sekunden oder mehr fixierte er sein Gesicht in dem leicht verzerrenden, fleckigen Spiegel des Schränkchens, dann gab er sich einen Ruck, um wieder zu vollem Bewußtsein zu kommen. Immer, wenn er sein Gesicht betrachtete, so bekannt und vertraut und dennoch so neu und fremdartig, hatte er das Gefühl, in Trance zu versinken. Er war sich ziemlich sicher, daß genau das passieren würde, wenn er lange genug in den Spiegel sah.

Stark öffnete das Schränkchen und schwang damit den Spiegel und sein ihn wider Willen faszinierendes Gesicht beiseite. In dem Schränkchen befand sich eine merkwürdige Kollektion von Gegenständen: zwei Einmalrasierer, einer davon gebraucht; Gläser mit Make-up; Kompaktpuder; mehrere keilförmige Schwammstücke, elfenbeinfarben, wo sie noch nicht vom Gesichtspuder etwas dunkler gefärbt waren; eine Flasche mit gewöhnlichem Aspirin. Kein Verbandspäckchen. Verbandspäckchen waren wie die Bullen – nie da, wenn man sie wirklich brauchte. Aber das machte nichts – er würde die Wunde mit Whiskey desinfizieren (das heißt, nachdem er sich mit einem tüchtigen Schluck auch innerlich desinfiziert hatte), und dann ein Taschentuch darumwickeln. Er glaubte nicht, daß es zu einer Blutvergiftung kommen würde; gegen Infektionen schien er immun zu sein. Auch das war merkwürdig.

Er löste den Verschluß der Aspirinflasche mit den Zähnen und spie die Kappe in das Waschbecken; dann kippte er die Flasche über seinem Mund und ließ ein halbes Dutzend Tabletten hineinfallen. Anschließend holte er den Whiskey aus der Duschkabine und spülte das Aspirin mit Glenlivit hinunter. Der Alkohol landete in seinem Magen und ließ dort eine wohltuende Wärme erblühen. Dann goß er noch mehr Whiskey über seine Hand.

Stark ging in sein Schlafzimmer und öffnete die oberste Schublade einer Kommode, die bessere – viel bessere – Tage gesehen hatte. Diese Kommode und die uralte Schlafcouch waren die einzigen Möbelstücke in diesem Zimmer.

Die oberste Schublade war die einzige, in der sich außer ausgelegten Seiten der *Daily News* überhaupt etwas befand: drei noch in ihrer Verpackung steckende Unterhosen; zwei Paar Socken, noch von der Hersteller-Banderole zusammengehalten; ein Paar Jeans und ein halbes Dutzend Taschentücher, gleichfalls noch verpackt. Er riß das Zellophan mit den Zähnen auf und knotete eines der Taschentücher um seine Hand. Bernsteinfarbener Whiskey drang durch den dünnen Stoff, dann ein bißchen Blut. Stark achtete darauf, ob sich der Blutfleck ausbreitete, aber er tat es nicht. Gut gemacht. Sehr gut.

War es Beaumont gelungen, irgend etwas über ihn herauszufinden? Wußte er vielleicht, daß sich George Stark gegenwärtig in seiner schäbigen kleinen Wohnung im Osten von Greenwich Village versteckte, in einem Haus, in dem die Schaben groß genug waren, um die Schecks von der Fürsorge zu stehlen? Er glaubte es nicht, aber es hatte keinen

Sinn, Risiken einzugehen, wenn es nicht unbedingt sein mußte. Er hatte Thad eine Woche zugestanden, in der er sich entscheiden mußte, und obwohl er sich jetzt ziemlich sicher war, daß Thad nicht die Absicht hatte, wieder als Stark zu schreiben, würde er zusehen, daß Thad die Zeit bekam, die er ihm versprochen hatte.

Schließlich war er ein Mann, der zu seinem Wort stand.

Ein bißchen Inspiration würde Beaumont wahrscheinlich brauchen. Eine dieser kleinen Lötlampen, die man in Eisenwarengeschäften kaufen konnte, ein paar Sekunden auf die Fußsohlen seiner Kinder gerichtet, würde sie ihm verschaffen, dachte Stark, aber das kam später. Fürs erste würde er sich mit Abwarten begnügen – und während er das tat, konnte es nicht schaden, wenn er sich auf den Weg nach Norden machte. Um sich in eine bessere Position zu bringen, könnte man sagen. Außerdem war da noch sein Wagen – der schwarze Toronado. Er war untergestellt, aber er würde nicht mehr lange untergestellt bleiben. Morgen früh würde er New York City verlassen. Doch bevor er das tat, mußte er noch einen Einkauf tätigen – und jetzt mußte er etwas von dem Make-up in dem Badezimmerschränkchen auflegen.

4

Er holte die kleinen Behälter mit Flüssig-Make-up heraus, den Puder, die Schwämme. Bevor er anfing, nahm er noch einen tüchtigen Schluck aus der Flasche. Seine Hände zitterten nicht mehr, aber die rechte pochte heftig. Das störte ihn nicht sonderlich; wenn seine Hand pochte, mußte Beaumonts Hand kreischen.

Er schaute in den Spiegel, berührte mit dem Zeigefinger der linken Hand den Hautbogen unter dem linken Auge und ließ ihn dann die Wange hinunter zum Mundwinkel wandern. »Verliere den Zusammenhalt«, murmelte er, und bei Gott, das war die reine Wahrheit.

Als Stark sein Gesicht zum erstenmal betrachtet hatte, vor dem Homeland-Friedhof niedergekniet war und in eine Schlammpfütze geschaut hatte, deren stille, trübe Oberfläche vom runden weißen Mond einer nahen Straßenlaterne erhellt wurde, war er zufrieden gewesen. Es war genau das Gesicht, das er in den Träumen während seiner Gefangenschaft in den Verliesen von Beaumonts Imagination gesehen hatte. Er hatte einen durchschnittlich gut aussehenden Mann gesehen, dessen Züge ein wenig zu breit waren, um viel Aufmerksamkeit zu erregen. Wäre die Stirn nicht ganz so hoch gewesen, hätten die Augen nicht ganz so weit auseinandergestanden, so wäre es vielleicht ein Gesicht gewesen, nach dem sich die Frauen umdrehten, um noch einen zweiten Blick darauf zu werfen. Ein *völlig* nichtssagendes Gesicht (wenn es so etwas überhaupt gibt) kann Aufmerksamkeit auf sich lenken, weil nichts da ist, kein Zug, der den Blick auf sich zieht, bevor das Auge weiterwandert; absolute Gewöhnlichkeit kann das Auge beunruhigen, es zum nochmaligen Hinschauen veranlassen. Dem Gesicht, das Stark in der Schlammpfütze sah, fehlte dieses Ausmaß an Gewöhnlichkeit, was sehr beruhigend war. Er hatte es für ein ideales Gesicht gehalten, ein Gesicht, das niemand würde beschreiben können. Blaue Augen, sonnengebräunte Haut, die vielleicht in Verbindung mit blondem Haar ein wenig merkwürdig wirkte – und damit hatte es sich; der Zeuge würde gezwungen sein, sich den breiten Schultern zuzuwenden, die wirklich das Auffallendste an ihm waren – und in der Welt wimmelte es von breitschultrigen Männern.

Doch jetzt war alles anders. Jetzt war sein Gesicht entschieden merkwürdig geworden – und wenn er nicht bald wieder mit dem Schreiben anfing, würde es immer merkwürdiger werden. Es würde grotesk werden.

Verliere den Zusammenhalt, dachte er abermals. *Aber du wirst dem einen Riegel vorschieben, Thad. Wenn du mit dem Buch über den gepanzerten Wagen anfängst, dann wird sich das, was mit mir vor sich geht, umkehren. Ich habe keine Ahnung, woher ich das weiß, aber ich weiß es.*

Es war zwei Wochen her, seit er sich zum erstenmal gesehen hatte, und seither hatte eine beträchtliche Degeneration stattgefunden. Anfangs war sie fast unmerklich gewesen, so unmerklich, daß er sich hatte einreden können, es wäre nichts als Einbildung; doch als sich die Entwicklung beschleunigte, war diese Ansicht immer unhaltbarer geworden. Zwei Fotos, damals und jetzt aufgenommen, hätten einen Betrachter glauben lassen, das Gesicht eines Mannes zu sehen, der irgendeiner unheimlichen Strahlung oder einer ätzenden Chemikalie ausgesetzt war. George Stark schien unter einer Art von Gewebsauflösung zu leiden.

Die Krähenfüße um die Augen herum, die er in der Schlammpfütze gesehen hatte, waren jetzt tiefe Falten. Seine Lider hingen herunter und waren rauh wie Krokodilhaut. Seine Wangen begannen ein ähnlich faltiges und rissiges Aussehen anzunehmen. Die Augenränder hatten sich gerötet, was den Eindruck eines Mannes erweckte, der nicht wußte, daß es höchste Zeit war, die Nase aus der Flasche zu nehmen. Von den Mundwinkeln bis zu den Seiten der Kiefer hatten sich tiefe Furchen ins Fleisch seines Gesichtes gegraben, was seinen Mund aussehen ließ wie den der Puppe eines Bauchredners. Sein blondes Haar, von Anfang an sehr fein, war noch feiner geworden; es war von den Schläfen zurückgewichen und ließ die rosa Haut seines Schädels durchscheinen. Auf seinen Handrücken waren Leberflecke erschienen.

All das hätte er hinnehmen können, ohne zu Make-up greifen zu müssen. Schließlich sah er nur alt aus, und daran war kaum etwas Bemerkenswertes. Von seiner Kraft hatte er offensichtlich nichts eingebüßt. Zudem war da die unerschütterliche Gewißheit, daß sich der Prozeß umkehren würde, sobald er und Beaumont zu schreiben anfingen – als George Stark zu schreiben anfingen.

Aber jetzt fielen ihm Zähne aus. Und außerdem waren da die Geschwüre.

Das erste hatte er vor drei Tagen an der Innenseite seines rechten Ellenbogens bemerkt – ein roter Fleck mit einem Saum von toter weißer Haut. Es war die Art von Hautveränderung, wie sie bei Pellagra auftritt, einer Krankheit, die im tiefen Süden noch in den sechziger Jahren grassierte. Vorgestern hatte er einen weiteren entdeckt, diesmal an seinem Hals unterhalb des linken Ohrläppchens. Gestern zwei weitere, einen zwischen den Brustwarzen, den anderen unterhalb des Nabels.

Heute war die erste Stelle in seinem Gesicht erschienen, an der rechten Schläfe.

Die Stellen schmerzten nicht. Da war nur ein dumpfes, tiefsitzendes Jucken, aber das war alles – zumindest, was sein Empfinden betraf. Aber sie breiteten sich rapide aus. Sein rechter Arm war von der Ellenbeuge fast bis zur Schulter rot und dick angeschwollen. Er hatte den Fehler begangen, sich zu kratzen, und das Fleisch hatte mit bestürzender Leichtigkeit nachgegeben. Aus den Furchen, die seine Fingernägel hinterlassen hatten, war eine Mixtur aus Blut und gelblichem Eiter herausgesickert, und von den Wunden ging ein widerwärtiger, gasartiger Gestank aus. Aber eine Infektion war es nicht. Darauf hätte er einen Eid ablegen können. Es war eher so etwas wie – Naßfäule.

Hätte ihn jetzt jemand gesehen, so hätte er – selbst wenn es sich um einen erfahrenen Mediziner gehandelt hätte – vermutlich auf sich rasch ausbreitende Melanome getippt, verursacht möglicherweise durch eine starke Strahlung.

Die Geschwüre beunruhigten ihn nicht sonderlich. Er vermutete, daß sie an Zahl zunehmen, sich ausbreiten und ineinander übergehen und ihn schließlich bei lebendigem Leibe aufzehren würden – wenn er es zuließ. Da er nicht die Absicht hatte, es zuzulassen, brauchte er sich ihretwegen nicht aufzuregen. Aber er konnte nicht einfach ein Gesicht in der Menge sein, wenn sich seine Gesichtszüge in einen ausbrechenden Vulkan verwandelten. Deshalb das Make-up.

Er trug die flüssige Grundierung sorgfältig mit einem der keilförmigen Schwammstücke auf, verteilte sie von den Wangenknochen bis zu den Schläfen und verdeckte damit auch die trübrote Geschwulst am Ende der rechten Augenbraue und eine weitere, die gerade begann, die Haut über seinem linken Wangenknochen zu durchstoßen. Ein Mann, der dickes Make-up trug, sah, wie Stark herausgefunden hatte, nur aus wie ein Mann, der dickes Make-up trug. Also entweder wie ein Schauspieler in einer Fernsehschnulze oder wie ein Gast in der Donahue-Show. Das alles war besser als die Geschwüre, und die Sonnenbräune kaschierte die alberne Wirkung ein wenig. Im Halbdunkel oder bei künstlicher Beleuchtung fiel es kaum auf. Er hoffte es zumindest. Aber er hatte noch einen weiteren Grund, direktes Sonnenlicht zu meiden: vermutlich würde es die in ihm ablaufenden verheerenden chemischen Reaktionen noch beschleunigen.

Es war fast, als verwandelte er sich in einen Vampir. Aber das störte ihn nicht – in gewisser Hinsicht war er seit jeher einer gewesen. *Außerdem bin ich ein Nachtmensch,* dachte er. *Ich war es von Anfang an; das ist nun einmal meine Natur.* Er mußte unwillkürlich grinsen.

Er schraubte den Behälter mit dem Flüssig-Make-up zu und begann mit dem Pudern. *Ich kann mich selbst riechen,* dachte er, *und bald werden auch andere Leute mich riechen können – einen intensiven, unangenehmen Geruch wie den, der von einer Dose Fleisch ausgeht, die den ganzen Tag offen in der Sonne gestanden hat. Und das ist nicht gut.*

»Du *wirst* schreiben, Thad«, sagte er und warf noch einen Blick in den Spiegel. »Aber mit einigem Glück nicht für längere Zeit.«

Er grinste noch breiter und entblößte einen Schneidezahn, der sich schwarz verfärbt hatte und tot war.

»Ich lerne schnell.«

5

Am nächsten Vormittag um halb elf verkaufte ein Schreibwarenhändler in der Houston Street einem hochgewachsenen, breitschultrigen Mann in kariertem Hemd, Jeans und einer großen Sonnenbrille drei Schachteln Berol Black Beauty-Bleistifte. Der Händler bemerkte, daß der Mann außerdem dickes Make-up trug – vermutlich ein Überbleibsel einer tuntigen Nacht. Und dem Geruch nach zu urteilen, dachte der Händler, hatte der Mann sich nicht nur mit Englisch Leder besprüht; er roch, als hätte er darin *gebadet*. Aber das Duftwässerchen täuschte nicht über die Tatsache hinweg, daß der Typ widerlich roch. Der Händler dachte kurz – sehr kurz – daran, einen Witz darüber zu machen, doch dann ließ er es lieber bleiben. Der Typ roch übel, aber er sah sehr kräftig aus. Außerdem ging die Transaktion gnädigerweise schnell vonstatten. Schließlich kaufte der Typ keinen Rolls-Royce Corniche, sondern nur Bleistifte.

Er hatte das Gefühl, daß er gut daran tat, den Mund zu halten.

6

Stark machte noch einmal kurz in seiner Wohnung im Osten von Greenwich Village Station, um seine paar Habseligkeiten in einen Rucksack zu stopfen, den er an seinem ersten Tag im wurmstichigen alten Big Apple in einem Army-Navy-Store gekauft hatte. Wäre da nicht die Flasche Scotch gewesen, hätte er sich wahrscheinlich überhaupt nicht die Mühe gemacht, noch einmal zurückzukommen.

Als er die ausbröckelnde Vortreppe hinaufstieg, kam er an drei toten Sperlingen vorbei, ohne sie zur Kenntnis zu nehmen.

Er verließ die East Second Street zu Fuß – aber er wanderte nicht lange. Ein entschlossener Mann, hatte er festgestellt, findet immer eine Fahrgelegenheit, wenn er eine braucht.

Zwanzigstes Kapitel

Die Frist ist abgelaufen

1

Der Tag, an dem Thad Beaumonts Gnadenfrist endete, hatte mehr Ähnlichkeit mit einem Tag Mitte Juli als einem in der dritten Juniwoche. Thad fuhr die achtzehn Meilen zur University of Maine unter einem Himmel von der Farbe dunstigen Chroms, und die Klimaanlage in seinem Suburban lief auf Hochtouren, ungeachtet ihrer verheerenden Auswirkung auf den Benzinverbrauch. Ihm folgte ein dunkelbrauner Plymouth. Er kam nie näher als bis auf zwei Wagenlängen heran, fiel aber auch nie weiter als auf fünf zurück. Nur selten gestattete er einem anderen Wagen, zwischen sich und Thads Suburban zu kommen; wenn sich an einer Kreuzung oder in der Schulzone in Veazie zufällig einer in die Zwei-Wagen-Kolonne einfädelte, dann überholte der braune Plymouth rasch – und wenn das nicht sofort möglich war, zog einer von Thads Beschützern die Haube vom Blaulicht auf dem Armaturenbrett und ließ es ein paarmal aufleuchten.

Thad fuhr überwiegend mit der rechten Hand und benutzte die linke nur, wenn es unbedingt nötig war. Die Hand war inzwischen etwas besser geworden, aber sie schmerzte immer noch teuflisch, wenn er sie nicht vorsichtig genug bewegte oder die Finger beugte, und er ertappte sich immer noch dabei, daß er die letzten paar Minuten der Stunde zählte, nach deren Ablauf er eine weitere Percodan einnehmen konnte.

Liz hatte nicht gewollt, daß er zur Universität fuhr, und die zu ihrer Bewachung abgestellten Staatspolizisten hatten es auch nicht gewollt. Für sie lagen die Dinge ganz einfach: sie hatten ihr Vier-Mann-Team nicht teilen wollen. Bei Liz war es etwas komplizierter. Das, wovon sie *redete*, war seine Hand; sie sagte, die Wunde könnte wieder aufbrechen, wenn er zu fahren versuchte. Aber in ihren Augen lag etwas völlig anderes. Ihre Augen waren voll von George Stark.

»Was zum Teufel ist denn so wichtig, daß du überhaupt fahren mußt?« hatte sie wissen wollen, und das war eine Frage, auf die er gefaßt sein mußte, denn das Semester war schon seit geraumer Zeit vorüber, und er hielt keine Sommerkurse ab. Was er sich schließlich ausgedacht hatte, waren die Unterlagen für den Sonderkurs.

Sechzig Studenten hatten sich für den von der Fakultät angebotenen Sonderkurs über kreatives Schreiben angemeldet. Das waren etwas mehr als doppelt so viele, als sich im letzten Herbstsemester für diesen Kurs beworben hatten, aber damals (elementar, mein lieber Watson) hatte die Welt – einschließlich des Teils, der an der University of Maine Englisch studierte – noch nicht gewußt, daß der langweilige alte Thad Beaumont gleichzeitig der tolle George Stark war.

Also hatte er Liz gesagt, er wollte diese Unterlagen holen und sie durcharbeiten, um aus den sechzig Bewerbern fünfzehn auszuwählen – sie waren das Maximum, das er für einen Kurs über kreatives Schreiben annehmen konnte (und wahrscheinlich vierzehn mehr, als er tatsächlich unterrichten konnte).

Natürlich hatte sie wissen wollen, warum er das nicht aufschieben konnte, mindestens bis Ende Juli, und natürlich hatte sie ihn darauf hingewiesen, daß er es im Vorjahr bis Mitte August aufgeschoben hatte. Er hatte auf die stark gestiegene Zahl der Bewerbungen verwiesen und dann tugendhaft hinzugesetzt, er wollte die Trödelei des letzten Sommers nicht zur Gewohnheit werden lassen.

Schließlich hatte sie aufgehört, Einwände zu erheben – nicht, weil seine Argumente sie überzeugt hatten, dachte er, sondern weil sie begriffen hatte, daß er unbedingt fahren wollte. Sie wußte ebenso gut wie er, daß sie früher oder später auch wieder hinaus mußten; sich im Haus verstecken zu müssen, bis irgend jemand George Stark getötet oder verhaftet hatte, war keine sehr erfreuliche Alternative. Dennoch waren ihre Augen voll gewesen von einer dumpfen, fragenden Angst.

Thad hatte sie und die Zwillinge geküßt und war schnell gegangen. Sie sah aus, als würde sie gleich weinen, und wenn er noch da war, wenn sie das tat, dann würde er zu Hause bleiben.

Es ging natürlich nicht um die Bewerbungen für den Sonderkurs.

Die Frist war abgelaufen.

Als er an diesem Morgen aufgewacht war, war er selbst von dumpfer Angst erfüllt gewesen, einem Gefühl, das so unangenehm war wie ein Magenkrampf. George Stark hatte am Abend des 10. Juni angerufen und ihm eine Woche gegeben, in der er mit dem Roman über den Raubüberfall mit dem gepanzerten Wagen anfangen sollte. Thad hatte immer noch nichts dergleichen getan – aber erstaunlicherweise sah er von Tag zu Tag deutlicher, wie das Buch aussehen könnte. Er hatte sogar ein paarmal davon geträumt. Es war wesentlich angenehmer, als im Schlaf durch sein eigenes, verlassenes Haus zu wandern und erleben zu müssen, wie Dinge zerfielen, wenn er sie berührte. Doch an diesem Morgen war sein erster Gedanke gewesen: *Die Frist. Die Frist ist abgelaufen.*

Das bedeutete, daß es an der Zeit war, wieder mit George zu reden, so ungern er das auch tat. Es war an der Zeit, herauszufinden, wie wütend George war. Nun – die Antwort darauf glaubte er zu kennen. Aber es war immerhin möglich, daß der gerissene alte George, wenn er *sehr* wütend war, so wütend, daß er die Kontrolle über sich zu verlieren begann, und wenn Thad ihn so sehr reizen konnte, daß er die Kontrolle restlos verlor, einen Fehler machte und sich irgendwie verriet.

Verliere den Zusammenhalt.

Thad hatte den Eindruck, daß George sich bereits verraten hatte, als er Thads Hand gestattete, diese Worte in sein Tagebuch zu schreiben. Das heißt, wenn er nur sicher sein konnte, was sie zu bedeuten hatten. Er hatte eine Idee – aber er war nicht *sicher*. Und ein Irrtum zu diesem Zeitpunkt konnte mehr als nur *sein* Leben kosten.

Deshalb war er unterwegs zur Universität, unterwegs zu seinem Büro im Gebäude der Englischen und Mathematischen Fakultät. Er war nicht unterwegs, um die Unterlagen für den Sonderkurs zu holen – obwohl er das tun würde –, sondern weil es dort ein Telefon gab, das nicht angezapft war, und weil er etwas unternehmen mußte. Die Frist war abgelaufen.

Als er einen Blick auf seine linke Hand warf, kam ihm der Gedanke (nicht zum erstenmal in dieser langen, langen Woche), daß das Telefon nicht die einzige Möglichkeit war, mit George Stark Kontakt aufzunehmen. Das hatte er bewiesen – aber der Preis war sehr hoch gewesen. Es war nicht lediglich die unerträgliche Pein, sich einen spitzen Bleistift in den Handrücken zu stoßen, oder das Entsetzen, zusehen zu müssen, wie sein außer Kontrolle geratener Körper sich auf Starks Befehl etwas antat – auf Befehl des gerissenen alten George, der nicht mehr zu sein schien als das Gespenst eines Mannes, den es nie gegeben hatte. Den *wahren* Preis hatte er in seiner Seele gezahlt. Der wahre Preis war das

Eintreffen der Sperlinge gewesen, das entsetzliche Begreifen, daß hier Mächte am Werk waren, die noch größer und noch unbegreiflicher waren als George Stark selbst.

Die Sperlinge, davon war er mehr und mehr überzeugt, bedeuteten Tod. Aber für wen?

Er fürchtete sich davor, die Sperlinge zu riskieren, wenn er wieder mit George Stark Kontakt aufnehmen wollte.

Und er konnte sehen, wie sie kamen; er konnte sehen, wie sie an jenem mystischen Ort auf halbem Wege der zwischen ihnen bestehenden Verbindung eintrafen, jenem Ort, an dem er mit Stark um den Besitz der einen Seele würde kämpfen müssen, die sie beide gemeinsam hatten.

Er fürchtete zu wissen, wer bei einem Kampf an diesem Ort gewinnen würde.

2

Alan Pangborn saß in seinem Zimmer im Büro des Sheriffs von Castle County, das sich in einem Flügel des Rathauses befand. Auch für ihn war es eine lange, anstrengende Woche gewesen – aber das war nichts Neues. So war es immer, wenn es in Castle Rock Sommer geworden war. Vom Memorial Day bis zum Labour Day hatten alle Polizisten in Maine sämtliche Hände voll zu tun.

Vor fünf Tagen waren auf der Route 117 vier Wagen zusammengestoßen, ein böser Unfall, bei dem Alkohol im Spiel gewesen war und der zwei Menschen das Leben gekostet hatte. Zwei Tage später hatte Norton Briggs mit einer Bratpfanne auf seine Frau eingeschlagen, und sie war auf dem Küchenfußboden gelandet. Norton hatte seiner Frau im Verlauf von zwanzig turbulenten Ehejahren manchen Schlag versetzt, aber diesmal glaubte er offenbar, er hätte sie umgebracht. Er schrieb einen Brief voll von Reue und orthographischen Fehlern und nahm sich dann mit einem .38er Revolver das Leben. Als seine Frau, die auch kein großes Licht war, aufgewacht war und den auskühlenden Leichnam ihres Peinigers neben sich liegen sah, hatte sie den Gasherd aufgedreht und den Kopf hineingesteckt. Die Sanitäter vom Rettungsdienst in Oxford hatten sie gerettet. Gerade noch.

Zwei Kinder aus New York waren vom Haus ihrer Eltern am Castle

Lake losgezogen und hatten sich wie Hänsel und Gretel im Wald verirrt. Acht Stunden später hatte man sie gefunden, verängstigt, aber unversehrt. John LaPointe, Alans zweiter Deputy, war in weniger guter Verfassung; er war bei der Suche in intensiven Kontakt mit Giftsumach gekommen. Zwei Sommergäste hatten sich um das letzte Exemplar der Sonntagsausgabe der *New York Times* in Nan's Luncheonette geprügelt; eine weitere Prügelei hatte es auf dem Parkplatz des Mellow Tiger gegeben; ein Wochenend-Fischer hatte sich bei dem Versuch, seine Angel besonders schwungvoll auszuwerfen, am See die Hälfte des linken Ohres abgerissen; drei Fälle von Ladendiebstahl; eine Festnahme wegen Drogenbesitzes im Universe, Castle Rocks Billard- und Videospiel-Paradies.

Nur eine typische Juniwoche in einer Kleinstadt, eine Art Eröffnungsfeier für den Sommer. Alan hatte kaum genug Zeit, in Ruhe eine Tasse Kaffee zu trinken. Dennoch kehrten seine Gedanken immer wieder zu Thad und Liz Beaumont zurück – zu ihnen und zu dem Mann, der hinter ihnen her war. Dem Mann, der Homer Gamache umgebracht hatte. Alan hatte mehrfach mit der New Yorker Polizei telefoniert – da war ein gewisser Leutnant Reardon, der inzwischen vermutlich von ihm die Nase gestrichen voll hatte –, aber man hatte dort nichts zu berichten.

An diesem Vormittag war Alan in ein unvermutet friedliches Büro gekommen. Sheila Brigham lagen keinerlei Meldungen vor, und Norris Ridgewick döste mit den Füßen auf dem Schreibtisch draußen im Dienstraum. Eigentlich hätte Alan ihn wecken müssen – wenn Danforth Keeton, der Vorsitzende des Stadtrats, hereinkam und Norris so hingeflegelt liegen sah, würde er einiges zu hören bekommen –, aber auch für Norris war es eine harte Woche gewesen. Es war Norris gewesen, der nach dem Unfall auf der Route 117 die Leichen vom Pflaster gekratzt hatte, und er hatte seine Sache gut gemacht, auch wenn sich ihm der Magen umgedreht hatte.

Jetzt saß Alan hinter seinem Schreibtisch und warf Schattentiere auf einen Sonnenfleck an der Wand – und wieder kehrten seine Gedanken zu Thad Beaumont zurück. Nachdem Thad sich damit einverstanden erklärt hatte, hatte Dr. Hume in Orono bei Alan angerufen und ihm mitgeteilt, daß die neurologischen Untersuchungen, denen Thad sich unterworfen hatte, negativ gewesen waren. Die Erinnerung an diesen Anruf brachte Alan wieder auf Dr. Hugh Pritchard, der Thad Beaumont operiert hatte, als dieser elf Jahre alt und von Berühmtheit noch weit entfernt war.

Ein Kaninchen hoppelte über den Sonnenfleck an der Wand. Ihm folgte eine Katze, und ein Hund jagte die Katze.

Laß es auf sich beruhen. Es ist verrückt.

Natürlich war es verrückt. Und natürlich würde er es auf sich beruhen lassen. Es würde nicht lange dauern, bis wieder etwas geschah, um das er sich kümmern mußte; um das zu wissen, brauchte man kein Hellseher zu sein. So liefen die Dinge nun einmal im Sommer in Castle Rock. Man hatte so viel um die Ohren, daß man keine Zeit zum Nachdenken hatte, und manchmal war es gut, daß es so war.

Ein Elefant folgte dem Hund, schwang einen Schattenrüssel, der in Wirklichkeit Alan Pangborns linker Zeigefinger war.

»Ach was«, sagte er und zog das Telefon zu sich heran. Gleichzeitig grub seine andere Hand die Brieftasche aus seiner Gesäßtasche. Er drückte auf den Knopf, der ihn automatisch mit dem Revier der Staatspolizei in Oxford verband, und erkundigte sich, ob Henry Payton, der Chef der Kriminalabteilung, im Hause war. Er war es. Alan hatte noch Zeit zu denken, daß anscheinend auch die Staatspolizei zur Abwechslung einmal einen ruhigen Tag haben mußte, und dann meldete sich Henry.

»Alan? Was kann ich für Sie tun?«

»Ich wollte fragen«, sagte Alan, »ob Sie vielleicht Lust hätten, den Head Ranger im Yellowstone National Park für mich anzurufen. Die Nummer könnte ich Ihnen geben.« Er betrachtete sie mit gelinder Verwunderung. Es war fast eine Woche her, daß er sich die Nummer von der Auskunft beschafft hatte, und er hatte sie auf die Rückseite einer Visitenkarte notiert. Jetzt hatten seine geschickten Finger sie fast eigenmächtig aus der Brieftasche gezogen.

»Yellowstone?« Henrys Stimme klang belustigt. »Ist das nicht die Gegend, in der sich Yogi Bear herumtreibt?«

»Nein«, sagte Alan lächelnd. »Das ist *Jellystone*. Und der Bär steht nicht im Verdacht, irgend etwas angestellt zu haben. Jedenfalls, soweit ich weiß. Ich muß mit einem Mann sprechen, der dort seinen Urlaub verbringt, Henry. Das heißt – ich weiß nicht, ob ich tatsächlich mit ihm sprechen *muß*, aber ein Gespräch mit ihm würde mich beruhigen. Die Sache kommt mir irgendwie unabgeschlossen vor.«

»Hat es mit Homer Gamache zu tun?«

Alan führte den Hörer ans andere Ohr und ließ die Visitenkarte, auf der er die Nummer des Head Rangers von Yellowstone notiert hatte, unbewußt über die Knöchel wandern.

»Ja«, sagte er, »aber wenn Sie eine Erklärung von mir verlangen sollten, würde sie sich reichlich albern anhören.«

»Also nur eine Ahnung?«

»Ja.« Und er stellte zu seiner Überraschung fest, daß er tatsächlich eine Ahnung hatte – er wußte nur nicht, worauf sie sich bezog. »Der Mann, mit dem ich sprechen möchte, ist ein Arzt im Ruhestand. Er heißt Hugh Pritchard. Seine Frau ist bei ihm. Der Head Ranger weiß vermutlich, wo sie sich aufhalten – soweit ich informiert bin, muß man sich anmelden, wenn man in den Park kommt –, und wahrscheinlich halten sie sich auf einem Campingplatz auf, wo es ein Telefon gibt. Sie sind beide in den Siebzigern. Wenn *Sie* den Head Ranger anrufen, gibt er die Nachricht wahrscheinlich an Pritchard weiter.«

»Mit anderen Worten, Sie meinen, ein Ranger in einem Nationalpark nimmt den Anruf eines leitenden Beamten der Staatspolizei ernster als den eines lausigen County Sheriffs.«

»Sie haben eine äußerst diplomatische Art, die Dinge beim Namen zu nennen, Henry.«

Henry Payton lachte vergnügt. »Ja, die habe ich. Also gut, Alan – es macht mir nichts aus, Ihnen ein bißchen Arbeit abzunehmen, solange Sie nicht von mir verlangen, daß ich tiefer in die Sache einsteige.«

»Nein, das ist alles«, sagte Alan dankbar. »Mehr verlange ich nicht.«

»Einen Moment. Ich bin noch nicht fertig. Solange Ihnen klar ist, daß ich das Gespräch nicht auf Amtskosten führen kann. Der Captain schaut sich die Liste der Gespräche an. Und zwar sehr genau. Und wenn er dieses Gespräch auf der Liste entdeckt, wird er wissen wollen, wieso ich das Geld der Steuerzahler dazu verwende, in Ihrer Suppe zu rühren. Sie verstehen, worauf ich hinaus will?«

Alan seufzte resigniert. »Sie können die Nummer meiner privaten Kreditkarte benutzen«, sagte er, »und Sie können dem Head Ranger sagen, Pritchard möchte mich per R-Gespräch anrufen. Ich mache dann einen entsprechenden Vermerk auf der Telefonliste und bezahle das Gespräch aus eigener Tasche.«

Am anderen Ende der Leitung trat eine kurze Pause ein, und als Henry wieder sprach, klang seine Stimme ernster. »Die Sache ist Ihnen wirklich wichtig, nicht wahr?«

»Ja. Ich weiß nicht, warum, aber es ist so.«

Es folgte eine weitere Pause. Alan spürte, daß Henry Payton mit sich kämpfte, ob er Fragen stellen sollte. Doch dann siegte Henrys besseres Wesen. Oder vielleicht, dachte Alan, auch nur sein Sinn fürs Praktische. »Okay«, sagte er, »ich rufe an und sage dem Head Ranger, daß Sie diesen Hugh Pritchard im Zusammenhang mit einem Mordfall in Castle County, Maine, sprechen möchten. Wie heißt seine Frau?«

»Helga.«

»Und wo kommen sie her?«

»Aus Fort Laramie, Wyoming.«

»Okay, Sheriff, und jetzt kommt das dicke Ende. Wie lautet die Nummer Ihrer Telefon-Kreditkarte?«

Seufzend gab Alan sie ihm.

Eine Minute später wanderte die Schattenparade wieder durch den Sonnenfleck an der Wand.

Wahrscheinlich wird der Mann gar nicht zurückrufen, dachte er, *und wenn er es tut, dann kann er mir wahrscheinlich nicht das geringste sagen, was für mich von Nutzen wäre. Etwas anderes ist gar nicht denkbar.*

Aber in einer Hinsicht hatte Henry recht gehabt: er hatte eine Ahnung. *Irgendeine* Ahnung. Und sie verließ ihn nicht.

3

Während Alan Pangborn mit Henry Payton sprach, parkte Thad Beaumont seinen Wagen auf einem der für die Englische Fakultät reservierten Parkplätze und stieg dann aus, wobei er sorgfältig darauf achtete, daß er nicht mit der linken Hand anstieß. Einen Moment lang stand er nur da und nahm den Tag und die ungewohnt schläfrige Ruhe auf dem Campus in sich auf.

Der braune Plymouth kam neben seinem Suburban zum Stehen, und die beiden großen Männer, die ausstiegen, verscheuchten jeden Traum von Frieden, den er gern gehegt hätte, schon im Entstehen.

»Ich muß nur für ein paar Minuten in mein Büro hinauf«, sagte Thad. »Sie können unten bleiben, wenn Sie wollen.« Er warf einen Blick auf zwei vorübergehende Mädchen, vermutlich auf ihrem Weg zum Ostflügel, um sich für einen Sommerkurs anzumelden. Das eine trug ein schulterfreies Top und Jeans-Shorts, das andere ein fast nichtexistentes Minikleid, rückenfrei und mit einem Saum, der nur um den Herzschlag eines starken Mannes von der Rundung ihres Hinterteils entfernt war. »Und die Szenerie genießen.«

Die beiden Polizisten hatten sich umgedreht, um den Mädchen nachzuschauen, als wären ihre Köpfe auf Drehzapfen montiert. Jetzt drehte sich der Ranghöhere – Thad wußte nicht mehr recht, ob er Ray Garrison oder Roy Harrison hieß – wieder zu ihm um und sagte bedauernd: »Täten wir nur zu gerne, Sir, aber es ist besser, wenn wir mit hinaufkommen.«

»Aber ich brauche nur in den ersten Stock...«

»Wir warten auf dem Flur.«

»Ihr habt keine Ahnung, wie mich diese ganze Geschichte allmählich deprimiert«, sagte Thad.

»Vorschrift«, sagte Garrison (oder Harriman). Es war offensichtlich, daß es für sie keine Rolle spielte, ob Thad deprimiert – oder vielleicht auch glücklich – war.

»Ja, Vorschrift«, sagte Thad. Er gab auf.

Er steuerte auf den Seiteneingang zu. Die beiden Polizisten folgten ihm im Abstand von einem Dutzend Schritten; Thad fand, daß sie in Zivil noch mehr wie Polizisten aussahen, als es ihnen in Uniform jemals gelungen wäre.

Nach der stillen, feuchten Hitze draußen traf Thad die Kälte der Klimaanlage wie ein Schlag, und er hatte das Gefühl, als fröre ihm das Hemd an der Haut fest. Das Gebäude, von September bis Mai von Leben und Lärm erfüllt, war an diesem Samstagvormittag im Spätfrühling so verlassen, daß es fast unheimlich war. Am Montag, wenn der erste dreiwöchige Sommerkurs begann, würde etwa ein Drittel des normalen Gedränges und Geschiebes herrschen, aber an diesem Tag empfand Thad doch eine gewisse Erleichterung darüber, daß seine Polizeieskorte in der Nähe war. Er rechnete damit, daß der erste Stock, in dem sein Büro lag, völlig menschenleer und er damit der Notwendigkeit enthoben war, ihre Anwesenheit erklären zu müssen.

Wie sich herausstellte, war der erste Stock nicht völlig menschenleer, aber er kam dennoch leichten Kaufs davon. Rawlie DeLesseps wanderte, vom Gemeinschaftsraum kommend, den Flur entlang zu seinem Büro hinüber, auf seine vertraute Rawlie DeLesseps-Art – es sah aus, als hätte er vor kurzem einen heftigen Schlag auf den Kopf bekommen, einen Schlag, unter dem sowohl sein Gedächtnis als auch seine motorische Kontrolle gelitten hatten. Er bewegte sich träumerisch in Schlangenlinien von einer Seite des Flurs zur anderen und betrachtete die an die verschlossenen Türen seiner Kollegen gehefteten Cartoons, Gedichte und Ankündigungen. Es *konnte sein*, daß er auf dem Weg zu seinem Büro war, es *sah so aus*, doch selbst seine nächsten Bekannten hätten es abgelehnt, eine Wette darauf einzugehen. Zwischen seinen Zähnen klemmte der Stiel einer riesigen gelben Pfeife; die Pfeife war leer, war es seit Ende 1985, als ihm sein Arzt nach einer leichten Herzattacke das Rauchen verboten hatte. *Am Rauchen hat mir ohnehin nie viel gelegen*, pflegte Rawlie mit seiner sanften, zerstreuten Stimme zu sagen, wenn ihn jemand nach der Pfeife fragte. *Aber ohne das Ding zwischen den Zähnen, meine Herren, wüßte ich nicht, wohin ich gehen sollte oder was ich tun müßte, wenn ich überhaupt das Glück hätte, irgendwo anzukommen*. Zumeist erweckte er den Eindruck, als wüßte er das selbst mit seiner Pfeife im Mund nicht. Manche Leute kannten Rawlie jahrelang, bevor sie herausfanden, daß er keineswegs der zerstreute Professor war, der er zu sein schien. Manche fanden es nie heraus.

»Hallo, Rawlie«, sagte Thad, auf der Suche nach dem passenden Schlüssel.

Rawlie blinzelte ihn an, ließ seinen Blick zu den beiden Männern hinter Thad schweifen und tat sie als nicht von Belang ab; dann richtete er die Augen wieder auf Thad.

»Hallo, Thaddeus«, sagte er. »Ich dachte, Sie hätten in diesem Jahr keinen Sommerkurs.«

»Habe ich auch nicht.«

»Wie sind Sie dann auf die Schnapsidee gekommen, am ersten wirklich schönen Sommertag ausgerechnet hier aufzukreuzen?«

»Muß mir die Unterlagen für den Sonderkurs holen«, sagte Thad. »Ich habe nicht vor, länger hier zu bleiben, als unbedingt sein muß, das können Sie mir glauben.«

»Was haben Sie denn mit Ihrer Hand angestellt? Sie ist ja bis zum Handgelenk schwarz und blau.«

»Nun ja«, sagte Thad verlegen. Die Geschichte ließ ihn als Trunkenbold oder Schwachkopf oder beides erscheinen – aber sie ließ sich leichter schlucken als die Wahrheit. Daß die Polizisten sie so widerspruchslos akzeptierten wie jetzt Rawlie, erfüllte Thad mit einer Art bitterer

Belustigung – es hatte keine einzige Frage darüber gegeben, wie er es fertiggebracht haben mochte, die eigene Hand in der Tür seines Schlafzimmerschrankes einzuklemmen.

Er hatte instinktiv gewußt, welche Geschichte er erzählen mußte. In gewisser Hinsicht war es dasselbe, wie dem Interviewer von *People* (er ruhe in Frieden) zu erzählen, George Stark sei nicht in Castle Rock, sondern in Ludlow erschaffen worden, und daß Stark mit der Hand schrieb, weil er nie Maschineschreiben gelernt hatte.

Liz etwas vorzulügen, hatte er gar nicht erst versucht – aber er hatte darauf bestanden, daß sie über das, was wirklich vorgefallen war, kein Wort verlauten ließ. Sie war einverstanden gewesen. Er hatte allerdings versprechen müssen, nie wieder mit Stark Kontakt aufzunehmen. Er hatte ihr dieses Versprechen gegeben, wußte aber, daß er es möglicherweise nicht würde halten können; und er vermutete, daß Liz dies in den Tiefen ihres Unterbewußtseins gleichfalls wußte.

Jetzt musterte Rawlie ihn mit echtem Interesse. »In einer Schranktür«, sagte er. »Herrlich. Haben Sie vielleicht Verstecken gespielt? Oder war es irgendein absonderlicher Sexualritus?«

Thad grinste. »Mit absonderlichen Sexualriten habe ich schon 1981 aufgehört«, sagte er. »Auf ärztlichen Rat. Nein, ich habe einfach nicht aufgepaßt. Die ganze Geschichte ist mir irgendwie peinlich.«

»Das kann ich mir vorstellen«, sagte Rawlie – und dann zwinkerte er. Es war ein sehr subtiles Zwinkern, nur das leichte Flattern eines geschwollenen und faltigen alten Augenlids – aber es war ganz eindeutig. Hatte er geglaubt, Rawlie würde die Geschichte schlucken? Eher würden Schweine fliegen.

Plötzlich drängte sich ihm ein neuer Gedanke auf. »Rawlie, halten Sie noch immer dieses Seminar über Volksmythen ab?«

»Jeden Herbst«, sagte Rawlie. »Lesen Sie Ihr eigenes Vorlesungsverzeichnis nicht, Thaddeus? Rutengänger, Hexen, Allheilmittel, magische Zeichen der Reichen und Berühmten. Es ist heute beliebter als je zuvor. Warum fragen Sie?«

Auf diese Frage gab es, wie Thad herausgefunden hatte, eine Allzweck-Antwort; gehörte zu den größten Vorzügen eines Schriftstellerdaseins, daß man auf »Warum fragen Sie?« immer eine Antwort parat hatte. »Nun, ich habe eine Idee für eine Geschichte«, sagte er. »Ich bin noch im Stadium der Recherchen, aber ich glaube, es könnte etwas daraus werden.«

»Und was möchten Sie wissen?«

»Haben Sperlinge im amerikanischen Aberglauben oder in den Volksmythen irgendeine bestimmte Bedeutung?«

Rawlies gerunzelte Stirn begann der Topographie eines fremden, für menschliche Lebewesen ganz offensichtlich ungeeigneten Planeten zu ähneln. Er kaute auf dem Stiel seiner Pfeife. »So aus dem Stegreif fällt mir nichts ein, Thaddeus, aber – ich frage mich, ob das der wirkliche Grund für Ihr Interesse ist.«

Eher würden Schweine fliegen, dachte Thad abermals. »Nun – vielleicht nicht, Rawlie. Vielleicht nicht. Vielleicht habe ich das nur gesagt, weil sich der wirkliche Grund nicht in drei Sätzen erklären läßt.« Sein Blick wanderte kurz zu seinen Wachhunden, dann kehrte er zu Rawlies Gesicht zurück. »Im Augenblick habe ich nicht viel Zeit.«

Rawlies Lippen umspielte die ganz schwache Andeutung eines Lächelns. »Ich glaube, ich verstehe. Sperlinge – ganz gewöhnliche Vögel. Zu gewöhnlich, um im Volksglauben irgendeine tiefere Bedeutung zu haben, würde ich meinen. Aber wenn ich es recht bedenke – ich glaube, da ist etwas. Obwohl ich in diesem Zusammenhang eher an Ziegenmelker denke. Aber ich schaue nach. Wie lange wollen Sie hierbleiben?«

»Höchstens eine halbe Stunde.«

»Nun, vielleicht finde ich auf Anhieb etwas in Barringers *Folklore of America.* Es ist zwar im Grunde nicht mehr als ein Kochbuch für Aberglauben, aber trotzdem ganz nützlich. Und notfalls kann ich Sie ja anrufen.«

»Ja, das können Sie.«

»Eine schöne Party, die Sie und Liz für Tom Carroll gegeben haben«, sagte Rawlie. »Aber Ihre Parties sind ja immer die schönsten. Liz ist viel zu reizend, um Ihre Frau zu sein. Sie sollte Ihre Geliebte sein.«

»Danke. Ich werde es an sie weitergeben.«

»Der alte Tom«, fuhr Rawlie fort. »Es fällt mir immer noch schwer zu glauben, daß Tom Carroll in den grauen Hafen der Emeritierung eingelaufen ist. Mehr als zwanzig Jahre lang habe ich ihn im Nebenzimmer mit Donnergetöse furzen gehört. Ich vermute, sein Nachfolger wird etwas leiser sein. Oder zumindest etwas diskreter.«

Thad lachte.

»Wilhelmina hat sich auch gut amüsiert«, sagte Rawlie. Seine Lider zuckten verschmitzt. Er wußte sehr gut, was Thad und Liz von Billie hielten.

»Das freut mich«, sagte Thad. Billie Burks und die Vorstellung, daß sie sich amüsiert haben konnte, waren seiner Ansicht nach unvereinbar – aber da sie und Rawlie dazu beigetragen hatten, ihm ein dringend erforderliches Alibi zu verschaffen, mußte er wohl froh sein, daß sie dagewesen war. »Und wenn Ihnen in dieser anderen Sache etwas einfällt ...«

»Sperlinge und ihr Platz in der Welt des Unsichtbaren. Ja.« Rawlie nickte den beiden Polizisten hinter Thad zu. »Guten Morgen, meine Herren.« Er wich ihnen aus und setzte dann den Weg zu seinem Büro ein wenig zielstrebiger fort. Nicht viel zielstrebiger, aber ein wenig.

Thad sah ihm gedankenverloren nach.

»Wer war das?« fragte Garrison oder Harriman.

»DeLesseps«, murmelte Thad. »Professor für Grammatik und Amateur-Volkskundler.«

»Sieht aus wie jemand, der eine Landkarte braucht, um den Weg nach Hause zu finden«, sagte der andere Polizist.

Thad ging auf die Tür seines Büros zu und schloß sie auf. »Er ist wesentlich intelligenter, als er aussieht«, sagte er und öffnete die Tür.

Thad nahm nicht wahr, daß Garrison (oder Harriman) neben ihm stand, eine Hand in seinem überweiten Sportjackett, als er das Zimmer betrat. Er durchlebte einen Augenblick verspäteter Angst, aber das Büro war natürlich leer, und, nachdem das Zeug, das sich im Verlauf eines Jahres auf seinem Schreibtisch angesammelt hatte, beseitigt worden war, so aufgeräumt, daß es wie tot aussah.

Aus keinem erklärbaren Grund überfiel ihn eine plötzliche und fast übelkeitserregende Flut des Heimwehs, der Leere und des Verlustes – eine Mischung aus Gefühlen, die einem tiefen, unvermuteten Kummer glich. Es war wie in seinem Traum. Ihm war, als wäre er gekommen, um Abschied zu nehmen.

Hör mit dem verdammten Unsinn auf, befahl er sich, und ein anderer Teil seines Verstandes erwiderte gelassen: *Die Frist, Thad. Die Frist ist abgelaufen, und ich glaube, es war ein schwerer Fehler, nicht zu tun, was der Mann von dir verlangt hat.*

»Wenn Sie Kaffee möchten, können Sie im Gemeinschaftsraum welchen bekommen«, sagte er. »Die Kanne dürfte voll sein, wie ich Rawlie kenne.«

»Wo ist der?« fragte Garrisons (oder Harrimans) Partner.

»Zwei Türen weiter, an der anderen Seite des Flurs«, sagte Thad, mit dem Aufschließen des Aktenschrankes beschäftigt. Er drehte sich um und bedachte sie mit einem Lächeln, das ihm entsetzlich falsch vorkam. »Ich denke, wenn ich schreie, werden Sie mich hören.«

»Sehen Sie nur zu, daß Sie wirklich schreien, wenn etwas passiert«, sagte Garrison (oder Harriman).

»Mach ich.«

»Ich könnte Manchester bitten, Kaffee zu holen«, sagte Garrison (oder Harriman), »aber ich habe allmählich das Gefühl, daß Sie ein bißchen allein sein möchten.«

»So ist es.«

»Geht in Ordnung, Mr. Beaumont«, sagte er. Er musterte Thad eindringlich, und plötzlich wußte Thad auch wieder, daß er Harrison hieß. Genau wie der Ex-Beatle. Blöd von ihm, das zu vergessen. »Aber denken Sie bitte daran, daß all diese Leute in New York an einer Überdosis von Alleinsein gestorben sind.«

Ach? Ich dachte, Phyllis Myers und Rick Cowley wären im Beisein der Polizei gestorben. Er dachte daran, es laut auszusprechen, aber er tat es nicht. Schließlich versuchen die Männer nur, ihre Pflicht zu tun.

»Keine Sorge, Trooper Harrison«, sagte er. »Hier ist es heute so still, daß man sogar die Tritte eines barfüßigen Mannes hören müßte.«

»Okay«, sagte Harrison. »Wir sind an der Tür auf der anderen Seite des Flurs.«

»In Ordnung.«

Sie gingen, und Thad öffnete die Akte mit den Bewerbungen für den Sonderkurs. Vor seinem geistigen Auge sah er Rawlie DeLesseps' schnelles, unauffälliges Zwinkern. Und er lauschte der Stimme, die ihm erklärte, daß die Frist abgelaufen war, daß er eine Grenze überschritten hatte und auf der dunklen Seite angekommen war, der Seite, auf der die Ungeheuer lauerten.

4

Das Telefon stand da und läutete nicht.

Na los, dachte er, während er die Bewerbungen auf dem Schreibtisch neben der von der Universität gestellten IBM Selectric aufstapelte. *Na los, na los, hier bin ich, stehe direkt neben einem Telefon ohne Wanze, also los, George, ruf mich an, sag mir, was Sache ist.*

Aber das Telefon stand da und läutete nicht.

Dann wurde ihm klar, daß er in einen Aktenschrank schaute, der nicht nur gelichtet, sondern völlig leer war. In seine Gedanken versunken hatte er *alle* Akten herausgeholt, nicht nur die Unterlagen der Studenten, die an einem Kurs über kreatives Schreiben interessiert waren. Sogar die Fotokopien derjenigen, die Transformationale Grammatik belegen wollten, das von Noam Chomsky verkündete Evangelium, interpretiert vom Dekan der Leeren Pfeife, Rawlie DeLesseps.

Thad trat an die Tür und schaute hinaus. Harrison und Manchester standen an der Tür des Gemeinschaftsraumes und tranken Kaffee. In ihren riesigen Pranken sahen die Becher aus wie Mokkatassen. Thad hob die Hand. Harrison folgte seinem Beispiel und fragte, ob es noch lange dauern würde.

»Fünf Minuten«, sagte Thad, und beide Polizisten nickten.

Er kehrte an seinen Schreibtisch zurück, legte die Unterlagen über das kreative Schreiben beiseite und begann, die anderen wieder in den Schrank zu packen. Er tat es so langsam wie möglich, gab dem Telefon Zeit zum Läuten. Aber das Telefon stand auch weiterhin einfach da. Er hörte ein Läuten, irgendwo ein ganzes Stück den Flur entlang, von einer geschlossenen Tür gedämpft, irgendwie gespenstisch in der ungewohnten Sommerstille des Gebäudes. *Vielleicht hat George die falsche Nummer gewählt,* dachte er und lachte nervös. Tatsache war, daß George nicht anrief. Tatsache war, daß er, Thad sich geirrt hatte. Wie es schien, hatte George einen anderen Trick im Ärmel. Weshalb sollte ihn das überraschen? Tricks waren George Starks *spécialité de la maison.* Dennoch – er war sich so *sicher* gewesen, so absolut *sicher* . . .

»Thaddeus!«

Er fuhr zusammen, hätte fast den Inhalt des letzten halben Dutzends Akten auf den Boden fallen lassen. Als er sicher war, daß sie ihm nicht aus der Hand gleiten würden, drehte er sich um. Rawlie DeLesseps stand an der Tür. Seine große Pfeife ragte ins Zimmer wie ein waagerechtes Periskop.

»Entschuldigung«, sagte Thad. »Ich bin ein bißchen erschrocken, Rawlie. In Gedanken war ich zehntausend Meilen weit weg.«

»Jemand möchte Sie an meinem Apparat sprechen«, sagte Rawlie verbindlich. »Muß sich in der Nummer geirrt haben. Gut, daß ich gerade da war.«

Thad spürte, wie sein Herz langsam und heftig zu pochen begann –

es war, als hätte er eine Kesselpauke in der Brust, und jemand hätte begonnen, mit einem beträchtlichen Maß an rhythmischer Energie darauf einzuschlagen.

»Ja«, sagte Thad. »Das ist wirklich gut.«

Rawlie warf ihm einen taxierenden Blick zu. Die blauen Augen unter seinen geschwollenen, leicht geröteten Lidern waren so hellwach und fragend, daß es fast unhöflich war – sie standen in keinem Verhältnis zu dem heiteren, scheinbar unbedarften Verhalten eines zerstreuten Professors. »Ist alles in Ordnung, Thaddeus?«

Nein, Rawlie. Seit einiger Zeit läuft ein wahnsinniger Mörder frei herum, der ein Teil von mir ist, ein Kerl, der sich offensichtlich meines Körpers bemächtigen und mich zwingen kann, verrückte Dinge zu tun, zum Beispiel einen Bleistift in meine Hand zu stechen, und ich betrachte jeden Tag, den ich bei klarem Verstand hinter mich gebracht habe, als einen Sieg. Die Wirklichkeit ist aus den Fugen geraten, alter Freund.

»In Ordnung? Weshalb sollte nicht alles in Ordnung sein?«

»Mir ist, als spürte ich den schwachen, aber unverkennbaren Geruch von Ironie, Thaddeus.«

»Muß ein Irrtum sein.«

»Wirklich? Warum sehen Sie dann aus wie ein in das Licht von Autoscheinwerfern geratenes Reh?«

»*Rawlie . . .*«

»Und der Mann an meinem Apparat hörte sich an wie ein Vertreter, dem man am Telefon etwas abkauft, um sicherzugehen, daß er nicht an der Haustür erscheint.«

»Es ist nichts, Rawlie.«

»Na schön.« Rawlie machte nicht den Eindruck, als wäre er überzeugt.

Thad verließ sein Büro und eilte den Flur entlang auf Rawlies Zimmer zu.

»Wo wollen Sie hin?« rief Harrison ihm nach.

»Professor DeLesseps hat einen Anruf für mich in seinem Büro«, erklärte er. »Die Telefonnummern hier folgen aufeinander. Der Anrufer muß sich verwählt haben.«

»Und hat dabei zufällig das einzige andere Mitglied der Fakultät erwischt, das heute hier ist?« fragte Harrison skeptisch.

Thad zuckte die Achseln und setzte seinen Weg fort.

Rawlie DeLesseps' Büro war aufgeräumt, behaglich und nach wie vor vom Geruch seiner Pfeife erfüllt – zwei Jahre Abstinenz waren offenbar nicht imstande, dreißig Jahre Genuß auszulöschen. Der Raum wurde beherrscht von einem Pfeilwurfbrett mit einem daraufmontierten Foto von Ronald Reagan. Ein dickes Buch, Franklin Barringers *Folklore of America*, lag aufgeschlagen auf dem Schreibtisch. Der Hörer lag neben dem Apparat auf einem Stapel leerer Prüfungshefte. Thad betrachtete ihn und spürte, wie ihn die alte Angst mit ihren vertrauten, erstickenden Falten überfiel. Ihm war, als würde er in eine Decke eingehüllt, die dringend gewaschen werden mußte. Er wendete den Kopf, sicher, daß alle drei – Rawlie, Harrison und Manchester – ihn beobachteten. Doch der Türrahmen blieb leer, und aus einiger Entfernung konnte er Rawlies Stimme hören. Er hatte Thads Wachhunde in ein Gespräch verwickelt. Thad zweifelte nicht daran, daß das Absicht gewesen war.

Er nahm den Hörer und sagte: »Hallo, George.«

»Du hast deine Woche gehabt«, sagte die Stimme am anderen Ende. Es war Starks Stimme, aber Thad fragte sich, ob die Stimmanalysen auch jetzt noch identisch sein würden. Starks Stimme hatte sich verändert. Sie war rauh und heiser geworden, wie die Stimme eines Mannes, der bei einem Sportfest zu lange und zu laut gebrüllt hat. »Du hast deine Woche gehabt, und du hast keinen Finger gerührt.«

»So ist es«, sagte Thad. Ihm war sehr kalt. Er mußte sich bemühen, nicht zu zittern. Die Kälte schien aus dem Telefon zu kommen, aus den Löchern der Hörmuschel hervorzudringen wie Eiszapfen. Aber er war gleichzeitig sehr wütend. »Und ich werde es auch nicht tun. Eine Woche, ein Monat, zehn Jahre – das ändert nicht das mindeste. Warum akzeptierst du das nicht, George? Du bist tot, und du wirst es bleiben.«

»Du irrst dich, alter Freund. Und wenn du herausfinden willst, wie tödlich dieser Irrtum ist, brauchst du nur so weiterzumachen.«

»Weiß du, wie du dich anhörst, George?« fragte Thad. »Du hörst dich an, als fielest du auseinander. Und deshalb willst du, daß ich wieder schreibe, nicht wahr? Verliere den Zusammenhalt, das war es, was du geschrieben hast. Das heißt, daß du biologisch abbaust, ist es nicht so? Es wird nicht mehr lange dauern, bis du einfach zerkrümelst wie ein alter Zwieback.«

»Für dich ändert das nichts, Thad«, erwiderte die heisere Stimme. Sie wechselte von einem rauhen Leiern zu einem knirschenden Geräusch, das sich anhörte wie Kies, der von einem Kipplaster rutscht, und dann zu einem quiekenden Flüstern – als hätten die Stimmbänder ein oder zwei Sätze lang völlig versagt – und kehrte dann zum Leiern zurück. »Nichts von dem, was mit mir passiert, geht dich etwas an. Damit willst du nur vom Thema ablenken, alter Freund. Du wirst noch heute anfangen, sonst könnte es dir schlecht ergehen. Und du würdest nicht der einzige sein.«

»Ich werde nicht . . .«

Klick! Stark hatte aufgelegt. Thad betrachtete einen Moment lang nachdenklich den Hörer, dann legte er gleichfalls auf. Als er sich umdrehte, standen Harrison und Manchester an der Tür.

5

»Wer war das?« fragte Manchester.

»Ein Student«, sagte Thad. An diesem Punkt war er sich nicht einmal sicher, weshalb er log. Das einzige, das er mit Sicherheit wahrnahm, war ein entsetzliches Gefühl im Magen. »Nur ein Student. Wie ich gedacht hatte.«

»Woher wußte er, daß Sie hier sind?« fragte Harrison. »Und wieso hat er die Nummer dieses Herrn hier gewählt?«

»Ich gebe auf«, sagte Thad demütig. »Ich bin ein russischer Geheimagent. Das war mein Kontaktmann. Ich komme unauffällig mit.«

Harrison war nicht verärgert, zumindest machte er nicht den Eindruck, als wäre er es. Der leicht verdrossene Vorwurf, der in seinem Blick auf Thad lag, war wesentlich wirkungsvoller als Verärgerung. »Mr. Beaumont, wir versuchen, Ihnen und Ihrer Frau zu helfen. Ich weiß, wie lästig es ist, auf Schritt und Tritt von zwei Männern begleitet zu werden, aber wir versuchen wirklich nur, Ihnen zu helfen.«

Thad war beschämt – aber nicht beschämt genug, um die Wahrheit zu sagen. Das schlimme Gefühl war nach wie vor da, das Gefühl, daß etwas schiefgehen würde, daß etwas schiefgegangen war. Und noch etwas anderes obendrein. Ein leichtes Flattern auf seiner Haut. Ein Gefühl wie von Würmern *in* seiner Haut. Druck auf den Schläfen. Es waren nicht die Sperlinge; er glaubte jedenfalls nicht, daß sie es waren. Doch sein seelisches Barometer, von dessen Vorhandensein er nicht einmal etwas geahnt hatte, fiel. Es war auch nicht das erste Mal, daß er dieses Gefühl hatte. Ähnliches, wenn auch weniger stark, hatte er vor acht Tagen auf dem Weg zu Dave's Market empfunden, und auch in seinem eigenen Büro, als er die Unterlagen heraussuchen wollte. Ein dumpfes, kribbeliges Gefühl.

Es ist Stark. Er ist irgendwie bei dir, in dir. Er beobachtet dich. Wenn du etwas Falsches sagst, wird er es wissen. Und dann wird jemand es ausbaden müssen.

»Entschuldigen Sie«, sagte er. Ihm war klar, daß Rawlie DeLesseps, der hinter den beiden Polizisten stand, ihn mit stillen, neugierigen Augen beobachtete. Er würde jetzt lügen müssen, und die Lügen kamen ihm so selbstverständlich und mühelos in den Sinn, daß er es für durchaus möglich hielt, daß George Stark selbst sie dort erzeugte. Er war sich nicht ganz sicher, ob Rawlie mitmachen würde, aber um sich deshalb den Kopf zu zerbrechen, war es ein wenig zu spät. »Ich bin ein bißchen nervös.«

»Verständlich«, sagte Harrison. »Ich möchte nur, daß Sie einsehen, daß nicht wir der Feind sind, Mr. Beaumont.«

Thad sagte: »Der junge Mann, der angerufen hat, wußte, daß ich hier bin, weil er gerade aus der Buchhandlung kam, als ich vorbeifuhr. Er wollte wissen, ob ich einen Sommerkurs abhalte. Das Telefonverzeichnis der Fakultät ist nach Abteilungen aufgegliedert, und die Angehörigen jeder Abteilung sind in alphabetischer Reihenfolge aufgeführt. Es ist sehr klein gedruckt, wie jeder bezeugen kann, der einmal versucht hat, es zu benutzen.«

»In dieser Beziehung ist es ein widerliches Buch«, pflichtete DeLesseps mit der Pfeife im Mund ihm bei. Die beiden Polizisten drehten sich um und sahen ihn einen Moment lang überrascht an. Rawlie bedachte sie mit einem ernsten und ziemlich eulenäugigen Blick.

»Rawlie steht im Telefonverzeichnis direkt unter mir. Wir haben in diesem Jahr niemanden, dessen Name mit C anfängt.« Er warf Rawlie einen kurzen Blick zu, aber Rawlie hatte die Pfeife aus dem Mund genommen und tat so, als unterzöge er das Innere des Kopfes einer eingehenden Untersuchung. »Und das hat zur Folge«, schloß Thad, »daß ich immer seine Anrufe bekomme und er meine. Ich habe diesem Studenten gesagt, daß er Pech hat. Bis zum Herbst habe ich frei.«

So, das war das. Er hatte das Gefühl, vielleicht eine etwas zu ausführliche Erklärung geliefert zu haben; aber die eigentliche Frage war, wann Harrison und Manchester an der Tür von Rawlies Büro angelangt waren und wie viel sie gehört hatten. Zu Studenten, die sich nach einem Sommerkurs erkundigen, sagt man normalerweise nicht, daß sie biologisch abbauten und bald zerkrümeln würden.

»Ich wünschte, *ich* hätte bis zum Herbst frei«, seufzte Manchester. »Sind Sie bald so weit, Mr. Beaumont?«

Thad stieß innerlich einen erleichterten Seufzer aus und sagte: »Ich muß nur noch ein paar Akten in den Schrank zurücklegen.«

(Und eine Notiz mußt du für die Sekretärin schreiben.)

»Und außerdem muß ich natürlich noch eine Notiz für Mrs. Fenton schreiben«, hörte er sich sagen. Er hatte nicht die leiseste Ahnung, weshalb er das sagte; er wußte nur, daß er es sagen mußte. »Sie ist die Sekretärin der Englischen Abteilung.«

»Haben wir noch Zeit für einen Becher Kaffee?« fragte Manchester.

»Natürlich. Vielleicht sogar ein paar Kekse, wenn die Barbarenhorden welche übriggelassen haben«, sagte er. Dieses Gefühl, daß die Dinge aus den Fugen geraten waren, daß etwas schiefgelaufen war, war wieder da, stärker als je zuvor. Eine Notiz für Mrs. Fenton hinterlassen? Himmel, *das* war ein Witz.

Als Thad Rawlies Büro verließ, fragte Rawlie: »Kann ich Sie eine Minute sprechen, Thaddeus?«

»Natürlich«, sagte Thad. Er wollte Harrison und Manchester sagen, sie sollten sie allein lassen, er würde gleich nachkommen, sagte sich aber – widerstrebend –, daß eine solche Aufforderung unangebracht war, wenn man Argwohn zerstreuen wollte. Und zumindest Harrison hatte seine Antenne ausgefahren. Vielleicht noch nicht vollständig, aber doch ein ganzes Stück.

Schweigen tat ohnehin die besseren Dienste. Als er sich Rawlie zuwendete, wanderten Harrison und Manchester langsam den Flur entlang. Harrison sprach ein paar Worte mit seinem Partner und blieb dann an der Tür des Gemeinschaftsraums stehen, während Manchester auf die Suche nach Keksen ging. Harrison konnte sie sehen, aber Thad war überzeugt, daß sie außer Hörweite waren.

»Das war wirklich eine hübsche Geschichte, das mit dem Telefonverzeichnis«, bemerkte Rawlie und klemmte den Stiel der Pfeife wieder zwischen die Zähne.

»Rawlie, das ist nicht, was Sie denken.«

»Ich habe nicht die leiseste Ahnung, *was* es ist«, sagte Rawlie sanft, »und ich gebe zwar ein gewisses Maß an menschlicher Neugier zu, bin aber nicht sicher, ob ich es wirklich wissen will.«

Thad lächelte ein wenig.

»Und ich hatte den Eindruck, daß Sie Tom Carroll absichtlich vergessen haben. Er ist zwar jetzt im Ruhestand, aber als ich das letzte Mal nachschlug, stand er im Telefonverzeichnis noch zwischen uns beiden.«

»Rawlie, ich muß jetzt weiter.«

»So ist es«, sagte Rawlie. »Sie müssen eine Notiz für Mrs. Fenton schreiben.«

Thad spürte, wie seine Wangen heiß wurden. Althea Fenton, die seit 1961 die Sekretärin der Englischen Abteilung gewesen war, war im April an Kehlkopfkrebs gestorben.

»Der eigentliche Grund, weshalb ich Sie aufgehalten habe«, fuhr Rawlie fort, »ist der, daß ich möglicherweise herausgefunden habe, was Sie wissen wollten. Über Sperlinge.«

Thad spürte, wie sich sein Puls beschleunigte. »Wie meinen Sie das?«

Rawlie tippte auf Barringers *Folklore of America.*

»Sperlinge, Seetaucher und vor allem Ziegenmelker sind Psychopompen«, sagte er, nicht ohne einen gewissen Triumph in der Stimme. »Ich wußte doch, daß es mit Ziegenmelkern irgendetwas auf sich hatte.«

»Psychopompen?« fragte Thad zweifelnd.

»Das Wort kommt aus dem Griechischen«, sagte Rawlie, »und bedeutet Seelenbegleiter. In diesem Fall solche, die die Seelen der Menschen auf ihrem Weg zwischen dem Land der Lebenden und dem Land der Toten begleiten. Barringer zufolge sind Seetaucher und Ziegenmelker die Begleiter der Lebenden; wie es heißt, versammeln sie sich an Orten, an denen jemand sterben wird. Ihre Aufgabe ist es, die Seelen gerade Verstorbener zu ihrem jeweiligen Platz im Jenseits zu begleiten.«

Er warf Thad einen bedächtigen Blick zu.

»Ansammlungen von Sperlingen haben, zumindest Barringer zufolge, eine ominösere Bedeutung. Da heißt es, Sperlinge wären die Begleiter der Toten.«

»Was bedeutet . . .«

»Was bedeutet, daß ihre Aufgabe darin besteht, verlorene Seelen ins Land der Lebenden zurückzuführen. Sie sind, mit anderen Worten, die Vorboten der Untoten.«

Rawlie nahm die Pfeife aus dem Mund und musterte Thad eindringlich.

»Ich weiß nicht, in welcher Lage Sie sich befinden, Thaddeus, und ich glaube, ich will es auch nicht wissen. Aber ich rate Ihnen zur Vorsicht. Zu äußerster Vorsicht. Sie sehen aus wie ein Mann, der in einer sehr schwierigen Lage ist. Wenn es irgendetwas gibt, das ich für Sie tun kann, dann sagen Sie es bitte.«

»Ich bin Ihnen sehr dankbar, Rawlie. Und ich bin Ihnen dankbar für Ihr Schweigen.«

»Zumindest in dieser Hinsicht sind Sie und meine Studenten einer Meinung.« Aber die sanften Augen, die Thad über die Pfeife hinweg musterten, waren voller Besorgnis. »Geben Sie auf sich acht.«

»Das werde ich tun.«

»Und wenn die Männer ihnen überallhin folgen, um Sie in diesem Bemühen zu unterstützen, Thaddeus, wäre es vielleicht klug, sie ins Vertrauen zu ziehen.«

Es wäre herrlich, wenn er das könnte, aber es ging hier nicht um das Vertrauen, das er in sie setzte. Wenn er tatsächlich den Mund aufmachte, würden sie bestimmt das letzte bißchen Vertrauen verlieren, das sie *in ihn* setzten. Und selbst wenn er Harrison und Manchester genügend vertraute, um mit ihnen sprechen zu können, würde er doch nicht wagen, es zu tun – nicht, bevor ihn das kribbelnde Gefühl in seiner Haut verlassen hatte. George Stark beobachtete ihn. Und die Frist war abgelaufen.

»Danke, Rawlie.«

Rawlie nickte, bat ihn noch einmal, auf sich achtzugeben, und zog sich dann in sein Büro zurück.

Thad machte sich auf den Weg zu seinem eigenen Büro.

6

Und natürlich muß ich eine Notiz für Mrs. Fenton schreiben.

Er unterbrach den Akt des Wegräumens der letzten Ordner, die er versehentlich herausgeholt hatte, und warf einen Blick auf die beigefarbene IBM Selectric. Neuerdings schienen sich Schreibinstrumente, große wie kleine, auf fast hypnotische Weise in sein Bewußtsein zu drängen. Im Laufe der letzten Woche hatte er sich mehr als einmal gefragt, ob in jedem eine andere Version von Thad Beaumont steckte. Wie böse Geister in einem Haufen Flaschen.

Ich muß eine Notiz für Mrs. Fenton schreiben.

Aber wie die Dinge lagen, brauchte man eher ein Ouija-Brett als eine Schreibmaschine, um sich mit der netten, aber leider verstorbenen Mrs. Fenton in Verbindung zu setzen, die Kaffee gekocht hatte, in dem der Löffel stand. Warum hatte er das überhaupt gesagt? An Mrs. Fenton hätte er zuallerletzt gedacht.

Thad stopfte den letzten Ordner in den Aktenschrank, schloß ihn ab und betrachtete seine linke Hand. Unter dem Verband hatte sie plötzlich zu brennen und zu jucken begonnen. Er rieb sie an seinem Hosenbein, aber daraufhin schien sie nur noch heftiger zu jucken. Das Gefühl einer intensiven Backofenhitze verstärkte sich.

Er schaute aus dem Fenster.

Auf den Telefondrähten auf der anderen Seite des Bennett Boulevard drängten sich Sperlinge. Andere saßen auf dem Dach der Krankenstation, und dann sah er, wie eine weitere Schar auf dem Tennisplatz landete.

Alle schienen ihn anzusehen.

Psychopompen. Die Vorboten der Untoten.

Jetzt wirbelte noch ein Schwarm von Sperlingen wie ein Zyklon aus verbranntem Laub herab und landete auf dem Dach der Bennett Hall.

»Nein«, flüsterte Thad mit zittriger Stimme. Seine Hand juckte und brannte.

Die Schreibmaschine.

Er konnte die Sperlinge und das Brennen und Jucken in seiner Hand nur loswerden, indem er die Schreibmaschine benutzte.

Der Drang, sich an die Maschine zu setzen, war so stark, daß er sich nicht abweisen ließ. Irgendwie kam er ihm auf entsetzliche Weise natürlich vor – wie das Verlangen, die Hand in kaltes Wasser zu stecken, wenn man sich verbrannt hat.

Ich muß eine Notiz für Mrs. Fenton schreiben.

Du wirst noch heute anfangen, sonst könnte es dir schlecht ergehen. Und du würdest nicht der einzige sein.

Dieses kribbelnde Gefühl in seiner Haut wurde immer stärker. Das Jucken strahlte in Wellen von dem Loch in seiner Hand aus, und seine Augäpfel schienen im Rhythmus dieses Gefühls zu pulsieren. Die Vision von Sperlingen vor seinem geistigen Auge wurde deutlicher. Es war in Bergenfield, in Bergenfield unter einem weißen Frühlingshimmel; es war 1960; die ganze Welt war tot bis auf diese schrecklichen, gewöhnlichen Vögel, und während er hinschaute, schwangen sie sich alle auf, und ihre gewaltige, flatternde Masse verdunkelte den Himmel. Die Sperlinge flogen wieder.

Vor dem Fenster von Thads Büro flogen alle, die auf den Telefondrähten, der Krankenstation und Bennett Hall saßen, flügelschlagend gleichzeitig auf. Ein paar Studenten, die den Hof überquerten, blieben stehen und beobachteten, wie der Schwarm am Himmel eine Linkskurve beschrieb und in Richtung Westen verschwand.

Das sah Thad nicht. Er sah nur die Gegend, in der er seine Kindheit verbracht und die sich jetzt in eine unheimliche Traumlandschaft verwandelt hatte. Er ließ sich vor der Schreibmaschine nieder und versank dabei noch tiefer in die zwielichtige Welt der Trance. Doch ein Gedanke blieb beharrlich in seinem Bewußtsein. Der gerissene alte George konnte ihn zwingen, sich hinzusetzen und die Tasten der IBM zu betätigen, ja, aber das Buch würde er nicht schreiben, einerlei, was auch passierte – und wenn er fest blieb, würde der gerissene alte George einfach auseinanderfallen oder aufhören zu existieren wie eine ausgeblasene Kerzenflamme. Das wußte er. Er *fühlte* es.

Seine Hand schien jetzt regelrecht zu *toben*, und ihm war, daß sie, wenn er sie sehen könnte, aussehen würde wie die Pfote einer Figur aus einem Zeichentrickfilm – vielleicht Wile E. Coyote –, nachdem man mit einem Vorschlaghammer daraufgehauen hat. Es war kein eigentlicher Schmerz, sondern eher das Ich-werde-gleich-wahnsinnig-Gefühl, das man hat, wenn die Stelle auf dem Rücken, die einzige, die man nicht erreichen kann, zu jucken beginnt. Kein oberflächliches Jucken, sondern tiefsitzendes, auf die Nerven gehendes, hämmerndes Jucken, das einen zwingt, die Zähne zusammenzubeißen.

Aber selbst das schien weit fort zu sein, völlig unwichtig.

Er setzte sich an die Schreibmaschine.

7

In dem Augenblick, in dem er den Motor einschaltete, verschwand das Jucken – und mit ihm die Vision von den Sperlingen.

Aber die Trance blieb bestehen, und in ihr steckte ein unerbittlicher Befehl; da war etwas, das geschrieben werden mußte, und ihm war, als schrie ihm sein ganzer Körper zu, es zu tun, es zu tun, es hinter sich zu bringen. Auf seine Art war das noch schlimmer als die Vision der Sperlinge oder das Jucken in seiner Hand. Dieses Gefühl schien von einem Ort tief in seinem Unterbewußtsein auszustrahlen.

Er spannte ein Blatt Papier in die Schreibmaschine und saß dann einen Moment lang nur da, abwesend und gedankenverloren. Dann legte er die Finger in der Ausgangsposition des Zehnfingersystems auf die mittlere Tastenreihe, obwohl er schon seit Jahren nicht mehr nach dem Zehnfingersystem schrieb.

Sie blieben zitternd einen Moment dort liegen, und dann zogen sich alle bis auf die Zeigefinger zurück. Wenn Stark schrieb, tat er es offenbar auf die gleiche Art wie Thad – mit beiden Zeigefingern. Das war zu erwarten gewesen; die Schreibmaschine war nicht das Instrument seiner Wahl.

Er spürte ein kurzes Aufflackern von Schmerz, als er die Finger seiner linken Hand bewegte, aber das war auch alles. Seine Zeigefinger tippten langsam, aber es dauerte trotzdem nicht lange, bis die Botschaft auf dem weißen Blatt stand. Sie war bestürzend kurz. Der Kugelkopf wirbelte herum und produzierte sieben Worte:

Weisst du, woher mein Anruf kam, Thad?

Plötzlich wurde die Welt vor seinen Augen wieder klar. In seinem ganzen Leben hatte er noch nie solche Bestürzung, solches Entsetzen empfunden. Großer Gott, natürlich – es war so folgerichtig, so *offensichtlich*.

Der Dreckskerl hat von meinem Haus aus angerufen! Er hat Liz und die Kinder!

Er wollte aufstehen, ohne jede Ahnung, wohin er gehen sollte. Er war sich nicht einmal bewußt, daß er es tun wollte, bis plötzlich der Schmerz in seiner Hand aufflackerte wie eine glimmende Fackel, die kräftig durch die Luft geschwungen wird, damit sie hell auflodert. Seine Lippen zogen sich von den Zähnen zurück, und er gab einen leisen, stöhnenden Laut von sich. Er ließ sich wieder auf den Stuhl vor der IBM sinken, und bevor er recht wußte, was geschah, hatten sich seine Hände wieder auf die Tasten gelegt.

Sechs Worte diesmal.

Sag es niemandem, sonst sterben sie

Er starrte die Worte dumpf an. Sobald er den letzten Buchstaben getippt hatte, war alles plötzlich wie abgeschnitten – als wäre er eine Lampe, und jemand hätte den Stecker herausgezogen. Keine Schmerzen mehr in seiner Hand. Kein Jucken mehr. Kein kribbelndes Gefühl mehr unter der Haut.

Die Vögel waren fort. Die dumpfe Trance war fort. Und Stark war auch fort.

Aber er war natürlich keineswegs wirklich fort. Stark hütete das Haus, während Thad nicht da war. Sie hatten zwei Staatspolizisten zur Bewachung des Hauses zurückgelassen, aber das war belanglos. Er war ein Idiot gewesen, ein kompletter Idiot, als er sich eingebildet hatte, zwei Polizisten könnten etwas ändern. Selbst eine Kompanie Marineinfanterie hätte nichts ändern können. George Stark war kein Mensch; er war so etwas wie ein Tiger-Panzer, der zufällig wie ein Mensch aussah.

»Wie weit sind Sie?« fragte Harrison hinter ihm.

Thad fuhr zusammen, als hätte ihm jemand eine Reißzwecke ins Genick gestochen – und das ließ ihn natürlich an Frederick Clawson denken, der sich auf Dinge eingelassen hatte, die ihn nichts angingen – und der dadurch, daß er sagte, was er wußte, Selbstmord begangen hatte.

Sag es niemandem, sonst sterben sie

starrte ihm von dem Blatt Papier in der Schreibmaschine entgegen.

Er streckte die Hand aus, zog das Blatt aus der Maschine und knüllte es zusammen. Er tat es, ohne sich umzusehen und festzustellen, wie nahe Harrison herangekommen war. Das wäre ein Fehler gewesen. Er versuchte völlig gelassen zu erscheinen. Er hatte nicht das Gefühl, gelassen zu sein; er hatte das Gefühl, den Verstand zu verlieren. Er wartete darauf, daß Harrison ihn fragte, was er geschrieben hätte und warum er es aus der Schreibmaschine herausziehen mußte, bevor jemand es lesen konnte. Als Harrison nicht sprach, tat es Thad.

»Ich denke, ich bin fertig. Zum Teufel mit der Notiz. Ich bringe diese Unterlagen sowieso zurück, bevor Mrs. Fenton überhaupt merkt, daß sie fort sind.« Das zumindest entsprach der Wahrheit – es sei denn, Althea schaute zufällig vom Himmel herab. Er stand auf und betete, daß seine Beine ihm nicht den Dienst versagten und ihn wieder auf den Stuhl sinken ließen. Die Beine trugen ihn, obwohl sie sich so taub anfühlten wie Stelzen. Er stellte erleichtert fest, daß Harrison an der Tür stand und ihn überhaupt nicht ansah. Einen Moment zuvor hätte Thad noch schwören können, daß ihm der Mann regelrecht ins Genick atmete. Harrison verzehrte einen Keks und blickte an Thad vorbei auf die paar Studenten, die gemächlich über den Hof schlenderten.

»Mann, dieser Ort ist ja völlig tot«, sagte der Polizist.

Und meine Familie vielleicht auch, bevor ich heimkomme.

»Warum verschwinden wir dann nicht von hier?« fragte er Harrison.

»Gute Idee.«

Thad bewegte sich auf die Tür zu. Harrison bedachte ihn mit einem amüsierten Blick. »Heiliger Strohsack«, sagte er. »An den Geschichten von zerstreuten Professoren scheint doch etwas daran zu sein.«

Thad blinzelte nervös, dann blickte er herunter und sah, daß er das zusammengeknüllte Blatt Papier nach wie vor in der Hand hielt. Er wollte es in den Papierkorb werfen, aber seine unsichere Hand ließ ihn im Stich. Es traf auf den Rand und fiel daneben. Bevor er sich bücken und es ergreifen konnte, war Harrison an ihm vorbeigeglitten. Er hob den Papierball auf und warf ihn spielerisch von einer Hand in die andere. »Wollen Sie ohne die Akten gehen, um derentwillen Sie hergekommen sind?« fragte er. Er deutete auf den Stapel Bewerbungen für den Sonderkurs über kreatives Schreiben, die, von einem roten Gummiband zusammengehalten, neben der Schreibmaschine lagen. Dann fuhr er fort, den Papierball mit den letzten beiden Botschaften Starks von einer Hand in die andere zu werfen – von rechts nach links, von links nach rechts, hin und her. Thads Augen folgten dem Ball, und er konnte in einer der Knitterfalten ein paar Buchstaben erkennen:

ag es nieman

»Ach ja, die Akten. Danke.«

Thad hob die Akten auf und ließ sie beinahe wieder fallen. Jetzt würde Harrison den Papierball in seiner Hand auseinanderfalten. Er würde es tun, und obwohl Stark ihn im Moment nicht beobachtete – Thad war ziemlich sicher, daß er es nicht tat –, würde er bald wieder damit anfangen. Und wenn er das tat, würde er Bescheid wissen. Und wenn er Bescheid wußte, würden Liz und die Zwillinge sterben.

»Nichts zu danken.« Harrison warf den zusammengeknüllten Papierball in Richtung Papierkorb. Er rollte fast um den ganzen Rand herum und fiel dann hinein. »Zwei Punkte«, sagte er und trat auf den Flur hinaus, damit Thad die Tür abschließen konnte.

8

Er machte sich, gefolgt von den beiden Polizisten, auf den Weg nach unten. Rawlie DeLesseps steckte den Kopf aus seinem Büro heraus und wünschte Thad einen guten Sommer, falls sie sich nicht vorher wiedersehen sollten. Thad wünschte ihm das gleiche mit einer Stimme, die – zumindest in seinen eigenen Ohren – recht normal klang. Ihm war zumute, als funktionierte er mit Autopilot. Dieses Gefühl hielt an, bis er den Suburban erreicht hatte. Als er die Akten auf den Beifahrersitz warf, fiel sein Blick auf den Münzfernsprecher an der anderen Seite des Parkplatzes.

»Ich will eben meine Frau anrufen«, sagte er zu Harrison. »Sie fragen, ob ich noch irgendetwas einkaufen soll.«

»Das hätten Sie oben tun sollen«, sagte Manchester. »Hätte Ihnen einen Vierteldollar gespart.«

»Ich habe es vergessen«, sagte Thad. »Vielleicht bin ich wirklich ein zerstreuter Professor.«

Die beiden Polizisten wechselten einen amüsierten Blick und stiegen in ihren Plymouth, wo sie die Klimaanlage einschalten und ihn durch die Windschutzscheibe hindurch im Auge behalten konnten.

Thad war zumute, als hätte sich sein Inneres in einen Haufen Glasscherben verwandelt. Er fischte einen Vierteldollar aus der Tasche und steckte ihn in den Apparat. Seine Hand zitterte, und er verwählte sich bei der zweiten Ziffer. Er legte den Hörer auf, wartete, bis sein Vierteldollar wieder herausgefallen war, versuchte es dann noch einmal und dachte: *O Gott, das ist genau wie an dem Abend, an dem Miriam starb. Ganz genau so wie an dem Abend.*

Es war die Art von *déjà vu*, auf die er nur zu gern verzichtet hätte.

Beim zweitenmal schaffte er es, und dann stand er da und preßte den Hörer so fest ans Ohr, daß es schmerzte. Er versuchte ganz bewußt, sich zu entkrampfen. Er durfte Harrison und Manchester nicht merken lassen, daß etwas nicht stimmte – das durfte er auf gar keinen Fall. Aber er schien nicht imstande, seine Muskeln zu lockern.

Stark nahm beim ersten Läuten den Hörer ab. »Thad?«

»Was hast du mit ihnen gemacht?« Als ob er trockene Baumwollklumpen ausspeien müßte. Und im Hintergrund konnte er die Zwillinge aus Leibeskräften schreien hören. Thad empfand ihr Geschrei als seltsam beruhigend. Es war nicht das heisere Gebrüll, das Wendy von sich gegeben hatte, nachdem sie die Treppe heruntergefallen war; es war ein aufgeregtes, vielleicht auch ein wütendes Weinen, aber kein Schmerzensgeheul.

Aber Liz – wo war Liz?

»Überhaupt nichts«, erwiderte Stark, »wie du selber hören kannst. Ich habe ihnen kein einziges Haar auf ihren kostbaren Köpfchen gekrümmt. Noch nicht.«

»Liz«, sagte Thad, den plötzlich einsames Entsetzen überspülte wie eine lange, hohe Brandungswelle.

»Was soll mit ihr sein?« Der spöttische Ton war grotesk, unerträglich.

»Hol sie an den Apparat!« bellte Thad. »Wenn du willst, daß ich auch nur ein einziges verdammtes Wort unter deinem Namen schreibe, *dann holst du sie an den Apparat*!« Und da war ein Teil seines Verstandes, dem offenbar selbst ein derartiges Extrem an Entsetzen und Überraschung nichts anzuhaben vermochte, der warnte: *Gib auf dein Gesicht acht, Thad. Sie können dein Profil sehen. Ein Mann schreit nicht in den Hörer, wenn er zu Hause anruft und seine Frau fragt, ob sie noch genug Eier im Kühlschrank hat.*

»Thad! Aber Thad!« Stark tat, als wäre er beleidigt, doch Thad wußte mit grauenhafter und aufreizender Gewißheit, daß der Dreckskerl grinste. »Du hast wirklich eine verdammt schlechte Meinung von mir. Aber reg dich ab – hier ist sie.«

»Thad? Thad, bist du das?« Ihre Stimme klang mitgenommen und verängstigt, aber nicht panikartig. Nicht ganz.

»Ja, Liebling. Bist du okay? Und die Kinder?«

»Ja, wir sind okay. Wir ...« Sie brach ab, und Thad konnte hören, daß der Bastard etwas zu ihr sagte, aber nicht, was er sagte. Sie sagte ja, okay, und dann war sie wieder am Apparat. Jetzt schien sie den Tränen nahe zu sein. »Thad, du mußt tun, was er verlangt.«

»Ja. Das weiß ich.«

»Aber er will, daß ich dir sage, daß du es nicht hier tun kannst. Die Polizei wird bald hier sein. Er – Thad, er hat gesagt, er hätte die beiden Männer umgebracht, die das Haus bewachten.«

Thad schloß die Augen.

»Ich weiß nicht, wie er es getan hat, aber er hat gesagt, er hätte es getan – und ich – ich glaube ihm.« Jetzt weinte sie wirklich. Versuchte, es nicht zu tun, weil sie wußte, es würde Thad aufregen, und weil sie auch wußte, daß er vielleicht etwas Gefährliches tun würde, wenn er aufgeregt war. Er umkrampfte den Hörer, preßte ihn ans Ohr und versuchte, gelassen auszusehen.

Stark murmelte wieder im Hintergrund. Und Thad schnappte eines seiner Worte auf. *Zusammenarbeit*. Es war unglaublich. Einfach unglaublich.

»Er bringt uns von hier fort«, sagte sie. »Er sagt, du weißt, wohin wir fahren. Erinnerst du dich an Tante Martha? Er sagt, du sollst die Männer abhängen, die bei dir sind. Er sagt, er glaubt, du könntest das, weil er weiß, daß *er* es könnte. Er will, daß du heute abend vor Einbruch der Dunkelheit bei uns bist. Er sagt...« Ein verängstigtes Schluchzen brach aus ihr hervor. Ein zweites drängte ihm nach, aber es gelang ihr, es zu unterdrücken. »Er hat gesagt, daß du mit ihm zusammenarbeiten wirst, daß das Buch, wenn ihr beide es gemeinsam schreibt, das beste von allen werden wird. Er...«

Gemurmel. Gemurmel. Gemurmel.

Thad wünschte sich nichts sehnlicher, als seine Finger in George Starks bösen Hals zu krampfen und ihn zu würgen, bis sie sich durch seine Haut gebohrt hatten und in seine Kehle eingedrungen waren.

»Er sagt, Alexis Machine ist von den Toten auferstanden und größer als je zuvor«, sagte sie. Und dann, mit schriller Stimme. »*Bitte*, tu, was er sagt, Thad! Er ist bewaffnet. Und er hat eine Lötlampe! Er sagt, wenn du auf irgendwelche verrückten Gedanken kommen solltest...«

»Liz...«

»Bitte, Thad, tu, was er sagt.«

Ihre Stimme brach ab, als Stark ihr den Hörer aus der Hand nahm.

»Eine Frage, Thad«, sagte Stark, und jetzt lag nichts Spielerisches oder Spöttisches in seiner Stimme. »Ich verlange eine Antwort, und die muß ehrlich und glaubwürdig sein, alter Freund, sonst müssen sie dafür büßen. Hast du mich verstanden?«

»Ja.«

»Ganz sicher? Was sie über die Lötlampe gesagt hat, stimmt nämlich.«

»Ja. *Ja*, verdammt nochmal!«

»Was hat sie gemeint, als sie fragte, ob du dich an Tante Martha erinnerst? War das eine Art Code, Thad? Hat sie versucht, mir eins auszuwischen?«

Thad sah das Leben seiner Frau und seiner Kinder plötzlich an einem einzigen dünnen Faden hängen. Das war keine Metapher, sondern etwas, das er regelrecht *sehen* konnte. Der Faden war eisblau, hauchfein, inmitten der ganzen Ewigkeit, die vor ihm liegen mochte, kaum zu erkennen. Alles hing von zwei Dingen ab – von dem, was er sagte, und davon, ob Stark es glaubte.

»Ist die Verbindung zwischen dem Telefon und dem Bandgerät unterbrochen?«

»Natürlich!« sagte Stark. »Wofür hältst du mich?«

»Und hat *Liz* das gewußt, als sie mit mir sprach?«

Es folgte eine kurze Pause, und dann sagte Stark: »Sie brauchte nur hinzusehen. Die Drähte liegen auf dem Fußboden.«

»Aber hat sie es getan? Hat sie die Drähte gesehen?«

»Hör auf, um den heißen Brei herumzureden, Thad.«

»Sie hat versucht, mir mitzuteilen, wohin ihr fahrt, ohne den Namen des Ortes zu nennen«, erklärte ihm Thad. Er bemühte sich um einen geduldigen Vortragston, geduldig und gleichzeitig eine Spur herablassend. Er wußte nicht, ob es ihm gelang, aber vermutlich würde George es ihn schnell genug auf die eine oder andere Art wissen lassen. »Sie meinte unser Sommerhaus. In Castle Rock. Martha Tellford ist Liz' Tante. Wir mögen sie nicht. Und wenn sie angerufen und uns mitgeteilt hat, sie würde auf Besuch kommen, dann haben wir uns immer vorgestellt, daß wir nach Castle Rock verschwinden und uns in unserem Sommerhaus verstecken, bis sie gestorben wäre. Jetzt habe *ich* es gesagt, und wenn in unserem Telefon eine drahtlose Wanze steckt, George, dann ist es deine Schuld.«

Er wartete, schweißgebadet, ob Stark ihm das abkaufen würde – oder ob der dünne Faden, die einzige Verbindung zwischen seiner Familie und der Ewigkeit, reißen würde.

»Da ist keine Wanze«, sagte Stark endlich, und seine Stimme klang wieder entspannt. Thad kämpfte gegen das Bedürfnis, sich gegen die Wand der Telefonzelle zu lehnen und vor Erleichterung die Augen zu schließen. *Wenn ich dich je wiedersehen sollte, Liz,* dachte er, *dann drehe ich dir dafür, daß du ein solches Risiko eingegangen bist, den Hals um.* Aber vermutlich würde er, wenn und falls er sie wiedersah, sie statt dessen küssen, bis sie keine Luft mehr bekam.

»Tu ihnen nichts«, sagte er. »Bitte, tu ihnen nichts. Ich mache alles, was du willst.«

»Das weiß ich. Ich weiß, daß du es tun wirst, Thad. Wir werden es gemeinsam tun. Zumindest zu Anfang. Und du setzt dich jetzt in Bewegung, Thad. Häng deine Wachhunde ab und sieh zu, daß du nach Castle Rock kommst. So schnell wie möglich, aber ohne Aufsehen zu erregen. Das wäre ein Fehler. Vielleicht solltest du dir einen anderen Wagen besorgen, aber die Einzelheiten überlasse ich dir. Schließlich bist du ein kreativer Mensch. Sieh zu, daß du vor Einbruch der Dunkelheit da bist, wenn du sie noch lebend antreffen willst. Versuch nicht, mich aufs Kreuz zu legen. Hast du verstanden? Versuch nicht, mich aufs Kreuz zu legen, und komm nicht auf irgendwelche schlauen Ideen.«

»Nein, das tue ich nicht.«

»So ist es. Du tust es nicht. Das einzige, was du tust, alter Freund, ist mitspielen. Wenn du Mist baust, werde ich es wissen. Wenn du das tust, wirst du nichts vorfinden als Leichen und ein Tonband, auf dem deine Frau dich verflucht hat, bevor sie gestorben ist.«

Ein Klicken. Die Verbindung war unterbrochen.

9

Als er wieder in den Suburban einstieg, kurbelte Manchester das Fenster an der Beifahrerseite des Plymouth herunter und fragte, ob zu Hause alles in Ordnung wäre. Thad sah dem Mann an den Augen an, daß es mehr war als nur eine müßige Frage. Offenbar hatte er doch etwas aus Thads Gesicht herausgelesen. Aber das machte nichts. Damit würde er fertig werden. Schließlich war er ein kreativer Mensch, und sein Verstand schien jetzt mit einem unheimlich-lautlosen Tempo zu rasen wie der französische Hochgeschwindigkeitszug. Wieder stellte sich die Frage: lügen oder die Wahrheit sagen? Und wie zuvor war es keine echte Alternative.

»Alles bestens«, sagte er. Seine Stimme hörte sich völlig normal und gelassen an. »Die Kinder sind ein bißchen quengelig. Und das geht Liz auf die Nerven.« Er ließ zu, daß seine Stimme sich ein wenig hob. »Und ihr beide scheint auch ein bißchen nervös zu sein, seit wir das Haus verließen. Es ist doch nichts passiert, das ich wissen müßte, oder?«

Selbst in dieser verzweifelten Lage war er noch imstande, Gewissensbisse zu spüren. Es war in der Tat etwas passiert – aber er war derjenige, der es wußte, und er würde nichts sagen.

»Nein«, sagte Harrison, der am Lenkrad saß und sich jetzt vorbeugte, um an seinem Partner vorbeireden zu können. »Wir können Chatterton und Eddings nicht erreichen, das ist alles. Vielleicht sind sie im Haus.«

»Liz sagte, sie hätte gerade frischen Eistee gemacht«, log Thad schnell.

»Das also ist es«, sagte Harrison. Er lächelte Thad an, der jetzt ein wenig stärkere Gewissensbisse verspürte. »Vielleicht ist noch etwas davon übrig, wenn wir ankommen.«

»Vielleicht.« Thad schlug die Tür des Suburban zu und steckte den Zündschlüssel ins Schloß – mit einer Hand, die ihm so gefühllos vorkam wie ein Holzklotz. Fragen wirbelten ihm durch den Kopf, tanzten ihre eigene komplizierte und nicht sonderlich erfreuliche Gavotte. Waren Stark und seine Familie schon nach Castle Rock unterwegs? Er hoffte es – wünschte sich, daß sie außer Reichweite waren, wenn die Nachricht, daß sie entführt worden waren, an alle Polizeidienststellen ging. Wenn sie Liz' Wagen benutzten und jemand ihn erkannte, oder wenn sie noch in Ludlow oder in der Nähe davon waren, konnte es schwere Probleme geben. Mordsprobleme. Es war eine grauenhafte Ironie, daß er nur hoffen konnte, daß Stark entkam – aber das war nun einmal die Lage, in der er sich befand.

Und was das Entkommen anging – wie sollte er Harrison und Manchester loswerden? Das war eine weitere interessante Frage. Nicht, indem er ihnen in dem Suburban davonfuhr, das stand fest. Der Plymouth, den sie fuhren, sah zwar mit seinem staubigen Lack und den schwarzen Reifen nach nichts aus, aber das rauhe Dröhnen im Leerlauf deutete darauf hin, daß unter der Haube eine Menge Kraft steckte. Er glaubte, daß es ihm gelingen würde, sie abzuhängen – er hatte schon eine Idee, wie und wo das möglich war –, aber wie sollte er es bewerkstelligen, daß man ihn auf der hundertsechzig Meilen langen Fahrt nach Castle Rock nicht wieder aufspürte?

Er hatte nicht die leiseste Ahnung – er wußte nur, daß er es irgendwie schaffen mußte.

Erinnerst du dich an Tante Martha?

Er hatte auf Starks Frage, was das bedeutet, gelogen, und Stark hatte die Lüge geschluckt. Also wußte der Mistkerl nicht alles, was in seinem Kopf vorging. Martha Tellford war tatsächlich Liz' Tante, und sie hatten, meist im Bett, im Scherz darüber gesprochen, daß sie vor ihr davonlaufen würden; aber sie hatten von so exotischen Gegenden wie Aruba oder Tahiti geredet, weil Tante Martha alles wußte, was es über das Sommerhaus in Castle Rock zu wissen gab. Sie war dort viel öfter zu Besuch gewesen als in Ludlow. Und Tante Martha hatte sich in Castle Rock am liebsten auf der Müllkippe aufgehalten. Sie war ein eingetragenes, zahlendes Mitglied der Nationalen Schützenvereinigung, und sie ging zur Müllkippe, um Ratten abzuschießen.

»Wenn du willst, daß sie abreist, mußt du es ihr sagen.« Thad erinnerte sich, wie er das eines Nachts gegen Ende von Tante Marthas endlosem Sommerbesuch zu Liz gesagt hatte – war es 1979 oder 1980 gewesen? Aber das spielte vermutlich keine Rolle. »Sie ist *deine* Tante. Wenn ich es ihr sage, kommt sie vielleicht auf die Idee, ihre Winchester auf *mich* anzulegen.«

»Ich weiß nicht, ob die Blutsverwandtschaft in diesem Fall etwas ausmacht«, hatte Liz erwidert. »Sie hat so einen Blick in den Augen...« Liz hatte im Bett neben ihm geschaudert, erinnerte er sich, dann hatte sie gekichert und ihn in die Rippen gestoßen. »Also los. Gott haßt Feiglinge. Sag ihr, wir sind Naturschützer, auch wenn es sich um Müllkippen-Ratten handelt. Bau dich vor ihr auf, Thad, und sage ›Hau ab, Tante Martha! Du hast deine letzte Ratte auf der Müllkippe geschossen! Pack deine Koffer und verschwinde!‹«

Natürlich hatte keiner von ihnen Tante Martha zum Verschwinden aufgefordert; sie hatte ihre täglichen Ausflüge zur Müllkippe fortgesetzt, wo sie Dutzende von Ratten abschoß (und, wie Thad argwöhnte, auch ein paar Möwen, wenn die Ratten in Deckung gingen). Endlich war der gesegnete Tag gekommen, an dem Thad sie zum Portland Jetport fuhr und sie in das Flugzeug nach Albany setzte. Bevor sie an Bord ging, hatte sie ihm auf ihre irritierende Männerart die Hand geschüttelt – fast so, als wollte sie sich nicht verabschieden, sondern eine geschäftliche Abmachung besiegeln – und ihm erklärt, es könnte durchaus sein, daß sie im folgenden Jahr wiederkäme. »Verdammt gute Strecke«, hatte sie gesagt. »Muß sechs oder sieben Dutzend von diesen kleinen Biestern erwischt haben.«

Sie war nicht wiedergekommen, obwohl einmal nicht viel daran gefehlt hatte (*dieser* drohende Besuch war in letzter Minute durch eine Einladung nach Arizona abgewendet worden, wo es, wie Tante Martha ihnen am Telefon mitteilte, noch Abschußprämien für Kojoten gab).

In den Jahren nach ihrem letzten Besuch war »Erinnerst du dich an

Tante Martha?« zwischen Liz und Thad zu einer Art Code-Ausdruck geworden. Er bedeutete, daß einer von ihnen die .22er aus dem Schuppen holen und einen ganz besonders lästigen Gast abschießen sollte, genau wie Tante Martha die Ratten auf der Müllkippe abgeschossen hatte. Jetzt, da er darüber nachdachte, glaubte Thad sich zu erinnern, daß Liz diese Redewendung auch während der Vorarbeiten für den *People*-Artikel gebraucht hatte. Hatte sie sich nicht zu ihm umgedreht und geflüstert: »Ob diese Myers sich wohl an Tante Martha erinnert?«

Dann hatte sie die Hand vor den Mund gehalten und gekichert.

Mächtig komisch.

Aber jetzt war es kein Scherz.

Und jetzt ging es auch nicht um das Abschießen von Ratten auf der Müllkippe.

Wenn er sie nicht mißverstanden hatte, dann hatte Liz ihm sagen wollen, er sollte ihnen nachkommen und George Stark töten. Und wenn sie wollte, daß er das tat – Liz, die schon weinte, wenn sie hörte, daß im Tierschutzheim von Derry heimatlose Tiere eingeschläfert worden waren –, dann mußte sie überzeugt sein, daß es nur zwei Möglichkeiten gab: entweder starb Stark – oder sie und die Kinder.

Harrison und Manchester musterten ihn befremdet, und Thad begriff, daß er, in seine Gedanken versunken, fast eine volle Minute mit laufendem Motor am Steuer gesessen hatte. Er hob die Hand, deutete einen Gruß an, setzte zurück und bog in die Maine Avenue ein, die aus dem Campus herausführte. Er versuchte, sich auf das Problem zu konzentrieren, wie er den beiden entkommen konnte, bevor sie über ihre Funksprechgeräte erfuhren, daß ihre Kollegen tot waren. Er versuchte nachzudenken, aber er hörte immer wieder nur Starks Stimme, die ihm erklärte, wenn er Mist baute, würde er bei seiner Ankunft im Sommerhaus in Castle Rock nur ihre Leichen vorfinden und ein Tonband, auf dem Liz ihn verflucht hatte, bevor sie gestorben war.

Und er sah immer noch Martha Tellford am Lauf ihrer Winchester entlangvisieren, einer erheblich größeren Waffe als der .22er, die im verschlossenen Schuppen des Sommerhauses lag, und auf die fetten Ratten zielen, die zwischen den Abfallhaufen und den orangerot glimmenden Müllbränden herumhuschten. Plötzlich wurde ihm bewußt, daß ihn danach *verlangte*, Stark zu erschießen, aber nicht mit einer .22er.

Der gerissene George hatte etwas Größeres verdient.

Eine Haubitze mochte ungefähr das richtige Kaliber haben.

Die Ratten, die vor dem glitzernden Chaos aus zerbrochenen Flaschen und zerbeulten Blechdosen hochsprangen, und ihre Körper, die sich zuerst krümmten und dann, Fell und Eingeweide verspritzend, zerbarsten.

Ja, zu sehen, wie so etwas mit George Stark passierte – das wäre herrlich.

Er umklammerte das Lenkrad so heftig, daß seine linke Hand in ihren Knochen und Gelenken regelrecht aufzustöhnen schien.

Er entspannte sich – versuchte es zumindest –, tastete in seiner Brusttasche nach dem Percodan, das er eingesteckt hatte, fand es und schluckte die Tablette hinunter.

Und begann, über die Kreuzung in der Schulzone von Veazie nachzudenken. Die mit den Stopzeichen an allen vier Fahrspuren.

Und außerdem begann er über das nachzudenken, was Rawlie DeLesseps gesagt hatte. Psychopompen hatte Rawlie sie genannt.

Die Vorboten der Untoten.

Einundzwanzigstes Kapitel

Stark wird aktiv

1

Stark hatte keinerlei Mühe, zu planen, was er vorhatte und wie er es bewerkstelligen würde, obwohl er noch nie in Ludlow gewesen war.

In seinen Träumen war er oft genug dort gewesen.

Ungefähr anderthalb Meilen vom Haus der Beaumonts entfernt fuhr er den gestohlenen Honda Civic auf einen Rastplatz am Straßenrand. Thad war zur Universität gefahren, und das war gut. Es kam vor, daß er nicht wußte, was Thad tat oder dachte, aber seine Stimmungen konnte er fast immer einfangen, wenn er sich darum bemühte.

Wenn es ihm sehr schwer fiel, mit Thad Kontakt aufzunehmen, dann nahm er einen der Berol Black Beauty-Bleistifte in die Hand, die er in dem Schreibwarenladen in der Houston Street gekauft hatte.

Das half.

Heute würde es ganz leicht sein, denn Thad war, was immer er seinen Wachhunden erzählt haben mochte, nur aus einem einzigen Grund zur Universität gefahren: weil die Frist abgelaufen war und weil er glaubte, daß Stark versuchen würde, mit ihm Kontakt aufzunehmen. Genau das hatte Stark vor.

Aber auf eine Art, mit der Thad nicht rechnete.

Und von einem *Ort* aus, mit dem Thad ganz bestimmt nicht rechnete.

Es war später Vormittag. Ein paar Leute hielten sich auf dem Rastplatz auf, aber sie saßen an den Tischen auf dem Rasen oder hatten sich um die kleinen steinernen Grills unten am Fluß geschart. Niemand beobachtete Stark, als er aus dem Civic ausstieg und davonging. Das war gut, denn wenn sie ihn gesehen hätten, hätten sie sich bestimmt an ihn erinnert.

Sich erinnern – ja.

Aber beschreiben – nein.

Als Stark den Asphalt überquerte und sich dann zu Fuß auf den Weg zum Haus der Beaumonts machte, hatte er sehr viel Ähnlichkeit mit H. G. Wells' Unsichtbarem Mann. Ein breiter Verband verdeckte seine Stirn von den Augenbrauen bis zum Haaransatz. Ein weiterer Verband bedeckte Kinn und Unterkiefer. Auf seinem Kopf saß eine Baseballmütze der New York Yankees. Außerdem trug er eine Sonnenbrille und schwarze Handschuhe.

Die Verbände waren fleckig von einer gelben, eitrigen Flüssigkeit, die unablässig durch den Mull hindurchsickerte wie klebrige Tränen. Noch mehr von dieser gelben Flüssigkeit tröpfelte unter der Sonnenbrille heraus. Von Zeit zu Zeit wischte er sie mit den Handschuhen von den Wangen. Handflächen und Finger dieser Handschuhe aus dünner Glacéleder-Imitation waren klebrig von dem trocknenden Sekret. Unter den Bandagen hatte sich ein großer Teil der Haut aufgelöst. Was übrig geblieben war, war im Grunde kein menschliches Fleisch mehr, sondern eine dunkle, schwammige Masse, die ununterbrochen näßte. Das Sekret sah aus wie Eiter und roch unangenehm – ungefähr wie eine Mischung aus starkem Kaffee und Ausziehtusche.

Er ging mit leicht nach vorn gebeugtem Kopf. Die Leute in den paar Wagen, die ihm entgegenkamen, sahen einen Mann mit einer Baseballmütze, der wegen der gleißenden Helligkeit den Kopf gesenkt hielt und die Hände in die Taschen gesteckt hatte. Sie hätten schon sehr genau hinsehen müssen, um unter dem Mützenschirm etwas zu erkennen, und wenn sie das getan hätten, dann hätten sie nur die Verbände gesehen. Die Leute in den Wagen, die von hinten kamen und auf ihrer Fahrt nach Norden an ihm vorbeifuhren, konnten ohnehin nur seinen Rükken genauer betrachten.

In größerer Nähe der Doppelstadt Bangor und Brewer wäre dieser Spaziergang problematischer gewesen. Dort gab es belebte Vorstädte und Siedlungen. Der Teil von Ludlow, in dem die Beaumonts wohnten, lag immer noch weit genug draußen, um als ländliche Gegend zu gelten – nicht am Ende der Welt, aber doch entschieden nicht im Weichbild einer der Großstädte. Die Häuser standen zum Teil auf sehr großen Grundstücken und waren voneinander nicht durch die in Vorstädten allgegenwärtigen Hecken getrennt, sondern durch schmale Baumgürtel, gelegentlich auch durch Mauern aus Naturstein. Hier und da ragten schüsselförmige Satelliten-Antennen am Horizont auf; sie sahen aus wie vorgeschobene Außenposten einer Invasion aus dem Weltraum.

Stark wanderte am Straßenrand entlang, bis er das Haus der Clarks erreicht hatte. Das nächste war das der Beaumonts. Stark durchquerte die hintere Ecke des Clarkschen Vorgartens, in dem das Gras lange nicht gemäht worden war. Er warf einen Blick auf das Haus. Die Jalousien waren der Hitze wegen heruntergelassen, das Garagentor fest verschlossen. Das Haus machte nicht nur den Eindruck vormittäglicher Verlassenheit; es hatte die verlorene Aura eines Hauses, das seit einiger Zeit leersteht. Vor der Haustür hatten sich zwar keine Zeitungen angesammelt, aber Stark vermutete trotzdem, daß die Clarks bereits in den Sommerurlaub gefahren waren. Das konnte ihm nur recht sein.

Er gelangte in die Baumreihe zwischen den beiden Grundstücken, kletterte über die Reste einer zerfallenen Steinmauer und ließ sich dann auf ein Knie nieder. Zum ersten Mal sah er das Haus seines halsstarrigen Zwillings. Auf der Auffahrt parkte ein Streifenwagen, und die beiden dazugehörenden Polizisten standen im Schatten eines nahen Baumes, rauchten und unterhielten sich.

Er hatte, was er brauchte; der Rest war ein Kinderspiel. Dennoch blieb er noch einen Augenblick stehen. Er hielt sich weder für phantasiebegabt – zumindest nicht außerhalb der Seiten der Bücher, an deren Niederschrift er einen entscheidenden Anteil gehabt hatte – noch für besonders erregbar; deshalb überraschte ihn die dumpfe Glut aus Wut und Ressentiment, die er in seinen Eingeweiden glimmen spürte.

Welches Recht hatte dieser Mistkerl, sich seiner zu entledigen? Welches gottverdammte Recht? Weil er schon vor ihm ein realer Mensch gewesen war? Weil Stark selbst nicht wußte, warum oder wann er seinerseits in die Realität eingetreten war? Das war Unsinn. Was George Stark anging, hatte Anciennität nicht das geringste zu besagen. Es war nicht seine Aufgabe, sich einfach hinzulegen und widerspruchslos zu sterben, was Beaumont offenbar von ihm erwartete. Seine Aufgabe war vielmehr, am Leben zu bleiben. Das war er schon seinen Lesern schuldig

Man sehe sich das an! Ein geräumiges Haus im Neuengland-Kolonialstil, das man schon fast als Villa bezeichnen konnte. Ein großer Rasen, auf dem Sprenger herumwirbelten und sich bemühten, ihn grün zu halten. Ein Holzzaun, der sich an einer Seite der glänzend schwarzen Auffahrt entlangzog. Ein überdachter Gang, der das Haus mit der

Garage verband. Und drinnen war das Haus, seinem Äußeren entsprechend, im anmutigen (vielleicht nannten sie es graziösen) Stil der Kolonialzeit möbliert – mit einem langen Eichentisch im Eßzimmer, hohen, dekorativen Schränken in den oberen Räumen und Stühlen, die zierlich waren, ohne kostbar zu sein, Stühlen, die man bewundern und auf die man sich trotzdem niederlassen konnte. Das Ganze zwischen Wänden, die nicht tapeziert waren, sondern gestrichen und mit Schablonen bemalt. All das hatte Stark gesehen, hatte es in den Träumen gesehen, von denen Beaumont nicht ahnte, daß er sie gehabt hatte, während er als George Stark schrieb.

Plötzlich verlangte ihn danach, dieses anmutige weiße Haus bis auf die Grundmauern niederzubrennen. Ein Streichholz daranhalten – oder vielleicht die Flamme der Lötlampe, die in einer Tasche seiner Weste steckte – und es bis auf die Grundmauern niederbrennen. Aber nicht, bevor er drinnen gewesen war. Nicht, bevor er die Möbel zerschlagen, im Wohnzimmer auf den Teppich geschissen und seine Scheiße in dikken braunen Streifen auf die sorgfältig bemalten Wände geschmiert hatte. Nicht, bevor er mit einer Axt auf die ach so kostbaren Schränke eingedroschen und Kleinholz aus ihnen gemacht hatte.

Welches Recht hatte Beaumont auf Kinder? Auf eine schöne Frau? Welches Recht hatte Thad Beaumont, im Licht zu leben und glücklich zu sein, während sein dunkler Bruder, der ihn reich und berühmt gemacht hatte, während er sonst arm gewesen wäre und in Obskurität geendet hätte, im Finstern starb wie ein Straßenköter?

Keines natürlich. Überhaupt keines. Es war nur so, daß Beaumont nach wie vor *überzeugt* war, ein solches Recht zu haben. Aber diese Überzeugung war eine Fiktion. Im Gegensatz zu George Stark aus Oxford, Mississippi.

»Es wird Zeit für die erste Lektion, alter Freund«, murmelte George Stark zwischen den Bäumen. Er löste die Klammern, die den Verband um seine Stirn hielten, nahm sie ab und steckte sie für später in die Tasche. Dann begann er, den Verband abzuwickeln, und je näher er seinem verrotteten Fleisch kam, desto feuchter wurden die Lagen. »Und zwar für eine, die du nie vergessen wirst, das garantiere ich dir.«

2

Es war nichts als eine Variation des Tricks mit dem Blindenstock, dessen er sich in New York bedient hatte, aber das war in Ordnung; Stark war ein überzeugter Anhänger der Idee, daß man einen guten Trick, wenn man ihn einmal erprobt hatte, weiterbenutzen sollte, bis er verbraucht war. Diese Polizisten stellten ohnehin kein Problem dar, sofern er nicht schlampte; sie taten jetzt seit mehr als einer Woche Dienst, und die Gewißheit, daß der Irre nicht gelogen hatte, als er sagte, er würde jetzt seine Siebensachen packen und nach Hause gehen, war mit jedem Tag weiter gewachsen. Die einzige unsichere Karte war Liz – wenn sie zufällig aus dem Fenster sah, während er die Bullen erledigte, konnte das die Sache komplizieren. Aber es war noch immer kurz vor Mittag; sie und die Zwillinge würden wahrscheinlich ihr Schläfchen halten. Aber ganz gleich, wie es vor sich ging – er zweifelte nicht daran, daß alles so lief wie geplant.

Dessen war er sich ganz sicher.

Liebe findet immer einen Weg.

3

Chatterton hob den Fuß, um seine Zigarette auszutreten – er hatte vor, den Stummel in den Aschenbecher zu werfen, wenn die Glut erloschen war: die Staatspolizei von Maine hinterließ keine Abfälle auf den Auffahrten der Steuerzahler –, und als er aufschaute, war der Mann mit dem zerstörten Gesicht da. Er kam mühsam die Auffahrt heraufgetorkelt. Eine Hand streckte sich langsam und hilfesuchend ihm und Jack Eddings entgegen; die andere war hinter seinem Rücken verborgen und sah aus wie gebrochen. Chatterton bekam fast einen Herzanfall.

»Jack!« rief er, und Eddings drehte sich um. Sein Mund öffnete sich.

»*... helft mir ...*« krächzte der Mann mit dem zerstörten Gesicht. Chatterton und Eddings rannten auf ihn zu.

Wenn sie es überlebt hätten, hätten sie ihren Kollegen später vielleicht erzählt, sie hätten geglaubt, der Mann hätte einen Verkehrsunfall gehabt; er hätte ausgesehen, als wäre er von explodierendem Benzin oder Kerosin verbrannt worden oder mit dem Gesicht voran in eine dieser mörderischen Landmaschinen gefallen, die von Zeit zu Zeit die Gelegenheit nutzen, verrückt zu spielen und ihre Besitzer mit ihren Klingen, Hackmessern oder herumwirbelnden Speichen zu verstümmeln.

Etwas dergleichen hätten sie vielleicht ihren Kollegen erzählt, aber in diesem Augenblick dachten sie überhaupt nichts. Das Entsetzen hatte ihren Verstand leergewaschen. Die linke Gesichtshälfte des Mannes schien regelrecht zu *kochen*, als hätte jemand, nachdem die Haut abgelöst worden war, Karbolsäure auf das rohe Fleisch gegossen. Eine klebrige, widerwärtige Flüssigkeit rann über Hügel aus wildem Fleisch und ergoß sich in schwarze Rinnen, aus denen sie hin und wieder wie ein gräßlicher Sturzbach überfloß.

Sie dachten überhaupt nichts; sie reagierten einfach.

Das war das Schöne an dem Blindenstock-Trick.

»*... helft mir ...*«

Stark gestattete seinen Füßen, zu stolpern, und fiel vorwärts. Chatterton rief seinem Partner etwas Unverständliches zu und versuchte, den Mann aufzufangen, bevor er hinschlug. Stark schlang den rechten Arm um den Hals des Polizisten und zog die linke hinter dem Rücken hervor. Sie enthielt eine Überraschung. Die Überraschung war das Rasiermesser mit dem Perlmuttgriff. Die Klinge funkelte. Stark rammte sie vorwärts und spaltete Chattertons rechten Augapfel. Chatterton schrie und schlug eine Hand vors Gesicht. Stark packte Chattertons Haar, riß seinen Kopf zurück und schnitt ihm von einem Ohr zum anderen die Kehle durch. Wie ein roter Schrei schoß Blut aus seinem muskulösen Hals. All das dauerte nicht länger als vier Sekunden.

»Was ist?« fragte Eddings mit leiser und unnatürlich bemühter Stimme. Er stand ungefähr einen halben Meter hinter Chatterton und Stark. »Was ist?«

Seine Hand hing neben dem Kolben seiner Dienstwaffe, aber ein rascher Blick überzeugte Stark, daß der Bulle davon, daß seine Waffe in Reichweite war, nicht mehr Ahnung hatte als von der Einwohnerzahl von Moçambique. Seine Augen waren hervorgequollen. Er wußte nicht, wen er vor sich hatte und wer blutete. *Nein, das stimmt nicht*, dachte Stark, *er glaubt, daß ich es bin. Er hat dagestanden und zugesehen, wie ich seinem Partner die Kehle durchgeschnitten habe, aber er glaubt, ich wäre es, der blutet, weil die Hälfte von meinem Gesicht weg ist. Aber das ist nicht der eigentliche Grund – ich bin es, der blutet, ich muß es sein, weil er und sein Partner Polizisten sind. Sie sind in diesem Film die Helden.*

»Hier«, sagte er, »halten Sie mal.« Und warf den sterbenden Chatterton rücklings seinem Partner zu.

Eddings stieß einen schrillen kleinen Schrei aus. Er versuchte, zurückzuweichen, aber es war zu spät. Der Hundert-Kilo-Sack sterbendes Tier, in den sich Tom Chatterton verwandelt hatte, ließ ihn gegen den Streifenwagen zurücktaumeln. Warmes Blut ergoß sich über sein hochblickendes Gesicht wie Wasser aus einer Brause, von der man den Kopf abgeschraubt hat. Er schrie und drosch auf Chattertons Körper ein. Chatterton drehte sich langsam zur Seite und griff mit letzter Kraft blindlings nach dem Wagen. Seine linke Hand landete auf der Kühlerhaube und hinterließ einen blutigen Abdruck. Seine rechte Hand tastete schwach nach der Funkantenne und brach sie ab. Er sank auf der Auffahrt zusammen, wobei er sie vor sein eines noch vorhandenes Auge hielt wie ein Wissenschaftler einen Gegenstand, so selten, daß man ihn selbst *in extremis* nicht loslassen durfte.

Eddings erhaschte einen verschwommenen Blick auf den Mann mit dem zerstörten Gesicht, der geduckt auf ihn zukam, und versuchte zurückzuweichen. Er prallte gegen den Streifenwagen.

Starks Rasiermesser fuhr hoch, zerschlitzte den Schritt von Eddings beigefarbener Uniformhose, vollführte einen langen Schnitt wie durch Butter. Eddings Hoden, plötzlich voneinander getrennt, schlugen gegen die Innenseiten seiner Schenkel wie dicke Knoten an den Enden aufgewickelter Zugschnüre. Blutflecken erschienen um den Reißverschluß herum auf seiner Hose. Einen Moment lang hatte er das Gefühl, als hätte ihm jemand eine Handvoll Eis zwischen die Beine gerammt – und dann kam der Schmerz, heiß und voll abgebrochener Zähne. Er schrie.

Stark ließ, bösartig und schnell, das Rasiermesser auf Eddings Kehle zufahren, aber irgendwie gelang es Eddings, eine Hand zu heben, und der erste Hieb zerschnitt ihm nur die Handfläche. Eddings versuchte, sich nach links abzurollen; dabei entblößte er die rechte Halsseite.

Die nackte Klinge, blaßsilbern im dunstigen Licht des Tages, fuhr wieder durch die Luft, und diesmal landete sie dort, wo sie landen sollte. Eddings sank auf die Knie, die Hände zwischen den Beinen. Seine Hose hatte sich bis zu den Knien hellrot verfärbt. Sein Kopf sank herab, und er sah aus wie ein Opfer bei einem heidnischen Ritual.

»Das hätten wir«, sagte Stark im Plauderton. Er bückte sich, vergrub die Hand in Eddings Haar und riß seinen Kopf zurück, entblößte die Kehle für den letzten Schnitt.

4

Er öffnete die hintere Tür des Streifenwagens, packte Eddings beim Kragen seines Uniformhemdes und dem blutigen Sitz seiner Hose und warf ihn hinein wie einen Sack Mehl. Dann tat er mit Chatterton dasselbe. Mit seinem Dienstgürtel und dem darin steckenden .45er mußte der Mann an die hundert Kilo wiegen, aber Stark ging mit ihm um, als wäre er ein mit Federn vollgestopfter Beutel. Er schlug die Tür zu und warf dann einen raschen, hellwachen Blick auf das Haus.

Nichts regte sich. Die einzigen Geräusche waren das Zirpen der Grillen im hohen Gras neben der Auffahrt und das leise plätschernde Wispern der Rasensprenger. Dann kam das Geräusch eines herannahenden Lastwagens hinzu. Ein Tanklaster, der im Sechzig-Meilen-Tempo Richtung Norden fuhr. Als Stark sah, wie die Bremslichter aufleuchteten, erstarrte er und ging hinter dem Streifenwagen in Deckung. Dann lachte er kurz und grunzend auf, als die Bremslichter wieder verloschten, der Wagen erneut beschleunigte und über die nächste Anhöhe verschwand. Der Fahrer hatte den Streifenwagen auf der Auffahrt gesehen, einen Blick auf den Tachometer geworfen und an eine Radarfalle gedacht. Natürlichste Sache der Welt. Er hätte sich keine Sorgen zu machen brauchen; diese Radarfalle war ein für allemal weggeräumt.

Auf der Auffahrt war eine Menge Blut, aber die Lachen konnte man auf dem glänzendschwarzen Asphalt für Wasser halten – wenn man nicht ganz genau hinsah.

Stark klappte das Rasiermesser zusammen, hielt es in der klebrigen Hand, ging hinüber zur Haustür. Er sah weder die toten Sperlinge, die auf der Vortreppe lagen, noch die lebendigen, die sich jetzt auf dem First des Hauses reihten und in dem Apfelbaum neben der Garage saßen und ihn beobachteten.

Ein oder zwei Minuten später kam Liz Beaumont, nach einem kurzen Nickerchen noch halb schlafend, die Treppe herunter, um an die Tür zu gehen. Sie schrie nicht. Der Schrei war da, aber das zerstörte Gesicht, das vor ihr war, als sie die Tür öffnete, hielt ihn tief in ihr fest, ließ ihn gefrieren, verleugnete ihn, begrub ihn lebendig. Im Gegensatz zu Thad hatte sie keine Träume von George Stark, an die sie sich erinnern konnte, aber sie mußte sie trotzdem gehabt haben, ganz tief auf dem Grund ihres Unterbewußtseins, denn dieses starrende, grinsende Gesicht war, allem Grausen zum Trotz, fast etwas, das sie erwartet hatte.

»Hallo, Lady, möchten Sie vielleicht eine Ente kaufen?« fragte Stark durch das Fliegengitter. Die Sonnenbrille verwandelte seine Augen in große schwarze Höhlen. Zähe Flüssigkeit tropfte von Wangen und Kinn auf die Weste, die er trug.

Zu spät versuchte sie, die Tür zu schließen. Stark rammte eine behandschuhte Hand durch das Fliegengitter und schob sie wieder auf. Liz stolperte zurück, versuchte zu schreien. Sie konnte es nicht. Ihre Kehle war immer noch wie zugeschnürt.

Stark kam herein und machte die Tür hinter sich zu.

Liz beobachtete, wie er langsam auf sie zukam. Er sah aus wie eine verrottete Vogelscheuche, die irgendwie lebendig geworden ist. Das Schlimmste war sein Grinsen, weil die linke Hälfte seiner Oberlippe nicht nur verrottet, sondern regelrecht weggefault war. Sie konnte schwärzliche Zähne sehen und die Löcher, in denen bis vor kurzem weitere Zähne gesteckt hatten.

Seine behandschuhten Hände streckten sich ihr entgegen.

»Hallo, Beth«, sagte er durch dieses gräßliche Grinsen hindurch »Bitte, entschuldige den Überfall, aber ich war gerade in der Nähe, und da dachte ich, ich schaue einmal herein. Ich bin George Stark, und ich freue mich, dich kennenzulernen. Freue mich mehr, als du dir vorstellen kannst.«

Einer seiner Finger berührte ihr Kinn – und streichelte es. Das Fleisch unter dem schwarzen Leder fühlte sich schwammig, nachgiebig an. In diesem Augenblick dachte sie an die Zwillinge, die oben schliefen, und ihre Lähmung löste sich. Sie machte kehrt und rannte auf die Küche zu. Irgendwo in der dröhnenden Konfusion ihres Verstandes sah sie sich eines der Fleischmesser von der Magnetleiste über der Arbeitsplatte reißen und es tief in diese obszöne Karikatur eines Gesichtes stoßen.

Sie hörte, wie er hinter ihr herkam, schnell wie der Wind.

Seine Hand wischte über den Rücken ihrer Bluse, versuchte, Halt zu finden, und glitt ab.

Die Küchentür war von der Art, die vor und zurück pendelt. Sie wurde mit einem Holzkeil offengehalten. Sie trat im Laufen nach dem Keil, wohl wissend, daß sie keine zweite Chance haben würde, wenn sie ihn verfehlte oder nur verrückte. Aber sie traf ihn ganz exakt, und einen Augenblick lang zuckte ein heftiger Schmerz durch ihre Zehen. Der Keil flog über den Küchenfußboden, der so glänzend gebohnert war, daß man den ganzen Raum darin sehen konnte. Sie fühlte, wie Stark wieder nach ihr griff. Sie langte nach hinten und knallte die Tür zu. Sie hörte den Aufprall, als sie ihn traf. Er schrie, wütend und überrascht, aber nicht vor Schmerz. Sie tastete nach den Messern ...

... und Stark packte sie bei den Haaren und dem Rücken ihrer Bluse, riß sie zurück, wirbelte sie herum. Sie hörte das rauhe Ratschen zerreißenden Stoffes und dachte fassungslos: *Wenn er mich vergewaltigt, oh Gott, wenn er mich vergewaltigt, werde ich verrückt ...*

Sie hämmerte mit den Fäusten auf sein groteskes Gesicht ein, schlug die Sonnenbrille erst schief und dann ganz herunter. Das Fleisch unter seinem linken Auge war heruntergesackt und herabgefallen wie ein toter Mund, und man sah die ganze blutunterlaufene Wölbung des Augapfels.

Und er *lachte*.

Er packte ihre Hände und zwang sie nieder. Sie bekam eine Hand wieder frei, hob sie und kratzte sein Gesicht. Ihre Finger hinterließen tiefe Rinnen, aus denen Blut und Eiter herauszusickern begannen. Ihre Nägel spürten kaum Widerstand; sie hätte ebensogut an faulendem Fleisch reißen können. Und jetzt gab sie ein Geräusch von sich – sie wollte schreien, den Laut ihres Entsetzens und ihrer Angst herauslassen, bevor sie daran erstickte, doch das einzige, was sie schaffte, war ein heiseres, verzweifeltes Husten.

Er fing ihre freie Hand in der Luft ab, drückte sie nieder, zwang beide Hände auf ihren Rücken und packte die Handgelenke mit seiner eigenen Hand. Sie war schwammig, aber so unnachgiebig wie eine Handschelle. Er hob die andere Hand vor ihre Bluse und umfaßte eine Brust. Ihr Fleisch schauderte bei der Berührung. Sie schloß die Augen und versuchte zurückzuweichen.

»Laß das«, sagte er. Jetzt grinste er nicht, aber die linke Seite seines Mundes grinste trotzdem, im Verrotten erstarrt. »Laß das, Beth. In deinem eigenen Interesse. Es macht mich scharf, wenn du dich wehrst. Und das sollte nicht sein. Das garantiere ich dir. Ich meine, unser Verhältnis sollte rein platonisch sein. Zumindest fürs erste.«

Er drückte ihre Brust stärker, und sie spürte die erbarmungslose Kraft wie eine in weiches Plastik eingebettete Armierung aus stählernen Gelenkstangen.

Wie ist es möglich, daß er so viel Kraft hat? Wie kann er so viel Kraft haben, obwohl er aussieht, als wäre er längst tot?

Aber die Antwort lag auf der Hand. Er war kein Mensch. Sie fragte sich, ob er überhaupt *lebendig* war.

»Oder *willst* du es vielleicht?« fragte er. »Ist es das? Willst du es? Willst du es gleich hier und jetzt?« Seine Zunge, schwarz und rot und gelb, durchzogen von Rissen, die aussahen wie Bodenrisse in einem ausgetrockneten Überschwemmungsgebiet, reckte sich aus seinem verzerrten, grinsenden Mund.

Sie hörte sofort auf, sich zu wehren.

»Besser«, sagte Stark. »Und nun lasse ich dich los, meine allerliebste Beth. Wenn ich das tue, wird dich abermals das Verlangen überkommen, die hundert Meter in fünf Sekunden zu laufen. Das ist nur natürlich; wir kennen uns noch kaum, und mir ist klar, daß ich nicht gut aussehe. Aber bevor du irgendwelche Dummheiten machst, solltest du an deine Kinder denken, die oben friedlich schlafen. Kinder brauchen ihre Ruhe, nicht wahr? Besonders so *kleine* Kinder, so *wehrlose* Kinder. Hast du mich verstanden? Hast du begriffen?«

Sie nickte. Jetzt konnte sie ihn riechen. Es war ein gräßlicher Fleischgestank. *Er verfault,* dachte sie. *Verfault hier vor meinen Augen.*

Und sie begriff, warum es so wichtig für ihn war, daß Thad wieder zu schreiben begann.

»Du bist ein Vampir«, sagte sie heiser. »Ein gottverdammter Vampir. Und er hat dich auf Diät gesetzt. Also brichst du hier ein. Terrorisierst mich und bedrohst meine Kinder. Du bist ein gottverdammter Feigling, George Stark.«

Er gab sie frei und zog zuerst den linken und dann den rechten Handschuh wieder straff und glatt – ein pedantischer und gleichzeitig seltsam unheildrohender Akt.

»Ich finde, das ist unfair, Beth. Was würdest du tun, wenn du in meiner Lage wärest? Wenn du zum Beispiel auf einer Insel gestrandet wärest, ohne etwas zum Essen oder Trinken zu haben? Würdest du hinsinken und hübsche Seufzer ausstoßen? Oder würdest du kämpfen? Willst du mir wirklich vorwerfen, daß ich etwas so Simples verlange wie Überleben?«

»Ja!« Sie spie ihm das Wort entgegen.

»Gesprochen wie eine treue Parteigängerin – aber du wirst deine Ansicht möglicherweise ändern. Der Preis für Parteigängerschaft könnte höher werden, als dir jetzt klar ist, Beth. Wenn die Opposition schlau und zielstrebig ist, kann er sogar sehr hoch werden. Es kann durchaus sein, daß du für unsere Zusammenarbeit mehr Begeisterung aufbringen wirst, als du es je für möglich gehalten hättest.«

»Träum ruhig weiter, du Scheißkerl!«

Die rechte Seite seines Mundes hob sich, die ewig grinsende linke Seite ruckte ein Stückchen höher, und er bedachte sie mit einem Lächeln, von dem sie vermutete, daß es gewinnend sein sollte. Seine Hand, widerwärtig kalt unter dem dünnen Handschuh, glitt liebkosend über ihren Unterarm. Ein Finger drückte vielsagend in ihre linke Handfläche und wurde dann zurückgezogen. »Das ist kein Traum, Beth – das kann ich dir versichern. Thad und ich, wir werden gemeinsam an einem neuen Stark-Roman arbeiten – eine Weile. Anders ausgedrückt – Thad wird mir einen Schubs geben. Ich bin wie ein liegengebliebenes Auto, nur daß es sich bei mir nicht um Wasser im Vergaser handelt, sondern um einen harmlosen Fall von Schreibblockierung. Das ist alles. Und soweit ich es beurteilen kann, ist das mein einziges Problem. Sobald ich wieder ins Rollen gekommen bin, lege ich den zweiten Gang ein, lasse die Kupplung los – und *ab geht's*!«

»Du bist verrückt«, flüsterte sie.

»Ja, das kann schon sein. Aber das war Tolstoi auch. Und Richard Nixon, und den haben sie zum Präsidenten der Vereinigten Staaten gewählt.« Stark drehte den Kopf und schaute aus dem Fenster. Liz hörte nichts, aber er schien plötzlich ganz konzentriert zu lauschen, angestrengt bemüht, einen schwachen, fast unhörbaren Laut wahrzunehmen.

»Was hast du ...« setzte sie an.

»Halt die Klappe«, befahl Stark.

Ganz schwach hörte sie, wie ein Schwarm Vögel sich in die Luft schwang. Das Geräusch war unvorstellbar leise, unvorstellbar schön. Unvorstellbar *frei*.

Sie stand da und musterte ihn, mit viel zu schnell pochendem Herzen, überlegte, wie sie ihm entkommen konnte. Er war nicht direkt in Trance, aber seine Aufmerksamkeit war eindeutig abgelenkt. Vielleicht konnte sie zu den Polizisten hinauslaufen. Sie wußte, daß er sie verletzt haben mußte, wußte, daß er es vermutlich nicht dabei belassen hatte, aber selbst wenn sie tot waren, hatten sie wahrscheinlich noch ihre Waffen. Wenn sie an einen Revolver kommen konnte ...

Seine widerliche Hand packte wieder eines ihrer Handgelenke.

»Ich kann in deinen Mann hineinschlüpfen und aus ihm herausschauen. Ich kann *fühlen*, was er denkt. Bei dir kann ich das nicht, aber ich kann dir ins Gesicht sehen und ziemlich exakte Vermutungen anstellen. Was du jetzt auch denken magst, Beth – vergiß dabei deine Kinder nicht. Der Gedanke an deine Kinder wird dir helfen, die Sachlage richtig zu beurteilen.«

»Warum nennst du mich immer so?« fauchte sie ihn an.

»Wie? Beth?« Er lachte. Es war ein unangenehmes Geräusch, als steckte Kies in seiner Kehle. »So würde *er* dich auch nennen, wenn er Grips genug hätte, auf die Idee zu kommen.«

»Du bist ver...«

»Verrückt, ich weiß. Das ist reizend, Liebling, aber wir müssen unsere Erörterung meines Geisteszustandes auf später verschieben. Im Augenblick tut sich zu vieles. Hör zu: ich muß Thad anrufen, aber nicht in seinem Büro. Sein Telefon könnte angezapft sein. Er vermutet, daß das nicht der Fall ist, aber die Bullen haben es vielleicht ohne sein Wissen getan. Dein Mann ist entschieden zu vertrauensselig, Beth. Ich bin es nicht.«

»Wie kannst du...«

Stark beugte sich vor und sprach so langsam und sorgfältig wie ein Lehrer, der sich mit einem begriffsstutzigen Erstkläßler unterhält. »Und jetzt will ich, daß du mit diesen Mätzchen aufhörst und nur noch meine Fragen beantwortest. Denn wenn ich das, was ich brauche, nicht aus *dir* herausholen kann, dann kann ich es vielleicht aus deinen Kindern herausholen. Mir ist klar, daß sie noch nicht sprechen können, aber vielleicht kann ich es ihnen beibringen. Ein bißchen Anreiz wirkt Wunder.«

Er öffnete eine der Reißverschlußtaschen seiner Weste, in der ein zylindrischer Gegenstand das Polyester-Futter ausbeulte, und zog eine kleine Lötlampe hervor. »Selbst wenn ich ihnen das Sprechen nicht beibringen kann, das *Singen* könnte ich ihnen bestimmt beibringen. Ich wette, ich könnte ihnen beibringen, zu singen wie zwei Lerchen. Allerdings könnte es sein, daß ihr Gesang dir nicht so gut gefällt, Beth.«

Sie versuchte, den Blick von der Lötlampe zu lösen, aber sie schaffte es nicht. Ihre Augen folgten ihr hilflos, als er sie von einer behandschuhten Hand in die andere wandern ließ. Ihr war, als wären ihre Augen an der Düse festgenagelt.

»Ich sage dir, was du wissen willst«, sagte sie und dachte: *fürs erste.*

»Nett von dir«, sagte er und verstaute die Lötlampe wieder in der

Tasche. Dabei rutschte die Weste etwas zur Seite, und sie sah den Kolben eines sehr großen Revolvers. »Und sehr vernünftig, Beth. Und nun hör zu. Da ist heute noch jemand da, in der Englischen Fakultät. Ich sehe ihn so deutlich vor mir, wie ich dich vor mir sehe. Untersetzter kleiner Kerl, weißes Haar, hält eine Pfeife im Mund, die fast so groß ist wie er selbst. Wie heißt er?«

»Hört sich an wie Rawlie DeLesseps«, sagte sie. Sie fragte sich, wie er wissen konnte, daß Rawlie dort war – und kam zu dem Schluß, daß sie es im Grunde gar nicht wissen wollte.

»Könnte es auch jemand anderes sein?«

Liz dachte einen Moment nach, dann schüttelte sie den Kopf.

»Hast du ein Telefonverzeichnis der Fakultät?«

»In der Schublade vom Telefontisch liegt eins. Im Wohnzimmer.«

»Gut.« Er war an ihr vorübergeglitten, noch bevor sie recht begriffen hatte, daß er sich bewegte – die ölige, katzenhafte Behendigkeit dieses verrottenden Fleischbrockens bewirkte, daß ihr fast übel wurde –, und hatte eines der langen Messer von der Magnetleiste gelöst. Liz versteifte sich. Stark warf einen Blick auf sie, und aus seiner Kehle kam wieder dieses kiesige Geräusch. »Keine Sorge, ich tue dir nichts. Schließlich bist du doch meine brave Gehilfin, oder etwa nicht? Komm mit.«

Seine Hand, kraftvoll, aber unangenehm schwammig, glitt wieder um ihr Handgelenk. Als sie wegstrebte, packte er nur fester zu. Sie hörte sofort auf, sich zu wehren.

»Gut«, sagte er.

Er führte sie ins Wohnzimmer, wo sie sich auf der Couch niederließ und die Arme um die Knie schlang. Stark warf einen Blick auf sie, nickte befriedigt und wendete sich dann dem Telefon zu. Als er sich davon überzeugt hatte, daß kein Alarmdraht vorhanden war – und das war eine Schlamperei, eine regelrechte Schlamperei –, hieb er die Kabel durch, die die Techniker von der Staatspolizei angebracht hatten – das eine, das den Apparat mit der Fangschaltung verband, und das andere, das hinter der Fußleiste zu dem Tonbandgerät im Keller führte.

»Du weißt, wie du dich zu verhalten hast, und das ist sehr wichtig«, sagte Stark über ihrem gesenkten Kopf. »Und nun hör mir gut zu. Ich suche mir die Nummer von diesem Rawlie DeLesseps aus dem Verzeichnis heraus und halte ein kleines Palaver mit Thad. Und während ich das tue, gehst du nach oben und packst alle Klamotten ein und alles, wovon du glaubst, daß deine Kinder es in eurem Sommerhaus brauchen werden. Wenn du fertig bist, weckst du sie auf und bringst sie herunter.«

»Woher weißt du, daß sie . . .«

Ihr überraschter Ausdruck veranlaßte ihn zu einem kleinen Lächeln. »Oh, ich kenne euren Fahrplan«, sagte er. »Kenne ihn vielleicht sogar besser als du selbst. Du weckst sie auf, Beth, und bringst sie herunter. Ich kenne den Grundriß eures Hauses ebenso gut, wie ich euren Fahrplan kenne, und wenn du versuchst, mir zu entwischen, werde ich es wissen. Du brauchst sie nicht erst anzuziehen; pack nur ein, was sie brauchen, und bring sie herunter, wie sie sind. Anziehen kannst du sie später, wenn wir unterwegs sind.«

»Nach Castle Rock? Du willst nach Castle Rock?«

»Ja. Aber das braucht dich im Augenblick nicht zu kümmern. Jetzt brauchst du nur daran zu denken, daß ich, wenn du länger als zehn Minuten wegbleibst, nach oben kommen und nachsehen muß, was dich aufgehalten hat.« Er musterte sie eindringlich, und die dunklen Gläser glichen Augenhöhlen in einem nackten Schädel unter schwärenden, nässenden Brauen. »Und ich komme mit meiner kleinen Lötlampe, angezündet und einsatzbereit. Hast du verstanden?«

»Ich – ja.«

»Du brauchst nur an eine einzige Sache zu denken, Beth. Wenn du mit mir zusammenarbeitest, wird dir nichts passieren. Und deinen Kindern wird auch nichts passieren.« Er lächelte wieder. »Und weil du eine so gute Mutter bist, nehme ich an, daß das für dich das Wichtigste ist. Du mußt nur wissen, daß es sich nicht empfiehlt, auf dumme Gedanken zu kommen. Da draußen liegen zwei Bullen auf dem Rücksitz ihrer Heulkiste und locken Fliegen an, weil sie das Pech hatten, auf den Geleisen zu stehen, als mein Expreß durchkam. Außerdem gibt es, wie du sehr gut weißt, ein paar tote Bullen in New York City, die das gleiche Pech hatten. Es gibt nur eine Möglichkeit, dir und den Kindern zu helfen – und auch Thad, denn wenn er tut, was ich will, wird ihm auch nichts passieren –, und das ist die, daß du stillhältst und mir hilfst. Hast du das verstanden?«

»Ja«, sagte sie heiser.

»Du wirst vielleicht auf eine Idee kommen. Ich weiß, das kann passieren, wenn jemand das Gefühl hat, mit dem Rücken an der Wand zu stehen. Aber an eines mußt du dabei denken, Beth. Ich sehe zwar nicht gerade gut aus, aber meine Ohren sind *vorzüglich*. Wenn du versuchst, ein Fenster zu öffnen, dann höre ich es. Wenn du versuchst, ein Fliegengitter zu zerschneiden, dann höre ich das auch. Ich bin ein Mann, der die Engel im Himmel singen und die Teufel in der Hölle heulen hört. Du mußt dich fragen, ob du es wagen kannst, ein solches Risiko einzugehen. Du bist eine kluge Frau, und ich denke, du wirst dich für den richtigen Weg entscheiden. Und jetzt beweg dich, Mädchen.«

Er schaute auf die Uhr, maß ihr tatsächlich die Zeit zu. Und Liz eilte auf Beinen, die sich seltsam taub anfühlten, auf die Treppe zu.

6

Sie hörte ihn unten am Telefon ein paar Worte sprechen. Dann folgte eine längere Pause, dann sprach er wieder, mit veränderter Stimme. Sie wußte nicht, mit wem er vor der Pause gesprochen hatte – Rawlie DeLesseps vermutlich –, aber als er wieder zu sprechen begann, war sie ziemlich sicher, daß Thad am anderen Ende der Leitung war. Sie konnte die Worte nicht verstehen und wagte es nicht, am Nebenanschluß mitzuhören. Sie hatte ohnehin keine Zeit zum Lauschen. Er hatte sie aufgefordert, sich zu fragen, ob sie es wagen würde, irgendwelche Risiken einzugehen. Sie wagte es nicht.

Sie warf Windeln in das Windelpaket, Kleidungsstücke in einen Koffer, fegte die Cremes, Kinderpuder, Papiertücher, Sicherheitsnadeln für die Windeln und anderen Kleinkram in eine Umhängetasche.

Das Gespräch unten war beendet. Sie war auf dem Weg zu den Zwillingen, um sie aufzuwecken, als er zu ihr heraufrief.

»Beth! Es wird Zeit!«

»Ich komme.« Sie nahm Wendy hoch, die zu weinen begann.

»Ich brauche dich hier unten – ich erwarte einen Anruf, und ihr seid die Geräuschkulisse.«

Aber die letzten Worte hörte sie kaum. Ihre Augen hingen wie gebannt an dem Plastikbehälter für die Windel-Sicherheitsnadeln auf dem Wickeltisch eines der Zwillinge.

Neben dem Behälter lag eine funkelnde Schneiderschere.

Sie legte Wendy wieder in ihr Bettchen, warf einen Blick auf die Tür und eilte dann zum Wickeltisch. Sie nahm die Schere und zwei von den Sicherheitsnadeln. Sie steckte die Sicherheitsnadeln in den Mund wie eine Frau, die sich ein Kleid näht, und öffnete den Reißverschluß ihres Rockes. Sie heftete die Schere an die Innenseite ihres Schlüpfers und zog den Reißverschluß wieder hoch. An der Stelle, an der sich der Scherengriff und die Sicherheitsnadeln befanden, war eine kleine Ausbuchtung. Sie vermutete, daß ein gewöhnlicher Mann sie nicht bemerken würde – aber Stark war kein gewöhnlicher Mann. Sie ließ ihre Bluse über den Rock hängen. Besser.

»Beth!« Jetzt klang die Stimme fast wütend. Und was schlimmer war, sie kam von halber Höhe der Treppe, ohne daß sie ihn gehört hatte, obwohl sie hätte schwören können, daß es unmöglich war, die Treppe zu benutzen, ohne daß sie quietschte und knarrte.

In diesem Moment läutete das Telefon.

»Du bringst sie sofort herunter!« schrie er zu ihr hinauf, und sie weckte William. Sie hatte keine Zeit, sanft mit ihnen umzugehen, und die Folge war, daß sie in jedem Arm ein mit höchster Lautstärke brüllendes Kind hatte, als sie die Treppe herunterkam.

Stark war am Telefon, und sie rechnete damit, daß ihn der Lärm noch wütender machen würde. Aber im Gegenteil, er schaute eher erfreut drein – und dann wurde ihr klar, daß er mit Thad sprach. Er hätte die Sache kaum besser arrangieren können, wenn er seine eigene Geräuschkulisse mitgebracht hätte.

Ein Meister der Überredungskunst, dachte sie und spürte eine Welle heißer Wut auf dieses verrottende Geschöpf, das kein Recht hatte, zu existieren, aber nicht daran dachte, zu verschwinden.

Stark hielt einen Bleistift in der Hand und tippte mit dem Ende, an dem das Radiergummi saß, leicht gegen die Kante des Telefontisches, und es versetzte ihr einen leichten Schock, als sie erkannte, daß es ein Berol Black Beauty war. *Einer von Thads Stiften*, dachte sie. *Ist er im Arbeitszimmer gewesen?*

Nein – natürlich war er nicht im Arbeitszimmer gewesen, und es war auch keiner von Thads Stiften. Im Grunde waren es nie Thads Stifte gewesen – er hatte sie nur hin und wieder gekauft. Die Black Beauties gehörten zu Stark. Er hatte den Bleistift dazu benutzt, etwas in Großbuchstaben auf die Rückseite des Telefonverzeichnisses der Fakultät zu schreiben. Als sie näher herangekommen war, konnte sie zwei Sätze lesen. WEISST DU, WOHER MEIN ANRUF KAM, THAD? lautete der erste. Der zweite war auf brutale Weise direkt: SAG ES NIEMANDEM, SONST STERBEN SIE.

Wie um das zu bestätigen, sagte Stark: »Überhaupt nichts, wie du selbst hören kannst. Ich habe ihnen kein einziges Haar auf ihren kostbaren Köpfchen gekrümmt.«

Er drehte sich zu Liz um und zwinkerte ihr zu. Irgendwie war das das Gräßlichste von allem – als wäre dies eine Verschwörung, und als wären sie miteinander im Bunde. Stark ließ die Sonnenbrille zwischen Daumen und Zeigefinger seiner linken Hand kreisen, und seine Augäpfel stachen aus seinem Gesicht hervor wie Murmeln aus dem einer schmelzenden Wachsfigur.

»Noch nicht«, setzte er hinzu.

Er hörte zu, dann grinste er. Selbst wenn sich sein Gesicht nicht praktisch vor ihren Augen aufgelöst hätte, wäre ihr dieses Grinsen höhnisch und boshaft vorgekommen.

»Was soll mit ihr sein?« fragte Stark mit einer Stimme, die fast vergnügt klang, und das war der Moment, in dem ihre Wut stärker wurde als ihre Angst und sie zum ersten Mal an Tante Martha und die Ratten dachte. Sie wünschte sich, Tante Martha wäre jetzt da, um diese spezielle Ratte abzuschießen. Sie hatte die Schere, aber das bedeutete noch lange nicht, daß sie Gelegenheit fand, sie zu benutzen. Aber Thad – *Thad* wußte über Tante Martha Bescheid. Und da kam ihr der Gedanke.

7

Als das Gespräch beendet war und Stark den Hörer aufgelegt hatte, fragte sie, was er nun vorhätte.

»Mich beeilen«, sagte er. »Das ist meine Spezialität.« Er streckte die Arme aus. »Gib mir eines der Kinder. Egal welches.«

Sie wich unwillkürlich vor ihm zurück, drückte instinktiv beide Kinder fester an die Brust. Sie hatten sich inzwischen beruhigt, aber bei ihrer krampfhaften Bewegung begannen beide zu wimmern.

Stark musterte sie geduldig. »Ich habe nicht die Zeit, mit dir zu diskutieren, Beth. Bring mich nicht dazu, dich damit überreden zu müssen.« Er klopfte auf die zylindrische Ausbuchtung in der Tasche seiner Weste. »Ich tue deinen Kindern nichts. Schließlich bin ich, wenn man es genau nimmt, doch gleichfalls ihr Daddy.«

»Sag das nicht!« kreischte sie ihn an und wich noch weiter zurück. Sie zitterte, nahe daran, die Flucht zu ergreifen.

»Nimm dich zusammen, Frau.«

Die Worte waren tonlos und tödlich kalt. Sie hatte das Gefühl, als hätte ihr jemand einen Schwall kaltes Wasser ins Gesicht geschüttet.

»Mach zu. Ich muß nach draußen und den Wagen dieser Bullen in eure Garage fahren. Ich kann nicht riskieren, daß du in der anderen Richtung die Straße hinunterrennst, während ich das tue. Wenn ich eines deiner Kinder habe – als Unterpfand gewissermaßen – brauche ich mir deshalb keine Gedanken zu machen. Es ist mir ernst damit, wenn ich sage, daß ich nichts gegen dich und die Kinder habe – und selbst wenn das der Fall wäre, was würde es mir nützen, wenn ich einem der Kinder etwas antäte? Ich brauche deine Mitarbeit. Und auf diese Weise bekäme ich sie nicht. Und jetzt gibst du mir eines von ihnen, oder ich tue beiden weh, bringe sie nicht um, aber tue ihnen weh, und zwar gründlich – und du bist es, die daran schuld ist.«

Er streckte abermals die Arme aus. Sein zerstörtes Gesicht war ernst und entschieden, und sie begriff, daß kein Argument ihn bewegen, kein Flehen etwas ändern würde. Er würde nicht einmal zuhören. Er würde nur tun, was er angedroht hatte.

Sie ging auf ihn zu, und als er ihr Wendy aus dem Arm nehmen wollte, verspannte sie sich wieder, widersetzte sich einen Augenblick lang. Wendy begann lauter zu schluchzen. Liz entspannte sich, gab das Mädchen frei und begann ihrerseits zu weinen. Sie sah ihm in die Augen. »Wenn du ihr etwas tust, bringe ich dich um.«

»Ich weiß, daß du es versuchen würdest«, sagte Stark ernst. »Ich habe eine Menge Respekt vor den Kräften, die in einer besorgten Mutter stecken, Beth. Du hältst mich für ein Ungeheuer, und vielleicht hast du sogar recht damit. Aber echte Ungeheuer sind niemals gefühllos. Ich glaube, letzten Endes ist es gerade das, was sie so beängstigend macht – nicht ihr Aussehen. Ich werde der Kleinen nichts tun, Beth. Sie ist bei mir sicher – solange du mitspielst.«

Liz hielt William jetzt in beiden Armen – und der Kreis, den ihre Arme bildeten, war ihr noch nie so leer vorgekommen. Noch nie in ihrem ganzen Leben war sie dermaßen überzeugt gewesen, einen Fehler gemacht zu haben. Aber was hätte sie sonst tun können?

»Außerdem – sieh dir das an!« rief Stark, und in seiner Stimme lag etwas, das sie nicht glauben konnte, nicht glauben wollte. Die Zärtlichkeit, die zu hören sie geglaubt hatte, *mußte* vorgetäuscht sein, nur ein weiterer seiner höhnischen Tricks. Aber er schaute mit tiefer, irritierender Anteilnahme auf Wendy herab – und Wendy schaute zu ihm auf, hingerissen, nicht länger weinend. »Die Kleine weiß nicht, wie ich aussehe. Sie hat kein bißchen Angst vor mir, Beth. Kein bißchen.«

Sie schaute in stummem Entsetzen zu, wie er die rechte Hand hob. Er hatte die Handschuhe ausgezogen, und sie sah einen dicken Verband, genau an derselben Stelle, an der Thad einen Verband an der linken Hand trug. Stark öffnete die Faust, ballte sie, öffnete sie abermals. Das Zusammenbeißen seiner Zähne ließ keinen Zweifel daran, daß die Bewegung der Finger ihm Schmerzen bereitete, aber er tat es trotzdem.

Thad macht das, macht das ganz genau so, oh, mein Gott, ER MACHT ES GANZ GENAU SO.

Wendy schien jetzt völlig ruhig zu sein. Sie schaute fasziniert in Starks Gesicht, musterte ihn eindringlich, ihre kühlen blaugrauen Augen begegneten den trübblauen von Stark, die, nachdem die Haut unter ihnen weggerottet war, aussahen, als müßten sie jeden Augenblick herausfallen und an ihren Stielen auf seinen Wangen hängen.

Und Wendy erwiderte das Winken.

Hand offen; Hand geballt; Hand offen.

Ein Wendy-Winken.

Liz spürte Bewegung in ihren Armen, schaute herunter und stellte fest, daß William seine blaugrauen Augen gleichfalls fasziniert auf Stark gerichtet hatte. Seine Hand öffnete sich, ballte sich, öffnete sich.

Ein William-Winken.

»Nein«, stöhnte sie fast unhörbar. »O Gott, bitte laß das nicht zu.«

»Siehst du?« sagte Stark und sah sie an. Er bedachte sie mit seinem sardonisch erstarrten Grinsen, an dem das Gräßlichste war, daß er versuchte, liebenswürdig zu sein – und es nicht konnte. »Siehst du? Sie mögen mich, Liz. Sie mögen mich sogar sehr.«

8

Stark trug Wendy hinaus auf die Auffahrt, nachdem er seine Sonnenbrille wieder aufgesetzt hatte. Liz rannte ans Fenster und schaute hinaus. Sie war halbwegs überzeugt, daß er vorhatte, sich in den Streifenwagen zu setzen und mit ihrem Kind neben sich und den beiden toten Polizisten auf dem Rücksitz davonzufahren.

Aber fürs erste tat er überhaupt nichts – stand nur im dunstigen

Sonnenschein neben der Fahrertür, mit gesenktem Kopf, das Kind auf dem Arm. Eine Weile verharrte er regungslos; er sah aus, als ob er ernsthaft auf Wendy einredete oder vielleicht sogar betete. Später, als sie mehr wußte, kam sie zu dem Schluß, daß er versucht hatte, wieder mit Thad Kontakt aufzunehmen, vielleicht seine Gedanken zu lesen und herauszufinden, ob er vorhatte, zu tun, was Stark von ihm verlangte, oder ob er womöglich eigene Pläne hatte.

Nachdem er ungefähr eine halbe Minute so dagestanden hatte, hob Stark den Kopf und schüttelte ihn heftig, wie um ihn wieder klarzubekommen. Dann stieg er in den Streifenwagen und ließ den Motor an. *Der Schlüssel steckte im Zündschloß*, dachte sie, *er brauchte ihn nicht einmal kurzzuschließen. Der Mann hat ein geradezu unverschämtes Glück.*

Stark fuhr den Wagen in die Garage und schaltete den Motor aus. Dann sah sie ihn wieder herauskommen und einen Moment stehenbleiben; er drückte auf den Knopf, der das Tor in seinen Schienen herunterrattern ließ.

Kurz darauf war er wieder im Haus und gab ihr Wendy zurück.

»Siehst du?« sagte er. »Sie ist in bester Verfassung. Und nun erzähl mir etwas über die Leute von nebenan. Die Clarks.«

»Die Clarks?« fragte sie und kam sich dabei über die Maßen begriffsstutzig vor. »Was soll mit den Clarks sein? Sie sind doch den Sommer über in Europa.«

Er lächelte. In gewisser Hinsicht war es das bisher widerwärtigste Lächeln – unter normalen Umständen wäre es ein freudiges Lächeln gewesen und zudem, wie sie vermutete, sogar ein ziemlich gewinnendes. Und fühlte sie sich nicht den Bruchteil einer Sekunde lang zu ihm hingezogen? Ein absurdes Flattern? Es war natürlich Wahnsinn, aber hieß das, daß sie es leugnen konnte? Liz glaubte es nicht, und sie begriff sogar, wie dieses Gefühl in ihr hatte aufkommen können. Schließlich war sie mit dem nächsten Verwandten dieses Mannes verheiratet.

»Wunderbar!« sagte er. »Und haben sie einen Wagen?«

Wendy begann zu weinen. Liz blickte herunter und sah, daß sie zu dem Mann mit dem verrotteten Gesicht und den vorstehenden Murmelaugen hinüberschaute. Daß sie ihre pummeligen Ärmchen nach ihm ausgestreckt hatte. Sie weinte nicht, weil sie sich vor ihm fürchtete; sie weinte, weil sie wieder zu ihm wollte.

»Ist das nicht süß?« sagte Stark. »Sie will wieder zu Daddy.«

»Sei still, du Monster!« fauchte sie ihn an.

George Stark warf den Kopf zurück und lachte.

9

Er gab ihr fünf Minuten, um noch ein paar Sachen für sich selbst und die Kinder einzupacken. Sie erklärte ihm, es wäre unmöglich, auch nur die Hälfte von dem, was sie brauchten, in dieser kurzen Zeit zusammenzuraffen, und er sagte, sie sollte ihr Bestes tun.

»Du hast Glück, daß ich dir überhaupt Zeit lasse, Beth, unter den gegebenen Umständen – draußen in eurer Garage liegen zwei tote Bullen, und dein Mann weiß, was vorgeht. Wenn du die fünf Minuten darauf verwenden willst, mit mir zu diskutieren – bitte, das ist deine Sache. Inzwischen sind es nur noch ...« Er schaute auf die Uhr und lächelte sie dann an. »... viereinhalb Minuten.«

Also tat sie ihr Bestes und hielt nur, während sie Gläser mit Babynahrung in eine Einkaufstüte warf, einen Moment inne, um einen Blick auf ihre Kinder zu werfen. Sie saßen Seite an Seite auf dem Teppich, spielten eine Art Backe-backe-Kuchen miteinander und schauten dabei Stark an. Sie glaubte zu wissen, was sie dachten, und das war entsetzlich.

Ist das nicht süß?

Nein. Sie wollte nicht daran denken. Sie wollte nicht daran denken, aber es war das einzige, woran sie denken konnte: Wendy, die weinte und ihre pummeligen Ärmchen dem mörderischen Fremden entgegenstreckte.

Sie wollen wieder zu Daddy.

Er stand an der Küchentür, beobachtete sie, und sie hätte am liebsten gleich mit der Schere auf ihn eingestochen. Noch nie in ihrem Leben hatte sie etwas so sehr gewollt. »Kannst du nicht mit anfassen?« fuhr sie ihn wütend an und deutete auf die beiden Koffer und die Kühltasche, die sie vollgepackt hatte.

»Aber natürlich, Beth.« Er nahm ihr einen der Koffer ab – aber die andere Hand, die linke, behielt er frei.

Sie überquerten den Hof und den schmalen Grünstreifen zwischen den beiden Grundstücken und gingen dann über den Hof der Clarks zu deren Auffahrt. Stark bestand darauf, daß sie sich beeilten, und als sie vor dem verschlossenen Garagentor angekommen waren, war sie außer Atem. Er hatte sich erboten, eines der Kinder zu nehmen, aber sie hatte abgelehnt.

Er setzte den Koffer ab, zog seine Brieftasche aus der Gesäßtasche, holte einen schmalen, spitz zulaufenden Metallstreifen heraus und schob ihn ins Schloß des Garagentors. Er drehte ihn mit lauschend geneigtem Kopf zuerst nach rechts und dann zurück nach links. Es gab ein Klicken, und er lächelte.

»Gut«, sagte er. »Sogar einfache Kastenschlösser an Garagentoren können eine Pest sein. Starke Federn. Schwerer Riegel. Aber das hier ist völlig ausgeleiert. Unser Glück.« Er drehte den Griff und schob. Das Tor rumpelte in seinen Schienen hoch.

Die Garage war heiß wie ein Backofen, und im Innern des Volvo-Kombis der Clarks war es sogar noch heißer. Sie setzte sich auf den Beifahrersitz. Stark bückte sich unter das Lenkrad und bot ihr damit seinen Nacken dar. Ihre Finger zuckten. Sie würde nur eine Sekunde brauchen, um die Schere loszureißen, aber selbst das war womöglich zu langsam. Sie hatte gesehen, wie schnell er auf das Unerwartete reagierte. Im Grunde überraschte es sie nicht, daß seine Reflexe so schnell waren wie die eines wilden Tieres; genau das war er.

Er zerrte ein paar Drähte unter dem Armaturenbrett heraus, dann holte er aus seiner anderen Gesäßtasche ein blutiges Rasiermesser. Sie zitterte und mußte zweimal schlucken, ganz schnell, um einen Brechreiz zu unterdrücken. Er klappte die Klinge heraus, bückte sich abermals, streifte von zweien der Drähte die Isolierung ab und brachte die nackten Kupferadern zusammen. Ein paar blaue Funken sprühten auf, und dann begann der Motor zu arbeiten. Einen Moment später lief der Wagen.

»Großartig!« triumphierte George Stark. »Auf geht's!«

Die Zwillinge plapperten vergnügt und winkten ihm zu. Stark erwiderte das Winken. Als er aus der Garage herausfuhr, griff Liz verstohlen hinter Wendy, die auf ihrem Schoß saß, und berührte die runden Fingeröffnungen der Schere. Nicht jetzt, aber bald. Sie hatte nicht die

Absicht, auf Thad zu warten. Dazu war ihr zu unwohl bei dem Gedanken, was dieses dunkle Geschöpf in der Zwischenzeit den Zwillingen antun konnte.

Oder ihr.

Sobald er hinreichend abgelenkt war, würde sie die Schere aus ihrem Versteck holen und sie ihm in die Kehle stoßen.

Dritter Teil

Die Sperlinge fliegen

»Die Dichter reden über Liebe«, sagte Machine und ließ das Rasiermesser in einem stetigen, hypnotischen Rhythmus auf dem Streichriemen hin und her gleiten, »und das ist okay. Liebe gibt es. Die Politiker reden über Pflicht, und das ist auch okay. Pflicht gibt es. Eric Hoffer redet über die Postmoderne, Hugh Hefner redet über Sex, Hunter Thompson redet über Drogen, und Jimmy Swaggart redet über Gott den Allmächtigen, Schöpfer des Himmels und der Erde. All das gibt es, und alles ist okay. Weißt du, was ich damit sagen will, Jack?«

»Ja, ich denke schon«, sagte Jack Rangely. Er wußte es nicht, hatte nicht die leiseste Ahnung, aber wenn Machine in einer solchen Stimmung war, hätte sich nur ein Wahnsinniger auf eine Diskussion mit ihm eingelassen.

Machine drehte das Rasiermesser, so daß die Schneide nach unten zeigte, und zerschlitzte plötzlich den Streichriemen. Ein langes Stück davon fiel auf den Boden des Billardzimmers wie eine abgeschnittene Zunge. »Aber das, wovon ich rede, ist Tod und Verderben«, sagte er. »Denn letzten Endes ist Tod und Verderben das einzige, was zählt.«

Riding to Babylon
von George Stark

Zweiundzwanzigstes Kapitel

Thad auf der Flucht

1

Stell dir vor, es wäre ein Buch, das du schreibst, dachte er, als er nach links auf die College Avenue abbog und damit den Campus hinter sich ließ. *Und stell dir vor, du wärest eine der Personen dieses Buches.*

Der Gedanke wirkte Wunder. In seinem Verstand hatte tosendes Chaos geherrscht – eine Art geistiger Tornado, in dem Bruchstücke eines möglichen Plans herumwirbelten wie Erd- und Felsbrocken. Als er auf die Idee kam, sich vorzustellen, das alles wäre eine harmlose Geschichte, in der er nicht nur sich selbst, sondern auch die anderen Personen (wie Harrison und Manchester zum Beispiel) auf die gleiche Weise bewegen konnte, wie er sie auf dem Papier zu bewegen pflegte, in der Sicherheit seines Arbeitszimmers mit heller Beleuchtung, eine Dose kalte Cola oder eine Tasse heißen Tee neben sich – als ihm dieser Gedanke kam, war ihm, als hätte sich der heulende Sturm zwischen seinen Ohren plötzlich gelegt. Alles Unwesentliche war mit ihm verschwunden, und zurückgebliebenen waren nur die Bruchstücke seines Plans – Bruchstücke, die er relativ mühelos zusammenzufügen vermochte. Er stellte fest, daß er etwas hatte, das vielleicht sogar funktionieren würde.

Es muß funktionieren, dachte Thad. *Wenn es das nicht tut, endet es für dich mit Schutzhaft und für Liz und die Kinder wahrscheinlich mit dem Tod.*

Aber was war mit den Sperlingen? Wie paßten die Sperlinge ins Bild?

Er wußte es nicht. Rawlie hatte ihm gesagt, sie wären Psychopompen, die Vorboten der Untoten, und das paßte, nicht wahr? Jedenfalls bis zu einem gewissen Grade. Weil der gerissene alte George wieder lebendig geworden war. Aber der gerissene alte George war gleichzeitig tot – war tot und verrottete. Also paßten die Sperlinge ins Bild – aber nicht vollständig. Wenn die Sperlinge George zurückgeleitet hatten von

(dem Land der Toten)
dem Ort, wo immer er sich befunden haben mochte – wie kam es dann, daß George von ihrer Existenz nichts wußte? Wie kam es, daß er sich nicht erinnerte, in zwei Wohnungen den Satz DIE SPERLINGE FLIEGEN WIEDER mit Blut an die Wände geschrieben zu haben?

»Weil *ich* das geschrieben habe«, murmelte Thad, und seine Gedanken flogen zurück zu den Worten, die er in sein Tagebuch notiert hatte, als er am Rande einer Trance in seinem Arbeitszimmer gesessen hatte.

Frage: Gehören die Vögel mir?

Antwort: Ja.

Frage: Wer hat das über die Sperlinge geschrieben?

Antwort: Derjenige, der von ihnen weiß ... Ich bin es, der von ihnen weiß. Ich bin es, dem sie gehören.

Plötzlich waren alle Antworten fast in Reichweite – die entsetzlichen, unausdenkbaren Antworten. Thad hörte, wie seinem Mund ein langer, zittriger Laut entwich. Ein Stöhnen.

Frage: Wer hat George Stark ins Leben zurückgebracht?

Antwort: Der, der von ihnen weiß. Der, dem sie gehören.

»Ich *wollte* es nicht!« stöhnte er.

Aber stimmte das? War das wirklich wahr? War ein Teil von ihm nicht immer in George Starks simple, gewalttätige Natur verliebt gewesen? Hatte ein Teil von ihm nicht immer George Stark bewundert, einen Mann, der nicht über alle möglichen Gegenstände stolperte, einen Mann, der nie so aussah, als wäre er schwach oder töricht, einen Mann, der niemals Angst vor den Dämonen in der Hausbar zu haben brauchte? Einen Mann, der nicht auf Frau und Kinder Rücksicht nehmen mußte, ohne Liebe, die ihn band oder behinderte? Einen Mann, der sich nie durch das lausige Referat eines Studenten gewühlt und nie eine öde Sitzung der Budget-Kommission durchgestanden hatte? Einen Mann, der auf alle nicht leicht zu beantwortenden Fragen des Lebens klare, eindeutige Antworten wußte?

Einen Mann, der sich nicht vor der Dunkelheit fürchtete, weil er in der Dunkelheit *zu Hause* war?

»Ja, aber er ist ein verdammter MISTKERL!« schrie Thad ins heiße Innere seines zweckmäßigen, in den USA gebauten Wagens mit Allradantrieb.

Richtig – und ein Teil von dir findet das so faszinierend, nicht wahr?

Vielleicht hatte er, Thad Beaumont, George nicht wirklich erschaffen

– aber war es nicht möglich, daß irgendetwas in ihm zugelassen hatte, daß Stark *wiedererstand*?

Frage: Wenn ich es bin, dem die Sperlinge gehören – kann ich sie benutzen?

Es kam keine Antwort. Sie *wollte* kommen; er spürte, wie sie andrängte. Aber sie tanzte gerade außerhalb seiner Reichweite, und Thad stellte plötzlich fest, daß er selbst – der Teil von ihm, der Stark liebte – sie zurückhielt. Ein Teil, der nicht wollte, daß George starb.

Ich bin es, der von ihnen weiß. Ich bin es, dem sie gehören. Ich bin es, der sie kommen läßt.

Er hielt an der Ampel in Orono an und fuhr dann auf der Route 2 nach Süden, in Richtung Bangor und Ludlow.

Rawlie war ein Teil seines Plans, und zwar einer, den er wenigstens verstand. Was würde er tun, wenn es ihm zwar gelang, die Polizisten abzuhängen, aber nur um dann feststellen zu müssen, daß Rawlie sein Büro bereits verlassen hatte?

Er wußte es nicht.

Was würde er tun, wenn Rawlie da war, sich aber weigerte, ihm zu helfen?

Auch das wußte er nicht.

Darüber zerbreche ich mir erst den Kopf, wenn es so weit ist – falls es so weit kommt.

Und das würde nicht mehr lange dauern.

Jetzt fuhr er an Gold's vorüber, das an der rechten Straßenseite lag. Gold's war ein langgestrecktes Gebäude, aus vorfabrizierten Aluminiumteilen errichtet, in einem scheußlichen Blaugrün gestrichen und umgeben von einem riesigen Gelände voller Schrottwagen. Ihre Windschutzscheiben glitzerten im dunstigen Sonnenlicht wie eine ganze Galaxis aus weißen Sternen. Es war Samstagnachmittag – seit etwa zwanzig Minuten. Liz und ihr finsterer Kidnapper waren vermutlich bereits auf dem Weg nach Castle Rock. Und obwohl in dem vorfabrizierten Gebäude, in dem der Kleinverkauf abgewickelt wurde, vermutlich ein oder zwei Leute Ersatzteile an Wochenend-Mechaniker verkaufen würden, konnte Thad doch davon ausgehen, daß sich auf dem Schrottplatz selbst niemand aufhielt. Unter fast zwanzigtausend Wagen in den verschiedensten Stadien des Zerfalls, in Dutzenden von unregelmäßigen Reihen angeordnet, sollte es ihm eigentlich möglich sein, den Suburban zu verstecken – und er mußte ihn verstecken. Er war – hochgelagert, kompakt, grau mit leuchtendroten Streifen – einfach zu auffällig.

LANGSAM FAHREN – SCHULZONE stand auf dem Schild, das vor ihm auftauchte. Thad war, als würde ihm ein heißer Draht in den Bauch gebohrt. Das war es.

Er warf einen Blick in den Rückspiegel und sah, daß der Plymouth nach wie vor zwei Wagenlängen zurücklag. Das war nicht so gut, wie er es sich wünschte, aber besser würde es vermutlich nicht werden. Er mußte sich einfach auf Glück und Überraschung verlassen. Sie rechneten nicht damit, daß er sich verdrückte; warum sollten sie? Und einen Moment lang dachte er daran, es nicht zu tun. Angenommen, er fuhr statt dessen einfach an den Straßenrand. Und wenn sie hinter ihm anhielten und Harrison ausstieg und fragte, ob etwas nicht in Ordnung wäre, würde er sagen: *Nichts ist in Ordnung. Stark hat meine Frau und meine Kinder. Und die Sperlinge fliegen immer noch.*

Thad, er hat die beiden Männer umgebracht, die das Haus bewachten. Ich weiß nicht, wie er es getan hat, aber er hat gesagt, er hätte es getan – und ich – ich glaube ihm.

Thad glaubte ihm auch. Das war das Teuflische daran. Und das war auch der Grund, weshalb er nicht einfach anhalten und um Hilfe bitten konnte. Wenn er irgendetwas in dieser Art versuchte, würde Stark es wissen. Er glaubte nicht, daß Stark seine Gedanken lesen konnte, jedenfalls nicht auf die Art, wie Außerirdische in Comic-Heften und Science-fiction-Filmen Gedanken lasen, aber er konnte sich auf Thad »einstimmen« – er konnte eine recht gute Vorstellung von dem gewinnen, was Thad vorhatte. Vielleicht würde er imstande sein, George eine kleine Überraschung zu bereiten – sofern es ihm gelang, Klarheit darüber zu gewinnen, was es mit den verdammten Vögeln auf sich hatte –, aber fürs erste hatte er vor, sich genau an Starks Befehle zu halten.

Das heißt, wenn es ihm gelang.

Hier war die vierspurige Kreuzung mit den Stopschildern. Wie immer war sie viel zu belebt; seit Jahren hatte es an dieser Kreuzung immer wieder Zusammenstöße gegeben, verursacht von Leuten, die nicht begriffen, was die Stopschilder zu bedeuten hatten, und einfach darüber hinwegbrausten. Auf jeden Unfall folgte eine Flut von Briefen an die Lokalzeitung, zumeist von besorgten Eltern, in denen eine Ampelanlage gefordert wurde, und die Stadtverordneten von Veazie gaben jedesmal eine Verlautbarung heraus, derzufolge eine Ampelanlage »in

Erwägung gezogen« wurde – und dann geriet die ganze Angelegenheit bis zum nächsten Unfall wieder in Vergessenheit.

Thad reihte sich hinter den anderen Wagen ein, die darauf warteten, die Kreuzung in Richtung Süden überqueren zu können, vergewisserte sich, daß der Plymouth nach wie vor zwei Wagenlängen zurücklag, und beobachtete dann die Vorgänge auf der Kreuzung. Er sah, wie ein mit blauhaarigen Damen besetzter Wagen beinahe mit einem Pärchen in einem Datsun Z zusammengestoßen wäre, sah, wie das Mädchen in dem Datsun den blauhaarigen Damen den Vogel zeigte, und sah, daß er unmittelbar vor einem langen Milchtankwagen, der die Kreuzung von Osten nach Westen überqueren wollte, mit der Überquerung von Norden nach Süden an der Reihe sein würde. Das war wirklich Glück.

Der Wagen vor ihm fuhr über die Kreuzung, und Thad rückte vor. Wieder bohrte sich der heiße Draht in seinen Bauch. Er warf einen letzten Blick in den Rückspiegel. Harrison und Manchester lagen nach wie vor zwei Wagenlängen zurück. Zwei Wagen fuhren vor ihm in der Querrichtung über die Kreuzung. Der Milchtankwagen rückte in die vorderste Position. Thad holte tief Luft und ließ den Suburban gemächlich über die Kreuzung rollen. Auf der anderen Fahrspur kam ihm ein nordwärts in Richtung Orono fahrender Pickup entgegen.

Als er die andere Seite der Kreuzung erreicht hatte, packte ihn ein fast unwiderstehlicher Drang, das Gaspedal bis zum Boden durchzutreten und mit dem Suburban davonzuschießen. Statt dessen fuhr er gemächlich in dem für die Schulzone vorgeschriebenen Tempo von fünfzehn Meilen pro Stunde weiter und ließ den Rückspiegel nicht aus den Augen. Der Plymouth wartete nach wie vor darauf, die Kreuzung überqueren zu können.

Los, Milchlaster! dachte er, konzentrierte sich, drängte geradezu, als könnte er ihn durch schiere Willenskraft kommen lassen – wie er Menschen und Dinge in seinen Romanen durch Willenskraft kommen und gehen ließ. *Komm endlich, Milchlaster!*

Und er kam tatsächlich, rollte mit gelassener, silbriger Würde langsam über die Kreuzung wie eine mechanische Herzoginwitwe.

In dem Augenblick, in dem er den dunkelbraunen Plymouth in seinem Rückspiegel auslöschte, trat Thad das Gaspedal des Suburban tatsächlich durch.

2

Einen halben Block weiter zweigte rechts eine Straße ab. Thad bog in sie ein, jagte im Vierzig-Meilen-Tempo die kurze Straße entlang und betete, daß kein Kind sich diesen Augenblick aussuchte, seinem Ball auf die Straße nachzulaufen.

Es folgte ein Moment der Verzweiflung, als es den Anschein hatte, als wäre die Straße eine Sackgasse, aber dann sah er, daß er doch wieder rechts abbiegen konnte – die hohe Hecke, die zu dem Eckhaus gehörte, hatte ihm die Sicht auf die Querstraße versperrt.

An der nächsten Einmündung hielt er eine Sekunde lang an, dann schleuderte er mit leise quietschenden Reifen nach rechts. Hundertachtzig Meter weiter bog er abermals rechts ab und gelangte damit an die Stelle, an der diese Straße die Route 2 kreuzte. Damit war er ungefähr fünfhundert Meter oberhalb der vierspurigen Kreuzung wieder auf der Hauptstraße angelangt. Wenn der Milchlaster, wie er hoffte, sein Rechtsabbiegen verdeckt hatte, dann fuhr der braune Plymouth nach wie vor auf der Route 2 nach Süden. Vielleicht wußten sie noch nicht einmal, daß etwas vorgefallen war – obwohl Thad ernstlich bezweifelte, daß Harrison so dämlich war. Manchester vielleicht, aber nicht Harrison.

Er bog links ab und schoß in eine Verkehrslücke, die so eng war, daß der Fahrer eines Ford auf der nach Süden führenden Spur hart bremsen mußte. Der Fahrer des Ford drohte Thad mit der Faust, als Thad vor ihm vorbeischoß und wieder auf Gold's Autoteile und Schrottplatz zustrebte, den Fuß immer noch auf dem Gaspedal. Wenn zufällig eine Verkehrsstreife beobachten sollte, wie er die Geschwindigkeitsbegrenzung nicht nur überschritt, sondern ganz offensichtlich versuchte, sie als nichtexistent zu betrachten, dann hatte er eben Pech gehabt. Er konnte es nicht riskieren, sich Zeit zu lassen. Er mußte diesen Wagen, der einfach zu groß und auffällig war, so schnell wie möglich von der Straße wegbekommen.

Bis zu dem Schrottplatz mußte er eine halbe Meile zurückfahren. Fast auf der ganzen Strecke ließ Thad den Rückspiegel nicht aus den Augen, hielt nach dem Plymouth Ausschau. Als er nach links auf das Gelände von Gold's einbog, war er nach wie vor nicht in Sicht.

Er ließ den Suburban langsam durch ein offenes Tor in einem Maschendrahtzaun rollen. Auf einem schmutzigweißen Schild stand in verblichenen roten Buchstaben: ZUTRITT NUR FÜR ANGESTELLTE! An einem Werktag wäre er wahrscheinlich sofort entdeckt und zurückgewiesen worden. Aber es war Samstag und außerdem gerade Mittagszeit.

Thad fuhr einen Gang zwischen Autowracks entlang, die doppelt und zum Teil dreifach übereinandergestapelt waren. Die in der untersten Lage hatten ihre Form praktisch verloren und schienen langsam mit der Erde zu verschmelzen. Der Boden war so schwarz von Öl, daß es unvorstellbar war, daß hier überhaupt etwas wachsen konnte, aber geil aufgeschossenes Unkraut und riesige, lautlos nickende Sonnenblumen sprossen in dichten Büscheln empor wie Überlebende eines nuklearen Holocaust. Eine große Sonnenblume war durch die zerbrochene Windschutzscheibe eines Bäckereiwagens hindurchgewachsen, der auf dem Rücken lag wie ein toter Hund. Ihr behaarter grüner Stengel hatte sich wie eine knotige Faust um eine Radachse gewickelt, und eine zweite Faust klammerte sich an die Kühlerfigur des alten Cadillac, der auf dem Bäckereiwagen lag. Als Thad vorbeifuhr, hatte er das Gefühl, daß sie ihn anstarrte wie das schwarzgelbe Auge eines toten Monsters.

Es war eine riesige, schweigende Detroit-Nekropole, und sie jagte Thad einen Schauder über den Rücken.

Er bog nach rechts ab, dann nach links. Plötzlich sah er überall Sperlinge; sie hockten auf Wagendächern, Karosserien und verölten, herausgerissenen Motoren. Er sah drei der kleinen Vögel in einer mit Wasser gefüllten Radkappe baden. Als er näher kam, flogen sie nicht davon, sondern hielten nur inne und beobachteten ihn mit ihren schwarzen Knopfaugen. Sperlinge säumten die Oberkante einer Windschutzscheibe, die an einem alten Plymouth lehnte. Er passierte sie in knapp einem Meter Abstand. Sie schlugen nervös mit den Flügeln, blieben aber trotzdem sitzen.

Die Vorboten der Untoten, dachte Thad. Seine Hand stahl sich zu der kleinen weißen Narbe auf seiner Stirn und rieb nervös darauf herum.

Im Vorbeifahren blickte er durch ein Loch in der Windschutzscheibe eines Datsun, das aussah, als stammte es von einem Meteor, und bemerkte einen großen, getrockneten Blutfleck auf dem Vordersitz.

Das war kein Meteor, der dieses Loch gemacht hat, dachte er mit einem sehr flauen Gefühl im Magen.

Auch auf dem Datsun saßen Sperlinge.

»Was wollt ihr von mir?« fragte er heiser. »Was in Gottes Namen wollt ihr?«

Und im Geiste schien er eine Art Antwort zu hören; ihm war, als hörte er die schrille Stimme ihrer Vogelintelligenz erwidern: *Nein, Thad – was willst* DU *von* UNS? *Du bist es, dem wir gehören. Du bist es, der uns kommen läßt. Du bist es, der von uns weiß.*

»Ich weiß nicht das mindeste«, murmelte er.

Am Ende dieser Reihe war vor einem Cutlass Supreme noch ein Platz frei – einem relativ neuen Modell, von dem jemand das ganze Vorderteil amputiert hatte. Er rangierte den Suburban in die Lücke und stieg aus, ließ den Blick von einer Seite der schmalen Gasse zur anderen schweifen und kam sich fast vor wie eine Ratte in einem Irrgarten. Die Luft war erfüllt vom Gestank nach Motoren- und, intensiver und saurer, Getriebeöl. Nichts war zu hören außer dem fernen Dröhnen der Wagen auf der Route 2.

Überall saßen Sperlinge und beobachteten ihn – eine schweigende Versammlung kleiner, schwärzlichbrauner Vögel.

Und dann, ganz plötzlich, flogen sie alle gleichzeitig auf – Hunderte, vielleicht Tausende. Einen Augenblick lang war die Luft erfüllt vom Geräusch ihrer Flügel. Sie schwangen sich empor und wendeten dann nach Westen – in die Richtung, in der Castle Rock lag. Und plötzlich überkam ihn wieder dieses kribbelnde Gefühl – nicht so sehr auf der Haut, als *in* ihr.

Versuchen wir wieder ein bißchen zu schnüffeln, George?

Fast lautlos begann er einen Bob Dylan-Song zu singen: »John Wesley Harding ... war ein Freund der Armen – er reiste mit einem Revolver in jeder Hand ...«

Dieses kribbelnde, juckende Gefühl schien stärker zu werden. Es fand das Loch in seiner linken Hand und konzentrierte sich dort. Es war möglich, daß er sich täuschte, sich nur wünschte, es wäre so, aber Thad war, als spürte er Wut und Erbitterung.

»Von allen Telegraphenlinien – widerhallte nur sein Name ...« sang Thad leise. Vor ihm lag ein verrostetes Montiereisen auf dem ölgetränkten Boden wie das verbogene Überbleibsel einer Stahlplastik, die niemand hatte anschauen mögen. Thad hob es auf und kehrte zu dem Suburban zurück, immer noch Zeilen aus »John Wesley Harding« singend. Wenn er den Suburban tarnen konnte, indem er ein bißchen auf ihn einschlug, dann würde er sich zwei zusätzliche Stunden verschaffen. Und die konnten für Liz und die Kinder über Tod oder Leben entscheiden.

»Überall im ganzen Land – tut mir leid, alter Kasten, das tut mir mehr weh als dir – öffnete er manch eine Tür . . .« Er schleuderte das Montiereisen gegen die Fahrerseite des Suburban und erzeugte damit eine Beule von der Tiefe eines Waschbeckens. Er hob das Montiereisen wieder auf, trat vor den Suburban und stieß es so gewaltsam in den Kühlergrill, daß ihm die Schulter wehtat. Plastik splitterte und flog heraus. Thad entriegelte die Kühlerhaube und hob sie ein wenig an; damit erweckte auch der Suburban den Eindruck eines toten Alligators, der Gold's Version von Automobil-*haute couture* zu sein schien.

». . . doch einem ehrlichen Mann tat er nie etwas zuleide . . .«

Er stellte fest, daß frisches Blut durch den Verband an seiner linken Hand gesickert war. Aber dagegen konnte er jetzt nichts tun.

». . . Das Mädchen neben ihm wich nicht von seiner Seite . . .«

Er schleuderte das Montiereisen zum letzten Mal, und es fuhr durch die Windschutzscheibe, mit einem lauten Knirschen, das ihn – so absurd es war – in der Seele schmerzte.

Jetzt hatte, wie er glaubte, der Suburban genügend Ähnlichkeit mit den anderen Wagen, um nicht aufzufallen.

Thad machte sich auf den Rückweg durch die Gasse. An der ersten Kreuzung bog er nach rechts ab und strebte zurück zum Tor und dem davor liegenden Ladengeschäft. Beim Hereinfahren hatte er neben dem Eingang ein Münztelefon gesehen. Auf halbem Wege dorthin blieb er stehen und hörte auf zu singen. Er neigte den Kopf zur Seite wie ein Mann, der sich bemüht, ein leises Geräusch einzufangen. In Wirklichkeit lauschte er in seinen Körper, prüfte ihn.

Das kribbelnde Jucken war verschwunden.

Die Sperlinge waren verschwunden, und George Stark gleichfalls. Zumindest fürs erste.

3

Nachdem es zweimal geläutet hatte, fing Thad an zu schwitzen. Wenn Rawlie da war, hätte er den Hörer abnehmen müssen. So groß waren die Büros in diesem Gebäude nicht. Wen zum Teufel konnte er sonst noch anrufen? Ihm fiel niemand ein.

Während des dritten Läutens nahm Rawlie den Hörer auf. »Hallo? DeLesseps.«

Thad schloß die Augen und lehnte sich einen Augenblick an die kühle Metallwand des Ladengeschäfts.

»Hallo?«

»Hi, Rawlie. Ich bin's, Thad.«

»Hallo, Thaddeus.« Rawlie schien nicht sonderlich überrascht, seine Stimme zu hören. »Etwas vergessen?«

»Nein, Rawlie. Ich stecke in der Klemme.«

»Ja.« Nur das, und keine einzige Frage. Rawlie sprach das Wort und wartete dann ab.

»Sie erinnern sich an diese beiden ...« Thad zögerte einen Moment. »... diese beiden Männer, die bei mir waren?«

»Ja«, sagte Rawlie gelassen. »Ihre Polizeieskorte.«

»Ich bin ihnen entwischt«, sagte Thad und warf dann rasch einen Blick über die Schulter. Er hatte gehört, wie ein Wagen über die festgestampfte Erde des Kundenparkplatzes rollte. Einen Augenblick war er so sicher, daß es sich um den braunen Plymouth handelte, daß er ihn regelrecht *sah* – aber es war irgendein ausländischer Wagen, und was er zuerst für Braun gehalten hatte, war ein vom Straßenstaub getrübtes Dunkelrot; außerdem wollte der Fahrer nur wenden. »Zumindest hoffe ich, ihnen entwischt zu sein.« Er hielt wieder inne. Er war an einem Punkt angelangt, an dem es nur zwei Möglichkeiten gab, zu springen oder nicht zu springen, und er hatte nicht die Zeit, die Entscheidung hinauszuzögern. Wenn man es genau nahm, brauchte er im Grunde keine Entscheidung zu treffen – er hatte keine Wahl. »Ich brauche Hilfe, Rawlie. Ich brauche einen Wagen, den sie nicht kennen.«

Rawlie sagte nichts.

»Sie sagten, wenn es etwas gäbe, das Sie für mich tun könnten, sollte ich mich melden.«

»Ich weiß, was ich gesagt habe«, erwiderte Rawlie sanftmütig. »Außerdem erinnere ich mich, gesagt zu haben, daß Sie gut daran täten, diese beiden Männer nach Kräften zu unterstützen, wenn sie Sie als Beschützer begleiteten.« Er hielt inne. »Ich denke, ich kann daraus schließen, daß Sie meinem Rat nicht gefolgt sind.«

Thad war sehr nahe daran zu sagen: *Ich konnte es nicht, Rawlie. Der Mann, der meine Frau und meine Kinder in seiner Gewalt hat, würde auch die beiden Männer umbringen.* Nicht, daß er es nicht wagte, Rawlie zu erzählen, was vor sich ging, weil Rawlie denken würde, er wäre verrückt; Professoren haben hinsichtlich der Verrücktheit anderer

Leute weitaus flexiblere Ansichten als andere Leute, und manchmal haben sie überhaupt keine Ansicht, sondern ziehen es vor, Leute für beschränkt (aber normal), etwas exzentrisch (aber normal) oder *sehr* exzentrisch (aber trotzdem völlig normal, alter Freund) zu halten. Er schwieg, weil Rawlie DeLesseps zu den Männern gehörte, die so introvertiert waren, daß vermutlich nichts, was Thad sagte, ihn zu etwas veranlassen würde – und alles, was er sagte, konnte seiner Sache nur schaden. Aber ob introvertiert oder nicht, der Grammatiker hatte ein gutes Herz – war auf seine Art sogar mutig –, und Thad war überzeugt, daß Rawlie sich mehr als nur ein wenig für das interessierte, was mit Thad vorging, mit seiner Polizeieskorte und seinem seltsamen Interesse an Sperlingen. Schließlich glaubte er einfach – hoffte vielleicht nur –, daß es das Sinnvollste war, den Mund zu halten.

Dennoch war das Warten hart.

»Also gut«, sagte Rawlie endlich. »Ich leihe Ihnen meinen Wagen, Thaddeus.«

Thad schloß die Augen und mußte die Knie versteifen, damit sie nicht unter ihm nachgaben. Er fuhr mit dem Handrücken über seine Kehle, und danach war seine Hand schweißnaß.

»Aber ich hoffe, Sie sind so anständig, die Reparaturkosten zu übernehmen, falls er – demoliert zurückkommt«, sagte Rawlie. »Ich bezweifle, daß meine Versicherung zahlen wird, wenn Sie auf der Flucht vor der Polizei sind.«

Auf der Flucht vor der Polizei? Weil er den Beamten, die ihn einfach nicht beschützen *konnten*, entwischt war? Er wußte nicht, ob er dadurch zu einem Flüchtling vor der Polizei geworden war oder nicht. Es war eine interessante Frage, mit der er sich später einmal würde beschäftigen müssen. Später, wenn er nicht halb verrückt war vor Angst und Sorgen.

»Sie wissen, daß ich das tun würde.«

»Ich stelle noch eine zweite Bedingung«, sagte Rawlie.

Thad schloß abermals die Augen. Diesmal vor Verzweiflung. »Und die wäre?«

»Ich möchte, daß Sie mir alles erzählen, wenn Sie es hinter sich haben«, sagte Rawlie. »Ich möchte wissen, warum Sie in Wirklichkeit so daran interessiert waren, welche Rolle Sperlinge im Volksglauben spielen, und warum Sie blaß wurden, als ich Ihnen sagte, was Psychopompen sind und welche Rolle man ihnen zuschreibt.«

»Bin ich blaß geworden?«

»Leichenblaß.«

»Ich werde Ihnen die ganze Geschichte erzählen«, versprach Thad. Er lächelte ein wenig. »Vielleicht glauben Sie sogar einen Teil davon.«

»Wo sind Sie?« fragte Rawlie.

Thad sagte es ihm. Und bat ihn, so schnell wie möglich zu kommen.

4

Er legte den Hörer auf, kehrte durch das Tor in dem Maschendrahtzaun auf den Schrottplatz zurück und setzte sich auf die breite Stoßstange eines Schulbusses, der aus irgendeinem Grund in der Mitte durchgetrennt worden war. Es war ein guter Platz zum Warten, wenn man schon warten mußte, denn er war von der Straße aus nicht einzusehen, aber wenn er sich ein wenig vorbeugte, konnte er den Parkplatz des Autoteile-Ladens überblicken. Er hielt Ausschau nach Sperlingen, sah aber keine – nur eine große, fette Krähe hackte in einer der Gassen zwischen den Schrottautos träge auf blitzende Chromteile ein. Der Gedanke, daß er sein zweites Telefongespräch mit George Stark erst vor gut einer halben Stunde beendet hatte, flößte ihm ein Gefühl der Unwirklichkeit ein. Ihm war, als wären seither Stunden vergangen. Ungeachtet der Angst, die stetig in ihm bohrte, fühlte er sich so schläfrig, als wäre es später Abend.

Ungefähr fünfzehn Minuten nach seinem Gespräch mit Rawlie überkam ihn wieder dieses kribbelnde, juckende Gefühl. Er sang abermals die Bruchstücke von »John Wesley Harding«, an die er sich erinnerte, und nach ein oder zwei Minuten verschwand das Gefühl wieder.

Vielleicht ist es psychosomatisch, dachte er, aber er wußte, daß das Unfug war. Das Gefühl besagte, daß George Stark versuchte, sich Zugang zu seinem Denken zu erzwingen, und je stärker Thad sich dessen bewußt wurde, desto empfindlicher reagierte er darauf. Er nahm an, daß es auch umgekehrt funktionieren würde. Und vermutlich würde er früher oder später gezwungen sein, den umgekehrten Weg zu gehen – aber das hieß, daß er versuchen mußte, die Vögel zu rufen, und danach verlangte ihn durchaus nicht. Außerdem – als es ihm das letzte Mal gelungen war, in George Starks Denken einzudringen, hatte es damit geendet, daß ein Bleistift in seiner linken Hand steckte.

Die Minuten krochen mit aufreibender Langsamkeit dahin. Nachdem fünfundzwanzig von ihnen vergangen waren, begann Thad zu fürchten, daß Rawlie seine Meinung geändert hatte und nicht kommen würde. Er verließ die Stoßstange des demolierten Busses und stellte sich an das Tor zwischen Autofriedhof und Parkplatz; jetzt war es ihm einerlei, wer ihn von der Straße aus sah. Er begann sich zu fragen, ob er es riskieren konnte, per Anhalter zu fahren.

Dann beschloß er, erst noch einmal in Rawlies Büro anzurufen, und er hatte bereits den halben Weg zu dem vorfabrizierten Gebäude zurückgelegt, als ein staubiger Volkswagen-Käfer auf den Parkplatz einbog. Er erkannte ihn sofort und lief darauf zu, wobei er leicht amüsiert an Rawlies Bedenken hinsichtlich der Versicherung dachte. Auf Thad machte der Käfer den Eindruck, als könne er einen Totalschaden verursachen und ihn mit dem Pfand für eine Kiste leerer Colaflaschen begleichen.

Rawlie hielt am Ende des Gebäudes an und stieg aus. Thad war ein wenig überrascht, als er feststellte, daß seine Pfeife angezündet war und große Qualmwolken von sich gab, die in einem geschlossenen Raum ausgesprochen widerwärtig gewesen wären.

»Sie sollten doch nicht rauchen, Rawlie«, war das erste, das ihm einfiel.

»Und Sie sollten nicht davonlaufen«, erwiderte Rawlie würdevoll.

Sie schauten sich einen Augenblick lang an, dann brachen beide in Gelächter aus.

»Wie kommen Sie nach Hause?« fragte Thad. Jetzt, da es endlich so weit war – da er nur noch in Rawlies kleinen Wagen einzusteigen und der langen, gewundenen Straße nach Castle Rock zu folgen brauchte –, schien er in seinem Gesprächsfundus nicht mehr zu haben als *non sequiturs*.

»Ich werde mir ein Taxi bestellen«, sagte Rawlie. Er ließ den Blick über die funkelnden Berge und Täler aus ausrangierten Autos schweifen. »Ich nehme an, es kommt ziemlich oft vor, daß sie hier Leute abholen müssen, die in die Liga der Unberittenen eingetreten sind.«

»Lassen Sie mich Ihnen fünf Dollar geben ...«

Thad zog seine Brieftasche aus der Gesäßtasche, aber Rawlie winkte ab. »Für einen Englischprofessor in den Sommerferien bin ich gut bei Kasse«, sagte er. »Ich habe mehr als vierzig Dollar bei mir. Es ist fast ein Wunder, daß Billie mich ohne Leibwächter herumlaufen läßt.« Er paffte genußvoll an seiner Pfeife, nahm sie aus dem Mund und lächelte. »Aber keine Angst, ich lasse mir von dem Taxifahrer eine Quittung geben und präsentiere sie Ihnen zu geeigneter Zeit.«

»Ich hatte schon gefürchtet, Sie würden womöglich nicht kommen.«

»Ich habe noch kurz am Supermarkt angehalten«, sagte Rawlie, »und ein paar Sachen gekauft, von denen ich dachte, daß Sie sie vielleicht brauchen können, Thaddeus.« Er beugte sich in den Käfer (der auf einer Feder, die entweder bereits gebrochen war oder bald brechen würde, merklich nach links absackte) und kam mit einer Tüte wieder zum Vorschein, nachdem er einige Zeit damit verbracht hatte, herumzusuchen, vor sich hinzumurmeln und frische Qualmwolken auszustoßen. Er reichte Thad die Tüte; Thad schaute hinein und fand darin eine Sonnenbrille und eine Baseballmütze der Boston Red Sox, die sein Haar gut verdecken würde. Er sah Rawlie an, auf seltsame Weise gerührt.

»Danke, Rawlie.«

Rawlie machte eine wegwerfende Handbewegung und bedachte Thad mit einem verschlagenen und schiefen kleinen Lächeln. »Vielleicht bin ich derjenige, der *Ihnen* danken sollte«, sagte er. »Seit Monaten bin ich auf der Suche nach einem Vorwand, den alten Stinker wieder in Brand zu setzen. Von Zeit zu Zeit hat sich etwas getan – die Scheidung meines jüngsten Sohnes, der Abend, an dem ich beim Pokern im Haus von Tom Carroll fünfzig Dollar verloren habe –, aber das alles erschien mir nicht – apokalyptisch genug.«

»Diese Sache ist in der Tat apokalyptisch«, sagte Thad und zitterte ein wenig. Er sah auf die Uhr. Es ging auf eins. Stark hatte mindestens eine Stunde Vorsprung, vielleicht sogar mehr. »Ich muß los, Rawlie.«

»Ja – es ist dringend, nicht wahr?«

»Ja, das ist es.«

»Ich habe noch etwas für Sie – ich habe es in die Jackentasche gesteckt, damit ich es nicht verliere. Das kommt nicht aus dem Supermarkt. Ich habe es in meinem Schreibtisch gefunden.«

Rawlie wühlte sich methodisch durch sämtliche Taschen des Sportjacketts, das er sommers wie winters trug.

»Wenn die Ölanzeige aufleuchtet, müssen Sie irgendwo haltmachen und eine Dose Sapphire kaufen«, sagte er, nach wie vor auf der Suche. »Das ist dieses wiederaufbereitete Zeug. Oh! Hier ist es. Ich begann schon zu fürchten, ich hätte das Ding doch in meinem Büro liegengelassen.«

Er zog ein röhrenförmiges Stück Holz aus der Tasche. Er war ungefähr so lang wie Thads Zeigefinger und hohl. An einem Ende war eine Kerbe eingeschnitzt. Es sah sehr alt aus.

»Was ist das?« fragte Thad, als Rawlie es ihm entgegenstreckte. Aber er wußte es bereits und spürte, wie sich ein weiterer Teil in das Unvorstellbare einfügte, an dessen Anfang er stand.

»Es ist eine Lockpfeife«, sagte Rawlie und musterte ihn über den glimmenden Kopf seiner Pfeife hinweg. »Wenn Sie meinen, daß Sie dafür vielleicht Verwendung haben, dann nehmen Sie sie.«

»Danke«, sagte Thad und steckte mit einer nicht ganz stetigen Hand die Lockpfeife in seine eigene Jackentasche.

»Sie könnte von Nutzen sein.«

Rawlies Augen weiteten sich unter der wirren Hecke seiner Brauen. Er nahm die Pfeife aus dem Mund.

»Ich bin mir nicht sicher, ob Sie sie brauchen werden«, sagte er mit leiser, bebender Stimme.

»Wie bitte?«

»Schauen Sie einmal hinter sich.«

Thad drehte sich um, aber er wußte, was Rawlie gesehen hatte, bevor er es selbst sah.

Jetzt waren es nicht Hunderte von Sperlingen und auch nicht Tausende; die Fahrzeuge auf den hinteren zehn Morgen von Gold's Schrottplatz waren mit Sperlingen *zugedeckt*. Sie waren überall – und Thad hatte keinen einzigen von ihnen kommen gehört.

Die beiden Männer betrachteten die Sperlinge mit vier Augen. Die Vögel erwiderten den Blick mit zwanzigtausend – vielleicht auch vierzigtausend. Sie gaben keinen Laut von sich. Sie saßen nur da – auf Kühlerhauben, Fenstern, Dächern, Auspuffrohren, Kühlergrills, Motoren, Antriebsgelenken und Untergestellen.

»Großer Gott«, sagte Rawlie heiser. »Die Psychopompen – was hat das zu bedeuten, Thad? Was hat das zu bedeuten?«

»Ich glaube, ich fange gerade an, es zu begreifen«, sagte Thad.

»Großer Gott«, sagte Rawlie noch einmal. Er hob die Hände über den Kopf und ließ sie laut zusammenklatschen. Die Sperlinge rührten sich nicht. Rawlie interessierte sie nicht; es war nur Thad Beaumont, den sie musterten.

»Findet George Stark«, sagte Thad leise – es war kaum mehr als ein Flüstern. »George Stark. Findet ihn. Fliegt.«

Die Sperlinge erhoben sich wie eine schwarze Wolke in den dunstigen Himmel, mit Flügelschwingen, das sich anhörte wie spitzenfeiner Donner, und mit tschilpenden Kehlen. Zwei Männer, die am Ausgang des Ladengeschäfts gestanden hatten, kamen herausgerannt. Über ihnen beschrieb die schwarze Masse eine Kurve und steuerte, wie auch der andere, kleinere Schwarm es getan hatte, in Richtung Westen.

Thad sah ihnen nach, und einen Augenblick lang verschmolz die Realität mit der Vision, die seinen Trancezuständen voraufgegangen war; einen Augenblick lang waren Vergangenheit und Gegenwart eins, zu einem überaus seltsamen Pferdeschwanz verflochten.

Die Sperlinge waren verschwunden.

»Haben Sie das gesehen?« rief ein Mann in einem grauen Mechaniker-Overall. »Haben Sie die Vögel gesehen? Wo zum Teufel sind die nur hergekommen?«

»Ich habe eine bessere Frage«, sagte Rawlie und sah Thad an. Er hatte sich wieder in der Gewalt, aber es war offensichtlich, daß er erschüttert war. »Wo fliegen sie hin? Sie wissen es, nicht wahr, Thad?«

»Ja, natürlich«, murmelte Thad und öffnete die Wagentür. »Und ich muß mich auch auf den Weg machen. Ich kann Ihnen gar nicht genug danken, Rawlie.«

»Seien Sie vorsichtig, Thaddeus. Sehr, sehr vorsichtig. Kein Mensch ist imstande, die Agenten des Jenseits zu kontrollieren. Jedenfalls nicht lange – und er muß immer einen Preis dafür zahlen.«

»Ich werde so vorsichtig sein, wie ich irgend kann.«

Der Schalthebel des VW protestierte, gab aber schließlich nach, und ließ zu, daß er den ersten Gang einlegte. Thad zögerte nur so lange, wie er brauchte, um die Sonnenbrille und die Baseballmütze aufzusetzen, dann hob er grüßend die Hand und fuhr los.

Als er auf die Route 2 einbog, sah er Rawlie auf das Münztelefon zuwandern, das er selbst benutzt hatte, und dachte: *Jetzt* MUSS *ich* STARK *draußenhalten. Denn jetzt habe ich ein Geheimnis. Vielleicht bin ich nicht imstande, die Sperlinge zu kontrollieren, aber für kurze Zeit zumindest gehören sie mir – oder ich gehöre ihnen –, und er darf es nicht wissen.*

Er schaltete in den zweiten Gang, und Rawlie DeLesseps Volkswagen begann, in die weitgehend unerforschten Regionen einer Geschwindigkeit von mehr als fünfunddreißig Meilen pro Stunde hineinzuschlottern.

Dreiundzwanzigstes Kapitel

Zwei Anrufe für Pangborn

1

Der erste der beiden Anrufe, die Alan Pangborn mitten ins Herz der Geschehnisse zurückversetzten, kam kurz vor halb vier, gerade als Thad an einer Tankstelle in Augusta dreiviertel Liter Sapphire-Motoröl in Rawlies durstigen Volkswagen goß und Alan selbst im Begriff war, auf eine Tasse Kaffee zu Nan's zu gehen.

Sheila Brigham steckte den Kopf aus ihrem Büro und rief: »Alan? Ein R-Gespräch – kennen Sie jemanden, der Hugh Pritchard heißt?«

Alan fuhr herum. »Ja! Nehmen Sie das Gespräch an!«

Er eilte in sein Büro zurück und nahm den Hörer gerade noch rechtzeitig ab, um mitzukriegen, wie Sheila sich zur Übernahme der Gebühren bereiterklärte.

»Dr. Pritchard? Sind Sie Dr. Pritchard?«

»Der bin ich.« Die Verbindung war recht gut, aber Alan war sich dennoch einen Moment seiner Sache nicht sicher – dieser Mann hörte sich nicht an wie siebzig. Wie vierzig vielleicht, aber nicht wie siebzig.

»Sind Sie der Dr. Hugh Pritchard, der früher in Bergenfield, New Jersey, praktiziert hat?«

»Bergenfield, Tenafly, Hackensack, Englewood, Englewood Heights – ich habe die halbe Strecke bis Paterson an Köpfen herumgedoktert. Sind Sie der Sheriff Pangborn, der versucht hat, mich zu erreichen? Meine Frau und ich haben einen Ausflug zum Devil's Knob gemacht. Sind eben zurückgekommen, und mir tun alle Glieder weh.«

»Ja. Das tut mir leid. Und ich danke für Ihren Anruf. Sie hören sich viel jünger an, als ich erwartet hatte.«

»Das freut mich«, sagte Pritchard, »aber Sie sollten mich sehen können. Ich sehe aus wie ein Alligator auf zwei Beinen. Was kann ich für Sie tun?«

Alan war auf diese Frage vorbereitet und hatte sich für behutsames Vorgehen entschieden. Jetzt klemmte er den Telefonhörer zwischen Ohr und Schulter, lehnte sich auf seinem Stuhl zurück, und an der Wand begannen die Schattentiere mit ihrer Parade.

»Ich untersuche einen Mord hier in Castle County, Maine«, sagte er. »Das Opfer war ein Einheimischer namens Homer Gamache. Es gibt vielleicht einen Tatzeugen, aber was diesen Mann betrifft, befinde ich mich in einer recht heiklen Lage, Dr. Pritchard. Dafür gibt es zwei Gründe. Der eine ist, daß er berühmt ist. Der andere ist, daß er Symptome an den Tag legt, mit denen Sie einst vertraut gewesen sind. Das glaube ich, weil Sie ihn vor siebenundzwanzig Jahren operiert haben. Er hatte einen Gehirntumor, und ich fürchte, wenn dieser Tumor erneut aufgetreten ist, dann ist seine Aussage wenig glaub ...«

»Thaddeus Beaumont«, fiel ihm Pritchard ins Wort. »Und unter welchen Symptomen er auch leiden mag – ich bezweifle entschieden, daß es sich um ein Wiederauftreten des alten Tumors handelt.«

»Woher wissen Sie, daß es um Beaumont geht?«

»Weil ich ihm 1960 das Leben gerettet habe«, sagte Pritchard und setzte mit unbewußter Arroganz hinzu: »Wenn ich nicht gewesen wäre, hätte er kein einziges Buch geschrieben, denn dann wäre er noch vor seinem zwölften Geburtstag gestorben. Seit er für seinen ersten Roman beinahe den National Book Award bekommen hätte, habe ich seine Arbeit mit größtem Interesse verfolgt. Ich brauchte nur einen Blick auf das Foto auf dem Schutzumschlag zu werfen und wußte, daß er es war. Das Gesicht hatte sich verändert, aber die Augen nicht. Ungewöhnliche Augen. Verträumt wäre vielleicht das rechte Wort. Und natürlich wußte ich aus dem Artikel in *People,* daß er in Maine lebt. Das Heft kam kurz vor unserem Urlaub heraus.«

Er hielt einen Moment inne, und dann sagte er etwas, das so verblüffend war und gleichzeitig so beiläufig geäußert wurde, daß Alan einen Moment lang nicht zu reagieren vermochte.

»Sie sagen, er könnte Augenzeuge eines Mordes sein? Sind Sie sicher, daß Sie ihn in Wahrheit nicht verdächtigen, einen Mord begangen zu haben?«

»Ja – nun, ich ...«

»Nur eine Frage«, fuhr Pritchard fort, »weil Leute mit einem Gehirntumor oft die ausgefallensten Dinge tun. Und sie handeln um so ausgefallener, je intelligenter sie sind. Aber der Junge hatte überhaupt keinen Gehirntumor, müssen Sie wissen – zumindest nicht im üblichen Sinne des Wortes. Es war ein ungewöhnlicher Fall. Überaus ungewöhnlich. Seit 1960 habe ich nur von drei ähnlichen Fällen gelesen – von zweien erst, seit ich im Ruhestand bin. Sind die üblichen neurologischen Untersuchungen vorgenommen worden?«

»Ja.«

»Und?«

»Sie waren negativ.«

»Das überrascht mich nicht.« Pritchard verstummte für ein paar Sekunden, dann sagte er: »Sie sagen mir nicht die ganze Wahrheit, junger Mann, ist es nicht so?«

Alan hörte auf, Schattentiere auf die Wand zu werfen, und beugte sich vor. »Ja, da haben Sie wohl recht. Aber ich muß unbedingt wissen, was Sie meinten, als Sie sagten, Thad Beaumont hätte keinen Gehirntumor ›im üblichen Sinne des Wortes‹ gehabt. Ich weiß über die ärztliche Schweigepflicht Bescheid, und ich weiß nicht, ob Sie imstande sind, einem Mann zu vertrauen, mit dem Sie zum ersten Mal reden – und noch dazu am Telefon –, aber ich hoffe, Sie glauben mir, wenn ich Ihnen sage, daß ich in dieser Sache auf Thads Seite stehe, und ich bin sicher, er möchte, daß Sie mir sagen, was ich wissen will. Und ich habe nicht die Zeit, ihn zu bitten, daß er Sie anruft und sein Einverständnis gibt, Doktor – ich muß es *jetzt* wissen.«

Und Alan stellte zu seiner Überraschung fest, daß das stimmte – daß er das Gefühl hatte, daß es stimmte. Eine merkwürdige Anspannung hatte von ihm Besitz ergriffen, ein Gefühl, daß irgendwelche Dinge in Bewegung geraten waren. Dinge, die er nicht wußte – die er aber bald wissen würde.

»Es macht mir nichts aus, Ihnen von dem Fall zu erzählen«, sagte Pritchard gelassen. »Mir ist mehr als einmal der Gedanke gekommen, mich selbst mit Mr. Beaumont in Verbindung zu setzen, und sei es nur, um ihm zu erzählen, was kurz nach seiner Operation passiert ist.«

»Was war das?«

»Darauf komme ich noch, keine Sorge. Ich habe seinen Eltern nicht erzählt, was bei der Operation zum Vorschein gekommen war, weil es keine Rolle spielte – jedenfalls nicht in praktischer Hinsicht –, und ich wollte mit ihnen nichts mehr zu tun haben. Vor allem mit seinem Vater nicht. Der Mann hätte in einer Höhle zur Welt kommen und sein Leben mit der Jagd auf Wollmammuts verbringen müssen. Damals beschloß ich, ihnen zu sagen, was sie hören wollten, und die Verbindung zu ihnen so schnell wie möglich abzubrechen. Und natürlich spielte auch die Zeit ihre Rolle. Man verliert seine Patienten aus den Augen. Ich habe daran gedacht, ihm zu schreiben, als Helga mir seinen ersten Roman zeigte, und danach ist mir der Gedanke mehrmals gekommen, aber irgendwie hatte ich das Gefühl, daß er mir nicht glauben würde – oder daß es ihm gleichgültig war – oder daß er vielleicht denken würde, ich wäre ein Spinner. Ich kenne keine berühmten Leute, aber sie tun mir leid – ich stelle mir vor, daß ihr Leben defensiv, ungeordnet und von Ängsten erfüllt ist. Es erschien mir richtiger, schlafende Hunde nicht zu wecken. Und nun dies. Wie meine Enkelkinder sagen würden – es ist ein Hammer.«

»Was war mit Thad? Was hat ihn zu Ihnen gebracht?«

»Trancezustände. Kopfschmerzen. Phantomgeräusche. Und schließlich...«

»Phantomgeräusche?«

»Ja – aber Sie müssen schon zulassen, daß ich Ihnen die Geschichte auf meine Weise erzähle, Sheriff.« Wieder hörte Alan die unbewußte Arroganz in der Stimme des Mannes.

»Ich bitte darum.«

»Und schließlich hatte er einen Krampfanfall. Für all diese Symptome war eine kleine Masse in seinem Stirnlappen verantwortlich. Wir operierten, gingen von der Annahme aus, daß es sich um einen Tumor handelte. Wie sich herausstellte, war der Tumor Thad Beaumonts Zwilling.«

»*Wie bitte?*«

»So war es«, sagte Pritchard. Es hörte sich an, als freute ihn der unüberhörbare Schock in Alans Stimme. »Das ist gar nicht so ungewöhnlich – Zwillinge werden häufig *in utero* absorbiert, und hin und wieder ist die Absorption unvollständig –, aber der *Ort* war ungewöhnlich, und ebenso der Wachstumsspurt des fremden Gewebes. Derartiges Gewebe bleibt sonst immer unverändert. Ich halte es für möglich, daß bei Thad ein frühes Einsetzen der Pubertät diese Probleme ausgelöst hat.«

»Moment«, sagte Alan. »Einen Moment.« Er hatte den Ausdruck ›ihm drehte sich der Kopf‹ schon ein- oder zweimal in Büchern gelesen, aber dies war das erste Mal, daß er ein derartiges Gefühl selbst hatte. »Wollen Sie damit sagen, daß Thad ein Zwilling war, aber – irgendwie – seinen Bruder *verzehrte*?«

»Oder seine Schwester«, sagte Pritchard. »Aber ich vermute, daß es ein Bruder war, weil meiner Ansicht nach Absorptionen bei zweieiigen Zwillingen weitaus seltener vorkommen. Das ist keine erwiesene Tatsache, aber ich bin davon überzeugt. Und da eineiige Zwillinge immer gleichgeschlechtlich sind, lautet die Antwort auf Ihre Frage ja. Ich glaube, daß der Fetus, der Thad Beaumont einmal gewesen ist, im Uterus seiner Mutter seinen Bruder aufgezehrt hat.«

»Großer Gott«, murmelte Alan. Er konnte sich nicht erinnern, in seinem ganzen Leben etwas so Grauenhaftes – so Abwegiges – gehört zu haben.

»Das klingt, als wären Sie schockiert«, sagte Dr. Pritchard heiter, »aber dazu besteht nicht die geringste Veranlassung. Sie müssen die Sache nur unter dem richtigen Blickwinkel betrachten. Wir reden nicht von Kain, der aufsteht und seinen Bruder Abel mit einem Eselskinnbacken erschlägt. Hier handelte es sich nicht um Mord, sondern lediglich darum, daß ein biologisches Kommando ausgeführt wurde, das wir nicht verstehen. Vielleicht ein falsches Signal, ausgelöst von irgendetwas im endokrinen System der Mutter. Wir reden, genau genommen, nicht einmal von Feten; zur Zeit der Absorption gab es in Mrs. Beaumonts Gebärmutter zwei Ansammlungen von Gewebe, die vermutlich noch nicht einmal humanoid waren. Lebende Amphibien, wenn Sie so wollen. Und eine von ihnen – die größere, stärkere – schwärmte einfach über die schwächere aus, hüllte sie ein – und verleibte sie sich ein.«

»Das hört sich verdammt insektenhaft an«, murmelte Alan.

»Tut es das? Kann sein. Jedenfalls war die Absorption unvollständig. Ein wenig von dem anderen Zwilling hat seine Integrität bewahrt. Diese fremde Materie – mir fällt keine andere Bezeichnung dafür ein – wurde in dem Gewebe eingekapselt, aus dem Thad Beaumonts Gehirn wurde. Und aus irgendeinem Grunde wurde sie, kurz nachdem der Junge elf Jahre alt geworden war, wieder aktiv. Sie begann zu wachsen. Es war kein Raum in der Herberge. Deshalb mußte sie herausgeschnitten werden wie eine Warze. Was wir taten, mit vollem Erfolg.«

»Wie eine Warze«, sagte Alan, angewidert und fasziniert zugleich.

Alle möglichen Gedanken schossen ihm durch den Kopf. Es waren dunkle Gedanken, so dunkel wie Fledermäuse in einem verlassenen Kirchturm. Nur einer von ihnen war wirklich faßbar: *Er ist zwei Personen – ist schon* IMMER *zwei Personen gewesen. Jeder Mann und jede Frau, die davon leben, Geschichten zu erfinden, muß zwei Personen sein. Eine, die in der normalen Welt lebt – und eine zweite, die andere Welten erschafft. Zwei Personen. Immer mindestens zwei.*

»Ein derart ungewöhnlicher Fall wäre mir ganz sicher im Gedächtnis geblieben«, sagte Pritchard, »aber kurz bevor der Junge aufwachte, ereignete sich etwas, das noch ungewöhnlicher war. Etwas, das ich nie recht begreifen konnte.«

»Was war das?«

»Bevor seine Kopfschmerzen einsetzten, hatte der Beaumont-Junge immer Vögel gehört«, sagte Pritchard. »Daran war nichts Ungewöhnliches; bei Gehirntumoren und Epilepsie kommt es öfter zu derartigen Erscheinungen. Man bezeichnet sie als sensorisches Vorläufer-Syndrom. Aber kurz nach der Operation geschah etwas überaus Seltsames, und zwar mit *realen* Vögeln. Das Bergenfield County Hospital wurde von Sperlingen attackiert.«

»Wie bitte?«

»Es klingt verrückt, nicht wahr?« Pritchard hörte sich an, als wäre er mit sich zufrieden. »Das ist eine Sache, über die ich nicht sprechen würde, wenn nicht ohnehin eine Menge Leute davon wüßten. Der *Bergenfield Courier* hat die Geschichte sogar mit einem Foto auf der Titelseite gebracht. Kurz nach zwei Uhr am Nachmittag des 28. Oktober 1960 flog ein sehr großer Schwarm Sperlinge in die Westseite des County Hospitals. Dort befand sich damals die Intensivstation, und dort lag natürlich der Beaumont-Junge nach seiner Operation. Eine Menge Fenster gingen zu Bruch, und hinterher mußten mehr als dreihundert tote Sperlinge beseitigt werden. Ich erinnere mich, daß in dem Artikel des *Courier* ein Ornithologe zitiert wurde – er wies darauf hin, daß die Westfront des Hospitals fast ausschließlich aus Glas bestand, und stellte die Theorie auf, die Vögel wären von dem von diesem Glas reflektierten Sonnenlicht angelockt worden.«

»Das ist Unsinn«, sagte Alan. »Vögel fliegen nur in Glas, wenn sie es nicht sehen können.«

»Ich glaube, der Reporter, der den Ornithologen interviewte, hat genau dasselbe gesagt, und der Ornithologe hat erklärt, bei Vögeln in Schwärmen gäbe es offensichtlich eine Gruppentelepathie, die sie veranlaßt, wie ein einziges Wesen zu handeln, ungefähr so, wie es bei den Wanderameisen der Fall ist. Er sagte, wenn sich ein Tier aus dem Schwarm dafür entschieden hätte, gegen das Glas zu fliegen, dann würde ihm der Rest des Schwarms vermutlich einfach folgen. Ich war nicht im Hospital, als das passierte – ich war mit der Operation fertig, hatte mich vergewissert, daß der Zustand des Jungen stabil war, und war dann weggefahren, um Golf zu spielen. Aber nach allem, was ich gehört habe, jagten diese Vögel allen Leuten im Hirschfield-Flügel eine Heidenangst ein. Zwei Patienten wurden von herumfliegenden Glassplittern verletzt. Ich konnte zwar die Theorie des Ornithologen akzeptieren, aber die Sache ging mir trotzdem nicht aus dem Kopf – weil ich über die sensorischen Vorläufer des Beaumont-Jungen informiert war. Es waren nicht einfach irgendwelche Vögel gewesen, sondern ganz spezielle Vögel: Sperlinge.«

»Die Sperlinge fliegen wieder«, murmelte Alan mit verstörter Stimme.

»Wie bitte?«

»Nichts. Bitte erzählen Sie weiter.«

»Am Tag darauf fragte ich ihn noch einmal nach seinen Symptomen. Gelegentlich kommt es nach einer Operation, bei der die Ursache beseitigt wurde, zu einer Amnesie hinsichtlich der sensorischen Vorläufer, aber nicht in diesem Fall. Er erinnerte sich ganz genau. Er hatte die Vögel nicht nur gehört, sondern auch *gesehen*. Überall Vögel, sagte er, auf sämtlichen Häusern und Rasenflächen und Straßen des Teils von Bergenfield, in dem er wohnte.

Die Sache interessierte mich so sehr, daß ich mir seine Unterlagen vornahm und sie mit dem Bericht über den Vorfall verglich. Der Sperlingsschwarm flog um 14.05 gegen das Hospital. 14.10 erwachte der Junge aus der Narkose. Vielleicht sogar etwas früher.« Pritchard hielt einen Moment inne und setzte dann hinzu: »Eine der Schwestern von der Intensivstation hat gesagt, sie glaubte, es wäre das Geräusch von splitterndem Glas gewesen, das ihn aufweckte.«

»Oh«, sagte Alan leise.

»Kaum zu glauben, nicht wahr, Sheriff? Ich habe seit Jahren nicht mehr über diese Sache gesprochen. Hilft Ihnen das irgendwie weiter?«

»Ich weiß es nicht«, sagte der Sheriff aufrichtig. »Es könnte sein. Dr. Pritchard, ist es möglich, daß Sie nicht alles gefunden haben? Ich meine, wenn etwas zurückgeblieben ist, könnte es vielleicht wieder angefangen haben zu wachsen.«

»Sie sagten, es wären Untersuchungen vorgenommen worden. Gehörte dazu eine Computertomographie?«

»Ja.«

»Und es wurden natürlich Röntgenaufnahmen gemacht?«

»So ist es.«

»Wenn das Ergebnis beider Untersuchungen negativ war, dann deshalb, weil nichts da ist, was sie hätten aufzeigen können. Was mich betrifft, bin ich sicher, daß wir alles herausgeholt haben.«

»Danke, Dr. Pritchard.« Er hatte etwas Mühe, die Worte zu formen; seine Lippen fühlten sich fremd und taub an.

»Werden Sie mir mehr über die Geschichte erzählen, wenn der Fall gelöst ist, Sheriff? Ich bin Ihnen gegenüber sehr offen gewesen, und ich glaube, ich habe ein kleines Gegengeschenk verdient. Ich bin nämlich sehr neugierig.«

»Wenn ich kann, werde ich es tun.«

»Mehr verlange ich nicht. Und nun überlasse ich Sie wieder Ihrer Arbeit, und ich widme mich wieder meinem Urlaub.«

»Ich hoffe, Sie und Ihre Frau verleben eine schöne Zeit.«

Pritchard seufzte. »In meinem Alter muß man sich schon sehr anstrengen, um auch nur eine mittelmäßige Zeit zu verleben, Sheriff. Bisher sind wir immer gern auf Campingurlaub gefahren, aber ich glaube, nächstes Jahr bleiben wir zu Hause.«

»Auf jeden Fall bin ich Ihnen sehr dankbar, daß Sie sich die Zeit genommen haben, mich anzurufen.«

»Es war mir ein Vergnügen. Ich vermisse meine Arbeit, Sheriff. Nicht die Mystik der Chirurgie – die war für mich immer relativ belanglos –, aber das Mysterium. Das geistige Mysterium. Das war sehr aufregend.«

»Das kann ich mir vorstellen«, pflichtete Alan ihm bei und dachte gleichzeitig, daß er sehr froh wäre, wenn es im Augenblick nicht ganz so viel geistige Mysterien in seinem Leben gäbe. »Ich melde mich wieder, wenn – und falls – sich das Ganze aufklärt.«

»Danke, Sheriff.« Nach einer kurzen Pause sagte er: »Das ist eine Sache, die Ihnen sehr am Herzen liegt, nicht wahr?«

»Ja. Das tut sie.«

»Der Junge, an den ich mich erinnere, war sehr nett. Verängstigt, aber nett. Was für ein Mann ist aus ihm geworden?«

»Ein guter, glaube ich«, sagte Alan. »Vielleicht ein wenig kühl und ein wenig unzugänglich, aber trotzdem ein guter Mann.«

»Danke. Und nun überlasse ich Sie Ihrer Arbeit. Leben Sie wohl, Sheriff.«

In der Leitung ertönte ein Klicken, und Alan legte langsam den Hörer auf. Er lehnte sich in seinem Stuhl zurück, faltete die Hände und ließ einen großen schwarzen Vogel langsam durch den Sonnenfleck an der Wand seines Büros fliegen. Eine Satz aus *The Wizard of Oz* kam ihm in den Sinn und weigerte sich, wieder zu verschwinden: »Ich glaube an Gespenster, ich glaube an Gespenster, ich glaube an sie, ich glaube an sie, ich glaube an Gespenster!« Das hatte der Feige Löwe gesagt, oder?

Die Frage war: was glaubte er?

Es fiel ihm leichter, an die Dinge zu denken, die er *nicht* glaubte. Er glaubte nicht, daß Thad Beaumont irgendjemanden ermordet hatte. Und er glaubte auch nicht, daß Thad diesen geheimnisvollen Satz an irgendeine Wand geschrieben hatte.

Aber wie war er dann dorthin gekommen?

Simpel. Der alte Dr. Pritchard war einfach von Fort Laramie nach Osten geflogen, hatte Frederick Clawson umgebracht, hatte in seiner Wohnung DIE SPERLINGE FLIEGEN WIEDER an die Wand geschrieben, war von Washington aus weitergeflogen nach New York, hatte das Schloß an Miriam Cowleys Tür mit seinem Lieblingsskalpell geknackt und mit ihr dasselbe gemacht. Er hatte sie operiert, weil er das Mysterium der Chirurgie vermißte.

Nein, natürlich nicht. Aber Pritchard war nicht der einzige, der von Thads – wie hatte er es genannt? – sensorischen Vorläufern wußte. Es hatte nicht in dem *People*-Artikel gestanden, nein, aber . . .

Du vergißt die Fingerabdrücke und die Stimmanalysen. Du vergißt Thads und Liz' unumwundene Behauptung, daß George Stark existiert; daß er willens ist, Morde zu begehen, um auch weiterhin zu existieren. Und jetzt setzt du Himmel und Hölle in Bewegung, um der Tatsache, daß du anfängst zu glauben, es könnte tatsächlich so sein, aus dem Wege zu gehen. Du hast ihnen erklärt, wie absurd es wäre, nicht nur an ein rachsüchtiges Gespenst zu glauben, sondern an einen Mann, den es nie gegeben hat. Aber Schriftsteller BESCHWÖREN *Gespenster; zusammen mit Schauspielern und Künstlern sind sie die einzigen Medien, die unsere Gesellschaft voll und ganz akzeptiert. Sie erschaffen Welten, die es nie gegeben hat, bevölkern sie mit Menschen, die nie existiert haben, und fordern uns dann auf, ihnen in ihre Phantasiewelt zu folgen. Und wir tun es, nicht wahr? Wir bezahlen sogar dafür, daß wir es tun dürfen.*

Alan ballte die Hände fest zusammen, streckte die kleinen Finger aus und ließ einen wesentlich kleineren Vogel über die sonnige Wand flattern. Einen Sperling.

Du kannst den Schwarm Sperlinge, der vor fast dreißig Jahren das Bergenfield County Hospital angegriffen hat, ebensowenig erklären, wie du die Fingerabdrücke und die Stimmanalysen erklären kannst, aber du weißt jetzt, daß Thad Beaumont den Schoß seiner Mutter mit jemand anderem geteilt hat. Mit einem Fremden.

Hugh Pritchard hatte das frühe Einsetzen der Pubertät erwähnt.

Alan Pangborn kam plötzlich der Gedanke, ob das Wachstum dieses fremden Gewebes vielleicht von etwas anderem ausgelöst worden sein konnte.

Er fragte sich, ob es um die gleiche Zeit zu wachsen begonnen hatte, als Thad Beaumont zu schreiben begann.

2

Er fuhr zusammen, als die Gegensprechanlage auf seinem Schreibtisch summte. Es war wieder Sheila. »Fuzzy Martin auf Apparat eins, Alan. Er möchte mit Ihnen sprechen.«

»Fuzzy? Was in aller Welt will er denn?«

»Ich weiß es nicht. Er wollte es mir nicht sagen.«

»Der hat mir heute gerade noch gefehlt«, sagte Alan.

Fuzzy besaß draußen an der Town Road Nr. 2, ungefähr vier Meilen vom Castle Lake entfernt ein großes Stück Land. Das Anwesen der Martins war einst eine blühende Milchfarm gewesen, aber das war zu einer Zeit, zu der Fuzzy noch bei seinem richtigen Vornamen, Albert, genannt wurde und die Whiskeyflasche noch nicht sein ständiger Begleiter war. Seine Kinder waren erwachsen, seine Frau hatte vor zehn Jahren von ihm die Nase voll gehabt, und nun regierte Fuzzy allein über siebenundzwanzig Morgen Land, die langsam, aber stetig verwilderten. Am westlichen Rand seines Besitzes, wo die zum See führende Town Road Nr. 2 vorbeiführte, standen sein Haus und seine Scheune. Die Scheune, die einst vierzig Kühe beherbergt hatte, war ein riesiges Gebäude, jetzt mit eingesunkenem Dach und abblätternder Farbe; die meisten Fenster waren mit Pappe vernagelt. Seit ungefähr vier Jahren warteten Alan und Trevor Hartland, der Chef der Feuerwehr von Castle

Rock, darauf, daß das Martin-Haus oder die Martin-Scheune oder beides abbrannten.

»Soll ich ihm sagen, Sie wären nicht da?« fragte Sheila. »Clut ist gerade gekommen – ich könnte das Gespräch zu ihm durchstellen.«

Alan dachte einen Moment nach, dann seufzte er und schüttelte den Kopf. »Ich rede mit ihm, Sheila. Danke.« Er nahm den Hörer ab und klemmte ihn zwischen Ohr und Schulter.

»Chief Pangborn?«

»Hier ist der Sheriff.«

»Fuzzy Martin, Chief. Könnte sein, daß ich hier ein Problem habe.«

»Und das wäre?« fragte Alan und zog das zweite Telefon auf seinem Schreibtisch näher heran. Es verband ihn direkt mit den anderen Büros im Rathaus. Alans Fingerspitze verhielt über der Taste mit der Nummer 4. Er brauchte nicht mehr zu tun, als den Hörer abzunehmen und auf diese Taste zu drücken, um mit Trevor Hartland verbunden zu sein. »Was für ein Problem haben Sie?«

»Also, Chief, ich würde in Scheiße baden, wenn ich das genau wüßte. Ich würde es Autodiebstahl nennen, wenn es ein Wagen gewesen wäre, den ich kenne. Aber ich kenne ihn nicht. Habe ihn in meinem ganzen Leben noch nie gesehen. Und trotzdem ist er aus meiner Scheune gekommen.«

Alan schob den Hausapparat wieder auf seinen gewohnten Platz. Gott verfuhr gnädig mit Narren und Trunkenbolden – eine Tatsache, die ihm im Laufe seiner langjährigen Arbeit als Polizeibeamter klargeworden war –, und Fuzzys Haus und Scheune schienen trotz seiner Gewohnheit, brennende Zigarettenstummel wegzuwerfen, wenn er betrunken war, noch nicht in Flammen zu stehen. *Jetzt brauche ich nichts zu tun,* dachte Alan, *als hier sitzenzubleiben und mir anzuhören, was für ein Problem er hat. Und dann kann ich mir ausrechnen – oder es versuchen –, ob es in der realen Welt existiert oder nur in dem, was von Fuzzys Verstand noch übrig ist.*

Er ertappte seine Hände dabei, daß sie wieder einen Sperling über die Wand fliegen ließen, und gebot ihnen Einhalt.

»Was für ein Wagen war das, der aus Ihrer Scheune kam, Albert?« fragte Alan geduldig. Fast jedermann in Castle Rock (er selbst nicht ausgeschlossen) nannte Albert Fuzzy, und vielleicht würde Alan es auch versuchen, wenn er erst weitere zehn Jahre dort gelebt hatte.

»Ich sagte doch gerade, daß ich ihn noch nie gesehen habe«, erklärte

Fuzzy Martin in einem Tonfall, in dem die Worte »Sie verdammter Idiot« so deutlich mitschwangen, als hätte er sie ausgesprochen. »Deshalb rufe ich doch an, Chief. Es war ganz bestimmt keiner von meinen.«

Jetzt endlich begann sich vor Alans geistigem Auge ein Bild abzuzeichnen. Nachdem seine Kühe, seine Kinder und seine Frau fort waren, brauchte Fuzzy Martin nicht viel Geld – das Land hatte er, bis auf die Steuern schuldenfrei, von seinem Vater geerbt. Das bißchen Geld, das Fuzzy brauchte, kam aus verschiedenen Quellen. Alan glaubte, war sogar ziemlich sicher, daß alle paar Monate ein oder zwei Ballen Marihuana dem Heu in Fuzzys Scheune Gesellschaft leisteten; und das war nur eine von Fuzzys kleinen Gaunereien. Von Zeit zu Zeit war ihm der Gedanke gekommen, daß er eigentlich einen ernsthaften Versuch unternehmen müßte, Fuzzy wegen des Besitzes von Rauschgift mit Verkaufsabsicht zu verhaften, aber er bezweifelte, daß Fuzzy selbst das Zeug rauchte, geschweige denn genug Grips hatte, es zu verkaufen. Wahrscheinlich kassierte er nur hin und wieder ein- oder zweihundert Dollar dafür, daß er Lagerraum zur Verfügung stellte. Und selbst in einem kleinen Nest wie Castle Rock gab es wichtigere Dinge, als Trunkenbolde zu verhaften, weil sie Marihuana einlagerten.

Eine weitere Dienstleistung von Fuzzy – und die zumindest war völlig legal – bestand darin, daß er seine Scheune den Sommergästen für ihre Wagen zur Verfügung stellte. Als Alan nach Castle Rock kam, war Fuzzys Scheune eine regelrechte Garage gewesen. Man konnte hineingehen und bis zu fünfzehn Wagen da stehen sehen, wo früher die Kühe ihre Nächte verbracht hatten – die meisten gehörten Leuten, die Häuser am See hatten und den Sommer hier verbrachten. Fuzzy hatte die Trennwände herausgerissen, um einen großen Abstellraum zu schaffen, und dort verbrachten die Wagen die langen Herbst- und Wintermonate im süß nach Heu duftenden Schatten, Seite an Seite und Stoßstange an Stoßstange, vollgestaubt von der vom Heuboden herabrieselnden Spreu.

Aber im Laufe der Jahre war es mit Fuzzys Garagengeschäft rapide bergab gegangen. Alan nahm an, daß die Geschichte von seinem fahrlässigen Umgang mit Zigaretten die Runde gemacht hatte, und damit war es aus gewesen. Niemand wollte seinen Wagen bei einem Scheunenbrand einbüßen, auch wenn es sich nur um eine alte Kiste handelte, mit der man dieses oder jenes erledigen kann, wenn es wieder Sommer ist. Als er das letzte Mal bei Fuzzy gewesen war, hatte Alan nur zwei Wagen in der Scheune gesehen: Ossie Brannigans 59er Thunderbird – einen Wagen, der als Oldtimer hätte gelten können, wenn er nicht so verrostet und zerbeult gewesen wäre – und Thad Beaumonts alten Ford Woody-Kombi.

Wieder Thad. Es schien, als führten heute alle Wege zu Thad Beaumont.

In Alans Kopf flammte eine Fackel auf; er richtete sich auf und zog unbewußt das Telefon näher an sich heran.

»Es war nicht Thad Beaumonts alter Ford?« fragte er Fuzzy jetzt. »Sind Sie sicher?«

»Natürlich bin ich sicher. Das war kein Ford, und es war ganz bestimmt kein Woody-Kombi. Es war ein schwarzer Toronado.«

In Alans Kopf flammte eine weitere Fackel auf – aber er wußte nicht recht, weshalb. Irgendwer hatte ihm irgendetwas über einen schwarzen Toronado erzählt, und zwar vor gar nicht langer Zeit. Im Augenblick fiel ihm nicht ein, wann und wo das gewesen war – aber er würde schon darauf kommen.

»Ich war zufällig gerade in der Küche, um mir ein Glas Limonade zu holen«, fuhr Fuzzy fort, »und da sah ich diesen Wagen aus der Scheune kommen. Mein erster Gedanke war, daß so ein Wagen nicht bei mir steht. Das zweite war, daß ich mich fragte, wie überhaupt jemand da reingekommen ist, wo doch ein großes Kreig-Schloß an der Tür hängt und der einzige Schlüssel dazu an meinem Ring.«

»Was ist mit den Leuten, die Wagen in der Scheune haben? Haben die Schlüssel?«

»Nein, Sir!« Schon der Gedanke daran schien Fuzzy zu empören.

»Sie haben nicht zufällig die Zulassungsnummer gesehen?«

»Natürlich habe ich das, worauf Sie Gift nehmen können«, krähte Fuzzy. »Hab' doch immer das alte Fernglas auf der Fensterbank in der Küche liegen.«

Alan hatte zwar zusammen mit Trevor Hartland mehrfach die Scheune inspiziert, war aber nie in Fuzzys Küche gewesen (und hatte auch nicht die Absicht, ihr in nächster Zeit einen Besuch abzustatten). Er sagte: »Ach ja, das Fernglas. Das hatte ich glatt vergessen.«

»Aber ich nicht!« erklärte Fuzzy mit Genugtuung. »Haben Sie einen Stift?«

»Natürlich, Albert.«

»Warum nennen Sie mich nicht einfach Fuzzy, Chief, wie alle anderen Leute auch?«

Alan seufzte. »Okay, Fuzzy. Und weil wir gerade dabei sind – warum nennen Sie mich nicht einfach Sheriff?«

»Soll mir recht sein. Und wollen Sie nun die Zulassungsnummer oder nicht?«

»Schießen Sie los.«

»Es war ein Schild aus Mississippi«, sagte Fuzzy mit etwas wie Triumph in der Stimme. »Was zum Teufel halten Sie davon?«

Alan wußte nicht genau, was er davon halten sollte – aber in seinem Kopf war eine dritte Fackel aufgeflammt, die sogar noch heller war als die beiden vorherigen. Ein Toronado. Und Mississippi. Irgendetwas war mit Mississippi gewesen. Und einem Ort. Oxford? Hatte er Oxford geheißen? Genau wie der Nachbarort von Castle Rock?

»Ich weiß nicht recht«, sagte Alan und dann, weil er vermutete, daß es das war, was Fuzzy hören wollte: »Hört sich ziemlich verdächtig an.«

»Da haben Sie verdammt recht«, krähte Fuzzy. Dann räusperte er sich und gab sich geschäftsmäßig: »Okay. Zulassungsnummer Mississippi 62284. Haben Sie das, Chief?«

»62284.«

»62284, jawohl, so wahr ich hier stehe. Verdächtig? Kann man wohl sagen! Genau das, was ich mir auch gedacht habe. Jesus ißt eine Dose Bohnen!«

Bei der Vorstellung, wie sich Jesus über eine Dose Bohnen hermacht, mußte Alan für einen Moment die Hand auf die Muschel legen.

»So«, sagte Fuzzy, »und was werden Sie jetzt unternehmen, Chief?«

Ich werde versuchen, dieses Gespräch zu überstehen, ohne den Verstand zu verlieren, dachte Alan. *Das ist das erste, was ich tun werde. Und dann werde ich versuchen, mich zu erinnern, wer mir etwas von einem schwarzen Toronado erzählt hat.*

Und dann fiel es ihm ein, schoß wie ein kalter Strahl in sein Gedächtnis, überzog seine Arme mit einer Gänsehaut und ließ die Muskeln in seinem Genick so straff werden wie ein Trommelfell.

Das Telefongespräch mit Thad. Kurz nachdem der Psychopath aus Miriam Cowleys Wohnung angerufen hatte. An dem Abend, an dem das Morden richtig losgegangen war.

Er hörte Thad sagen: *Er ist in Oxford, Mississippi, aufgewachsen, hat seinen Südstaatenakzent aber fast völlig abgelegt.*

Was hatte Thad noch gesagt, als er am Telefon George Stark beschrieben hatte?

Und schließlich: er fährt möglicherweise einen schwarzen Toronado. Ich weiß nicht, welches Baujahr. Auf jeden Fall einen von den alten, die eine Menge Kraft unter der Haube haben. Einfarbig schwarz. Kennzeichen von Mississippi, aber er könnte sich auch andere besorgt haben.

»Ich glaube, dazu war er zu beschäftigt«, murmelte Alan. Noch immer kribbelte die Gänsehaut mit Tausenden von Füßchen auf seinem Körper.

»Was haben Sie gesagt, Chief?«

»Nichts, Albert. Hab nur mit mir selbst geredet.«

»Meine Mom hat immer gesagt, das bedeutet, daß man zu Geld kommt. Vielleicht sollte ich das auch einmal versuchen.«

Plötzlich erinnerte sich Alan, daß Thad noch etwas erwähnt hatte – ein letztes Detail.

»Albert . . .«

»Nennen Sie mich Fuzzy, Chief.«

»Fuzzy, hatte der Wagen, den Sie sahen, einen Aufkleber an der Stoßstange? Ist Ihnen vielleicht aufgefallen . . .«

»Woher zum Teufel wissen Sie das? Haben Sie die Kiste auf der Fahndungsliste, Chief?« fragte Fuzzy interessiert.

»Das ist eine Polizeiangelegenheit, die Sie nicht zu kümmern braucht. Haben Sie gesehen, was darauf stand?«

»Natürlich habe ich das«, sagte Fuzzy Martin. »GRANDIOSER HURENSOHN, das stand drauf.«

Alan legte langsam den Hörer auf, glaubte, was er gehört hatte, sagte sich aber, daß es nichts bewies, überhaupt nichts – außer vielleicht, daß Thad Beaumont total übergeschnappt war. Der Gedanke, Fuzzys Beobachtung wäre ein Beweis dafür, daß etwas – Übernatürliches, in Ermangelung eines besseren Wortes – vor sich ging, war schlechthin absurd.

Und dann dachte er an die Stimmanalysen und an die Fingerabdrücke, dachte an die Hunderte von Sperlingen, die gegen die Fenster des Bergenfield County Hospital prallten, und wurde von einem heftigen Zittern gepackt, das fast eine volle Minute andauerte.

3

Alan Pangborn war weder ein Feigling noch ein abergläubischer Bauer, der auf Krähen mit dem Zeichen gegen den bösen Blick reagiert und seine schwangeren Weibsbilder von frischer Milch fernhält, damit sie nicht sauer wird. Er war kein Dummkopf, war immun gegen das Geschwätz gerissener Stadtleute, die berühmte Brücken billig verkaufen wollten, und er war auch nicht von gestern. Er glaubte an Logik und vernünftige Erklärungen. Also wartete er ab, bis das Zittern nachgelassen hatte, zog dann seine Telefonkartei heran und fand darin Thads Nummer. Mit einem Anflug von Belustigung stellte er fest, daß die Nummer auf der Karte und die in seinem Kopf übereinstimmten. Anscheinend hatte sich Castle Rocks berühmter Schriftsteller in seinem Denken – zumindest einem Teil davon – doch fester eingenistet, als er angenommen hatte.

Es muß Thad gewesen sein in diesem Wagen. Wenn man das Aberwitzige ausschaltet – was für eine Alternative bleibt dann? Er hat ihn mir beschrieben. Wie hieß doch diese alte Quizsendung im Radio? Nenn es und nimm es.

Bergenfield County Hospital wurde von Sperlingen attackiert.

Und da waren weitere Fragen – viel zu viele.

Thad und seine Familie standen unter dem Schutz der Staatspolizei von Maine. Wenn sie sich entschlossen hätten, ihre Koffer zu packen und übers Wochenende hierher zu kommen, dann hätten die Jungs ihn angerufen – teils, um ihn zu warnen, teils aus purer Höflichkeit. Auf jeden Fall hätten sie versucht, Thad von einem solchen Ausflug abzuraten, nachdem sie bei der Überwachung in Ludlow eine gewisse Routine entwickelt hatten. Und wenn der Ausflug auf einem spontanen Entschluß beruhte, wären ihre Bemühungen, ihn von diesem Entschluß abzubringen, noch intensiver gewesen.

Und dann war da das, was Fuzzy *nicht* gesehen hatte – nämlich der Wagen oder die Wagen, die den Beaumonts auf jeden Fall gefolgt wären, wenn sie sich entschlossen hätten, die Reiseschuhe anzuziehen – was sie ohne weiteres hätten tun können; schließlich waren sie keine Häftlinge.

Leute mit einem Gehirntumor tun oft die ausgefallensten Dinge.

Wenn es Thads Toronado gewesen war, und wenn er bei Fuzzy gewesen war, um ihn zu holen, *und* wenn er allein gewesen war, dann führte das zu einem Schluß, der Alan ganz und gar nicht gefiel, denn er mochte Thad. Dieser Schluß war, daß Thad sowohl seiner Familie als auch seinen Beschützern absichtlich entwischt war.

Wenn das der Fall war, hätten die Jungs von der Staatspolizei mich gleichfalls anrufen müssen. Sie hätten eine Fahndung veranlaßt, und sie wissen verdammt gut, daß Castle Rock einer der Orte ist, an denen er auftauchen könnte.

Er wählte die Nummer der Beaumonts. Der Hörer wurde beim ersten Läuten abgenommen. Es meldete sich eine Stimme, die er nicht kannte. Was nur besagte, daß er der Stimme keinen Namen geben konnte. Daß er mit einem Polizisten verbunden war, hatte er bereits nach der ersten Silbe begriffen.

»Hallo? Hier bei Beaumont.«

Auf der Hut. Bereit, einen Keil von Fragen in die nächste Lücke zu treiben, falls die Stimme zufällig die richtige war – oder die falsche.

Was ist passiert? fragte sich Alan, und sein nächster Gedanke war: *Sie sind tot. Wer immer es sein mag, er hat die ganze Familie umgebracht, so schnell und leicht und erbarmungslos, wie er auch die anderen umgebracht hat. Die Überwachung, die Verhöre, die Fangschaltung – es war alles umsonst.*

Als er antwortete, war seiner Stimme nicht einmal ein Anhauch dieser Gedanken zu entnehmen.

»Hier ist Alan Pangborn«, sagte er knapp. »Sheriff von Castle County. Ich wollte mit Thad Beaumont sprechen. Wer ist am Apparat?«

Es folgte eine kurze Pause, dann erwiderte die Stimme: »Ich bin Steve Harrison, Sheriff. Staatspolizei von Maine. Ich wollte Sie anrufen, hätte es bereits vor einer Stunde tun müssen. Aber hier – hier geht alles drunter und drüber. Darf ich fragen, weshalb Sie anrufen?«

Ohne sich Zeit zum Nachdenken zu lassen – das seine Antwort bestimmt beeinflußt hätte – log Alan. Er tat es, ohne sich nach dem Grund dafür zu fragen. Das würde später kommen.

»Ich wollte mich bei Thad erkundigen, wie die Dinge stehen«, sagte er. »Es ist eine Weile her, seit wir zuletzt miteinander gesprochen haben. Ist etwas passiert?«

»Ja, und zwar etwas, das Sie nicht für möglich halten werden«, sagte Harrison ingrimmig. »Zwei meiner Leute sind tot. Wir sind ziemlich sicher, daß Beaumont es getan hat.«

Wir sind ziemlich sicher, daß Beaumont es getan hat.

Sie handeln umso ausgefallener, je intelligenter sie sind.

Alan war zumute, als ob sich ein *déjà vu* nicht nur in seinen Verstand einschliche, sondern wie eine Armee in seinen ganzen Körper einmarschierte. Thad, immer wieder lief es auf Thad hinaus. Natürlich. Er war intelligent, er war schwer zu fassen, und er litt, wie er selbst zugegeben hatte, unter Symptomen, die auf einen Gehirntumor hindeuteten.

Aber der Junge hatte überhaupt keinen Gehirntumor.

Wenn das Ergebnis beider Untersuchungen negativ war, dann deshalb, weil nichts da ist, was sie hätten aufzeigen können.

Vergiß den Tumor. Die Sperlinge sind es, über die du nachdenken mußt – weil die Sperlinge wieder fliegen.

»Was ist passiert?« fragte er Trooper Harrison.

»Er hat Henry Chatterton und Jack Eddings fast in Stücke gehauen, das ist passiert!« schrie Harrison, und Alan war bestürzt über die Intensität seiner Wut. »Er hat seine Familie bei sich, und ich *will* diesen Mistkerl erwischen!«

»Was – wie ist er entkommen?«

»Ich habe jetzt keine Zeit für Einzelheiten«, sagte Harrison. »Es ist eine Scheißstory, Sheriff. Er fuhr einen rotgrauen Chevrolet-Suburban, einen regelrechten Wal auf Rädern. Wir nehmen an, daß er ihn irgendwo abgestellt hat und in einen anderen Wagen umgestiegen ist. Er hat ein Sommerhaus bei Ihnen. Sie wissen, wo es liegt?«

»Ja«, sagte Alan. Seine Gedanken überschlugen sich. Er schaute auf die Uhr an der Wand und sah, daß es 15.39 Uhr war. Die Zeit. Alles drehte sich um die Zeit. Und ihm fiel ein, daß er Fuzzy Martin nicht gefragt hatte, wann er den Toronado aus seiner Scheune hatte kommen sehen. Das hatte er noch nicht für wichtig gehalten. Jetzt war es wichtig. »Wann haben Sie ihn aus den Augen verloren, Trooper Harrison?«

Ihm war, als könnte er Harrison bei dieser Frage vor Wut schäumen hören, aber als er antwortete, tat er es ohne Rechtfertigung oder Kommentar. »Kurz nach zwölf«, sagte er. »Er muß einige Zeit gebraucht haben, um in einen anderen Wagen umzusteigen, sofern er das getan hat, und dann mußte er zu seinem Haus in Ludlow fahren . . .«

»Wo war er, als er Ihnen entwischte? Ich meine, wie weit von seinem Haus entfernt?«

»Sheriff, ich würde gern all Ihre Fragen beantworten, aber ich habe nicht die Zeit dazu. Der entscheidende Punkt ist, wenn er zu Ihnen unterwegs ist – unwahrscheinlich, aber der Kerl ist irre, und da kann man nie wissen –, dann ist er wahrscheinlich noch nicht angekommen. Aber wenn er unterwegs ist, wird er sehr bald dort sein. Mitsamt seiner Familie. Und da wäre es sehr schön, wenn Sie und ein paar Ihrer Männer da wären, um ihn in Empfang zu nehmen. Wenn er aufkreuzt, melden Sie sich bei Henry Payton in Oxford, und wir schicken Ihnen mehr Verstärkung, als Sie in Ihrem ganzen Leben je gesehen haben. *Versuchen Sie auf keinen Fall, ihn selbst festzunehmen.* Wir gehen davon aus, daß er die Frau als Geisel genommen hat, wenn sie nicht schon tot ist, und das gilt erst recht für die Kinder.«

»Ja, wenn er Ihre Kollegen umgebracht hat, muß er sich seiner Frau wohl mit Gewalt bemächtigt haben«, pflichtete Alan ihm bei, und gleichzeitig dachte er: *Aber du würdest sie mit hineinziehen, wenn du könntest, nicht wahr? Weil du dir etwas in den Kopf gesetzt hast und nicht daran denkst, davon abzugehen. Zum Teufel, Mann, du* kannst *ja nicht einmal denken, geradeaus oder um die Ecke herum, solange das Blut deiner Kollegen noch nicht getrocknet ist.*

Da war ein Dutzend Fragen, die er gern gestellt hätte, und die Antworten darauf würden vermutlich zu weiteren vier Dutzend Fragen führen – aber in einer Hinsicht hatte Harrison recht. Dafür war keine Zeit.

Er zögerte einen Moment, weil es ihn drängte, Harrison die allerwichtigste, die entscheidende Frage zu stellen: War Harrison sicher, daß Thad die *Zeit* gehabt hatte, zu seinem Haus zu fahren, die dort postierten Männer umzubringen und seine Familie zu entführen – und das alles, bevor die erste Verstärkung eintraf? Aber mit dieser Frage würde er nur die schmerzhafte Wunde aufreißen, die Harrison jetzt quälte, weil in ihr das verdammende und unbestreitbare Faktum steckte: *Du hast ihn aus den Augen verloren. Irgendwie ist er dir entwischt. Du hattest einen Job zu erledigen, und du hast Mist gebaut.*

»Kann ich mich auf Sie verlassen, Sheriff?« fragte Harrison, und jetzt klang seine Stimme nicht mehr wütend, sondern nur erschöpft und gequält, und Alan empfand tiefes Mitgefühl.

»Ja. Das Haus wird sofort unter Bewachung gestellt.«

»Gut. Und Sie setzen sich mit dem Revier in Oxford in Verbindung?«

»Mach ich. Henry Payton ist ein guter Freund von mir.«

»Beaumont ist gefährlich, Sheriff. *Äußerst* gefährlich. Seien Sie vorsichtig, falls er bei Ihnen auftaucht.«

»Ich verstehe.«

»Halten Sie mich auf dem laufenden.« Harrison hatte die Verbindung ohne ein Wort des Abschieds unterbrochen.

4

Sein Verstand – jedenfalls soweit er sich mit den Dienstvorschriften zu beschäftigen hatte – erwachte und stellte Fragen – oder versuchte es. Alan kam zu dem Schluß, daß er keine Zeit hatte, sich um Dienstvorschriften zu kümmern. In keiner ihrer vielen Formen. Er würde sich einfach alle erdenklichen Wege offenhalten und ans Werk gehen. Er hatte das Gefühl, daß die Dinge an einem Punkt angekommen waren, an dem sich einige dieser Wege von selbst verschließen würden.

Ruf wenigstens ein paar von deinen eigenen Leuten an.

Aber er hatte das Gefühl, nicht einmal dazu bereit zu sein. Norris Ridgewick, der Mann, den er geholt hätte, hatte frei und war nicht in der Stadt. John LaPointe litt noch an den Folgen seines Kontaktes mit dem Giftsumach. Seat Thomas war auf Streife unterwegs. Andy Clutterbuck war da, aber Clut war ein Neuling, und das war eine haarige Angelegenheit.

Er würde die Sache zuerst einmal allein angehen.

Du bist verrückt! meuterten die Dienstvorschriften in seinem Verstand.

»Durchaus möglich, daß ich es werde«, sagte Alan laut. Er suchte sich Albert Martins Nummer aus dem Telefonbuch und rief ihn an, um ihm die Fragen zu stellen, die er eigentlich gleich hätte stellen müssen.

5

»Wie spät war es, als Sie den Toronado aus Ihrer Scheune kommen sahen, Fuzzy?« fragt er, als Martin sich meldete, und dachte: *Er wird es nicht wissen. Himmel, ich bin nicht einmal sicher, ob er überhaupt die Uhr lesen kann.*

Aber Fuzzy strafte ihn prompt Lügen. »Kaum ein Mösenhaar nach drei, Chief.« Und dann, nach kurzem Nachdenken: »Entschuldigen Sie den harten Ausdruck.«

»Sie haben aber erst um ...« Alan warf einen Blick auf das Tagesformular, auf dem er Fuzzys Anruf automatisch notiert hatte. »... 15.28 angerufen.«

»Mußte darüber nachdenken«, sagte Fuzzy. »Bevor man etwas unternimmt, sollte man sich die Sache immer genau überlegen, so jedenfalls sehe ich das. Bevor ich Sie anrief, bin ich in die Scheune gegangen, um nachzusehen, ob derjenige, der den Wagen herausgeholt hat, sonst noch irgendwelchen Mist angerichtet hat.«

Mist, dachte Alan nachdenklich. *Und bei der Gelegenheit hast du vermutlich nachgesehen, ob der Ballen Pot noch auf dem Heuboden liegt, nicht wahr, Fuzzy?*

»Hat er?«

»Hat er was?«

»Mist angerichtet?«

»Nein. Sah nicht so aus.«

»In welchem Zustand war das Schloß?«

»Offen«, sagte Fuzzy mit Nachdruck.

»Zertrümmert?«

»Nein. Hing einfach offen auf dem Überwurf.«

»Kann er einen Schlüssel gehabt haben?«

»Wüßte nicht, wie der Kerl an einen hätte kommen können. Ich nehme an, er hat es geknackt.«

»War außer ihm jemand im Wagen?« fragte Alan. »Konnten Sie das erkennen?«

Fuzzy dachte nach. »Das kann ich nicht sagen«, sagte er schließlich. »Ich weiß, was Sie denken, Chief – wenn ich das Nummernschild erkennen und diesen blöden Aufkleber lesen konnte, dann hätte ich auch sehen müssen, wie viele Leute in der Kiste drin saßen. Aber die Sonne lag auf den Scheiben, und ich glaube, es war auch kein gewöhnliches Glas. Ich glaube, es war irgendwie getönt. Nicht sehr stark, nur ein bißchen.«

»Okay, Fuzzy. Wir gehen der Sache nach.«

»Auf jeden Fall ist er von hier weggefahren«, sagte Fuzzy und gelangte dann schlagartig zu einer genialen Schlußfolgerung: »Aber *irgendwo* muß er ja sein.«

»So ist es«, sagte Alan. Er versprach, Fuzzy wissen zu lassen, was dahintersteckte, und legte auf. Er schob seinen Stuhl zurück und schaute auf die Uhr.

Um drei, hatte Fuzzy gesagt. *Kaum ein Mösenhaar nach drei, entschuldigen Sie den harten Ausdruck.*

Alan hielt es für ausgeschlossen, daß Thad die Strecke von Ludlow nach Castle Rock in drei Stunden hätte zurücklegen können, noch dazu mit einem Abstecher zu seinem Haus von der Stelle aus, an der Harrison ihn aus den Augen verloren hatte – einem kleinen Abstecher, den er dazu benutzt hatte, seine Frau und seine Kinder zu kidnappen und nebenher noch zwei Männer von der Staatspolizei umzubringen. Es wäre vielleicht möglich gewesen, wenn er geradewegs aus Ludlow gekommen wäre, aber von einem anderen Ort kommen, in Ludlow Station machen und dann rechtzeitig hier auftauchen, um ein Schloß zu knacken und in einem Toronado davonzufahren, der zufällig in Fuzzys Scheune auf ihn wartete? Ausgeschlossen.

Aber angenommen, *jemand anders* hatte die Polizisten beim Haus der Beaumonts umgebracht und Thads Familie entführt? Jemand, der keine Zeit damit zu vergeuden brauchte, eine Polizeieskorte abzuschütteln, in einen anderen Wagen umzusteigen und Abstecher zu machen; jemand, der Liz Beaumont und ihre Zwillinge einfach in einen Wagen gesetzt und sich auf den Weg nach Castle Rock gemacht hatte? Alan hielt es für denkbar, daß *er* so frühzeitig hätte ankommen können, daß Fuzzy Martin ihn kurz nach drei sehen konnte.

Die Polizei – sprich Trooper Harrison, zumindest fürs erste – war überzeugt, daß es Thad gewesen sein mußte, aber Harrison und seine *compadres* wußten nichts von dem schwarzen Toronado.

Mississippi-Zulassungsschilder, hatte Fuzzy gesagt.

Thads fiktiver Biographie von George Stark zufolge war Mississippi dessen Heimatstaat. Wenn Thad so schizophren war, daß er sich, zumindest zeitweise, für Stark hielt, dann hätte er sich ohne weiteres einen schwarzen Toronado zulegen können, um seiner Illusion oder Phantasie einen realen Anstrich zu geben; aber um Zulassungsschilder zu bekommen, hätte er nicht nur Mississippi einen Besuch abstatten, sondern auch nachweisen müssen, daß er dort ansässig war.

Das stimmt nicht. Er könnte die Schilder irgendwo gestohlen haben. Oder irgendwo ein paar ausrangierte gekauft haben. Fuzzy hat nicht gesagt, aus welchem Jahr sie stammten – das hätte er auch vom Haus aus nicht erkennen können, nicht einmal mit dem Fernglas.

Aber es war nicht Thads Wagen. Konnte es nicht gewesen sein. Liz hätte davon gewußt, oder?

Vielleicht nicht. Wenn er irre genug ist, vielleicht nicht.

Und dann war da das verschlossene Tor. Wie war Thad in die Scheune gekommen, ohne das Schloß aufzubrechen? Er war kein Einbrecher, sondern Schriftsteller und Professor.

Nachschlüssel, flüsterte sein Verstand, aber Alan hielt es für unwahrscheinlich. Wenn Fuzzy tatsächlich von Zeit zu Zeit Marihuana in seiner Scheune lagerte, würde er sehr darauf achten, wo sich seine Schlüssel befanden, so unvorsichtig er auch mit seinen Zigarettenstummeln umging.

Und noch eine letzte Frage, die entscheidende Frage: wie kam es, daß Fuzzy diesen schwarzen Toronado noch nie gesehen hatte, wenn er die ganze Zeit in seiner Scheune gestanden hatte? Wie war das möglich?

Versuch es mal damit, flüsterte ihm eine Stimme im Hintergrund seines Bewußtseins zu, als er nach seinem Hut griff und das Büro verließ. *Das ist eine verdammt lustige Idee, Alan. Du wirst lachen. Du wirst dich totlachen. Angenommen, Thad Beaumont hat von Anfang an recht gehabt? Angenommen, es gibt wirklich einen George Stark, der herumläuft – und die Elemente seines Lebens, die Elemente, die Thad sich ausgedacht hat, materialisieren sich, wenn er sie braucht?* Wenn *er sie braucht, aber nicht immer dort,* wo *er sie braucht. Weil sie sich immer an Orten befinden, die mit dem Leben seines Erschaffers in Verbindung stehen. Also mußte Stark seinen Wagen da abholen, wo Thad seinen Wagen untergestellt hat, genau so, wie er sein Leben da beginnen mußte, wo Thad ihn symbolisch begraben hat. Wie gefällt dir das? Ist das nicht ein Heuler?*

Es gefiel ihm nicht. Es war kein Heuler. Es war kein bißchen lustig. Es beschädigte nicht nur alles, was er glaubte, sondern auch die Art und Weise, auf die er zu *denken* gelernt hatte.

Ein Ausspruch von Thad fiel ihm ein: *Wenn ich schreibe, weiß ich nicht, wer ich bin.* Das waren nicht die genauen Worte, aber es kam der Sache sehr nahe. *Und was noch erstaunlicher ist – bis heute bin ich noch nie auf die Idee gekommen, darüber nachzudenken.*

»Du bist *er* gewesen, nicht wahr?« sagte Alan leise. »Du bist er gewesen, und er war du, und auf diese Weise ist der Killer entstanden.«

Er zitterte, und Sheila Brigham schaute von ihrer Schreibmaschine auf und bemerkte es. »Dafür ist es zu warm, Alan. Anscheinend steckt Ihnen eine Erkältung in den Knochen.«

»Irgend etwas steckt mir sicher in den Knochen«, sagte Alan. »Übernehmen Sie das Telefon, Sheila. Geben Sie kleinere Sachen an Seat Thomas weiter. Alles Wichtige an mich. Wo ist Clut?«

»Hier bin ich!« ertönte Cluts Stimme aus der Toilette.

»Ich bin vermutlich in ungefähr einer Dreiviertelstunde zurück«, rief Alan ihm zu. »Sie übernehmen so lange den Schreibtisch.«

»Wo wollen Sie hin, Alan?« Clut kam aus der Toilette und stopfte sein Khakihemd in die Hose.

»Zum See«, sagte Alan unbestimmt und verließ den Raum, bevor Sheila oder Clut weitere Fragen stellen konnten – oder bevor er Zeit hatte, über sein Verhalten nachzudenken. In einer Situation wie dieser fortzugehen, ohne zu hinterlassen, wohin er wollte, war eine sehr schlechte Idee. Sie konnte mehr als Schwierigkeiten mit sich bringen; sie konnte es mit sich bringen, daß er ums Leben kam.

Aber das, woran er dachte

(die Sperlinge fliegen)

konnte einfach nicht wahr sein. Es war *unmöglich*. Es mußte eine vernünftigere Erklärung geben.

Er versuchte immer noch, sich das einzureden, als er mit seinem Streifenwagen aus der Stadt heraus und in die schlimmsten Stunden seines Lebens hineinfuhr.

6

Ungefähr eine halbe Meile von Fuzzy Martins Anwesen entfernt lag an der Route 5 ein Rastplatz. Alan folgte etwas, das halb eine Ahnung, halb eine Laune war, und bog auf diesen Rastplatz ein. Was die Ahnung betraf, so lagen die Dinge einfach genug: schwarzer Toronado oder nicht – sie waren nicht auf einem fliegenden Teppich von Ludlow hierher gekommen. Der Mann, hinter dem er her war, hatte Homer Gamaches Pickup auf einem Rastplatz abgestellt, als er ihn nicht mehr brauchte, und was er einmal getan hatte, würde er vielleicht wieder tun.

Auf dem Parkplatz standen drei Fahrzeuge: ein Bierlaster, ein neuer Ford Escort und ein mit Staub bedeckter Volvo.

Als er aus seinem Streifenwagen stieg, kam ein Mann in grünem Overall aus der Toilette und ging auf den Bierlaster zu. Er war untersetzt, dunkelhaarig, schmalschultrig. Bestimmt nicht George Stark.

»Officer«, sagte er und deutete einen Gruß an. Alan nickte ihm zu und ging hinüber zu der Stelle, an der drei ältliche Damen an einem der Picknicktische saßen, Kaffee aus einer Thermosflasche tranken und sich unterhielten.

»Hallo, Officer«, sagte eine von ihnen. »Können wir etwas für Sie tun?« *Oder haben wir vielleicht etwas auf dem Kerbholz?* fragten die einen Moment lang nervösen Augen.

»Ich wollte nur fragen, ob der Ford und der Volvo da drüben Ihnen gehören«, sagte Alan.

»Der Ford gehört mir«, sagte die zweite Dame. »In dem sind wir alle drei gekommen. Wem der Volvo gehört, weiß ich nicht. Ist es die Marke? Ist die Marke wieder abgelaufen? Eigentlich sollte sich mein Sohn darum kümmern, aber er ist so vergeßlich. Dreiundvierzig, und ich muß ihm immer noch sagen, was er ...«

»Mit der Marke ist alles in Ordnung, Madam«, sagte Alan mit seinem besten Die-Polizei-dein-Freund-und-Helfer-Lächeln. »Sie haben den Volvo nicht kommen sehen?«

Sie schüttelten die Köpfe.

»Haben Sie in den letzten Minuten jemanden gesehen, der dazu gehören könnte?«

»Nein«, sagte die dritte Dame. Sie musterte ihn mit hellen kleinen Mausaugen. »Sind Sie auf einer Spur?«

»Wie bitte, Madam?«

»Ich meine, ob Sie einem Verbrecher auf der Spur sind.«

»Oh«, sagte Alan. Einen Augenblick lang kam ihm alles unwirklich vor. Was genau tat er hier eigentlich? Was genau hatte er sich eigentlich dabei gedacht, hierher zu kommen? »Nein, Madam. Ich interessiere mich nur für Volvos.« Mann, hörte sich das intelligent an. Das hörte sich regelrecht *bescheuert* an.

»Ach so«, sagte die erste Dame. »Nein, wir haben niemanden gesehen. Möchten Sie eine Tasse Kaffee, Officer? Ich glaube, so viel ist gerade noch in der Kanne.«

»Nein, danke«, sagte Alan. »Einen schönen Tag noch.«

»Ihnen auch, Officer«, ertönte es in einem fast einstimmigen Chor dreier Stimmen, was bewirkte, daß Alan alles noch unwirklicher vorkam.

Er wanderte zu dem Volvo hinüber. Versuchte, die Fahrertür zu öffnen. Sie war nicht abgeschlossen. Das Innere des Wagens erinnerte an einen heißen Dachboden. Er stand schon eine Weile. Er schaute in den Fond und sah ein Päckchen auf dem Boden liegen. Er bückte sich und hob es auf.

HANDI-WIPE stand darauf, und er hatte das Gefühl, als hätte ihm jemand eine Kegelkugel in den Magen gefeuert.

Das hat gar nichts zu besagen, meldete sich sofort die Stimme des Verstandes und der Dienstvorschriften. *Jedenfalls nicht unbedingt. Ich weiß, woran du denkst: du denkst an Kleinkinder. Aber, Alan, diese Dinger bekommt man gratis dazu, wenn man irgendwo am Straßenrand ein gebratenes Hähnchen kauft.*

Trotzdem . . .

Alan steckte die Papiertücher in eine der Taschen seiner Uniformjacke und zog den Kopf aus dem Wagen. Er wollte die Tür schließen, doch dann beugte er sich noch einmal hinein. Er versuchte, unter das Armaturenbrett zu schauen, und stehend gelang ihm das nicht. Er mußte sich auf die Knie niederlassen.

Eine weitere Kegelkugel traf ihn. Er gab einen erstickten Laut von sich – den Laut eines Menschen, dem ein heftiger Schlag versetzt worden ist.

Die Zündkabel hingen herunter, und ihre Kupferadern waren abisoliert und leicht geknickt. Solche Knicke entstanden, wie Alan wußte, beim Zusammenflechten der Adern. Der Volvo war kurzgeschlossen worden, und zwar allem Anschein nach sehr professionell. Der Fahrer hatte die Kabel oberhalb der bloßen Enden angefaßt und wieder auseinandergezerrt, um den Motor abzuschalten, als sie hier angekommen waren.

Also war es doch wahr – zumindest einiges davon. Die große Frage war nur, wie viel. Nach und nach kam er sich vor wie ein Mann, der einem möglicherweise todbringenden Steilhang immer näher kommt.

Er kehrte zu seinem Streifenwagen zurück, stieg ein, startete den Motor und nahm das Mikrofon aus seiner Halterung.

Was ist wahr? flüsterten Verstand und Dienstvorschriften. Gott, das war eine nervenaufreibende Stimme. *Daß sich jemand im Haus der Beaumonts am See aufhält? Ja – das ist vermutlich wahr. Daß jemand namens George Stark diesen schwarzen Toronado aus Fuzzy Martins Scheune geholt hat? Also, weißt du, Alan . . .*

Zwei Gedanken schossen ihm fast gleichzeitig durch den Kopf. Der erste besagte: wenn er, wie Harrison ihn angewiesen hatte, mit der

Staatspolizei in Oxford Verbindung aufnahm, würde er vielleicht *nie* erfahren, wie diese Sache ausging. Lake Lane, an der das Sommerhaus der Beaumonts stand, war eine Sackgasse. Die Männer von der Staatspolizei würden ihn anweisen, sich dem Haus keinesfalls allein zu nähern – mit Recht, wenn sie den Mann, der Liz und die Zwillinge in seiner Gewalt hatte, im Verdacht hatten, mindestens acht Morde begangen zu haben. Sie würden ihn auffordern, die Straße zu sperren und sonst *gar nichts* zu tun, während sie massenhaft Streifenwagen ausschickten, vielleicht einen Hubschrauber und womöglich außerdem ein paar Zerstörer und Jagdflugzeuge.

Der zweite Gedanke betraf Stark.

Sie dachten nicht an Stark; sie *wußten* nicht einmal von Starks Existenz.

Aber was war, wenn Stark tatsächlich existierte?

Wenn das der Fall war, dann hätte man, wie Alan jetzt glaubte, einen Trupp nichtsahnender Staatspolizisten, statt sie in die Lake Lane zu schicken, ebensogut gleich in einen Fleischwolf stecken können.

Er hängte das Mikrofon wieder in die Halterung. Er würde hingehen, und zwar allein. Das konnte ein Fehler sein, war es vermutlich, aber genau das würde er tun. Mit dem Gedanken an seine eigene Dummheit konnte er leben; das hatte er weiß Gott schon öfter gemußt. Aber womit er nicht leben konnte, war die Möglichkeit, für den Tod von einer Frau und zwei kleinen Kindern verantwortlich zu sein, indem er einen Funkspruch durchgab und Verstärkung anforderte, bevor er wußte, wie die Lage wirklich war.

Alan lenkte seinen Wagen von dem Rastplatz herunter und fuhr in Richtung Lake Lane.

Vierundzwanzigstes Kapitel

Die Sperlinge kommen

1

Thad mied auf seiner Fahrt nach Castle Rock die Schnellstraße (Stark hatte Liz, die am Steuer saß, angewiesen, sie zu benutzen, und ihre Fahrzeit damit um eine halbe Stunde verkürzt), und so mußte er entweder Lewiston-Auburn oder Oxford durchfahren. L. A., wie die Einheimischen es nannten, war ein wesentlich größeres Ballungsgebiet – aber in Oxford war das Hauptquartier der Staatspolizei.

Er entschied sich für Lewiston-Auburn.

Er wartete an einer Verkehrsampel in Auburn und hielt im Rückspiegel ständig nach Polizeifahrzeugen Ausschau, als ihm abermals die Idee kam, die ihm das erste Mal durch den Kopf gegangen war, als er sich beim Schrottplatz mit Rawlie unterhielt. Diesmal war es nicht nur ein Kitzel, sondern eher so etwas wie ein kräftiger Schlag.

Ich bin es, der von ihnen weiß. Ich bin es, dem sie gehören. Ich bin es, der sie kommen läßt.

Es ist Zauberei, womit wir es hier zu tun haben, dachte Thad, *und jeder Zauberer, der sein Geld wert ist, braucht einen Zauberstab. Das weiß jedes Kind. Glücklicherweise weiß ich genau, wo ich einen solchen Gegenstand herbekomme. Wo man ihn sogar im Dutzend verkauft.*

Das nächste Schreibwarengeschäft lag an der Court Street, und Thad bog in diese Richtung ab. Er zweifelte nicht daran, daß in dem Haus in Castle Rock genug Berol Black Beauty-Bleistifte vorhanden waren, und ebensowenig daran, daß Stark seinen eigenen Vorrat mitgebracht hatte, aber die wollte er nicht. Was er wollte, waren Bleistifte, die Stark noch nie angerührt hatte, weder als Teil von Thad noch als eigenständiges Geschöpf.

Thad fand ungefähr einen halben Block von dem Schreibwarengeschäft entfernt einen Parkplatz, stellte den Motor von Rawlies VW ab (er starb erst nach mehrmaligem Keuchen und Husten), stieg aus und genoß es, dem Geist von Rawlies Pfeife zu entkommen und frische Luft zu schnappen.

In dem Schreibwarenladen kaufte er eine Schachtel Berol Black Beauty-Bleistifte; er fragte, ob er den Stiftspitzer an der Wand benutzen dürfte, und der Verkäufer hatte nichts dagegen. Er spitzte sechs der Berols an und steckte sie, nebeneinander aufgereiht, in seine Brusttasche. Die Minen ragten heraus wie die Sprengköpfe tödlicher kleiner Raketen.

Presto und Abrakadabra, dachte er. *Jetzt kann die Vorstellung beginnen.*

Er kehrte zu Rawlies Wagen zurück, stieg ein und saß dann einen Augenblick nur da, in der Hitze schwitzend, und sang leise »John Wesley Harding« vor sich hin.

Das könnte sehr, sehr gefährlich sein, dachte er. Er stellte fest, daß es ihn nicht sonderlich kümmerte, wie es ihm selbst erging. Schließlich hatte er George Stark in die Welt gebracht, und damit war er vermutlich für ihn verantwortlich. Im Grunde war das höchst unfair; schließlich hatte er George Stark nicht in bewußter Absicht erschaffen, und schon gar nicht in böser Absicht. Er konnte sich beim besten Willen nicht in der Rolle eines der berüchtigten Doktoren sehen, der Herren Jekyll und Frankenstein, trotz allem, was seiner Frau oder seinen Kindern widerfahren mochte. Er hatte nicht die Absicht gehabt, eine Reihe von Romanen zu schreiben, die ihm einen Haufen Geld einbrachten, und schon gar nicht die Absicht, ein Ungeheuer zu erschaffen. Er hatte lediglich versucht, sich einen Weg um den großen Felsbrocken herum zu ertasten, der vor ihm niedergestürzt war. Er hatte nur nach einer Möglichkeit gesucht, wieder eine Geschichte zu schreiben, weil ihn das glücklich machte.

Statt dessen hatte er sich eine Art übernatürlicher Krankheit zugezogen. Es gab massenhaft Krankheiten, die sich in den Körpern von Leuten einnisteten, die nichts getan hatten, womit sie sie verdient hätten – hübsche Sachen wie zerebrale Kinderlähmung, Muskeldystrophie, Epilepsie, Alzheimer-Krankheit –, doch wer sie einmal bekommen hatte, mußte damit fertig werden. Und er mußte hiermit fertig werden.

Aber für Liz und die Kinder könnte es sehr gefährlich sein, beharrte, einleuchtend genug, sein Verstand.

Ja. Eine Gehirnoperation kann auch gefährlich sein – aber welche Wahl bleibt einem, wenn ein Tumor darin steckt?

Er wird aufpassen. Schnüffeln. Gegen die Bleistifte ist nichts einzuwenden; er wird vielleicht sogar geschmeichelt sein. Aber wenn er spürt, was du mit ihnen vorhast, oder wenn er etwas von der Lockpfeife erfährt – wenn er etwas von den Sperlingen ahnt, wenn er auch nur ahnt, daß es etwas zu ahnen gibt –, dann ergeht es dir schlecht.

Aber es könnte funktionieren, flüsterte ein anderer Teil seines Verstandes. *Verdammt nochmal, du weißt, daß es funktionieren könnte.*

Ja. Er wußte es. Und weil er im tiefsten Grunde seines Verstandes überzeugt war, daß es sonst nichts gab, was er tun konnte, setzte Thad den VW wieder in Gang und startete in Richtung Castle Rock.

Fünfzehn Minuten später hatte er Auburn hinter sich gelassen und befand sich wieder in ländlicher Umgebung, auf der Fahrt nach Westen.

2

Auf den letzten vierzig Meilen ihrer Fahrt redete Stark ununterbrochen über *Steel Machine,* das Buch, das er mit Thad zusammen schreiben wollte. Er half Liz mit den Kindern – wobei er immer eine Hand freibehielt, in der Nähe des Revolvers, der in seinem Gürtel steckte –, während sie das Haus aufschloß und sie einließ. Sie hatte gehofft, wenigstens auf einigen der von der Lake Lane abzweigenden Zufahrten geparkte Wagen zu sehen oder die Geräusche von Stimmen oder Kettensägen zu hören, aber da war nichts gewesen als das schläfrige Summen von Insekten und das kraftvolle Dröhnen des Toronado-Motors. Dieser Kerl schien ein geradezu unverschämtes Glück zu haben.

Stark redete die ganze Zeit, während sie ausluden und das Gepäck ins Haus brachten. Er hörte nicht einmal damit auf, während er sein Rasiermesser dazu benutzte, alle Telefone bis auf eins unbrauchbar zu machen. Und das Buch hörte sich gut an. Das war das wirklich Fürchterliche daran. Das Buch hörte sich tatsächlich sehr gut an. Es hörte sich an, als könnte es eine ebenso große Sache wie *Machine's Way* werden – vielleicht eine noch größere.

»Ich muß auf die Toilette«, sagte sie, als sie alles drinnen hatten, und unterbrach damit seinen Redefluß.

»In Ordnung«, sagte er ruhig und drehte sich zu ihr um. Sobald sie angekommen waren, hatte er die Sonnenbrille abgesetzt, und jetzt mußte sie den Kopf abwenden. Dieser stechende, faulige Blick war mehr, als sie ertragen konnte.

»Ich komme mit.«

»Ich würde aber lieber allein sein, wenn ich mich dort aufhalte«, sagte Liz bissig. »Du etwa nicht?«

»Das ist mir ziemlich egal«, sagte Stark mit heiterer Gelassenheit. Es war eine Stimmung, in der er sich befand, seit sie bei Gates Falls die Schnellstraße verlassen hatten – er hatte die unverkennbare Aura eines Mannes, der weiß, daß alles ins Lot kommen wird.

»Aber mir ist es *nicht* egal«, sagte sie, als redete sie mit einem ganz besonders beschränkten Kind. Sie spürte, wie ihre Finger sich zu Krallen krümmten. In Gedanken riß sie plötzlich diese stechenden Augäpfel aus ihren schlaffen Höhlen – und als sie einen Blick auf ihn riskierte und sein belustigtes Gesicht sah, wußte sie, daß *er* wußte, was sie dachte und fühlte.

»Ich bleibe an der Tür stehen«, sagte er mit gespielter Demut. »Ich werde ein braver Junge sein und woanders hinsehen.«

Die Kinder krabbelten auf dem Wohnzimmerteppich herum. Sie waren vergnügt und munter und plapperten eifrig. Sie genossen es, hier zu sein, wo sie bisher nur einmal, an einem langen Winterwochenende gewesen waren.

»Sie können nicht allein hier bleiben«, sagte Liz. »Das Badezimmer liegt hinter unserem Schlafzimmer. Wenn sie allein hier bleiben, stellen sie etwas an.«

»Kein Problem, Beth«, sagte Stark und nahm sie mühelos hoch, ein Kind auf jeden Arm. Noch heute morgen war sie überzeugt gewesen, daß William und Wendy aus Leibeskräften gebrüllt hätten, wenn jemand anders als sie oder Thad so etwas versucht hätten. Aber als Stark es tat, kicherten sie fröhlich, als wäre das die lustigste Sache von der Welt. »Ich bringe sie ins Schlafzimmer, und ich werde *sie* im Auge behalten, nicht dich.« Er drehte sich um und bedachte sie mit einem plötzlich eiskalten Blick. »Ich werde genau aufpassen. Ich möchte nicht, daß ihnen etwas passiert, Beth. Ich mag sie. Wenn ihnen etwas passiert, dann ist es nicht meine Schuld.«

Sie ging ins Badezimmer, und er stand auf der Schwelle, wendete ihr, wie er es versprochen hatte, den Rücken zu und beobachtete die Zwillinge. Als sie den Rock hob und die Strumpfhose herunterzog, hoffte sie, daß er ein Mann war, der zu seinem Wort stand. Sie würde nicht sterben, wenn er sich umdrehte und sie auf der Toilette sitzen sah – aber wenn er die Schere in ihrer Unterwäsche sah, dann konnte das durchaus tödlich sein.

Und wie gewöhnlich, wenn sie es eilig hatte, verkrampfte sich ihre Blase. *Komm schon, komm schon,* dachte sie mit einer Mischung aus Angst und Nervosität. *Was ist los – willst du etwa Zinsen auf das Zeug kassieren?*

Endlich. Erleichterung.

»Aber wenn sie versuchen, aus der Scheune herauszukommen«, sagte Stark, »steckt Machine das Benzin in Brand, das sie in der Nacht in den Graben darum geschüttet haben, verstehst du, was ich meine? Da steckt ein Film drin, Beth – die Typen, die Filme drehen, sind ganz wild auf Feuer.«

Sie benutzte das Toilettenpapier, zog behutsam ihre Strumpfhose hoch. Sie ließ Stark nicht aus den Augen, hoffte, daß er sich nicht umdrehen würde. Er tat es nicht. Er war ganz in seine Story versunken.

»Also flüchten Westerman und Jack Rangely wieder hinein, sie wollen den Wagen nehmen und durch das Feuer hindurchbrausen. Aber Ellington gerät in Panik, und . . .«

Er brach plötzlich ab, neigte den Kopf zur Seite. Dann drehte er sich zu ihr um, als sie gerade ihren Rock glattstrich.

»Raus«, sagte er unvermittelt, und die gute Laune war plötzlich aus seiner Stimme verschwunden.

»Was . . .«

Er packte sie mit roher Gewalt beim Arm und zerrte sie ins Schlafzimmer. Dann ging er ins Badezimmer und öffnete den Medikamentenschrank. »Wir kriegen Besuch, und für Thad ist es noch zu früh.«

»Ich habe nichts . . .«

»Ein Wagen«, sagte er knapp. »Starker Motor. Könnte ein Streifenwagen sein. Hörst du ihn?«

Er schlug die Tür des Medikamentenschrankes zu und zog eine Schublade neben dem Waschbecken auf. Dort fand er eine Rolle Heftpflaster und riß den Verschlußring auf.

Sie hörte nichts und sagte es.

»Macht nichts«, sagte er. »Ich kann für uns beide hören. Hände auf den Rücken.«

»Was willst du . . .«

»Halt den Mund und nimm die Hände auf den Rücken!«

Sie tat es, und sofort waren ihre Handgelenke gefesselt. Er umwikkelte sie mit dem Heftpflaster, vor und zurück, vor und zurück, in engen Achterschlingen.

»Jetzt hat er den Motor abgestellt«, sagte er. »Ungefähr eine Viertelmeile von hier. Da versucht jemand, ganz schlau zu sein.«

Sie meinte, im letzten Moment einen Motor gehört zu haben, aber das konnte auch Einbildung sein. Sie wußte, daß sie nicht das geringste gehört hätte, wenn sie nicht ganz konzentriert gelauscht hätte. Himmel, was hatte er für ein feines Gehör!

»Muß das Heftpflaster abschneiden«, sagte er.

»Entschuldige, daß ich dir ein oder zwei Sekunden zu nahe trete, Beth. Für Höflichkeiten ist die Zeit ein bißchen zu knapp.«

Und noch bevor sie recht wußte, was er tat, hatte er ihr unter den Rock gegriffen und die Schere herausgeholt.

Als er das Heftpflaster durchschnitt, schaute er ihr einen Moment in die Augen. Jetzt schien er wieder belustigt zu sein.

»Du hast sie gesehen«, sagte sie matt. »Du hast die kleine Ausbuchtung gesehen.«

»Die Schere?« Er lachte. »Ich habe die Schere gesehen, aber nicht die Ausbuchtung. Ich habe sie in deinen *Augen* gesehen, Süße. Ich habe sie schon in Ludlow gesehen, schon in dem Augenblick, als du die Treppe herunterkamst.«

Er kniete mit dem Heftpflaster vor ihr nieder und wirkte dabei auf absurde – und zugleich bedrohliche – Weise wie ein Verehrer bei einem Heiratsantrag. Dann schaute er zu ihr auf. »Komm nicht auf die Idee, mich treten zu wollen oder dergleichen, Beth. Ich bin mir nicht sicher, aber ich glaube, das ist ein Bulle. Und ich habe nicht die Zeit, irgendwelche Spielchen mit dir zu treiben, so gern ich es unter anderen Umständen täte. Also halt still.«

»Die Kinder ...«

»Ich mache alle Türen zu«, sagte Stark. »Sie sind noch nicht groß genug, um die Klinken zu erreichen, selbst wenn sie auf die Beine kommen. Vielleicht essen sie ein paar Staubflocken unter dem Bett, aber ich glaube, das ist das Schlimmste, was passieren kann. Außerdem bin ich sehr bald wieder da.«

Jetzt legte sich das Heftpflaster in Achterschlingen um ihre Knöchel. Er schnitt es ab und stand auf.

»Mach keine Dummheiten, Beth«, sagte er. »Paß auf, daß du deine glücklichen Gedanken nicht verlierst. Du würdest dafür bezahlen müssen – aber vorher müßtest du zusehen, wie *sie* dafür bezahlen.«

Er schloß die Türen zum Badezimmer und zum Schlafzimmer, und dann war er fort. Er verschwand mit der Geschwindigkeit, mit der ein guter Illusionist einen Trick vorführt.

Sie dachte an die .22er, die im Schuppen lag. War dort auch Munition? Sie war sich dessen ziemlich sicher. Eine halbvolle Packung Winchester .22 Long Rifle lag auf einem der oberen Borde.

Liz begann, ihre Handgelenke vor und zurück zu drehen. Er hatte das Heftpflaster sehr geschickt ineinander verflochten, und eine Zeitlang dachte sie, es wäre ihr unmöglich, es zu lockern, geschweige denn die Hände freizubekommen.

Dann spürte sie, wie es ein wenig nachgab, und sie begann, ihre Hände schneller vor und zurück zu drehen, wobei sie vor Anstrengung keuchte.

William kam herbeigekrabbelt, legte die Hände auf ihr Bein und schaute ihr fragend ins Gesicht.

»Es wird alles wieder gut«, sagte sie und lächelte ihn an.

William erwiderte das Lächeln und krabbelte auf der Suche nach seiner Schwester davon. Liz schleuderte mit einer ruckartigen Kopfbewegung eine schweißfeuchte Haarsträhne aus ihren Augen und fuhr dann fort, ihre Hände zu drehen, vor und zurück, vor und zurück.

3

Soweit Alan Pangborn feststellen konnte, war Lake Lane völlig verlassen – zumindest bis zu der Stelle, bis zu der er zu fahren wagte. Das war die sechste Zufahrt, die von der Straße abging. Er hätte vermutlich noch etwas weiter fahren können, ohne ein Risiko einzugehen – im Haus der Beaumonts konnte man das Motorengeräusch aus dieser Entfernung unmöglich hören, zumal noch zwei Anhöhen dazwischen lagen –, aber er ging lieber auf Nummer sicher. Er bog in die Zufahrt zu dem kleinen Fachwerkhaus ein, in dem die Familie Williams aus Lynn, Massachusetts, ihre Sommer verbrachte, lenkte den Wagen auf einen Nadelteppich unter einer zottigen alten Kiefer, stellte den Motor ab und stieg aus.

Er schaute auf und sah die Sperlinge.

Sie saßen auf dem Dachfirst des Williams-Hauses. Sie saßen auf den oberen Ästen der Bäume rings um das Haus herum. Sie hockten auf Felsbrocken unten am Ufer des Sees; sie stritten sich um Plätze auf dem

Anleger der Williams – so viele von ihnen, daß das Holz nicht mehr zu sehen war. Es waren Hunderte und Aberhunderte.

Und sie gaben keinen Laut von sich, musterten ihn nur mit ihren winzigen schwarzen Augen.

»Großer Gott«, flüsterte er.

Da waren Grillen, die in dem hohen Gras zirpten, das am Fundament des Williams-Hauses wuchs, das sanfte Plätschern des Sees gegen den fest montierten Teil ihres Anlegers. Und das leise Dröhnen eines Flugzeugs, das westwärts in Richtung New Hampshire flog. Davon abgesehen war alles still. Nicht einmal das heisere Brummen eines Außenbordmotors auf dem See war zu hören.

Nur diese Vögel.

All diese Vögel.

Alan spürte, wie sich eine tiefe, dunkle Angst in seine Knochen einschlich. Er hatte schon öfter beobachtet, wie sich Sperlinge im Frühjahr oder Herbst zu Schwärmen zusammenschlossen, manchmal ein- oder zweihundert von ihnen, aber so etwas hatte er in seinem ganzen Leben noch nicht gesehen.

Sind sie Thads wegen hier – oder Starks wegen?

Er warf wieder einen Blick auf das Mikrofon seines Funkgeräts und fragte sich, ob er nicht doch Verstärkung anfordern sollte. Das war einfach unheimlich, zu unberechenbar.

Was ist, wenn sie alle auf einmal auffliegen? Wenn er im Haus ist, und wenn seine Sinne so scharf sind, wie Thad behauptet, dann hört er das. Das entgeht ihm ganz bestimmt nicht.

Er setzte sich in Bewegung. Die Sperlinge rührten sich nicht von der Stelle – aber ein weiterer Schwarm traf ein und ließ sich auf den Bäumen nieder. Sie waren jetzt überall um ihn herum, musterten ihn wie eine hartherzige Jury einen Mörder auf der Anklagebank. Nur oben an der Straße waren keine Sperlinge. Der an die Lake Lane angrenzende Wald war noch frei von ihnen.

Er beschloß, den Weg durch den Wald zu nehmen.

Ihm kam der düstere Gedanke, fast eine Vorahnung, daß er vielleicht den größten Fehler beging, den er je in seinem Beruf gemacht hatte.

Ich werde mich nur umsehen, dachte er. *Wenn die Vögel nicht fliegen – und das haben sie allem Anschein nach nicht vor –, kann eigentlich nichts passieren. Ich kann diese Zufahrt hinaufgehen, die Lake Lane überqueren und mich dann dem Haus der Beaumonts durch den*

Wald hindurch nähern. Wenn der Toronado da ist, werde ich ihn sehen. Und wenn ich den Wagen sehe, sehe ich vielleich auch ihn. *Und wenn das der Fall ist, weiß ich wenigstens, mit wem ich es zu tun habe. Ich weiß, ob es Thad ist oder – jemand anders.*

Da war noch ein weiterer Gedanke. Einer, den Alan kaum zu denken wagte, weil ihn vielleicht das Glück im Stich ließ, wenn er daran dachte. Wenn er den Besitzer des schwarzen Toronado tatsächlich zu Gesicht bekam, konnte er vielleicht auf ihn schießen. Er konnte den Kerl vielleicht töten und der Sache damit ein Ende machen. Wenn es dazu kam, würde ihm zwar die Staatspolizei die Hölle heiß machen, weil er gegen ihre ausdrücklichen Anweisungen gehandelt hatte – aber Liz und die Kinder wären in Sicherheit, und das war im Augenblick alles, worauf es ihm ankam.

Weitere Sperlinge flatterten lautlos hernieder. Sie bedeckten den gesamten Asphalt der Zufahrt. Einer landete kaum einen Meter von Alans Schuhen entfernt. Er machte eine Bewegung, als ob er nach ihm treten wollte, und bereute es im gleichen Moment, erwartete fast, daß sich der Vogel – und mit ihm der ganze riesige Schwarm – himmelwärts schwingen würde.

Der Sperling hüpfte ein Stückchen beiseite. Das war alles.

Ein weiterer Sperling landete auf Alans Schulter. Er konnte es nicht glauben, aber es war so. Als er ihn wegwischen wollte, hüpfte er auf seine Hand. Sein Schnabel senkte sich, als wollte er ihm in die Handfläche hacken – dann hielt er inne. Mit heftig klopfendem Herzen ließ Alan seine Hand sinken. Der Vogel hüpfte herunter, schlug einmal mit den Flügeln und landete neben den anderen auf der Zufahrt. Dann starrte er mit seinen glänzenden, gefühllosen Augen zu ihm hoch.

Alan schluckte und konnte dabei ein Klicken in seiner Kehle hören. »Wer seid ihr?« murmelte er. »Wer zum Teufel seid ihr?«

Die Sperlinge starrten ihn nur an. Und jetzt schien jede Kiefer und jeder Ahorn, den er an dieser Seite des Castle Lake sehen konnte, voll zu sein. Irgendwo hörte er unter ihrem Gewicht einen Ast brechen.

Ihre Knochen sind hohl, dachte er. *Sie wiegen fast überhaupt nichts. Wie viele von ihnen müssen auf einem Ast sitzen, damit er bricht?*

Er wußte es nicht. Wollte es nicht wissen.

Alan löste den Riemen über dem Griff seiner .38er und wanderte die steil abfallende Zufahrt zum Haus der Williams hinauf, fort von den Sperlingen. Als er die Lake Lane erreicht hatte, die nur ein Feldweg mit einem Grasstreifen zwischen den Fahrspuren war, überzog ein Schweißfilm sein Gesicht, und das Hemd klebte feucht an seinem Rücken.

Es ist fast so, dachte er, *als wollten sie nicht zu dicht herankommen – jedenfalls jetzt noch nicht. Es ist fast so, als wäre das hier das Aufmarschgebiet.*

Er ließ den Blick in beiden Richtungen über die Lake Lane schweifen, hinter einem hohen Sumachstrauch, wie er hoffte, gut gedeckt. Keine Menschenseele in Sicht – nur die Sperlinge, und sie befanden sich alle auf dem Abhang, an dem das Fachwerkhaus der Williams stand. Kein Geräusch außer dem Zirpen der Grillen und dem Sirren von ein paar Mücken, die ihm ums Gesicht schwirrten.

Gut.

Alan huschte über die Straße wie ein Soldat auf feindlichem Territorium, mit tief zwischen die gekrümmten Schultern eingezogenem Kopf, sprang über den mit Unkraut und Geröll verstopften Graben an der anderen Straßenseite und verschwand im Wald. Sobald er sich in Deckung befand, konzentrierte er sich darauf, den Weg zum Sommerhaus der Beaumonts so schnell und lautlos wie möglich zurückzulegen.

4

Das Ostufer des Castle Lake streckte sich am Fuß eines langen, steilen Hügels. Lake Lane verlief etwa auf halber Höhe des Abhangs, und die meisten Häuser lagen so weit unterhalb der Straße, daß Alan von dort, wo er sich befand – ungefähr zwanzig Meter oberhalb der Straße – nur ihre Dachgiebel sehen konnte. Einige von ihnen waren für ihn sogar völlig unsichtbar. Aber er konnte die Straße überblicken und die von ihr abzweigenden Zufahrten, und solange er sich nicht verzählte, war alles in Ordnung.

Als er die fünfte Abzweigung nach der, die zum Haus der Williams führte, erreicht hatte, blieb er stehen. Er blickte zurück, um festzustellen, ob die Sperlinge ihm folgten. Die Idee war bizarr, aber gleichzeitig drängte sie sich auf. Nicht die geringste Spur von ihnen war zu sehen, und ihm kam der Gedanke, daß er sich in seiner Übererregung das Ganze vielleicht nur eingebildet hatte.

Unsinn, dachte er. *Das war keine Einbildung. Sie waren dort – und sie sind immer noch dort.*

Er blickte hinab auf die Zufahrt der Beaumonts, konnte aber von seiner jetzigen Position aus nichts sehen. Er begann, hinabzusteigen, langsam und geduckt. Er bewegte sich fast lautlos und beglückwünschte sich selbst zu dieser Tatsache, als George Stark ihm einen Revolverlauf ins linke Ohr steckte und sagte: »Nur eine Bewegung, mein Freund, und Ihr Gehirn landet auf Ihrer rechten Schulter.«

5

Er drehte den Kopf, ganz, ganz langsam.

Was er sah, ließ ihn fast wünschen, blind geboren zu sein.

»Ich nehme an, für ein Titelfoto will mich niemand haben«, sagte Stark. Er grinste, und das Grinsen zeigte mehr von seinen Zähnen und seinem Zahnfleisch (und den Löchern, in denen weitere Zähne gesessen hatten), als normalerweise selbst beim breitesten Grinsen zum Vorschein gekommen wäre. Sein Gesicht war voller Geschwüre, und die Haut schien sich vom darunterliegenden Gewebe abzulösen. Aber das war nicht das Schlimmste – es war nicht das, wobei sich Alan vor Entsetzen und Abscheu der Magen umdrehte. Irgend etwas schien mit der Struktur unter dem Gesicht des Mannes nicht zu stimmen. Es war, als ob er nicht einfach verrottete, sondern auf irgendeine gräßliche Art *mutierte*.

Dennoch wußte er, wer der Mann mit dem Revolver war.

Das Haar, so leblos wie eine alte, auf den Strohkopf einer Vogelscheuche geklebte Perücke, war blond. Die Schultern waren fast so breit wie die eines Footballspielers, der seine Schutzpolster trägt. Obwohl er sich nicht bewegte, stand er mit einer Art arroganter, leichtfüßiger Anmut da, und er musterte Alan vergnügt.

Es war der Mann, den es nicht geben konnte, den es nie gegeben hatte.

Es war Mr. George Stark, dieser grandiose Hurensohn aus Oxford, Mississippi.

»Willkommen bei der Party«, sagte Georg Stark gelassen. »Für einen so großen Mann bewegen Sie sich ziemlich geschickt. Beinahe hätte ich Sie nicht entdeckt, obwohl ich nach Ihnen Ausschau gehalten habe. Kommen Sie mit ins Haus. Ich möchte Sie mit der kleinen Frau bekanntmachen. Und wenn Sie nur eine einzige falsche Bewegung machen, dann sind Sie tot, und die Frau und die süßen Kinderchen ebenfalls. Ich habe in der Welt nichts zu verlieren. Glauben Sie mir das?«

Stark grinste ihn aus seinem verrotteten, entsetzlich falschen Gesicht heraus an. Im Gras zirpten auch weiterhin die Grillen. Draußen auf dem Castle Lake ließ ein Seetaucher seinen durchdringenden Ruf ertönen. Alan wünschte sich von ganzem Herzen, dieser Vogel zu sein, denn als er Stark in die starrenden Augen schaute, sah er in ihnen außer Tod nur noch eines – und dieses eine war überhaupt nichts.

Da wurde ihm mit plötzlicher, vollkommener Klarheit bewußt, daß er seine Frau und seine Söhne nie wiedersehen würde.

»Ich glaube es«, sagte er.

»Dann lassen Sie Ihre Waffe in den Strauch dort fallen und marschieren Sie los.«

Alan folgte den Anweisungen. Stark hielt sich dicht hinter ihm, und sie stiegen zur Straße hinunter. Sie überquerten sie und gingen dann die abfallende Zufahrt zum Haus der Beaumonts hinunter. Es ragte, auf schweren Holzpfosten ruhend, aus der Hügelflanke heraus, fast wie ein Strandhaus in Malibu. So weit Alan sehen konnte, waren keine Sperlinge in Sicht. Kein einziger.

Der Toronado stand vor der Tür, eine schwarze, funkelnde Tarantel in der Spätnachmittagssonne. Er sah aus wie ein Geschoß. Alan las mit einem gelinden Gefühl der Verwunderung die Aufschrift auf dem Stoßstangen-Aufkleber. Er hatte den Eindruck, als wären seine sämtlichen Emotionen seltsam gedämpft, seltsam gelinde, als wäre dies ein Traum, aus dem er bald erwachen würde.

So darfst du nicht denken, warnte er sich selbst. *Wenn du so denkst, bist du ein toter Mann.*

Das war fast komisch, denn schließlich war er schon jetzt ein toter Mann, oder nicht? Da hatte er sich an die Zufahrt der Beaumonts herangeschlichen, hatte die Straße überqueren wollen wie Natty Bumppo, hatte sich umschauen, die Lage peilen wollen – und Stark hatte ihm einfach einen Revolverlauf ins Ohr gesteckt und ihm befohlen, seine Waffe fallen zu lassen, und schon war es passiert.

Ich habe ihn nicht gehört. Ich habe ihn nicht einmal intuitiv *gespürt. Die Leute denken, ich könnte mich lautlos bewegen, aber im Vergleich zu ihm habe ich zwei linke Füße.*

»Gefällt Ihnen mein Wagen?« fragte Stark.

»Ich glaube, zur Zeit gefällt Ihr Wagen sämtlichen Polizeibeamten in Maine«, sagte Alan. »Weil sie alle nach ihm Ausschau halten.«

Stark lachte. »Das glaube ich nicht, mein Freund. Das glaube ich ganz und gar nicht.« Der Revolverlauf bohrte sich in Alans Rücken. »Hinein mit Ihnen. Jetzt warten wir nur noch auf Thad. Wenn Thad hier ist, kann die Party richtig losgehen.«

Alan warf einen Blick auf die Hand, die den Revolver hielt, und bevor Stark ihn wieder damit anstieß, sah er etwas überaus Seltsames: auf der Fläche dieser Hand gab es anscheinend keine Linien. Überhaupt keine Linien.

6

»Alan!« rief Liz. »Alan, sind Sie wohlauf?«

»Nun ja«, sagte Alan, »wenn es möglich ist, daß sich ein Mensch vorkommt wie das allergrößte Rindvieh und trotzdem wohlauf ist, dann bin ich es vermutlich.«

»Es war nicht zu erwarten, daß Sie an meine Existenz glaubten«, sagte Stark sanftmütig. Er deutete auf die Schere, die er aus ihrer Strumpfhose herausgeholt hatte. Er hatte sie auf einen der Nachttische gelegt, die das große Doppelbett flankierten, außer Reichweite der Zwillinge. »Schneiden Sie ihr die Beine los, Officer Alan. Um die Handgelenke brauchen wir uns nicht zu kümmern; sieht so aus, als hätte sie das fast schon selbst geschafft. Oder sind Sie Chief Alan?«

»Sheriff Alan«, sagte er und dachte: *Das weiß er. Er kennt mich – Sheriff Alan Pangborn von Castle County –, weil Thad mich kennt. Aber selbst wenn er die Oberhand hat, rückt er nicht mit allem heraus, was er weiß.*

Und zum zweiten Mal erfüllte ihn die unabweisbare Gewißheit, daß sein Tod nahe bevorstand. Er versuchte, an die Sperlinge zu denken, weil die Sperlinge das einzige Element dieses Alptraums waren, von dem Stark, wie er glaubte, keine Ahnung hatte. Dann verbot er sich diesen Gedanken. Dem Mann entging nichts. Wenn er sich eine Hoffnung gestattete, würde Stark es ihm an den Augen ablesen – und sich fragen, was das zu bedeuten hatte.

Alan nahm die Schere und schnitt das Heftpflaster an Liz Beaumonts

Beinen durch, während sie eine Hand freibekam und die Streifen von ihren Handgelenken abzuwickeln begann.

»Wirst du mir etwas antun?« fragte sie Stark und hielt die Hände hoch, als wären die roten Striemen, die das Heftpflaster an ihren Handgelenken hinterlassen hatte, irgendwie geeignet, ihn davon abzubringen.

»Nein«, sagte er und lächelte ein wenig. »Aus einem Versuch kann ich dir keinen Vorwurf machen, liebste Beth.«

Sie warf ihm einen Blick zu, der verängstigt und angewidert zugleich war, dann nahm sie die Zwillinge hoch. Sie fragte Stark, ob sie sie in die Küche bringen und ihnen etwas zu essen geben dürfte. Sie hatten geschlafen, bis sie den gestohlenen Volvo der Clarks auf dem Rastplatz abgestellt hatten, und jetzt waren sie überaus munter.

»Natürlich«, sagte Stark. Er schien sich in einer heiteren, aufgekratzten Stimmung zu befinden – aber er hielt den Revolver in der Hand und seine Augen wanderten rastlos zwischen Liz und Alan hin und her. »Warum gehen wir nicht alle hinüber? Ich möchte mit unserem Sheriff reden.«

Sie gingen in die Küche, und Liz machte sich daran, das Essen für die Kinder zuzubereiten. Alan paßte währenddessen auf die Zwillinge auf. Es waren reizende Kinder, und während er ihnen zusah, mußte er an die Zeit denken, zu der er und Anni noch erheblich jünger gewesen waren, an die Zeit, zu der Toby, jetzt im letzten Jahr der High School, noch in den Windeln gelegen hatte und an Todd überhaupt noch nicht zu denken war.

Sie krabbelten vergnügt hierhin und dorthin, und hin und wieder mußte er eingreifen, bevor Wendy oder William einen Stuhl umkippten oder sich an der Unterseite der Resopaltischplatte den Kopf stoßen konnten.

Stark redete, während er auf die Kinder achtgab.

»Sie rechnen damit, daß ich Sie umbringen werde«, sagte er. »Sie brauchen es nicht abzustreiten, Sheriff; ich sehe es Ihren Augen an, und es ist ein Ausdruck, den ich gut kenne. Ich könnte lügen und behaupten, es wäre anders, aber schließlich haben Sie selbst ein gewisses Maß an Erfahrung in solchen Dingen, nicht wahr?«

»Vermutlich«, sagte Alan. »Obwohl etwas von dieser Art ein wenig – nun, außerhalb der normalen Routine der Polizeiarbeit liegt.«

Stark warf den Kopf zurück und lachte. Die Zwillinge wendeten die Köpfe nach dem Geräusch und lachten mit. Alan warf einen Blick auf Liz, sah die Angst und den Haß in ihrem Gesicht. Und noch etwas lag darin, oder irrte er sich? Nein. Alan hielt es für Eifersucht. Gab es sonst noch etwas, das George Stark nicht wußte? Er fragte sich, ob Stark ahnte, wie gefährlich diese Frau ihm werden konnte.

»Damit dürften Sie recht haben!« sagte Stark, immer noch lachend. Dann wurde er ernst. Er neigte sich vor, und Alan roch den käsigen Gestank seines verrottenden Fleisches. »Aber es *muß* nicht dazu kommen, Sheriff. Ihre Chancen, lebendig aus dieser Geschichte herauszukommen, stehen schlecht, aber die Möglichkeit besteht immerhin. Ich habe hier etwas zu tun. Etwas zu schreiben. Thad wird mir dabei helfen – er wird die Pumpe in Betrieb setzen, könnte man sagen. Ich nehme an, wir werden die Nacht durcharbeiten, er und ich, aber morgen früh, wenn die Sonne aufgeht, sollte ich eigentlich mein Haus in Ordnung gebracht haben.«

»Er will, daß Thad ihm beibringt, selbst zu schreiben«, sagte Liz, die am Herd stand. »Er sagt, sie würden gemeinsam an einem Buch arbeiten.«

»Das stimmt nicht ganz«, sagte Stark. Er warf ihr einen kurzen Blick zu, und ein Anflug von Verärgerung kräuselte die bis dahin ungetrübte Oberfläche seiner guten Laune. »Und er ist es mir schuldig. Vielleicht konnte er schon schreiben, bevor ich auf der Bildfläche erschien, aber ich war es, der ihm beibrachte, wie man Bücher schreibt, die die Leute auch lesen wollen. Und was hat es für einen Sinn, Bücher zu schreiben, für die sich kein Mensch interessiert?«

»Ja – das ist etwas, das du nicht verstehen kannst«, sagte Liz.

»Was ich von ihm will«, erklärte Stark Alan, »ist eine Art Transfusion. Anscheinend habe ich irgendeine – Drüse, die versagt. Vorübergehend versagt. Ich glaube, Thad weiß, wie er es anstellen muß, daß diese Drüse wieder funktioniert. Er müßte es wissen, denn schließlich ist meine eine Art Klon seiner eigenen, wenn ihr versteht, was ich meine. Man könnte vielleicht sagen, daß fast alles an mir von ihm stammt.«

O nein, mein Freund, dachte Alan. *Das stimmt nicht. Du weißt es vielleicht nicht, aber so war es nicht. Ihr habt es gemeinsam getan, weil ihr beide von Anfang an dagewesen seid. Und du bist verdammt hartnäckig gewesen. Schon bevor er zur Welt kam, hat Thad versucht, dir den Garaus zu machen, aber er hat es nicht vollständig geschafft. Dann, elf Jahre später, hat Dr. Pritchard es versucht, und das hat funktioniert, aber nur für eine gewisse Zeit. Schließlich hat Thad dich aufgefordert, wieder in Erscheinung zu treten. Er hat es getan, aber er hat nicht gewußt, was er tat – weil er von deiner Existenz nichts wußte. Pritchard hat es ihm nie gesagt. Und du bist gekommen, nicht wahr? Du bist das Gespenst seines toten Bruders – du bist zugleich viel mehr und viel weniger als das.*

Alan erwischte Wendy, die beim Kamin angelangt war, bevor sie rücklings in die Holzkiste kippen konnte.

Stark blickte zu William und Wendy hinüber, dann richtete er den Blick wieder auf Alan. »Thad und ich können auf eine lange Geschichte von Zwillingen zurückblicken, müssen Sie wissen. Und natürlich bin ich nach dem Tod der beiden Zwillinge aufgetaucht, die die älteren Brüder oder Schwestern dieser beiden Kleinen gewesen wären. Wenn Sie wollen, können Sie es einen transzendentalen Balanceakt nennen.«

»Ich nenne es Irrsinn«, sagte Alan.

Stark lachte. »Ich im Grunde auch. Aber es ist passiert. Das Wort wurde Fleisch, könnte man sagen. Wie es passierte, ist ziemlich belanglos – ich bin da, und darauf kommt es an.«

Du irrst dich, dachte Alan. *Wie es passierte, ist vielleicht das einzige, worauf es ankommt. Für uns, wenn vielleicht auch nicht für dich – weil es vielleicht das einzige ist, was uns noch retten kann.*

»Nachdem die Dinge einen gewissen Punkt erreicht hatten, habe ich *mich selbst* erschaffen«, fuhr Stark fort. »Und im Grunde ist es auch nicht sehr verwunderlich, daß ich Probleme mit dem Schreiben habe, nicht wahr? Sich selbst erschaffen – das kostet eine Menge Energie. So etwas passiert doch nicht alle Tage, was meinen Sie?«

»Gott behüte«, sagte Liz.

Das war entweder ein direkter Hieb oder nahe daran. Starks Kopf fuhr mit der Geschwindigkeit einer zustoßenden Schlange zu ihr herum, und diesmal war die Verärgerung mehr als nur ein Kräuseln. »Ich glaube, du solltest lieber den Mund halten, Beth«, sagte er leise, »sonst muß es jemand ausbaden, der nicht für sich selbst sprechen kann.«

Liz senkte den Blick auf den Topf auf dem Herd. Alan hatte den Eindruck, daß sie blaß geworden war.

»Bringen Sie sie bitte her, Alan«, sagte sie leise. »Das Essen ist fertig.«

Sie nahm Wendy auf den Schoß, um sie zu füttern, und Alan nahm William. Es ist erstaunlich, wie schnell man die Technik wieder beherrscht, dachte er, während er den pummeligen kleinen Jungen fütterte. Den Löffel hineinschieben, ihn kippen, dann beim Herausziehen dieser schnelle, aber sanfte Strich vom Kinn zur Unterlippe, um soviel Sabbern wie nur möglich zu verhindern. William versuchte immer wieder, den Löffel zu ergreifen; offenbar war er der Ansicht, alt und erfahren genug zu sein, um ihn selbst in den Mund zu stecken. Alan brachte ihn sanft davon ab, und es dauerte nicht lange, bis der Junge sich ernsthaft dem Essen widmete.

»Tatsache ist, daß ich Sie brauchen kann«, erklärte Stark. Er lehnte sich gegen den Küchentresen und ließ den Lauf seines Revolvers beiläufig an der Vorderseite seiner Steppweste auf und ab gleiten. Er verursachte ein rauh wisperndes Geräusch. »Hat die Staatspolizei Sie angerufen, Ihnen gesagt, Sie sollten herkommen und dieses Haus auskundschaften? Sind Sie deshalb hier?«

Alan erwog das Für und Wider des Lügens und kam zu dem Schluß, daß es sicherer war, die Wahrheit zu sagen, vor allem deshalb, weil er nicht daran zweifelte, daß dieser Mann – wenn er ein Mann *war* – über einen sehr leistungsfähigen inneren Lügendetektor verfügte.

»Nein«, sagte er und berichtete Stark über Fuzzy Martins Anruf.

Stark nickte, bevor er geendet hatte. »War mir doch so, als hätte ich ein Glitzern am Fenster dieses Farmhauses gesehen«, sagte er und kicherte. Seine gute Laune schien zurückgekehrt zu sein. »Nun ja. Ist ja zu erwarten, daß die Leute auf dem Land ihre Nase in alle möglichen Dinge stecken, nicht wahr, Sheriff Alan? Sie haben sonst so wenig zu tun, daß es ein Wunder wäre, wenn sie es nicht täten. Also was taten Sie, nachdem Sie den Hörer aufgelegt hatten?«

Auch das erzählte ihm Alan, und jetzt log er nicht, weil er überzeugt war, daß Stark wußte, was er getan hatte – schon die simple Tatsache, daß er allein gekommen war, beantwortete die meisten Fragen. Alan dachte, daß Stark im Grunde nur wissen wollte, ob er so unklug war, ihm irgendwelche Lügen aufzutischen.

Als er geendet hatte, sagte Stark: »Okay, das ist gut. Das verbessert Ihre Chancen, den morgigen Tag zu erleben, ganz erheblich, Sheriff Alan. Und jetzt hören Sie gut zu, denn ich werde Ihnen sagen, was wir tun werden, wenn diese Kinderchen gefüttert sind.«

7

»Sie wissen genau, Sheriff, was Sie zu sagen haben?« fragte Stark noch einmal. Sie standen beim Telefon in der vorderen Diele, dem einzigen im Haus, das noch funktionierte.

»Ja.«

»Und Sie werden nicht versuchen, dem Mädchen irgendeine versteckte Nachricht zukommen zu lassen?«

»Nein.«

»Das ist gut«, sagte Stark. »Das ist gut, weil dies ganz und gar nicht der Zeitpunkt wäre, zu vergessen, daß Sie ein erwachsener Mann sind, und statt dessen Räuber und Gendarm zu spielen. Jemand würde dafür büßen müssen.«

»Ich wollte, Sie hörten wenigstens für eine Weile mit den Drohungen auf.«

Starks Grinsen wurde breiter, wurde zu etwas, das ekelhaft und prachtvoll zugleich war. Er hatte William mitgenommen, um sicherzugehen, daß Liz auch weiterhin keine Dummheiten machte, und jetzt kitzelte er den Jungen in der Achselhöhle. »Das ist ein Wunsch, den ich Ihnen nicht erfüllen kann«, sagte er. »Ein Mann, der gegen seine Natur handelt, bekommt Verstopfung, Sheriff Alan.«

Das Telefon stand auf einem Tisch vor einem großen Fenster. Als Alan den Hörer abnahm, hielt er auf dem bewaldeten Hang hinter der Zufahrt Ausschau nach Sperlingen. Es waren keine in Sicht. Jedenfalls noch nicht.

»Wonach suchen Sie, alter Freund?«

»Wie bitte?« Er warf einen Blick auf Stark, und Starks Augen in ihren verrottenden Höhlen musterten ihn scharf.

»Sie haben gehört, was ich gesagt habe.« Stark deutete auf die Zufahrt und den Toronado. »Sie haben nicht zu diesem Fenster hinausgeschaut wie ein Mann, der einfach hinausschaut, weil da ein Fenster ist. Sie haben hinausgeschaut wie ein Mann, der etwas erwartet. Ich will wissen, was es ist.«

»Thad«, hörte er sich gelassen sagen. »Ich warte auch auf Thad, genau wie Sie. Er müßte eigentlich bald hier sein.«

»Ich hoffe in Ihrem Interesse, daß das die ganze Wahrheit ist«, sagte Stark und hob William ein wenig höher. Er ließ die Mündung des Revolvers langsam auf Williams molligem Bäuchlein auf und ab gleiten.

William kicherte entzückt und patschte Stark auf die faulende Wange, als wollte er sagen: Laß das, das kitzelt – aber noch nicht, es macht nämlich Spaß.

»Ich verstehe«, sagte Alan und schluckte trocken.

Stark ließ die Revolvermündung zu Williams Kehle wandern und kitzelte ihn damit unter dem Kinn. Das Kind lachte.

Wenn Liz um die Ecke kommt und das sieht, dreht sie durch, dachte Alan.

»Sind Sie ganz sicher, daß Sie mir alles gesagt haben, Sheriff Alan? Sie versuchen nicht, mir etwas vorzuenthalten?«

»Nein«, sagte Alan. *Nur die Sperlinge im Wald rings um das Haus der Williams herum.* »Das tue ich nicht.«

»Okay. Ich glaube Ihnen. Jedenfalls fürs erste. Und nun machen Sie sich an die Arbeit.«

Alan wählte die Nummer des Sheriff-Büros. Stark beugte sich vor – so weit, daß sein widerwärtiger Gestank bei Alan fast einen Brechreiz ausgelöst hätte – und hörte mit.

Sheila Brigham meldete sich beim ersten Läuten.

»Hallo, Sheila, hier ist Alan. Ich bin unten am Castle Lake. Ich habe es über Funk versucht, aber Sie wissen ja, wie es mit der Verbindung von hier aus steht.«

»Sie kommt nie zustande«, sagte Sheila und lachte.

Stark lächelte.

8

Sobald sie außer Sichtweite waren, öffnete Liz die Schublade unter dem Tresen und holte das größte der darin liegenden Fleischmesser heraus. Sie warf einen Blick auf die Ecke, wohl wissend, daß Stark jeden Augenblick herumschauen und nachsehen konnte, was sie tat. Aber bis jetzt war alles in Ordnung. Sie konnte sie reden hören. Stark sagte etwas über die Art, auf die Alan aus dem Fenster geschaut hatte.

Ich muß es tun, dachte sie, *und zwar ganz allein. Er läßt Alan nicht aus den Augen, und selbst wenn ich Thad einen Wink geben könnte, würde das die Lage nur noch verschlimmern – weil er Zugang zu Thads Denken hat.*

Sie nahm Wendy auf den Arm, streifte ihre Schuhe ab und eilte barfuß ins Wohnzimmer. Dort stand eine Couch, von der aus man auf den See hinausblicken konnte. Sie schob das Fleischmesser unter den Volant – aber nur so weit, daß es in Reichweite war, wenn sie auf der Couch saß.

Und wenn sie zusammen auf der Couch saßen, sie und der gerissene alte George, dann würde *er* gleichfalls in Reichweite sein.

Vielleicht schaffe ich es, ihn dazu zu bringen, dachte sie, während sie in die Küche zurückeilte. *Ja, ich könnte ihn vielleicht dazu bringen. Er fühlt sich zu mir hingezogen. Das ist grauenhaft – aber nicht zu grauenhaft, um es auszunutzen.*

Sie kam in die Küche, erwartete, Stark dort stehen zu sehen, seine letzten paar Zähne in diesem gräßlichen, modernden Grinsen bleckend. Aber die Küche war leer, und sie hörte Alan nach wie vor am Telefon in der Diele. In Gedanken sah sie Stark neben ihm stehen, aufmerksam zuhören. Das war also in Ordnung, und sie dachte: *Mit etwas Glück ist Stark tot, wenn Thad kommt.*

Sie wollte nicht, daß die beiden einander begegneten. Sie verstand nicht sämtliche Gründe, die sie so inbrünstig wünschen ließen, daß es nicht dazu kam; doch zumindest einer davon war ihr klar: sie hatte Angst davor, daß die Zusammenarbeit tatsächlich funktionieren würde, und noch mehr Angst hatte sie vor dem Wissen, wie die Früchte des Erfolges aussehen würden.

Letzten Endes hatte nur eine Person Anspruch auf die Doppelnatur von Thad Beaumont und George Stark. Nur *ein* körperliches Wesen konnte diese Aufspaltung überleben. Wenn es Thad möglich war, Stark den Anstoß zu geben, den er brauchte, und wenn Stark von sich aus zu schreiben begann – würden dann seine Wunden und Geschwüre heilen?

Liz glaubte, daß das geschehen würde. Sie hielt es sogar für möglich, daß Stark das Aussehen ihres Mannes annehmen würde.

Und danach – wie lange würde es dauern (vorausgesetzt, daß Stark sie lebend zurückließ und wirklich verschwand), bevor sich auf *Thads* Gesicht die ersten Geschwüre zeigten?

Sie glaubte nicht, daß es lange dauern würde. Und sie bezweifelte sehr, daß Stark daran gelegen war, Thad davor zu bewahren, daß er zu verfallen begann und schließlich zu einem Nichts verrottete, seiner glücklichen Gedanken ein für allemal beraubt.

Liz schlüpfte wieder in die Schuhe und machte sich daran, die Überreste des frühen Abendessens der Kinder wegzuräumen. *Du Mistkerl,* dachte sie, während sie zuerst den Tresen abwischte und dann heißes Wasser in die Spüle laufen ließ. Du *bist das Pseudonym,* DU *bist der Eindringling, nicht mein Mann.* Sie gab einen Spritzer Spülmittel ins Wasser, dann ging sie zur Wohnzimmertür, um einen Blick auf Wendy zu werfen. Sie krabbelte auf dem Fußboden herum, hielt offensichtlich Ausschau nach ihrem Bruder. Vor der gläsernen Aussichtswand warf die Spätnachmittagssonne einen leuchtendgoldenen Lichtstreifen quer über das blaue Wasser des Castle Lake.

Du gehörst nicht hierher. Du bist ein Scheusal, ein Ärgernis für den Verstand und das Auge.

Sie warf einen Blick auf die Couch, unter der das lange, scharfe Messer lag, in bequemer Reichweite.

Aber dagegen kann ich etwas unternehmen. Und wenn Gott es zuläßt, WERDE *ich etwas unternehmen.*

9

Starks Gestank drang ihm in die Nase, und Alan hatte das Gefühl, sich im nächsten Moment übergeben zu müssen, aber er gab sich Mühe, daß man es seiner Stimme nicht anhörte. »Ist Norris Ridgewick schon zurück, Sheila?«

Neben ihm hatte Stark wieder begonnen, William mit dem .45er zu kitzeln.

»Tut mir leid, Alan, er ist noch nicht da.«

»Wenn er kommt, sagen Sie ihm, er soll den Schreibtisch übernehmen. Bis dahin soll Clut dableiben.«

»Sein Dienst...«

»Ja, ich weiß, daß er keinen Dienst mehr hat. Die Stadt muß ein paar Überstunden bezahlen, und Keeton wird mir das unter die Nase reiben, aber was soll ich machen? Ich sitze hier fest mit einem unzivilisierten Funkgerät und einem Streifenwagen, der bei jeder passenden und unpassenden Gelegenheit Wasser im Vergaser hat. Ich rufe vom Haus der Beaumonts an. Die Staatspolizei wollte, daß ich es überprüfe. Fehlanzeige.«

»Soll ich das an irgend jemanden weitergeben? An die Staatspolizei?«

Alan warf einen Blick auf Stark, der offenbar vollauf damit beschäftigt war, den strampelnden, kichernden kleinen Jungen auf seinem Arm zu kitzeln. Stark reagierte mit einem abwesenden Nicken.

»Ja. Rufen Sie im Revier in Oxford an. Ich glaube, ich fahre erst einmal zu dem Hähnchenladen und esse einen Bissen, bevor ich zu einer zweiten Überprüfung hierher zurückkomme. Das heißt, wenn es mir gelingt, meinen Wagen in Gang zu bringen. Wenn nicht, sehe ich vielleicht nach, was die Beaumonts in der Speisekammer haben. Würden Sie etwas für mich notieren, Sheila?«

Er spürte mehr, als daß er sah, wie Stark sich neben ihm leicht verspannte. Der Revolver kam zum Stillstand, war auf Williams Nabel gerichtet. Alan fühlte, wie ihm kalter Schweiß über die Rippen rann.

»Natürlich, Alan.«

»Es heißt immer, Beaumont wäre ein phantasiebegabter Mann. Da sollte man doch annehmen, daß er für seinen Zweitschlüssel einen besseren Platz findet als unter dem Fußabstreifer.«

Sheila lachte. »Ich habe es notiert.«

Neben ihm setzte sich der Lauf des .45er wieder in Bewegung, und William begann wieder zu kichern.

»Soll ich mich mit Henry Payton in Verbindung setzen, Alan?«

»Ja. Oder mit Don Eamons, falls Henry nicht da ist.«

»Okay.«

»Danke, Sheila. Nur, damit sie dort auf dem Laufenden sind. Geben Sie auf sich acht.«

»Sie auch, Alan.«

Er legte den Hörer auf und drehte sich zu Stark um. »Okay?«

»Bestens«, sagte Stark. »Besonders das mit dem Schlüssel unter dem Fußabstreifer hat mir gefallen. So etwas gibt der Sache den letzten Schliff, der so wichtig ist.«

»Was sind Sie doch für ein Widerling«, sagte er. Unter den gegebenen Umständen war es ziemlich unklug, so etwas zu sagen, aber seine Wut überraschte ihn.

Stark überraschte ihn gleichfalls. Er lachte. »Niemand scheint mich so recht zu mögen, nicht wahr, Sheriff Alan?«

»Richtig«, sagte Alan.

»Nun, das macht nichts – ich mag mich selbst so sehr, daß es für alle anderen mit ausreicht. In dieser Beziehung bin ich ein wahrer New Age-Mann. Aber das Entscheidende ist, daß nun alles in bester Ordnung ist. Ich glaube, jetzt wird alles laufen wie geschmiert.« Er ergriff mit einer Hand das Telefonkabel und riß es aus der Dose.

»Das wird es wohl«, sage Alan, aber er war sich dessen keineswegs sicher. Die Geschichte war dünn, wesentlich dünner, als Stark, der vielleicht glaubte, alle Polizisten nördlich von Portland wären nichts als verschlafene Kleinstadtbullen, zu ahnen schien. Don Eamons in Oxford würde sie wahrscheinlich hinnehmen, sofern ihm nicht jemand aus Orono oder Augusta Feuer unter dem Hintern machte. Aber Henry Payton? Er war sich weit weniger sicher, ob Henry sich mit der Vorstellung abfinden würde, daß Alan nur mit einem einzigen, flüchtigen Blick nach Homer Gamaches Mörder Ausschau gehalten hatte, bevor er davonfuhr, um sich im Cluck-Cluck Tonight ein gebratenes Hähnchen einzuverleiben. Henry würde vielleicht merken, daß da etwas faul war.

Alan sah zu, wie Stark das Baby mit der Mündung des .45er kitzelte, und fragte sich, was ihm lieber war – daß das geschah oder nicht, und kam zu dem Schluß, daß er es nicht wußte.

»Und was jetzt?« fragte er Stark.

Stark holte tief Luft und ließ den Blick mit offensichtlichem Behagen über den sonnenbeschienenen Wald vor dem Fenster schweifen. »Jetzt fragen wir Bethie, ob sie uns etwas zu essen machen kann. Ich habe Hunger. Ist das Leben auf dem Lande nicht herrlich, Sheriff Alan?«

»Das ist es«, sagte Alan. Er wollte in die Küche zurückkehren, aber Stark packte ihn mit einer Hand. Es war, als würde er von einem Klumpen Weichplastik gepackt, in dem Stahlstangen steckten.

»Diese Bemerkung über Wasser im Vergaser«, sagte er. »Das hatte doch hoffentlich keine Nebenbedeutung?«

»Nein«, sagte Alan. »Das war nur ein weiterer Fall von – wie sagten Sie doch – von letztem Schliff, der so wichtig ist. In der letzten Zeit hatten mehrere unserer Wagen Vergaserprobleme.«

»Hoffen wir, daß das der Wahrheit entspricht«, sagte Stark und musterte Alan mit seinen toten Augen. Dicker Eiter rann aus ihren Winkeln an den Seiten seiner sich abschälenden Nase entlang wie klebrige Krokodilstränen. »Wäre doch ein Jammer, wenn ich einem dieser Kinder wehtun müßte, nur weil Sie den Superschlauen spielen wollen. Thad würde nicht halb so gut arbeiten, wenn ich einen seiner Zwillinge wegpusten müßte, nur um Sie bei der Stange zu halten.« Er grinste und drückte die Mündung des .45er in Williams Achselhöhle. William wand sich und kicherte. »Ist er nicht süß wie ein kleines Kätzchen?«

Alan schluckte an etwas in seiner Kehle vorbei, das sich anfühlte wie ein dicker, trockener Haarballen. »Was Sie da tun, Mann, macht mich verdammt nervös.«

»Bleiben Sie ruhig nervös«, sagte Stark und lächelte ihn an. »Ein nervöser Mann in meiner Nähe hat mehr Aussicht, am Leben zu bleiben. Gehen wir essen, Sheriff Alan. Der Kleine hier hat Sehnsucht nach seiner Schwester.«

Liz machte für Stark im Mikrowellenherd eine Suppe heiß. Sie hatte ihm zuerst eine richtige Mahlzeit aus der Tiefkühltruhe angeboten, aber er hatte den Kopf geschüttelt, gelächelt, in seinen Mund gefaßt und einen Zahn vorgezeigt, der sich mit Leichtigkeit aus dem faulenden Zahnfleisch löste.

Sie wendete den Kopf beiseite, als er ihn in den Mülleimer fallen ließ; ihre Lippen waren dicht zusammengepreßt, ihr Gesicht eine starre Maske des Abscheus.

»Keine Sorge«, sagte er heiter. »Das wird bald wieder besser. Alles wird wieder besser. Und bald ist auch Daddy hier.«

Er löffelte noch seine Suppe, als Thad etwa zehn Minuten später am Steuer von Rawlies VW in die Zufahrt einbog.

Fünfundzwanzigstes Kapitel

Steel Machine

1

Um zum Sommerhaus der Beaumonts zu gelangen, mußte man von der Route 5 aus etwa eine Meile die Lake Lane entlangfahren, aber schon nach knapp einer Zehntelmeile hielt Thad fassungslos an.

Überall waren Sperlinge.

Sie saßen auf allen Ästen jedes Baumes, auf jedem Felsbrocken, auf jedem Fleckchen offener Erde. Die Welt, die er sah, war grotesk und glich einer Wahnvorstellung: es war, als wären diesem Teil von Maine Federn gewachsen. Die Straße vor ihm war verschwunden. Spurlos verschwunden. Da, wo sie gewesen war, zog sich jetzt ein Pfad aus stummen, sich drängenden Sperlingen unter den überlasteten Bäumen hin.

Irgendwo brach ein Ast. Das einzige andere Geräusch stammte von Rawlies VW. Der Auspuff war schon defekt gewesen, als Thad seine Fahrt nach Westen angetreten hatte; jetzt schien er überhaupt nicht mehr zu funktionieren. Der Motor hustete und spuckte, hatte gelegentlich Fehlzündungen, und man hätte annehmen sollen, daß der Lärm diese Unmengen von Vögeln zum sofortigen Auffliegen veranlaßt hätte, aber die Tiere rührten sich nicht von der Stelle.

Die Vogelmasse begann kaum drei Meter vor der Stelle, an der Thad den VW angehalten und das störrische Getriebe auf Leerlauf geschaltet hatte. Es gab eine Grenzlinie, die aussah, als wäre sie mit dem Lineal gezogen.

Eine derartige Ansammlung von Vögeln hat seit vielen Jahren niemand mehr gesehen, dachte er. *Nicht seit der Ausrottung der Wandertauben gegen Ende des vorigen Jahrhunderts. Das ist fast so wie in der Geschichte von Daphne du Maurier.*

Ein Sperling flatterte auf die Haube des VW und schien zu ihm hereinzuschauen. Thad glaubte in den schwarzen Augen des kleinen Vogels eine beängstigende, leidenschaftslose Neugier zu entdecken.

Wie weit sind sie vorgedrungen? fragte er sich. *Bis zum Haus? Wenn es so ist, hat George sie gesehen – und dann wird der Teufel los sein, wenn er es nicht schon ist. Und selbst wenn sie nicht so weit vorgedrungen sind – wie soll ich dorthin kommen? Sie sitzen nicht nur auf der Straße – sie* SIND *die Straße.*

Aber natürlich kannte er die Antwort auf diese Frage. Wenn er zum Haus wollte, mußte er über sie hinwegfahren.

Nein, stöhnte sein Verstand. *Nein, das kannst du nicht tun.* Seine Phantasie beschwor gräßliche Bilder herauf: das spröde Knacken von Tausenden zermalmter kleiner Körper, die unter den Rädern hervorspritzenden Blutfontänen, verklumpte Federn, die an den Rädern hingen und sich mit ihnen drehten.

»Aber ich muß«, murmelte er. »Ich tue es, weil ich weiterfahren muß.« Ein gequältes Grinsen verwandelte sein Gesicht in eine Grimasse intensiver, halb wahnsinniger Konzentration. In diesem Augenblick hatte er eine unheimliche Ähnlichkeit mit George Stark. Er schaltete wieder in den ersten Gang und begann fast lautlos »John Wesley Harding« zu singen. Rawlies VW keuchte, erstarb fast, ließ drei laute Fehlzündungen hören und begann dann zu rollen.

Der Sperling auf der Haube flog auf, und Thad hielt den Atem an, wartete darauf, daß sie sich alle in die Luft schwingen würden, wie sie es in seinen Trancevisionen immer taten: eine gewaltige, dunkle, aufsteigende Wolke, begleitet von einem Geräusch wie einem Hurrikan in einer Flasche.

Statt dessen geriet die Straßenoberfläche vor dem VW in Bewegung. Die Sperlinge – jedenfalls einige von ihnen – wichen zurück, machten zwei Streifen frei – Streifen genau in der Breite der VW-Räder.

»Großer Gott«, flüsterte Thad.

Dann war er zwischen ihnen. Plötzlich glitt er aus der Welt, die er seit jeher gekannt hatte, in eine fremde, in der es nichts gab als diese Wachtposten an der Grenze zwischen dem Land der Lebenden und dem der Toten.

Genau dort befinde ich mich jetzt, dachte er, als er langsam auf der Doppelspur entlangrollte, die die Vögel ihm zugestanden. *Ich befinde mich im Land der Untoten, und Gott steh mir bei.*

Vor ihm öffnete sich weiterhin der Pfad. Er hatte jeweils etwa drei

Meter freie Fahrt, und wenn er diese Strecke zurückgelegt hatte, öffneten sich vor ihm weitere drei Meter. Der Unterboden des VW glitt über die Sperlinge, die sich zwischen den Fahrspuren drängten, hinweg – aber er schien sie nicht zu berühren; jedenfalls sah er im Rückspiegel keine toten Vögel. Aber mit Sicherheit wußte er es nicht, denn die Sperlinge schlossen sich hinter ihm wieder zusammen und bildeten erneut diesen flachen, gefiederten Teppich.

Er konnte sie *riechen* – es war ein schwacher, krümeliger Geruch, der ihm wie der Geruch von Knochenmehl auf der Brust lag. Als Junge hatte er einmal das Gesicht in einen Sack mit Kaninchenpellets gesteckt und tief eingeatmet. Dieser Geruch war ähnlich. Er war nicht widerwärtig, aber er war überwältigend. Und er war *fremdartig*. Er begann zu fürchten, daß diese Unmenge von Vögeln der Luft den gesamten Sauerstoff entzogen und daß er ersticken würde, bevor er sein Ziel erreicht hatte.

Jetzt hörte er über sich ein leichtes *tak-tak-tak* und stellte sich vor, daß die Sperlinge, die sich auf dem Dach des VW niedergelassen hatten, irgendwie mit ihren Artgenossen Kontakt hielten, sie lenkten, ihnen mitteilten, wann sie zurückweichen und die Fahrspur bilden mußten und wann sie gefahrlos wieder vorrücken konnten.

Er erreichte die Kuppe der ersten Anhöhe, über die die Lake Lane führte, und blickte hinab in ein Tal aus Sperlingen – Sperlinge überall, Sperlinge auf jedem Fleckchen Erde und auf allen Bäumen. Sie verwandelten die Landschaft in eine alptraumhafte Vogelwelt, die nicht nur jenseits aller Vorstellungskraft lag; sie lag auch außerhalb jedes Begriffsvermögens.

Thad spürte, daß er in eine Ohnmacht abzugleiten drohte, und versetzte sich einen heftigen Schlag ins Gesicht. Es war ein kleines Geräusch im Vergleich zum rauhen Dröhnen des VW-Motors, aber er sah, wie eine wellenförmige Bewegung die Vogelmasse durchlief – eine Bewegung wie ein Schauder.

Ich kann nicht dort hinunter. Ich kann es nicht.

Du mußt. Du bist es, der von ihnen weiß. Du bist es, der sie kommen ließ. Du bist es, dem sie gehören.

Und außerdem – wohin hätte er sonst fahren können? Er dachte an das, was Rawlie gesagt hatte. *Seien Sie vorsichtig, Thaddeus. Niemand ist imstande, die Agenten des jenseitigen Lebens zu kontrollieren. Jedenfalls nicht lange.* Angenommen, er versuchte zur Route 5 zurückzukehren? Die Vögel hatten vor ihm einen Pfad freigemacht – aber er glaubte nicht, daß sie es hinter ihm tun würden. Er war überzeugt, daß der Versuch, jetzt noch von seinem Plan abzuweichen, unvorstellbare Folgen haben würde.

Thad begann, den Abhang hinunterzurollen – und die Sperlinge machten ihm den Weg frei.

Es gelang ihm nie, sich genau an den Rest der Fahrt zu erinnern; sobald er sie hinter sich hatte, verhüllte sein Verstand sie mit einem gnädigen Vorhang. Er erinnerte sich nur, immer wieder gedacht zu haben: Es sind doch nur SPERLINGE, *es sind keine Tiger oder Alligatoren oder Piranhas – es sind doch nur* SPERLINGE!

Und das stimmte natürlich, aber die Tatsache, daß er so viele von ihnen auf einmal sah, sie *überall* sah, auf jedem Ast zusammengedrängt und auf jedem umgestürzten Baumstamm miteinander um Platz kämpfend – das ließ den Verstand *schmerzen*.

Als er etwa eine halbe Meile weiter um die scharfe Kurve bog, hätte links von ihm Schoolhouse Meadow auftauchen müssen. Aber Schoolhouse Meadow war verschwunden. Schoolhouse Meadow war schwarz von Vögeln.

Es ließ den *Verstand* schmerzen.

Wie viele? Wie viele Millionen? Oder sind es Milliarden?

Im Wald brach ein weiterer Ast mit einem Geräusch, das sich anhörte wie ferner Donner. Thad passierte das Anwesen der Williams, aber das Fachwerkhaus war nur ein flaumiges Gebilde unter dem Gewicht der Sperlinge. Daß Alan Pangborns Streifenwagen auf der Zufahrt parkte, bemerkte er nicht; er sah nur einen gefiederten Hügel.

Er passierte die Häuser der Saddlers, der Massenburgs, der Paynes und anderer, deren Namen er nicht kannte oder an die er sich nicht erinnerte. Und dann, immer noch vierhundert Meter von seinem Haus entfernt, hörten die Vögel einfach auf. Wieder hatte es den Anschein, als hätte jemand mit dem Lineal eine Linie quer über die Straße gezogen. Die Vögel hüpften und flatterten beiseite, gaben die Fahrspur frei, die sich jetzt auf die nackte, festgestampfte Erde der Lake Lane öffneten.

Thad fuhr ins Freie, hielt plötzlich an, öffnete die Tür und übergab sich. Er stöhnte und wischte sich den Schweiß der Übelkeit von der Stirn. Vor sich sah er zu beiden Seiten Bäume, links schimmerte stellenweise das helle Blau des Sees durch.

Er schaute zurück und sah eine schwarze, stumme, wartende Welt.

Die Psychopompen, dachte er. *Gott steh mir bei, wenn das nicht funktioniert, wenn er irgendwie Macht über diese Vögel gewinnt. Gott steh uns allen bei.*

Er schlug die Tür zu und schloß die Augen.

Du mußt dich jetzt zusammennehmen, Thad. Du hast das alles nicht hinter dich gebracht, nur um jetzt schlappzumachen. Du mußt dich zusammennehmen. Vergiß die Sperlinge!

Ich kann sie nicht vergessen! heulte ein Teil seines Verstandes. Er war entsetzt, verstört, taumelte am Rande des Wahnsinns. *Ich kann es nicht!* ICH KANN ES NICHT!

Aber er konnte es doch. Und er *würde* es tun.

Die Sperlinge warteten ab. Er würde gleichfalls abwarten. Er würde abwarten, bis der rechte Moment gekommen war. Er würde darauf vertrauen, daß er diesen Moment erkannte, wenn er gekommen war. Und wenn er es schon nicht für sich selbst tun konnte, dann würde er es für Liz und die Zwillinge tun.

Stell dir vor, es wäre ein Buch. Einfach ein Buch, das du schreibst. Ein Buch, in dem keine Vögel vorkommen.

»Okay«, murmelte er. »Okay, ich versuche es.«

Er fuhr weiter und begann, leise wieder »John Wesley Harding« zu singen.

2

Thad stellte den Motor des VW ab – er erstarb mit einer triumphierenden letzten Fehlzündung – und stieg langsam aus dem kleinen Wagen. Er streckte sich. George Stark kam, jetzt mit Wendy auf dem Arm, zur Tür heraus und trat auf den Vorplatz.

Stark streckte sich gleichfalls.

Liz, die neben Alan stand, war zumute, als drängte sich ein Schrei nicht nur in ihre Brust und Kehle, sondern sogar hinter ihre Stirn. Sie wünschte sich nichts sehnlicher, als die Augen von den beiden Männern abwenden zu können, aber sie brachte es nicht fertig.

Wenn man sie sah, war es, als sähe man einen Mann, der Streckübungen vor dem Spiegel macht.

Sie sahen sich überhaupt nicht ähnlich – selbst wenn man von Starks rapidem Verfall absah. Thad war schlank und dunkel, Stark breitschultrig und hell trotz der Sonnenbräune (von der kaum noch etwas zu sehen war). Dennoch waren sie Spiegelbilder. Die Ähnlichkeit war gerade deshalb so gespenstisch, weil es keinen Unterschied gab, den das entsetzte, protestierende Auge hätte registrieren können. Sie war *sub rosa,* lag tief zwischen den Zeilen, war aber gleichzeitig so real, daß es zum Himmel schrie: diese Art, beim Strecken die Füße zu kreuzen, die Finger steif neben den Schenkeln zu spreizen, die straffen kleinen Falten um die Augen herum.

Sie entspannten sich genau im gleichen Moment.

»Hallo, Thad.« Starks Stimme klang fast schüchtern.

»Hallo, George«, sagte Thad kühl. »Meine Familie?«

»Alle wohl und munter. Wirst du es tun? Bist du bereit?«

»Ja.«

Hinter ihnen, in Richtung der Route 5, knackte ein Ast. Starks Kopf fuhr herum.

»Was war das?«

»Ein Baumast«, sagte Thad. »Vor vier Jahren hatten wir hier einen Tornado, George. Es gibt immer noch totes Holz, das abbricht und herunterfällt. Das weißt du doch.«

Stark nickte. »Wie fühlst du dich, alter Freund?«

»Alles in Ordnung.«

»Du siehst ein wenig ramponiert aus.« Starks Augen glitten über Thads Gesicht; er spürte, wie sie versuchten, in die Gedanken dahinter einzudringen.

»Du bist auch nicht gerade in der allerbesten Verfassung.«

Stark lachte, aber sein Lachen war völlig humorlos. »Nein, das bin ich wohl nicht.«

»Und du läßt sie in Ruhe?« fragte Thad. »Wenn ich tue, was du verlangst – läßt du sie dann wirklich in Ruhe?«

»Ja.«

»Habe ich dein Wort darauf?«

»Du hast mein Wort«, sagte Stark. »Das Wort eines Mannes aus dem Süden, das nicht leichtfertig gegeben wird.« Sein falscher, fast komischer Südstaatenakzent war völlig verschwunden. Er sprach mit simpler, beängstigender Würde. Die beiden Männer standen einander in der Spätnachmittagssonne gegenüber, die so hell und golden war, daß die Szene fast surreal wirkte.

»Okay«, sagte Thad nach einem langen Moment des Schweigens und dachte: *Er weiß es nicht. Er weiß es wirklich nicht. Die Sperlinge – er hat immer noch keine Ahnung von ihnen. Es ist mein Geheimnis.* »Okay, machen wir uns an die Arbeit.«

3

Als die beiden Männer auf dem Vorplatz standen, wurde Liz klar, daß sie eben die beste Gelegenheit gehabt hätte, Alan über das Messer unter der Couch zu informieren – und sie nicht genutzt hatte.

Oder konnte sie es noch tun?

Sie drehte sich zu ihm um, und in diesem Augenblick rief Thad: »Liz?«

Seine Stimme klang scharf. Sie hatte einen befehlenden Beiklang, der bei ihm sehr selten war, und es hatte fast den Anschein, als wüßte er, was sie vorhatte – und als wollte er nicht, daß sie es tat. Das war natürlich unmöglich. Oder? Sie wußte es nicht.

Sie schaute in seine Richtung und sah, wie Stark ihm Wendy übergab. Thad drückte das Kind fest an sich, und Wendy schlang die Arme so vertrauensvoll um den Hals ihres Vaters, wie sie sie um Starks Hals geschlungen hatte.

Jetzt! schrie eine innere Stimme Liz zu. *Sag es ihm jetzt. Sag ihm, er soll davonrennen. Jetzt gleich, solange wir die Kinder haben!*

Aber natürlich hatte Stark eine Waffe, und sie glaubte nicht, daß einer von ihnen schnell genug war, um einer Kugel zu entkommen. Und sie kannte Thad sehr genau; sie würde es nie laut aussprechen, aber ihr kam plötzlich der Gedanke, daß er es ohne weiteres fertigbrächte, über seine eigenen Füße zu stolpern.

Und jetzt war Thad ganz nahe bei ihr, und sie konnte sich nicht einmal weismachen, daß sie die Botschaft, die seine Augen ihr mitteilten, nicht verstand.

Halt dich da raus, Liz, sagten sie. *Das ist meine Sache.*

Dann legte er seinen freien Arm um sie, und die ganze Familie stand in unbeholfener, aber inbrünstiger Umarmung da.

»Liz,« sagte er und küßte ihre kalten Lippen. »Liz, Liz, es tut mir leid, es tut mir so leid. Ich wollte nicht, daß so etwas passiert. Ich habe es nicht gewußt. Ich dachte, es wäre – harmlos. Ein Scherz.«

Sie zog ihn eng an sich, küßte ihn, ließ ihre Lippen von den seinen wärmen.

»Es ist gut«, sagte sie. »Es wird doch alles gut werden, nicht wahr, Thad?«

»Ja«, sagte er. Er löste sich von ihr, so daß er ihr in die Augen sehen konnte. »Es wird alles gut werden.«

Er küßte sie abermals, dann wendete er sich Alan zu.

»Hallo, Alan«, sagte er und lächelte ein wenig. »Haben Sie in jeder Beziehung Ihre Meinung geändert?«

»Ja. In dieser und jener zumindest. Ich habe heute mit einem alten Bekannten von Ihnen gesprochen.« Er warf einen Blick auf Stark. »Von Ihnen übrigens auch.«

Stark hob das, was von seinen Brauen noch vorhanden war. »Ich wüßte nicht, daß Thad und ich gemeinsame Bekanntschaften haben, Sheriff Alan.«

»Oh, zu diesem Mann standen Sie in einem sehr engen Verhältnis«, sagte Alan. »Er hat Sie einmal sogar umgebracht.«

»Wovon reden Sie?« fragte Thad scharf.

»Ich habe mit Dr. Pritchard gesprochen. Er erinnert sich sehr gut an Sie beide. Es war nämlich eine höchst ungewöhnliche Operation. Was er aus Ihrem Kopf herausholte, war *er*.« Er deutete mit einem Nicken auf Stark.

»Was reden Sie da?« fragte Liz, und beim letzten Wort brach ihre Stimme.

Also erzählte Alan ihnen, was Pritchard ihm mitgeteilt hatte – ließ aber im letzten Augenblick die Sache mit den Sperlingen aus, die einen Sturzbomberangriff auf das Hospital unternommen hatten. Thad hatte die Sperlinge nicht erwähnt – und um hierher zu kommen, mußte er am Haus der Williams vorbeigefahren sein. Das konnte zwei Gründe haben: entweder waren die Sperlinge, als Thad ankam, wieder verschwunden gewesen, oder Thad wollte nicht, daß Stark von ihrer Anwesenheit erfuhr.

Alan musterte Thad eindringlich. *Irgend etwas steckt da drinnen. Irgendeine Idee. Gott gebe, daß es eine gute ist.*

Als Alan geendet hatte, schien Liz wie betäubt zu sein. Thad nickte. Stark – von dem Alan die stärkste Reaktion erwartet hätte – wirkte völlig unbeeindruckt. Das einzige, was Alan seinem zerstörten Gesicht zu entnehmen vermochte, war Belustigung.

»Das erklärt vieles«, sagte Thad. »Danke, Alan.«

»Für mich erklärt das überhaupt nichts!« rief Liz, und ihre Stimme war so schrill, daß die Zwillinge zu wimmern begannen.

Thad musterte George Stark. »Du bist ein Gespenst«, sagte er. »Irgendeine unheimliche Art von Gespenst. Wir stehen hier und betrachten ein Gespenst. Ist das nicht erstaunlich? Das ist nicht einfach ein psychischer Zufall – das ist ein gottverdammtes *Epos!*«

»Ich glaube nicht, daß es so wichtig ist«, sagte Stark gelassen. »Erzähl ihnen die Geschichte mit William Burroughs, Thad. Ich erinnere mich genau daran. Ich war natürlich drinnen – aber ich habe zugehört.«

Liz und Alan warfen Thad einen fragenden Blick zu.

»Weißt du, wovon er redet?« fragte Liz.

»Natürlich weiß ich es«, sagte Thad. »Was Max weiß, weiß Moritz auch.«

Stark warf den Kopf zurück und lachte. Die Zwillinge hörten auf zu wimmern und lachten mit ihm. »Das ist gut, alter Freund. Das ist wirklich gut!«

»1981 habe ich – oder vielleicht sollte ich sagen, haben wir – zusammen mit Burroughs an einer Podiumsdiskussion teilgenommen. An der New School in New York. Als die Zuhörer Fragen stellen konnten, wurde Burroughs gefragt, ob er an ein Leben nach dem Tode glaubte. Burroughs sagte, er täte es – er sei überzeugt, daß wir alle ein solches Leben lebten.«

»Und der Mann ist *klug*«, sagte Stark lächelnd. »Keinen Schuß Pulver wert, aber *klug*. Begreift ihr jetzt? Begreift ihr jetzt, daß das überhaupt keine Rolle spielt?«

Das stimmt nicht, dachte Alan, während er Thad eingehend musterte. *Es spielt eine sehr große Rolle. Das besagt Thads Ausdruck – und auch die Sperlinge besagen es, von deren Existenz du nichts weißt.*

Alan vermutete, daß Thads Wissen noch gefährlicher war, als dieser selbst wußte. Aber es war vielleicht alles, was sie hatten. Er kam zu dem Schluß, daß es richtig gewesen war, das Ende von Pritchards Geschichte für sich zu behalten – aber er kam sich noch immer vor wie ein Mann, der am Rande eines Abgrunds steht und versucht, mit zu vielen brennenden Fackeln zu jonglieren.

»Das war genug Gerede, Thad«, sagte Stark.

Thad nickte. »Ja. Genug.« Er sah Alan und Liz an. »Ich möchte nicht, daß einer von euch etwas – nun – außer der Reihe tut. Ich werde tun, was er verlangt.«

»Thad! Nein! Du kannst doch nicht . . .«

»Still.« Er legte ihr einen Finger auf die Lippen. »Ich kann es, und ich werde es tun. Keine Tricks, keine Knalleffekte. Worte auf Papier haben ihn geschaffen, und Worte auf Papier sind das einzige, mit dem wir ihn wieder loswerden.« Er deutete mit einem Kopfnicken auf Stark. »Glaubst du etwa, er wüßte genau, ob es funktionieren wird? Er weiß es nicht. Er hofft es nur.«

»So ist es«, sagte Stark. »Die Hoffnung keimt unaufhörlich in des Menschen Brust.« Er lachte. Es war ein verrücktes, aberwitziges Geräusch, und Alan begriff, daß auch Stark am Rande eines Abgrunds mit brennenden Fackeln jonglierte.

Aus dem Augenwinkel heraus nahm er eine plötzliche Bewegung wahr. Er drehte unauffällig den Kopf und sah auf dem Geländer der Veranda vor der Glaswand einen Sperling landen. Ein zweiter und dritter gesellten sich zu ihm. Alan warf einen Blick auf Thad und sah, daß sich auch dessen Augen unauffällig bewegten. Hatte er es gleichfalls gesehen? Alan nahm es an. Er hatte also recht gehabt. Thad wußte Bescheid – aber er wollte nicht, daß *Stark* es wußte.

»Wir beide werden einfach ein bißchen schreiben und uns morgen früh Lebewohl sagen«, sagte Thad. Sein Blick wanderte zu Starks zerstörtem Gesicht. »Das ist es doch, was wir tun werden, nicht wahr, George?«

»So ist es.«

»Also, heraus mit der Sprache«, sagte Thad zu Liz. »Führst du etwas im Schilde? Hast du etwas im Sinn? Irgendwelche Pläne?«

Sie stand da, schaute ihrem Mann verzweifelt in die Augen, ohne zu bemerken, daß Wendy und William sich bei den Händen hielten und einander glücklich ansahen wie Verwandte, die sich lange aus den Augen verloren hatten, bei einer überraschenden Wiederbegegnung.

Das ist doch nicht dein Ernst, Thad? fragten ihre Augen. *Es ist ein Trick, nicht wahr? Ein Trick, um ihn zu beschwichtigen, seinen Argwohn einzuschläfern?*

Nein, erwiderte Thads grauer Blick. *Ich weiß, was ich will.*

Und war da nicht noch etwas anderes? Etwas so tief Verborgenes, daß sie vielleicht die einzige war, die es sehen konnte?

Ich werde mich um ihn kümmern, Baby. Ich weiß, wie. Ich kann es.

Oh, Thad, ich hoffe, du hast recht.

»Unter der Couch liegt ein Messer«, sagte sie langsam und sah ihm dabei ins Gesicht. »Ich habe es aus der Küche geholt, während Alan und – und er – in der vorderen Diele waren und telefonierten.«

»Großer Gott, *Liz!*« Alan schrie die Worte fast heraus, und die Zwillinge fuhren zusammen. In Wirklichkeit war er keineswegs so empört, wie er sich gab. Er hatte begriffen, daß diese Sache nur enden konnte, ohne daß sie alle dem totalen Horror ausgesetzt wurden, wenn Thad das Ende herbeiführte. Er hatte Stark geschaffen; er war es, der ihn wieder beseitigen mußte.

Liz warf einen Blick auf Stark und sah, wie auf den Überresten seines Gesichts dieses widerliche Grinsen erschien.

»Ich weiß, was ich tue«, sagte Thad. »Sie müssen mir vertrauen, Alan. Liz, hol das Messer und wirf es von der Veranda.«

Ich habe hier eine Rolle zu spielen, dachte Alan. *Es ist eine Nebenrolle, aber ich erinnere mich genau, was unser Lehrer beim Schauspielkurs am College immer sagte – es gibt keine kleinen Rollen, sondern nur kleine Schauspieler.*

»Glauben Sie etwa, daß er uns gehen läßt?« fragte Alan ungläubig. »Daß er vorhat, wie ein unschuldiges Lamm einfach über den Hügel davonzutrotten? Mann, Sie sind verrückt!«

»Natürlich bin ich verrückt«, sagte Thad und lachte. Es hörte sich an wie das Geräusch, das Stark von sich gegeben hatte – das Lachen eines Mannes, der am Abgrund tanzt. »*Er* ist verrückt, und er ist aus mir entstanden, oder etwa nicht? Wie ein lausiger Dämon aus der Stirn eines drittklassigen Zeus. Aber ich weiß, was ich zu tun habe.« Er sah Alan zum ersten Mal voll und ernst in die Augen. »*Ich weiß, was ich zu tun habe*«, wiederholte er langsam und nachdrücklich. »Also los, Liz.«

Alan gab einen angewiderten Laut von sich und drehte ihnen den Rücken zu, als wollte er mit ihnen allen nichts zu tun haben.

Liz kam sich vor wie in einem Traum, als sie das Wohnzimmer durchquerte, niederkniete und das Messer unter der Couch hervorzog.

»Geh vorsichtig um mit diesem Ding«, sagte Stark. Er hörte sich sehr wach, sehr bedrohlich an. »Wenn deine Kinder sprechen könnten, würden sie dir denselben Rat geben.«

Sie drehte sich um, wischte sich das Haar aus dem Gesicht und sah, daß er seinen Revolver auf Thad und William gerichtet hatte.

»Ich *bin* vorsichtig«, sagte sie mit zitternder, vorwurfsvoller Stimme, die dem Weinen nahe war. Sie öffnete die Schiebetür und trat auf die Veranda hinaus. Inzwischen hatte sich ein halbes Dutzend Sperlinge auf dem Geländer niedergelassen. Als sie sich dem Geländer und dem dahinter steil abfallenden Hang näherte, rückten die Sperlinge in zwei Dreiergruppen auseinander, flogen aber nicht fort.

Alan sah, wie sie einen Moment innehielt und die Vögel betrachtete; sie hielt den Griff des Messers so zwischen den Fingern, daß die Spitze der Klinge wie ein Lot auf die Veranda zeigte. Er warf einen Blick auf Thad und stellte fest, daß er sie angespannt beobachtete. Danach wendete er seinen Blick wieder Stark zu.

Auch Stark beobachtete Liz genau, aber auf seinem Gesicht lag keine Spur von Überraschung oder Argwohn, und plötzlich schoß Alan ein Gedanke durch den Kopf: *Er sieht sie nicht! Er kann sich nicht erinnern, was er an die Wände der Wohnungen geschrieben hat, und jetzt sieht er sie nicht. Er weiß nicht, daß sie da sind!*

Dann wurde ihm bewußt, daß Stark ihn gleichfalls ansah, ihn mit diesem eindringlichen, modernden Blick musterte.

»Weshalb sehen Sie mich an?« fragte Stark.

»Ich will nur sichergehen, daß ich nie vergesse, was wahre Häßlichkeit ist«, sagte Alan. »Damit ich es später einmal meinen Enkelkindern erzählen kann.«

»Wenn Sie nicht Ihren verdammten Mund halten, können Sie den Gedanken an Enkelkinder vergessen«, sagte Stark. »Außerdem sollten Sie damit aufhören, mich anzustarren, Sheriff Alan. Das empfiehlt sich nicht.«

Liz warf das Fleischmesser über das Geländer der Veranda. Als sie es zehn Meter tiefer ins Gebüsch fallen hörte, begann sie tatsächlich zu weinen.

4

»Gehen wir alle nach oben«, sagte Stark. »In Thads Arbeitszimmer. Ich nehme an, du brauchst deine Schreibmaschine, stimmt's, alter Freund?«

»Nicht hierfür«, sagte Thad. »Das solltest du eigentlich wissen.«

Ein Lächeln spielte um Starks Lippen. »Meinst du?«

Thad berührte die in seiner Brusttasche aufgereihten Bleistifte. »Die werde ich benutzen, wenn ich wieder mit Alexis Machine und Jack Rangely Verbindung aufnehme.«

Stark schaute erstaunlich erfreut drein. »Ja, so sollte es sein. Ich dachte nur, vielleicht wolltest du es diesmal anders machen.«

»Nicht anders als sonst, George.«

»Ich habe meine eigenen Stifte mitgebracht«, sagte er. »Drei Schachteln. Sheriff Alan, sind Sie so freundlich, zu meinem Wagen hinauszugehen und sie zu holen? Sie liegen im Handschuhfach. Inzwischen passen wir auf die Kinder auf.« Er warf einen Blick auf Thad, ließ sein irres Lachen hören und schüttelte den Kopf. »Du *Hund* du!«

»Du hast völlig recht, George«, sagte Thad. Auch er lächelte ein wenig. »Ich bin ein Hund. Und du bist auch einer. Und alten Hunden kann man keine neuen Kunststücke beibringen.«

»Irgendwie freust du dich darauf, stimmt's? Was du auch sagst – ein Teil von dir kann gar nicht schnell genug anfangen. Ich sehe es in deinen Augen. Du *möchtest* schreiben.«

»Ja«, sagte Thad schlicht, und Alan hatte nicht das Gefühl, daß er log.

»Alexis Machine«, sagte Stark. Seine Augen funkelten.

»So ist es.« Und jetzt funkelten auch Thads Augen. »Schneide ihn, solange ich hier stehe und zusehe.«

»Du hast's erfaßt!« rief Stark und begann zu lachen. »Ich will Blut fließen sehen. Laß es nicht dazu kommen, daß ich es zweimal sagen muß.«

Nun lachten sie beide.

Liz ließ den Blick von Thad zu Stark und wieder zurück zu ihrem Mann wandern, und das Blut wich ihr aus den Wangen, weil sie keinen Unterschied zwischen ihnen feststellen konnte.

Ganz plötzlich schien der Rand des Abgrunds näher zu sein als je zuvor.

5

Alan ging hinaus, um die Bleistifte zu holen. Sein Kopf steckte nur ein paar Augenblicke in Starks Wagen, aber die Zeit kam ihm sehr lang vor, und er war froh, ihn wieder herausziehen zu können. Ein finsterer unangenehmer Geruch hing darin, der ihn leicht benommen machte.

Wenn man den Kopf in Starks Toronado steckte, war es genau so, als steckte man ihn in eine Bodenkammer, in der jemand Chloroform verschüttet hat.

Wenn das der Geruch von Träumen ist, dachte Alan, *dann möchte ich nie wieder einen Traum haben.*

Dann stand er einen Moment neben dem schwarzen Wagen, die Schachteln mit den Bleistiften in der Hand, und blickte auf die Zufahrt.

Die Sperlinge waren eingetroffen.

Sie bedeckten die gesamte Zufahrt. Er sah weitere auf ihr landen. Und der Wald war voll von ihnen. Sie landeten, wo sie Platz fanden, und starrten ihn an, gespenstisch schweigend, ein lebendiges Geheimnis.

Sie haben es auf dich abgesehen, George, dachte er und machte sich auf den Rückweg zum Haus. Auf halbem Wege blieb er stehen, weil ihm ein bestürzender Gedanke gekommen war.

Oder haben sie es auf uns alle abgesehen?

Er warf noch einen langen Blick auf die Vögel, aber sie verrieten nichts. Dann ging er hinein.

6

»Nach oben«, sagte Stark. »Sie gehen voran, Sheriff Alan. Gehen Sie zur hinteren Wand des Gästezimmers. Dort steht eine Vitrine mit Fotos und Briefbeschwerern und Souvenirs. Wenn Sie gegen die linke Seite der Vitrine drücken, dreht sie sich auf einer Mittelachse nach innen. Dahinter ist Thads Arbeitszimmer.«

Alan schaute zu Thad hinüber, der nickte.

»Für jemanden, der noch nie hier war, kennen Sie sich aber verdammt gut aus.«

»Aber ich war hier«, sagte Stark würdevoll. »Ich war oft hier – in meinen Träumen.«

7

Zwei Minuten später waren sie alle vor der ungewöhnlichen Tür von Thads kleinem Arbeitszimmer versammelt. Die Vitrine war nach innen geschwenkt; dadurch waren zwei durch die Tiefe der Vitrine voneinander getrennte Eingänge entstanden. Das Arbeitszimmer war fensterlos; gebt mir ein Fenster, hatte Thad einmal zu Liz gesagt, und ich schreibe zwei Worte und schaue dann zwei Stunden lang aus dem Fenster, auch wenn es draußen überhaupt nichts zu sehen gibt.

Eine Lampe an einem langen, schwenkbaren Arm mit einer starken Quarzhalogenbirne warf einen Kreis aus weißem Licht auf den Schreibtisch. Dahinter standen Seite an Seite ein Bürostuhl und ein Klappstuhl. In dem Lichtkreis lagen, gleichfalls Seite an Seite, zwei leere Notizbücher. Auf jedem Notizbuch lagen zwei angespitzte Berol Black Beauty-Bleistifte. Die IBM, auf der Thad hier gelegentlich schrieb, stand in einer Ecke.

Thad selbst hatte den Klappstuhl aus dem Schrank auf dem Flur geholt, und jetzt ging von dem Zimmer eine Dualität aus, die Liz als erschreckend und höchst abstoßend empfand. Es war in gewisser Hinsicht eine andere Version des Spiegelgeschöpfes, das sie zu sehen geglaubt hatte, als Thad angekommen war. Hier standen zwei Stühle, wo es immer nur einen gegeben hatte; hier gab es zwei Schreibplätze, wo es nur einen hätte geben dürfen. Das Schreibgerät, das zu Thads

(besserem)

normalem Selbst gehörte, war beiseitegeräumt worden, und als sie sich niederließen, Stark auf Thads Bürostuhl und Thad auf dem Klappstuhl, war sie völlig desorientiert. Sie hatte fast das Gefühl, seekrank zu sein.

Jeder von ihnen hatte ein Kind auf dem Schoß.

»Wieviel Zeit haben wir, bis jemand argwöhnisch wird und nachsehen kommt?« fragte Thad Alan, der mit Liz an der Tür stand. »Seien Sie ehrlich, Alan, und so exakt wie möglich. Sie müssen mir glauben, wenn ich Ihnen sage, daß dies die einzige Chance ist, die wir haben.«

»Sieh ihn dir doch an, Thad!« brach es plötzlich aus Liz heraus. »Siehst du denn nicht, was mit ihm passiert? Er will mehr als nur Hilfe beim Schreiben eines Buches! Er will etwas stehlen, das in dir steckt! Begreifst du das denn nicht?«

»Ich weiß, was er will«, sagte Thad. »Ich habe es von Anfang an gewußt. Dies ist die einzige Möglichkeit. Ich weiß, was ich tue. Wieviel Zeit haben wir, Alan?«

Alan dachte eingehend darüber nach. Er hatte Sheila erzählt, er wollte essen gehen, und er hatte sich bereits zurückgemeldet, also würde es eine Weile dauern, bis sie unruhig wurde. Vielleicht wäre es schneller geschehen, wenn Norris Ridgewick Dienst gehabt hätte.

»Vielleicht so lange, bis meine Frau sich erkundigt, wo ich stecke«, sagte er. »Vielleicht sogar länger. Sie ist lange genug mit einem Polizisten verheiratet, um an Überstunden und einsame Nächte gewöhnt zu sein.« Es gefiel ihm nicht, sich diese Worte sagen zu hören. Dies war nicht die Art, auf die das Spiel eigentlich gespielt werden sollte; es war das genaue Gegenteil davon.

Thads Augen zwangen ihn zum Weiterreden. Stark schien überhaupt nicht zuzuhören; er hatte den Briefbeschwerer aus Schiefer in die Hand genommen, der auf einem Stapel alter Manuskripte gelegen hatte, und spielte damit.

»Ich nehme an, es wird mindestens vier Stunden dauern.« Und dann setzte er widerstrebend hinzu: »Vielleicht die ganze Nacht. Ich habe Andy Clutterbuck an den Schreibtisch gesetzt, und der ist nicht sonderlich helle. Wenn jemand Lunte riecht, dann wird es vermutlich Harrison sein – der Bursche, den Sie abgehängt haben – oder ein Mann im Revier der Staatspolizei in Oxford. Henry Payton heißt er.«

Thad sah Stark an. »Wird das reichen?«

In Starks Augen, funkelnden Edelsteinen in der zerstörten Fassung seines Gesichts, lag ein abwesender Ausdruck. Seine verbundene Hand spielte ebenso abwesend mit dem Briefbeschwerer. Er legte ihn zurück und lächelte Thad an. »Was meinst *du*? Schließlich kennst du dich ebenso gut aus wie ich.«

Thad dachte nach. *Wir wissen beide, wovon wir reden, aber ich glaube, keiner von uns könnte es in Worte fassen. Was wir hier tun, ist nicht Schreiben, jedenfalls im Grunde nicht. Schreiben ist nur das Ritual. Wir reden davon, daß eine Art Kommandostab übergeben wird, daß ein Machtwechsel vor sich gehen soll. Oder, besser gesagt, ein Handel: das Leben von Liz und den Kindern im Austausch gegen – was? Was genau?*

Aber er wußte es natürlich. Es wäre seltsam gewesen, wenn es anders gewesen wäre, denn es war noch gar nicht lange her, daß er über dieses Thema nachgedacht hatte. Es war sein *Auge*, das Stark sich wünschte – das er verlangte. Das dritte Auge, das, in seinem Gehirn vergraben, nur nach innen blicken konnte.

Er spürte wieder dieses kribbelnde Gefühl und kämpfte dagegen an. *Laß das Schnüffeln, George. Du hast die Kanone. Alles, was ich habe, ist ein Schwarm kleiner Vögel. Also laß das Schnüffeln.*

»Ich glaube, es wird genügen«, sagte er zu Stark. »Wir werden es wissen, wenn es so weit ist, nicht wahr?«

»Ja.«

»Wie bei einer Wippe, wenn das eine Ende des Balkens nach oben geht – und das andere Ende nach unten.«

»Thad, was verschweigst du? Was verbirgst du vor mir?«

Einen Augenblick lang war der Raum von elektrisch geladenem, stikkigem Schweigen erfüllt, ein Raum, der für die aufeinanderprallenden Emotionen plötzlich viel zu klein zu sein schien.

»Dasselbe könnte ich dich fragen«, sagte Thad schließlich.

»Nein«, erwiderte Stark langsam. »*Meine* Karten liegen alle auf dem Tisch. Also sage es mir, Thad.« Seine kalte, verrottende Hand packte Thads Handgelenk mit der unnachgiebigen Kraft einer Stahlfessel. *»Was verbirgst du vor mir?«*

Thad zwang sich, Stark in die Augen zu sehen. Dieses kribbelnde Gefühl war jetzt überall, am stärksten aber in dem Loch in seiner Hand.

»Willst du dieses Buch nun schreiben oder nicht?« fragte er.

Zum ersten Mal bemerkte Liz, wie sich der Ausdruck in Starks Gesicht – nicht auf, sondern *in* ihm – veränderte. Plötzlich war Unsicherheit da. Und Angst? Vielleicht. Selbst wenn sie nicht da war, lauerte sie doch irgendwo wartend in der Nähe.

»Ich bin nicht gekommen, um mit dir zu frühstücken, Thad.«

»Dann finde es selbst heraus«, sagte Thad. Liz hörte ein Keuchen und begriff, daß sie diesen Laut ausgestoßen hatte.

Stark bedachte sie mit einem kurzen Blick, dann wendete er sich wieder Thad zu. »Treib keine Späßchen mit mir, Thad«, sagte er leise. »Es empfiehlt sich nicht, Späßchen mit mir zu treiben.«

Thad lachte. Es war ein kaltes, verzweifeltes Lachen – aber nicht ganz humorlos. Das war das Schlimmste daran. Es war nicht ganz humorlos, und Liz hörte George Stark in diesem Lachen, nicht anders, als sie Thad Beaumont in Starks Augen gesehen hatte, als er mit den Kindern spielte.

»Warum nicht, George? Ich weiß, was ich zu verlieren habe. Auch das liegt alles auf dem Tisch. Willst du nun schreiben oder willst du reden?«

Stark musterte ihn einen langen Moment, und seine Augen wanderten eindringlich und unheildrohend über sein Gesicht. Dann sagte er: »Laß uns anfangen.«

Thad lächelte. »Warum nicht?«

»Ihr beide verschwindet, du und der Bulle«, sagte Stark zu Liz. »Alles weitere ist einzig und allein unsere Sache.«

»Ich nehme die Kinder«, hörte Liz sich sagen, und Stark lachte.

»Das soll wohl ein Witz sein, Beth? Ha-ha. Die Kinder sind Garantie. Wie der Schreibschutz an einer Diskette. Ist es nicht so, Thad?«

»Aber . . .« setzte Liz an.

»Mach dir keine Sorgen«, sagte Thad. »Sie sind hier gut aufgehoben. George kann auf sie aufpassen, während ich den Anfang mache. Sie mögen ihn. Hast du das nicht bemerkt?«

»*Natürlich* habe ich es bemerkt«, sagte sie mit leiser, haßerfüllter Stimme.

»Sie brauchen nur daran zu denken, daß sie mit uns hier drinnen sind«, sagte Stark zu Alan. »Vergessen Sie das nicht, Sheriff Alan. Versuchen Sie nicht, sich etwas einfallen zu lassen. Bevor Sie auf die Idee kommen, etwas ganz Schlaues anzustellen, denken Sie daran, daß man uns dann alle vier mit den Füßen voran heraustragen wird. Haben wir uns verstanden?«

»Ja«, sagte Alan.

»Und machen Sie beim Hinausgehen die Tür zu.« Stark wendete sich an Thad. »Es wird Zeit.«

»So ist es«, sagte Thad und nahm einen Bleistift in die Hand. Er wendete sich zu Liz und Alan um, und aus Thad Beaumonts Gesicht schauten George Starks Augen heraus. »Geht. Laßt uns allein.«

8

Auf halber Höhe der Treppe blieb Liz unvermittelt stehen. Alan wäre fast gegen sie geprallt. Ihr Blick war starr durch das Wohnzimmer hindurch auf die gläserne Wand gerichtet.

Die Welt bestand nur aus Vögeln. Sie hatten die Veranda unter sich begraben; im schwindenden Licht des Tages war das zum See hin abfallende Gelände schwarz von ihnen; auch der Himmel über dem See war schwarz – weitere Scharen näherten sich von Westen her dem Haus der Beaumonts.

»Großer Gott«, sagte Liz.

Alan ergriff ihren Arm. »Still«, sagte er. »Er darf Sie nicht hören.«

»Aber was . . .«

Nach wie vor ihren Arm haltend, führte er sie die restlichen Stufen hinunter. Als sie in der Küche waren, erzählte Alan ihr den Rest der Geschichte, die er am Nachmittag – tausend Jahre zuvor – von Dr. Pritchard gehört hatte.

»Was hat das zu bedeuten?« flüsterte sie. Ihr Gesicht war grau geworden. »Alan, ich habe solche Angst.«

Er legte die Arme um sie, und obwohl er selbst von dumpfer Angst erfüllt war, spürte er, was für eine prachtvolle Frau sie war.

»Ich weiß es nicht«, sagte er, »ich weiß nur, daß sie hier sind, weil Thad oder Stark sie gerufen haben. Ich bin ziemlich sicher, daß Thad es war. Weil er sie gesehen haben muß, als er ankam. Er hat sie gesehen, aber kein Wort verlauten lassen.«

»Alan, er ist nicht derselbe wie sonst.«

»Ich weiß.«

»Ein Teil von ihm liebt Stark. Ein Teil von ihm liebt Stark – das Finstere in ihm.«

»Ich weiß.«

Sie gingen zu dem Fenster neben dem Telefontisch in der Diele und schauten hinaus. Die Zufahrt war mit Sperlingen übersät, die Bäume und der kleine Schuppen, in dem nach wie vor die .22er wartete. Rawlies VW war unter ihnen verschwunden.

Nur auf George Starks Toronado saßen keine Sperlinge. Und um ihn herum war ein säuberlicher Kreis leeren Asphalts, fast so, als stünde er unter Quarantäne.

Ein Vogel flog gegen die Scheibe. Liz schrie leise auf. Die anderen Vögel bewegten sich rastlos – es war, als rollte eine riesige Welle den Hügel hinauf –, dann saßen sie wieder reglos da.

»Selbst wenn sie Thad gehören sollten«, sagte sie, »kann es sein, daß er sie nicht gegen Stark einsetzt. Ein Teil von Thad ist verrückt, Alan. Ein Teil von ihm ist *seit jeher* verrückt gewesen. Und – es gefällt ihm.«

Alan sagte nichts, aber auch das wußte er. Er hatte es gespürt.

»Das alles kommt mir vor wie ein grauenhafter Traum«, sagte sie.

»Ich wollte, ich könnte aufwachen. Ich wollte, ich könnte aufwachen und alles wäre so, wie es immer gewesen ist. Nicht so, wie es vor Clawson war; so, wie es vor *Stark* gewesen ist.«

Alan nickte.

Sie sah zu ihm auf. »Und was tun wir jetzt?«

»Das Schwerste von allem«, sagte er. »Wir warten.«

9

Der Abend schien endlos zu sein. Das Licht am Himmel verblaßte langsam, als die Sonne hinter den Bergen an der Westseite des Sees unterging.

Draußen trafen die letzten Scharen von Sperlingen ein und gesellten sich zu den anderen. Alan und Liz spürten ihre Anwesenheit auf dem Dach über ihren Köpfen, einen Grabhügel aus Sperlingen, aber sie waren stumm. Sie warteten.

Wenn sie sich im Zimmer bewegten, drehten sich beim Gehen ihre Köpfe wie Radarschirme, die auf ein bestimmtes Signal eingestellt sind. Es war das Arbeitszimmer, auf das sie lauschten, und das Nervenaufreibendste war, daß aus dem Raum hinter der Geheimtür nicht das geringste Geräusch herausdrang. Sie konnten nicht einmal das Plappern und Krähen der Kinder hören. Sie hoffte, daß sie eingeschlafen waren, aber es war ihr nicht möglich, die böse Stimme völlig zum Schweigen zu bringen, die ihr einreden wollte, daß Stark sie beide umgebracht hätte und Thad gleichfalls.

Lautlos.

Mit dem Rasiermesser, das er bei sich trug.

Sie sagte sich, daß die Sperlinge es wissen würden, wenn so etwas geschehen wäre, daß sie etwas unternehmen würden, und das half, aber nur ein wenig. Gott allein wußte, was sie unternehmen würden – oder wann.

Die Dämmerung begann der vollen Dunkelheit zu weichen, als Alan heiser sagte: »Sie tauschen die Plätze, wenn sie lange genug dabei bleiben, nicht wahr? Thad wird anfangen, krank zu werden – und Stark wird anfangen, gesund zu werden.«

Sie erschrak so sehr, daß ihr beinahe die Tasse mit dem bitteren Kaffee aus der Hand geglitten wäre.

»Ja. Ich glaube, so wird es sein.«

Von irgendwoher kam der Ruf eines Seetauchers – ein schmerzlicher, einsamer Laut. Alans Gedanken wanderten zu dem Arbeitszimmer, zu den beiden Zwillingspaaren, das eine schlafend, das andere miteinander kämpfend im Zwielicht ihrer gemeinsamen Vorstellungskraft.

Die Vögel draußen paßten auf und warteten in der hereinbrechenden Dunkelheit.

Die Wippe hat sich in Bewegung gesetzt, dachte Alan. *Thads Ende senkt sich, Starks Ende hebt sich.* Dort oben, hinter der Tür, die, wenn sie offenstand, zwei Eingänge anbot, hatte die Veränderung begonnen.

Wir nähern uns dem Ende, dachte Liz. *Auf diese oder jene Art.*

Und fast so, als hätte dieser Gedanke den Anstoß gegeben, hörte sie, wie ein Wind zu wehen begann – ein ganz merkwürdiger, schwirrender Wind. Doch die Oberfläche des Sees blieb spiegelglatt.

Sie erhob sich, ihre Augen waren weit aufgerissen, ihre Hände fuhren hoch zu ihrer Kehle. Ihr Blick hing wie gebannt an der Glaswand. *Alan,* versuchte sie zu sagen, aber ihre Stimme versagte den Dienst.

Von oben kam ein eigenartiges, seltsam pfeifendes Geräusch, als versuchte jemand, einer gesprungenen Flöte einen Ton zu entlocken. Plötzlich rief Stark scharf: »Thad? *Was tust du?* Was tust du?« Es folgte ein kurzer Knall wie ein Schuß aus einer Spielzeugpistole. Einen Augenblick später begann Wendy zu weinen.

Und draußen, in der immer tiefer werdenden Dunkelheit, flatterten Millionen Sperlinge mit den Flügeln, machten sich bereit zum Fliegen.

Sechsundzwanzigstes Kapitel

Die Sperlinge fliegen

1

Nachdem Liz die Tür geschlossen und die beiden Männer allein gelassen hatte, schlug Thad sein Notizbuch auf und betrachtete ein paar Sekunden lang die leere Seite. Dann nahm er einen der angespitzten Berol-Bleistifte zur Hand.

»Ich fange mit dem Hochzeitskuchen an«, sagte er zu Stark.

»Ja«, sagte Stark. Auf seinem Gesicht lag ein Ausdruck sehnsüchtigen Eifers. »Ja, tu das.«

Thad hielt den Bleistift über die leere Seite. Dies war der Augenblick, der für ihn immer der schönste war – der Moment vor dem ersten Strich. Es war eine Art chirurgischer Eingriff, und der Patient kam fast nie mit dem Leben davon, aber man tat es trotzdem. Man mußte es tun, denn dafür war man geschaffen. Ausschließlich dafür.

Aber denke daran, dachte er. *Denke daran, was du tust.*

Doch ein Teil von ihm – der Teil, dem wirklich daran lag, *Steel Machine* zu schreiben – protestierte.

Thad beugte sich vor und ging daran, die leere Fläche zu füllen.

STEEL MACHINE
von George Stark
Erstes Kapitel: Die Hochzeit

Alexis Machine hatte nur selten abwegige Gedanken, und es war noch nie vorgekommen, daß ihm in einer solchen Situation ein abwegiger Gedanke gekommen war. Dennoch schoß er ihm durch den Kopf. Von allen Menschen auf der Welt – was? mehr als einer Milliarde? – bin ich der einzige, der mit einer halbautomatischen Heckler & Koch .223 in einem fahrenden Hochzeitskuchen steht.

Er war noch nie irgendwo eingeschlossen gewesen. Die Luft war sehr schnell verbraucht, aber er hätte ohnehin nicht tief durchatmen können. Der Zuckerguß auf dem Trojanischen Kuchen war echt, aber darunter war nichts als eine dünne Lage von Gipsplatten mit dem Handelsnamen Nartex – eine Art besserer Pappkarton. Wenn er seinen Brustkorb mit Luft füllte, würden Braut und Bräutigam, die auf der obersten Etage des Kuchens standen, vermutlich herunterkippen. Der Zuckerguß würde Risse bekommen und . . .

Er schrieb an die vierzig Minuten, kam immer mehr in Fahrt, und in seinem Denken nahmen die Bilder und Geräusche der Hochzeitsparty, die mit einem Paukenschlag enden sollte, allmählich deutliche Gestalt an.

Schließlich legte er den Bleistift nieder. Er hatte ihn stumpf geschrieben.

»Gib mir eine Zigarette«, sagte er.

Stark hob die Brauen.

»Ja«, sagte Thad.

Auf dem Schreibtisch lag eine Schachtel Pall Mall. Stark schüttelte eine heraus, und Thad nahm sie. Nach so vielen Jahren fühlte sich die Zigarette fremd an zwischen seinen Lippen – irgendwie zu groß. Aber sie fühlte sich auch gut an. Sie fühlte sich *richtig* an.

Stark riß ein Streichholz an und hielt es Thad hin. Thad inhalierte tief, und der Rauch landete auf seine alte gnadenlose, gewollte Weise in seinen Lungen. Er fühlte sich sofort benommen, aber das Gefühl störte ihn nicht im mindesten.

Jetzt brauche ich einen Drink, dachte er. *Und wenn ich diese Sache lebend und auf den eigenen Beinen überstehe, wird das das erste sein, was ich zu mir nehme.*

»Ich dachte, du hättest das Rauchen aufgegeben«, sagte Stark.

Thad nickte. »Das dachte ich auch. Aber offenbar habe ich mich geirrt.« Er tat einen weiteren tiefen Zug und ließ den Rauch durch seine Nasenlöcher ausströmen. Er schob sein Notizbuch zu Stark hinüber. »Du bist dran«, sagte er.

Stark beugte sich über das Notizbuch und las den letzten Absatz, den Thad geschrieben hatte; mehr brauchte er nicht zu lesen. Sie wußten beide, wie die Geschichte weiterging.

Hinten im Haus hielten sich Jack Rangely und Tony Westerman in der Küche auf, und Rollick mußte eigentlich inzwischen oben sein. Alle drei waren mit halbautomatischen Steyr-Augs bewaffnet, dem einzigen guten Maschinengewehr, das in Amerika hergestellt wurde, und selbst wenn einige der als Hochzeitsgäste verkleideten Leibwächter sehr schnell sein sollten, müßten die drei

Männer eigentlich in der Lage sein, einen Feuersturm loszulassen, der zur Deckung ihres Rückzugs ausreichte. Laßt mich nur aus diesem Kuchen raus, dachte Machine. Das ist alles, was ich verlange.

Stark zündete sich selbst eine Pall Mall an, nahm einen seiner Berols zur Hand, schlug sein eigenes Notizbuch auf – und hielt dann inne. Er sah Thad an, und in seinem Blick lag nackte Ehrlichkeit.

»Ich habe Angst«, sagte er.

Und Thad überkam eine starke Welle des Mitgefühls für Stark – trotz allem, was er wußte. *Angst. Ja, natürlich hast du Angst,* dachte er. *Die einzigen, die keine Angst haben, sind diejenigen, die gerade erst anfangen – die Kinder. Die Jahre gehen dahin, und die Worte auf dem Papier werden nicht dunkler – aber die weißen Flächen werden immer weißer. Angst? Wenn du keine Angst hättest, wärest du noch verrückter, als du ohnehin schon bist.*

»Ich weiß«, sagte er. »Und du weißt, worauf es hinausläuft – die einzige Methode, es zu tun, besteht darin, es zu tun.«

Stark nickte und beugte sich über sein Notizbuch. Er überlas noch zweimal den letzten Absatz, den Thad geschrieben hatte – und dann begann er zu schreiben.

Die Worte formten sich mit qualvoller Langsamkeit in Thads Denken.

Machine ... hatte ... nie ... darüber nachgedacht ...

Eine lange Pause, dann in einem Schwall:

... wie es war, wenn man Asthma hat, aber wenn ihn später jemand gefragt hätte ...

Eine kürzere Pause.

... dann hätte er sich an den Scoretti-Job erinnert.

Er überlas, was er geschrieben hatte, dann sah er Thad ungläubig an.

Thad nickte. »Klingt vernünftig, George.« Er betastete seinen Mundwinkel, der plötzlich brannte, und ertastete ein gerade aufbrechendes Geschwür. Er warf einen Blick auf Stark und sah, daß in dessen Mundwinkel ein ähnliches Geschwür verschwunden war.

Es passiert. Es passiert tatsächlich.

»Mach weiter, George«, sagte er. »Gib dem Affen Zucker.«

Aber Stark hatte sich bereits wieder über sein Notizbuch gebeugt, und jetzt schrieb er schneller.

2

Stark schrieb fast eine halbe Stunde, und endlich legte er mit einem befriedigten leisen Keuchen den Stift nieder.

»Es ist gut«, sagte er. »So gut, wie es nur sein kann.«

Thad nahm das Notizbuch und begann zu lesen, und im Gegensatz zu Stark las er alles, was dieser geschrieben hatte. Das, wonach er suchte, begann auf der dritten Seite der neun, die Stark zustande gebracht hatte.

Machine hörte scharrende Geräusche und versteifte sich, seine Hände packten die Heckler & Sperling fester, und dann begriff er, was sie taten. Die Gäste – an die zweihundert –, die an den langen Tischen unter der riesigen, blau-gelb gestreiften Markise saßen, schoben auf den Planken, die zum Schutz des Rasens vor den hochhackigen Sperlingen der Frauen verlegt worden waren, ihre Klappsperlinge zurück. Sie standen auf und brachten dem Sperlingskuchen eine Ovation.

Er weiß es nicht, dachte Thad. *Er hat das Wort Sperlinge wieder und wieder geschrieben, und er hat nicht die Spur einer Ahnung.*

Er hörte, wie sie sich über ihm rastlos hin und her bewegten, und auch die Zwillinge hatten ein paarmal aufgeschaut, bevor sie eingeschlafen waren, also hatten sie sie auch wahrgenommen.

Nur George nicht.

Für George existierten die Sperlinge nicht.

Thad wendete sich wieder dem Manuskript zu. Das Wort hatte sich immer öfter eingeschlichen, und zum Schluß so oft, daß der Satz kaum noch einen Sinn ergab.

Später fand Machine heraus, daß die Sperlinge fliegen, und die einzigen Männer in seiner handverlesenen Mannschaft, die wirklich seine Sperlinge waren, waren Jack Rangely und Lester Rollick. All die anderen Sperlinge, mit denen er seit zehn Jahren geflogen war, steckten mit in der Sache drin. Und sie begannen zu fliegen, noch bevor Machine in sein Sperling-talkie brüllte.

»Nun?« fragte Stark, als Thad das Manuskript niederlegte. »Was hältst du davon?«

»Ich glaube, es ist gut«, sagte Thad. »Aber das weißt du doch selbst, oder?«

»Ja – aber ich wollte es gern von dir hören.«

»Außerdem habe ich den Eindruck, daß du viel besser aussiehst.«

Und das stimmte. Während George in die hitzige, gewalttätige Welt von Alexis Machine versunken war, hatte die Heilung eingesetzt.

Die Geschwüre verschwanden. Die aufgerissene, verweste Haut wurde wieder rosa; die Ränder dieser neuen Haut schoben sich über die abheilenden Geschwüre aufeinander zu, an einigen Stellen hatten sie sich bereits verbunden. Die Augenbrauen, die in einem Brei aus fauligem Fleisch verschwunden gewesen waren, kamen wieder zum Vorschein. Die Eiterrinnsale, die den Kragen von Starks Hemd widerwärtig gelb verfärbt hatten, trockneten aus.

Thad hob die linke Hand und berührte das Geschwür, das sich an seiner eigenen linken Schläfe bildete, und hielt die Fingerkuppen einen Moment vor die Augen. Sie waren naß. Er hob die Hand noch einmal und berührte seine Stirn. Die Haut war glatt. Die kleine weiße Narbe, sein Andenken an die Operation, der er sich in dem Jahr unterzogen hatte, in dem sein eigentliches Leben begann, war verschwunden.

Wenn sich ein Ende der Wippe hebt, muß das andere sich senken. Nur eines der vielen Gesetze der Natur, Baby. Nur eines der vielen Gesetze der Natur.

Ob es draußen inzwischen dunkel geworden war? Thad nahm es an – die Nacht mußte ganz oder fast hereingebrochen sein. Er sah auf seine Uhr, aber das brachte nichts. Sie war um Viertel vor fünf stehengeblieben. Doch die Uhrzeit spielte keine Rolle. Er würde es bald tun müssen.

Stark drückte in dem überquellenden Aschenbecher eine Zigarette aus. »Willst du übernehmen, oder machst du lieber Pause?«

»Schreib weiter«, sagte Thad. »Ich glaube, du kannst es.«

»Ja«, sagte Stark. Er sah Thad nicht an. Er hatte nur Augen für die Worte, die Worte, die Worte. Er fuhr sich mit der Hand durch das blonde Haar, das seinen früheren Glanz wiedergewann. »Ich glaube auch, daß ich es kann. Ich *weiß*, daß ich es kann.«

Er begann wieder zu schreiben. Er schaute einen Moment hoch, als Thad aufstand und zum Bleistiftanspitzer ging, dann senkte er den Blick wieder. Thad spitzte einen der Berols rasiermesserscharf an. Und während er Stark den Rücken zuwendete, holte er die Lockpfeife, die Rawlie ihm gegeben hatte, aus der Tasche. Er verbarg sie in seiner Hand, setzte sich wieder hin und betrachtete das vor ihm liegende Notizbuch.

Das war es; das war der richtige Zeitpunkt. Er wußte es so gut und so sicher, wie er die Form seines eigenen Gesichts unter seiner Hand kannte. Die einzige noch offene Frage war, ob er den Mut aufbrachte, es zu versuchen.

Ein Teil von ihm wollte es nicht; einem Teil von ihm war nach wie vor an dem Buch gelegen. Aber er stellte ein wenig überrascht fest, daß dieses Gefühl längst nicht mehr so stark war wie vorhin, als Liz und Alan das Arbeitszimmer verlassen hatten, und er glaubte zu wissen, warum das so war. Eine Trennung ging vor sich. Eine Art obszöner Geburt. Es war nicht mehr sein Buch. Alexis Machine hatte sich der Person angeschlossen, zu der er von Anfang an gehört hatte.

Mit der in der fest verschlossenen linken Hand verborgenen Lockpfeife beugte Thad sich über sein eigenes Notizbuch.

Ich bin es, der sie kommen läßt, schrieb er.

Über ihm hörten die rastlosen Bewegungen der Vögel auf.

Ich bin es, der von ihnen weiß, schrieb er.

Die ganze Welt schien stillzustehen, zu lauschen.

Ich bin es, dem sie gehören.

Er hielt inne, warf einen Blick auf seine schlafenden Kinder.

Noch vier Worte, dachte er. *Nur noch vier Worte.*

Und er stellte fest, daß ihn nach diesen Worten mehr verlangte als nach allen, die er je in seinem Leben geschrieben hatte.

Ihn verlangte danach, Geschichten zu schreiben – aber stärker als danach, stärker als nach den herrlichen Visionen, die jenes dritte Auge ihm manchmal zeigte, verlangte ihn danach, frei zu sein.

Noch vier Worte.

Er führte die linke Hand zum Mund und ergriff die Lockpfeife mit den Lippen wie eine Zigarre.

Schau jetzt nicht auf, George. Schau nicht auf aus der Welt, die du dir erschaffst. Nicht jetzt. Bitte, lieber Gott, laß ihn jetzt nicht aufschauen in die Welt der wirklichen Dinge.

Auf das leere Blatt vor ihm schrieb er in Großbuchstaben das Wort PSYCHOPOMPEN. Er kreiste es ein. Er zeichnete darunter einen Pfeil, und unter den Pfeil schrieb er: DIE SPERLINGE FLIEGEN.

Draußen begann ein Wind zu wehen – aber es war kein Wind, es war das Aufplustern von Millionen von Federn. Und es geschah in Thads Kopf. Plötzlich öffnete sich in seinem Denken jenes dritte Auge, öffnete sich weiter als je zuvor, und er sah Bergenfield, New Jersey – die leeren Häuser, die leeren Straßen, den milden Frühlingshimmel. Er sah Sperlinge überall, mehr, als jemals zuvor dagewesen waren. Die Welt, in der er aufgewachsen war, war zu einem riesigen Vogelhaus geworden.

Aber es war nicht Bergenfield.

Es war Endsville.

Stark hörte auf zu schreiben. Seine Augen weiteten sich in plötzlicher, zu später Bestürzung.

Thad holte tief Luft und blies. Die Lockpfeife, die Rawlie DeLesseps ihm gegeben hatte, erzeugte einen seltsam quietschenden Ton.

»Thad? Was tust du? *Was tust du!*«

Stark griff nach der Lockpfeife. Bevor er sie berühren konnte, gab es einen Knall, und sie zersprang in Thads Mund und zerschnitt ihm die Lippen. Das Geräusch weckte die Zwillinge. Wendy begann zu weinen.

Draußen wuchs das Rauschen der Sperlinge zu einem Dröhnen an. Sie flogen.

3

Als Liz Wendy weinen hörte, war sie zur Treppe hinübergestürzt. Alan blieb einen Moment stehen, wo er war, wie gebannt von dem, was er draußen sah. Das Land, die Bäume, der See, der Himmel – alles war ausgelöscht. Die Sperlinge erhoben sich wie ein riesiger, schwankender Vorhang, sie verdunkelten die Fensterwand von oben bis unten und von einer Seite zur anderen.

Als die ersten kleinen Leiber gegen das Isolierglas zu prallen begannen, löste sich Alans Lähmung.

»*Liz!*« schrie er. »*Liz, hinlegen!*«

Aber sie dachte nicht daran, sich hinzulegen; ihr Kind weinte, und das war alles, woran sie denken konnte.

Alan sprintete durch den Raum auf sie zu, bediente sich der ganzen unwahrscheinlichen Gewandtheit, die sein Geheimnis war, und bekam sie genau in dem Augenblick zu fassen, als das Glas der Fensterwand unter dem Gewicht von zwanzigtausend Sperlingen nachgab. Weitere zwanzigtausend folgten ihnen – und noch einmal zwanzigtausend – und noch einmal zwanzigtausend. Binnen Sekunden war das ganze Wohnzimmer voll von ihnen. Sie waren überall.

Alan warf sich auf Liz und zerrte sie unter die Couch. Die Welt war erfüllt vom schrillen Tschilpen der Sperlinge. Jetzt konnten sie weitere Fenster brechen hören, sämtliche Fenster. Das Haus erzitterte unter dem Anprall der winzigen, selbstmörderischen Bomber. Alan warf einen Blick hinaus und sah, daß die Welt aus nichts bestand als aus schwärzlichbrauner Bewegung.

Rauchmelder begannen zu heulen, als Vögel gegen sie prallten. Irgendwo ertönte ein gewaltiges Krachen, als der Fernsehschirm implodierte. Geklirr, als Bilder von den Wänden fielen. Ein metallisches Xylophonscheppern, als Sperlinge gegen die über dem Herd hängenden Töpfe stießen und sie herunterschlugen.

Und trotzdem hörte er, wie die Kinder weinten und Liz schrie.

»Loslassen! Meine Kinder! Loslassen! ICH MUSS ZU MEINEN KINDERN!«

Sie schaffte es, sich halb unter ihm hervorzuwinden, und sofort war ihr Oberkörper von Sperlingen bedeckt. Sie verfingen sich in ihrem Haar und flatterten wild darin herum. Sie schlug auf sie ein. Alan packte sie und zog sie zurück. Durch die wirbelnde Luft des Wohnzimmers hindurch konnte er sehen, wie eine riesige schwarze Kordel aus Sperlingen die Treppe hinaufflog – auf das Arbeitszimmer zu.

4

Stark versuchte, sich auf Thad zu stürzen, als die ersten Vögel gegen die Geheimtür prallten. Dahinter konnte Thad das gedämpfte Poltern von Briefbeschwerern und das Klirren zersplitternden Glases hören. Die Zwillinge schrien jetzt mit höchster Lautstärke. Ihr Geschrei vermischte sich mit dem nervenaufreibenden Tschilpen der Sperlinge zu einer Art Höllensymphonie.

»Hör auf!« schrie Stark. *»Hör auf! Was du auch tust – hör auf damit!«*

Er griff nach dem Revolver, und Thad stieß den Bleistift, den er in der Hand hielt, tief in Starks Kehle.

Blut schoß heraus. Stark drehte sich zu ihm um, würgte, versuchte den Bleistift zu fassen. Als er zu schlucken versuchte, tanzte der Bleistift auf und nieder. Er schaffte es, eine Hand darumzulegen und ihn herauszuziehen. »Was tust du?« krächzte er. »Was ist das?« Jetzt hörte er die Vögel; er verstand nicht, was sie bedeuteten, aber er hörte sie. Sein Blick wanderte zu der verschlossenen Tür, und zum ersten Mal sah Thad in seinen Augen regelrechtes Entsetzen.

»Ich schreibe den Schluß, George«, sagte Thad so leise, daß weder Liz noch Alan es hören konnten. »Ich schreibe den Schluß in der wirklichen Welt.«

»Also gut«, sagte Stark. »Schreiben wir ihn für uns alle.«

Mit dem blutigen Bleistift in der einen und dem .45er in der anderen Hand wendete er sich den Zwillingen zu.

5

Am Fußende der Couch lag eine gefaltete Wolldecke. Alan griff danach, um sie herunterzuziehen, und auf seine Hand stach etwas ein, was sich anfühlte wie Dutzende heißer Nähnadeln.

»Verdammt!« schrie er und zog die Hand schnell zurück.

Liz versuchte immer noch, sich unter ihm hervorzuwinden. Das ungeheuerliche Schwirren schien jetzt das ganze Universum auszufüllen. Alan konnte die Kinder nicht mehr hören – aber Liz Beaumont konnte es. Sie zerrte, wand und drehte sich. Alan krampfte die linke Hand in den Kragen ihrer Bluse und fühlte, wie der Stoff riß.

»*Warte!*« fauchte er sie an, aber es nützte nichts. Er konnte sagen, was er wollte – es war sinnlos, solange die Kinder schrien. Annie hätte nicht anders reagiert. Alan streckte wieder die rechte Hand aus, diesmal ohne Rücksicht auf die hackenden Schnäbel, und bekam die Wolldecke zu fassen. Sie fiel in einem wirren Faltenhaufen von der Couch. Aus dem Elternschlafzimmer im Oberstock kam ein gewaltiges Getöse, als irgendein großes Möbelstück – vielleicht der Kleiderschrank – umfiel. Alans verstörter, überbeanspruchter Verstand versuchte sich vorzustellen, wie viele Sperlinge erforderlich waren, um einen Kleiderschrank umzustürzen, und konnte es nicht.

Wie viele Sperlinge sind erforderlich, um eine Glühbirne einzuschrauben? fragte sein verwirrter Verstand. *Drei, die die Birne halten, und drei Milliarden, die das Haus drehen?* Ein irres Lachen entfuhr ihm, und dann explodierte die große Kugellampe im Wohnzimmer wie eine Bombe. Liz kreischte auf und krümmte sich einen Augenblick lang zusammen, und Alan schaffte es, ihr die Decke über den Kopf zu werfen. Dann schaffte er es, selbst darunter zu kommen. Selbst unter der Decke waren sie nicht allein; ein halbes Dutzend Sperlinge leistete ihnen Gesellschaft. Er spürte, wie flaumige Flügel gegen seine Wangen schlugen, spürte ein schmerzhaftes Hämmern an seiner linken Schläfe und versetzte sich durch die Decke hindurch einen Schlag. Der Sperling fiel auf seine Schulter und landete dann, unter der Decke hervorkommend, auf dem Fußboden.

Er zerrte Liz ganz nahe an sich heran und schrie ihr ins Ohr: »Wir *gehen* hinauf, Liz! *Gehen!* Unter dieser Decke! Wenn Sie zu rennen versuchen, schlage ich Sie nieder. Nicken Sie, wenn Sie verstanden haben!«

Sie versuchte, sich loszureißen. Die Wolldecke spannte sich. Sperlinge landeten auf ihr, prallten von ihr ab, als wäre sie ein Trampolin, flogen wieder auf. Alan zog Liz wieder an sich und rüttelte sie an der Schulter. Rüttelte sie heftig.

»Nicken Sie, wenn Sie verstanden haben, verdammt nochmal!«

Er spürte, wie ihr Haar seine Wange streifte, als sie nickte. Sie krochen unter der Couch hervor. Alan fürchtete, sie könnte versuchen, sich loszureißen, und hatte deshalb den Arm fest um ihre Schulter gelegt. Und langsam begannen sie, sich durch den schwirrenden Raum zu bewegen, durch die dichten, aberwitzigen Wolken tschilpender Vögel. Sie sahen aus wie ein Spieltier auf einem Jahrmarkt – ein tanzender Esel mit Mike als Kopf und Ike als Hinterteil.

Das Wohnzimmer der Beaumonts war geräumig und sehr hoch, aber jetzt schien keine Luft mehr darin vorhanden zu sein. Sie gingen durch eine nachgiebige, wirbelnde, klebrige Atmosphäre aus Vögeln.

Möbel stürzten um. Vögel prallten gegen Wände, Decken und Einrichtungsgegenstände. Die ganze Welt war Vogelgestank und unaufhörliche Erschütterung.

Endlich hatten sie die Treppe erreicht und begannen unter der Wolldecke, die schon jetzt mit Federn und Vogeldreck bedeckt war, langsam aufwärts zu schwanken. Sie hatten kaum die erste Stufe hinter sich gebracht, als oben im Arbeitszimmer ein Schuß fiel.

Jetzt konnte auch Alan die Zwillinge wieder hören. Sie kreischten.

6

Als Stark den Revolver auf William richtete, tastete Thad auf dem Schreibtisch herum und bekam den Briefbeschwerer zu fassen, mit dem Stark zuvor gespielt hatte. Er war ein schwerer Brocken aus schwarzgrauem Schiefer, auf einer Seite flach. Im Bruchteil einer Sekunde, bevor der blonde Mann schoß, ließ er ihn auf Starks Handgelenk niedersausen, brach ihm den Knochen und schlug den Revolverlauf nach unten. Der Knall war ohrenbetäubend in dem kleinen Zimmer. Die Kugel schlug zwei Zentimeter neben Williams linkem Fuß in die Wand, und Splitter flogen auf die Beine seines flauschigen blauen Schlafanzugs. Die Zwillinge begannen zu kreischen, und als sich Stark auf ihn stürzte, sah Thad, daß sie schutzsuchend die Arme umeinander gelegt hatten.

Hänsel und Gretel, dachte er, und dann rammte Stark ihm den Bleistift in die Schulter.

Thad schrie schmerzgepeinigt auf und stieß Stark von sich. Stark stolperte über die Schreibmaschine, die sie in die Ecke gestellt hatten, und stürzte rücklings gegen die Wand. Er versuchte, den Revolver in die rechte Hand zu nehmen – und ließ ihn fallen.

Jetzt war das Geräusch des Anprallens der Vögel gegen die Tür ein stetiger Donner – und sie begann, sich um ihre Achse zu drehen. Ein Spalt öffnete sich. Ein Sperling mit gebrochenem Flügel drang ein und fiel zuckend zu Boden.

Starks Hand griff in die Tasche und brachte das Rasiermesser heraus. Er klappte mit den Zähnen die Klinge aus. Über dem Stahl funkelten seine Augen.

»Du willst es so?« fragte er, und Thad sah, wie der Verfall wieder von seinem Gesicht Besitz ergriff, ganz plötzlich herniederstürzte wie eine Ladung Ziegelsteine. »Du willst es so? Okay. Das kannst du haben.«

7

Auf halber Höhe der Treppe kamen Liz und Alan nicht weiter. Vor ihnen war eine schwirrende, schwebende Mauer aus Vögeln, und sie kamen einfach nicht gegen sie an. Die Luft flatterte und sirrte. Liz kreischte vor Wut und Entsetzen.

Die Vögel wendeten sich nicht gegen sie, griffen sie nicht an; sie versperrten ihnen nur den Weg. Wie es schien, hatte es alle Sperlinge der Welt hierher gezogen, ins Obergeschoß des Sommerhauses der Beaumonts in Castle Rock.

»*Nieder!*« schrie Alan ihr zu. »*Vielleicht können wir unter ihnen hindurchkriechen!*«

Sie ließen sich auf die Knie sinken. Das Vorwärtskommen war anfangs möglich, aber nicht angenehm; sie krochen über einen knisternden, blutenden, fast halbmeterhohen Teppich aus Sperlingen. Dann stießen sie wieder gegen diese Mauer. Als Alan unter dem Rand der Wolldecke hervorlugte, sah er eine gedrängte Masse, die jeder Beschreibung spottete. Die Sperlinge auf den Treppenstufen wurden zermalmt. Schicht um Schicht aus lebenden – aber bald gleichfalls toten – Sperlingen lagerte sich auf ihnen ab. Etwas höher – vielleicht einen Meter über den Stufen – flogen Sperlinge in einer Art selbstmörderischem Luftkorridor, kollidierten und stürzten ab; manche kamen wieder hoch und flogen erneut, andere wanden sich mit gebrochenen Beinen oder Flügeln in der Masse ihrer verendeten Artgenossen. Sperlinge, erinnerte sich Alan, konnten nicht in der Luft verharren.

Irgendwo über ihnen, jenseits dieser grotesken lebendigen Mauer, schrie ein Mann.

Liz packte Alan, zog ihn enger an sich. »*Was können wir tun?*« schrie sie. »*Alan, was können wir tun?*«

Er antwortete nicht. Es gab nichts, was sie tun konnten.

8

Stark kam mit dem Rasiermesser in der rechten Hand auf Thad zu. Thad wich, die Augen auf die Klinge gerichtet, zur Tür zurück, die sich langsam öffnete. Er griff sich einen weiteren Bleistift vom Schreibtisch.

»Das nützt dir gar nichts«, sagte Stark. »Jetzt nicht mehr.« Dann fiel sein Blick auf die Tür. Sie hatte sich inzwischen weit genug geöffnet, und die Sperlinge kamen hereingeflogen, ein Strom von ihnen – und sie flogen auf George Stark zu.

Im nächsten Augenblick malte sich Entsetzen auf seinem Gesicht – und Begreifen.

»*Nein!*« schrie er und begann, mit Alexis Machines Rasiermesser auf sie einzuhauen. *»Nein, ich will nicht! Ich will nicht zurück! Ihr könnt mich nicht zwingen!«*

Er hieb einen Sperling in der Mitte durch; er fiel in zwei flatternden Hälften zu Boden.

Und Thad begriff plötzlich *(ich will nicht zurück)*, was hier vor sich ging.

Die Psychopompen waren natürlich als George Starks Eskorte gekommen. Als George Starks Eskorte nach Endsville, zurück ins Land der Toten.

Thad ließ den Bleistift fallen und wich zurück zu seinen Kindern. Jetzt war die Luft angefüllt mit Sperlingen. Die Tür stand nun ganz offen, und aus dem Strom war eine Sturmflut geworden.

Sperlinge ließen sich auf Starks breiten Schultern nieder. Sie ließen sich auf seinen Armen nieder, auf seinem Kopf. Sperlinge prallten gegen seine Brust, anfangs Dutzende, dann Hunderte. Er wand sich von einer Seite zur anderen in dieser Wolke aus fallenden Federn und aufblitzenden, hackenden Schnäbeln, versuchte zurückzugeben, was er bekam.

Sie bedeckten das Rasiermesser; sein bösartiges silbriges Glitzern war verschwunden, vergraben unter den Federn, die daran klebten.

Thad betrachtete seine Kinder. Sie weinten nicht mehr, sondern blickten in diese drangvolle, wirbelnde Luft, und auf ihrer beider Gesichter lag ein Ausdruck der Verwunderung und des Entzückens. Sie hielten die winzigen Finger ausgestreckt. Sperlinge saßen darauf – und hackten nicht auf sie ein.

Aber sie hackten auf Stark ein.

Blut schoß an hundert Stellen gleichzeitig aus seinem Gesicht. Eines seiner blauen Augen verlöschte. Ein Sperling landete auf dem Kragen seines Hemdes und trieb seinen Schnabel in das Loch, das Thad mit dem Bleistift in Starks Kehle gestochen hatte – der Vogel tat es dreimal, *rat-tat-tat*, wie ein Maschinengewehr, bevor Starks blindlings tastende Hand ihn zu fassen bekam und zermalmte.

Thad hockte sich neben den Zwillingen nieder, und nun landeten die Vögel auch auf ihm. Sie hackten nicht auf ihn ein; sie saßen einfach da.

Und beobachteten.

Stark war verschwunden. Er hatte sich in eine lebendige, um sich schlagende Vogelplastik verwandelt. Blut sickerte durch das Gedränge aus Flügeln und Federn. Von irgendwo unten im Hause kam ein quietschendes, splitterndes Geräusch – Holz hatte nachgegeben.

Sie sind in die Küche eingebrochen, dachte Thad. Er mußte an die Gasleitung denken, die zum Küchenherd führte, aber der Gedanke war weit weg, unwichtig.

Und nun begann er das nasse Schmatzen und Schnalzen des lebendigen Fleisches zu hören, das George Stark von den Knochen gerissen wurde.

»Sie sind deinetwegen gekommen, George«, hörte er sich flüstern. »Sie sind deinetwegen gekommen. Jetzt steh Gott dir bei.«

9

Alan spürte wieder Luft über sich und schaute durch eines der rautenförmigen Löcher in der Decke. Vogelkot tropfte ihm auf die Wange, und er wischte ihn weg. Das Treppenhaus war nach wie vor voller Vögel, aber ihre Zahl hatte abgenommen. Die meisten von denen, die noch am Leben waren, waren offensichtlich dort angelangt, wo sie hinwollten.

»Kommen Sie«, sagte er zu Liz, und sie setzten sich auf dem gräßlichen Teppich aus toten Vögeln wieder in Bewegung. Sie hatten den Absatz im Obergeschoß erreicht, als sie Thad schreien hörten: *»Nehmt ihn mit! Nehmt ihn mit!* NEHMT IHN MIT IN DIE HÖLLE, WO ER HINGEHÖRT!«

Und das Schwirren der Vögel wurde zu einem Hurrikan.

10

Stark unternahm einen letzten verzweifelten Versuch, ihnen zu entkommen. Er konnte nirgendwohin gehen, nirgendwohin davonlaufen, aber er versuchte es trotzdem. Es war seine Natur.

Die Wolke von Vögeln, die sich auf ihm niedergelassen hatte, bewegte sich mit ihm; riesige, dick angeschwollene, mit Federn und Köpfen und Flügeln bedeckte Arme hoben sich, schlugen gegen seinen Rumpf, hoben sich wieder, verkreuzten sich vor der Brust. Vögel, manche verletzt, andere tot, fielen zu Boden, und einen Augenblick lang bot sich Thad ein Bild, das ihn bis ans Ende seines Lebens verfolgen würde.

Die Sperlinge fraßen Stark bei lebendigem Leibe. Seine Augen waren verschwunden; wo sie gesessen hatten, waren jetzt nur noch große, dunkle Höhlen. Seine Nase war nur noch ein blutiger Lappen. Seine Stirn und der größte Teil seiner Haare waren weggerissen, die schleimverschmierte Oberfläche seines Schädels lag offen zutage. Der Kragen seines Hemdes schlang sich noch um seinen Hals, aber der Rest war verschwunden. Rippen ragten wie weiße Höcker aus seiner Haut hervor. Die Vögel hatten seinen Bauch aufgerissen. Eine Schar Sperlinge saß auf seinen Füßen, schaute mit scharfäugiger Aufmerksamkeit empor und balgte sich um die Eingeweide, die in tropfenden, zerfetzten Brocken herunterfielen.

Und noch etwas sah er.

Die Sperlinge versuchten, ihn hochzuheben. Sie versuchten es – und sehr bald, wenn sie das Gewicht seines Körpers genügend verringert hatten, würde es ihnen gelingen.

»Nehmt ihn mit!« schrie er. *»Nehmt ihn mit!* NEHMT IHN MIT IN DIE HÖLLE, WO ER HINGEHÖRT*!«*

Starks Schreien brach ab, als sich unter hundert hämmernden, grabenden Schnäbeln seine Kehle auflöste. Sperlinge drängten sich in seinen Achselhöhlen, und für eine Sekunde lösten sich seine Füße von dem blutigen Teppich.

Er schwang seine Arme – was von ihnen noch übrig war – in einer Geste besinnungsloser Wut abwärts und zermalmte Dutzende – aber Dutzende und Aberdutzende nahmen ihren Platz ein.

Das Geräusch splitternden Holzes rechts neben Thad wurde plötzlich lauter und hohler. Er schaute hin und sah, daß sich das Holz, aus dem die Ostwand des Arbeitszimmers bestand, auflöste wie Seidenpapier. Einen Augenblick lang sah er, wie tausend gelbe Schnäbel gleichzeitig hindurchfuhren, und er packte die Zwillinge und rollte sich über sie, wölbte den Körper, um sie zu schützen, bewegte sich vielleicht das einzige Mal in seinem ganzen Leben mit wahrer Anmut.

Die Wand zerbarst in einer staubigen Wolke aus Splittern und Sägemehl. Thad schloß die Augen und drückte seine Kinder fest an sich.

Mehr sah er nicht.

11

Aber Alan Pangborn sah es, und Liz sah es auch.

Sie hatten die Wolldecke auf die Schultern herabgezogen, als sich die Wolke von Vögeln über ihnen und um sie herum gelichtet hatte. Liz taumelte ins Gästezimmer, auf die offenstehende Tür zum Arbeitszimmer zu, und Alan folgte ihr.

Einen Augenblick lang konnte er nicht in das Zimmer hineinsehen; da war nichts als eine schwärzlichbraune, schwirrende Wolke. Dann konnte er eine Gestalt ausmachen – eine gräßlich aufgepolsterte Gestalt. Es war Stark. Er war mit Vögeln übersät, wurde bei lebendigem Leibe aufgezehrt – und war immer noch nicht tot.

Weitere Vögel kamen, und noch mehr. Alan war, als verlöre er über ihrem grauenhaft schrillen Tschilpen den Verstand. Und dann sah er, was sie taten.

»*Alan!*« schrie Liz. »*Alan, sie heben ihn hoch!*«

Das Ding, das George Stark gewesen war, ein Ding, das jetzt nur noch entfernt einem Menschen ähnelte, hob sich auf einem Kissen aus Sperlingen in die Luft. Es bewegte sich durch das Arbeitszimmer, stürzte beinahe ab, hob sich dann schwankend von neuem. Er näherte sich dem großen, ausgesplitterten Loch in der Ostwand.

Weitere Vögel kamen durch dieses Loch herein; diejenigen, die sich noch im Gästezimmer befunden hatten, flatterten ins Arbeitszimmer hinüber.

Fleisch fiel von Starks zuckendem Skelett wie ein schauriger Regen.

Der Körper schwebte durch das Loch, umschwirrt von Sperlingen, die ihm die letzten Haare ausrissen.

Alan und Liz stolperten über den Teppich aus toten Vögeln ins Arbeitszimmer. Thad mühte sich langsam auf die Füße, auf jedem Arm einen schreienden Zwilling. Liz rannte auf ihn zu und nahm ihm die Kinder ab. Ihre Hände suchten flatternd nach Verletzungen.

»Okay«, sagte Thad. »Ich glaube, sie sind okay.«

Alan trat an das ausgefetzte Loch in der Wand. Er schaute hinaus und sah ein Bild wie aus einem grausamen Märchen. Der Himmel war schwarz von Vögeln, aber an einer Stelle war er *schwarz wie Ebenholz*, als wäre in das Gewebe der Realität ein Loch gerissen worden.

Dieses schwarze Loch hatte die unverwechselbare Form eines sich wehrenden Mannes.

Die Vögel hoben es höher, höher, immer höher. Es erreichte die Wipfel der Bäume und schien dort innezuhalten. Alan glaubte, aus dem Zentrum der Wolke einen schrillen, unmenschlichen Schrei zu hören. Dann setzten sich die Sperlinge wieder in Bewegung. In gewisser Weise war es, als schaute man sich einen Film an, der rückwärts abgespult wurde. Aus allen zerbrochenen Fenstern des Hauses ergossen sich schwarze Ströme von Sperlingen; sie stiegen von der Auffahrt empor, von den Bäumen und dem runden Dach von Rawlies Volkswagen.

Und alle bewegten sich auf die zentrale Schwärze zu.

Der menschenähnliche Fleck begann sich wieder zu bewegen – über die Bäume, in den Nachthimmel –, und dann war er dem Blick entschwunden.

Liz saß in der Ecke, hatte die Zwillinge auf dem Schoß, schaukelte sie, beruhigte sie – aber beide Kinder schienen nicht mehr sonderlich aufgeregt zu sein. Sie blickten fröhlich in ihr verstörtes, tränennasses Gesicht. Wendy patschte darauf, wie um ihre Mutter zu trösten. William pflückte eine Feder aus ihrem Haar und betrachtete sie eingehend.

»Er ist fort«, sagte Thad heiser. Er war neben Alan vor das Loch in der Wand getreten.

»Ja«, sagte Alan. Plötzlich brach er in Tränen aus. Er war nicht darauf gefaßt gewesen; es passierte einfach.

Thad versuchte, einen Arm um ihn zu legen, doch Alan trat beiseite; unter seinen Stiefeln knackten die Knochen toter Sperlinge.

»Nein«, sagte er. »Nicht nötig.«

Thad schaute wieder durch das zerfetzte Loch in die Nacht hinaus. Ein Sperling kam aus der Dunkelheit und landete auf seiner Schulter.

»Danke«, sagte Thad zu ihm. »Ich danke . . .«

Der Sperling hackte auf ihn ein, plötzlich und bösartig, und dicht unter seinem Auge quoll Blut hervor.

Dann flog er davon, um sich den anderen anzuschließen.

»Warum?« fragte Liz. Sie sah Thad bestürzt und verwundert an. »Warum hat er das getan?«

Thad schwieg, aber er glaubte die Antwort auf diese Frage zu kennen. Rawlie DeLesseps würde sie auch gekannt haben. In dem, was gerade geschehen war, hatte genügend Magie gesteckt – aber ein Märchen war es nicht gewesen. Vielleicht war dieser letzte Sperling von irgendeiner Macht ausgesandt worden, die überzeugt war, daß Thad darauf hingewiesen werden mußte. Nachdrücklich darauf hingewiesen.

Seien Sie vorsichtig, Thaddeus. Kein Mensch ist imstande, die Agenten des jenseitigen Lebens zu kontrollieren. Jedenfalls nicht lange – und er muß immer einen Preis dafür zahlen.

Welchen Preis werde ich dafür zahlen müssen? fragte er sich schaudernd. *Und die Rechnung – wann wird sie fällig?*

Aber das war eine Frage für ein andermal, einen anderen Tag. Und vielleicht war die Rechnung bereits bezahlt.

»Ist er tot?« fragte Liz – fast flehend.

»Ja«, sagte Thad. »Er ist tot. Zum dritten und allerletzten Mal. Jetzt ist endgültig Schluß mit George Stark. Und nun kommt – sehen wir zu, daß wir hier herauskommen.«

Und genau das taten sie.

Epilog

Henry küßte Mary Lou an diesem Tag nicht, aber er verließ sie auch nicht wortlos, wie er es hätte tun können. Er sah sie an, ertrug ihren Zorn und wartete darauf, daß er zu diesem verschlossenen Schweigen abebbte, das er so gut kannte. Ihm war bewußt geworden, daß der größte Teil des Kummers ihr gehörte und nicht geteilt, geschweige denn zerredet werden durfte. Mary Lou hatte immer am besten getanzt, wenn sie allein tanzte.

Schließlich gingen sie über das Feld und blickten noch einmal auf das Spielhaus, in dem Evelyn vor drei Jahren gestorben war. Es war kein großartiger Abschied, aber es war der beste, den sie zustandebrachten. Henry kam er gut genug vor.

Er setzte Evelyns kleine Papier-Ballerinas in das hohe Gras neben der eingestürzten Vortreppe, wohl wissend, daß der Wind sie bald genug davontragen würde. Dann verließen er und Mary Lou zum letzten Mal gemeinsam das alte Haus. Es war nicht viel, aber es war in Ordnung. Es genügte. Er war kein Mann, der glaubte, daß alles glücklich enden müßte. Und von daher kam das bißchen Gelassenheit, über das er verfügte.

The Sudden Dancers
VON THADDEUS BEAUMONT

Die Träume der Menschen – ihre wirklichen Träume, im Gegensatz zu den Halluzinationen des Schlafs, die kommen oder ausbleiben, wie sie gerade wollen – enden zu unterschiedlichen Zeiten. Thad Beaumonts Traum von George Stark endete um Viertel nach neun an dem Abend, an dem die Psychopompen seine dunkle Hälfte zu jenem Ort trugen, den sie ihm zugedacht hatten. Er endete mit dem schwarzen Toronado, in dem George in seinem Alptraum immer wieder vor seinem Haus vorgefahren war.

Liz und die Kinder waren bereits am oberen Ende der Zufahrt, dort, wo sie auf die Lake Lane mündete. Thad und Alan standen neben George Starks schwarzem Wagen, der jetzt nicht mehr schwarz war. Jetzt war er grau von Vogelkot.

Alan wollte das Haus nicht sehen, aber er war nicht imstande, den Blick abzuwenden. Es war eine Ruine. Die Hauptwucht der Bestrafung hatte die Ostseite abbekommen – die Seite, an der das Arbeitszimmer lag –, aber die anderen Teile sahen nicht viel besser aus. Überall klafften riesige Löcher. Von der Veranda auf der Seeseite hing das Geländer herunter wie eine vielfach geknickte Leiter. Rings um das Haus herum lagen Massen von toten Vögeln. Sie füllten die Kehlen des Daches, verstopften die Regenrinnen. Der Mond war aufgegangen und ließ die herumliegenden Glasscherben silbrig funkeln. Funken des gleichen unwirklichen Lichts spiegelten sich in den Augen der toten Sperlinge.

»Sie sind sicher, daß Sie keine Einwände haben?« fragte Thad.

Alan nickte.

»Ich frage, weil wir damit Beweismaterial vernichten.«

Alan lachte heiser. »Wer würde schon glauben, was damit bewiesen werden soll?«

»Vermutlich niemand.« Er hielt einen Moment inne, dann sagte er: »Wissen Sie, es gab eine Zeit, da hatte ich den Eindruck, daß Sie mich irgendwie mochten. Jetzt habe ich diesen Eindruck nicht mehr. Überhaupt nicht. Das verstehe ich nicht. Wollen Sie etwa mir die Schuld an – an alledem geben?«

»Mir ist das alles scheißegal«, sagte Alan. »Es ist vorbei. Und das ist das einzige, was mir nicht scheißegal ist, Mr. Beaumont. Das einzige auf der ganzen Welt, was zählt.«

Er bemerkte den verletzten, gequälten Ausdruck auf Thads Gesicht und unternahm eine gewaltige Anstrengung.

»Sehen Sie, Thad, es war einfach zu viel. Zu viel auf einmal. Ich mußte gerade mit ansehen, wie ein Mann von einem Vogelschwarm durch die Luft davongetragen wurde. Lassen Sie mir ein bißchen Zeit, okay?«

Thad nickte. »Ich verstehe.«

Nein, du verstehst nicht, dachte Alan. *Du verstehst nicht, wer du bist, und ich bezweifle, ob du es jemals verstehen wirst. Deine Frau vielleicht – aber ich frage mich, ob es hiernach zwischen euch je wieder so sein kann wie früher, ob sie jemals versuchen wird, dich zu verstehen, ob sie es wagen kann, dich von neuem zu lieben. Deine Kinder vielleicht – eines Tages, aber nicht dich, Thad. Neben dir zu stehen, ist genau so, als stünde man neben einer Höhle, aus der ein grauenhaftes Ungeheuer herausgekrochen ist. Das Ungeheuer ist zwar nicht mehr da, aber trotzdem möchte man dem Ort, aus dem es herausgekrochen ist, nicht zu nahe kommen. Denn dort könnte noch eines lauern. Es ist unwahrscheinlich; dein Verstand weiß es, aber deine Emotionen – sie spielen eine andere Melodie, nicht wahr?*

Und selbst wenn die Höhle ein für allemal leer sein sollte, sind da die Träume. Und die Erinnerungen. Da ist zum Beispiel Homer Gamache, mit seiner eigenen Armprothese zu Tode geknüppelt. Deinetwegen. Nur deinetwegen.

Das war nicht fair, und ein Teil von Alan wußte es. Thad hatte nicht danach verlangt, ein Zwilling zu sein; er hatte seinen Zwillingsbruder im Schoß seiner Mutter nicht aus Bosheit getötet. *(Wir reden hier nicht über Kain, der aufsteht und Abel mit einem Eselskinnbacken erschlägt,* hatte Dr. Pritchard gesagt.) Er hatte nicht gewußt, was für ein Ungeheuer auf der Lauer lag, als er als George Stark zu schreiben begann.

Dennoch – sie waren Zwillinge gewesen.

Und er konnte nicht vergessen, wie Stark und Thad gemeinsam gelacht hatten.

Dieses irrsinnige Lachen und der Ausdruck in ihren Gesichtern.

Er fragte sich, ob Liz imstande war, es zu vergessen.

Eine leichte Brise kam auf und trug den unangenehmen Geruch von Flüssiggas zu ihnen herüber.

»Verbrennen wir es«, sagte er abrupt. »Stecken wir alles in Brand. Mir ist es gleich, wer später was denkt. Es ist fast windstill; die Feuerwehr wird hier sein, bevor sich der Brand ausbreiten kann. Und wenn ein paar von den Bäumen mit draufgehen – um so besser.«

»Ich tue es«, sagte Thad. »Gehen Sie hinauf zu Liz. Helfen Sie Ihr mit ...«

»Wir tun es zusammen«, sagte Alan. »Geben Sie mir Ihre Socken.«

»Wie bitte?«

»Sie haben doch gehört – ich brauche Ihre Socken.«

Alan öffnete die Fahrertür des Toronado und schaute hinein. Ja – ein normales Getriebe, wie er gedacht hatte. Ein Macho wie George Stark hätte sich nie mit einer automatischen Schaltung zufriedengegeben; das war etwas für Walter Mitty-Typen wie Thad Beaumont.

Er ließ die Tür offenstehen, hob den rechten Fuß und zog Schuh und Socke aus. Thad sah ihm zu und folgte seinem Beispiel. Alan zog den Schuh wieder an, dann tat er mit dem linken Fuß dasselbe. Er hatte nicht die Absicht, mit bloßen Füßen in diese Masse aus toten Sperlingen zu treten, nicht eine Sekunde lang.

Als er fertig war, knotete er die beiden Baumwollsocken zusammen. Dann nahm er Thads Socken und knotete sie an seine eigenen. Er ging um den Wagen herum ans hintere Ende der Beifahrerseite, wobei tote Sperlinge unter seinen Schuhen knisterten wie Zeitungspapier, schraubte den Tankverschluß des Toronado ab und steckte die improvisierte Lunte in den Tank. Als er sie wieder herauszog, war sie mit Benzin getränkt. Er drehte sie um, steckte das trockene Ende hinein und ließ das nasse Ende an der kotbespritzten Flanke des Wagens herunterhängen. Dann wendete er sich Thad zu, der ihm gefolgt war. Alan griff in die Tasche seiner Uniformjacke und brachte ein Streichholzheft zum Vorschein. Es war die Art von Heft, die man beim Einkauf von Zigaretten als Zugabe bekommt. Er wußte nicht, woher er es hatte, aber auf dem Umschlag war die Reklame einer Briefmarkenhandlung.

Die darauf abgebildete Briefmarke trug das Bild eines Vogels.

»Zünden Sie die Socken an, sobald der Wagen zu rollen anfängt«, sagte Alan. »Keine Sekunde früher, haben Sie verstanden?«

»Ja.«

»Der Wagen wird brennen wie Zunder. Das Haus wird in Brand geraten. Dann die Flüssiggastanks dahinter. Wenn die Inspektoren von der Feuerwehr kommen, wird es aussehen, als hätte Ihr Freund die Gewalt über den Wagen verloren, wäre gegen das Haus geprallt, und der Wagen wäre explodiert. Das hoffe ich jedenfalls.«

»Okay.«

Alan ging wieder um den Wagen herum.

»Was macht ihr da unten?« rief Liz nervös. »Die Kinder fangen an zu frieren!«

»Eine Minute noch!« rief Thad zurück.

Alan griff in das widerwärtig riechende Innere des Toronado und löste die Handbremse. »Warten Sie, bis er rollt«, rief er Thad über die Schulter zu.

»Ja.«

Alan trat die Kupplung durch und schaltete auf Leerlauf.

Sofort begann der Toronado zu rollen.

Alan wich zurück, und einen Moment lang glaubte er, Thad hätte es nicht geschafft – doch dann lohte die Lunte am hinteren Ende mit einer grellen Flamme auf.

Der Toronado rollte langsam die letzten drei Meter der Zufahrt hinab, holperte über den niedrigen Bordstein und fuhr gemächlich auf die kleine Hinterveranda zu. Er stieß an die Seitenwand des Hauses und kam zum Stillstand. Im orangefarbenen Flackerschein der Lunte konnte Alan die Aufschrift auf der Stoßstange deutlich lesen: GRANDIOSER HURENSOHN.

»Nicht mehr«, murmelte er.

»Wie bitte?«

»Nichts. Zurück. Der Wagen geht gleich in die Luft.«

Sie waren zehn Schritte zurückgewichen, als sich der Toronado in einen Feuerball verwandelte. An der zersplitterten Ostseite des Hauses schossen Flammen hoch, verwandelten das Loch in der Wand des Arbeitszimmers in ein starrendes schwarzes Auge.

»Kommen Sie«, sagte Alan. »Wir müssen zu meinem Streifenwagen. Jetzt, wo wir es getan haben, muß ich Meldung machen. Schließlich sollen nicht alle Leute hier am See ihre Häuser verlieren.«

Aber Thad verweilte noch ein paar Sekunden, und Alan verweilte gleichfalls. Das Haus bestand aus trockenem, mit Rotzederschindeln verkleidetem Holz, und es geriet schnell in Brand. Die Flammen loderten in das Loch in der Wand von Thads Arbeitszimmer, und sie sahen, wie die vom Feuer erzeugte Zugluft Manuskriptseiten erfaßte, herauswirbelte und emportrug. Im Widerschein des Feuers konnte Alan sehen, daß sie mit handgeschriebenen Worten bedeckt waren. Die Seiten krümmten sich, fingen Feuer, verkohlten. Sie flogen über die Flammen hinaus in die Nacht wie eine wirbelnde Schwadron dunkler Vögel.

Alan war überzeugt, daß normalere Winde sie erfassen würden, sobald sie der Zugluft des Feuers entkommen waren. Sie würden sie erfassen und davontragen, vielleicht bis ans Ende der Welt.

Gut, dachte er und begann, mit gesenktem Kopf die Zufahrt hinaufzugehen, dorthin, wo Liz mit den Zwillingen wartete.

Hinter ihm hob Thad Beaumont langsam die Hände und schlug sie vors Gesicht.

So blieb er lange stehen.

3. November 1987 – 16. März 1989

Inhalt